龍砂演義

邵振良 著

（修订本）

中国书籍出版社
China Book Press

图书在版编目（CIP）数据

龙砂演义 / 邵振良著 . -- 修订本 . -- 北京：中国书籍出版社, 2023.6
ISBN 978-7-5068-9431-9

Ⅰ . ①龙… Ⅱ . ①邵… Ⅲ . ①长篇小说—中国—当代 Ⅳ . ① I247.5

中国国家版本馆 CIP 数据核字（2023）第 096408 号

龙砂演义（修订本）

邵振良　著

责任编辑	李国永
责任印制	孙马飞　马　芝
封面设计	鸿艺工作室
出版发行	中国书籍出版社
地　　址	北京市丰台区三路居路 97 号（邮编：100073）
电　　话	（010）52257143（总编室）　（010）52257140（发行部）
电子邮箱	eo@chinabp.com.cn
经　　销	全国新华书店
印　　刷	三河市华东印刷有限公司
开　　本	710 毫米 × 1000 毫米　1/16
字　　数	450 千字
印　　张	22
版　　次	2023 年 6 月第 2 版　2023 年 6 月第 1 次印刷
书　　号	ISBN 978-7-5068-9431-9
定　　价	78.00 元

版权所有　翻印必究

龍砂盛

壬申清明節　彭冲

1992年4月4日，全国人大副委员长彭冲视察华士镇，欣然题词

一部立德励志的好教材（序）

陈 峰

《龙砂演义》是一部凝结了浓浓故乡情结的乡土著作。它以人写史，以史传人，写出了华士的历史脉络和人文特色。有温馨的情节，有朴实的趣味，读来十分亲切。

华士，又称龙砂。这里山青水秀，地理优越，气候适宜，物产丰饶。自古人杰地灵，集山川灵秀之气，交通便利，堪称钟灵毓秀之地，是一个有着悠久历史、深厚文化积淀的古镇、大镇和名镇。尤其可贵的是，华士人勤俭朴实，民风淳朴，好学上进，古往今来，历代科举联绵，人才辈出，学术成果卓著。

华士的历史悠久，有新石器时期的石镞佐证，历史在3000年以上。华士人杰地灵，人文荟萃，孕育了一代又一代优秀儿女，谱写了一曲曲慷慨壮歌。明代贡安甫不惧风险，敢于直谏，勇斗权奸，直声动天下；抗倭名将赵大河，协助戚继光多次战胜来犯的倭寇；明末清初江阴守城81天的主将阎应元，从寓居地华士出山，慷慨悲壮。在《龙砂演义》中，不仅展示了历史风云，还介绍了华士的人文科举，"江邑文风，东南为最"。自宋以后，华士人考中进士50多人，举人62人。华士民风淳朴，自古男耕女织，诗书传家。清代安徽灵璧知府贡震，19岁前还担粪力田，后来挂角攻读成才为官。赤脚农夫一旦挂印理政，依旧农民本色不改，勤政爱民，受到百姓爱戴。这样的清官华士有好几个：贡修龄、陆垩、陶孚尹、吴楷、徐文泂、徐士佳、张少泉……华士还有"龙砂八家"著名医家，悬壶济世，惠及四方，盛极一时。特别值得一提的是，清代秀才黄熙改革织布机，减轻劳动强度，提高产品质量，开创了民族工业的新时代。

有史以来，华士人热爱家乡，过着淡泊宁静和谐的生活。但小镇不是世外桃源，绿水青山连着五湖四海，华士的命运连接着中华民族的兴衰。小镇的步伐紧随着时代的脉搏，龙砂儿女顺应社会潮流，在世界风起云涌中，与时代同频共振。随着历朝历代的更迭，华士不但涌现出文臣贤能，还培育出武将勇士，保国卫戎。在近代史上，中国重大的战役战事中，也少不了华士人的身影。在共产党领导下，龙砂儿女前赴后继，不屈不挠，不惜流血牺牲，为中华民族的解放和振兴作出了贡献。

《龙砂演义》采用循史叙事的手法，从华士的历史长河里，拾取了重大的事件、重要的人物，记下了龙砂大地的历史痕迹和文化积淀。从这些人和事中，我们可以看到：华士人一以贯之的刚正品格：从古代贤臣与权奸抗争，到与入侵的倭寇殊死搏斗；从为推翻封建王朝流血牺牲，到现代展开阶级斗争的艰苦斗争，一样的铮铮铁骨，一样的壮怀激烈，一样的矢志不渝，一样的视死如归。可以看到华士人代代相传的优秀情怀，从忠君爱国，到勤政爱民；从万里寻母，到赈灾万人；从悬壶济世，到驱除瘟疫；一样的侠骨柔情，一样的至善大孝，一样的诚信本色。可以领略到华士人不凡的人格素养，从十年寒窗，到著作等身；从研究经济理论攻克数学难题，到书画金石棋艺武术独领风骚；从改造织布机，到倡疏泰清河，一样的刻苦努力，一样的勤勉执着，一样的专心致志，一样的砺志奋发。

这是一笔宝贵的文化遗产和精神财富，这是一种优秀的民族传承！

捧读《龙砂演义》，我联想到文化传承和保护工作。2017年春，中共中央办公厅、国务院办公厅重磅印发了《关于实施中华优秀文化传承发展工程的意见》。中央要求，要围绕立德树人根本任务，把中华优秀传统文化全方位融入思想道德教育、文化知识教育、艺术体育教育、社会实践教育各个环节，贯穿于启蒙教育、基础教育、职业教育、高等教育、继续教育各领域，并提倡"编写中华文化幼儿读物，开展少年传承中华传统美德系列教育活动"，创作系列绘本、童谣、儿歌、动画等，加强中华优秀传统文化相关学科建设，重视、保护和发展具有重要文化价值和传承意义的"绝学"。

我觉得，这本《龙砂演义》正是一部中华文化传承的优秀文献资料，华士的文化源远流长，极其丰厚、珍贵的文化遗产，需要我们去保护去珍惜，并应该在前人的成果基础上，有所创造，有所前进。《龙砂演义》的出版，功在当代、利在千秋，可以传承华士优秀传统文化，可以为社会经济的持续发展，提供智力支持。它不仅可以供作广大群众包括青少年阅读，还可以作为对外宣传读物，将为提升华士镇的文化内涵构筑一个新的平台。

知我家乡，爱我龙砂。在华士精神的有力支撑下，我相信，华士人民一定能继承发扬光荣传统，弘扬敢拼搏，勇创新，争一流的华士精神，进一步发扬勤劳智慧的优秀品格，把幸福美丽的华士建设得更加美好！

（本文作者为原中共江阴市华士镇委员会书记）

目 录

一部立德励志的好教材（序） ……………………………………… 1

第1章	磨制石器明证远史	荆蛮古村追溯勾吴	……………	1
第2章	伍子胥遗迹胥歌村	吴越国交战龙砂山	……………	8
第3章	春申君改封东吴地	梁敬帝贮谷萧王库	……………	15
第4章	杜审言首始吟龙砂	苏东坡曾经筑田舍	……………	22
第5章	韩蕲王屯兵藏军洞	宋宗室落户石桥寨	……………	28
第6章	赵良发一甲称状元	赵文鼎甘载寻慈母	……………	35
第7章	缪鉴赋诗可追鲍谢	陆垕以德教化民众	……………	42
第8章	陆文圭称墙东先生	倪云林作山湾隐士	……………	48
第9章	张士诚兵殒龙砂山	泰清寺归并众寺庙	……………	54
第10章	贡安甫直声劾佞臣	贡修龄仁心修兰若	……………	61
第11章	顾文熊精纂礼集解	徐弘祖读书文昌阁	……………	67
第12章	钱鹤洲血战众倭寇	赵大河力助戚继光	……………	73
第13章	陈圆圆留名圆堂弄	陶沙包遗恨败家财	……………	80
第14章	阎应元出山守江阴	陶尚虞赈灾救万民	……………	86
第15章	陆观舍重建陆家桥	余兄弟享祀痘司堂	……………	93
第16章	沈凡民印名列四凤	孔千秋才艺扬九州	……………	100
第17章	蔡知县颁立永禁碑	贡县令荣入名宦祠	……………	107
第18章	五峰诗社胜友沓来	龙砂八家盛名远播	……………	114
第19章	叶天士华墅访同道	赵瓯北龙砂治病儿	……………	120
第20章	殷琏诰封明威将军	陶涵钦命泉州提督	……………	127
第21章	吴楷筹粮助征缅甸	包敏斥儒法治楚雄	……………	133
第22章	白头军败北鸡笼山	太平军喋血洋枪队	……………	139
第23章	徐文泂倡设广仁堂	徐士佳弹劾袁世凯	……………	145

第24章	徐世昌荐医张少泉　金武祥作序爱吾庐	151
第25章	诗咏龙砂八大胜景　社祭舅甥两位城隍	158
第26章	王家枚编纂龙砂志　黄哲卿改造织布机	165
第27章	孙幼文首办新学堂　李吉安倡疏太清河	172
第28章	张继辉起义黄花岗　倪贻孙挥戈雨花台	179
第29章	天华学艺不耻下问　振标演讲慷慨陈词	185
第30章	兆丰典当白日遭劫　农暴英雄黉夜遇害	191
第31章	陈唯吾隐身做教员　龚玉泉北伐攻湘鄂	198
第32章	章砚芳愤怒骂恶鬼　钱仲复舍命护亲人	204
第33章	郁家桥苦战日本兵　黄旗会血刃侵略军	210
第34章	日本兵暴行最肆虐　钱子清壮怀总激烈	216
第35章	承启明组建团支部　谭震林开辟根据地	223
第36章	曹观来勇救众乡亲　陈咏仁义保毛公鼎	229
第37章	章在田镇长殉烈士　王韶华巾帼逞英豪	236
第38章	虞湘柏忠贞守本职　仲国鏊化名做医生	243
第39章	徐晋佳灌音进百代　华彦钧演艺在天星	250
第40章	汪瑞丰棋枰称国手　贡仲祥武坛获金奖	256
第41章	华墅酱油质占鳌头　家庭袜厂业执牛耳	263
第42章	吕斯百潜心研丹青　徐中玉妙手著文章	269
第43章	承淡安办针灸学校　赵尔康创经络模型	276
第44章	医学院长钱氏昆仲　路桥专家孙门兄弟	283
第45章	黄如祖电讯作先驱　姜心曼眼科称巨擘	289
第46章	姜君辰攻经济理论　吴新谋登数学巅峰	295
第47章	吴云山捐建景云楼　黄宝瑜设计台故宫	301
第48章	姜正从书法尊书坛　马景贤画艺灿画苑	308
第49章	王鹤亭新疆治水利　叶秉仁领衔驱时疫	315
第50章	倪伟思受命视察去　周作舟起义驾机来	321
第51章	子弟兵进驻华墅镇　共产党建设新龙砂	327

后　记	334

词曰：

大美龙砂，沃野拥山，碧水映天。想夫差猎苑，明清花市；赤乌梵刹，赵宋诗篇。香雪凝秀，寒涛泻月，十里江声迓远帆。膏腴地，总花繁果茂，四季香鲜。

从来甲第连绵，纪灿灿奇勋青史传。数克仁勍倭，操节耿耿；哲卿改织，泽惠绵绵。斯百丹青，淡安针灸，犯寇来倭共殄歼。更英彦，竞龙腾虎跃，月耀星妍。　（龙砂吟·调寄【沁园春】）

【第1章】
磨制石器明证远史
荆蛮古村追溯勾吴

这是一个春日的上午，燕瑞堂与少年七八人春游。经过了龙山，来到砂山东麓头峰顶下。山坡上弱柳扶风，柔丝袅娜，众少年争相折下柳条，绾成头箍，戴在头上，互相追逐。正追逐时，忽然有一个少年高呼一声："谁先爬到山顶！"便离群朝山上奔去，孩子们立即跟上，争先恐后地向山顶攀登。等到燕老师气喘吁吁上到山头，众少年已经到了一个藏军洞边，或坐洞顶，或钻洞下。燕老师同少年站在高处，山风振衣，松涛阵阵；众少年争着仰天啸喉，引吭一快。少顷，大家举目四眺，放眼山北，厂房罗列，烟囱林立，遮不住长江隐隐约约，帆影点点；回望山南，高楼大厦鳞次栉比，民居村落星罗棋布，山南公路东来西往车流不息，红灯闪耀，流光溢彩，俨然是现代都市风貌。有个小朋友小京忽发奇想："燕老师，我们这里古代是什么样子的？"古代？大家一下子愣住了。燕瑞堂问："你要'古'多久？"

清代还是唐代？"小京顽皮地说："我想知道古的，很古的，还有古古古的。"燕瑞堂笑了："你这问题提得很好，我回去就把你的问题，把华士重要的人，重大的事，慢慢写下来，从'古古古古'写起，一直写到'古'。"

磨制石器明证远史

远古洪荒事孰详，何时起始有吾乡？
打磨石器供明证，前五千年见曙光。

华墅这个地方，至少在5000年前就有了人类活动繁衍生息，这是一对石镞告诉我们的。

1963年春季的一天，在华士山北最北端的一个叫乌牛泾的村子里，社员们正在地里挖一种叫灰芦土的燃料。这里地靠长江，是长江冲积出来的平原，因此地下水生植物芦苇等泥炭和水族贝螺类的遗骸蕴藏丰富。挖这种灰芦土，要挖去两米浮土，才见黑黑的乌土层。灰芦土虽然不能和烟煤比，甚至与最次的褐煤也不能比，仅有很少一点燃烧力，但在那个稻草紧俏和煤炭供应比较紧张的年代，不失为一种宝贵的补充燃料。因此，社员们把挖出来的灰芦土挑回家当燃料。社员们把灰芦土挑回家后，还要把它晒干。晒前要切成小块，便于快速散发水分。切开后，摊在场上晾晒。一天，青年农民谢季生在切土块时，一刀切下去忽然觉得刀下有硬物，掰开一看，是一块石片，仔细看看这石片好奇怪：一头尖尖的，两边都有棱角；另一头较粗，有点像柄，但又太短。没多久，他又发现了一枚，样子完全一样，只是稍微小了一点，其他社员也发现了好几枚。谢季生是个有心人，他觉得这两枚奇怪的石头显然是人为加工的，肯定是有来历的，就把它们保存了起来。后来，他找个专家一鉴定，专家告诉他，这两片石头，竟然是远古时人类用来切削东西、投掷鱼兽的"石镞"。石镞，石制的箭头，是人类新石器时期的工具。这一类工具，在与华士相邻的周庄也出土过不少，其中不但有石镞，还有石斧、石凿等；离华士稍远的江阴城东祁头山和华士东边张家港周边的一些地方发现的古文化遗址，也出土有磨制石器。这说明，华士及周围这广袤的大地上，5000年前就有了先民，他们用磨制方法磨出了石器，已经进入了新石器时期。

在人类发展史上，原始社会分旧石器时代和新石器时代。一万多年前的旧石器时代，先民们居住在大树上、山洞里，只能以天然的石块或者打制的简单石器，去捕猎鱼类和动物，以为食物。到了7000年前的新石器时代，虽然那时还属于人类的原始社会，但经过长期的不断制造，已经有了很大的进步，已经会制造比较复杂的石器和利用动物骨骼制造工具，磨制的石器既光滑又锐利，华北村发现的石镞所处的时代就是新石器时代。

"人猿相揖别，只几个石头磨过，小儿时节。"（毛泽东《【贺新郎】读史》）人类迈出坎坎坷坷的步子，不断在岁月的风霜雨雪中穿越。最初的人类，只是为了生存生活。首要的大事是解决吃饭问题，不让肚皮饥饿，要努力捕获食物，但仅靠自己赤手空拳还不行，只得扩展四肢的能力，借助工具来壮大自己，从旧石器时代到新石器时代，就是不断扩展自身能力的过程。我们可以想象，华北村发现的石镞，是我们的祖先用来投掷野兽、鱼类，或者是用来剥刮鱼皮、兽皮的工具。

江阴是古太湖地区最早的聚集先民的地区之一。从现有的考古资料看，古太湖地区在新石器时代，已经有居民繁衍生息，他们创造了丰富而有特色的新石器文化。这里的新石器时代遗址，主要坐落在向阳的山坡或山脚、高大的土墩上，而且选择水草丰茂处，以便猎取动物、利用植物。由于太湖平原的淤积和沉降作用，也有相当的古遗址被埋没地下或者被淹没在江河和泥沼里。太湖流域的新石器文化先后有马家浜文化、崧泽文化、良渚文化等。新石器时代有3000多年的时间，早期以马家浜文化为代表，中期以崧泽文化为代表，晚期以良渚文化为代表。新石器时代以后，原始社会结束，进入人类发展的新时期先秦时期。

马家浜文化时期，原始先民部落进入了氏族公社的发展时期，学会了栽培种植农作物和驯养、繁殖牲畜，学会了制陶、用织布机织布、雕琢玉器、制造漆器等，开始过着以原始农业为主、家畜饲养和打猎捕鱼为副的经济生活。在这种生活中，妇女是氏族公社家庭的主人，承担农业、家畜饲养、纺织等劳动，并管理公共家务；而男子则从事打猎、捕鱼等劳动，部落之间发生冲突时参加作战，并制作争斗所需的工具和武器等。新石器时期的农业生产已经进入了锄耕农业阶段，耕作的方法由起初的刀耕火种，即用石刀、石斧等在住地附近的荒地上砍伐灌木、割除杂草，放火焚烧，把木棒削尖用来点播种子，发展为锄耕农业，即在已经开垦过的土地上用石锄、石铲、骨角锄等翻土。农业副业中的家畜饲养主要饲养猪、狗、羊、牛。由于农业、家畜饲养还不发达，所以渔猎和采集经济仍在人们的生活中占有重要的地

第 1 章　磨制石器明证远史　荆蛮古村追溯勾吴

位。华士这片土地地处长江南岸，水草丰盛，先民们采集旱地树果、水生果实，用绳结网捕鱼，用石球石锄来投掷猎取、扑杀野猪野鹿等，作为食物。

渐渐地，农业在生产中占有了主导地位，男子也占有了统治地位，而妇女则只限于从事纺织等家务劳动。到了良渚文化时期，江南地区的原始农业有了长足的进步，人们不仅培育出了籼稻和粳稻，还培育出了豆类、花生、菱角等。饲养业也有了较大的发展。除了饲养牲畜外，还开辟了饲养家蚕和生产丝织品的新领域。农业生产由锄耕农业进入到犁耕农业，开始使用石犁，大大提高了稻作生产的劳动效率。

在良渚文化时期，制陶、琢玉、骨角器制造等手工业生产日益发展。由于手工业与农业的分离和发展，各氏族部落的财物逐渐增多，生产有了剩余。于是产生了以直接交换为目的的商品生产，促进了贫富分化和私有制的产生。

后来，中原的华夏族在黄河流域建立了黄帝及其后裔帝颛顼高阳氏、帝喾高辛氏、帝尧陶唐氏等的王国统治，不断向黄淮、江淮、江南拓展势力；随着中原先进文化向江南地区的不断输入教化，江南的先民从原始时代走进了早期的文明时代，迎来了中华民族早期文明的曙光。

荆蛮古村追溯勾吴

过了2000多年，我们所处的江南一带，被开发为勾吴古国。勾吴古国的形成，源于泰伯与仲雍。泰伯、仲雍的父亲是轩辕黄帝二十五世孙周族太王古公亶父。周族是华夏一个古老的部落，号后稷，姓姬氏。最初生活在渭水中游的黄土高原，到古公亶父生活的年代，大约是商代晚期。古公亶父的部落先是居住在豳地（今陕西旬邑），苦于狄人经常入侵，古公亶父就率领部落迁到岐山下的周原（今陕西省宝鸡市扶风、岐山一带），并划分疆界，建造城郭，设置官吏，改部落的国号为周。

古公亶父有三个儿子，长子泰伯、次子仲雍、三子季历。迁到周原以后，古公亶父看到还是常有周边部落来侵犯扰乱，意识到要抵御侵犯、保持王国安定，必须让本国强盛；要使本国强盛，必须培养出优秀的治国人才，要有贤能的王位继承人。所以他把希望寄托在三个儿子身上，对他们从小就施以"德教"。在古公亶父的培养下，兄弟三人德才兼备，团结友爱，互敬互让，处处为王国和臣民的利益着想。

泰伯三兄弟中，季历比较杰出，他的儿子姬昌也很贤明，古公亶父因此就有了立季历为继承人的想法，以便传位给姬昌。泰伯时常听到父亲赞许姬昌贤能，在日常生活中也处处觉得侄儿姬昌确实能干，有智慧有主张，有开拓疆土的希望。可是依照诸侯传统规矩，凡是先王逝世，只能由长子继位。近来古公亶父自己觉得年老体衰，又看到疆土常被戎狄侵犯，经常叹息。泰伯看在眼里，心里十分不安。他就和妻子姬姜商议，对姬姜说："父亲一向喜爱三弟的儿子姬昌，我也觉得姬昌是个贤能的治国君主。为了兴周大业，也为了实现父亲的心愿，我想以为父亲采药为借口，出去躲避一阵，这样可以让三弟代理朝政，以后顺利让姬昌继承周国的王位。"姬姜说："你走了以后，还有一个二弟，让他怎么办？"泰伯说："二弟仲雍我与他商量好了，让他跟我一起走。只是我们俩一走，父母双亲要请你侍奉好。"姬姜点头同意，但希望泰伯兄弟俩不要走得太远，万一有什么事情可以及时返回，泰伯也答应了。不久，泰伯就与仲雍离开了周原，避到衡山。他们一走，季历就代替古公亶父管理朝政。

　　不久，古公亶父病重，在临终前把季历叫到床前，对他说，根据部落传统，应该由长子继位，你应该让出王位，等泰伯回来接任，季历遵命。古公亶父交代过后，不久逝世。季历立即派人到衡山找到二位兄长，向他们报丧。泰伯和仲雍闻讯，立刻回到周原奔丧。兄弟三人把父王殡葬完毕，季历就拿出父王遗嘱，要求泰伯继位。泰伯不同意，再三推让，并向母亲太姜讲明父王生前遗愿，请求太姜做主，让三弟季历继位，然后传位给贤侄姬昌。太姜见他一片诚心，同时也了解古公亶父生前意愿，就同意了泰伯的请求，让季历接任了王位。

　　泰伯让去王位，立即带领仲雍等人离开周原，长途跋涉，来到长江南岸。有一天，他们来到太湖之滨。泰伯举目四望，只见这里茂密的森林覆盖着起伏的丘陵，平原上湖沼棋布，河网交叉，水草茂盛，鸟兽出没，虽是一派原始洪荒景象，却是气候适宜，水土滋润，很适合开发。泰伯兄弟见东南地势略高，积水较少，土壤肥沃，就安下家来。那个时候，当地土民生产落后，还是刀耕火种；生活也原始，吃的食物半生半熟，住的地方搭茅棚为窝，生产和生活全都落后于中原地区。泰伯和仲雍落户以后，尊重当地风俗，像土民一样，剪掉头发，在身上刺绣花纹，与土民融为一体，和他们一起到水里捕鱼，在地里一起耕作，并传授中原的生产技术。在尊重土民的基础上，把从黄河流域带来的良种和耕种方法、农业技术传授给土民，改变了他们刀耕火种的生产方式；生活方面，改半生为食为全熟为食，改搭棚为窝为盖房搭屋、建村立巷。泰伯还用中原的先进文化教化土民，启迪思想，谙习礼仪。还结合江南水乡特点，兴修水利，带领土民开挖了绵延近百里的人工河"泰伯渎"，极大地便利了两岸农田的浇灌和舟楫往来。

不久，继承王位的季历被商王文丁暗害而死。季历的儿子姬昌派人把噩耗飞报泰伯，泰伯和仲雍又返回西岐奔丧。群臣和侄儿姬昌再次请求泰伯留下继承王位，泰伯还是不肯。他以自己已经"断发纹身，不可再为宗庙社稷之主"为理由，拒绝继任，实质要让姬昌合法继承王位，让他发挥才能，振兴周王国。这是泰伯第三次让王。国不可一日无主，姬昌便继承了王位，即后来的周文王。

泰伯和仲雍又回到了江南梅里，继续开发江南。进一步引导人民兴水利，养蚕桑，种稻谷，发展养殖业。根据江南的天时地利气候变化，他把农作物一年一熟改为一年两熟，即种了水稻又种麦子，使粮食产量大为增加。泰伯的教化，使原本蛮荒的江南吸收了中原先进文化，得到了一次文明的飞跃。使原来人烟稀少、土地肥沃的江南地区，成了人丁兴旺，物产丰富的富庶之地。随后，泰伯和乡民们建立了江南第一村荆村和江南第一巷蛮巷，总称"荆蛮"。泰伯受到乡民们的拥护和爱戴，拥立他为部落首领，建立了江南第一个国家勾吴。

泰伯治理勾吴49年，91岁逝世，死后葬在鸿山（当时称皇山）之上，传位于仲雍。泰伯一生成就了两家天下，一为三弟的周天下，二为二弟的吴天下。他的让德高风和开创吴文化的功绩使后人敬仰，被后人称为至德先圣、江南人文之祖。孔子说他"泰伯其可谓至德矣！"司马迁在《史记》中把他列为"帝王世家"之首。泰伯和季札，虽然年代不同，但他们的仁义之风，给后人留下了宝贵的精神财富。

唐代诗人陆龟蒙在瞻仰了泰伯古城以后，赋诗一首："故国城荒德未荒，年年椒奠湿中堂。迩来父子争天下，不信人间有让王。"

"让王"的高风在吴国还出现过一次。吴泰伯十九世孙吴王寿梦，育有四个儿子，长幼依次为诸樊、余祭、余昧和季札。兄弟四人中，季札德能突出，博学多才，从少年时代就有了贤公子的美名。吴王寿梦从兴国大业出发，一心想让贤能的季札成为吴国的君主。他在儿子们和大臣们面前，说过季札堪当吴王大任的话。但季札认为，这是父王的好意，只是王位的继承问题，是由礼制确定的，不可以任意改变；如果随意改变礼制，国家会酿出祸殃来的。不久，吴王寿梦离世。长子诸樊遵照父王生前的愿望，要让季札继承王位,季札坚决反对。为了表明心迹,他离开吴国都城梅里,来到芙蓉湖西面的马鞍山,退隐在田野之间,躬耕劳作。诸樊接位十三年后,在一次战争中受了重伤。临死前,他把王位传给二弟余祭,并留下遗嘱:今后要由三个王弟依次继承王位。他这样安排,实际还是希望季札能担任吴国国君。余祭登上王位以后,把季札避耕的地方延陵封为季札的封地,江阴包括我们这里就被称为"延陵古邑"。公元前544年,余祭在与越国交战时被越兵刺死,余眛接任吴王。又过了十七年,余眛生病医治无效,临死时他对赶来看望的季札说:"按照先王的遗命,我死之后,应该由你来继承王位了。"季札还是没有答应,办好余眛的丧事,季札又回延陵去了。结果余眛的长子僚继承了王位。

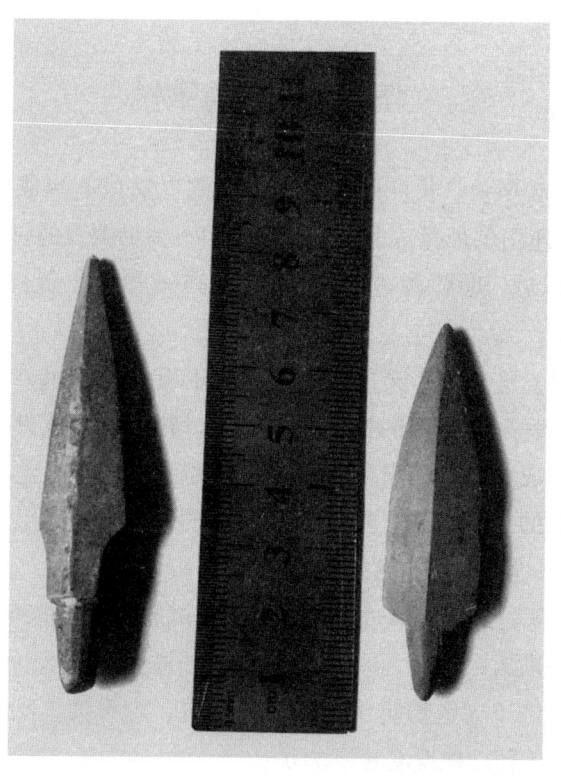

石 镞　（谢季生 供稿）

第 1 章　磨制石器明证远史　荆蛮古村追溯勾吴

【第 2 章】
伍子胥遗迹胥歌村
吴越国交战龙砂山

伍子胥遗迹胥歌村

公元前 522 年秋。长江南边吴国的一隅。这里有形成于 2 亿多年前的砂山龙山，两座山郁郁葱葱，绵延相接；山下稀稀疏疏的村墟还没有命名，要到 2000 年以后，明朝嘉靖年间（1522—1566 年）才命名为常州府江阴县清化乡华墅村。

山的南边，是一片广袤的田野，田野上有一泓湖水，因为没有湖名，就叫未名湖；有一个无名的村庄依湖而筑，村边绿树成林，风景秀丽。地里的庄稼已经成熟。这天上午，农夫们纷纷走出村子，趁着晴天，抓紧收割这半年多来的劳动成果。经过一个早晨的劳作，庄稼已经大部分割完，人们直起身子，舒一舒劳累酸胀的腰肢。

忽然，大家听到远处飘过来一个男子低沉的吟唱，那声音，苍凉悲怆，动人心魄。唱歌人一边唱，一边还合着节拍敲打着什么。渐渐地，这声音越来越近了，终于，人们听清了歌声的内容，也看清了唱歌人用来敲击的是一把铁剑和剑鞘。他反复吟唱的是：

伍子胥，伍子胥！跋涉宋陈身无依，千辛万苦凄复悲！父仇不报，何以生为！

伍子胥，伍子胥！昭关一度变须眉，千惊万恐凄复悲！兄仇不报，何以生为！

伍子胥，伍子胥！芦花渡口溧阳溪，千生万死及吴陲，流浪乞食凄复悲！身仇不报，何以生为！

农夫们听清了歌词，却不懂得歌词的意思，只是好奇地注视着唱歌人。这时，唱歌的汉子已经走过来了，他背着一个孩子，站在了大家的面前。这是一个身材高大的男子，相貌堂堂目光炯炯，英气逼人。令人惊奇的是，看上去他的年纪不过30多岁，却长着满头白发。虽然经过长途跋涉，他依然精神抖擞，步伐矫健。倒是背上的孩子神情有些萎靡，显得没精打采。两个人都是衣衫不整，身上的衣裤都有了不少破洞。看到农夫们关注自己，汉子便向大家行过礼，然后说："各位大爷大叔，能给一点吃的吗？我这小主人昨天已经饿了半天了。""小主人？"汉子的话引起大家的好奇和同情，一个农夫立即拿来两块麦饼，又从湖里舀了一碗水，递给汉子，一边询问他们来自何处。汉子见问，长叹一声放下孩子，悲愤地说："我是楚国的伍员，他是楚国太子的公子，名叫芈胜。"于是，他讲起了来到这里的经过。

伍员[1]（前559—前484年）字子胥，楚国人。后成为春秋末期吴国大夫、军事家。伍子胥的父亲伍奢是楚国的太子太傅，负责教导太子建。

"事情真是一言难尽！"伍子胥讲起往事，不由得悲愤难忍。农夫们请他在田埂上坐下，一位青年又端来了一碗水，请他喝了。伍子胥谢了，又继续说下去。

"五年前楚平王为太子建娶媳妇，太子建就是我这位孩子的父亲——应该娶的是秦国昭王的长妹孟嬴，因为她长得漂亮，大夫费无极就撺掇楚平王娶了她，另外为太子建娶了齐女。这件事本来过去了，谁知费无极担心这件事会惹怒太子建，太子建将来接了王位会杀掉自己，就在楚平王面前诽谤太子建，怂恿楚平王废了太子建，说太子建一直对父亲占娶秦女有怨恨。楚平王就诬陷太子建想谋反，派人把同太子建一起守卫城父的伍奢召来，要他揭发太子建谋反。伍奢是个忠贞耿直的人，一口否定太子建谋反，反而批评楚平王：'大王你怎么可以不信任亲生骨肉，而去听信谗言呢？'楚平王大怒，就把伍奢关了起来。这时，费无极又来提醒楚平王：'伍太师已经抓起来了，可他的两个儿子都很有才干，如果不把他们杀掉，他们要报仇的。'"

---

[1] 伍员：读作 wǔ yún。

"哎呀，这个计谋倒是恶毒的！"农夫们说。

"是的。于是，楚平王对我父相说：'你把两个儿子召来，我就免你一死。'父相看穿他的阴谋，说，我的儿子我最了解，大儿子伍尚忠诚仁厚，召他，他一定会来；二儿子伍员为人刚烈明智，一定不会来。父相这话说得很对，因为我知道，楚平王是想骗我们一起去，把我们父子三人一起杀掉。于是，我就逃出来了。"

"太师和你哥哥怎么样了？"农夫们关切地问。

"都被楚平王……杀了！"伍子胥说着，悲愤难忍，泪流满面。

"唉！"农夫们一齐愤怒地叹息。

"我逃出家中，想来想去，只有逃到吴国才有出路。可是道路遥远，只好先转道到宋国，找到了先逃到宋国的太子父子俩。不久，宋国内乱，我们三人又逃到郑国。到了郑国，太子他报仇心切，与晋国的大夫中行寅交好，中行寅答应帮太子攻打楚国，但要太子推翻郑定公，太子答应了。不料事情被郑定公知晓，定公就把太子杀掉了。于是我就带着他的儿子逃出了郑国，往吴国逃去。"

"总算顺利了。"农夫们舒了一口气。

"不，还有更险的灾难在等着我们，"伍子胥重重地叹了一口气，继续说："从郑国逃出来，为了躲避楚平王的追捕，我们白天躲藏，夜间赶路，终于到了吴楚交界处的昭关。这昭关，在两山对峙之间，出关就是大江。还没有走近关口，我就远远看见关上重兵把守，把我画形图影，严加缉查，过往行人，层层盘查。我要混过关，难于上青天。我愁得一夜白了头。

"后来幸亏义士东皋公帮忙，他又请来了朋友皇甫讷，皇甫讷长得和我有些相像，他故意先到关上让守兵看作是我，当场被抓住；我换过衣服，加上这一头白发，形象有变，趁他们在抓住皇甫讷后放松缉查时混出了昭关。"

农夫们听到这里，松了一口气。

"过关以后，我担心楚兵继续追捕，一路奔逃到江边。面对浩浩大江，又是无路可逃，只好躲在芦苇丛中，幸亏渔丈人驾一条小船把我送过了江。但是，由于一连几天疲于奔命，我和公子胜又累又饿，四肢无力，又亏溧阳漂纱大嫂把她的饭食救济了我们……"

伍子胥讲到这里，忍不住热泪盈眶。农夫们十分同情，又拿出一些干粮送给他们路上吃。有一位老农还把一件孙子的衣服给芈胜穿上。伍子胥

——谢过，又驮着芈胜，敲着铁剑唱着歌，一路往吴国都城梅村去了。

后来，无名村的人们听到消息，伍子胥结识了吴王阖闾，做了大夫，带兵攻进了楚国都城郢都，终于为父兄报了仇。人们就把伍子胥击剑而过的无名村改为"胥过村"，又叫"胥歌村"，把村旁的未名湖叫做"胥湖"。人们钦佩伍子胥刚烈忠孝，尊他为胥过村的土地神。

王家枚著《龙砂志略》载：胥歌村在镇之南。又说，《蔡志》载伍子胥亡楚入吴过此，击剑而歌，因名胥歌村。旁有胥湖，今湖水湮涸，悉成平陆，而村墟之名尚存。村中里社亦祀伍子胥为土神。

对于胥过村，历代诗人吟咏甚多。宋袁默，清缪征甲、王洁有诗流传。袁默有句："……子胥初亡时，乞食心谁知，壮心不自释，击剑歌湖侧，丈夫坚孝义，有如此水白。一朝雪大耻，高名垂后世。至今田亩间，犹识胥曾至……"。清王洁诗："去楚非偶然，亡吴岂得已。忠孝千载心，明明一湖水。天阴闻哭声，仿佛胥歌起。"

吴越国交战龙砂山

自古以来，砂山和白龙山得天独厚，风景优美，两山绵延起伏，山上树木葱茏；山下一年到头香花烂漫，草木葳蕤，是天然的花园。传说吴王夫差把这儿看作花圃，曾带着嫔妃到这儿来赏花采花，因此龙砂山下得名"花墅"，古人"花"与"华"通，因名"华墅"。又说，吴王曾经派人在两山一带养过梅花鹿，并在一次出猎时，亲手射中一只白鹿，策马向东追鹿，追了很远才擒住，因此附近有"鹿苑"和"白鹿"的地名（今张家港境内）。清王润生曾有诗描述："遥遥古墅溯勾吴，花草尘埋迹未芜。不识苎萝村里女，采香曾到此间无？"

可是好景不长，不久吴越交恶，花圃和鹿苑成了战场。

史料记载：长江下游的吴国（都城在苏州）与钱塘江流域的越国（都城在浙江绍兴）在龙砂山下屡起兵戈，战争频繁。为此，吴国在龙砂山至长江沿江驻扎军队，屯垦戍边，防范越军侵犯。华墅北靠长江，以龙山砂山为屏障，两山之间有一条通道，称为石虎门，古称铁岭关，形势险要，是天然的军事要塞。周敬王十二年（前508年，吴王阖闾七年，越王允常三年）春的一天上午，砂山铁岭关吴国守兵像往常一样，正在关下空地上列队操练。他们操练的是防御进攻术，兵士们一手执盾，一手挥刀，分列两队，面对面站立,彼此作为假想敌,互相厮杀,一旁还有兵士摇旗呐喊,擂鼓助威。吴兵操练正欢,忽然,从北边的大路上烟尘滚滚,杀气腾腾地冲过来一支军队,很快来到铁岭关下,二话不说,直冲山北兵寨。吴国兵士吃了一惊,一看他们的装束竟是越国军士,连忙中止操练,两队兵士并作一队,与来敌格斗起来。同时吹响号角报警,召来更多的吴兵投入战斗。霎时,龙砂山下,杀声震天,刀光剑影,战尘滚滚。

  吴越交锋由来已久,自从周敬王元年(前585年),吴王寿梦在晋国的支持下很快崛起,与楚国相对抗,就给楚国带来了巨大的威胁。为了报复、牵制吴国,楚国采取支持越国,培育越国兵力、让它攻击吴国的方法来侵害吴国,吴越争霸从此开始。吴越两国经常从边境上互相攻击,互相残杀,互有胜负。越国的水军能战善斗,十分骁勇,战船从长江水道驰来也十分便捷,越兵一进吴国地域,便弃船登陆,一路杀来,斩关夺隘。以往,他们不是要攻城略地,只是要扰乱吴国地方;这次来了10艘大船,越兵2000人,准备攻打吴国江边城池。带头的越军头领叫田辛,生得五大三粗,右手提一柄钢刀,左手执一面铁盾,凶悍威猛,冲锋在前。他挥舞钢刀,逢人便砍,任凭敌方的刀枪雨点般地砍来,只用铁盾遮避。很快,有几个吴兵被他砍翻在地。其余吴兵正要退缩,却见一骑怒马驾车急驰而来,车上一将,乃吴国大将周彪。周彪身长力大,使一杆铁枪,旋风一般飞舞,如急风暴雨直奔田辛。田辛弃了兵士,来战周彪。那周彪稳站战车,居高临下,一杆铁枪舞得又急又猛,招招不离田辛头颅。田辛忙用铁盾遮挡上首,却放松了挥刀进攻,眼看有点抵挡不住。这时,越军阵里又冲过来几个军士,个个身手灵活,奋不顾身,也是一手执刀,一手铁盾,直扑周彪,专砍周彪辕马马脚。周彪一见,连忙一边指挥战车后退,一边枪挑越兵。周彪背后,又冲过来几辆战车,截住越兵厮杀。好一场恶战:越兵只砍战车马脚,砍着便倒;吴军专挑头颅,挑到就亡。其他马步兵士,也战成一团。这一场混战,从上午辰时,一直杀到下午未时。越兵虽然源源涌来,但最多只有2000;而吴军在自家地界,除了驻军,还有闻风而来绵绵不绝的援军。田辛眼看不但不能取胜,还有身陷重地的危险,只得一声长啸,且战且退,退到江边,带领越军纷纷跃上船去,扬帆而去。这一仗,吴越双方互有伤亡。70多年来,类似这样的战争屡有发生,在龙砂山周围的战事也有多次。

  越国(前2032—前355年),是中华夏商、西周以及春秋战国时期华夏东南方的诸侯国,越国地处东南扬州,始祖为夏朝君主少康的庶子无余,是华夏先祖大禹后裔的一支，越国封地在欧余山之南，主要以绍兴禹王陵为中心，国君姓姒。

　　吴国的王僚接位后，被阖闾借专诸之手刺杀，阖闾接任吴王。吴国在阖闾的治理下，日渐强盛，开始成为中原霸主。吴国通过与越国不断争战，夺取了太湖平原，并从梅村迁都姑苏，由伍子胥设计建造了姑苏城。周敬王十四年（前506年，越允常五年，阖闾九年）吴王阖闾在伍子胥、孙武等人的协助下，在柏举（今湖北麻城）大战楚军，攻入楚国都城郢都，大肆抢掠。越王允常趁吴国空虚，出兵袭击吴国，吴军急忙从楚国退兵，仓促来战越军，输了一仗。周敬王二十四年（前496年）越王允常逝世，勾践接位。吴王阖闾兴兵伐越，越王勾践阵前出奇招：推出一批死囚在阵前自杀，趁吴兵吃惊松懈时，大举掩杀，吴兵溃退到槜李（今浙江嘉兴），被越军击败，吴王阖闾中箭，伤重而死，他的儿子夫差接位。越王勾践三年（前494年）二月，吴王夫差为报父仇，击败勾践于夫椒山（今太湖洞庭山），并把勾践围困在会稽山上，勾践派文种带了礼物贿赂吴国太宰伯嚭，向吴国求和。夫差听了伯嚭的意见，赦免了越王，越王作为战俘前往吴国侍奉吴王三年。三年中，越王任用文种范蠡富国强兵，范蠡施展纵横外交之术，煽动吴国与晋国、齐国中原争霸，使他无暇顾及越国；而勾践三年回国之后卧薪尝胆，励精图治。他亲自耕作，为百姓做表率，与百姓共甘同苦，终于使国力大增，恢复元气。越王勾践十五年（前482年），勾践趁吴王夫差北上争霸会盟之际，发兵袭击吴国，一举攻下吴都。吴王夫差此时在中原与晋定公争霸成功，得到越兵入侵消息，只得回师吴都。由于吴军没有准备，国力空虚，夫差知道一时难以取胜，就派人携带重礼与越国讲和。越王勾践十九年（前478年），越国又发动战争，在笠泽（今江苏松陵）大败吴军。吴国从此一蹶不振。越王勾践二十四年（前473年）越国终于灭掉了吴国，越国成了春秋时期最后霸主，越王勾践迁都琅琊，开创了100多年新的国祚，直到周显王十四年（前355年）被楚国吞并。

　　时隔1300年，又有一场吴越之战在华墅龙砂山展开。公元919年3月，时为五代十国时期。后梁贞明五年，吴杨演隆武义元年，吴越王钱镠自都城杭州举兵征讨淮南，命节度副大使钱传瓘为诸军都指挥使，统领战舰500艘自东洲（江苏启东北）入侵吴国（史称杨吴）。杨吴派舒州刺史彭彦章等率兵抵挡。4月，吴越军与杨吴军在南通狼山相遇，吴越军大破杨吴军，并派兵驻扎在华墅砂山。杨吴又派大丞相徐温统率重兵迎战吴越军，前后4

次血战；6月，两军在江阴三次鏖战，杨吴军在砂山香山决战时，打败了吴越军。8月，作战近半年的吴越和杨吴，两国和谈休兵，从此和平安民20余年。晋天福二年（937年）十月，吴齐王徐知诰在金陵称帝，建立南唐，取代杨吴。南唐曾在龙砂山北石桥设寨驻军。宋开宝八年（975年）南唐被宋太祖赵匡胤消灭。

砂山头峰顶上的春秋石室墓，2018年发现并开挖

【第3章】

春申君改封东吴地
梁敬帝贮谷萧王库

春申君改封东吴地

战国时期（前476—221年），江阴先属吴、越，后属楚，楚考烈王十五年（前262年）起，属于春申君黄歇的封地。

黄歇（前314—前238年），战国时楚国贵族，楚顷襄王二十五年（前273年）以左徒的身份，陪伴楚国太子熊完作为人质暂居秦国都城咸阳。

公元前263年10月的一天下午，咸阳的驿馆门前，来了一位客人，他是来拜访楚太子熊完的。听到有人来访，黄歇出来接待，他告诉客人，熊完今天身体不好，刚服了药躺下，请客人晚些时候再来。过了一会，又来了一位客人，也是要拜访太子熊完。同样又是黄歇出来接待，他告知客人，太子服了药刚睡着，不好去吵醒他。整整一个下午，来了几拨客人，黄歇都是这样回复客人。不料，黄昏时分，刚才来过的客人又来访，接待他的居然还是黄歇。这位客人就怀疑了，无论黄歇怎么掩饰，他一定要面见太子。黄歇没法，只好说出了太子熊完因为父亲病重，上午已经悄悄回楚国去了。

原来，这年10月，楚顷襄王身染重病，派使者去咸阳通报了在秦国当了10年人质的太子熊完，熊完十分着急。一方面他很想回去看望父亲，10年在外，很是想念父亲；另一方面，如果父王死了，作为接班人的他不在楚国，那么接任皇位的将是别人。黄歇就让他去向秦昭王要求，让他回楚国探望父亲。谁知秦昭王担心他一去不复返，便寻找各种理由扣住不放。

太子熊完十分焦急，黄歇就为他出主意："大王如果不幸辞世，你不在楚国，别人就占了你的位子。你不如私下逃离秦国，跟着使臣回去，让我留下来，是死是活，由我来承担风险。"太子熊完听了黄歇的安排，换掉衣服，扮成楚国使臣的马夫，顺利地骗出了咸阳关。黄歇又故意拖延时间，等到熊完驶远，估计无法追上，才透露消息。

秦昭王听黄歇说熊完已经不告而别，大为愤怒，马上就要杀死黄歇。这时，秦国丞相范雎劝谏秦王说："大王息怒。太子熊完即位以后，一定会重用黄歇，不如放黄歇回楚国，以显示我们秦国的友好。"事到如今，也只能如此了。秦昭王派人将黄歇送回了楚国。就这样，黄歇以偷梁换柱之计，自己冒着生命危险，帮助太子熊完逃了出去，自己也虎口逃生，回到了楚国。黄歇陪伴太子做人质10年，朝夕相处，感情深厚。这次经历，太子熊完进一步了解了黄歇的人格品质，对黄歇更加钦佩信赖。

楚顷襄王三十六年（前263年）十二月，太子熊完和黄歇回到楚国才3个月，楚顷襄王去世，太子熊完即位，是为楚考烈王。楚考烈王元年（前262年），为感谢黄歇救护之恩，楚考烈王任命黄歇为楚国令尹，封为春申君，赐给淮河以北12个县为封地。

春申君黄歇为了报答楚考烈王的知遇之恩，尽心竭力辅佐楚王，一方面管理好朝政，励精图治；一方面操练军队，壮大阵容，还研制兵器，使楚国兵强器利，克敌制胜。

公元前260年，秦国坑杀了赵国长平驻军40多万人。第二年又派兵包围了赵国都城邯郸，赵国岌岌可危，赵王向楚国紧急求援。楚考烈王就派春申君带兵去解邯郸之围，黄歇不负楚王的重托，厉兵秣马，率领将士巧妙用兵，勇猛冲杀，终于打败了秦军，解了邯郸之围。公元前250年，楚考烈王派遣黄歇带兵北征鲁国，前249年楚国灭掉了鲁国。春申君发挥自己的智慧才能，纵横捭阖，联合中原各诸侯国，缔结友好；与秦国折冲樽俎，据理力争。通过援赵灭鲁，黄歇在诸侯中威望大增，楚国也日益强盛。此时，黄歇与齐国孟尝君田文、赵国平原君赵胜、魏国信陵君魏无忌被称为"战国四君子"。

黄歇当初的受封地为包括寿春（今安徽寿县）在内的12县，受封后，他选中依山傍水的寿春这块风水宝地，苦心经营，精心布局，经过14年的营造，终于建成占地总面积达方圆几千亩的繁华城邑、南方大都市。寿春城建成时，正是楚国与秦国争霸交战最为激烈的时期，春申君从地理优势、战略地位和城市功能等多方面考虑，建议楚考烈王将国都从矩阳（今安徽阜阳北）迁往寿春。从此寿春改称郢都，很快形成拥有10万人口的大城市，呈现出经济繁荣、人文荟萃、欣欣向荣的景象。

帮助楚考烈王完成迁都大业以后，春申君深明大义，从楚国的全面强盛、国家利益出发，请求楚王将自己改封东吴，以利于开发江东。楚王同意，收回了原先封给他的淮北12个县，改封春申君于江东，都邑设在原来吴国的国都（今苏州）。春申君在东吴前后共经营了11年，在他的封地上，包括现在的上海、苏州、无锡、常州和江阴地区，都留下了他的遗迹和传说。

春申君在东吴封地上，最重要的功绩就是开挖河道，兴修水利。为了发展农业，消除水旱灾患，他带领民众先后疏浚东江、娄江、吴淞江，其中开浚黄歇浦，工程最为浩大。在江阴，黄歇动员他封地上的民夫在君山西边挖掘沟渠，北引长江水，南导芙蓉湖，便利了长江和芙蓉湖的吞吐和舟船的往来，为两岸千万亩良田排除了干旱之忧。人民为了纪念黄歇的这一创举，将此河取名黄田港。春申君又募集江阴民夫，在县西开挖了申港河。申港河使江水南流一分为二，向东流入无锡，向西流向武进戚墅堰，最后都通往南运河。黄歇主持的这些水利工程，都成了引用长江水排涝、灌溉的命脉，千秋万代造福于民。黄歇还动员大量民工，开凿语昭渎，沟通了芙蓉湖和震泽（太湖）。为了纪念春申君黄歇的恩德，人民称他封地上疏浚过河流的地方为黄浦江、黄歇浦、申江；江阴西郊的瞰江山，因春申君而改名为君山；长江边的黄山也是为纪念春申君黄歇而以他的姓命名的。无锡西郊惠山碧山吟社旁还有春申涧，涧旁古有春申君祠。

春申君任楚相第25年，公元前238年，52岁的楚考烈王去世。春申君黄歇听到这个噩耗，悲痛欲绝，立即乘坐马车，日夜兼程从吴都赶往寿春奔丧。不料当他赶到寿春，入宫时，被奸党李园埋伏在棘门的刺客杀害，时年76岁。

春申君死后，他的灵柩葬在君山西麓，墓旁有春申君祠。三国时，相传在墓地之侧建有东岳庙。明代弘治年间，君山东岳庙殿前忽然塌陷出一个大窟窿，俯视窟窿深不见底，没有人敢下去探看。当时的江阴知县黄傅就命令几个衙役点亮蜡烛一齐下去，他自己在众人之前带队。到了窟底，看见一扇门，开门进去，是一条隧道，他带着大家进了隧道。隧道越走越宽，尽头处原来是一间墓室，墓室中间用铁链吊着一具棺木，棺前有一张石凳，凳上放着祭器。黄傅看了祭器上的字样，才知道这是春申君黄歇之墓，于是不敢怠慢，给祭器加了香油，祭扫一番，然后退出，堵好土窟。后来，清乾隆五年（1740年）前后，山东高苑人、雍正二年进士蔡澍任江阴知县，凭吊春申君后，在东岳庙侧为春申君立过一块墓碑。

春申君在楚国为相25年，辅佐楚王，强国理政，疏河治水，造福于民，人民怀念他，历代名人歌咏他的也很多，其中明代高启的诗最为确切和概括：

封吴开巨壤，相楚服强邻。
名重三公子，谋疏一妇人。
画帏留古像，珠履绝遗尘。
箫鼓时迎祭，还怜旧邑民。

梁敬帝贮谷萧王库

民国二十七年（1938年），华墅出土一块石碑，碑上镌刻4个字：梁萧王库。

1937年初冬，日本侵略军占领华墅。次年春，日军驻华墅小队长藤本准备在华墅镇中心地段建筑一座三层楼高的瞭望台，用来瞭望四野，掌握华墅周边动静。他选中中渡桥河南的积谷仓广场，因为这里是华墅镇的中心，没有树木、建筑物遮蔽，东西南北视野开阔。清明才过，他就强征了十来个民工，叫他们自带工具，在积谷仓的场上挖掘起地基来。民工们挖掘了半天，已经挖掘了一大片，藤本还嫌太慢。忽然，有个民工的钉耙"当"的一声，碰到了什么硬物，他停了下来，仔细看了一下，是块石头，又用钉耙挖了几下，终于把这块方方正正的石头撬了起来。"咦，上面有字！"他是不识字的，几个人马上凑过来看。有人用手扒去了字上的泥土，念道："梁……萧……王库。"梁萧王库？人们正在猜想，藤本怒气冲冲地走过来，怒喝："看什么？快干活！"民工们慑于他的淫威，丢下石碑，干活去了。由于那时国家遭难，兵荒马乱，那块石碑人们无心看管，丢在墙角，后来不翼而飞。对这块碑，有目击者称，石块质地为苏州金山石，长约一尺半，宽约六七寸，厚约二寸。石碑的一面刻字，另一面比较毛糙。刻字的一面"梁萧王库"4个字，字体为楷书，4字凸起，字外平滑。这块石碑还有一个特点："梁萧王库"4个字偏上，天头比较小，而"库"字下面留出的空档较多，空档下端石面粗糙。根据这个特点，镇上的老秀才考证，这是一块用作分界标志的"界石"。

过了若干年，人们安下心来，才想起"梁萧王库"碑，有人分析，"梁萧王"应该是江阴国国王梁敬帝萧方智，"库"，说明这里曾经是梁敬帝萧方智设立的粮库。

梁敬帝萧方智（543—558年），字慧相，小字法真，南兰陵兰陵县（今江苏武进）人，南梁第8位皇帝。梁元帝萧绎第9子，母夏贤妃。初封兴梁侯，后改封晋安王，出任平南将军、江州刺史。承圣三年（554年），西魏攻陷江陵，梁元帝遇害，王僧辩、陈霸先商定，以萧方智为梁王、太宰。承圣四年（555年），王僧辩因北齐强势干预，硬要扶萧方智的堂叔萧渊明继续帝位，便立萧渊明为帝，以萧方智为太子。同年九月，陈霸先起兵袭杀了王僧辩，废黜萧渊明，拥立萧方智为帝，改元绍泰，是为梁敬帝。太平二年（557年）萧方智禅位于陈霸先，南梁灭亡。陈霸先自立为陈武帝，改江阴郡为江阴国，封萧方智为江阴国国王，儿子萧文华为太子，承圣四年（555年）登基。永定二年（558年），陈霸先派人将萧方智父子杀害，追谥萧方智为敬皇帝、萧文华为哀愍太子。

梁朝又称为南梁，始创于萧衍，定都建康（今江苏南京），历8帝共56年（502—557年）。永元二年（500年）萧衍自襄阳起兵东下，攻占建康，次年称帝，国号梁，建元天监，史称萧梁。萧梁盛时疆域广大，占有今广东、广西、海南、福建、江西、浙江、江苏、安徽、湖北、湖南、云南、贵州等省区；河南、陕西、四川各一部分以及越南北部、东部，缅甸北端的部分地区。

梁武帝萧衍（464—549年），字叔达，小字练儿，出身兰陵萧氏。他吃素礼佛，对人宽容，一心要做一位仁慈的君主。萧衍深受佛教影响，是一位彻底的素食主义者，不喝酒，不听音乐，40年不近女色，信佛虔诚到了入迷的程度。在任时，他花了大量的国帑，兴建了大量的佛寺。他前后4次去寺庙拜佛，要想就地出家。有一次，他出家在庙里做了4天和尚，大臣们再三哀求他回宫，拿出1亿钱才把他赎了回来。天监十八年（519年），萧衍在寺院，受菩萨戒，从此称为"菩萨皇帝"。梁中大同元年（547年），东魏朝的大将侯景来投奔梁武帝。当时大家都知道侯景是反复无常的小人，别的国家都不愿收留他。梁武帝却心软，并想依靠侯景出兵消灭东魏。他不顾大臣们的反对，收下了走投无路的侯景，还封他为大将军、河南王。后来，侯景果然发动了叛乱，以诛杀朝中弄权的朱异为借口，围困都城，守城的将领一时失智，把侯景放进了都城建康。侯景一进建康，就包围了梁武帝的居住地台城，软禁了梁武帝。几十天后，叱咤一时，统治南梁48年的86岁的梁武帝被活活饿死。

梁敬帝被贬为江阴王，怀着复杂的心情，带着妻子王氏和幼小的儿子萧文华，离开了建康，乘大船来到了江阴。他一方面为自己被黜而感到屈辱，痛恨自己没有祖父梁武帝的雄才大略，没有父亲梁元帝的尚武多才，为自己年纪太小任人摆布感到悲哀；一方面也有一种解脱感，虽然做了4年皇帝，但那是傀儡皇帝，一直在权臣斗争的夹缝中求生，特别是后来两年，一切看相国陈霸先的眼色，朝中军政大权都由陈霸先掌握，大小事情都由陈控制。看着陈霸先专横跋扈，他心生畏惧，如芒刺在背。他的妻子王氏，虽然遭遇相同，但她忍辱负重，常常劝慰丈夫随遇而安。她生于琅琊临沂（今山东临沂），父亲是名臣王金，官太子中庶舍人。王氏嫁进萧家，先为晋安王王妃，后为梁敬帝皇后，又随丈夫贬到江阴，成为江阴王王妃。但她毫不气馁，她祈求上天保佑，让她一家人平安团聚，相守一生，便是福分。到了江阴，萧方智看到这里虽然没有梁武帝的都城建康繁华，也没有梁元帝的都城江陵地域广大，但这里山清水秀，地理优越，物产丰饶，四季分明，气候适宜，也喜欢上了江阴。他安下心来，憧憬着守好这片疆土，在这里安居一生。于是，他夙兴夜寐，主持江阴国的朝政，重农桑，兴水利，一有空闲，便在自己的国土上到处视察，考虑兴业大计。一日，他和几个臣僚来到东乡华墅，看到这里依山傍水，既有山川之胜，又有交通便利，便选它为东乡中心；他又选中集市中心太清河南岸中段，造了一座屯粮之所，用来囤积江阴东乡诸镇交来的稻麦，名为"梁萧王库"。这个粮库，坐南朝北，门前是一条大路，路北便是太清河，河面宽20丈，往西通应天河，往东可达常熟，水路畅通无阻，陆路也可在龙砂山下通行。

梁萧王库建成不久，令王妃日夜担忧的事还是发生了。永定二年（558年）三月二十六日，一个叫刘师知的使者从建康来到江阴，带来了陈武帝陈霸先的诏命，萧方智心知有异，却也只得出来接待。刘师知只说了一句"有旨下，赐你全尸"，便让两个差役把萧方智缢死了，同时被扼死的，还有婢女抱着的萧文华。萧方智时年16岁，萧文华年仅2岁。只走脱了内宫的王妃，从此不知下落。

把萧方智父子弄死，是陈武帝担心他们以后会东山再起。萧方智死后，陈武帝说他已经不是皇帝，不能归葬萧皇陵，江阴国的朝臣们就把他葬在了江阴良信乡的苍墩（今江阴利港西硕桥苍墩村）。江阴国后来先后由武林侯萧咨子季卿和萧彝接任江阴王，公元589年，隋灭陈，江阴国废。

由于"梁萧王库"地理位置优越，得到历朝历代江阴知县的认同，自梁代开始，便一直是粮食储存仓库，被称为"积谷仓"，这个名称一直沿用了1500多年。直到清雍正三年（1725年），在六房桥南塅建造了新粮仓，但在同治十二年（1873年）仍移建到"梁萧王库"故址，计26厫，可储谷8138石，用来储藏华墅、长泾、杨库、马嘶、顾山5镇之谷。

位于江阴君山西麓的"春申旧封"牌坊

第 3 章

春申君改封东吴地　梁敬帝贮谷萧王库

【第4章】
杜审言首始吟龙砂
苏东坡曾经筑田舍

杜审言首始吟龙沙

　　唐中宗神龙二年(706年)秋,农历九月初九的上午,艳阳高照,碧空万里,龙山和砂山的山坡上,野菊绽放,枫叶如染。一群牛羊在坡上悠闲地吃草,几个牧童爬上了平坦的半山腰,有的摘了茱萸往头上发髻里插,有的在草地上翻起了筋斗,还有一个比较年长的从怀里取出一支短短的竹笛,呜里呜里地吹着。

　　这时,山下由西向东来了两骑快马,马上的人眼看牧童们的快活,不觉相继下马,把马拴在路旁青草茂密的树下,信步走上山来。这两个人都是文人打扮,胡子花白的那个,穿一身黑色短袍,他叫杜审言,刚从南方过来;另一个穿绿袍的是晋陵县的陆丞,是杜审言的朋友。两个人上到山巅,举目四眺,只见山北远处是浩浩大江,隐约如练,烟涛微茫;南边是平畴无垠,犹如彩色地毯,中间夹杂黑瓦白墙参差人家;东西都是葱绿山地,一望无边。真个是风景如画!

　　下得山来,杜审言问牧童:"小哥,这山叫什么名字?"

　　"砂山。"牧童们齐声回答。

　　"那边的呢?"陆丞指着东边的山问。

　　"叫乌龟山。"一个小牧童抢着说。

　　"乌龟?是会游水的乌龟吗?"

"是呀。"牧童说。

陆丞笑了,孩子们也笑了。

陆丞又问:"为什么叫乌龟山呢?山上有乌龟?"

这时,会吹笛的孩子说:"没有。因为山的形状侧面看去像只乌龟,所以叫乌龟山。听我爸说,其实它叫白龙山。"牧童们一个个点头,都说"春生说得对"。

春生又补了一句:"我们这两座山,一座叫砂山,一座叫龙山。""唔唔。"杜审言若有所思。

观赏了一会,陆丞看看时间已经不早,就对杜审言说:"杜公,重九日登高,不可无酒。哪里有酒店,我们去喝几杯。"

一旁的春生忙说:"我家就是开酒店的,就在这山下大路边。"

"好的,就到你家店里去。"

"好咧。"春生一溜烟地先下山去了。

杜审言和陆丞也往山下走去。杜审言默默走着,陆丞知道他是在推敲诗句,也不打扰他,不声不响地一步一步走下去。两人走到山坡下,把马托付给牧童。早有春生迎着,领他们进店坐下。这是一间小小的酒家,屋里才四张桌子,每张桌子只能坐四个人。陆丞拣一张靠大路的桌子坐了。马上有一位穿着白色衣服的村姑端上了酒和菜。陆丞才呷了一口,杜审言已经喝了半碗。

忽然,杜审言向村姑招招手。村姑过来,问:"客官还要什么?"

杜审言问道:"店家,你这儿有纸笔吗?"

"笔倒是有。这纸……"

村姑正迟疑,春生已经拿出一本记酒账的账簿,在簿底撕下了一页,递给了杜审言。

杜审言吮笔捩墨,略一思索,在纸上写下了一首五律,题为《重九日宴江阴》:

> 蟋蟀期归晚,茱萸节候新。
> 降霜青女月,送酒白衣人。
> 高兴要长寿,卑栖隔近臣。
> 龙沙即此地,旧俗坐为邻。

杜审言写毕，把诗先递给陆丞，陆丞看了，赞道："杜公好手笔，诗思还是这般敏捷！"店里的酒客也一一传看，赞不绝口。杜审言也不言语，自顾喝起酒来。

杜审言（约645—708年），字必简，唐太宗贞观十九年（645年）生于襄阳，后随父迁往巩县（今河南巩义），是西晋征南将军杜预的后代，大诗人杜甫的祖父。唐高宗咸亨元年（670年）考中进士，任山西隰城尉。

杜审言博学多才，但他处事直率，因此常常招来别人的忌恨。当时，他与李峤、崔融、苏味道并称为"文章四友"，但他直率单纯，不懂得谦让别人。苏味道任天官侍郎时，有一次杜审言参加官员的预选试判，结束出来后，他得意地对旁边的人说："苏味道这回要死了！"听到这话的人大吃一惊，忙问是什么原因。

杜审言回答说："他见到我写的判语，应当羞愧而死！"要知道，当时杜不过是小小的隰城县尉，而苏味道已是朝廷大员。杜审言还口无遮拦地说："我的文章一出手，古代的屈原、宋玉的赋，只能屈居在我之下；我的书法，即使王羲之也只能成为我的学生。"由于他直率天真，得罪的人太多，不久，又被人进谗言，故而朝廷降他为吉州司户参军。谁知他不反思自省，依旧我行我素，无意中又得罪了同事郭若讷和郭的长官周季重。郭和周两人便联合起来诬陷杜审言，把杜定了死罪。杜审言13岁的儿子杜并知道后，十分气愤，就为父亲报仇。他携刀潜入周季重的衙门，看准机会刺杀了周季重，杜并也被侍卫武士当场杀死。杜并为父亲报仇的事震惊朝野，人们都称赞杜并为孝子，当时写墓志铭的大手笔许国公苏颋还亲自为杜并撰写了墓志铭。

女皇武则天听到这事，就把杜审言召到京城，问明情况，又因为赏识他的诗文，任命他为著作佐郎，后来又升为膳部员外郎，负责管理朝廷祭祀用具。唐中宗神龙元年（705年）正月十二，大臣崔玄、张柬之等趁武则天病重，发动神龙政变，武则天的宠臣张易之、张宗昌兄弟被杀死，唐中宗李显复位，杜审言因与张氏兄弟交好获罪，被流放到峰州（今越南河西省青威县和国威县境内）。没多久，政局稳定，唐中宗特赦一批罪臣，杜审言被召回，就有了他转道晋陵（今常州）探望好友陆丞、同游砂山、写下《重九日宴江阴》的事迹。回到京城后，中宗任命他为国子监主簿、修文馆直学士。中宗景龙二年（708年），杜审言卒，赠著作郎。

杜审言的诗多为写景、唱和及应制之作，以浑厚见长。有文集10卷，已佚。有宋刻《杜审言集》1卷，收诗43首。杜甫评说他"吾祖诗冠古"。

杜审言工于五律，对近体诗的形成和发展卓有贡献。明代学者胡应麟说："初唐无七言律，五言亦未超然，二体之妙，实为杜审言首倡。"杜审言曾经还有一首《和晋陵陆丞早春游望》，被胡应麟赞为"初唐五律第一"。

杜审言先后娶妻薛氏、卢氏，有4个儿子：杜闲、杜并、杜专、杜登，5个女儿。其中长子杜闲官朝议大夫、兖州司马，便是杜甫之父。

在杜审言《重九宴江阴》这首诗里，第一次出现了"龙沙"，而且诗题上点明是"江阴"，这个"龙沙"，应当是指华士的"龙砂"。"龙沙"，《辞海》上说"泛指塞外沙漠之地"，"旧称边塞地区为'龙沙'"。有版本引用杜审言《重九日宴江阴》时，写成"新沙即此地"，"新沙"是指海边新形成的沙地，唐代的"新沙"，应在长江边上。还有，古人作诗一般不在同一首诗中出现重复的字眼，第二句已有"新"字，如再用"新沙"，"新"字就重复了。有一种可能是，"新"和"龙"的草书字形相似，在抄写时或许会把"龙"看成了"新"。综上可知，"龙"字更为确切。

不管怎么说，杜审言的这首诗就这样把"龙沙"传扬了开来，成为了华士1000余年来最为著名的代称。

苏东坡曾经筑田舍

在华墅东郊白龙山南麓（今新桥镇境内），有集镇名苏市桥、马嘶桥，世代传说，这两处地名都是北宋苏东坡留下的遗迹。关于马嘶桥的故事说，苏东坡骑马出常州，到郊区江阴地面视察民情，一路走来，就来到了华墅。他走着走着，突然胯下坐骑前足腾起，长嘶一声，差点把苏东坡掀下马来。苏东坡定神一看，眼前横着一条大河，河面上架着摇摇晃晃的烂木板桥，马儿不肯上桥过河，故此长嘶不肯前行。苏东坡就下了马，找到村里的绅士，与他们商量，拆去烂木板，重造了一座大石桥。为了纪念苏东坡的这一善举，当地人就把这座桥命名为"马嘶桥"。"马嘶桥"北边"苏墅桥"（现改名为苏市桥）则有这样的来历：明万历年间，白龙山东南山麓蔡港河土岸崩坍，人们发现"东坡田舍"石碑一块，据此推知北宋大文豪苏东坡曾在此地筑过屋舍居住。故而当地便被命名为"苏墅桥"。

苏轼（1037—1101年），初唐大臣苏味道之后，宋代文学家。字子瞻，一字和仲，号东坡居士，北宋眉州眉山（今属四川省眉山市）人。宋仁宗嘉祐二年（1057年）进士。他中进士之后，历经母亲父亲先后逝世，相继守孝，治平六年（1066年）还朝。此时，震动朝野的王安石变法开始。熙宁四年（1071年），苏轼上书谈论新法的弊病，使王安石十分愤怒，于是让御史谢景在宋神宗面前陈说苏轼的过失。苏轼就请求出京任职，被授为杭州通判。熙宁七年（1074年）秋，苏轼调往密州（山东诸城）任知州。熙宁十年（1077年）四月至元丰二年（1079年）三月，苏轼任徐州知州。他每到一处，总能革新除弊，造福于民，颇有政绩。

元丰二年（1079年），43岁的苏轼被调为湖州知州。上任后，他向神宗写了一封《湖州谢表》，这本是例行公事，他在文中说自己"愚不适时，难以追陪新进"，"老不生事或能牧养小民"。这些话被新党利用，说他"愚弄朝廷，妄自尊大""衔怨怀恨""包藏祸心"，讽刺朝廷，莽撞无礼，对皇帝不忠，如此大罪可谓死有余辜。他们还从苏轼的大量诗文作品中挑出认为含沙射影、攻击朝廷的句子，给苏轼罗织罪名。当年七月二十八日，上任才三个月的湖州知州苏轼被御史台的吏卒逮捕，解往京师汴京，受牵连者达数十人。这就是北宋著名的"乌台诗案"（乌台，即御史台，因其上植柏树，终年栖息乌鸦，故称乌台）。"乌台诗案"是苏轼一生中遭受的重大打击，新党们非要置苏轼于死地不可。但救援活动也在朝野同时展开，不但与苏轼政见相同的许多元老纷纷上书，连一些变法派的有识之士也劝谏宋神宗不要杀苏轼。王安石虽已退休，也上书说："安有圣世而杀才士乎？"在大家的努力下，这场诗案就因为王安石的"一言而决"，苏轼得到从轻发落，贬为黄州（今湖北黄冈）团练副使，但要接受当地长官的监视。这一次，苏轼下狱103天，多次险遭斩决，幸亏宋太祖赵匡胤在位时定下的"不杀士大夫"国策，才算躲过一劫。

黄州团练副使一职并无实权，而且苏轼经过诗案，对仕途心灰意冷。到任后，苏轼心情郁闷，多次到黄州城外的赤壁山游览，写下了《赤壁赋》《后赤壁赋》和《念奴娇·赤壁怀古》等名作，以此来寄托他谪居时的思想感情。公务之余，他带领家人开垦城东的一块坡地，种植庄稼贴补生活，"东坡居士"的别号便由此而来。

元丰七年（1084年），苏轼离开黄州，奉诏赴汝州（今河南汝州）就任。由于长途跋涉，旅途辛苦，苏轼的幼儿不幸夭折。汝州路途遥远，路费也即将用光，苏轼就上书朝廷，请求不去汝州，改到常州上任。请求被批准后，苏轼就任常州团练副使。常州地区水网交错，风景优美，而且当地还有苏轼的一群朋友，是嘉祐年他中进士时结识的十多位同科进士。苏轼住在常州，既没有饥寒之忧，又可享受山水美景，而且远离了京城政治的纷争，能与家人、朋友朝夕相处，因而心情十分愉快。于是，苏轼选择常州作为自己的终老之地。

元丰八年（1085年），宋哲宗即位。司马光重新启用为宰相，以王安石为首的新党被打压。苏轼重新任命为朝奉郎知登州，4个月后被召回朝廷任礼部郎中，半个月后升为起居舍人。3个月后，升中书舍人，不久又升翰林学士、知制诰、知礼部贡举。当苏轼看到新兴势力拼命压制王安石集团的人员、尽废新法时，表达了异议，同时对旧党执政后，暴露出的腐败现象进行了抨击。因此，他又引起了保守势力的极力反对，又遭诬告陷害。至此，苏轼既不能容于新党，又不能见谅于旧党，觉得还是跳出政治漩涡中心、到外地任职为好。元祐四年（1089年），苏轼任龙图阁学士、知杭州，又知颖州。绍圣元年（1094年），苏轼被贬为远宁节度副使、惠州安置。苏东坡一生流放12年，生活颠沛流离，但他并不计较个人得失，每到一地，勤勉工作，总是重视农耕，疏浚水利，开河筑堤，为民造福。

元祐六年（1091年），苏轼又被召回朝，但不久又因政见不合，被调颖州知州、扬州知州、定州知州。绍圣元年（1094年）6月，贬至惠州（今广东惠阳）。绍圣四年（1097年），年已62岁的苏轼，被贬到海南儋州。宋徽宗即位后，苏轼先后移廉州安置、舒州团练副使，后又移永州安置。元符三年（1100年）四月，朝廷颁行大赦，苏轼复任朝奉郎。宋徽宗靖国元年（1101年）7月，苏轼准备和家人定居常州。他渡过琼州海峡，在广州待了几天，开始北上。时值酷暑大热，从南方进入江浙，发现气候酷热难当，苏轼由此中暑并一路腹泻不止。靖国元年（1101年）7月28日，他在常州逝世。

苏东坡到龙砂，事出有因。其一，据资料记载，他曾经到过常州11次，有的是短暂逗留，5天10天便返程或往他处，有的是住上一年半载。时间最长的要数元丰七年（1084年）苏轼自黄州团练副使调往常州，在常州团练副使这个职位上待了一年多。团练副使是个闲职，苏轼可以随意出去走走。更让他身心愉悦的是，常州有他的朋友。嘉祐二年（1057年）21岁那年考中进士时，他就结识了蒋颖叔、单锡、胡完天等10多位常州籍同科进士，还曾与单锡定下"鸡黍之约"（与古人一样，相约重阳节，杀鸡炊黍厚待对方），以后互有往来。

虽然沧海桑田，时光流转，苏东坡以他的风骨、才情和人格魅力，给江阴、给龙砂留下了生生不息的精神财富和珍贵的文化遗产。

【第5章】
韩蕲王屯兵藏军洞
宋宗室落户石桥寨

韩蕲王屯兵藏军洞

　　南宋建炎三年（1129年）十月的一天上午，红日当头，白云悠悠，平时寂静的砂山头峰顶山道上，人头攒动，人声嘈杂。这里聚集了一大群人，一个个壮实强健，正忙着把一块块巨石运往山顶。根据抗金统帅韩世忠的部署，他们要在砂山顶上扎营驻防，构筑军备工事"藏军洞"。

　　这砂山，由西向东绵延10里，占地面积5669.58亩（2.39平方公里）5个山峰高低不同，最高峰五峰顶海拔192.8米；砂山往东1里，为白龙山，又称龙山，龙山东西横亘3.5里，占地面积1650亩（0.74平方公里），海拔119.8米。这两座山形成于何时？古人说是在"晋宋间，忽大雷雨，潮涌砂石，一夕而成山"，这是不正确的。根据现代科学考证，两山应该形成于距今7000万年—300万年（新生代）的一次造山运动喜马拉雅运动，与茅山山脉形成于同一地震运动时期。

　　站在砂山之巅向北眺望，烟波浩渺的长江尽收眼底，来犯金兵的船只也难逃望眼。韩世忠在江阴屯兵，首先看上了砂山，他要在砂山之巅构筑一批藏军洞，用来驻扎军士，瞭望来敌，同时还可用作烽火台，快速召集南宋军队。就在本月月初，金太宗派大将完颜宗弼（又名金兀术）大规模南侵，攻占了建康（今江苏南京），紧逼南宋都城临安（今浙江杭州）。宋高宗仓皇出逃，逃到越州（今浙江绍兴），又从越州逃往明州（今浙江宁波）。金兀术则带兵紧紧追赶宋高宗。在这大敌当前的紧急关头，为了保住南宋的半壁江山，制置使韩世忠立即移军江阴，屯兵马驮沙，力图阻挡金兀术南下。马驮沙地处江阴孤山以南，本是一个江中小岛，不断淤积，逐渐成为东西长约70里、南北宽约20里的陆地。韩世忠屯兵在这里，"韩家军"同仇敌忾，摩拳擦掌，准备以逸待劳，与金兵血战一场。同时他还在江阴沿江一带利用丘陵、高地驻扎军队，布下天罗地网，准备迎击来犯金兵。

韩世忠（1091—1151年）字良臣，晚年自号清凉居士，延安（今陕西省绥德县）人，南宋名将，与岳飞、张俊、刘光世合称"中兴四将"。累迁镇南、武安、宁国三镇节度使，封爵咸安郡王，死后追封蕲王，谥号"忠武"。

在砂山上构筑藏军洞，要有牢固坚硬的大石条，而砂山本身只比较松散的水成页岩。韩世忠就派人到苏州藏书一带开采金山石，并劈成七八尺长、二尺来宽、三四寸厚的大石板，把石板从水路装运到华墅，然后雇佣民工，送到砂山脚下。他又指定偏将王元督工，务必在3天之内在山顶筑好一批藏军洞。

接下来，最重要的工作就是要把大石条送到山顶。王元向韩元帅申请派了500名士兵，又向山下农民借了大量杠子和粗麻绳，开始运石上山。运石的路选了头峰顶下的上山道路，相比其他山峰的上山道路，这里比较平缓。每块石条配备4名军士，两人一杠，前后两杠。开始时，4个人一组扛着大石条，一步一步往上移。4个人既要爬山，又要负重，十分劳累，一块大石条从山脚扛到头峰顶，足足花了一个时辰，而且人累得几乎趴下。王元一看，这速度太慢了，照这样的进度，别说3天，就是10天也完不成任务。

就在王元着急的时候，有个白胡子老汉给他出了个主意：可以用"蚂蚁传担"的方法来运送石条。所谓"蚂蚁传担"，是像蚂蚁运食物一样，把一段总长度分为几个小段，节节传送，在去山上的一条山道上，每隔50丈准备一组人，石条扛到50丈处，立即"换肩"给下一组人扛，这一组人休息；换肩的这组人往上扛到50丈，又有更上一组人换肩，这样，兵士每扛50丈就休息一下，换上生龙活虎的新一组人继续向上。采取"蚂蚁传担"方法后，速度果然快多了，兵士的劳动强度也减弱了。可是，王元又发现了新问题：本来4个人一组，可以有100多组人扛石条，现在距离缩短了，运一块石条要好几组人，扛的人就不够了。白胡子老汉说："这个事情好解决。"说完他匆匆回去了。不一会，他回来了，后面跟着浩浩荡荡300多个带着竹杠和绳索的青壮年。大家听说韩大帅为了拦击金兵，要在砂山上筑工事而人手不够，一个个自告奋勇，踊跃而来。

于是，自头峰顶开始，直到五峰顶，800多人同时劳作、分成200多组扛运石条。一时间，砂山顶上，号子声声，山鸣谷应；脚步匆匆，川流不息。山脚下的大石条越来越少，只用了一天半时间，石条就全部运上了头峰顶，又从山脊上运到了绵延数里的二峰、三峰、四峰、五峰顶上。接下来，王元安排人手挖坑、填石基，再把大石条搁在石基上。很快，砂山顶上筑成了一个个藏军洞。山上干得热火朝天，山下也来了许多看热闹的老百姓，那个白胡子老汉，站在人群里，笑眯眯地说："这正是'军民共建藏军洞，布下天兵擒豺狼'啊！"

由于人多，天气又晴朗，到第3天下午，36个藏军洞全部搭建好了。洞高3尺，宽8尺，深1丈，每个洞可以藏兵5人。从山下往上看，几乎看不到石洞；而从洞里往下看，都可以俯瞰山下，洞察一切。远来的敌兵，谁也不会想到山上有一支近200人的生力军，更不会想到，他们的一举一动都在藏军洞里的兵士的掌握之中。

藏军洞建好了，军士也驻下了，接下来要解决的是驻军的粮食和饮用水。粮食可以带干粮，水却每天要准备。韩世忠又派王元去砂山附近的陶城，与陶工们商量，请他们赶烧一批粗陶瓦罐，第一批10万只，10天交货。这种瓦罐，工艺粗糙，制作简单，朴质实用。有的有耳，耳上系绳可以到井里吊水，到河里取水；没有耳的，就当军用水壶用。由于这种瓦罐，"韩家军"人手都有几个，所以被人们称为"韩瓶"。

再说金兀术挥师南下，已经来到明州海边，沿途不断遭到抗金义军的袭击。谍报特别报告韩世忠已经屯兵江阴的消息，金兀术早已听说韩世忠足智多谋、英勇善战，不亚于岳飞，他就心存怯意，不再南下。于是他偃旗息鼓，悄悄地绕过长江沿岸，向北退兵了。韩世忠屯兵江阴，虽然没有与金兵直接交战，但鼓舞了大宋军民的斗志，大灭了侵略者的威风，同时也使富庶的江阴免除了一场战乱。就在第二年（1130年）的三月，金兀术与韩世忠在镇江相遇，韩世忠以8000宋军拦击10万金军，把金军打得几乎全军覆没，还差一点活捉金兀术。

韩世忠驻军江阴，在华墅砂山构筑的藏军洞，虽然没有在宋代发挥作用，但在元、明、清代却充当了重要的战事设施。在元末明初朱元璋与张士诚之战、清同治太平军与洋枪队之战中，藏军洞都被利用过，发挥了其瞭望和隐蔽作用。

沧海桑田，岁月流逝，砂山上"36个藏军洞"已经成了历史传说，如今只留下15个藏军洞遗迹。倒是江阴的云亭、周庄、华士，张家港的泗港等地的农田里、水井中，还时常发现"韩瓶"，而且为数不少，这些"韩瓶"，引起了人们对韩世忠当年抗击侵略军的遐思。

清末华墅优廪贡生王润生曾经有诗咏曰：

> 五峰绵亘俯江皋，曾见蕲王驻节旄。
> 时有军持耕土出，藏兵洞末没蒿莱。

也许，这是他对当年韩世忠屯兵华士砂山藏军洞最深切的缅怀吧！

宋宗室落户石桥寨

宋绍兴十四年（1144年）腊月三十日下午，江阴军知军赵士鹏交还了印信，告别了前来送行的江阴父老，走出主事两年的军衙，跨上一匹瘦马，策马出了东门。骑在马上，赵士鹏抬头看看天空，天上彤云密布，纷纷扬扬地落下了雪花；呼啸的北风吹在身上觉得冷飕飕的。他缩了缩颈项，直起身子，两腿把马一夹，马就加快了步伐。赵士鹏回想前年来江阴上任的时候，也是腊月里，也是这样的下雪天气，倏忽间，已是两年过去，不觉心生感慨，便口占一绝：

> 澄江两载飞驰过，羸马一骑出雪门。
> 任尔天寒心自暖，无惭无怍对黎元。

很快，到了云亭地界。忽然，风雪中他隐约听见一阵喊叫声："赵公，请慢走——"便勒住了马。很快，两骑人马从西边过来，靠近了赵士鹏。来的是同事两年的江阴军主簿赵子淙，共事一年的文林郎、江阴军教授王康侯。赵士鹏下了马，问道："两位仁兄有何贵干？"刚才出城前，赵士鹏已与他俩告别，现在他们冒雪赶来，不知有何要事？只见赵子淙翻身下马，取出一件大氅，展开，替赵士鹏披上，说："赵公，小弟别无他事，只为天公忽然下起大雪，恐公衣衫单薄受冻，特送上这件大氅，遮挡一下。公路途寂寞，我俩再陪公走一程。""这……"赵士鹏十分感激，再三称谢。

于是，三个人一齐上马，面东背西，说说笑笑，朝华墅方向驰去。在马上，赵士鹏告诉赵、王两位，根据朝中朋友透露的消息，下一任江阴军知军是蔡祯，右朝奉郎，还要派一个签判来，叫赵伯琥。王康侯笑道："赵公倒是消息灵通啊！"赵子淙也说："不敢动问，赵公你下一任在哪里高就？"赵士鹏笑了笑，神秘地说："也许离这儿不远。""不远？常州？"赵士鹏摇头。"苏州？""也不是。是浙江。""哦，恭喜恭喜！"两人还想问，眼前已经到了周庄地界，砂山雄姿已历历在目。赵子淙、王康侯便要告回，三人互道珍重，挥手而别。赵士鹏很快回到石桥家中，与阔别一个多月的夫人薛氏和两个儿子团聚。

赵士鹏（约1112—1173年），是宋太宗赵光义六世孙，赵光义长子楚王元佐，元佐子允成，允成子宗仁（宗颜），宗仁子仲谈（仲丹），仲谈子士鹏。绍兴十三年（1143年）赵士鹏以右朝请大夫（从五品官）守江阴军。绍兴十五年（1145年），由知江阴军提举两浙路市舶司；绍兴二十二年（1152年）官右中奉大夫，知抚州。绍兴二十七年（1157年）任荆湖南路提点刑狱公事。赵士鹏知江阴军时，喜爱江阴地理优越，环境优美，且物产丰富，便择地砂山之北石桥寨定居，为江阴赵氏始祖。晚年仍居江阴寓所，殁后葬江阴西门外青山北葫桥。赵士鹏娶吕氏，继薛氏，有子二，不违、不疑。

赵氏的渊源来源自嬴姓，其始祖为造父。据史书记载，远古时帝颛顼有个裔孙叫伯益，帝舜时赐他嬴姓。传到第十三世孙造父，担任周穆王的驾车大夫。造父曾奉命到桃林（今陕西华山一带）挑选了赤骥、盗骊、白义、逾轮、骅骝、渠黄等八匹千里马，驯好以后献给周穆王。周穆王用这八匹骏马配备了一辆华丽的马车，让造父驾驶西行，到昆仑见西王母。不料南方徐偃王趁机起兵造反，穆王接到飞报，便乘坐造父驾驭的八骏马车，风驰电掣，日夜兼程，很快赶回了国都镐京，以迅雷不及掩耳之势发兵击败了徐偃王。造父平叛有功，周穆王便封他于赵城（今山西洪洞县北赵城），造父的子孙便以封地为姓氏，称赵氏。

周幽王时，造父的七世孙叔带去周朝，在晋文侯处做官，从此赵氏子孙就世代为晋大夫。战国初年，叔带的十二世孙赵襄子联合魏氏、韩氏三家分晋，建立赵国，建都晋阳（今山西太原市）。后来，赵敬侯赵章又把国都东迁到邯郸（今属河北），再经过他的曾孙赵武灵王赵雍推行"胡服骑射"，终于使赵国成了"战国七雄"中最强大的诸侯国之一。赵国在赵武灵王之后走向衰落，公元前222年赵国被秦国吞并。赵国灭亡之后，王室和百姓纷纷以国名为姓，称赵氏。赵国的发祥地在山西境内，春秋战国时期，赵姓散居今山西、山东、河北等省。秦初，秦始皇派代王嘉之子赵公辅任西戎地区的行政长官，居住在天水，很快天水赵氏繁衍成当地一大望族，自汉至唐历代官宦不绝，影响巨大。涿郡赵氏赵匡胤建立北宋，使赵姓进入了繁荣鼎盛时期，赵氏家族得到了空前发展。涿郡是汉代设置的郡，唐时改称范阳，后又改称涿州。公元1127年，宋高宗赵构迁都杭州，建立南宋，涿郡赵氏在江南地区得到繁衍发展。赵士鹏的后裔赵氏家族落户石桥后，耕读传家，簪缨不绝，名宦辈出，仅在宋代就出了16名进士，名震江南。赵士鹏的长子不违在宋淳熙十二年（1185年）以武德郎任江阴知军。不违子二：善谣移居章卿乡为章卿赵氏支祖，善宥仍居石桥。赵士鹏的次子不疑官知录，子伟之、侃之、称之、佽之、僖之、佗之六人俱登进士。此后赵氏子孙繁衍，从章卿、石桥散居方圆百里城乡。经过宋、元、明、清四代人的生息繁衍，江阴、张家港、常熟等地赵姓人口猛增，到二十世纪末，江阴赵姓人口达万人，其中华士总人口8.57万人，赵姓人口1.2万。周庄、新桥赵姓人口也超过万人。

赵士鹏定居的石桥，在华墅砂山东边的白龙山北麓，山水优美。村南依白龙山，山下有东西流向的横河，绿水透迤，碧波荡漾，河上架石桥十座，故村名石桥，又名十桥。河畔广植梅树，冬来花开，一片雪白，暗香浮动，"十桥香雪"向为龙砂八景之一。石桥地处砂山、龙山之间，往北不远就是长江，曾为重要兵事关隘，南唐（937—975年）和吴越（907—978年）时期曾设石桥寨，驻有军队把守关口。明嘉靖年间（1522—1566年）石桥与华墅同时设镇，石桥为化成乡石桥镇，华墅为清化乡华墅镇。

南宋嘉定十六年（1223年），赵士鹏七世孙赵良发在殿试中名列一甲三名探花，大耀门庭。朝散大夫、江阴知军胡纲禀过朝廷，就在江阴中街学宫之东和华墅石桥同时建造了规模相同的两座石牌坊，名曰鼎魁坊。当时坊上列出十一名进士，赵士鹏列为榜首。赵良发已是赵氏第十一位进士。至于鼎魁坊的地址，明嘉靖《江阴县志》引用《宋志全景图》标明鼎魁坊在石桥市。到了明、清两代，赵氏后人依旧屡出进士，共有21人中进士，其中明代8人，清代13人。从赵士鹏定居江阴算起，赵氏共出进士37名，举人31名。科举功名之盛，在江南望族中推为第一。

赵士鹏落户石桥寨，还带来了新的农作物棉花。棉花原产于印度和阿拉伯，在棉花传入中国之前，中国只有可填枕头的木棉，没有可供织布的棉花。棉花传入中国，最早在南北朝时期，大量传入内地，就在宋末元初。

棉花的传入有海陆两路，海路是闽广（广东），陆路是关陕。

　　赵士鹏在绍兴十五年提举两浙路市舶司时期，多与国内外商人交往，常有人带来珍异玩好之物赠送给他。一次，有位泉州商人赠给赵士鹏奇花两株，此花的花朵呈乳白色，开后不久转成深红色，然后凋谢留下绿色小型的蒴果，称为"棉铃"。棉铃内有棉籽，棉籽表皮长出茸毛，茸毛渐长，塞满棉铃内部，棉铃成熟时裂开，露出柔软的纤维，纤维白色或白中带黄，长一寸到一寸半，这就是后来被称为"棉花"的植物。棉花初时在赵士鹏家里当盆景种植，后来才在沙地开始种植，在小范围里传了开来，大面积种植是在明初朱元璋下令推广种植才开始的。宋朝以前，中国只有丝绵的"绵"字，"棉"字是从《宋书》才开始的。江阴华墅砂山北面一带开始种植棉花，赵士鹏的"盆景"开了种植的先河。

韩　瓶

【第6章】
赵良发一甲称状元
赵文鼎廿载寻慈母

赵良发一甲称状元

南宋嘉定十六年（1223年）四月的一天上午，晴朗的天空瓦蓝瓦蓝，没有一朵云彩。在砂山南麓的大道上，三骑快马由西而东，穿过砂山与龙山之间的石虎门，直奔石桥市。马上三人，领先一个，戴乌纱，着锦衣，是江阴军的知录赵祖；另外两个，青衣赭帽，穿一件黄马甲，是朝廷科考的报录人。春风得意马蹄疾，三匹马一阵急驰，来到了石桥。这石桥，自从赵士鹏携家定居以后，代代繁衍，人丁兴旺，已经蔚为大市。宋时为石桥市，南唐、吴越称石桥寨，明嘉靖年间属化成乡石桥镇，1951年属华墅区。

三骑人马进了石桥，按辔徐行，打听举人赵发的住址，很快到了村东赵发的家门口。三人下马，鸣锣报喜。赵发连忙率领全家欢天喜地地迎接喜报。一时，村中人家男女老少一齐涌来争看热闹。报录人在赵家厅堂上升挂起报帖，帖上写道："捷报贵府老爷赵讳发高中嘉定癸未科殿试第三名状元及第"。满屋子的人，人人称羡，个个祝贺。赵发谢了赵祖，分发了三份赏钱。赵祖和报录人皆大欢喜，告别而去。

众人散去后，赵发看着报帖上写的"殿试第三名状元及第"，心想，既是第三名，怎么又是"状元及第"，会不会弄错了？这时，又来了两批报录人。这些报录人，专门向中了功名的人家送喜报，获取奖金。赵发又看了后两批报帖，都是"第三名状元及第"，他心下狐疑，一夜未睡稳。

第二天，赵发雇了一辆马车去江阴，专程拜访江阴知军，一来致谢，二来释疑。车到江阴知军衙门，赵发求见知军。江阴知军、朝散大夫胡纲听说新科状元赵发来访，连忙召集签判黄宋隆、县尉李似祖，还有昨天去过石桥的知录赵祖，一班人隆重接待赵状元。赵发先谢了父母官提携之恩，道了辛苦。然后向胡纲说了自己的疑问："老父台，学生有一事要请教。""状元公过谦了，请讲。""学生不才，在殿试中，仅获第三名，怎么报帖上写状元及第，莫不是弄错了？""唔，"胡纲拿出朝廷的邸报，说："状元公说得不错，公在殿试中确实是第三名。""那么第一名才是状元，我这第三名怎么也是状元呢？""是这样，"胡纲赞许赵发的诚实谦虚之心，解释道："本次嘉定癸未科登进士榜449名，状元共3名，分别是无锡人蒋重珍，浙江温州乐清人陈求鲁和江阴赵公。此3人为一鼎甲，朝廷规定一鼎甲都是状元。""喔，学生孤陋寡闻，多谢老父台指教。"赵发释疑，告辞回家。

赵发，又名赵良发，字达甫、达夫、江阴石桥（今硕桥）人。宋太宗赵匡义后裔，江阴赵氏始祖赵士鹏长子不违公的第六代孙。赵良发在癸未榜上标为一甲三名进士，说是"状元"，实际是探花。唐宋时期，科举殿试由皇帝圈定前三名为"一甲"，这三名统称为状元又称"三鼎甲"。同时在礼仪上显示尊荣，给他们插翎戴花，故又称为"探花郎"；又由于发榜时名列榜首，如人的头和眼，故又称第一名为榜头，第二第三名为榜眼。到了元代顺帝至正年间（1341—1368年），才正式规定名次第一第二第三名，称为状元、榜眼、探花。所以南宋时赵良发虽为第三名，官方文书及民间均称他为"赵状元"，而《石桥赵氏宗谱》比较谦虚，写明"进士第三人及第"。中国的科举考试最早开始于隋朝，是由隋文帝创立的。科举考试是在隋朝之后、清朝光绪三十年（1905年）前，历朝历代用来选拔人才的一项制度。不同的朝代，科举考试的内容与科目也各不相同。科举考试制度在唐朝已经基本完善。考试共分四级，应考者必须跨过四大步：首先要通过县级考试，这级考试叫"童试"，考中者称为"秀才"；再经过省级考试，这级考试叫"乡试"，考中者称"举人"；再经过国家级考试，这级考试叫"会试"，考中者称"贡士"；贡士再经皇上亲自主持监考，叫做"殿试"，考中者为进士。进士前三名为"三鼎甲"。从童试开始，层层筛选，在经历了乡试、会试之后，能够参加殿试的，基本上是国家的人才了。

赵发的祖父赵崇旦。父亲赵仲山，生子三，赵发是长子。赵仲山是淳熙十四年（1187年）太学上舍生，嘉定四年（1211年）辛未科进士，任浙江缙云县丞。从他开始，赵氏一门进士：赵发嘉定十六年进士，次子良用嘉熙二年（1238年）进士，三子良登淳佑元年（1241年）进士，后为翰林学士。赵发以明经补太学上舍生，嘉定十六年考中进士后，对策大廷，由于他评论时政，指责弊端，一点也没有顾忌，引得当局不欢喜，认为他过于耿直，所以商议下来，赐他进士第三人及第，授文林郎，任浙江遂安（今淳安）军节度推官、秘书省签判、校书郎。赵发以深厚的学问在朝廷里立身，为人正直不阿，不肯依附权贵，保持文雅儒生的风骨，为官清正，得到皇帝的赏识。端平初年（1234年），宋理宗准备任命他为谏省（监察御史）之职，但他听说有一个位高权重的官员也想安排心腹担任这个官职，就婉言谢绝了皇上的关心。赵发自动退让，皇帝只好放弃了任命，赵发的一生仕途，就到校书郎为止。为此，朝中同僚都领略了石桥赵氏的儒家风度，全都对他刮目相看。工部郎中胡镗赞美他"和而肃，介而通，不矫矫以异，不容容以全，盖粹然君子儒也"。赵发的两个儿子赵友曾、赵友胄也忠信直率，卓有父风。赵发亡故后入乡贤祠享崇祀。

赵发一生勤读，读书能够探索研究其中的深意，同时喜欢写作赋诗，文章优美而隽永，平时喜欢聚集朋友，互相唱酬，增进友谊。他的著作很多，但流传下来不多。七律诗《留题白龙山》为他的代表作：

访梅那复怕山寒，隙地原来有大观。
云护数峰排汉表，春回万翠在林端。
摩挲泉石襟期净，登眺楼台眼界宽。
刷羽上林今有日，迁乔我欲快鸣翰。

这首诗是赵发离开家乡、去浙江遂安军任节度推官前所作。要离开家乡石桥了，登上故乡的白龙山，观赏梅花、赏游风光。石桥虽然不是大都市，但故乡的风景是十分美丽的，特别是"十桥香雪"蔚为壮观：村边沿白龙山长长的一条河上，架设了10座小桥；山上山下河边都种植梅树，冬天来临，梅花竞放，洁白一片，号为"十桥香雪"。赵发来"访梅"的时候，正是冬天，他不怕"山寒"，而且赞美这里虽然地方不大，却有赏不完的景致。接下来写他远眺砂山五峰，云雾中的山峰排列到天外，春天来临时，眼前的树木将是一片葱绿。接着他抒写情感，要做胸襟坦白、光明磊落、目光远大的人。最后表明今天要实现理想了，我要像大鸟一样，梳理好羽毛痛快地飞翔了。赵发这首诗写得情景交融，气概豪迈，格调清新，一直受人推崇，宋代白龙寺的方丈把这首诗刻在石碑上收藏在庙里，后来遭受兵灾，诗碑断裂成碎石，遗落在荒草丛中。明朝成化年间，白龙寺和尚清一收集残石，拼凑出完整的诗句，嘉靖戊子年（1528年），赵士鹏十二世孙赵銮重新刻成诗碑，嵌砌在白龙寺北边的墙壁中。

赵发这首《留题白龙寺》自问世以来，人们争相抄录，入选《江上诗钞》，也有不少人步韵唱和。其中有北京陈云诰和诗：

> 南朝古刹莽荒寒，赵宋诗碑剔藓看。
> 林壑春光收眼底，江山淑气发毫端。
> 一身及第风云会，半壁偷安岁月宽。
> 借问上林何处是，可曾北向展飞翰。

赵文鼎十载寻慈母

在华墅白龙山北石桥（今硕桥），旧时有赵氏宗祠，祠旁耸立着一座气势恢宏的牌坊，牌坊上面镌刻着"悯孝"二字。这是明代宣德二年（1427年）奉宣宗皇帝圣旨所兴建的，旌表的是赵孝子赵铉。

赵铉（1350—1420年），字文鼎，号雪坡，元末明初石桥人。元至正十五年（1355年）三月的一天上午，赵铉的两个堂兄、13岁的赵长和9岁的赵宣已经去私塾读书，只有赵铉在大门外看蚂蚁搬家。他今年才6岁，本来也是要去上学的，只为昨天夜里感冒发热，早晨起来还头昏，所以今天休息一天。

忽然，赵铉的妈妈吴氏慌慌张张地从远处飞奔过来，一边奔还一边喊："快逃！快逃！"她奔到家门口，来不及喘口气，飞快地到家里拿了一些东西，出来一把抱起赵铉，又是一路狂奔，跑到半里路外的本家姑姑夏氏家，喘不成声，边哭边说："海、海盗杀人，我，我们一家都，都被杀，杀掉了……"说罢放声大哭。夏氏大惊，出门朝她的来路一看，只见前面村子浓烟滚滚，大火冲天，知道海盗很快也会冲过来，不由得也惊慌起来，连忙收拾了一些细软，拉着赵铉母子俩，急急忙忙跑到河边，躲进了河边的芦苇丛里。

原来，赵铉的爷爷赵琦（1297—1355年）平生豪爽正直，乐于助人，逢到歉收，村里有贫苦人家，他总要拿出自家积蓄赠送上门。时值元朝末年，倭寇横行，赵琦联络乡亲，组成乡团，保卫家园。遇到倭寇进村，便与他们格斗，几次打退了敌人。不料这一次倭寇来了 1000 多人，他们大肆掳掠，杀人放火，赵琦带领 3 个儿子思诚、思道、思善以及众乡民与他们苦战，终因少不敌众，全部被倭寇杀死。倭寇杀了他们，还不解恨，又屠杀了村上手无寸铁的大人小孩，赵铉的两个堂兄也被杀死在私塾里。

3 个人在芦苇丛里躲了半天，听听没有了动静，就回到了夏氏的家里。这夏氏是赵铉家近亲，是个寡妇，赵铉母亲又失去了亲人，两个人都觉得家里没有男人没有依靠。倭寇还会来，到时还是活不下去，她俩就决定出去避难，躲得远一点。躲到哪里去呢？两个人想来想去，想到有亲戚在武林（杭州的别称）。于是两个青年妇女带着 6 岁的赵铉，雇了一辆驴车，辗转到了武林，在亲戚家住下。

不料到了武林还是不安宁。过了没几天，朱元璋的部队攻打张士诚的驻地武林，武林大乱，全城百姓纷纷逃难。兵荒马乱中，吴氏与夏氏走散了。逃难途中，赵铉与夏氏在一个叫赵承信的赵家族人的帮助下，逃到了苏州，在苏州住了下来。这一住，就是 10 年。直到朱元璋灭了张士诚的吴国，时局平稳，赵铉才随着夏氏回到了石桥老家。这一年，赵铉已经 16 岁。

赵铉回到石桥，虽然房屋被毁，但田地还在，就着手重建家园，慢慢地，家业重新兴旺起来。但是，赵铉忘不了心中的创伤，他深深怀念被倭寇杀死的亲人，特别思念带着自己逃难出去、中途走失的母亲。每逢与人谈起母亲，他就会痛哭流涕，吃不下饭。终于，他下了决心：出去寻找母亲，不管有多少困难，一定要把母亲找回家来！

于是，他告别了夏氏和家里人，走上了寻母之路。他依稀记得，当年与母亲走散时，是在杭州的一个小镇上。所以他走遍了杭州附近的每一个小镇，逢人就问有没有一个逃难来的江阴妇女，被问的人都摇头回答没看见。由于他讲的是江阴华墅口音，在浙江城乡，人家听不懂，而浙江人讲的话他也不全懂，他就买了一块白布，用毛笔写了"寻母"两个大字，下写"四十余岁江阴华墅人"9 个小字，把布别在前胸，在大街小巷、乡村小路行走。这办法果然不错，人们都知道了一位青年在找寻失散的母亲。引得仁人君子衷心赞赏，也引来了居心不良之人。一日，赵铉正在湖州乌程市上行走，忽然来了一个老汉，看了赵铉身上的字布，说："这位小兄弟，你要找的是不是 40 刚出头的一位江阴大嫂？"赵铉以为老汉有了线索，连忙回答："是的，大爷你见过吗？"老汉狡黠地说："她就住在我家隔壁，据说她是从江阴来的，来了好多年了。"赵铉信以为真，就央求老汉带他去认。

谁知老汉推说事情忙，走不开，一会儿又说要去借钱买药。赵铉看出他存心索取报酬，他寻母心切，只道老汉真有线索，就迫不及待地从褡裢中掏出一吊钱，递了过去，说："大爷，这点小意思，请你喝茶。烦你立刻带我去见那位江阴大嫂。"老汉收了钱，就把赵铉带到一条小巷口，指了指一家门户，说："那位大嫂就住这里，你敲门就是。"赵铉兴冲冲地敲了门，出来一位大嫂，问："你找谁？"赵铉指着胸前的字布说："我找一位江阴大嫂。"那位大嫂说："这儿没有江阴大嫂。"赵铉知道上了那老头的当，只得道了打扰，离了巷口。类似这样的事有好几次，但赵铉不以为然，毫不气馁，如大海捞针，一心一意，坚持寻母。他的足迹踏遍吴越大地，走过钱塘、仁和、海宁、昌化、富阳、于潜；到过湖州乌程、归安、德清、武康、安吉；访过严州桐庐、寿昌、淳安、遂安；还去过温州、台州、处州的永嘉、乐清、临海、黄岩、天台、丽水、青田等地。身上盘缠不多，一路省吃俭用。风餐露宿，栉风沐雨，有时露宿街头，有时借住农家牛舍。

冬去春来，很快9年多过去了。明洪武八年（1375年）10月的一天，赵铉来到会稽的一个山村，看到一个50多岁的牛贩子正赶着一群牛，行走在山路上。忽然，牛群里一头牛犊跌进了路旁的一个窟窿里，窟窿很深，牛犊挣扎了几次爬不上来。赵铉自告奋勇，跳进地窟，举起牛犊，牛贩子在上面接住，救出了牛犊。牛贩子对赵铉很感激，攀谈之下，知道他来找母亲已经找了10年，也很感动。牛贩子叫周安道，平素走南闯北，知道的事情多，就向赵铉讲了一件事：由此向北两百里左右四明山下，有个鄞州，那里有一家昼锦坊，专门收留因兵乱逃难、无家可归的妇女，以从事手工编织等谋生。周安道最后说："令堂说不定会在那里，你不妨去看看。"赵铉听说，十分高兴，他日夜兼程，3天就到了鄞州，一路问讯，找到了昼锦坊。一进昼锦坊，十几个女工看见赵铉，她们都不识字，不知道这人找谁，直到赵铉说了要找母亲，在角落干活的吴氏才知道离别18年的儿子找上门来了，吴氏问了赵铉祖父和父亲的名字，赵铉答上了，吴氏一时又惊又喜，母子俩抱头大哭。10年寻母，一旦相遇，赵铉立刻雇了一只船，载着母亲回到了江阴砂山石桥。从此，吴氏在家乡安享晚年，过了12年才逝世。

赵铉10年寻慈母，迎归奉养，孝动天下，人们都称他为赵孝子。宣德二年（1427年）朝廷下旨旌表"悃孝"。赵孝子的事迹名扬天下，流传千秋，明清以降，有很多文人墨客吟咏赵铉，如："砂阜孕奇璞，秀出芙蓉青。

伟哉赵孝子，山水钟奇英。……孝行世所重，几人能力行。黄泉已埋骨，里闬生光荣。"（明·蔡昶《贺赵孝子旌表》）"风高百世孝无惭，像塑衣冠仰赵庵。墓碣巍然凭吊古，莲花穴畔许神参。"（民国·沙曾达《赵孝子墓》）等等。

百善孝为先。赵铉的美德，"清风千古振家声"！

明代《嘉靖江阴县志》列传第十二（中）赵孝子（赵铉）传

【第 7 章】
缪鉴赋诗可追鲍谢
陆垕以德教化民众

缪鉴赋诗可追鲍谢

　　元至正二十四年（1364年）春夏之交的一天，华墅龙山脚下一个叫南庄的村子里，在一个打麦场旁的树荫下，一群大人孩子正在歇息。他们刚收拾好麦场，忙碌过了，便趁这空隙，坐下来抽袋烟，喝点水，坐在一起拉拉家常。这时，大路上有一个汉子背着一只书袋，反背双手，踽踽独行，朝这边走来。南庄人最爱闲聊，看见那汉子，便有了新的话题。人们觉得这人有点眼生，就停了谈笑，纷纷猜测来者是谁。看这个人的打扮，走路文质彬彬的，有人猜他是野路郎中，有人说他可能是算命的。"都不像，"村上的老高头年轻时做过生意，走南闯北，阅人无数，一眼就看得出过往行人的职业身份，"因为郎中要敲击铜制的'虎撑'，一边走一边放在手腕上晃，发出声音，这人没有；算命的也不是，算命的一般有两个人搭档，其中一个往往是瞎子，而且也要敲打两块小三角铜片，发出'丁丁'的声音。""那么是阉鸡的。"精明的王大嫂最关心她家里养的那一群鸡，有三只小公鸡已经要打鸣了，正想阉一下。老高头哈哈一笑："有这样一表人才的阉匠吗？"

　　众人一边说笑，一边胡乱地猜测着。那人越走越近，而且径直朝老高头他们这儿走来。人们看清楚了，这是一个面目清秀的中年男子，两只眼睛晶亮有神，下巴还留着稀疏的胡须，他步履沉稳，文质彬彬。走到众人面前，男子双手一揖："各位乡亲，小生这厢有礼了！"看他这副模样，分明是个读书人。大家都猜错了，各自忍俊不禁，王大嫂更是笑得前合后仰。"你们笑什么？"中年男子莫名其妙。还是老高头有经验，把话题岔了开去："那老弟，乡下人在聊天，不是笑你。"中年男子也笑了："是我多心了。"接着，他作了自我介绍："我姓缪叫思恭，家住瓠岱，到这儿来是来'采'诗歌的。""采诗？""对，采集诗歌。我的太爷爷写了很多诗，但是时间长了，诗都散失了，我想把它们收集起来，整理成书。"听到缪思恭是来采诗的，人们沉默了。他们都是农民，从小没读过书，更不用说读诗了。缪思恭很失望，正想告别，忽然一个小孩子站起来说："我学过诗的，背得出很多！"他是老高头的孙子小牛。"哦，你背得出诗？"缪思恭心里一喜，就搬来一块石头，放在磨盘边当凳子，把磨盘当桌子，取下笔袋，取出墨盒纸笔放好。看到大人们都投来期待的目光，小牛也不怯场，朗声念道："一去二三里，烟村四五家，亭台七八座，八九十枝花。""嗯，这是邵康节[1]的。再背下去！"小牛得到鼓励，继续背："鹅鹅鹅，曲项向天歌，白毛浮绿水，红掌拨清波。咦，你怎么不记呀？"缪思恭和蔼地问："小哥，你背的诗是谁教的呀？""先生教的。""还有吗？""有。"小牛又兴致勃勃地背了几首，缪思恭还是没有动笔。看来，没有一首是他需要的。小牛泄气了，不背了。缪思恭带着歉意安慰了他几句，收拾了文房四宝，准备离去。这时，老高头走过来，摸着胡须说："老弟，我家的东隔壁邻居会吟诗，我平时经常听见他嘴里咿咿呀呀地念个不停。兴许他有好诗念给你听，你去问问。"缪思恭问明了高家东邻的姓名住址，谢了老高头祖孙和众人，就朝着老高头指点的方向，去向东邻采诗去了。

老高头的东邻姓王，也是个农夫，不过他小时候曾经读过几年私塾，因此肚子里有一点墨水。缪思恭找到了他，把来意说了。王老汉很热情，但他不知道哪些诗是缪鉴写的，只能尽力回忆。他一连背了十几首诗，缪思恭全都记了下来，觉得有几首还是很优美的，但不能确定是太公的作品。王老汉又推荐了镇上的李秀才，说他满腹经纶，肯定记得缪太公的诗作。就这样，缪思恭在华墅一连找了十来个人，记下了几十首诗，但没能最后确定缪太公的作品。终于，在一连采诗的几个人中，大家不约而同地提到了"窗为看山面面开"这个句子，又对上了上联"门因好客时时扫"，终于把它定为颈联，拼出了全诗七律一首：

---

[1]邵康节：字尧夫，谥康节，北宋理学家，诗人。

>　　修竹垂杨映户栽，清风长送午阴来。
>　　门因好客时时扫，窗为看山面面开。
>　　此乐恐于儿辈觉，长贫能免俗情猜。
>　　儒衣不似牛衣好，叮嘱糠妻放窄裁。

　　还有人想起来，这首七律的题目是《端居》。

　　缪思恭一路采诗，花了两年多时间，寒暑不辍，终于收集到了缪鉴的二十几首诗，他把这些诗整理一册，重新编印出来，书名还是《效颦集》。

　　缪鉴，字君宝（有的文献上字君实），号苔石，出生年约在南宋1234—1249年之间，卒年约在元代1313—1318年之间。其祖先为汴（今河南）人，宋靖康之难，其祖父缪宏毅以统制官护从宋高宗南渡杭州，奉命镇守江阴申浦，父谬伯考全家乃定居江阴。缪鉴成年后仕宋，官十七都院，后见"宋政日紊，不复求仕"，以诗酒自娱，后因原配夫人戚氏是城东瓠岱人，就迁居瓠岱里北缪基（今华士陆桥北缪家一带），隐居乡里。他热衷读书，不求仕进，笃行孝悌，乐于施与，喜爱吟咏，有《效颦集》行世。

　　缪鉴的《效颦集》收入他创作的七律、七绝等诗作30首。他的手稿在元至正十二年（1352年）兵灾中，毁于广德兵的烧掠中。以后由后裔多次不辞艰辛广泛收集刊印问世。元至正二十四年（1364年）缪鉴的曾孙缪思恭"遍访诸故老，口授三数十篇。"请郑元祐题跋，又请张宣录陆文圭跋语，合并成卷，初次刻印；明宣德八年（1433年），裔孙宗启、宗凯再版，请吴仲子作序；成化十二年（1476年）裔孙缪复端再版，请卞荣题跋；嘉靖六年（1527年）缪莲再版，请汤沐题跋；康熙九年（1670年）再版，请朱廷元作序。光绪十七年，缪荃孙对嘉靖版辑校补正后再刊刻。其中明成化十二年缪复端版中，把陆文圭、杨维桢的跋语，附在诗集后，又请邑人卞荣作序。陆文圭的跋中说："此澄江诗人缪苔石诗也。诗家与文章家不同，诗家最难……故自古澄江无诗人，噫，今有人矣！"卞荣在序言中说："吾观苔石诗，正所谓'陵鲍谢者'……国朝诗人如先生者殆不多见！"卞荣所说"陵鲍谢者"，是指鲍照和谢朓。鲍照（416—466年），南朝宋文学家，在文学创作上有多种才能，诗歌尤为突出。谢朓（464—499年），南朝萧齐诗人，主要以创作山水诗闻名。说缪鉴的诗"陵鲍谢"，是说他的诗清新隽秀，得意句多，超过鲍谢。如"雁沉秋驿雨，鸡送晓窗灯""门当车马道，帘隔利名尘""病犹有药扶持老，贫为无心俯仰人"等。这是因为中国的古典诗歌，源远流长，唐代成就最高，诗的内容和形式都有高度的发展；宋诗有散文化和议论化的倾向；元明文学主流戏曲小说，诗歌较为弱。缪鉴的诗奇峰崛起，别树一帜，所以惹人注目，后人把他与南宋诗人杨万里、陆游和刘克庄为伍。

缪鉴死后，葬在华墅镇西瓠岱桥北缪家基。明浙江按察司佥事、华墅人陈耘有诗《经缪苔石先生墓》：

风月吟魂不可招，东风吹泪洒山椒。
年年墓石苔花紫，疑是文华化未消。

陆垕以德教化民众

华墅砂山北边有个砂山村，旧时属化成乡。砂山村有个自然村名叫"石柱头"，据考是元代海南广州道廉访使陆垕的坟茔存留下来的石柱，故名；而"化成"之名，也缘于陆垕。

南宋末年，元朝大将伯颜率领虎狼之师，一路南来攻城略地，势如破竹，锐不可挡，很快攻下了江阴城。接下来就要兵分几路，向乡区扫荡，一则展示大军之威，二则收取军粮。消息传出，人们暗暗叫苦，眼看乡区百姓又要遭受兵灾之苦。

这天上午，江阴城里大战过后的肃杀之气还没有消退，市井萧条，行人不多，大街小巷都可以见到荷戈带刀的元兵，人们对这些兵躲得远远的，生怕一不小心惹上了麻烦。这时，从城外匆匆走来一个十八九岁模样的青年男子，来到县衙门前，彬彬有礼地向把门的卫兵深深一揖，问道："这位军爷，大帅在里面吗？""什么？你想见大帅？"立即走过来几个带刀的兵士，团团围住青年人，把他上下一打量，鄙视地说："小子，大帅是你可以见的吗？"青年人面带笑容，依旧很有礼貌地说："军爷，大帅现在是江阴人的父母官了，拜见一下不可以吗？"士兵们互相交换一下眼色，其中一个络腮胡子说："好吧小子，先检查一下，身上有没有带兵器。"青年人落落大方地让元兵检查过后，然后就要往大门里走。"等等，俺还得禀报一下。"络腮胡子说。不一会，他出来了，"大帅命你进见。"青年人谢过，进了衙门。

衙门里刀枪林立，卫兵们虎视眈眈。这时，主帅伯颜正在与几个偏将商议分兵下乡抢粮的事，看见青年人进来，便停止了讲话。青年人叩见了大帅，伯颜威严地说："你有什么事，说吧！"青年目不斜视，不慌不忙地说："大帅，你既然已经攻下了江阴，那么江阴百姓从此就是你的子民；百姓归顺，大帅就应该施以仁政。我今天是来恳请大帅以仁慈为怀，不要派兵下乡。大军所需要的粮草，由我们如期送到，如数交来。望大帅恩准。""哦，让我想想。"伯颜想不到眼前这位稚气未脱的年轻人，居然讲出这样一番话来，不由得暗暗赞许，心生好感，当场答应不发兵下乡，改抢粮为摊派筹粮，于是乡区就免除了一场兵灾。过了几天，伯颜要挥师南下，他就向朝廷推荐，起用这位年轻人担任了江阴军判官。这位年轻人，就是陆垕。

陆垕，字任重，号义斋，生于南宋理宗宝祐六年（1258年），卒于元代大德十一年（1307年）。他的祖上在汉代就定居吴郡，三国至晋唐时期，陆氏家庭名宦辈出。宋代陆门中有个名叫陆起的人，字宗庆，号景山，在庆历六年（1046年）登进士第，官至两广节度使兼兵部尚书、太子太保，后追吴郡开国公。他在致仕退休后，从吴郡隐居到江阴澄东地区，是为陆氏迁江阴始祖。陆垕便是陆起的七世孙。

由于陆垕为官清廉，办事公正勤勉，精明干练，政绩卓著，所以他的职务不断晋升。他从江阴军判官晋升为徽州路总管府同知、朝议大夫、江东宣慰司副使，又升江南浙西道提刑按察司副使，转任台州路同知。两月后，调任江东肃政廉访副使。至元二十年（1283年）任湖南道肃政廉访副使。这年，南安发生蝗灾，陆垕捐出自己的俸禄，用以赈灾，救活100余人。接着，陆垕又升职到广东。其时，境内盗贼蜂起，陆垕深入辖地，调查研究治理治安，严惩恶徒犯罪，纠正弊端，保障了一方平安。同年又遇旱灾，大片土地禾菽枯槁，陆垕亲自到江边带领民工挖渠开沟，利用潮汛灌溉禾苗。大德二年（1298年），调任奉议大夫升浙西廉访使。大德五年（1301年），升中议大夫、海南海北广东肃政廉访使。大德八年（1304年），升嘉议大夫。大德九年（1305年），因身体有病辞官回乡。陆垕的一生，"七拜宣命，四握宪节，持身廉明，遇事果断，洗冤泽物，兴利除害，不可殚举"。

陆垕的一生，重在以德义教化乡民，以他的孝道仁义影响人民，引导良好民风的形成。

恪守孝道，从自身做起。陆垕从小熟读圣贤古训，崇尚百善孝为先。自觉以此规范言行，为人表率。陆垕的父亲陆焕在南宋晚期担任江阴军安抚副使，肩负社会治安的责任。由于时处宋元鼎革之际，社会动荡，民心不稳，江浙一带盗贼蜂起，陆焕对此寝食不安，一筹莫展。陆垕当时年方十八，小小年纪便立志为父亲分忧。他先是协助父亲招收乡勇，组织民团，擒拿流窜到江阴境内的盗贼，维持社会治安；元兵大军压境的危急时刻，他又挺身而出，甘冒风险说服伯颜，使家乡免受元兵的骚扰。陆壆敢作敢为，为父亲分忧，帮父亲顺利度过了一场严重危机，尽了最大的孝道。在他任职期间，还两次辞官回乡服侍双亲。父亲去世后，他又十分体贴入微地侍奉老母，使其安享天年。他的夫人赵氏是南宋赵达甫的女儿，出自名门，贤淑孝顺。夫妻俩事亲至孝，受到乡亲们的一致称赞，也给乡民们奉行孝道做出了榜样。

乐做善事，济困助贫。陆壆在乡里，拿出自己的田地作为公田，以田租收入，帮助族内贫寒人家解除衣食之忧，帮助鳏寡孤独解决生老病死的经济困难。同时还办起义学，让族内清寒子弟也能读书上学，并资助他们参加科举考试，改变自己的命运。他的慈善义举，在当时是比较罕见的，在"德义化成"方面起到了首倡和表率作用。

陆壆来自民间，深切体会到贫穷是社会不安定因素之一，而贫穷起因是多方面的，繁重的赋税徭役往往使百姓陷入困境。针对这种情况，他把本乡乡民每个家庭按财产、土地多少分为9等，分别划出助田若干，承担相应的赋税徭役，这样一来，形成了比较富裕的家庭多承担赋税徭役，贫寒的家庭少负担或不负担赋税徭税。同时，每年轮换一人掌管助田的缴粮结算事务。如果上缴赋税后有所结余，则根据助田多少归还到各户手中。这项制度在他的家乡实行了20年，全乡士民利益均沾，一致拥护。本乡再也没有出现农户因负担不起赋税徭役，而陷入困境的情况，成为当时一大创新之举。

由于陆壆弘扬孝道，和睦乡邻，并且推行了各项善举，他的家乡人民形成了敦宗睦族、父慈子孝、耕读传家、夜不闭户、路不拾遗的淳朴民风。"德义化成"，化民成俗，后来就以"化成"命为乡名。

由于陆壆为国事、家事辛苦操劳，呕心沥血，殚精竭虑，以致心力交瘁，刚满50岁就去世了。大德十一年，朝廷追赠他为嘉议大夫、上轻车都尉、吴兴郡侯，谥"庄简"。江阴县收列他入乡贤祠，年年春秋祭祀。陆壆的事迹载入《元史》卷一七七，后人为他的谱像作赞曰："山川毓秀，挺生斯人。功存社稷，泽及黎民。"称他为"朝阳孤凤，盛世祥麟"。

陆壆逝世后，他的墓地在砂山北麓，因为他是朝廷命官，坟茔的规模不同一般，立有华表等石柱。历经沧桑，后来只剩下了标志性石柱，所以村名"石柱头"，现在连石柱也消失了，只有村名石柱头。

【第8章】
陆文圭称墙东先生
倪云林作山湾隐士

陆文圭称墙东先生

　　元延祐四年（1317年），八月九日上午，位于南京夫子庙学宫东侧的江南贡院门前，聚满了前来参加乡试的文人士子。这是元朝建立以来的第一次开科取士，士子们格外珍惜这个机会，一个个意气风发，踌躇满志。因为还没到进考场的时间，大家守在贡院门口，有的夸夸其谈，互相恭维；有的思虑重重，默默无语。这时，驰过来一辆驴车，在门口广场上停了下来，一个头戴处士帽、白胡子一大把的老汉，跨下了驴车。目送着驴车得得远去，士子们心下狐疑：这老汉是干什么来的？是送儿子来的，还是送孙子来的，可驴车里除了他，没有下来第二个人啊。一个年轻后生忍不住就上前问道："敢问老前辈，您是送儿孙来考试的吧？"老人笑了笑，谦恭地说："不，是我自己考试。""您自己？您老人家这么大年纪还……"他心里嘀咕：这是一个考了一辈子，多次败北的老童生？"对，"老人还是笑眯眯的，"我这是第二次参加乡试。""第二次？可这是国朝开科的第一次啊。""我在前朝咸淳三年考过一次。""咸淳三年？那可是50年前了，您中了没有？"后生刨根问底。老人还是面带笑容，轻描淡写："还好，得了个解元。""解元？嗬，第一名！"围过来听他们交谈的士人歆羡地说。"这一次，是江阴的父母官叫我来的，不来不行啊。"人们不禁肃然起敬，对眼前这位老前辈刮目相看，要知道，乡试不是容易的，第一次考上了第一名，相隔50年还来考，士子们对这个前辈佩服得五体投地。"不敢动问老前辈，您高姓大名？"

还是那位年轻人小心地问。老人谦和地答道:"不敢。小老江阴陆文圭。"这时,贡院进考场的鼓声响了,考生们忙着争先恐后涌进那狭窄的大门,陆文圭等人潮过了,才不慌不忙地进了贡院大门。

这次科举考试,是元朝灭掉宋朝,平定天下以后,第一次选拔人才,被士子们称为元祐复科,考试结果发出榜来:"陆文圭,第四名,江阴人。"在这以前和以后,陆文圭还参加过两次科举考试,同样获得佳绩。前一次是南宋咸淳九年(1273年)陆文圭正值青春年少,意气方遒,到南京参加乡试,以《春秋》一篇中举,位列第一,是为解元。但当时正逢元朝攻打宋朝,战火纷飞,元兵一路势如破竹,攻下樊城、襄阳等地。由于连年战乱,宋恭宗德祐元年(1275年),陆文圭带着母亲,避乱到乡野,其间为了生活,听从妻子殷氏的建议,就在砂山北化成乡设帐收徒,既教经学,又教文学,还开垦荒地,种植庄稼,维护一家生计。后一次是到了宋亡以后,元延祐七年(1320年),朝廷迫切需要人才,大力选拔有识之士,江阴路同知韩博知道陆文圭学识渊博,又强制他去参加乡试,陆文圭只好再去考试,这一次他以《春秋》获得第二名。这年陆文圭已经73岁,白发皤皤进考场,居然又胜过许多年轻人,再次脱颖而出,高居榜首,成为"跨两朝,中三举"的传奇人物。

陆文圭(1247—1332年)字子方,原籍华墅砂山北,与江阴军判官、海南广东道廉访使陆垕同是江阴陆氏始祖陆起的七世孙。陆文圭是陆垕的堂兄。他自幼颖悟,读书过目成诵,博通经史百家,兼及天文、地理、历律、医药、算术之学,是元代著名文学家、史学家、数理学家和医学家。

陆文圭的一生,可以分为四个阶段。年少时聪颖好学深研儒道,兼学天文、地理、律历、算术,他特别熟悉各郡县的沿革、人物、土产,通晓山脉河流的分布;青年时代研究经学,18岁中举,由于时局动荡,隐居乡里,教授生徒,不少学子慕名拜他为师,教育出了许多知识菁英。至元二十八年(1291年)到元贞二年(1296年)期间,陆文圭受聘设教于吴县。中年期,他两次中举后,然后在至治三年(1323年)到泰定三年(1326年)被起用,任容山教授。陆文圭在教授生徒的同时,侧重研究医学。晚年尤为专注医学。元朝廷数次遣使聘他为官,他不愿入仕,都以自己年老多病而谢绝。

陆文圭一生著作很多,他融会经传,纵横变化,东南学者称他为"宗师文圭"。他在著书立说、作文赋诗的同时,从秦、汉、唐、宋以来的浩瀚文海中,选出精华文篇,汇编成书50卷,题名《师宣堂文》,共收文300余篇,诗词600多首。还著有《墙东类稿》20卷,同时收集了大量的碑石铭文。

第 8 章 陆文圭称墙东先生 倪云林作山湾隐士

陆文圭的诗文，很多反映隐居生活和农家甘苦，如《栽桑》诗：

细听邻妇低眉说，年年育蚕苦无叶。
山童执筐入市卖，一称百钱犹未惬。
更兼春风上窗寒，忍见蚕饥头戢戢。
买丝织绢输官外，空借邻机闲一月。
阿姑卒岁无襦裤，小儿露骭风吹裂。
今时县官清且明，课民务本令必行。
担桑赪肩荷锄去，青青布种环郊城。
明年家养一百箔，巷响缲车楝花落。
满笼新丝白雪香，听赛蚕官鼓声乐。

陆文圭专心医道，热心为人治病，一生救人无数。元代诗人江阴城里人许恕曾在《题子方修三皇庙》诗中赞他："子方先生医者流，楚楚玉树森清秋，苏耽种橘并不竭，董氏卖杏谷初收。"诗中的苏耽，传说中的仙人，又称"苏仙公"，相传他升仙前留给母亲一只柜子，只要敲击它每天有日常需要的衣食；并留下橘井，井水橘叶治瘟疫。董氏，指董奉（220—280年），东汉三国时名医，与张仲景（142—219年）、华佗（约145—208年）合称建安三神医。许恕以苏、董比喻陆子方，可见陆文圭医术高超。

陆文圭研究医术，与前人不同，为了保留许多优秀医方造福民众，他收集了许多古方、秘方、禁方和奇方，并把这些方子公开，在弟子中毫无保留地传播，大力弘扬、更新医学知识，交流吸收新的治病方法，目的只是一个：更有效地治病救人。在他的著作《墙东类稿》的诗词、序记、墓志铭中，有关采药、医治、丹方以及江阴医疗机构的论述、记载比比皆是，并且有独特的见解。如《序山道中》："埋金何必问，采药聊复尔。洞孔滴丹泉，手掬嗽吾齿"等。他在《三皇殿[1]讲堂记》中，对《黄帝内经》中的《素问》《难经》《灵枢》高度评价，认为这些书"其防蕴工巧，理气融贯，知阴阳之故，标死生之本，济人泽物，其功殆出于诸子百家之上"，他认为"六经之外，不可无是书"。陆文圭诊治病人也能达判断正确，他的堂弟陆垕，辛苦一生，退隐回乡后，得病卧床，药石无效。陆文圭去看了以后，叹息说："君疾甚危，医庸弗详，始于忧劳，七情内戕，乘以惊疑，至于膏肓回生无丹、

---

[1] 三皇殿：当时江阴传授医学的机构。

返魂无香矣!"果然陆垕医治无效,不久去世,享年50岁。

陆文圭幼承家学,研学地理星相占卜之籍甚多,因而对个人命运,过去未来会分析,有预感。他在85岁高龄时逝世,临终前预料到江阴地区20年后必有兵灾,战乱较五代、南宋建炎更加惨烈,就要求身后葬无冢,即不立墓碑、不堆坟茔,以免兵灾带来暴尸毁骨之祸。陆文圭死后葬在绮山瑶墩。果然不久,元末乱世,群雄蜂起,天下大乱征伐不断,许多人家的坟墓都被盗挖和破坏,只有陆文圭长眠地下,安然无恙。

陆文圭的孙子陆庸,字孔至,在后至元元年乙亥(1335年)中举。

倪云林作山湾隐士

元至正二十三年(1363年)春,无锡惠山脚下一条小巷里,有一间幽雅的小屋,屋外鸟声啁啾,屋内篆烟袅袅。小屋的主人倪瓒刚画完了一幅《竹石苍柯图》,并题诗一首:"春宵听雨第三番,起坐篝镫酒自温。晓清开门看桃李,苍柯翠葆喜无言。"落款:"倪瓒写竹石苍柯,并赋绝句,壬子二月廿三日也。"这幅画,是他的得意之作,作品又一次展示了他诗书画的风采。倪瓒十分满意,叫小童把画挂在墙上,有滋有味地欣赏着,此时,他的心头有说不尽的愉悦,道不完的惬意。

忽然,小屋的门"吱呀"被人拉开了,进来一位不速之客。这是一位商人,臃肿的身上穿着一袭绸袍,头上歪戴着一顶黑丝绸做的"东坡巾",显得不伦不类,一副暴发户的腔调。倪瓒无端被他扰了清兴,心里已有不快,又看他的这身打扮,不由得添了三分厌恶。只见来人从腰间褡裢中取出两锭银子,笑嘻嘻地说:"你是倪先生吧?我想请你画一幅墨竹,喏,我重金购买!"倪瓒大怒,说:"去去去,我不是卖画的!"硬是叫小童把他推了出去。

商人刚走,门外又有人叫道:"倪先生在家吗?"小童把门打开,门外立着一个仆人打扮的人。他看见门开了,便挤了进来,嘴里还说:"我家老爷升官了,要向倪先生买幅山水画送给吴王……"倪瓒不等他说完,就用双手掩住了自己的双耳,一叠声地说:"不听不听,快撵他出去!"

撵走了两个人,倪瓒全没了刚才的雅兴,他颓然在椅子上坐了下来。倪瓒联想到前两天县衙里两次来人,要他去参加考试、让他做官的事,不由得深深地叹了一口气,喃喃地说:"恨不结庐在山谷,清风明月伴幽独!"他决意搬出闹市,找一个清幽闲适的地方居住。

倪瓒（1301—1374年），初名倪珽，字泰宇，别字元镇，号云林子、荆蛮民、幻霞子。无锡人，元末明初画家、诗人。擅画山水和墨竹，山水画师法董源，兼有赵孟頫笔意。早年画风清润，晚年一变为平淡天真。画面上多为疏林坡岸，清幽秀旷，意境幽远，用笔简洁。他用侧锋干笔作皴，这种皴法，后人称为"折带皴"。墨竹偃仰有姿，寥寥几笔，潇洒清雅。他的书法也很见功力，有晋人风骨，更爱写诗文，有《清宓阁全集》12卷。倪瓒与黄公望、王蒙、吴镇合称"元四家"。

倪瓒祖居无锡梅里祗陀里。他的祖父是当地大富户，广有田地，称富乡里。父早亡，弟兄三人。同父异母长兄倪昭奎，是当时道教的大头目，曾被封为常州路道录，提点杭州路开元宫事，赐号"元素神应崇道法师"，为主持提点，又被赐"真人"名号，称为玄中文洁真白真人。这在崇尚道教的元代，有很高的地位，不但没有劳役之苦和租税之累，而且不在官位无倾轧之虞，收入倒很多。倪瓒从小得到长兄的照顾，生活很是舒适。倪昭奎又为他请来同乡王仁辅为家庭教师，教他诗文和佛道经典。倪瓒在这样的家庭环境条件下，养成了不随时俗的秉性，他清高孤傲，洁身自好，不关心人生社会，不理钱财，自称"懒瓒"，常年浸习于诗文书画之中，津津乐道，而对入仕进取不感兴趣，所以一生没有做过一官半职。

青少年时期的倪瓒虽然家境富裕，养尊处优，但他没有染上纨绔子弟的习气，对自己的爱好书画诗文十分钻研。他家中有一座三层的藏书楼，叫"清宓阁"，不仅藏书丰富，而且还收藏了历代书画名作，倪瓒对这些名作朝夕把玩，反复临摹，揣摩其中的技法和韵味。同时，他经常出游，留心大自然中美好的景致，观察生活，默记于心，回家后画在纸上。就这样，他一方面博采众长，一方面自创一格，打下了坚实的绘画基础。

元泰定五年（1328年），倪瓒的长兄倪昭奎病故，接着母亲昭氏和老师王仁辅也相继去世，倪瓒悲伤不已。从此，他原来依靠长兄庇护的优裕生活，依赖母亲和老师的关照，一下子消失殆尽。而且家庭没有了经济收入来源，倪瓒一下子陷入了困境。

元至顺元年（1330年）到至正十一年（1351年），倪瓒广交朋友，友人都是和尚、道士、诗人和画家，与他们互相唱酬诗文，互赠画作。比他年长32岁的黄公望花十年时间，为倪瓒画了《江山胜揽图》；倪瓒为道士张伯雨画了《梧竹秀石图》。从至正十三年（1353年）开始，倪瓒漫游太湖四周，足迹遍及江阴、宜兴、常州、吴江、湖州、嘉兴和松江一带，以诗画自娱。这段时间，他画出了《松林亭子图》《渔庄秋霁图》《怪石丛篁图》等一批作品。江南人以收藏他的画为荣。至正二十三年（1363年）九月，其妻蒋氏在长泾病死，倪瓒又一次受到打击，加上长子早丧，次子不孝，他越发觉得孤苦无依，而且战乱频仍，兵荒马乱，常使倪瓒受到干扰，越发产生避世之想。洪武六年农历7月，倪瓒在长泾听说长泾北边的砂山环境清幽，就在朋友的陪同下，游览了砂山，并很快选定了砂山南麓的一处山湾，作为他的隐居地。这山湾，背靠砂山二峰顶，山湾呈半圆形，两边突出，中间凹进，形如一把交椅。山湾里风景宜人：山上长满了松树和各种野树，芳草如茵，山花遍地，一泓清流从上而下湍湍流淌，形成了弯弯曲曲的溪流。在朋友们的帮助下，倪瓒在山湾里的溪水边搭起了3间茅屋，又把山上的野竹移植到屋后，真正实现了"结庐在山谷，遍插修篁伴幽独"的理想。在这里，倪瓒远离尘嚣，远离了俗人的干扰，与明月清风为伴，以山花野鸟为友，闭门挥毫，独自吟哦，十分称意。偶尔有朋友来，对月小酌，迎风赋诗，尽兴而散。

可是好景也不长，倪瓒在山湾里结庐归隐的消息，渐渐地传了出去，附庸风雅的地方绅士、县里的官员，也慕名前来拜访，求索作品，原来清净之地，也变得热闹起来。倪瓒的心里又变得不平静了。

明洪武七年（1374年），倪瓒离开了砂山的山湾草堂，到长泾借住进妻子家的亲戚邹家。中秋之夜，他吃了一点不新鲜的鱼肉，染上了痢疾，就到当医生的契友夏颧（雪洲）家就医，夏雪洲腾出一间"停云轩"让他单独居住养病。但他的痢疾一直不见好，反而日转沉重，夏雪洲束手无策。农历十一月十一日，倪瓒亡故，享年74岁。死后葬在长泾习礼村，后来改葬无锡芙蓉山麓祖坟。

由于倪瓒有洁癖，不肯接近除妻子以外的女人，所以他在山湾里没有后代。这个山湾自从倪瓒离开以后，再也没有一个姓倪的。到后来，倪瓒的草堂也没有了，只留下了"倪家山湾"这地名。但是，从明代开始，人们不曾忘记倪高士在砂山山湾曾经住过。诗人们对倪家山湾多有吟咏，如明代李弗和卞邦本有《倪湾先陇》；清曹复有五律《倪迂曲水》；民国初期沙曾达有《倪高士别墅》七绝一首：

高士胸襟本卓然，经营别墅爱林泉。
搜罗风景归诗画，吟写陶情类辋川。

第 8 章　陆文圭称墙东先生　倪云林作山湾隐士

【第9章】
张士诚兵殃龙砂山
泰清寺归并众寺庙

张士诚兵殃龙砂山

　　元至正二十六年丙午（1366年）正月。新年才过不久，龙砂山下的农家门上大红春联的颜色还没有消褪，砂山山麓的泰清寺、龙山上的白龙寺每天还是人来人往、香烟缭绕，鼓钹梵呗之声，不绝于耳。虔诚的善男信女进进出出，又烧香又拜佛。他们不知道，马上有一场兵灾降临，两座古庙即将遭到灭顶之灾。

　　这一天，砂山中部南麓来了一大群军士，他们有的骑马，有的步行。骑马的将官来回指挥着，观望着；步兵们悄无声息地散开来，隐伏在低矮的树丛里、农田的沟壑下。其中有十来个兵士被骑在马上的长官指定攀上山去，隐蔽在山顶的藏军洞里。看得出，一场战斗，剑拔弩张，一触即发。山下的农人们看到这阵势，开始惴惴不安起来，他们有的收拾仅有的衣服细软，随时准备避逃；有的躲进树林麦田，窥看动静。消息传到庙里，和尚们也惊恐起来。泰清寺的方丈宗显疏散了香客，还安排几个和尚到山下熟悉的人家去避一避风头。在宗显的指挥下，留在庙里的小和尚，暂时关闭了庙门，心怀忐忑，静待事态发展。

　　这几年，虽说是元顺帝惠宗妥懽帖睦尔坐龙廷，却是王权失控，天下大乱，群雄逐鹿，风起云涌。朱元璋、张士诚、陈友谅、明玉珍等各据一方，各自为政，互相侵战，兵乱不断。至正十七年（1357年）二月，自称吴王的张士诚命王弟张士德率高邮军，南渡长江，进攻常熟，又派大将史文炳进攻江阴，元朝江阴知事朱道存自知难敌，献城投降。当年六月十六日，朱元璋派长春院枢密院判官赵继祖、元帅郭天禄、总管吴良进攻江阴。张士诚屯重兵于城南秦望山，朱军乘大风雨发动进攻，大败张军，攻进江阴西门，占领江阴。朱元璋命定远侯吴良为指挥使，与其弟天兴右翼副元帅吴祯共守江阴。

张士诚虽然失去江阴，但仍旧占有江阴以东巫子门战略要地，以及长江以北通州、高邮、盐城、淮安、徐州等重要城市和江南平江（今苏州）及杭嘉湖地区。由于江阴沿江地区对沟通苏南苏北有着十分重要的战略通道作用，张士诚念念不忘收复江阴，于至正十九年（1359年）几次反攻江阴，都被吴良击败。至正二十六年（1366年）正月，张士诚下了最大决心，准备集结重兵，企图重新占领江阴。

张士诚（1321—1367年），幼名九四，元末泰州白驹场人。盐贩出身。至正十三年（1353年）与弟率盐丁起兵，攻下高邮等地，次年称诚王，国号周，年号天祐。渡江攻下常熟、湖州、松江、常州等地，至正十六年定都平江（今苏州），次年降元。后继续攻占土地，割据范围南到浙江绍兴，北到山东济宁，西到安徽北部，东到海边。至正二十三年（1363年）自称吴王。后屡被朱元璋击败，二十七年（1367年）秋被朱元璋攻破平江，被俘至金陵，自缢而亡。这是后话。此时，埋伏在砂山的兵卒，就是张士诚的部队，这里不是主要战场，重兵由吕珍率领，镇守在巫子门以及长山、凤凰山、香山等高地，把守好重要关隘，严阵以待，随时准备出击。镇守江阴的吴良、吴祯便把这个重大消息报告了朱元璋。

朱元璋（1328—1398年），幼名重八，又名兴宗，后改名元璋，字国瑞。濠州钟离（今安徽凤阳东北）人。少年时贫困，曾行乞，后入皇觉寺为僧。元至正十二年（1352年）参加郭子兴部红巾军，龙凤七年（1361年）被封为吴国公。先击败陈友谅，改称吴王；龙凤十三年（1367年）消灭张士诚势力。1368年称帝，是为明太祖，国号明，年号洪武，以应天（今南京）为京师，同年攻克元都大都（今北京），推翻元朝统治，统一了全国。

朱元璋接到张士诚准备攻打江阴的谍报，正中下怀，他此时已在应天称吴王，早就想对张士诚"先取通泰诸郡县，剪其羽翼，然后专取西路"，作出了先攻取苏北，后扫平苏南、浙江的战略部署，并在去年派徐达统率大军，先后攻克张士诚势力范围里的重要城池，准备寻机直捣他的老巢平江。

如今，张士诚先发制人，更给了朱元璋出兵打击的理由。朱元璋以攻心为上，先实行攻心战术，他叫来李善长、宋濂、刘基等，草檄了《平周檄》，五月广为散发，历数张士诚八大罪状："惟兹姑苏张士诚，为民则私贩盐货，行劫于江湖；兵兴则首聚凶徒，负固于海岛，其罪一也……凡此八罪，又甚于蚩尤、葛伯、崇侯，虽黄帝、汤、文与之同世，亦所不容。理宜征讨，以靖天下，以济斯民！"

然后，朱元璋研究出兵策略，部署兵力。他派徐达为大将军，常遇春为副将军，康茂才为先锋，率大军20万，兵分两路，水陆并进，浩浩荡荡，从应天出发，向江阴进军，交战于巫子门。

巫子门又名浮山，江阴方言"巫""浮"不分，故又写作巫山。崇祯《江阴县志》载："巫山在县北江中，又名浮山，其涨沙成圩，曰巫山沙，为江海门户，因曰巫子门。"巫山高仅十几丈，东西长一里，规模虽不大，战略位置却十分重要，是历代兵家必争之地。这场战役，朱元璋深知事关重要，为鼓舞士气确保胜利，他亲临前线督战；张士诚也亲自出征，披挂上阵。但两军相接，立见分晓。朱元璋手下徐达、常遇春等都是能征惯战、久经沙场的名将，加上朱元璋亲自督阵，将士们个个斗志昂扬，人人奋勇向前。而张士诚部下最骁勇的张士德已经亡故，余下的吕珍、李伯升、黄敬夫、蔡彦文、叶德新等虽是骁勇，但见朱元璋军队兵多将广，来势汹汹，先生怯意；士兵们又受《平周檄》的宣传，军心涣散，斗志动摇。两军一交接，张士诚的兵士纷纷溃退，丢失阵地。朱元璋军队势如破竹，连克长山、凤凰山、香山等，一直追杀到巫子门。尽管张士诚在巫子门亲自督阵，拼命组织抵抗，但兵败如山倒，只好率领残兵败将往平江逃遁。这一仗，朱元璋大获全胜。

决战过后，张士诚部的败兵们四散奔逃，乘机劫掠，不少散兵游勇逃到了砂山和白龙山脚下，盯上了泰清寺和白龙寺。

一群败兵气急败坏，直奔泰清寺。一个蛮横的壮汉跳下马背，奔到泰清寺大门外，一看庙门正关着，他二话不说，一脚猛力踢去，单薄的庙门顿时踢出一个大洞，里边正提心吊胆的宗显方丈知道今天在劫难逃，便大着胆子过来开了门。门一开，这些凶神恶煞一拥而入，争相寻找值钱的东西，他们有的砸烂"随缘乐助箱"，取出里面的零星捐款；有的逼着宗显老方丈和惊恐万状的小沙弥交出钱来；还有的推倒桌上的铜香炉，把炉里的香灰倒了，把铜香炉抢走了。宗显方丈面对着这些如狼似虎的暴徒，战战兢兢，无可奈何，只是双手合十，口称"阿弥陀佛"！败兵们看看没有什么好抢了，就抓过正在燃烧的蜡烛，点燃了菩萨面前的帐幔，扬长而去。顿时，大火蹿上了屋梁，把大殿包围在火海之中，宗显方丈和小沙弥眼睁睁地看大殿在熊熊大火中轰然倒下，放声大哭！可惜好端端一座千年古刹，就此烧成平地，只逃出了焦头烂额的宗显和小沙弥。事后，宗显了解到，白龙山上的白龙寺，也在同日同时遭到了厄运，毁于兵燹；更为不幸的是白龙寺方丈为保护寺中至宝铜钟，还遭到败兵殴打致伤。这件事情，被载入嘉靖《江阴县志》："砂山太清教寺元至正间改泰清寺，后兵火废，洪武元年重建；白龙寺元末毁于兵。"

值得庆幸的是，泰清寺和白龙寺在洪武元年（1368年）敕命重建，并在洪武二十四年（1391年）敕令归并天下寺庙时，白龙寺免并；龙砂以南、西起花山、东至顾山的东南乡各寺庵丛林尽并入泰清寺。泰清寺和白龙寺，又获得了重生。

泰清寺归并众寺庙

明洪武二十四年（1391年），新春才过，天气还没有回暖，砂山南麓光瑛院里的腊梅花还在开放，寒冷的空气里不时飘出缕缕清香。这几天，既不是初一也不是月半，新年的法事已经做过，寺里很少有烧香人，显得有些清冷。

这天下午，山下忽然来了两骑快马，一直驰到光瑛院门口。马上下来两条汉子，自称是江阴县衙的衙役，要找本寺方丈。住持方丈真山禅师便迎了出来，在山门外接待了他们。谁知接待过后，两个衙役刚走，真山禅师便放声大哭，一边哭一边往里走，到了内殿犹自哭个不停。真山禅师年过花甲，是个老成持重、宠辱不惊的有道和尚，平日里只是诵经修行，不苟言笑，喜怒不形于色，今日怎会一反常态大放悲声？寺里两个比丘、一个沙弥忙聚拢过来，叩问老师父为何如此伤心。老方丈还是抽抽搭搭，泣不成声，只是抖抖索索地伸出一个指头指着门外，口中好不容易断断续续挤出几个字来："你……你们……去看看门外……墙上……"

比丘们急忙奔到寺门口一看，杏黄色的墙上贴着一张雪白的告示。识文断字的比丘一瓢一边看，一边胆战心惊地念道：

常州府江阴县告示：

奉皇帝敕命：前有法旨，务去淫祠；今重申命，归并天下丛林。府州县止存大寺观一所。尔处寺庙皆在归并之列，着即日归并至砂山泰清寺，寺僧一并入寺。本寺焚毁，旬日为期。如违命不遵，重惩不贷。

下面还有文字，一瓢继续念：

恭祝圣寿，归并泰清寺之各庵开具于后：

楞严寺　仁寿寺　顾山寺　妙严寺　栖真寺　北奉先庵　报恩庵　光瑛院　南奉先庵　宁神庵

洪武二十四年　月　日

一瓢读来暗自心惊，特别是读到"本寺焚毁，旬日为期"时，惊骇得目瞪口呆，一旁的小沙弥听着竟哭了起来。

这光瑛院，原名明教院，是南梁大同年间（535—545年）殷姓乡民捐出屋舍建造的。宋太平兴国年间（976—983年）改光瑛院。规模并不算大，山门以内，便是大雄宝殿，殿上供奉神佛，大殿左右就是僧房。光瑛院规模虽小，真山禅师和3个僧徒却为它倾尽心血，对它饱含深情。寺虽建于梁代，但时过千年，几经兴废，传到真山这一辈，已是墙倾壁倒，破败不堪，全靠真山师徒结缘化募，苦心经营，才成规模。一砖一瓦，凝结了他们的千辛万苦。他们满以为从此就有了遮风挡雨的场所，甚至想把这里当成终生的归宿，特别是真山禅师，准备老去就在这里圆寂。老禅师平日和3个僧徒和睦相处，说是师徒，亲如家人。这个温馨的小家，一旦被焚毁，叫他们如何不痛心！

四个人痛定思痛，一时无可奈何，只是茶饭无心。比丘一瓢还抱有幻想，他对大家说："我们何不联络告示上的11家寺庙，去县衙哀告求免。告示上说，务去淫祠，我们光瑛院平素心存虔诚，一心向佛，无有非分之念淫乱之举，也许会有一线生机。"另一个比丘也说："但愿我佛慈悲，护佑本院，一如白龙山上的兜率院，昔日的白龙庙，不在归并之列，纹丝未动。"两位比丘这样一说，真山禅师生出了一线希望。正好，白龙山的栖真庵，由里山的报恩寺，以及清化乡的北奉先庵等的庙主们都舍不得焚毁本庙，也不想归并，一个个到光瑛院来诉说，大家同病相怜，便约好一道去江阴县乞免。11家寺庙于是公推光瑛院的一瓢比丘，字斟句酌地写了一纸语词委婉的呈文。事不宜迟，第二天，他们就雇了两辆马车分载11人，来到江阴县衙，击过堂鼓，11个僧人便黑压压地跪在大堂外，求见父母官大老爷。

江阴知县高观，先是听见堂鼓，又听见衙役禀报僧人求见，便知道他们为归并之事而来。于是他出大堂，下台阶，亲手接过了僧人的呈文，并邀请僧人进大堂，叫衙役安排座位。高知县才坐定，银须一大把的老禅师真山便扑通一声跪拜在地，声泪俱下地禀告："青天大老爷明鉴，我等小庙不是'淫祠'，不该焚毁啊！"高知县和颜悦色地请真山起身坐好，然后讲明归并的道理。

原来，佛教自西汉哀帝元年（前2年）传入中国，东汉明帝（公元1世纪中叶）开始受到朝廷重视并在上层社会传播，魏晋时期进一步传播。东晋时期已有佛教寺院1768所，僧尼24000多人。南北朝时期萧梁之世（502—557年）已有佛寺2846所，僧尼82700多人。明太祖执政时佛教寺院已有1万多所，僧尼超过50万人，寺院占有的土地，有的上千亩，有的上万亩。而且，还有道教与其他宗教日益兴盛、民间私建寺观祠堂逐渐增多，对国家财政、社会控制和社会风气的影响日益增大。为此，明太祖多次下诏"减缩寺庙道观"，并对僧人出家年龄加以限制，"年20以上者，不许落发为僧"，同时限制度牒发放。洪武二十四年，明太祖规定，"凡各府州县寺观虽多，但存其宽大可容众者一所并而居之"，所以就有了江阴县"归并天下丛林"之举。

高知县讲了归并的道理后，又说："上人所理解的'淫祠'，是淫秽的'淫'，皇帝所说的'淫祠'，是指不是供奉国家规定的正神、不属于国家祀典的庵庙，凡'官亲祠庙、非有功德于民、不合祀典者，俱令革去'。还有，朝廷规定，各地只存大庙一座，你们庙小，也是被归并的原因。"高知县一番解释，众僧人一时无语。

高知县又说："朝廷的诰命不可违抗，上人们归入泰清寺后，生活起居一如以往，不会吃亏；各庙僧人，愿意并入泰清寺的欢迎并入；如要还俗的亦可还俗。至于旧庙，还是一律焚毁，以免多生枝节，待以后朝廷宽容，原址上可重建。"

知县大老爷动之以情，晓之以理，众僧人心悦诚服，于是一心向往泰清寺，纷纷先去踏勘。

泰清寺位于砂山西端南麓，始建于三国赤乌年间（238—250年）。相传三国时，孙权之母吴国太在江南建有七寺八塔，泰清寺就是其中之一。

第9章 张士诚兵殁龙砂山 泰清寺归并众寺庙

宋代景德年间（1001—1005年）赐额"景德院"，元代至正年间（1341—1368年）改泰清寺，后兵火废，明洪武元年重建。泰清寺鼎盛期间，有殿宇5048间，山门设在坍石桥，寺僧开闭门户，需骑马而行。泰清寺香火颇旺，据说曾经有个定光和尚在此得道成佛，吸引了许多善男信女。对于同道的光临，泰清寺方丈打法器披袈裟热烈欢迎。泰清寺的宏大规模和友好情意，使真山他们十分满意，割断了恋旧之情，打消了后顾之忧。

以后几天，光瑛院等11家庙庵从容搬家，金身如来、贵重佛器，尽行搬到泰清寺，设偏殿供奉。原庙搬取一空，在县衙兵士的监看下，点火烧去。面对熊熊大火，各家寺庙无论方丈沙弥，看到自己几十年辛勤经营的家业毁于一旦，莫不心痛如绞，只能双手合十，念一声"阿弥陀佛！"

明成化六年（1470年）重新增修扩建泰清寺，户部郎中邑人卞荣撰写了《泰清寺重修碑记》并勒石，当年归并天下丛林的敕令，就刻在石碑下方，至今还安放在寺里的神龛里。

徐文洞写给盛宣怀之父盛康手札墨迹

【第 10 章】
贡安甫直声劾佞臣
贡修龄仁心修兰若

贡安甫直声劾佞臣

明孝宗弘治十七年（1504年）十月的一天，京城里的朝廷金殿上早朝即将结束，孝宗朱佑樘有些疲乏，打了个哈欠。执事太监鉴貌辨色，便尖着嗓子拖长了声音吆喝道："有事早奏，无事退朝——"这时，监察御史贡安甫出班施礼后，朗声说："启禀陛下，微臣有奏。前日臣有奏章上达天聪，是为《劾寿宁侯疏》，陛下该有明示。"接着，他又把《劾章》的内容当面复述了一遍，说的是皇亲国戚寿宁侯张鹤龄倚仗娇宠、招纳无赖、谋利侵民的事。

明成化二十三年，明宪宗朱见深为18岁的太子朱佑樘娶亲，纳直隶河间府兴济县（今沧县兴济镇）张峦的18岁女儿张氏为贵人。同年8月宪宗去世，9月朱佑樘继位，为孝宗弘治皇帝，张贵人被册立为皇后。明孝宗即位之后，去奸邪，斥异端，汰冗员，进贤能，重农桑，靖边关，成为一个"中兴之主"。其妻张皇后竭力辅佐，治理后宫，使孝宗能够集中精力处理朝政。为此，孝宗与张皇后感情甚笃，始终相爱，别无他宠。由于孝宗特别宠爱张皇后，所以对张氏一门格外恩宠，大加封赏。从张皇后的太祖父、曾祖父、祖父到父亲母亲，两个哥哥、堂叔、堂兄，沾亲带故全有封赏，造成了张皇后的两个哥哥张鹤龄和张延龄骄横跋扈，不可一世。张鹤龄被封为寿宁侯，进封昌国公；张延龄为建昌伯，进封建昌侯。张氏兄弟任意出入皇宫，在宫中胡作非为，并仗势骄横，从政经商，无利不图，纵使家人夺取田舍，违法害民之事不可胜数。

贡安甫在《劾寿宁侯疏》中说："……今皇亲荷国家宠恩，高官厚禄，赐予无限，可谓富贵已极矣。……皇亲近年以来，容令家人朱达等，奏买长芦、两淮栈盐；后又指以堆积盐货为名，奏称淮扬、仪真等处俱有旧置闲房空地，欲行开列店房，俱蒙圣恩曲赐俞允。……在在骚扰，人人怨咨，其害有不可尽者。……仍乞天语叮咛，戒饬皇亲，钤束家人……"贡御史弹劾张鹤龄"纵容家人网利害民"的事，户部主事李梦阳也有奏疏，但由于皇后母亲的偏袒，李梦阳反而受到惩罚。现在，贡安甫又当面揭发寿宁侯，大臣们都为他捏了一把汗。还好，孝宗没有过分发难，只是说："朕知道了，退朝！"但张鹤龄兄弟从此对贡御史恨之入骨。

贡安甫（1472—1527年）字克仁，号学静，华墅大河里人。少年时聪明好学，才华出众，弘治八年（1495年）与父亲贡斌（字月楼）同科中举，弘治九年（1496年）贡安甫联捷进士。初任开州长垣县令，因政绩突出，越级提升为京师都察院南台御史、浙江道御史。贡御史忠心耿耿，伸张正义，不畏权贵，在弹劾皇亲寿宁侯兄弟后，又在明武宗时候，协同多人联合上奏《保留刘健、谢迁疏》。

《保留刘健、谢迁疏》严厉弹劾了弄权的内廷太监刘瑾，还批评了明武宗朱厚照嬉戏成性不理朝政。明弘治十八年（1505年）六月八日，明孝宗逝世，15岁的明武宗朱厚照接位，年号正德。少年武宗非常聪明，按理能够成为一个圣明皇帝，但是周围的太监中以刘瑾为首的8个太监马永成、高凤、罗祥、魏彬、丘聚、谷大用、张永等利用皇帝年纪小，引诱他的玩心，排斥朝中正直的大臣。为讨武宗欢喜，他们每天进献鹰犬、歌舞、角抵等游玩项目来诱惑皇帝。年幼的武宗抵御不住这些玩物的诱惑，慢慢地沉溺其中，学业和政事也都荒废了。他即位才4个月，就开始微服出宫，自寻欢乐，并且随意不上朝。内阁首辅刘健、英国公张懋等频繁规劝进谏无效，万般无奈，只好以告老还乡相威胁。武宗本来嫌他们烦，竟然欣然批准刘健、谢迁告退。贡安甫对朝廷的乌烟瘴气十分担忧，曾与江阴同乡知己刑部主事黄昭，御史史良佐3人多次上疏直言，要皇帝不要沉湎于寻欢作乐，要勤于朝政。由于3人多次直谏，正气凛然，人称"殿前三虎"。在刘健、谢迁提出告老还乡时，贡安甫他们又奋起直谏。正德元年（1506年）十一月，贡安甫、黄昭、史良佐串联了大臣50多人联合上疏，由贡安甫起草了《保留刘健、谢迁疏》直言权阉祸害，揭露刘瑾罪状。《疏》中说："近月以来，每闻陛下视朝太迟，游戏无度，常与内官马永成、刘瑾等驰马射击，市食击球。刘健等身居辅导之官，既无格心善策，所以屡谏而力净之，以忤圣意，乃疏斥之。"接下来，又申述了刘健、谢迁不能离开朝廷的7点理由："彼职似尽矣，而陛下对大臣之道有亏，此不可去一也；观刘健等奏内有龙颜清减，皆内臣马永臣等狎昵淫污之语，以致获戾圣威，惟陛下睿照思之，果有之与否？此不可去二也；辅托之大臣，天下倚重，朝廷柱石，导陛下以继述，引陛下以当道。一旦罢之，则于先帝之命安在？此不可去三也；自七月以来，天变屡示，灾异叠出，……刘健等心不自安，欲引咎自责，以消天谴。陛下误许以归，则中二官之计矣。此不可去四也。更以刘健等持有逆鳞忠言，以触天颜肃怒，正所谓千人之诺诺，不如一士之谔谔，主圣则臣直也。陛下虚心奖劝以励忠直之气，开纳谏之门，天下善言自来。……今一闭塞，则谗谄日至，朝政日非，谁与治理？此不可去五也；尚书入阁，坐而论道，为天子首相，即古丞相之职，与天子共理天下者。……去则华夷动摇，此不可去六也；昔唐臣阳城裂麻，宋臣司马光等伏阙，在当时以为难得。今刘健等亦以宰相谏而得名天下，后世将以为何如？此不可去七也。"贡安甫又强调："去一小人则天下贤能进而治矣。退一君子则天下谗佞入而乱矣。……刘健等虽不失为君子，若刘瑾辈群小人素无顾忌，亦不敢肆为。今去则权奸窃弄，内外不知也。"

贡安甫的这道疏送到内廷，首先读到的是太监刘瑾。刘瑾大怒，立即假传圣旨，下令逮捕贡安甫等人，绑送到镇抚司严加审讯，贡安甫被严刑拷打，受尽酷刑。虽然他痛苦不堪，但坚持不肯屈服，受刑过后依旧据理力争，痛斥刘瑾等人。刘瑾就把体无完肤的贡安甫等人关进了锦衣卫监狱，脚镣手铐，关了很久。后来，主事王守仁向武宗奏告要求释放贡安甫等官员，刘瑾无奈，又假借王命，把贡安甫、黄昭、史良佐3人每人廷杖30，打得皮开肉绽，并且削去职务，驱逐回家。这件事传了开来，人们都赞美"殿前三虎"特别贡安甫正直、刚烈，不畏强暴，耿直的名声传遍朝野。

贡安甫受刑回家之后，在白龙山东南边的大河里村，闭门养伤，一年之后棒伤痊愈，行走还是困难。刑伤彻底痊愈后，他就隐居在乡间，与父亲月楼公辟一块园地，栽种松树，凿池引水，建成大夫园，准备过隐居悠逸的生活，连官员来访都拒绝见面。正德五年（1510年）四月，太监刘瑾谋反败露被杀，江阴三忠贡安甫、黄昭、史良佐获平反昭雪。朝廷屡次召贡安甫任职，

第 10 章 贡安甫直声劾佞臣 贡修龄仁心修兰若

他一再推辞，后来推辞不过，勉强接任山东按察使金事。上任3个月，又以身体不好为理由，回到华墅家里。嘉靖六年（1527年）贡安甫在家乡逝世，享年56岁，列祀江阴"乡贤词"。明史有传。

有子贡甸（1493—1556年）官浙江萧山、山东滕县县丞。

贡修龄仁心修兰若[1]

清乾隆十五年（1750年）农历十二月二十八日下午，北风呼啸，天上下着鹅毛大雪。一条扯篷船驶进了蔡港河苏墅桥北面的小河浜，来到了一个叫贡家大河里的河埠上。艄公刚歇定船，搁好跳板，船舱里便走出了两位僧人，年老的一个是方丈长龄，背着一只包袱；另一个是方丈请来的青年行脚僧，他挑着两只竹制的大挂篮。两个人一踏上岸，立即受到了贡氏家族的欢迎。特别开心的是一群小孩子，他们盼望了好久，看到两人上来，便一齐兴高采烈地拍着手、在雪地里踏着节拍，口中唱道："一桌菜，两桌菜，十方庵里送过来；豆腐干，百叶结，斋过祖宗大家吃！……"

孩子们说得不错，这两位僧人，是从江阴十方庵里来到贡家祠堂送素斋和结账的。十方庵，又名十方云水庵，位于江阴城区花山路116弄。建于明代万历二十二年（1594年），是由释广寂在建于宋、毁于元的祠山大帝庙的废址上建立起来的。释广寂，又名常惺，出家前是江阴举人，任广州别驾。自广州回来后出家，皈依在杭州云栖禅寺莲池大师门下，成为莲池大师"广"字辈高足。十方庵的格局、管理模式完全仿照云栖禅寺，特别把云栖寺《僧约十章》镌刻在十方庵石碑上："一敦尚成德，二安贫乐道，三省缘务本，四奉公守正，五柔和忍辱，六威仪整肃，七勤俭行业，八直心处众，九安分小心，十随顺规制。"禅院名"十方云水"，意为专门收驻来自十方的"云水行脚僧"。"行脚僧"，即远离家乡，脚行天下，行踪无定、如行云流水的僧人。十方云水院初建时占地20亩，有僧寮八九十间，常住僧人百余人。有临时居住的，也有远道而来买下一间准备养老的。由于日常开支较多，仅有香火钱入不敷出，于是向居士求募田地资金。其中华墅贡府最为支持，贡修龄首先响应，捐出肥地百亩作为庙田，成为十方禅院最大的善户。十方庵受到贡氏家族的恩惠，知恩知报，从明代崇祯年间到民国，历时近300

---

[1] 梵语"阿兰若"的简称，这里指寺院。

年，奉贡家为恩主，每年岁尾十二月二十八日，由庵里雇船，方丈亲自带人送素斋两桌到贡家祖屋华墅大河头贡家祠堂，并带去一年开支账册，向贡氏管公堂的账房汇报收支情况。而贡家就用这两桌素斋祭祀过祖宗后，当作族里的年夜饭。这一过程，成了贡家祠堂老少必循的惯礼。

贡修龄（1574—1642年）字国祺，号二山，初名万程，贡安甫四世孙。华墅大河里人，居华墅西街。明万历三十年（1602年）壬寅科第二名举人。万历四十七年（1619年）中进士，更名修龄。初任浙江东阳县令，上任伊始，改掉不合理的苛捐和杂税，对外加强保甲制度管理，让盗贼无孔可钻；对内进一步规范法规，让吏役严肃纪律。东阳地方素有溺女婴和终身奴役婢女的陋习，贡修龄一到，下令一律禁止。于是人口得到繁衍增长，社会平安和谐。他特别关心贫寒子弟的学习，培养了很多人才。其中有个童生张国维，家庭十分困难，贡修龄常常鼓励他努力学习，以自己的俸钱支持他。张国维不负老师的鼓励和帮助，终于成才。像这类学生不少。没过多久，贡修龄又调义乌县令。在义乌，他和在东阳一样，废陋习，严吏治，得到了老百姓称颂。东阳、义乌两地都为他立祠祭祀他。不久，由于他政绩突出，提升为浙江省参议、福建按察使副使。因为办事果断，得罪了上级，转任江西参议，又因为清廉耿直不肯奉迎上司，江西抚台与他不合，贡修龄不久就辞官回乡。他在浙江、福建、江西三处官声都很好，当地百姓把他列入本地名宦祠。

贡修龄辞官回乡以后，隐居在家，不与官员来往。有些已担任官职的门生来拜望他，他谢绝应酬，只是勉励他们忠君爱国，体察民情。恩贡生石父，贡修龄推荐4名门生随他参加南闱考试，石父为感谢贡修龄，专程到贡修龄门上来谢他，贡修龄很不高兴，说："我为你推荐、选拔人才，不是为私，而是为国家！"石父见贡修龄生气，只得告罪退出。贡修龄擅长赋诗，赋闲在家，游山玩水，写了不少诗，结集成《匡山集》《斗酒堂诗集》刊行于世。

贡修龄居心仁厚，特别关心佛教寺庙和僧人。他看到游方和尚四处漂泊，行踪无定，十分辛苦，就支持、帮助他们定居，让他们有个安定的场所。十方云水庵的建立，他不仅捐田资助，还十分关心十方庵的日常管理。住持常惺遵循莲池大师的管理法则，把"十誓约"刻在石上，请贡修龄撰写碑记，贡修龄为他写了《十方庵记》，流传到现在。《十方庵记》中说"……其后子孙各领一众，各私利养流为应赴，至不知佛法为何事，非开山者立法之不善，实后人不知遵守之过也。莲池大师深鉴此弊，峻设规条，至今不替。吾邑常惺长老，乃莲池高足，自粤东回，取祠山废址册立十方云水禅院……复仿莲池大意，立十誓约以广厉护持，而尤致戒于慎选当家，不收徒众，不立化缘，不广田亩，俱一一取记……"为江阴十方庵的长期稳定巩固，立下了行为准则。

除了江阴十方庵，贡修龄还在华墅热心向善，修建寺庙。明万历四十年（1612年），38岁的贡修龄在华墅西街梢居家旁边建造了关帝庙，又名涌莲庵，有庙舍11间，祀奉三国时期蜀国大将关云长，祈求保境安民，四季平安。由于当时华墅镇区没有其他庙宇，因此西关帝庙香火鼎盛，繁荣一时。明天启二年（1622年），根据风水先生占卜，龙山和砂山龙脉直走长泾，为保护风水，贡修龄出资在镇区萝卜桥南建造护龙庵，阻断龙脉出走。护龙庵建造时有庙田6亩，庙舍6间，一直延续到民国期间。护龙庵面山背水，大殿宏敞，供奉丈六金身关帝像。香火鼎盛时，每晚鸣钟宣唱佛号，钟声激越悠远，"护龙晚钟"为"龙砂续八景"之一。明崇祯六年（1633年），贡修龄又出资重建华墅文昌阁，时年59岁。文昌阁在砂山东头峰顶，创建于宋代，一向为读书人聚会胜地，崇祯六年夏的一天，大风大雨一昼夜，文昌阁和山上山下的寺庙全部损坏，后由贡修龄出资重新建造文昌阁。

贡修龄28岁中举人，45岁中进士，宦途30多年，仅靠俸禄收入修建庙宇。可以说是竭尽全力，倾囊相助，以致他到了晚年，生活贫困，住的屋舍倾欹破损，幸亏门生苏州知府张国维出钱为他重新建造了世恩堂。他仁心修建兰若，大致有几个原因：一是广州别驾冯定，后出家为常惺、广寂，同是读书人，创立十方庵，使他钦佩，愿意帮助他；二是同情十方云水游方僧人，建好寺院，让他们有安身之处；三是他把修建寺庙当作行善之举。还有一个原因是他的长子贡鹤祯早夭，使他十分伤感，通过建庙行善纪念儿子。

贡鹤祯，字鸣之。他出生时，贡修龄梦见一个老人骑鹤入室翩翩而舞，故取名鹤祯。贡鹤祯从小聪明，能文善诗。16岁就诗文超群，著有《然松斋稿》。文史之外，吃素信佛，但活到19岁就夭折了。贡修龄有3个儿子，长鹤祯，次兰，第三子贡鸿。贡鹤祯逝世后，贡修龄写了不少悼念诗，其中有：

阿兰成树阿鸿飞，独鹤千年去不归。
萧飒书堂风景在，相逢魂梦莫教稀。

大概这也是他修建寺庙的精神寄托吧。

【第11章】
顾文熊精纂礼集解
徐弘祖读书文昌阁

顾文熊精纂礼集解

继贡安甫等"殿前三虎"不畏强暴，勇斗权奸太监刘瑾之后，到了明万历天启年间，又有一批刚毅忠烈贤臣不屈不挠地与权倾天下、骄横跋扈的魏忠贤及其"阉党"斗争，并为之抛洒热血。其中有江阴缪昌期和李应升。

自古以来，读书人要寻找出路或者出人头地，必然要经过十年苦读、金榜题名，然后报效国家。还有一种人，不必经过寒窗苦读，也能出人头地，那就是宦官。宦官，又称太监，本是阉割后失去男性功能，在皇宫中侍奉皇帝及皇室人员的人，为内廷的奴仆，虽然明令不得干涉外政，但因接近奉迎皇帝，常造成宦官专权的局面。特别是明代永乐以后，太监权力渐大，拥有出使、监军、镇守、侦察臣民等大权，其中司礼秉笔太监地位尤高。明代天启元年，明熹宗朱由校即位。这是一个昏庸无能的皇帝，他不问正事，整天玩耍，特别喜爱斧削锯刨，在宫中与一些太监做木工活。善于鉴貌辨色的魏忠贤专拣熹宗木工活兴致正浓时去请示政事，熹宗便厌烦地说："你不看见我正忙吗？你去办就是了！"这样，魏忠贤就窃取了朝廷的最高权力，代替皇帝批奏折，甚至假传圣旨，形成了炙手可热不可一世的"阉党"集团。

李应升（1593—1626年），江阴北澬赤岸（今顾山镇北澬社区）人，字仲达，号次见，又号石照居士，万历四十三年（1615年）中举，次年24岁中进士。李应升初任江西南康府推官，后代理知府。天启二年（1622年）七月，参加京师御史考试被选中，从此开始了他的监察官生涯。天启三年，授都察院西台御史。李应升为人正直,秉公直谏,受到朝中大臣的重视。这时,明熹宗即位已经3年,却一直沉湎游戏,不理朝政。朝廷由宦官魏忠贤当道,极其黑暗腐败。李应升与缪昌期扬清激浊,力主正义,抨击阉党的专横腐败行为,都察院一批正直的官员高攀龙、杨涟、左光斗等也纷纷伸张正义,共同对以魏忠贤为首的阉党进行弹劾。但昏庸无能的熹宗根本听不进正直官员的直谏,依旧让魏忠贤处理内外奏章。李应升的抨击阉党罪恶,建议清除小人、治理国家的奏章反而遭到魏忠贤的忌恨。魏伙同党羽,开始对高攀龙、周顺昌、缪昌期、李应升打击报复,他把一大批正直正义的官员视为仇敌,大肆矫旨杀戮。天启五年3月,李应升被加以"庇护东林党人"的罪名,削去职务,逐出朝廷。

但李应升不向邪恶低头,罢职以后依然忧国忧民,照旧同情、支持"东林党"人,依旧投书上疏,抨击腐败专权的阉党。天启六年(1626年)三月,魏忠贤及其党羽制造事端,诬陷李应升、缪昌期等人贪赃枉法,派出锦衣卫缇骑到江南捉拿李应升等人。消息传到江阴东乡赤岸,有人劝李应升去苏州亲友处躲避一下,李应升轻蔑一笑:"避什么,忠臣不怕死,怕死不忠臣!"锦衣卫缇骑很快到了江阴,李应升闻讯,就拜别父母和亲友,慨然到了江阴,又赴常州慷慨受捕,被押抵京师。这时,缪昌期已被迫害致死,李应升在狱中得此消息,知道自己难免一死。他面对酷刑,忠贞不屈,阉党授意隶卒给李应升穿"红绣鞋"即烧红的铁鞋,天启六年闰六月初四,这位清官循吏、忠臣孝子,惨遭阉党迫害致死。崇祯元年,李应升得到平反昭雪,追赠太仆寺卿,谥号忠毅。

李应升早年的老师名叫顾文熊,江阴华墅人。华墅赤岸,两地相距20里,天启三年(1623年),李应升曾应顾文熊之命,为顾文熊的父亲顾桂和他的夫人卞氏作墓志铭。在这篇《处士顾公暨德配卞孺人合葬墓志铭》中说:"吾师乘虬顾先生,潜心二戴,裒剔注疏,刻集解,成一家言。家大人以先世绪业,命余执经门下。"叙说了因受父亲的安排,拜师顾文熊门下;并介绍顾文熊潜心研究西汉时礼学家大戴(戴德)和小戴(戴圣)的《礼》学,从中吸取精华,加以研究、注释、汇刻成书,形成自己的学术体系。李应升在《墓志铭》中还说:"先生之教脱凡,近而游高明情怨,理遣平等,一切恩怨,所自位置甚高。"讲到他受业于顾文熊的收获和顾文熊的教学方式和品格。

顾文熊,字乘虬,明代华墅镇区人,万历年间副贡生。明代经学家、天文学家。早年拜江阴人袁舜臣为师，学习天文地理。袁舜臣字承华，号巽庵，明嘉靖甲子举人，于天文、地理、历数、兵刑、音律无不研究，著有《天文四季图》《律吕》等书。顾文熊从老师那里重点学了天文，著有《历象图书》。顾文熊还三次考证日、月和金、木、水、火、土五星的运行规律，撰写了《象纬图书》，指出江阴属南斗星十五度，在织女星、渐台星和辇道星的下面。顾文熊除了研究天文，化了更多的精力研究、编纂了《礼记集解》。

《礼》，汉代称为《礼经》，是春秋战国时代一部分礼制的汇编。梁朝陈朝以后称为《仪礼》。《仪礼》简称《礼》，也称《礼经》或《士经》，儒家经典之一，共有17篇，一说是周公制作，一说是孔子订定。对这部著作，历代注家蜂起，名目繁多，主要有东汉经学家郑玄对《周礼》《仪礼》《礼记》"三礼"注、唐代经学家贾公彦的《周礼义疏》《礼仪义疏》、唐代经学家孔颖达的《五经疏》。南宋卫湜的《礼记集说》160卷，以及元代陈澔的《礼记集说》（又名《云庄礼记集说》）30卷，《云庄礼记集说》的释义源自朱熹，是明代科举取士的课本之一。对于这些著作，顾文熊认为太过庞杂，有的漏注，有的有错误，就参考历代礼记著作，对陈澔的《云庄礼记集说》，逐章梳理论述。他又认为旧的礼记对丧礼大多遗漏或太简单，就以古代士人丧礼及丧服内容为主，依次考证郑玄的"三礼"注和贾公彦、孔颖达的二《疏》，补充自己的见解，充实内容，编纂成《礼记集解》。为了完善这部著作，顾文熊殚精竭虑，前后用了20年时间，三易其稿，终于编纂完成。

《礼记集解》完成后，顾文熊广泛征求同道意见，并请李应升作叙言。李应升在《礼记集解后叙》中说："李子曰：《礼》难言矣，两戴后，马、郑、王、孔、贾诸儒人自为解，亦既剖元折微，而画一不具……"先说历代经学家学说纷纭，不能统一。"乃若错综参伍，备古注之大全，博考简收，订令言之悠谬，未有如乘虬顾先生之斯编者也。盖先生二十年苦心，凡三易稿，始克纂定。往予受教先生，先生言，学《礼》者习其数、通其意而已。……故先生于斯编，融会经文，详考典礼，求合乎作者之意，而竟其指归，务撮夫诸说之精，而删其芜秽，无拘乎《集说》，亦无反乎《集说》，支离一洗开卷朗……"既说老师的这部著作去芜取精，匡谬纠误，又说老师"其为人也孝弟，先生亦自足不朽……今每读《集解》后，觉仁人之论蔼然，并为识其经外传心之旨。"

顾文熊的《礼记集解》，不仅为后人提供了读《礼》之范本，更为莘莘学子的人格塑造和形成，起到了熔铸作用，忠毅公李应升就是其中的一例。

除了《礼记集解》《象纬图说》外，顾文熊还有《礼运或问》《孝经内外传》《小学简注》《翼圃新书》《脉学指归》《本草诠要》等著作行世。

徐弘祖读书文昌阁

明万历三十年（1602年）春天的一个早晨，太阳刚刚升起，华墅镇南郊就来了一辆马车，上面坐着十六七岁的一位小伙子，他叫徐弘祖，天还没亮，他就与一个仆人，从华墅西南遥远的马镇南旸岐，坐车赶了过来。他到华墅来，今天已是第30天了，目的是读书、学制艺，准备参加明年春天在江阴城里举行的童子考试。

马车得得地穿过镇区，很快来到了砂山的头峰顶下。举目望去，晨光里，逶迤的砂山像一条起伏的长龙，静静地蹲踞在蓝天之下，砂山头峰山坡上黄墙黑瓦的寺庙、白墙黑瓦的屋宇，错落有致地依偎在青山的怀抱里。那是分布在这里的东岳殿、文昌阁、十王堂、灵宫殿、祖师殿、玉皇阁，屋近百间，蔚为壮观。不远处还有海会庵。

马车到了文昌阁下，仆人一声长"吁——"，奔走了近50里路的辕马便停了下来，马鼻子里喷着粗气，用前蹄刨着山地，慢慢地平息下来。车才停稳，徐弘祖就从车上跳了下来，他手上没有拿书包，而是返身从车里拿出了一把山镢，然后又小心地取下来一株树苗。他正想去提另一株树苗时，赶车的仆人已经站到车边，说一声："大少爷，我来拿！"就把车上的那株根部包着重重泥土的树苗拿了下来。两个人一人提一株，仆人还顺手提了那把山镢，来到文昌阁前东岳殿院子的空地上。为了种树，徐弘祖今天来得特别早，此时庙宇中还没有人声。他选准了一个位子，由仆人动手，用山镢挖开了一个树坑。仆人说："可以了吧？"徐弘祖看了看坑的深度，摇摇头，说："还要深一点！"说着，他自己动手，又从坑里挖出了一些山泥，然后让仆人把树苗放进了树坑，仆人扶着树苗，徐弘祖用山镢把坑周围的土推进坑里，塞在树根上，仆人和徐弘祖一起，用脚把树根上的土踩实。接着，他俩又走出东岳庙院子，来到海会庵上边的空地上，还是仆人挖坑，徐弘祖扶直树苗，种下了第二株树。接着，徐弘祖找到了文昌阁里的一只水桶，由仆人帮着，从东岳殿院子里的一口水井中，提了两桶水，浇在新栽的两株树的根上。仆人种是种了，却叫不出树名。徐弘祖告诉仆人："我们今天种的两株树，东岳殿院子里的那株是桧树，另一株是山茶花树。浇了这'连根水'，它们很快会成活的。"这时，东岳殿里的住持和尚和来文昌阁读书的书生们都来了，住持和尚看见徐弘祖为他种下的桧树，十分开心，他双手合十，连连称谢："阿弥陀佛！小施主你功德无量！"徐弘祖回过礼，又引着几个华墅书生去看了那株山茶花树，希望他们以后多多关心保护这株名花。华墅的同学对徐弘祖这样有情有义，植树留念，深为感动，一致表示会关照寺庙僧尼用心照料好这两棵树。这时，来华墅文昌阁读书制艺、说文比艺的书生们来齐了，徐弘祖便安排了仆人休息，与众人一起进文昌阁里读书去了。

徐弘祖（1587—1641年）字振之，号霞客。江阴马镇南旸岐村人。他少负奇气，酷爱读书，出口成诵，特别喜欢古今史籍、舆地志、山海图经，年轻时萌生了远游五岳、探索山河的愿望。后来花毕生时间，足迹遍及大半个中国，考察写成260多万字、由别人整理成60多万字的《徐霞客游记》，成为举世闻名的明代地理学家、旅行家和文学家。徐弘祖这次到华墅来，读的是《诗》《书》《礼》《易》和《春秋》，是奉父母之命而来的，准备学好制艺，参加明年的童子考。童子考是科举的初级考试，也叫童子试、小考、小试，童子考合格的为生员，就是秀才。科考的内容是八股文，测试的内容是经义题目，出自四书五经，从中选出一些题目来进行写作，这叫制艺。在文昌阁里指导士子读书的，有华墅几位宿儒老秀才和文章新秀，陪读讲解，评判文章优劣，其中有贡安甫的四世孙贡修龄等。

来华墅文昌阁读书的，除了徐弘祖，还有16位远道而来的读书人。大家不约而同聚到华墅来，是因为华墅文名在外。"江邑文风，东南为最"，地处江阴东乡的华墅，历史上科举连绵，独树一帜。自宋代以后，进士、举人连绵不断。南宋绍兴年间，赵士鹏定居华墅砂山北石桥后，赵氏子弟40年中接连中进士13人；以后又有赵良发、赵大河宋代进士；元代陆垕一家中进士举人多人；明代弘治年间贡斌、贡安甫父子同科中举，贡安甫连捷进士，一时传为佳话；明代又有吏部员外郎缪煜、广东按察副使徐度，万历年间又有贡修龄中进士等。人们称华墅"山明水秀人才辈出，毓秀钟灵科第连绵"。更为吸引读书人的是，每次考试前，士子们来文昌阁温习四书五经，练习制艺，听老师讲评过后，大有提高，十几个人中间，总有几个人考试得中。

华墅文昌阁建于宋代，这里远离集镇，环境清幽，是一个绝好的读书场所。在殿宇环抱中，文昌阁高楼翼然，旁边银杏参天，前面庭院宽广，筑有花墙，木香蟠绕；古柏青松，青葱互映，藤萝璎珞其上。庭院四角翠竹潇潇，青绿喜人。这里不仅环境清静，读书风气也好。华墅文人们的热情接待，老师们的循循善诱，同学之间和睦互敬，给徐弘祖留下了美好的印象，使他萌生了种树纪念的想法，并付诸行动。

徐弘祖种树不久，完成了一批制艺作品，深得老师赞赏，留下了几篇作品作为新生范文，读满两个月，就告别老师和同学，离开华墅文昌阁，回南旸岐家里去了。第二年即万历二十九年（1601年），他去江阴城里参加了童子考，发出榜来，竟然榜上无名。19岁那年，徐弘祖的父亲因被豪强欺侮和受到盗贼打击，郁郁而亡。徐弘祖目睹当时社会的黑暗、官府的欺凌，从此厌弃尘俗，决意不应科举，不入仕途，而去访游名山大川。他的这一想法，得到开明母亲王孺人的赞同和鼓励。万历三十五年（1607年），徐弘祖第一次外出游览无锡惠山，从此踏上了漫长而艰辛的旅行考察之路。

徐弘祖在华墅文昌阁读书，留下了制艺范文和种下了2株树，一直为华墅人珍爱。范文后来由贡修龄后裔贡万成保管，作为贡氏子弟研究学习制艺和临摹书法之用，一直保存到20世纪60年代，不幸在"文革"中失去。那两棵树，在华墅人的庇护下，长势茂盛，郁郁葱葱，曾经经历过特大暴风雨。崇祯六年（1633年）夏，大风雨肆虐了一天一夜，山上的寺庙屋宇包括文昌阁尽行摧毁，而两株树完好无恙。过了260多年，到清代同治年间，桧树和山茶树依旧生机蓬勃，苗壮挺立，已经成为古树。华墅举人许南棠《砂山寺宇记略》中记述："旧传前有古桧一株，大合两抱，中空而磬石间焉，虬枝半荣半枯。父老云：此桧系前明徐霞客所手植也。"（见《龙砂志略》祠宇篇）。民国沙曾达有《徐霞客读书处》诗："文昌高阁在砂山，霞客攻书任往还。桧树二株留手植，摧残风雨夜窗间。"咸丰十年（1860年）太平军攻占江阴，所到之处，寺庙尽行烧毁，华墅砂山一带寺宇也烧为平地，古桧树连同文昌阁一齐毁去。倒是那株山茶花树，因为种在海会庵上面的山坡上，庙毁时没有殃及花树，虽然失去了庇护，但它依旧在大自然中日晒雨淋，经霜斗雪，自生自灭，每年冬春季节繁花如锦，慷慨地任由游山的人们随意采摘。可惜的是，这株山茶花树捱过了374年后，在1974年夏天，因花树所在大队规划"围山造田"，嫌山茶花树碍事，就把它连根挖起，移植到镇上派出所院子里（今华士幼儿园所在地）。由于移植时不是植树季节，又因为这株374年的老树根系庞大，挖掘时切断了大部分根系，种到新地方后，就枯萎死掉了。

徐弘祖栽下的两株古树，挺过了300多年，最后还是被毁，可惜！

【第12章】

钱鹤洲血战众倭寇
赵大河力助戚继光

钱鹤洲血战众倭寇

碧血当时溅战尘，伤心万户祭灵人。
攻书廿载惟忧国，履职三年只爱民。
身是儒冠偏勇毅，乡非故土最忠亲。
英名永志凌烟阁，耿耿丹忱社稷臣。

明嘉靖三十四年（1555年），四月二十二日。

四月清和，麦风冉冉。龙砂山下的田地里，麦子已经秀穗，油菜正在收花，山雀带着雏鸟欢快地在田间穿来穿去。照例这是个忙碌的季节，但今年农夫们的好心情全被倭寇破坏了。大家的心弦绷得紧紧的，手头不忘备好一柄带长杆结实的农具，随时准备出击敌人。

自元朝末年以来，经常有倭寇从海上过来，从沿海登陆，侵入内地。他们每到一处，便兽性大发，烧杀抢掠，常常把村庄夷为平地。这些倭寇，真倭（日本武士、浪人）少，更多的是假倭——中国沿海的奸商、地主、流氓。这些假倭熟悉地理，通晓民情，为害更多。真倭和假倭勾结起来，以沿海岛屿为巢穴，武装走私，四出抢劫。到了明代中期更为猖獗，不但杀人越货，还要掳掠妇女儿童。虽有明朝官府剿伐，仍旧侵犯骚扰不止。

昨天，2000多个倭寇结伙乘船从海上驰来，从常熟三丈浦上岸，呼啸奔走，经顾山、华墅、祝塘、峭岐，直奔青阳。青阳告急，乡勇团长吴兑急忙向江阴知县钱𬘡报警求助。钱𬘡接到告急警报，紧急出动，身先士卒，飞马直驰青阳，会合青阳千余乡勇力战倭寇。钱𬘡带领乡勇追击到青阳南面的石幢，与倭寇两军相遇，短兵相接，一场激战，钱𬘡射杀多名倭寇，自己也负了伤。在这场激战中，青阳团勇首领吴兑勇不可当，所向披靡。不料在酣战中，马失前蹄，连人带马跌入河中，被倭寇砍中要害，伤重身亡。幸亏钱𬘡坚持带伤苦战，终于杀退倭寇。倭寇们在向北溃逃时，又一路烧杀抢掠，在路过长寿慕义庄时，遭到手执农具的村民们的迎头痛击。钱𬘡料定，受到慕义庄乡民打击的倭寇，一定不会善罢甘休，必定要纠集余孽，报复慕义庄，并趁机践踏华墅，继而进攻江阴。于是他安排偏将带领1000人马回县城坚守，自己则亲自带领义勇杨成、陈裕、邢惠、郭斌等500人屯守华墅。并且告谕广大乡民，准备以逸待劳，迎战倭寇。

　　钱𬘡（1524—1555年）字鸣叔，号鹤洲，湖北荆州显陵卫（今湖北钟祥）人，嘉靖二十九年进士，嘉靖三十一年（1552年）到江阴任知县。钱𬘡一到任，便了解到倭寇对江阴的危害，随即积极采取措施，修复城墙缺口，发动江阴民众，组织义勇队伍，训练作战技术，同时经常巡视江防，严加防范，随时准备迎击来犯的倭寇。

　　上午，派去慕义庄探听消息的一个乡勇赶来报信，倭寇果然纠集了全部海盗，气势汹汹地袭击慕义庄。钱𬘡听了，一方面派杨成、陈裕带兵50名赶去慕义庄助战；一方面通知华墅兵民迅速到位，严阵以待。又叮嘱杨成，如果倭寇势大，50名精兵如飞蛾扑火，不可与它硬斗，可引倭兵到华墅西边战场。果然，杨成他们行至半路，又有乡兵前来报告，倭寇兵力雄壮，声势浩大。杨成于是让50名兵士折转华墅，自己与陈裕拍马去慕义庄，故意在倭寇面前露了一面，戳翻了几个人，然后策马向南。这时，倭寇已经冲击了慕义庄，本来要去袭击华墅，又被杨成他们激怒，便一窝蜂地扑向杨成、陈裕。杨陈两人不慌不忙，拍马往南退去，倭寇们紧紧追来。

　　从慕义庄到华墅相距10里多路，倭寇们追着杨成陈裕呼啸而来，不一会就进了华墅镇西一个叫薛家桥的空阔地带。前面两骑人马忽然不见，倭兵们正要追过去，忽然有人大叫着什么。原来是几个头目模样的人到了，为首一个，秃头上扎着一束发辫，穿一身铠甲，使两把弯刀，脑门上有个鸡蛋大的疤痕，人称"双刀疤五"。疤五站住了脚，喘着粗气说："等等，我们不要上了那两个骑马的人的当，引我们中计！"旁边一个大胡子不屑地说:"怕什么?我们人多势众,随便多少人都不怕!"话音才落,忽然一声呐喊,河边芦苇丛里射出一排密密的箭,倭寇倒下了十几个,紧接着又冲出来两彪人马,前有马军后有步兵。当头一个穿红袍的,正是钱錞。钱錞一马当先,趁乱又发出一箭,正中那个大胡子倭寇。兵勇们一边呐喊,一边进击。前面一排兵,一手执盾牌,一手挥刀,两个兵士护着一个马将,马后还有两个兵士,也是执盾挥刀,以作后卫。马上的人则手执长枪或大刀挑、砍敌人。这就是钱錞训练的盾牌兵马组合。倭寇虽然骁勇,但在盾牌组合面前落在了下风。钱錞以盾牌兵马开路,步兵和手执钉耙、锄头的农夫随后,以排山倒海之势掩杀过去,倭寇们一个个倒下,接着纷纷后退,落荒而逃。4月22日这一仗,由于钱錞智勇兼备,运筹得当,以逸待劳,杀死了倭寇头目9人,倭兵100多人,华墅避免了一场浩劫。

华墅一役打了胜仗,钱錞知道倭寇不会善罢甘休,还会卷土重来。于是,他一方面在华墅留下守兵,一方面紧急回到县城,部署全县的防倭事宜。果然,5月30日,倭寇集结大部队,分兵袭击靖江和江阴,声势浩大,军情紧急。钱錞立即紧急部署县城的兵力,严守江阴城。倭寇一连攻城几天,均告失败,就退到城南蔡泾闸驻扎,每天在城外掠劫乡民。钱錞决心扑灭倭寇的嚣张气焰,坚决与他们血战到底。他把大印盖在自己贴身的衣服上,万一战死疆场,方便辨认。

6月13日,钱錞安排好许蓉等留城坚守,并急调华墅兵火速支援江阴,自己亲自率领县兵、乡兵和镇江义勇等1000人出城决战。当他们赶到九里河畔的磨盘墩时,密密麻麻的倭寇立刻蜂拥而来。钱錞一马当先,跃马挺枪,杀向敌群,杨成、陈裕、金鸣等也紧随左右。霎时间,磨盘墩周围刀枪乱舞,杀声震天,在盾牌兵的掩护下,钱錞一支钢枪左挑右戳,敌人碰上就亡,直杀得天昏地暗,血流成河。谁知就在这时,天气突然变化,乌云翻滚,狂风大作,刹那间电闪雷鸣,大雨倾盆而下,战场上一片泥泞。就在钱錞奋力追杀一名倭首时,不料战马突陷泥潭,滑倒在地。钱錞身上多处受伤,浑身是血,还是毫无惧色,拼命格斗。一大群倭寇趁机从四面杀来,钱錞不幸伤上加伤,血流不止。杨成、陈裕、金鸣急忙来救,但敌人越围越多,钱錞大喝:"我为国而死是本分,你们快走!"然而,勇士们谁也不肯离开,杨成、陈裕、金鸣等20多名勇士与钱錞一起全部战死。残暴的敌人将身负重伤的钱錞杀死后,还割下他的头颅,挂在营前的竹竿上。钱錞,这位英雄为国捐躯时才31岁。由于钱錞他们的英勇搏斗流血牺牲,倭寇死亡过半,江阴城岿然不动。

钱铎牺牲的噩耗传到县城，全城军民放声痛哭，家家设灵堂祭奠。许蓉等派兵到战场上找回钱铎的遗体，安放在县衙大堂上；夜里，义勇小分队摸进倭营，抢回了钱铎的头颅。全城官兵和百姓披麻戴孝，将钱铎安葬在黄山东北向阳的山坡上，又在城里城隍庙建了愍忠祠，在他战死处立了一座牌坊，纪念他的功绩。华墅人民也在主战场镇西四保薛家桥建了钱公祠，以志纪念。

赵大河力助戚继光

明嘉靖三十七年（1558年）秋的一天上午，浙江台州的沿海岸边，正在展开一场激烈的短兵相接的战斗。一群群倭寇"嗷嗷"怪叫着，跳下海船冲上岸来。他们一个个面目狰狞，杀气腾腾，手执利刀，逢人便砍，迎战他们的是一队朝廷卫所军，他们严阵以待，一手执盾牌，一手挥舞长矛，沉着应战。但是，双方经过混战一阵，便显出了高下。倭寇都是亡命之徒，年轻力壮，屡战不疲；而明军却以守为主，有些畏缩不前，下手软弱，面对强敌渐渐有些招架不住。眼看就要被倭寇占据上风时，忽然，随着声声海螺，一彪人马风驰电掣般地冲杀过来，为首一员青年战将，骑一匹黑马，大刀飞舞，力劈倭寇头目，随后马步兵趁势掩杀，杀得倭兵连连后退。卫所兵见来了援军，精神倍增，合兵一起，一连砍翻了几十个敌人，倭寇见势不妙，这才大呼小叫狼狈逃窜而去。

马上这员大将是浙江都司佥事、参将戚继光。戚继光（1528—1588年）字元敬，号南塘，明朝抗倭名将，杰出的军事家，民族英雄。将门出身，熟谙兵法，精通诗文经史。他先在东南沿海抗击倭寇10多年，扫平了多年虐害沿海的倭患，确保了沿海人民的生命财产安全；后又调往北方抗击蒙古部族内犯10余年，保卫了大明北部疆域的安全，促进了蒙汉民族的和平发展，著有《纪效新书》《练兵实纪》《止止堂集》等著作。这是后话，不提。

且说戚继光驰援台州，杀退了倭寇，他检点人马，虽然杀死了几十名倭寇，但明军伤亡也不轻。这时，有兵士向他诉苦，倭寇每次来袭，都是精心策划，有备而来，他们人多势众，而且一次比一次多，往往一来就是两三千人，使用的武器倭刀也十分精良；而我方兵老将疲，兵员也不多，仅能防守，反击能力不强。戚继光也明了这种情况，知道这些部队战斗力薄弱，一旦与敌人短兵相接，就畏怯不前，甚至临阵脱逃，因此他迫切想重新组建一支军队。

这时，有个义乌人向戚继光讲述了一件事：义乌有一批青年农民，血气方刚，勇猛尚武，曾为保护本地八宝山银矿，与前来盗矿抢银的处州人发生规模数千人的械斗，将对方打得落花流水。戚继光觉得：如果把这批人招来，就可以组建成为克敌制胜的"戚家军"。于是，他向顶头上司总督胡宗宪提出"简戎兵，制器具，明部伍，肃堂寨"的要求，胡宗宪同意解散卫所兵，前往义乌招募新兵。谁知，戚继光到了义乌，张贴了招兵布告，却一连几天，没有一个人上门应征。

戚继光奇怪了：都说义乌人尚武好勇，怎么一个人也不愿当兵呢？于是，他找到了义乌县衙，拜访了县令赵大河。

赵大河（1508—1572年）字道源，号延陵，江阴县石桥镇（今江阴市华士镇石桥村）人。赵大河从小聪慧，5岁时便善于作骈句联对，嘉靖十三年（1534年）26岁中举，以后屡试不中，到嘉靖三十五年（1556年）才中了进士。此时正当严嵩占权，严嵩知道赵大河很有才能，想要笼络他，打算安排他到自己的家乡江西分宜县担任县令，但赵大河不愿巴结权贵，借故避开了严嵩的拉拢。嘉靖三十七年（1558年），时年50岁的赵大河被任命为义乌知县。他刚上任，就遇上了永康处州盐商聚众来义乌盗矿，引发义乌民众与盗矿人为时6个月的械斗，赵大河秉公处理，果断处分了处州盐商，平息了械斗，赢得了陈大成等义乌民众的信赖和尊敬。

听说抗倭名将戚继光来访，赵大河连忙出来迎接。寒暄过后，戚继光说明来意：为加强抗倭兵力，来义乌招募青壮年组建"戚家军"。赵大河十分赞同。进士出身的赵大河，却颇为擅长兵事，在他中进士的前一年就是嘉靖三十四年（1555年），他的家乡江阴爆发了规模巨大的抗倭斗争，战争从4月持续到6月，江阴各地百姓乡勇纷纷自发抗击倭寇，县令钱錞不幸殉职，赵大河的家宅也在这场战事中被倭寇焚烧殆尽。他深知，倭寇不除，灾难不尽。当下，赵大河立即带领戚继光，前往义乌县陈氏族长陈大成家里。陈大成见父母官陪着戚将军亲自上门，十分感动。他们一个是力主正义、维护义乌矿产的父母官，一个是在浙东沿海屡建奇功、痛击倭寇的青年将领，都是陈大成十分敬佩的人。戚继光说了要募兵的事，陈大成诉说无人应募的原因，是义乌百姓担心青壮年全去当兵后，处州的盗矿人会来报复。赵大河当场表明，处州人来义乌盗矿，已由官方判明属于犯罪行为。如果他们卷土重来，会由义乌、处州官方严惩的。陈大成听了，感到消除了后顾之忧，立即答应支持募兵。很快，在陈大成的发动下，4000名义乌青壮年应募到了戚继光的麾下。这样，戚继光顺利组成了一支英勇善战的队伍，经过戚继光的严格训练，"教以击刺法，长短兵选用"，并配备了比较先进的武器，开往抗倭前线台州一带，屡立战功，被誉为"百胜军"。赵大河并不由此放松对戚继光的帮助，还以监军的身份亲临前线，尽心竭力，身先士卒，鼓励义乌兵英勇杀敌，多立战功。在多次战役中，他与戚继光共同谋划，出奇制胜，取得辉煌的战果。嘉靖四十年（1561年），赵大河与戚继光共同设计，采取伏击的战术，在白水洋击杀倭寇2000多人，俘获敌寇700多人，给了倭寇一次沉重的打击。

　　赵大河的努力，使戚继光十分感动，他在向朝廷的呈疏中，赞许赵的功绩，说："大河监军，协臣教练，以故臣得展底蕴，法立令行，力齐心一，皆大河联展指示之功也。"因此，赵大河被晋升为大理事评事，后升任浙江按察司佥事，三次受到嘉靖皇帝的敕命。其中嘉靖四十五年四月二十二日的敕命说："敕谕浙江按察司佥事赵大河……今特命尔台、金、严三府兵备，专在台州驻扎往来，提督操练境内卫所军兵，修利器械，固守城市，备造战船，充补行伍。一应用兵事务，与忝将计议而行。……其徽州一府，并所属歙、休、婺源三县俱隶尔统摄，水陆盗贼，军民词讼，俱许捕理，该府同知所练兵马，听尔时行操阅……"

　　皇帝的信任、青睐和赋予的重任，使赵大河豪情满怀、雄心勃勃，他赋诗明志：

雄剑发光彩，飞腾射百寻。
摩挲石泉上，照灼男儿心。
沧海妖氛尽，乾坤杀气沉。
归来韬宝匣，风雨作龙吟。

　　他将自己比作宝剑，要高高地飞腾起来，磨得锋利，杀尽敌寇，然后归隐在匣中。谁知好景不长，经过"戚家军"的英勇作战和赵大河的苦心经营密切配合，浙江的倭患渐渐减少，戚继光奉命到福建抗击倭寇，但因为兵员不足，导致作战不顺利。戚继光想回浙江再招兵援助福建，与赵大河商量，赵大河欣然支持，并接受戚继光的委托，去请求浙江总督批准招兵。

这时，支持戚、赵抗倭的总督胡宗宪已经调离，继任总督是赵炳然。没想到赵炳然竟然不顾全大局，不同意戚继光来招兵。赵大河心急之下直言："浙江福建相连，都是大明国土，大人你不能坐视不救，让倭寇猖狂嚣张。"这句话刺痛了赵炳然，激怒了他。赵炳然以"擅命"弹劾赵大河。恰在此时，赵大河的母亲夏孺人病重，赵大河便请辞回乡侍奉母亲。返乡前，将士们对赵大河依依不舍，纷纷解囊要赠他盘缠，大河一一谢绝，坚决不受。

回到江阴石桥后，赵大河闲居乡间，直到隆庆六年（1572年）病逝，合葬于夫人许氏白龙山墓茔，由礼部侍郎、华墅同乡族人赵用贤撰写墓志铭。

文武官员并肩御敌

第12章 钱鹤洲血战众倭寇 赵大河力助戚继光

【第 13 章】
陈圆圆留名圆堂弄
陶沙包遗恨败家财

陈圆圆留名圆堂弄

华士典当场东有条弄堂，叫做"袁堂弄"，这条弄堂其实不叫"袁堂弄"，原来叫"圆堂弄"，据说因为绝色美女陈圆圆曾经在那里住过，为了纪念她，就把这条弄叫"圆堂弄"。后来住进了姓袁的人家，这才改称"袁堂弄"。

明朝末年，贡御史家的后代贡修龄家境贫寒，以教书课徒为生，一家人住在几间低矮破旧的老屋里。有一天，他过去的门生苏州知府张国维登门拜访。张国维看到老师的晚景这样凄凉，生活如此穷困，不由得十分叹息。他拿出一笔钱，让老师翻造几间新屋。贡修龄再三推辞不过，就接受了这位学生的馈赠。新屋不久就翻造好了，贡修龄按照祖上的惯例，把新屋题名为"世恩堂"。新屋造好以后，贡修龄就叫儿子贡鸿专程去苏州拜谢张国维。

贡鸿到了苏州，拜见了张国维，表达了父亲的谢意。张国维十分客气，他摆下丰盛的酒席盛情招待师弟贡鸿。因为贡鸿也是文人雅士，他特地叫来一位歌女唱曲助兴。这个歌女就是当时流落在苏州的陈圆圆。陈圆圆一出场，就把贡鸿的目光吸引住了。只见她十八九岁年纪，身材修长，明眸皓齿，貌若天仙，贡鸿心中惊叹，世间竟有如此绝色！陈圆圆对苏州知府施了礼，又朝贡鸿款款一揖，接着就檀板轻敲，樱唇微启唱了起来。这一唱，更把贡鸿惊呆了。陈圆圆的歌喉清亮婉转、丝丝入扣，唱到高处，声若丝竹响遏流云；唱到低回处，却又是莺声燕语，呖呖动听。她唱的是昆曲《牡丹亭》:"原来姹紫嫣红开遍,似这般都付与断井颓垣,良辰美景奈何天,便赏心乐事谁家院?朝飞暮卷,云霞翠轩,雨丝风片,烟波画船……"贡鸿微闭双目,一边屏息凝神仔细聆听,听得如痴如醉,一边还情不自禁地和着唱腔,轻轻地打着拍子。

一曲终了,贡鸿忍不住喝起彩来:"多谢师兄美意,让小弟一饱耳福,如闻仙乐,'此曲只应天上有,人间能得几回闻'!幸哉,幸哉!"

贡鸿一边说,一边深情地看着陈圆圆,流露出钦佩的目光。

陈圆圆听了贡鸿的话,脸上升起了两片红晕,她向贡鸿投去深深的一瞥,只见眼前这位客人,三十来岁年纪,眉清目秀,气宇轩昂,虽高居华堂,却毫无浮华之气。陈圆圆经常应命唱歌侑酒,却是知音难觅,常常被人视为下贱之人,受人调笑轻薄。更多的是那些粗鄙庸俗的人,垂涎于她的美色,往往借口"慰劳",要她陪酒,向她灌酒,甚至动手动脚,令她十分讨厌。今天贡鸿不但没有一点轻薄的意思,反而不把歌女视为低下,对她发出出自肺腑的赞美,使她深深感动。她向贡鸿深深一礼,说:"小女子三生有幸,承蒙先生夸奖!唱得不好,还望先生多多赐教!"

张国维看到贡鸿对陈圆圆的昆曲十分欣赏,很是高兴,便对陈圆圆说:"姑娘,你今天遇到了知音,我这位贤弟听了你的歌唱,准会'三月不知肉味'哩,来,接着唱!"陈圆圆舒心一笑,要张凳子坐了,抱过一张琵琶,叮咚几声试音,又唱了起来。这回她唱的是苏州弹词,贡鸿一字一句听的清清楚楚:"明月几时有,把酒问青天,不知天上宫阙,今夕是何年?我欲乘风归去,又恐琼楼玉宇,高处不胜寒,起舞弄清影,何似在人间……"

"好一个'但愿人长久,千里共婵娟'!唱得好极了!"贡鸿听完这首苏东坡的词,更加钦佩陈圆圆:"姑娘方才昆曲唱得韵味十足,现在这评弹竟然也是唱得如此委婉动听,扣人心弦!"他是一个久居乡间的至诚学子,平日里只知道埋头书斋学舍,偶尔听到一些春秋丁祭的江南丝竹就已经难得。今天听陈圆圆唱了这两首曲,真是"如闻仙乐耳暂明",就从心眼里发出赞叹来,脸上不觉露出依依不舍的神情。陈圆圆看到贡鸿这副倾心赞赏的样子,心里高兴,忍不住"噗嗤"一笑,把贡鸿笑得满脸通红。

张国维看到贡鸿对陈圆圆这般赞赏,知道两个年轻人互相产生了爱慕之心,就打趣道:"贤弟,你看这姑娘怎么样?"贡鸿红着脸,小声地说:"兄长,你……嗨,这叫我怎么说呢……"张国维又问陈圆圆:"姑娘,你跟我贤弟去吧,好不好?"陈圆圆微微一笑,点了点头。张国维当场做主,让贡鸿把陈圆圆带回华墅。

贡鸿把陈圆圆带到了华墅，为避耳目，把她安置在陆家河庭南边的一处阁楼里。因为他是已经有了家室的人，父亲贡修龄又是治家很严，把陈圆圆带回"世恩堂"家中很不合适。贡鸿把这些情况跟陈圆圆明说了，陈圆圆倒也很大度，认为只要与贡鸿两情相悦，知己贴心，这样住着也好。于是，贡鸿每天在读书之余，对家里人只说出去会文交友，便来到陆家河庭陪伴陈圆圆。他们在一起吟诗唱曲、作文写字，十分融洽；论诗品茶、读苏东坡、论王稚登，十分投机。贡鸿了解到，陈圆圆是常州奔牛人，父亲是个货郎，她从小聪明好学，能诗善歌，唱得一口好昆曲，由于家境贫寒，迫于生计，才流落到苏州，歌唱为生。贡鸿对她的身世十分同情，更对她自强不息，谋生不易深表钦佩，对她更加敬重。就这样，一对青年人互敬互爱，趣味相投，情意绵绵，在那间小楼里度过了一段温馨的时光。因为这陆家河庭与那条弄堂相连，人们后来就把那条弄堂起名为"圆堂弄"。

俗话说，纸里包不住火。尽管贡鸿与陈圆圆秘密相处，不事张扬，还是被人知道了，并且禀报给了贡鸿的父亲贡修龄。贡修龄开始不相信，自己的儿子忠厚本分，自己家教甚严，这样的事绝不会出现。后来看着儿子的行踪确实有点异乎寻常，心里就有了底。一天，贡修龄把贡鸿叫到身边，问他有没有把陈圆圆"金屋藏娇"？贡鸿再也瞒不住了，就把陈圆圆的事说了。贡修龄叫他把陈圆圆领到家里来看一看，贡鸿答应了。

陈圆圆一踏进"世恩堂"，立即把贡家全家人都惊动了，连左邻右舍也闻风而来看望这位秀外慧中的美女。贡修龄一打量，这陈圆圆虽然粉黛不施，却是天生丽质，貌若天仙；又听儿子说她唱曲唱得非常出色，贡修龄心中连连赞赏，但他不是高兴而是担忧。他把陈圆圆支到内室后，就严肃地对儿子说："这姑娘美貌出众，世间少见，只可惜她生不逢时，现在李闯王正在作乱，国家时局不稳，这样的国色，不是我们这种小户人家能够保护得了的；如果留下她，会给我们家带来祸殃，而且对她也不利，你还是趁早把她送回苏州去吧！"面对着父命如山，棒打鸳鸯，贡鸿心里老不大愿，但又不敢违拗父亲的话，只好把陈圆圆护送到苏州，两人挥泪而别，从此天各一方。

陈圆圆住过华墅的传说，一直广为流传，明末江阴李寄《天香阁随笔》和民国徐再思的《澄江旧话》中都有相似的记载。清代江阴著名诗人、华墅王润生有诗为证："唱到圆圆曲可哀，故家乔木亦蒿莱，世恩堂后高醑阁，空说惊鸿照影来。""圆堂弄"的传说也就一直流传了下来。

陈圆圆后来名闻天下。成为"秦淮八艳"之首，一个偶然的机会，她成了明朝辽东总兵吴三桂的爱妾；后来在战乱中，她又被李闯王的大将刘宗敏掠走，激起吴三桂痛心疾首，吴三桂一怒之下，投降了清军，引兵入关，击败李自成，也加速了明朝的灭亡。国家兴废，竟系于一个陈圆圆！所以后人有《圆圆曲》诗评说："恸哭六军俱缟素，冲冠一怒为红颜！"

假如当年华墅贡家收纳了陈圆圆；假如陈圆圆与贡鸿就在"圆堂弄"度过平凡而平静的一生，那么，明朝的历史就有可能是另一种写法了。

陶沙包遗恨败家财

陶沙包，传说是明末清初华墅陶家基（今新农大队）人。他姓陶名孟传，因为广有沙田，大量种植棉花，发了大财，人称陶沙包，又称陶百万。陶沙包的故事流传甚广，比较有名的有《烧香铺石路》和《陶沙包嫁女》等。

其中《烧香铺石路》说的是：陶沙包的妻子热衷于烧香念佛，每逢初一月半必定要到龟山白龙寺烧香。她为了表示对菩萨的虔诚之心，尽管小脚伶仃，出家门到庙门5里路总是坚持步行去、步行回。有一次她去白龙寺烧香，去的时候天还好好的，回来时半路上却遇到了一场大雨。可怜她前不着店后不着村，在泥泞的道路上不知跌了多少个跟斗，好不容易走进家门，已是浑身泥水，跌得鼻青脸肿，害得她大病一场。陶沙包就下决心重铺一条路，他从陶家基到白龙寺规划了一条路，买下了作为路基的所有田地，又买进大批金山石，雇佣了几十个石匠，日夜劳作，打磨了3600块石板，每块2尺见方，厚3寸。打磨好的金山石板，从陶家门口铺起，一块接一块，一直铺到白龙寺庙门口，耗资上万两银子。从此，陶百万妻子上白龙寺烧香，无论刮风下雨，步步走在平整的石板路上。

陶沙包由于手里有钱，还给两个儿子捐了官，从此他富贵双全，更加财大气粗。但他为人悭吝，别人的事他刻薄成性，一毛不拔，终于惹下了一场大祸，倾家荡产，遗恨终生。

有一年，常州府下属的几个贫困县发生了水灾，庄稼颗粒无收，成了一个大荒年。知府心急如焚，顾不得自己的利害关系，没经上级同意，就下令拿出库银3000两，用来赈灾。谁知赈灾款才发完，接到朝廷通知要到各地查核府帑，上交国库。消息传到，知府十分着急，就与自己的门生、江阴县令商量，请他帮助紧急筹集3000两填补亏空。江阴县令因为境内有陶沙包这个大富翁，满口应承。

江阴县令不敢怠慢，因为事关重大，不便派人传陶沙包到县衙，反而屈身下顾，也不坐轿，骑马直奔华墅白龙寺，然后循着寺门口那条烧香石板路，一路直行，来到陶沙包家里。

陶沙包的家是一座很大的庄院，庄院屋宇高大，门口两只石狮十分威风。县令来到庄院前，下了马，看看没有地方拴马，就把马缰绳扣在石狮子的脚上。然后，登上台阶，把名刺递给门丁，说："江阴县令要见陶员外。"

等了好一会，才看见一个大腹便便的老汉慢吞吞地走出来，一边走，一边嘴里嚷嚷："什么风把大老爷吹来啦！"他就是陶孟传陶百万。两个人穿过天井，来到大厅，分宾主坐了，重新见过礼。此时立秋才过，县令一路驰骋，通体流汗，额头汗水未干。陶沙包叫过小童，命他为县令打扇，又亲自斟了一杯大麦茶奉上。然后问道："老公祖大人光临寒舍，不知有何贵干？"县令见陶沙包礼貌周全，心中窃喜，以为一开口便会遂愿，于是把常州府要借钱的事说了，末了还添上一句："此事务请陶员外玉成。"陶沙包一听是来借银子的，而且一开口就要3000两，心里就老大不乐意。他憋了片刻，说："这个，不瞒老公祖说，家家都有难念的经，虽然小老有几个钱，几次捐输了军饷，两个犬子进候补道员，又耗尽了老夫的血汗钱。近来天时不佳，庄稼歉收，账上亏空……"陶沙包搬出这番话，一为哭穷，二为向县令暗示，我家也是官宦之家，不是随便好欺的。县令听了，心里一沉，忙说："员外请放心，这笔款子以后还是要还的，先借一下，应个急。"陶沙包只是摇头，再三推托，水泼不进。县令心急之下，冒出一句："难道本县亲自来府上说项，陶员外一点面子也不给？"陶沙包呆了一呆，叫过小童，耳语几句。小童立即进内，托出一个木盘，木盘上放着几锭银子。陶沙包说："看在公祖大人亲临寒舍的面上，这100两银子权当救急吧。"县令看了，如一盆冷水从头顶倒下，不觉跪在地上，哀声告道："陶员外，这区区百两，如何救急？还请凑满3000，以救吾师燃眉之急！"不料陶沙包铁心不允，沉下脸来，说道："大老爷来小民家中，说是借钱，却硬要若干，岂不是仗势压人么！"话说到这个份上，县令知道今天碰到了一毛不拔的铁公鸡，再多说也没有用，只得从地上立起身来，也不取那100两银子，垂头丧气地走出了陶沙包的家。

县令拍马直奔常州府，哭告知府，借银未果。知府顿时脸色发白，长叹一声，一言不发，往内室而去，不一会，仆人哭叫惊呼：老爷已经自缢而死！

从此，县令对陶沙包恨之入骨。

不久，陶沙包家里也出了一件大事。他设在顾山的当铺里有一学徒，因为收进了一件假珍珠衫，被老朝奉责骂了一顿，还扬言要叫他赔偿，学徒又气又吓，就投河自杀了。他的父母听到噩耗，寻上门来，呼天抢地，定要老板偿命。后经店里众人劝解协商，讲好由当铺承担丧葬费用，另外再赔50两银子安家费。不料陶沙包只肯赔30两。双方僵持不下时，有人暗中撺掇学徒的父亲，去县衙告状。学徒的父亲是个乡下人，就去请教一个亲戚。亲戚帮他写了状纸，状纸上说学徒是被虐待死的；另外写了一张纸，说如果不赔50两，就要去上告虐待罪，叫学徒父亲先给陶沙包看。陶沙包看了那张纸，勃然大怒，立即把纸扯得粉碎，把学徒父亲大骂一顿，赶出门去。至此，学徒父亲便把陶沙包告到了江阴县衙门。

江阴县令自借钱受气，一直想寻隙报复，接到"陶孟传虐待学徒致死"的状纸，喜出望外。立即派出捕快赶到华墅，把陶沙包抓捕归案。陶沙包起先还想倚仗两个儿子的官势，据理力争，怎奈县令早已对他恨之入骨，先入为主，下令先打30大板，打得陶沙包皮开肉绽。陶沙包屈打成招，只得承认指使手下人虐待学徒致死，于是被戴上脚镣手铐，关进大牢。陶沙包家人遭此变故，慌了手脚，只好拿出银两，对县衙刑房、捕房、狱吏上下打点，还出重金去请了著名的刑名刀笔师爷陈七经为辩护律师，以图开脱罪名，释放出狱。陈师爷使出浑身解数，绞尽脑汁，据理力辩，但县令总是含糊其词，把辩折压下。几次下来，陈师爷明白了个中原委，是陶沙包得罪过县令，只要县令当政江阴，陶沙包总被他捏在手里。最好的办法就是让县令调走，让他升职，调离江阴。于是陶家两个儿子在京结交吏部大员，耗资万两上下打点。终于盼来了江阴县令调走、新县令到任。谁知江阴县令没有调远，升了常州知府，陶案仍在他的掌握之中。陶家两个儿子再化几十万两银子打点京官，终于又把常州知府调走，调到江苏省里，升为臬司。可是，即使新任的江阴县令、常州知府肯为陶沙包平反，报到江苏臬司那里仍旧要驳回。至此，陈师爷黔驴技穷，无能为力；陶沙包家财耗尽，一贫如洗，最后瘐死在牢房之中。

陶沙包百万家财，毁于一旦，根源就是吝啬刻薄。自入狱以来，官员、讼师、衙役乃至小小的看守，都大量吞吃了他的财富，靠他的家业发了大财。

清姜大镛有诗慨叹："果然富贵等浮云，漫羡金银气焰熏。试看陶朱中落后，一家田地百家分。"并注：里人陶某以赀雄一邑，后因事涉讼，家遂落。

【第14章】
阎应元出山守江阴
陶尚虞赈灾救万民

阎应元出山守江阴

明崇祯十七年（1644年），中国发生了一系列的大事：三月，李自成的农民起义军大顺军兵不血刃攻下了明朝京师北京城，明朝最后一个皇帝崇祯皇帝朱由检自缢身亡；四月，山海关外的清朝辫子军接受明朝骁将吴三桂的邀请，进入山海关，大清政权入主中原；五月，南明弘光帝朱由崧在南京即位。

随即，江阴也遭遇了多事之秋。清顺治二年（1645年）初，豫亲王多铎领兵南下，六月二十八日，派降臣方亨任江阴知县，强制推行"留发不留头，留头不留发"的剃发令。江阴民性刚强，断然反对清政府的民族歧视和高压政策。闰六月初一，以许用为首的百余名县学生员及父老在城里文庙明伦堂哭拜明太祖遗容，高呼"头可断，发不可剃！"倡义守城。城乡民众揭竿为旗，纷纷参与守城，很快聚起了二三十万人。接到常州府报告，清政府集结马、步十万余兵围攻江阴，杀掠城外四乡。

乙酉（1645年）七月初九晚，这是一个寂静而又肃杀的初秋之夜。上弦月照在起伏的砂山上，东峰山麓上的东岳殿、文昌阁、十王堂、灵官殿等六大殿庙以及海会庵等寺庙笼罩在一片朦胧之中。夜深了，大地一片寂静，只有昆虫、山蛙在低吟浅唱。忽然，山下的大路上由西往东走过来一群人，他们不言不语，走得很急。很快到了头峰顶下，其中一个高个子说了句："就是这儿，拐上去就是海会庵。"大家放慢了脚步，神情肃穆地来到了海会庵门口，便小声地商量起来。这海会庵建于明万历二十五年（1597年），规模不算大，却是清幽干净。高个子抬头看看月亮，说："这么早就去惊动阎老爷，有点不好意思，我们先休息一会。"大家默许，就在海会庵前的台阶上坐了下来，因为奔波了大半夜，大家都有了倦意，很快就有人进入了矇眬之中。过了一会，高个子说："可以了，我进去看看四老爷醒了没有，你们守在这儿。"正说话时，海会庵里走出来一位魁伟汉子，显然他是听见了声音才出来的。高个子便口称"四老爷"迎了上去，众人也一齐叩见"四老爷"。"四老爷"是庶民对典史的尊称，因典史之上还有县令、县丞、教谕。这位"四老爷"姓阎，叫应元。

阎应元（1607—1645年）字丽亨，河北通州人，祖籍浙江绍兴，武秀才出身，明崇祯十四年（1641年）从京仓大使调任江阴县典史，清顺治二年（1645年）三月，调任广东韶州英德县主簿。因母病，又逢国难，清兵南下，道路不通，就奉父母、携妻子儿女，一家七口寄住在华墅砂山海会庵里。

此时已是后半夜，阎应元看那高个，认得是江阴城里的武举人王公略。再看来人，竟还有15人。他知道这样深更半夜，他们从江阴步行来访，一定出了什么大事，忙把大家迎进庵里。为了不打扰家人和师太睡觉，阎应元和大家就在殿堂外席地而坐。王公略把来意说了，并取出现任典史陈明遇写的字条。因为殿堂外光线昏暗，字条看不清，王公略就把情况说了。原来，阎应元三月份离任，紧接着清兵就占领了长江中下游大片地域，降臣方亨担任县令，一道"剃发令"，点燃了全城怒火，现在大兵压境，江阴人民决心反抗到底。陈典史立志抗清守城，但又担心领导力量不足。他一上任就听说了阎应元曾组织全城青壮力量，击退来犯海盗百余艘众盗，大获全胜的事，十分钦佩他的军事指挥决战才能。他认为，这次守城，主帅一职，非阎公莫属。他与教谕冯厚敦等商议后，就派王公略等16人，在7月初9晚上，趁天黑从城上用绳子一个个吊了下去，直奔华墅砂山。

阎应元听了，十分震惊。他是个直性汉子，首先想到是大明江山不容侵犯，自己身为大明臣子，保国安民是应尽责任，他又为大家对自己的信任而感动。但他顾虑的是，家里上有老下有小，特别是母亲有病在身，终年不离药罐子，正是需要尽孝侍奉的时候。想到这里，阎应元面露难色，艰难地说："国家有难，照例正是匹夫尽力的时候，只是……""只是什么？"王公略急切地问。"只是家母有病在身，必须侍奉，一日不可离开……"

第14章 阎应元出山守江阴 陶尚虞赈灾救万民

母亲有病,子女尽孝,这是天经地义的事,大家沉默了。忽然,屋里走出了三个人,前面是阎应元的夫人搀扶着阎母王氏,后面是阎应元的父亲阎翁国材。看见两位白发苍苍的老人出来,众人连忙叩头问好。阎翁和王氏还过礼,阎应元端出一条长凳,让两老坐了。王氏颤颤巍巍地说:"元儿,刚才你们的话我都听见了,在这乱世,你应该以国事为重。自古忠孝不能两全,你放心去江阴,家里事、我的事,还有你媳妇主持,华墅乡亲帮忙!"阎应元听了,哽咽说:"娘,我心里放不下的就是双亲大人!"阎翁也说:"去吧,元儿,正是你报效国家的时候啊!"阎应元流着眼泪,跪在父母面前叩了三个头,事情就这样定了。

这时,天亮了。阎夫人借海会庵的香积厨,烧了一大锅麦饭,让壮士们吃了,准备上路。临行,阎应元的女儿流着眼泪依依不舍,儿子士望和民望一齐来向父亲告别,小儿子民望抱住爸爸的大腿不放,阎夫人就过来把孩子抱在手里,哄着他:"爹有事要出去,就要回来的。"阎应元又向妻子告别,嘱托她侍奉好父母,照管好孩子。海会庵里的师太也出来送行,阎应元向她谢过,然后就上路了。

这时,太阳升起来了。华墅镇上和附近的青壮年听说阎应元要去江阴守城,大家都要护送他到江阴,一时聚集了四五千人,队伍浩浩荡荡地向江阴进发。到了江阴,因为考虑大家要农耕,阎应元叫壮士们返回华墅,自己只带那16人进了城,当天就主持军务。他与陈明遇、冯厚敦等人一起,领导江阴人民守城抗清,面对强敌,临危不惧,坚持了81天。但是,尽管阎应元发挥了卓越的指挥才能,尽管全城军民精诚团结,竭尽一切力量守护江阴,但江阴以外没有援军来助,即使有小股援军也知难而退;而攻城的清兵却是援兵不绝,愈围愈多。固若金汤的江阴城终于架不住清兵的日夜炮轰,在守城的第81天——八月二十一日(公历10月10日)的暴雨中失陷了。阎应元在东城门楼上题写对联一副:"八十日披发效忠,表太祖十七朝人物;十万人同心杀贼,留大明三百里江山",题完,上马引兵再战,身负重伤被俘,不屈而死。全城人民争赴死义无一降者,清军纵火屠城,城内遭难者约9.7万人,城外赴死者不计其数。清兵围城24万人,被守城兵民击杀7.5万人。

阎应元守城殉国的消息传到华墅,人们悲恸万分,用各种方式来安慰生者,纪念死者。阎公的妻子带着儿子士望、民望从此定居华墅;女儿嫁江阴陆祚昌。不久,阎公的母亲王氏和父亲国材公相继去世,陆祚昌的父亲陆振先执阎公平辈礼,为阎公举办丧事,把阎公的父母安葬在由明崇祯进士曹玑捐赠的定山墓地上。在江阴城里建"三公祠"纪念阎应元、陈明遇、冯厚敦的同时，华墅人民也在砂山东峰三仙坛寺宇第二殿文昌阁内建立阎公祠，祠内塑阎公遗像，红袍乌纱，面南而坐，忠义之气现于眉宇。祠额为"忠肝义胆"，并配有名人对联，每年祭祀，供后人瞻仰。清咸丰年间，阎典史像被移到镇上聚龙街北端昭忠祠。

阎应元出山守城，自有清以后华墅人赞咏不绝，其中有清姜大铨诗：

官卑义重却忘身，曾向山中作隐沦。
当时若教为智士，三仙台下一樵人。

清北京陈云诰也在诗中称赞阎应元"小臣不负明天子，大节何惭史督师"。

陶尚虞赈灾救万民

清顺治五年（1648年）仲秋季节的一个上午，在新修建的苏墅桥东塊，种田老农陶尚虞的家门口，搭起了一个宽敞的芦菲棚，棚里垒起了两座土灶，灶上安上了两口大锅。一群妇女正忙着劈柴、刷锅、提水、淘米，其中一位青年妇女特别忙碌，不但安排大家干活，她自己也里里外外忙个不停，还要管好进进出出的孩子们。妇女们在忙着煮粥，两口大锅每口分别倒下四五斤米，然后倒满一锅清水，盖好锅盖，点燃了干柴。灶膛里的火旺旺地燃烧着，不一会，粥煮开了，用长柄饭勺搅拌过后，又煮了一会。这时，青年妇女招呼早已闻风而来、在灶边等候已久的乡亲们："来吧，拿碗来盛，不要急，一个个来，都有的，盛完了还要接着煮……"大家端着粥碗，立在灶旁呼噜呼噜地喝着热气腾腾的粥，一个个笑逐颜开，赞不绝口："真好，自己家里也吃不到这样稠的粥！""可不是，我家今年粮食收得不多，早已吃完，天天喝麦粞粥！"这时，一个淳朴壮实的中年汉子走了进来，人们互相介绍说："他就是做好事的陶大伯！"于是大家纷纷向他道谢："谢谢陶大伯！谢谢陶大嫂！"乡亲们一个个感激不尽。"别客气不用谢，灾荒年景，只能请大家吃点粥，算不上什么！"中年男子再三逊谢。

这陶大伯就是陶尚虞，青年妇女就是他第二个妻子李氏。陶尚虞（1611—1665年）名琪，字尚虞，号虎溪，清华墅镇苏墅桥（今属新桥镇）人（明清《江阴县志》：苏墅明为清化乡，清属华墅镇），一生从事农耕，勤俭持家，夫人赵氏日夜纺织补贴家用。有子四个：孚尹、孚观、松龄、松桢。陶尚虞青少年时期也去考过秀才，但未能中式，于是专门从事农耕，以耕田起家，白天"荷锄带笠，陇上耕耘"；晚上归来则"正襟危坐，手自校雠所读经书"，并且教孚尹、孚观等读书。陶尚虞一生重农耕不重经商，别人家争着积聚钱财，积聚金玉，他只喜欢窖藏粮食。崇祯末年，是个大荒年，米价暴涨到一石卖三四两银子，别人大都没有粮食吃，陶尚虞手中有粮，全家没有一个人挨饿。甲申（1644年）年间，清兵大举进攻江南，兵荒马乱，百姓无法耕种，陶尚虞把自己积聚的稻麦，散发给邻居乡亲和朋友，帮助大家共渡难关。这次赈粥，又是因为年景不好，春上一连三个月没有下雨，干旱使麦子长得稀稀疏疏，收成只及往年的一半。到了水稻生长季节，又遭逢连续十几天的暴雨，人们眼巴巴地看着苗壮的稻禾浸泡在水里，烂根而死。接连两季歉收，农夫家里雪上加霜，从夏收开始，很多人家的米囤从来没有满过，人们只好掺以野菜和山芋充饥。时间一长，连山芋也吃光了，有的人家就出去逃荒要饭。

苏墅桥陶尚虞赈粥的消息一传开，人们喜出望外，扶老携幼，纷纷端着空饭碗，聚拢在粥棚里。陶家的粥棚里，开始时每天煮12锅粥，上午6锅，下午6锅，能干的陶大嫂李氏不仅努力让乡亲们人人都能吃到粥，还变得法子煮出不同的粥，有时在粥里放点青菜萝卜，放点盐，煮成咸粥，增加口味；有时在粥里掺点豇豆、黄豆、山芋，让大家吃起来香点。粥棚开了没多久，那些饥肠辘辘、走投无路的附近农户，无家可归、饿得奄奄一息的过往乞丐，都闻讯而来。许多靠吃粥活下来的人还在路边招呼别人："过桥有粥吃，快来！"这样，来吃粥的人越来越多，有的人干脆不走了，一天三顿讨粥吃。于是，陶尚虞吩咐改每天12锅为20锅。一时间，苏墅桥下人来人往，粥棚里热气腾腾，人们笑逐颜开。粥棚从仲秋十月一直开到隆冬十二月，直到过年才结束。陶尚虞这次赈粥，时间长，济人多。清孝廉常熟钱陆灿在《活人桥记》中记载：时岁荒，民大饥，粥之设凡三阅月，活者籍记五万余人，于是饥人相呼于路曰："过桥者不死"，苏墅桥遂改名"活人桥"。

陶尚虞急公好义、热心助人，还体现在重修苏墅桥这件事上。陶尚虞祖上原籍常熟，后迁富贝（文林）、恩庄，到他这一代才迁苏墅桥，在苏墅桥东塊定居下来。苏墅桥，钱陆灿说："故名苏墅桥，其地属江阴，砂山之东，逼蔡港河而墅焉。墅以苏名，以苏子瞻名"。万历间，土岸崩坼而石碑出，得"东坡田舍"4字。苏墅桥东西跨蔡港河，始建于明嘉靖年间

（1522—1566年），初为木桥，名为景家桥，万历四十三年（1615年）改为石桥，改建中，因拆得刻石"东坡田舍"，故改名苏墅桥。清代几次重修，第一次重修就是顺治五年（1648年），陶尚虞出资修建的。

顺治五年夏天，天公作威，连日大雨如注，大小河流暴涨，积水淹没田野，举目一片汪洋。大水又汇集到蔡港河，水势汹涌，冲刷两岸土基，苏墅桥桥墩石块坠落水中，桥体轰然倒塌，行人无法通过。等大水退了以后，住在苏墅桥东塊的陶尚虞便拿出自己的积蓄，请了造桥工人，由当地农民配合，重新修建石桥。旧桥桥面石板已经断裂，陶尚虞先雇船去苏州买来金山石重新凿好，同时发动乡亲一方面把河岸夯实，砌好驳岸；一方面把东西两岸桥墩用大石垒好砌平，然后吊装桥面，装上护栏。重修后的苏墅桥，三跨石梁，花岗石构砌，长6丈，宽1丈2尺，高1丈5尺。工程虽不算巨大，也干了整整1个月。苏墅桥修好后，正逢灾后荒年，陶公又在桥东设粥棚，赈济了5万多人。人们为了感恩他，就在苏墅桥桥身的石梁上刻了"苏墅活人桥"5个大字。20年后，苏墅桥又坏，此时陶尚虞已不在人世，他的儿子陶孚尹和陶鹤年兄弟俩共同出资，重修了苏墅桥，新桥比旧桥更为坚固。走在坚实、平稳的桥面上，人们不禁会想起陶氏父子的善举，盛赞"陶氏之于此桥，两代经营，不惮劳费"（沙张白语）于是在桥下石柱上镌刻了一副对联：

> 桥跨东西，别墅遗碑传苏老；
> 港通南北，活人厚泽溯陶公。

陶尚虞在顺治五年做了修桥和赈粥两件大事，受到人们称赞。这一年，他的家庭里也发生了两件大事：14岁的长子陶孚尹在春闱中高中，补博士弟子（秀才），喜事；正妻赵氏逝世，哀事。

康熙四年乙巳（1665年）四月，江阴城乡流行瘟疫，陶尚虞不幸被染上，一病不起，不幸逝世，当年十二月，卜葬于关碑塘新阡。司农张静涵撰写墓志铭，国子祭酒曹禾题木主，钱陆灿作传，并在他的墓门上作额书"苏墅之宗"。根据陶尚虞生前安排，勤劳能干的李氏带着她的子孙，分家迁往南庄，为南庄开基之母。

陶尚虞不是官，也不是商，一生只靠农耕过日子，赚钱不容易，因此他出资修桥赈粥更被人们赞扬。顺治八年（1651年）巡按御史秦世祯（瑞寰）

知道后，对他作了表彰。陶尚虞亡故后，一批画家、诗人为他写真、配景、歌咏。绘画的有恽寿平（南田）、王翚（石谷）、曹鹤皋（曹禾的叔父）；题款的有吴见思；题传略者有兰陵陆度；作赞者有东田旧史赵士春、仰山居士钱陆灿、曹鹤皋、吴见思、赵延先、周荣起等15人；作诗者有恽寿平（南田）、黄永宇（艾庵）等6人。人们赞美陶尚虞，"孝悌起家力田，恺悌正直，睦邻友好，惠洽乡间，远近化之，久而传焉！"

　　一个人行善事，做好事，必然会永远记在人们的心上！

明代军民守城

【第 15 章】

陆观舍重建陆家桥
余兄弟享祀痘司堂

陆观舍重建陆家桥

　　明天启元年（1621年）盛夏的一个中午，天气十分闷热，天边不时传来隐隐的雷声。江阴西顺乡(后属陆桥)南的一条大路上，几个农民挑着担子，匆匆地走着。一个中年汉子抬头看了看远处天际，说："快点走，这天气靠不住，要下大雨了！"说着，几个人都加快了脚步，往应天河边走去。走在最后的王老汉也催促身后的小儿子："阿元，脚步快点！"王老汉年过50，由于多年农活劳累特别是冬天赤脚下地踩着冰碴收割芹菜，寒气入侵，落下了哮喘病，心里一急，就喘气不匀，走路总落在别人后面。

　　不一会，老天果然变脸，风云陡变，狂风大作，很快落下了铜钱大的雨点。这时，几个人急急忙忙地走上了应天河上的绿葭桥。轮到王老汉和阿元走近绿葭桥时，雨更大了，风也十分猛烈。两个人小心翼翼地踏上木桥，因为桥面已被淋湿，两人又身负重担，走在桥板已经松动的桥上，一步一摇，十分费力。忽然，一阵狂风刮来，把阿元的草帽吹起，眼看就要被刮到河里，阿元连忙探过身子，伸手去抓草帽。不料脚下一滑，整个人撞在木桥的栏杆上。那栏杆，虽然还连着，实际已朽蚀大半，经不起阿元全身力量重重一击，"咔嚓"一声顿时断裂，阿元猝不及防，连人带担撞向河里。老王瞥见，惊叫一声："当心！"伸手一抓，身体歪斜，失去重心，两个人一齐栽进了河里。

这时，风狂雨急，河水汹涌。阿元呛了几口水，沉下水里，又冒出头来，一面拼命喊叫"爹爹，爹爹"，一面尽力挣扎。两个人都是旱鸭子，吞了几口水就直往下坠。幸好，走在前面的有人听到了喊声，马上有两个会水的青年丢下担子，返身奔到桥边，跳下河去，很快摸到了老王父子俩，把他们拽上岸来。这时老王父子都呛了不少水，已经人事不知。两位青年连忙把老王和阿元肚皮朝下掮在肩膀上，沿着大路狂奔，要靠剧烈的颠震来催吐呛下的水。很快，阿元吐出了不少水，恢复了知觉，睁开了眼睛。老王虽然也吐出了不少水，但还是无知无觉。这时，又有一个青年把老王接了过去，掮着老王更加猛烈地跑，但是，再跑也没有用，老王还是抢救无效。

人们把老王的遗体送到家里，老王妻子大惊失色，呼天抢地，哭得撕心裂肺，几个儿女也痛哭不已。活生生的一个人，早晨出门还说说笑笑，现在却成了一具湿淋淋的尸体！受到这突如其来的打击，老王妻子晕过去几次。邻居大婶大妈也一个个陪着伤心落泪，哀哀啼哭。父老们叹息：风雨再大，要是木桥坚实，哪里会害了性命！

风雨危桥，又伤一条人命的噩耗传遍了西顺乡，也传到了富户陆琼的耳中，陆琼早有重建绿葭桥的心思，这会更坚定了他的决心：造新桥，不能再拖延了！陆琼，又名左川、观舍，祖上是苏北人，明正德年间摇着一条小船落户到西顺乡。至于他怎么会成为富户的，传说是他和妻子拾到了一只"金饭笥"，金饭笥是聚宝盆，由此财源滚滚，发了大财。其实世界上是没有发财宝贝的，如果有，那只有勤和俭两个"宝"，"勤是摇钱树，俭是聚宝盆"。陆家人能吃苦，除了种田以外，还捕鱼捉蟹卖钱，逐步走上经营道路。到陆琼这一代，终于积聚了小康的财富。陆琼发了财，就想为乡亲们做点好事。他了解到绿葭桥的前世今生：桥所在的应天河，又名长河（当地人称大河），是西顺乡的主要河流之一，南北流向。绿葭桥架设之前，两岸行人来往只能绕道或者摆渡。明天顺七年（1463年），当地善士赵民瞻出资建造木桥。建造时，桥工们先在河中夯下大木桩，夯下的木桩下水之前，把根部用火烧焦，使木头表面炭化，用以防腐；桥桩上搁上厚木板，用大铁钉钉住，就成了桥梁。桥名"绿葭"，取自《诗经》"蒹葭苍苍"，源于应天河河边茂盛的芦苇。绿葭桥架成以后，大大方便了两岸出行民众，人们不再绕道，不用再坐船，赵民瞻功莫大焉。可是随着岁月的流逝，日晒夜露，风雨侵蚀，木桥渐渐风化，铁钉也被锈蚀，再粗大的桥桩，再炭化的防腐层，也经不住河水长期的浸泡。从天顺七年到天启元年150多年，绿葭桥曾经整修过多次，由于结构已经损坏，木桥已成危桥。要出资重新建造一座新桥，这是一件大事。陆琼先与妻子和家人商量，得到了全家人的认同。妻子还说："这座绿荫桥，走上去就摇动，一下雨一落雪就滑，已经跌了不少人，我们造新的，就要造得牢一点，桥面宽一点。"

说干就干。天启元年（1621年）下半年，陆琼就开始筹划造新桥。首先是选桥址。陆琼打算拆去旧木桥，在原址造新桥。可是有人不同意，一是要尊重先辈的业绩，二是桥虽旧，但长期走下来已经有了感情，放在那里当作风景看看也好。陆琼就选择了离开老桥向北200步的地方为桥址。接下来考虑桥的结构。陆琼本着牢固坚实这个原则，首选建造石桥。他先后考证了附近的瓠岱桥，华墅镇太清河上的长庚桥、西硕桥、中渡桥、华墅桥（萝卜桥）和凝秀桥（青龙桥），参考了桥体结构、宽度和高度，决定不造瓠岱桥式的板凳桥，也不造华墅中渡桥式的单孔石板桥，要造就造西硕桥式的单孔兜底环形石拱桥。接着，他雇船到宜兴苏州等地精选上等石材，要求结晶细密，质地坚硬，耐风化，耐磨损；又花重金从外地请来造桥的能工巧匠，择日动工。造桥过程中，陆琼要求构件精致，计算准确，石与石之间严丝合缝，弥合之间的石缝还用生矾糯米汁浇浆，达到整座桥体稳固坚实，承担重量，纹丝不动。

陆琼独资建造新石桥，一时轰动西顺乡。施工期间，前来观看造桥的人络绎不绝。很多人自愿承担挑土、扛石等义务劳动，乐此不疲，引以为荣；陆琼和家人也常常光临造桥工地，送茶水送点心，大家的热情极大地鼓舞了桥工们的积极性，加快了造桥进度。经过两个多月的紧张施工，一座崭新的环洞石桥雄姿英发横跨在应天河上。石桥长四丈五尺，宽一丈三尺，东西各有台阶25级，桥下拱形高大，可以方便行船。从此，新的石桥替代了存在158年的绿荫桥。有人提议，新桥该起个名字，陆琼谦逊一笑，说："新桥和老桥一样跑跑人的，还叫'绿荫桥'吧！"可是，人们不能忘记他，就取"绿荫桥"的谐音，加上陆琼陆观舍的姓，就叫"陆家桥"。

陆家桥由于设计缜密，桥基扎实，用料考究，施工严谨，是天启年间西顺乡数一数二的精品工程。新桥竣工后，应天河两岸的人们像过年一样开心，大家有事无事到桥上来回走走，体验新桥的平坦稳固。老人们摩挲着桥上的石头，不住地赞叹。他们感谢陆琼，也不忘赵民瞻，感恩他们修桥通路，造福百姓；孩子们在桥上奔走跳跃，快活地打闹。新石桥的建成，消除了安全隐患，为行人提供了更多的方便，增加了人流量，河西河东渐成集市，

第15章 陆观舍重建陆家桥 余兄弟享祀痘司堂

集市越来越繁荣，很快形成了一个大集镇陆桥镇。

由于这座桥处在交通要道，日夜人来人往，使用频繁，近100年后，渐渐出现石级损坏、桥栏板断裂、栏杆倒塌等危象，清代雍正七年正月，陆琼的后裔陆汉侯继承祖先行善造福的优良传统，联合地方士绅王子文等倡修陆家桥，发动25人捐资捐石料参与修桥。其中王子文带头捐银50两，感动王市望也捐银50两，黄门蔡氏、费太禄、费大经和王开芝各捐银10两，沈玉彩捐银6两。华孟君等也踊跃捐银，关君仪还捐献了优质水磐石2块。陆琼后裔陆重九、陆汉侯等11人参加了捐银修桥，共募得银500多两[1]。又过了200多年，1934年，陆家桥又重修了一次。陆观舍造桥367年后，由于陆桥镇市政建设需要，在距这座古桥北20米的地方造了一座新桥，陆观舍桥于1988年10月2日被拆去，这座历史悠久的古桥就此消失。

木桥绿葭桥，石桥陆家桥，都是善的化身、爱的结晶，虽然消失了，却永远耸立在人们的心坎上！

余兄弟享祀痘司堂

清道光十年（1830年）早春二月的一个上午，正是乍暖还寒天气，旺旺的太阳带来了些许暖意，西南风一阵一阵地吹过来，但不算猛烈。这种天气，正适合放风筝。江阴良信乡一条村河边的一块空地上，一边是一群孩子在兴致勃勃地放风筝，一边是几个老人靠在柴垛上边晒太阳边闲聊。孩子们放风筝，有的三个人一组，有的两个人一组，他们放线绕线，反复把风筝送上天空。顺利的，风筝一脱手，便扶摇直上，越飞越高；不会放的，拉着长长的线，几次三番把风筝送上天去，却一次又一次栽下来，急得他们直跳脚。只有一个叫桂生的男孩，他独自操持，一手执着线板，一手高擎风筝，有条有理，不慌不忙。更让同伴们歆羡的是，别人放的都是蝴蝶鹞、蜜蜂鹞，而他放的是"老鹰鹞"；这还不算，他的"老鹰鹞"竟然还装着哨子，风筝升上天空，被风一吹，会发出"汪汪"的哨音。这哨音，尖利嘹亮，加上老鹰式的造型，会让天空中真正的老鹰躲避不迭。

"真了不起！"一旁晒太阳的一个老汉望着老鹰鹞夸奖说。另一个老汉笑笑："这孩子，就喜欢别出心裁！"他是桂生的爷爷："这桂生，读书也

---

[1] 见清进士缪诜《重修陆家桥碑记》。

有出息！""哦，读书也行？""还行，他才14岁，《四书》《五经》《论语》都读透了。"桂生爷爷说话中透着得意，说着说着，却又忧伤地叹了口气，伤感地说："就是他还没有出过天花，不知他是不是活得下去啊！"听了桂生爷爷的话，几个人都沉默了，是啊，大家都有孩子，历年来，有的因为出天花死了，留下无穷的悲伤；有的至今还没出天花，生死未卜。眼前这些天真烂漫的孩子，别看他们现在一个个无忧无虑，要经过天花这场考验才能步入人生！

老人们的担忧不是平白无故的，每年春天发生的天花传染流行，今年因为暖春提前来临了。坏消息一个一个地传来。先是邻村发生了天花，后来，本村也出现了病例。慢慢地桂生的小伙伴菊生、荷生也被感染上了，连35岁的阿祥也染上了天花。桂生的爷爷连忙把孙子关在家里，不让他出门，连学堂也不去上了。愁云惨雾笼罩在人们的心头。面对来势汹汹的瘟神，桂生奶奶慌了手脚，忙不迭地颠着一双小脚，到寺庙去烧香拜佛，虔诚祷告祈求平安，又请了会作法的巫婆到家里来做法事。但是爷爷和奶奶的所有忙碌很快都失败了。这一天夜里，桂生开始头痛并伴有热度，根据天花患者的经验，这是天花初发的征兆，一家人顿时慌了。正好，桂生父亲的堂弟从东乡过来，传过来一个消息：东乡陆家桥余召兄弟能治天花。桂生父亲连忙雇船，星夜赶往陆家桥。

余召医师和他的弟弟余吉，一个在河东，一个在河西，各开一家诊所，悬壶治病。这几年，兄弟俩专攻"痘疹"（即天花）。余召看了桂生舌苔，又把了脉，便把弟弟余吉叫来，给桂生配了"升葛汤"，关照按方赎药，当天煎服；又对桂生采取了"痘浆法治疗"。桂生一家告辞回家后，桂生一宵平安，三次下来，症状就见消退。一门大小，皆大欢喜。余家兄弟为桂生治好天花以后，桂生爷爷满心喜悦，逢人便夸余家兄弟："这两位医生了不起，我们这里祖祖辈辈被这种病害死的多了去了，想不到我家桂生逃出了一条命！而且面孔上没有留下瘢痕，否则，又聪明又漂亮的孩子，生一脸麻子也难看得要命！"

消息传开，四乡八村的天花患者都去了陆家桥，大多顺利治好。

天花是一种古老的烈性传染病。这种病，是由天花病毒引起的，通过接触或飞沫传染，一旦染上，病死率极高，患者死亡率甚至可达40%，千百年来被视为人类历史上最具毁灭性的疾病之一。即使幸存，也会留下满脸痘瘢，成为丑陋的"麻子"。患病对象不分男女，不仅是孩子，成人也有。

第15章

陆观舍重建陆家桥 余兄弟享祀痘司堂

即使是皇帝贵族也难逃厄运,中国清代皇帝顺治、同治,皇后皇妃,亲王多铎都死于天花。不过,患过天花,能够侥幸活下来的,就可以终身免疫。

由于天花发病迅速,凶险难治,历来医者束手无策,畏之如虎。遇到天花患者,一般医者知难而退,把它视为"不治之症"。而余召余吉不信邪,不畏惧,"明知山有虎,偏向虎山行",兄弟俩联手攻关,敢啃硬骨头。余召重点钻研古方,从几千年流传下来的病例中寻找成功的火花,酿出新的生机;余吉则反复试验中药治疗方法,总结出科学的治天花方案。

余召总结出了"人痘"治疗天花的办法。他从古方中看到:北宋丞相王旦因为几个儿子都死于天花,生怕小儿子也罹难,就从全国招聘医者,试图找出一种治疗天花的办法。其中有一位来自峨眉山的女医,提供了"葛洪巧疗狂犬病"的方法:当人被疯狗咬伤后,立即把那条疯狗打死,取狗脑敷在被咬人的伤口上,就可防治狂犬病发作。于是她也用天花痘苗接种做试验,果然有效。这就是最早的"人痘接种法"。"人痘接种法"启发了余召,经过他反复试验,形成了痘衣法、痘浆法等。痘衣法就是用得了天花的儿童的衬衣给被接种人穿上,使他获得免疫力;痘浆法就是从患天花者身上取得痘苗,接种到健康人身上,使之患上轻度的天花,得到免疫力,避免以后再得严重的天花。后来又采用了取患者痊愈后落下的干痂,研成粉末,吹入正常人鼻孔,同样使之患上轻度天花,产生免疫力。1688年以后,中国"人痘法"传到了俄国、土耳其、英国。1796年,受"人痘法"启示,英国人爱德华·詹纳发明了牛痘,人类终于战胜了天花。在与天花作斗争中,余家的"人痘法"也功不可没。

余吉的治疗方法则另辟蹊径,他重点研究中药防治天花。经过反复筛选,制成了"升麻葛根汤",取中药升麻、葛根、芍药、甘草、黄芩、柴胡等,根据病情,不同配伍,让患者煎服。其中升麻为"君",其余为"臣"。"升葛汤"用来清热解毒,升举阳气,发散病毒,发表透疹等,助治天花,效果显著。

余召余吉兄弟联手施医,不断积累经验,反复试验中药治疗方法,共同总结出科学的治疗天花的方案。用这些方法,医治了本地和来自周庄、华墅、长泾甚至江阴、常州、常熟等更远地方的患者,挽救了无数人的生命,消除了对天花恶魔的恐惧,安定了人心,赢得了人们一致赞誉和崇敬。

余氏兄弟声名远扬,也得到了官府的重视。江阴县衙了解情况后,上报朝廷,道光皇帝下诏有司表彰,据说后来封余召兄弟为"主痘圣王"。

余召余吉逝世后，同治五年（1866年），当地百姓为了纪念、感恩余氏兄弟，不忘他俩医治天花的功德，由里人募集资金，在陆家桥河西建造了"痘司堂"，建殿宇两进18间，供奉余召神像，称"痘司老爷"。同时在陆家桥河东建庙庵，供余吉神像，称二老爷。后来，余吉神像移到痘司堂，和余召神像并列供奉，受百姓祭祀膜拜。是时，由陆桥地方72族施主轮流值年供给祭馔。并由地方士绅建议，每年农历四月十五、十六为痘司堂庙会，后被演化为陆家桥庙会集场，延续多年。民国十三年（1924年）由里人费某倡捐集资，在痘司堂前广场建造戏楼一座，两边石柱刻有楹联，上联为"着手成春托庇婴儿再得福"，下联是"现身说法须知善恶各收场"，正中匾额"和声鸣威"，由陆桥秀才书写。每逢农闲，痘司堂戏楼由士绅、商号捐资邀请戏班公演，八方乡民观者云集。民国初年，痘司堂设陆桥初级小学，堂内仍供痘司老爷神像，由两位僧人管理。新中国成立后，痘司堂庙会终止，集场依旧举行。1951年痘司堂神像被拆，1953年9月庙舍办陆桥初中补习班，1958年扩建为陆桥中学。1967年痘司堂戏楼被拆去。1994年4月，由里人倡导、善男信女慷慨捐款，在陆西村重建"痘司陆福寺"，纪念余召余吉两位前贤。

陆家桥原貌

【第16章】
沈凡民印名列四凤
孔千秋才艺扬九州

沈凡民印名列四凤

光绪二十二年（1896年）的晚春季节。清明节已过，百草还芽，柳枝青青，正是春意盎然时节。一个午后，从北方知县任上退休回家的张洵佳少泉公，打开华墅潘家湾自家后门，踏着茸茸的短芜，信步走在弯曲的巷道上，不知不觉，来到了西街世恩堂旧址。忽然，他看见一幢旧屋的墙脚下露出的巨大青石，不禁慨叹："此当年厅堂之础石也！阒峻如此，真的是'华堂曾壮龙山色，苔础空余劫火痕'啊！"

张少泉慨叹的"华堂"，就是世恩堂，是晚明苏州知府张国维出资，替昔日的老师贡修龄建造的住宅。这世恩堂，规模不小，堂后还建有"高酣阁""挹翠楼"和"斗酒堂"。当年，世恩堂的主人贡修龄二山先生，曾有《斗酒堂集》12卷问世。到了清代康熙年间，斗酒堂里还住过一位有名的篆刻大师。他亦官亦艺，风雅高致，后来弃官高隐，以印留名。这位大师，就是沈凤。张少泉在袁枚的《小仓山房诗集》中读过沈凤的诗作和印评，此刻，他对这位乡先贤动了怀念之情。他写道：

过斗酒堂故址吊沈凡民司马

斗酒堂边野草荒，有人凭吊思茫茫。
曾搜著述垂文苑，屡咏诗篇纪小仓。

艺术错编江上志，清明久断故人觞。
弃官我亦江湖老，愿奉南丰一瓣香。

跌宕秦淮死亦甘，无家无子又无官。
人间翰墨流传易，海内名公结识难。
猿鹤故山劳想象，松楸古陇料荒残。
兰亭册子今安在，玉匣昭陵一例看。

沈凤（1685—1755年）字凡民，号补萝，另有帆溟、凡翁、谦斋、补萝外史、桐君等多个别号。华墅西街人。少年时即喜爱篆籀古文。16岁时因家里遭遇火灾，家业尽毁，从此穷愁潦倒，寄居贡氏斗酒堂。但他不坠青云之志，矢志学习吉金篆文。由于华墅秦篆汉碑古迹不多，他就云游四方，搜访古今名迹，拜师求艺。他曾经到江阴西乡申港季札墓前，观摩传说是孔子手迹"呜呼有吴延陵季子之墓"，在碑前专心研究笔意篆法；遇有墓碑特别是古篆碑石，便欣赏再三不肯离去。慢慢地，他学会了篆刻，由于买不起好的印石，就从劣石刻起，在试刻中锻炼刀法。

19岁那年，沈凤遇到金坛篆书大家王澍。王澍（1668—1743年）字箬林，号虚舟，康熙五十一年（1712年）进士。王澍当时在淮安富豪程从龙坐馆，见寻访上门的沈凤天资聪敏，学书执着，便收他为门生，经常授以篆法，指点笔法。在老师的引导下，沈凤又遍览了程氏家藏的碑版和晋唐金石书画珍品，眼界大开。后来，沈凤又游历四方，四上京师，一抵酒泉，访求晋唐以来的金石名刻、旧碑遗碣，终于使他的篆刻日益进步。

沈凤青年时代并不热衷于功名，为了生活才跻身于仕途，到晚年才得以从政。雍正十三年（1735年）他50岁，才以国子监学生效力南河；乾隆二年（1738年）53岁，署江宁南捕通判，再署徽州同知。后来10年中，又任宣城、灵璧、舒城、建德、盱眙、泾县等7县县令。沈凤并不热衷仕进，于吏事更非所长。他既不精于吏治，又不善于逢迎，不久就离任归隐。归隐后先在扬州生活了几年，后来又到金陵（即今南京）生活，直到逝世。

沈凤的一生，最醉心的是篆刻。年轻的时候，他入迷地学刻，只要是印石，他不管好坏，拿到手就刻，刻得不满意，磨平了重刻；后来，秦玺汉印、封泥古章，无所不摹，临摹了上千枚印章；学成以后，不仅经常为别人刻印，而且"于兴至时辄镌一二方"，治印，成了他生活的一部分。在扬州时，

第 16 章

沈凡民印名列四凤 孔千秋才艺扬九州

他与郑燮、高凤翰等朝夕相处，交流艺术，并为朋友刻了不少印章。阮元《广陵诗事》说，郑板桥的图章，皆出于沈凡民、高西园手。雍正戊申年（1728年），沈凤编辑印集《谦斋印谱》，收进了自己的篆刻85方，除了沈凤自序外，还有王澍、汪士鋐、高斌为他作序。其中汪士鋐在序中说："江阴沈君凡民，有志于书，先学篆刻之法，故于史籀秦相之书，《说文》字源及汉唐碑刻印章，无不通贯。顾其作之也，以刀而不以笔，而其得心应手之妙，亦如以笔成之。其法用中锋而不用侧笔，其往复起止，皆如其次第而不乱。其笔不复不欠，皆真得书家秘奥。"郑板桥也十分珍爱沈凤的篆刻印章，把沈凤的刻章珍藏在他的"四凤楼"里，所谓"四凤"，就是当时蜚声印坛的"印人四凤"，即胶州高凤翰、江阴沈凤、扬州高凤岗（高翔）、天台潘西凤，四位篆刻大家。清代以来出版的《中国历代篆刻百家》《书画笔录》《国朝画识》《国朝诗人辑略》及袁枚《小仓山房文集》里，都有关于沈凤书画篆刻的记载和介绍。沈凤也自言"余生平篆刻第一，画第二，书第三"。

沈凤的篆刻作品，白文印追求朴厚醇真，以取法汉印为主，篆法上主要采用缪篆，刀法则以冲刀为主，切刀为辅。印文的章法参以汉代的官私印，也受清初程邃的影响，如《纸窗竹屋灯火青荧》印。朱文印古峭奇奥，在沈凤的印谱中不多见，也受程邃影响，以切刀为主，边框大多采用先秦古玺形式，较为粗重。

乾隆十一年（1746年），62岁的沈凤移居金陵，交往最多的是袁枚与李方膺。袁枚（1716—1798年）字子才，号简斋，随园先生，诗人、诗评家。乾隆四年进士，历任溧水、江宁等县知县，40岁即告归。李方膺（1695—1755年）字虬仲，号晴江，别号秋池、抑园、白衣山人，江南通州（今南通）人，寓居金陵借园，自号借园主人。曾任安东、兰山、潜山县令，代理滁州知州。

这两人和沈凤一样，都爱好诗书画印，都做过县令等官，沈凤在晚年交游中与他们结下了深厚的友谊。袁枚的私家花园随园里所有的匾联题额，都由沈凤题书，袁枚热情称赞沈凤"青石触手成秦碑，一刀初落追李斯"。

平时，三人密切来往，常常由袁枚做东，酒酣耳热，谈今说古，唱和诗文，鉴赏古董，其乐融融，被人称道。三人结伴出行，沈凤宽额苍髯，李方膺长须飘飘，袁枚青衣小帽，各具风采，时人戏称为"三仙出洞"。

沈凤少年贫困，中年时两个儿子沈恒、沈栗都早卒，有个孙子萝兰随寡母侨住庐州。他孤身一人，一生不懂得敛财积蓄，而且脾气古怪，无家无室。到了晚年，身边没有一个亲人，囊中没有钱财，生活十分贫困。老病临死前几个月，连饭也没人烧，一日三餐都由袁枚派人送去。乾隆二十年（1755年），沈凤逝世，享年71岁，葬金陵南门外汤家洼。

对于沈凤的老去，袁枚感伤不已，写下了《哭沈补萝》诗，中有"垂死交情秋握手，半生家难老传餐"句。沈凤生前有王澍、裘鲁清临兰亭序帖，袁枚题沈凡民兰亭卷子二首，录其一：

> 先生垂老泪星星，行箧常携感旧铭。
> 一代交情存笔墨，三人颜色付丹青。
> 酒杯日社秋来忆，玉笛山阳雨后听。
> 五十二年鸿爪在，昭陵风雪满兰亭。

由于沈凤的后嗣还年幼，袁枚每年为他祭祀，30年来未曾间断。

沈凤亡故后，他的家乡江阴、华墅对他十分怀念，不少人赋诗纪念。其中王家枚有《吊同里沈凡民先生》：

> 大雅今谁续，临风泪暗弹。
> 一身三绝艺，十载七迁官。
> 冯蒋镌新绿，冰斯订古欢。
> 白门寻废垒，宰树夕阳寒。

孔千秋才艺扬九州

清乾隆二十五年（1760年）四月的一天。大清早，华墅镇聚龙街南段孙家墙门（今和平街25号附近）沿街门首，忽然点燃了两个炮仗，接连两声巨响，惊天动地，震耳欲聋，打破了清晨的寂静。发生了什么事？人们好奇地拥过来观看。只见门口站着一位文质彬彬的青年男子，他向前来看热闹的人们深深一揖，说："各位乡亲，敝人孔千秋，本是长寿莫城人，到宝地华墅落脚谋生，以文会友。今天敝店开张，欢迎大家光临，还望多多关照！"大家参观他那店铺，甚是与众不同：一间门面，既无货物，也无柜台，屋子中间孤零零地放一张宽大的红漆大桌，再往里，有一张写字账台。"这算什么店？"有人奇怪地问。孔千秋笑笑，和气地回答："我这是裱画店。代客装裱字画作品，喏，写好的字，画好的画，无论是中堂、条幅，都可以拿来，我把它做成轴子，便可以张挂了。"其实，装裱不是他的主业，雕刻墓志才是他最为专业的。因为事关忌讳，所以开业之日不便明说。这时，一位老者点头说："好，本来我们镇上写好画好的作品都送到无锡苏州去裱，这下可以不出远门了！"很快，有人拿来了字画作品，交给孔千秋，孔千秋乐呵呵地说："欢迎惠顾，头两天送裱的作品，裱费对折优惠！"并讲好裱件20天取货。接着，有几个人拿来了裱件，孔千秋就把裱件依次在店中大漆桌上，上过薄浆，先托上一层纸，贴在墙上。引得全镇的文人墨客前来观看，店里挤满了人，大家像参观评比会一样，兴致勃勃地欣赏作品，评点优劣。就这样，日后名扬九州的碑刻大师孔千秋在到华墅的谋生之初，凭着他的装裱才艺站稳了脚跟。在装裱字画的过程中，孔千秋逐步结识了一批华墅的文人墨客，他们中有陆石麟、张士楷、张士模兄弟、姜大镛和他的堂弟张大铨，还有夏祖耀、汪廷裕等。

孔千秋（1732—1812年）原名孔广居，字尧山，又号瑶山。原华墅西长寿莫城人，迁居华墅镇聚龙街。著名金石家，工书法，精雕刻，兼擅词章。其书法遒劲古雅，潇洒俊朗；刻石精致，篆刻古朴，刀法娴熟，有"铁石才子"的美称。孔广居取"千秋"和"瑶山"为名，各有一则趣事。一次，孔广居背着包袱外出游览山水，返回途中经过一个集市，见一店里有一方汉代铜印，印文为"孔千秋"三字，孔广居见了，爱不释手，便解下身上包袱，换取了那方铜印，从此，孔广居便更名为"孔千秋"。还有一次，他购得一块玲珑剔透的石头，石头上刻有文徵明书写的"瑶山"两字，他十分喜爱，就自号"瑶山"。

孔千秋天资聪颖，从小喜欢书画刻石，不追求功名。长大后专攻古文、书法和雕刻，赖以为生。只因他向往华墅是个大镇，人文底蕴深厚，便迁往华墅，但光凭裱画还不能生活，毕竟一年到头裱画生意不多。于是，他利用自己古文和石刻技能，在刻石方面扩大业务。他除了篆刻印章之外，更擅长镌刻墓志。墓志是放在墓中、刻有死者传记的方形石板，一般是2尺见方同样两块，一块刻墓志，一块刻篆盖，在下葬时两块对合，放在棺椁上方。这种墓志，一般人家刻起来比较麻烦：丧家先要请人撰写死者的传记，然后请人书写，再请人把墨稿翻印到石碑上，然后再刻成石碑，既费时又费钱。到了孔千秋手上，就简化为他独自先撰写传记，然后把传记用朱砂色直接写在青石板上，最后用钢凿刻石，达到撰稿、书丹和雕刻一人操作，一气呵成，既方便了主家，又省去了把别人的墨稿翻印到石上的工序。孔千秋刻石，体现了他三项过硬本领：一是古文修养好，他撰写的诗文文采优美；二是书法俊美，无论楷书，还是篆隶，字体十分俊朗潇洒；三是雕工精致，点划细腻。因此，他的墓志雕刻大受欢迎，远近人家都慕名而来。墓志碑刻也给他带来了丰厚的收入，使他能安心创作精美石刻作品和其他作品。

孔千秋居住华墅50多年，刻下了大量碑刻，他常常把友人的诗文和自己的诗文刻成石碑，还把古人的书法名作刻成石碑。这些石碑后来被他的儿子孔昭孔精心护理，把所有碑刻编成《孔刊恽帖》行世。《孔刊恽帖》是江阴集诗、文、刻于一体的又一艺术珍品。后来，经过历次战乱，《孔刊恽帖》只剩下30多块，砌藏在华士酱园内，宣统年间被常熟塘桥（今属张家港）嘉荫堂庞氏收藏，与元赵孟𫖯，清郑板桥、翁同龢等著名书画家的刻石陈列在一起，成为稀世珍品。

乾隆五十三年（1788年），清代大史学家、金石家，时任湖广总督的毕沅，要把他历年收藏的历代名家书法作品刻成碑版，以便永久保留，流传于世。有人向他推荐了孔千秋，因为工程浩大，孔千秋又引荐了金匮（今无锡）梅溪居士钱咏。这年，毕沅58岁，孔千秋56岁，而钱咏才29岁。经过一年多时间的精雕细刻，终于完成了这部旷世之作，定名为《训经堂法书》。这部书共12卷，收录了包括晋王羲之，唐虞世南、唐玄宗、怀素，宋蔡襄、苏轼、黄庭坚、米芾及元明以来的赵孟𫖯、鲜于枢、康里巎巎、邓文原、唐寅、祝允明、文徵明等名家墨迹。书体各不相同，包括楷书和行草书，其中行草书居多。这一次，孔千秋的碑刻又一次展示了"铁石才子"的风采，赢得了毕沅的赞赏。

孔千秋不仅善于碑刻篆刻，还是个多才多艺、学识渊博的学者，有"白衣翰林"之称。他悉心研究汉字"六书"，致力于文字训诂和音韵之学，乾隆五十二年（1787年），他在教18岁的儿子孔昭孔读许慎的《说文解字》时，发现有许多疑问，"因摘所疑，积成二册"，写下了《说文疑疑》两册，对古汉字用字方法、古韵分类，作了补遗，有许多独特见解，具有较高的学术价值。他还著有《千秋印谱》、数学著作《醉心随笔》和诗集《梦余小草》等。嘉庆年间，孔千秋还与陆石麟为杨厍叶廷甲校勘了《徐霞客游记》。

孔千秋交友甚广。他是个没有功名的"布衣"，却有很多官员、名儒与他交往。当代侍讲大学士、著名书法家、杭州人梁同书乐意为他书写他自撰的《孔瑶山墓志铭》，不少官员以藏有他的印章、刻石为荣，乐于与他吟诗唱和。乾隆五十六年八月，刻《重修北城隍庙碑记》（吴楷撰文，

141cm×71cm×22cm）；乾隆五十八年，华墅白龙山重修白龙寺，请孔千秋写下了《重修白龙寺记》并刻石；乾隆六十年十月，刻《新建凝秀墩文星塔碑记》（夏祖耀记并书，137cm×66cm×16cm）；嘉庆七年撰《重建砂山文昌庙碑记》并刻石，等等。《北城隍庙碑》和《文星塔碑》今存江阴市博物馆。

　　孔千秋家中常常高朋满座，文友盈门，并成为大户人家的座上宾，一些名流祝寿庆典，以得到孔千秋的贺词贺诗为荣。在华墅，与孔千秋最为知心的，要数调鹤山庄主人儒医姜大镛。姜大镛倾心佩服孔千秋多才多艺。他在一首《华墅竹枝词》中写道"看云高坐五峰头，铁笛横吹动客愁。闲唱竹枝谁和我，风骚老友孔千秋。"还特地加注"一名瑶山，能为诗古文，尤工金石篆刻，为诸侯老宾客"。孔千秋比姜大镛年长8岁，却是惺惺相惜，情同手足。平日里诗词唱和，小酌谈心，你来我往；一有余暇，或相邀游赏龙山砂山，或共赏名花异草。每到秋天姜家的菊花开罢，姜大镛便把名品盆菊寄种到孔千秋家的花圃里，待第二年再把菊芽搬到姜家来。姜大镛把这叫做"好将佳子弟，重托老宾师"。还有一年春天，孔千秋家里的牡丹开了，特地请姜大镛来观赏，不料，姜先生因痔疮发作，卧床难行，只得告谢："伏枕多时负鼠姑。"嘉庆元年，孔千秋撰写了《天叙姜公传》，姜大镛主持续修《龙砂姜氏宗谱》，特地将孔千秋撰写的《姜氏梦征记》和《莲花池墓记》两篇美文编在姜氏宗谱诗外集里。

　　嘉庆十六年（1811年），孔千秋80岁。姜大镛作《寿孔尧山八十》诗贺之：

　　叙齿十年长，论交半世宽。红尘各辛苦，白首较平安。秋月邀同玩，春花约共看。雁行如骨肉，得暇便追欢。

　　得气最为先，形同金石坚。公卿老宾客，诗酒小神仙。好学无虚日，称名已有年。栽花兼种竹，常养性中天。

　　客满子云亭，筵开柏酒馨。翁因多厚德，天自与遐龄。相敬老鸿案，承欢旧鲤庭。生来仙骨好，寿外更康宁。

　　嘉庆十七年（1812年），孔千秋无疾而终，享年81岁。墓葬在砂山。

【第 17 章】

蔡知县颁立永禁碑
贡县令荣入名宦祠

蔡知县颁立永禁碑

> 两山苍翠作屏障，一水逶迤见浩泱。
> 遗迹水边吴相国，藏军岭上宋蕲王。
> 英雄小驻千年碧，甲第连荣百世芳。
> 贸盛当时庄外布，颁禁夜市蔡公堂。

这首《龙砂吟》里的"蔡公"，说的是江阴县知县蔡澍。

乾隆八年癸亥（1743年）十一月，立冬才过，天气就开始转冷，阵阵西北风吹在身上已有了些许凉意。这天上午，知县蔡澍和县丞陈逄霖（字耕心，浙江萧山县人）一同骑马下乡，要到东乡的几个镇看看。62岁的蔡澍白发苍苍，骑的是白马，年轻的陈逄霖骑的是黑马。黑白两匹马一阵疾走以后，来到了砂山脚下，两人让马放缓了脚步，慢慢行走。陈逄霖望着蜿蜒的砂山山峦，由衷地赞美说："真是青山迢递啊！"蔡澍接着说："还有绿水逶迤呢，从这儿往南，太清河横贯镇区，迤逦13里，也是很可观的呢！"两个人讲讲说说，不一会，他们来到了砂山头峰顶山麓边。

忽然，蔡澍勒住马，对陈逄霖说："耕心老弟，停一停！"一边说，一边下了马。陈逄霖也下了马，跟了过去。原来，蔡知县看见沿着山麓有一长溜瓦房，全是空房；细看里面，大都是用砖头或石头垒成墩子，墩子上搁一块木板或石板。蔡澍正感到蹊跷，迎面来了一个老农，见了蔡澍，连忙作揖，说："小老见过蔡老爷！"陈逢霖很是诧异："你怎么认识我们蔡老爷的？"老农笑笑说："在我们这里，认识蔡老爷的人多哩！""为什么？""4年前，蔡老爷发动开河，在华墅镇疏浚太清河，三天两头要到开河工地上，有时还赤着脚下去量土方，工地上没有一个不认识他。4年过去了，蔡老爷还是这般精神！"蔡澍听了，笑着说："那年你也在工地？""对，我也去挑土方的。"蔡澍对陈逢霖解释说，乾隆四年，县里组织疏浚太清河，从西边桑家浜口一直到青龙桥，华西、华东共8个保的佃农参加了疏浚，同时疏浚应天河直到县城南门，工程很大，一直干了3年。你是乾隆五年才来的，所以不知道。接着蔡澍向老农打听："这里是什么地方？这些房子是做什么用的？"老农告诉他："这里叫外庄，这些房子是收购棉布的牙行。""牙行？""是的，我们这里棉布交易很忙的，除了本镇，还有周庄、后塍、陆家桥、祝塘等地的织户都拿了布匹来卖给这些牙行。""哦"，蔡澍说："那现在快到中午了，怎么没有人来呢？"老农说："白天没有人来的，要到天黑才营业。"陈逢霖也奇怪了："好好的白天放着不交易，为啥要到晚上呢？""因为白天要劳作，晚上才有空。"蔡澍说："晚上黑灯瞎火的，不方便呀！""是的，常有差错的，前几天，一个小脚老太婆抱了两匹布来卖，因为看不清路，被石头一绊，跌进旁边的水潭里，差点出人命。还有人趁机抢东西呢！""嚯，这还了得！"蔡澍的神情凝重起来了。这时，牙行边来看县大人的人越来越多，华墅镇的保长赵万可听说蔡知县到华墅，急忙赶了过来。他是个年过60的胖老头，因为赶得急，有些喘不过气来："报，报大老爷，清化乡华墅镇保长赵万可，叩见大老爷、二老爷！"蔡澍见了赵保长，只问了一些夜市开业时间，牙行、人数等情况，明确地说："贵保应该考虑夜市的安全问题，本县拟下一道禁令，不准再开夜市！你找个地方，我来写禁令。"

于是，蔡澍和陈逢霖牵着马，跟着赵保长，来到附近一家农户家里，借茅屋里的饭桌，用赵保长拿来的笔墨，写了一份《禁止夜市告示》：

禁止夜市告示

特授江南常州府江阴县正堂加三级记录一次蔡

为严饬牙行各专其业，各处其地，以杜朋充，以安商旅事。照得牙行之设，原以通商便民，自应遵照原请领宪颁牙帖，任客投引，公平交易，不得彼此挽越，互相垄断。奸牙市棍，趋利如鹜，计图一网打尽，往往有越界邀截者。前本县路经华墅，见该镇沿山一带旷野地方，搭盖空房，询为布行朋充之外庄，夜半开张，天明闭歇。黑暗中岂无奸宄，灯下难免错讹，凄风苦雨，失足恐堕池河；戴月披星，受病缘于冻饿，种种弊端，悉由此起。故禁绝外庄名色，并令拆毁空房，取结在案。

下面还署了江阴县的钤记字样。

写完，蔡澍吩咐赵万可：把此份告示抄写3份，明天先到县衙盖上江阴县大印，然后1份贴外庄，1份贴华墅镇集市上，还有1份贴在华墅水路码头上，广为宣传，以使人人皆知，遵照执行。赵保长领命去了。

蔡澍，字和霖，号雨亭，山东青州府高苑（今山东省高青县）人，生于康熙十九年（1680年）农历十二月初三。康熙五十六年（1717年）37岁中举，雍正二年（1724年）中三甲第105名进士，雍正八年50岁任兴化知县，雍正十三年（1735年）福泉代理知县（福泉，雍正二年，分青浦县为福泉县，乾隆八年撤销，仍归青浦县），后任江阴知县，是年55岁。在江阴任职9年，直到乾隆九年64岁（1744年）才告老回乡。在江阴任职期间，蔡澍工作努力，颇有作为，他主持重修了江阴城墙，疏浚东横河、应天河、清溪河、蔡港、泗港等近20条河道，主持修建了定波闸等重要水闸。还自捐俸禄，修建了大桥镇等几处乡间桥梁。编修了《乾隆江阴县志》，"在任九年，妇孺咸识其面，至裁决如神"。他从江阴任上退休后，回家乡高苑还应邀修《高苑县志》，乾隆二十二年（1757年）78岁仍在工作。

第二天上午，蔡澍正在县衙看阅案卷，忽报华墅赵万可求见，蔡澍吩咐传进。赵万可叩见了蔡知县，蔡澍只道昨日告示要钤印，正要唤过书办，赵万可却说："禀大老爷，敝保另有隐情禀告。"原来，昨天赵万可按照知县吩咐，找到镇上善于写字的许宏培，想请他誊写3份告示。这许宏培虽是布衣，却很有见地。他看了蔡知县的拟稿，对于禁止夜市十分赞成，但他认为外庄夜市买卖，由来已久，已经根深蒂固，光贴告示还不能产生长远效果，最好请蔡知县立个碑，达到永远生效、从此难再反复的效果。赵万可也赞成这个主意，但他不敢独自承担责任，便邀请副保长王亮臣和许宏培一起来见蔡知县。蔡澍问："许宏培来了没有？""来了，两人现在门外。""叫他们进来。"许、王两人进来以后，许宏培呈上了自己写的建议书,蔡澍认真读完,一拍桌子,说:"好,就立个碑,老夫重写一篇《永禁夜市碑》!"

说着,他拿过昨天写的《禁止夜市告示》,划去标题,改写了《永禁夜市碑》,又在昨天的文告上,接着"取结在案"后面写道:

"续据该镇里民许宏培,将积弊以蒙明鉴,要求勒石永禁等事具呈。内称:华墅镇共有布行二十余家,陋习相沿,夜半贸易,天明闭歇,更于旷野搭盖房屋,名曰外庄,朋充垄断,彼此争夺。且外庄给票,本家行内支钱,万一遗失,今成空手……"并规定,"凡各布行牙户,领有官帖……照货招商,各安其地,日中为市,不许分设外庄,如有黑夜贸易,敢蹈前辙者,严拿拘拟,追帖究惩,决不姑贷……"

赐进士第文林郎知江阴县事蔡澍县丞陈逢霖主簿李凤鸁典史宋弘业巡检王秉直。

乾隆八年岁次癸亥孟冬

因为县衙没有这笔额外开支,这块《永禁碑》由华墅镇保长集资勒石,所以碑末还刻了"领宪贴布牙"的名单14人,最后署:原呈里民许宏培保长赵万可王亮臣立。

乾隆八年冬,这块共镌刻667字的石碑被竖在离外庄不远的大路对面一个叫"庄头上"的村子(后为华士大队第6生产队)边。1951年移到华墅小学校园内,1954年,中国科学院经济研究所到江阴调查棉织手工业时寻到了原碑,细心的调查者抄录了碑文。可惜的是,这块历经200多年的古碑,在20世纪60年代之后就失去了下落。

《永禁夜市碑》颁立以后,布市从此移到了华墅镇北街的北端,人称"小北街",那里牙行聚集,织户交售和外地客商买布集中一处,买卖兴隆,日进千金,所以又被人称为"千金街"。

贡县令荣入名宦祠

乾隆十五年(1750年)农历六月,正是盛夏季节。安徽广德州建平县(今安徽郎溪)连日暴雨,郎溪水位陡涨,汹涌澎湃的洪水如猛兽一般,横冲直撞,啃啮着堤岸。很快,有一处堤岸禁不住激流的反复冲击,"轰隆一声，冲开了一个豁口。顿时，大水像脱缰的野马，窜过豁口，奔腾而去，一泻千里。"不好了，大堤要冲垮了！"人们惊呼未定，早已过来几个年轻人，他们挥舞着铁锹，奋力铲土填缺口，可是填下去的土块像树叶一样被冲走了；紧接着扛来一块大石头堵在豁口里，这块大石头竟然也被冲得摇摇晃晃。人们集中力量扛来几块大石头叠在一起，总算拦住了急流，随即在石头后边堆起泥土，终于堵住了缺口。大家刚吁一口气，还来不及庆幸，忽然一个浪头涌来，把石头旁边的泥土冲走了，接着又把底脚不稳的叠石冲倒了，大水又肆无忌惮地冲过堤口，直往堤里灌。人们束手无策，眼看缺口越来越大，整条大堤危在旦夕，正在这时，一个中年汉子挺身而出，他指挥大家拿来十几根一头削尖的木桩，安排大家在缺口处打桩。他自己站在湍急的水里，拼命按住木桩，不让它倒下，然后叫人用力把桩打进土里。大家按照他的办法，奋力打桩。这时，雨更大了，随着一声声霹雳，大雨如注，猛浪一浪高过一浪，但中年汉子站在水里巍然不动。在他的指挥下，十几根木桩很快被深深地打进了土里。随后，中年汉子又动员大家把家里竹编的鸡笼鹅笼鱼笼全都拿出来，将它们装满石块，填在木桩之后，再在竹笼后面填土。这样前面木桩、中间石笼、后面泥土组成了坚实的大堤，终于堵住了缺口。人们看着泡在水里半天、浑身是水、分不清雨水汗水的中年汉子，投过去钦佩的目光，后来有人告诉他们，他就是新来的建平县令贡震。

贡震（1701—1775年）字文阁，号浡雷，晚号息甫、息堂。华墅白龙山南麓大河里人，明监察御史贡安甫六世孙。方志家、易学专家、著作家。6岁入私塾读书，从小研读《四书》《五经》及《史记》《汉书》等书，聪明好学，每探奥旨。19岁时因家贫辍学而从事农耕。雍正元年（1723年）承父命变卖家产，先后师从江阴名师王学琦和车书。雍正三年冬补县学生，以后一面在江阴恩庄、石池、杨库、北新桥等地设馆授课，一面积累知识。乾隆元年（1736年）岁试一等二名补廪膳生，4年后拔贡。乾隆七年（1741年）以拔贡应朝考钦取第一入太学，补镶黄旗头馆教学，历两期6年。乾隆十三年（1748年）十一月任直隶广德州建平（今安徽省郎溪县）知县，时年44岁；5年后调凤阳府灵璧知县。乾隆二十六年（1761年）任凤阳知县，任期6年。其间曾代理寿州知州。乾隆三十五年（1770年），67岁致仕。

贡震一生先务农，后从教，44岁才出仕为官。他勤政廉政，每到一处，都体恤民情，为民办事，兴修水利，移风易俗，成就卓著，受到百姓爱戴。任建平知县时雪冤狱，清积案，废淫祠，禁溺女，创建育婴堂和养济院；

第17章 蔡知县颁立永禁碑 贡县令荣入名宦祠

任灵璧知县时，为减少水患，主动承担开浚宿州、灵璧、虹县、凤台四州县河道事务，并任职于宿州河工局；任凤阳知县时，年已58岁，体弱多病，犹捐出俸禄，并募集资金，整修凤阳城四门、学宫、城隍庙等。每到一处，尽心尽职；每办一事，事必躬亲，因此得到百姓爱戴，建平县为他立《去思碑》，入祀怀仁祠；灵璧立《遗爱碑》，入名宦祠；江阴也把他列入乡贤祠。

贡震任职的建平、凤阳、灵璧、寿州等地，多数为穷乡僻壤，因为地处黄淮之间，常有洪涝灾害；不雨年景又饱受旱灾之苦。因此，贡震在处理日常事务的同时，花了很大的精力来兴修水利。乾隆十八年（1752年）七月到九月，灵璧县遭受水灾。九月十二日，黄河在铜山张家马路决堤，洪水奔腾直下，灵璧南部成为一片泽国，一直到十二月，缺口被堵上，洪水才退了下去。贡震经过实地考察，了解到：灵璧多山，山水本来不少，再加上西面受宿州之水，北面受铜山之水，排泄河道是东边的渔沟，西边的潼河，下游是睢河和五湖。贡震认为，灵璧境内的河道淤塞处太多，黄河水一来，这些河道一时排不出去，便会泛滥成灾。于是，他征得凤阳府知府项樟同意，组织人员共同商量疏浚办法，绘制了详细的施工图纸，又向上级申请了开河经费，然后招募民工，按图纸开挖拓浚河道。他们先从葛家沟、陆家沟挖起，先拓浚了这两道沟。然后又拓浚凤河，一路经过了潘家集、十里店、七孔桥、凤凰山，绕城河过罗家桥一直开挖了70多里。又从一个叫禅堂的地方往南开拓杨家洼，经过石湖、虞姬墓、吴公桥，一直到岳河，总共40多里长的河流，全都拓浚通淤。工程期间，贡震经常亲临现场，不仅关心进度，还严格督察工程质量，确保水利工程千秋惠民。像这样的水利工程，贡震在任上主持、参与多次，以致省、府长官因为他熟悉水利，水利工程常常邀请他勘察，并听从他的建议。

贡震还十分重视地方文化历史资料的编纂工作。乾隆十八年（1753年）贡震着手编纂《灵璧志略》4卷，他参考万历和康熙《灵璧县志》，订正了其中不少错误，重新采访、收集资料，考证史料，搜罗碑文，补充了大量内容，终于完成了一部内容充实的《灵璧县志》，自费制版印刷。乾隆三十三年（1768年），贡震卸任凤阳县知县，应新任凤阳县县令孙勋堂所请，纂修《凤阳县志》，他详细校阅了原有的凤阳县史料，加以一一考证，去伪存真，去芜取精，并补充新的史料，到第二年9月，《凤阳县志》修成，共分5志、34门、16卷，三易其稿，终于成书。

贡震为人不仅勤，而且廉。乾隆十七年（1752年）十一月，他从建平调灵璧，没有路费，把皮衣当掉换取路费；在凤阳知县任上，又捐出自己部分俸银，助修凤阳学宫；《灵璧县志》修成，他自费请人雕版印刷。因公务繁忙，远离家乡，清明等传统节日都不能回家祭祀。因此他每到一地，都得到百姓拥戴。

贡震自从凤阳知县卸任后，受聘编纂《凤阳县志》《南丝盛典》。乾隆三十六年（1771年），又受聘正阳关掌教寿春书院，为诸生讲授《左传》。其间，著有《左氏随笔》2卷、《纲目校正》4卷和《读易漫记》。乾隆三十七年（1772年）冬，贡震69岁，辞去寿春书院讲席，第二年春回到家乡华墅。他一方面编辑自己的著作《息堂文稿》，一方面辅导儿子贡沛、孙子贡松读书。后来，苏墅桥陶廷栋再三邀请他去陶家当塾师，他去做了两年，乾隆四十年（1775年）十一月，贡震逝世，享年75岁，墓葬白龙山南麓祖茔。

贡震一生勤于笔耕。华墅清王家枚在他的《龙砂志略·艺文志》中，对这位乡先贤这样评价："息甫先生以醇儒为循吏，文章经济，卓然而传。所官之处，无不家户祝而碑去思。生平著述，不下数百卷。"细数贡震一生的著作有百余卷：主修方志《灵璧县志》4卷、《凤阳县志》16卷、《灵璧河防录》《河渠原委》3卷，《南丝盛典》；编校《黟县志》《江南通志》等；另有《周易集说》12卷、《左氏随笔》《读易漫记》《毛诗集说》10卷、《纲目校正》4卷、《建平存稿》3卷、《灵璧存稿》《息堂古文钞》《息堂诗稿》等。

贡震家书手迹

【第 18 章】

五峰诗社胜友沓来
龙砂八家盛名远播

五峰诗社胜友沓来

清康熙二十六年（1687 年）十月的一个上午，一艘带篷帆的安徽驳船缓缓地驶进蔡港河，停在了苏墅桥边的河岸旁。当船上走出一位 50 多岁的老者时，人们一时还认不出他是谁，直到他自报家门，自荐说我是陶孚尹时，人们这才认出了这位离家 10 多年的陶贡生。人们奔走相告：到安徽去做官的陶诞先回来了！听到这个消息，苏墅桥的乡民们扶老携幼来到了等待卸货的船边。

这时候，船上的 4 位艄公正争着要帮陶孚尹把草包扛上岸，陶孚尹不让他们扛，叫他们先歇息一下。人们看着眼前满载重物的驳船，吃水不浅，心中疑惑，站在河边，嘀咕起来："都说三年清知府，十万雪花银，这个陶孚尹出去做官 10 年多，带回来这么多的金银财宝！""不会是金银财宝的，我猜想是书，这陶孚尹从小就是个书痴，保不定是攒了这么多名贵的书！""可是书不可能用草包来装啊！"众人正猜测着，陶孚尹走了过来，笑盈盈地说："乡亲们，帮帮忙，帮我把船上的宝货卸下来！""陶先生，你这船上装的什么呀？"陶孚尹故作神秘地说："都是宝贝，扛上来就知道了！"乡民们证实了自己的猜想，纷纷回家拿了扁担络绳，把一只只草包扛上了岸。扛到最后，舱底里还有几大包杆状东西，也一起扛了上来。陶孚尹又指挥大家把草包扛到桥边自己家的屋后，船夫们动手把草包一只只打开，哪里是什么宝贝，全是黄澄澄的泥土！大家正奇怪，船夫们又打开了杆状草包，里面是一支支枯柴一样的"树干"，船夫们把几十包泥土倒在陶宅后面，铺开匀平，再把"树干"埋在泥里，陶孚尹这才告诉大家："这'树干'叫毛竹鞭，是繁殖毛竹的种根，竹鞭种下以后，鞭节上就会窜出芽来，穿过泥土，初时是嫩笋，慢慢便长成毛竹，每根有两三丈高，到时候大家有笋吃，竹子可以做家具、造房子，是名副其实的宝贝！"船夫也告诉乡民，陶先生在我们桐城任教官，十年来为我们做了不少好事，现在他告老回乡，我们也没有什么东西送给他，值钱的东西他不肯要，我们也送不起，只知道他爱竹，就送他一些竹鞭，用以繁殖毛竹，又怕这些竹鞭离了故土不易生长，就装了一船竹根下的泥土，送了过来。"人们恍然大悟，连连称赞。后来，这些竹鞭伴着故乡的泥土，在苏墅桥扎下了根，很快就蓬蓬勃勃地成长起来，绿荫穿天，浓阴匝地，蔚为壮观。毛竹园成了苏墅桥的一大景观和副业园地，一直延续了200多年。

陶孚尹（1635—1709年）字诞先，号篮陂，又号白鹿山人，苏墅桥人。他出身于农家，父亲陶尚虞，一生力田；母亲织布补贴家用。陶孚尹祖上从常熟迁来，世居华墅东八保中房，从父亲尚虞公开始迁居马嘶之苏墅。陶孚尹虽生于农家，却聪颖好学，"髫年汲古，耄期不衰，著述等身，充笥盈箧。"清顺治戊子（1648年）14岁考中了秀才，但九试棘闱，名落孙山。康熙十六年（1677年），42岁的陶孚尹以禀贡生选授安徽桐城县学训导。虽然职位不高，他却尽职尽力，捐出自己的俸禄，修建桐城的启圣宫、名宦祠、聚奎坊等，并且努力协助邑令做好地方工作。他在桐城供职10年多，政绩斐然，被当地百姓列入"名宦祠"，并在他告老时赠送他毛竹鞭和泥土一船。

陶孚尹嗜学好文，尤擅诗赋，在他去安徽赴任之前，曾在家乡组织了以砂山的五座峰峦为名的五峰诗社。他广结诗友，与文友攀援龙山和砂山，远眺长江，游览山景；在五峰诗社苏墅桥家中酌酒吟诗，互相唱和，极一时之盛，是当时江南深孚声望的一个诗社。历次文会、诗会所作的诗篇，后来都收集在他的《欣然堂集》内。他十分热爱家乡，迷恋家乡的砂山龙山，挚爱养育他的苏墅桥，多次在诗文中信手拈来，反复吟唱。作为五峰诗社的组织者，他自己写的诗，被渔洋山人王士禛称赞为"缘情体物，渢渢乎宜风而宜雅"，常熟钱陆灿说"陶君不特以独行著也，且工于诗，翛然埃溘外，盖有柴桑徵士风焉"。

五峰诗社声名远播，诗友纷纷加入，许多有名的诗文大家也纷至沓来。

第18章 五峰诗社胜友沓来 龙砂八家盛名远播

正如陶孚尹自己在《五峰社刻序》中记叙的："余家苏墅,去砂山六七里,尝偕诸朋好为文酒之会,时则徐子希陶、孙子雪亭,为五峰主人;而沙子定峰、曹子峨嵋、李子肤功、吴子念劬,皆远近麇至;过客则陈迦陵、洪昉思、邓孝感、纪伯紫、钱湘灵、邹流漪辈亦间或一集,分题刻烛,淋漓酬嬉,篇什充箧,衍好事者传诵焉,"光临苏墅桥陶家的不仅有徐希陶(应星)、孙雪亭,还有沙张白(定峰)、曹禾(峨嵋)、李逊之(肤功)、吴念劬(荫嘉),还有常熟钱陆灿(湘灵)、梁溪邹漪(流漪)、泰州邓汉仪(孝威)、上元(今南京)纪映钟;还有陈维崧(迦陵)、洪昇(昉思)、李渔(笠翁)、尤侗(展成)、冒襄(巢民),后期有陶孚尹的长子惟讷(慎言)等。这些诗友大都是诗坛精英,文章巨擘。如陈维崧(1625—1682年),号迦陵,字其年,宜兴人。明末清初著名词人,其风格接近豪放派,与吴兆骞、彭师度合称江左三凤;又与吴绮、章藻功称骈体三家,著有《湖海楼诗文词全集》54卷。洪昇(1645—1704年)字昉思,号稗畦,钱塘(今杭州)人,是清代戏曲家、诗人,与《桃花扇》作者孔尚任并称"南洪北孔"。他的代表作《长生殿》历经10年,三易其稿,于康熙二十七年(1688年)问世后引起社会轰动,但次年因在孝懿佟皇后忌日演《长生殿》而被劾下狱,革去国子监功名。洪昇在探友羁留江阴期间,曾闻名去苏墅参加五峰诗会,并留下诗作。陶孚尹对洪昇的光临和诗作,满怀欢欣,赠诗一首:"西泠词客寄情长,天宝遗音金屑香。鸡肋浮名等闲事,人间赢得舞霓裳。"既表欢迎,又是安慰。

陶孚尹不但文采风流,为人也倜傥豪爽,五峰诗友都乐于与他交往,不仅在诗会时聚首,平时有了新作,也到苏墅桥与陶孚尹切磋共赏。有一个岁末寒冷的日子,天下着雪珠,陶孚尹正在火炉边,边烘火边休息,忽然李渔(笠翁)带着十几个家里培养的女演员,来到陶氏欣然堂。草堂顿时热闹起来,陶孚尹连忙一边安排晚餐,一边去请来文友。李渔兴致很浓,马上让演员们演出他新创作的《玉搔头》《慎鸾交》等新剧作。这些女演员都是杭州有名的美女,个个桃腮粉脸,柳腰花娇,歌喉舞姿也十分出色。戏剧一直演到酒饮完,烛点尽。演完,李渔向陶孚尹征求意见,陶孚尹先赞美一番,然后提了一些中肯的意见,并赋诗赠给李渔。第二天告别时,李渔赋诗二首,叫演员们演唱,作为送别歌。演员们唱道:

    自按红牙引兴长,西泠夜夜谱霓裳。
    梅村未是周郎顾,那得倾心李十郎。

第二首：

> 旗亭风雪唱双鬟，垂老吟怀向碧山。
> 归去好吹三弄笛，早梅香已粉痕斑。

演员们唱完，李渔与陶孚尹告别，回杭州去了。这件事，陶孚尹还写了《送李笠翁归武林序》，收在《欣然堂集》第 8 卷里。

五峰诗社后来由陶孚尹的长子惟讷（1660—1703 年）接着主持，他在华墅龙砂精舍读书，也像父辈一样集同学好友为五峰吟社，陶孚尹称赞他们"如积薪后来者居上"，"雏凤清于老凤声"，后来惟讷考授州同知，五峰诗社就渐渐散去了。

龙砂八家盛名远播

华墅，不仅以龙砂二山为屏障，还以太清河滋养苍生。太清河横贯东西，穿过镇区，依河列市，形成街面。市河之上，自东向西，架着 5 座石桥：青龙桥（又名凝秀桥）、萝卜桥（又名喜鹊桥）、中渡桥、西硕桥和六房桥（又名长庚桥）。其中萝卜桥、中渡桥和西硕桥都在街市的热闹地段。

从明嘉靖年间设华墅镇，到清代雍正乾隆年间，华墅的街市已经十分热闹。河北从萝卜桥到西硕桥一条长街，街的南边和北边罗列店铺：茶馆、饭庄、酒肆、南北杂货、绸缎布庄等，应有尽有。商贾云集，贸易繁荣，从清代就享有"小小华墅赛苏州"之誉。特别是自从有了"龙砂八家"为代表的诸家医业以后，四面八方来华墅求医问诊的人络绎不绝。病人近的从杨厍、后塍、祝塘、长泾、江阴来，远的从南京、常州、苏州、无锡来。中渡桥、西硕桥下的茶馆里，常常有求医者带来的轿夫、马夫、骡夫、马车夫、手推车夫和船夫歇脚聊天。

一日，中渡桥茶馆里来了一群客人，其中一位是来自常熟的马夫赵大叔，一位是来自无锡的李艄公，还有一位是来自溧阳的赶驴王老汉。三位客人因为雇主在候诊，就在茶馆里占了一张桌子，每人要了一壶茶，慢慢地呷着。渐渐地，三人都扯到了求医问药这个话题上。常熟的赵大叔说，我送来的这位先生，今天是第二趟，上次看过一次后大有好转，要知道此前他是在京城里请大内御医看过的，没有效果；听说龙砂医术有特效，就来看了，上次确实有效果，这次估计会全好了。无锡的李艄公说，今天我这船上三个病人第一次来，只为上次来的一位毛病很重的病人，到华墅后，医生只给他开了一帖药，吃下去就好了。传出去后，这三个人很眼热，都要来看。溧阳老汉说，我上次送过来一个老太婆，烦啦！先在溧阳本地看，看不好，叫我送到华墅看，吃了华墅医生的药，好点的，回去又去请溧阳医生看，又吃他的药，病又发作，再到华墅看，反复来了三次，还是华墅的郎中厉害，开了药，又叫她用杉木皮煮汤熏洗，现在全好了。

众人正谈得起劲，忽然茶馆外面有人叫赵大叔，赵大叔一看是雇主看完病回来了，于是他朝大家拱拱手，先走了。大家又谈了一会，雇主们陆陆续续地过来了，马夫轿夫们停住了话头，一个个跟着雇主回去了。

"龙砂八家"始于清代初期。雍正乾隆时期，龙砂地区已是医家荟萃，形成了名医群体，影响深远，尤以叶德培、姜宗岳、姜健、贡一帆、王钟岳、戚金泉、孙御千、戚云门为代表，因医术精湛，医德高尚，著作丰富而盛名远播，时人称为"龙砂八家"。其中叶德培、姜宗岳为中医世家，代出名医。

叶德培，名滋，其祖叶慎南，名上九，原籍浙江金华太平乡，于明万历三十年（1602年），到江阴华墅定居行医，为江阴叶氏医业始祖。二世叶纲，字襄玉，以医业著名。三世叶裴生，叶纲长子，继承父业，颇负医业盛名。叶德培为叶氏世医第四世，自幼好学，成年后继承祖业，广览医书，博采众长，精于医理，按脉施治，洞见症结，一剂辄效，誉称"叶一帖"，名噪大江南北。因为他用药量甚重，所以又有"叶缸头"之称。《珍本图书集成·龙砂八家医案》收有《叶德培先生方案》。五世叶树嘉，名椿，生于雍正三年（1725年），卒于嘉庆八年（1803年），精于岐黄之术，名噪一时。六世叶熊，字应昌，别号鲁亭，生于乾隆十二年（1747年），卒于嘉庆八年（1803年），国学生，继承祖业，治病神效，善望气色决病人生死，名震江南。著有《袖中金》上下卷、《叶氏秘方》12卷。弟叶焕，善治痘、眼二科疾病。七世叶锦堂，继承祖医。其辨脉处方，与先祖一脉相承。弟叶黼堂，字廷献，国学生，家学渊源，医业甚精。八世叶品金，字儒珍，弃儒习医，续修家业，医名乡里。十二世叶秉仁，毕业于上海中国医学院，深研医理，疗效显著，著有《医粹》12卷。叶氏中医世家，医术精湛，医德高尚，绵延近400年。

姜氏世医一世姜斌，字玉田。生于明天启四年（1624年），卒于清康熙十八年（1679年）。原籍浙江绍兴，明末迁居华墅，始儒学，闲暇涉猎医书，后弃儒习医，对本草尤有研究，曾订正传讹多处，开姜氏医学之端。

二世姜礼，字天叙，生于顺治十一年（1654年），卒于雍正三年（1725年），专研医术，于内伤杂病调治尤为擅长，曾著《四大证治全书》；对风、痨、臌、膈四大顽症的辨证论治亦为见长，著有《仁寿镜》《本草搜根》《犀照四大症全书》《春晖堂医案》等。三世姜宗岳、姜宗鲁兄弟。宗岳，字岱瞻，又字学山；宗鲁，字宇瞻，均继承家学，笃学仲景学说，以医名世。宗岳著有《论症治验》，宗鲁著有《龙砂医案》。四世姜健，又名人龙，字体健，号恒斋。对医理学说深有研究，按症施方，常能治别人治不好的病。讲究医德，对待病人，贫富一视同仁。著有《本草名义辨误》《恒斋医案》等。五世姜大镛，字治夫，生于乾隆五年（1740年），卒于嘉庆十九年（1814年），工诗善医。凡有求医者，投剂立愈，名噪于大江南北，有《调鹤山庄医案》《医学心传》，诗集《鸣秋集》。大镛有子三：学海、起渭、星源，均继承家学，从事医业。七世姜树芳，又名之檀，生于嘉庆十二年（1807年），弃儒而志于祖业，医理融贯仲景学说，医德受人称道，有《宝稼堂医案》。八世姜煦字蔼堂，医术高明，辄着手成春，医德高尚，贫者免诊金兼赠以成药，数十年如一日，有《滋兰堂医案》。九世姜泳仙，医名蜚声乡里。姜氏家传医学九世，历盛300余年。

贡一帆，工医，精岐黄，为人治病有神效，求治者众，每日无闲暇。有《贡一帆方案》，其中患者陈尔华处方下，载有叶桂（天士）治而不效、经贡一帆医治转危为安的记录。

王钟岳，精医理，对《内经》《伤寒》《金匮》等古医书无不研究，遂致医术精湛，医名远扬，求诊者众。钟岳对贫病交困者，不但免收诊金，且代付药费，颇得病家敬重。著有《王钟岳先生方案》《蓉城医案》。

戚金泉，精医术，临诊详慎，处方用药不泥古方，对于时疫重症，加以治疗，均得心应手，处方多有灵验。著有《戚金泉先生方案》。

孙御千，性颖悟，博学医书，刻苦钻研，医术尤精，诊治有奇验，每临症辄着手成春，名驰遐迩。贫者病，济以药，更助以资。著有《孙御千先生方案》一册，收入共11案。

戚云门，字楚三，医承家学，群览博学，精于岐黄之术。凡对患者，必探究病因，明辨慎思，详审症状，拟方用药，无不应手而愈。疗贫病，不计酬，患者纷至，深得民心，名扬于世。著有《戚云门先生方案》收入《珍本医书集成·龙砂八家医案》。

"龙砂八家"源远流长，如今已经成为中华医药宝库中的一枝奇葩！

【第19章】

叶天士华墅访同道
赵瓯北龙砂治病儿

叶天士华墅访同道

　　清康熙四十四年（1705年）秋天的一个下午，在苏州郊区上津桥畔的一所诊室里，走出了一老一少两个男子。老的50来岁光景，身体瘦弱，走路有点蹒跚；少的才20来岁，精壮健实。但这两人都是愁容满面，悲悲切切。年长的垂着头，憔悴的脸上写满沮丧，失神的眼睛透着焦灼，他捂着胸脯，越走越慢；年轻的扶着他，嘴里带着哭音，焦急地说："怎么办呢？怎么办呢？"说着，他忽然哭了起来，青年人一哭，老年人也哭了。两个人索性不走了，靠在路边的一棵树下哀哀地痛哭起来。路人觉得奇怪，一齐围过来询问情况。这时一个面目清癯、戴西瓜皮帽的老人拨开人群，问道："两位乡亲，你们遇到了什么事，要这么伤心？"

　　原来，这是一对乡下父子，父亲王老汉在今年春天，觉得胸闷气胀，慢慢地吃不下东西，就到苏州城里找叶天士看病，诊过几次，但依然不见好。这一次，叶天士居然束手无策，干脆宣布：毛病越来越重了，回去养养吧。要知道叶天士看病，没有看不好的，一般人的病，到他的手上总能妙手回春、药到病除的。谁知这位王老汉竟是个例外，被"天医星"回了出来，等于被判了死刑。王老汉想想儿子还没有成家，家里有一大堆事要处理，不禁悲从中来，恸哭不已。"哦，原来是这样！"瓜皮帽老人说："巧了，我也是个郎中。来，让我来给你号号脉！"说着，就借旁边一家茶馆，安排王老汉坐下，先给他把了脉，又请他把叶天士的处方拿出来看了，点头说："方剂是不错，照你的情况，我再给你添几味，你回去马上煎服，试试看。如果有好转，三天之内我还在这里，你来找我！"说着，他从随身带的文件袋里取出笔墨，重新写了一张药方，药方落款"江阴龙砂姜礼"。本来已经绝望的王老汉父子，忽然遇到了这位姜先生，真是喜出望外，感激不尽，千恩万谢地去了。

隔了两天，王老汉和他的儿子又来了，一同来的，还有王老汉的妻子，她是特意来认识并感谢这位起死回生的龙砂医生的。王老汉自诉：服了姜礼开的药以后，当日肠鸣一晚，早晨排泄了很多，排泄过后，人就清爽得多了，饮食也大增。两天两夜以后，浑身舒坦，饮食也如常了。姜礼又给他补了3帖药，关照有加，王老汉一家谢了又谢，高高兴兴地走了。

再说叶天士自从让王老汉罢诊以后，他一直耿耿于怀，总想到王老汉家去慰问一下。叶天士（1667—1746年）名桂，字天士，号香岩，别号南阳先生，因为家住上津桥畔，晚年又号上津老人，江苏吴县（今江苏苏州）人。叶天士的祖父和父亲都是名医，他12岁跟随父亲叶阳生学医，父亲去世后拜父亲的门人为师，研习医术，叶天士博览群书，虚怀若谷，见贤思齐，只要是比自己高明的医生，他都愿意拜为老师，因此他从13岁到18岁，就先后拜过了17个名医为师。由于他广采众长，融会贯通，因此在医术上突飞猛进，不到30岁就医名远播。叶天士最擅长治疗时疫和痧痘等症，在温病学上的成就尤其突出，所著《温热论》为后学指南，弥补了医圣张仲景的学说。叶天士医术高超，能治疑难杂症，屡试不爽，人们称他为"天医星"。

过了半个月，叶天士按照就诊簿上的地址，找到了王老汉的家，一进门，王家气氛祥和，毫无异样。一问，这个老病人居然还活着；不但活着，竟然还去田头劳动了。叶天士不禁十分诧异："他有病在身，而且是十分沉重的，怎么还能下地劳动？"不一会，王老汉回来了，只见他精神健旺，行动矫健，与先前那种病恹恹的样子判若两人。叶天士给他把过脉，竟然完全正常，不禁十分震惊："是谁能把你从死神那儿拉了回来？"王老汉取出姜礼的处方，叶天士看过，佩服得五体投地，便深深记下了"江阴龙砂姜礼"这个名字。

隔了一天，叶天士决意亲往江阴，去龙砂拜望姜礼。他备了一些姑苏特产，取道水路，辗转坐船，来到了华墅西硕桥码头。上岸问明了姜礼地址，便一路来到北街姜家诊所。

姜礼（1654—1725年），字天叙，华墅北街人，祖籍浙江绍兴。明朝末年随父迁至华墅。姜礼从小研习祖传医学，精于医术，于内伤杂病调治尤为擅长。他治病十分严谨，按症施方，投剂如神，能治人所不能治之病。对待病人，不分贫富一视同仁。其术其德，名噪大江南北，那时有"华墅之医，首推姜氏"之说。著有《四大症治全书》《仁寿镜》《本草搜根》《春晖堂医案》等。

叶天士进诊所时，姜礼正在为一位老妪诊治开药方。他看见叶天士进门，以为他也是来求诊的，就对他微微一笑，点点头，示意他稍等一会，叶天士便在一旁的候诊座上坐了，一边等待，一边看姜礼诊治病人。这会儿，姜礼接待的老妪，是从杨厍来的范氏，她年过50，精神萎靡，不停地咳嗽。姜礼为她的左右两只手都把了脉，又看了她的舌苔。范氏自诉，自从夏天患病以来，服过加姜、桂、五味子、泽泻的四君子汤，泄泻已止，嘴里的溃疡逐渐减少了，但脚部浮肿，咳嗽不止。叶天士在旁边看着姜礼问诊，觉得他的诊治方法与自己十分相似。接着，看他诊断。姜礼说，范氏这病是虚火旺盛，久泻脾虚。他斟酌一番，提笔写下处方：

杨厍范君恒令政

六脉沉，小而弱，口中碎不能咽物，此虚浮之火也。医用清火药，渐增浮肿，气急咳嗽。起于夏秋，久泻脾虚之极。用四君子加姜桂五味泽，服四剂，口中稍润，浮肿不减。再加车前、附子、牛膝、沉香。

并又配了药丸制方，供她去药铺加工成丸药：

自服丸方
山萸　苁蓉　磁石　黄芪　远志　山药各二两　熟地五两　丹皮一两二钱　泽泻茯苓各一两五钱　肉桂附子各五钱　菟丝二两　菖蒲一两五钱　白蒺藜二两[1]

叶天士在一旁看着，暗暗点头：姜先生治疗方案与我所见略同。他静等姜先生送走老妪后，这才向姜礼作自我介绍。姜礼很是意外："先生便是叶桂叶先生？久仰久仰！刚才怠慢了！"忙斟水敬茶，重新见礼。叶天

---

[1] 见姜礼《春晖堂医案》。

士谦逊地说："先生是医界前辈，晚辈今天是向前辈致谢来了。"就把王老汉一事说了。姜礼恍然记起那天在苏州为一老者治病的事，连忙拱手致意，说："这事还请先生原谅，因看他父子悲伤绝望，垂泪不止，这才斗胆为他诊看，不觉动了先生的方剂，多有得罪！"叶天士诚恳地说："哪里话，倒是我要感谢先生，先生医术高超，一伸援手便着手成春，令晚辈钦佩。今日来府上，有一事相求。""请讲。""先生医术高明，晚辈想请先生出山到敝处悬壶，一来可以施展先生平生才学，二来也好让晚辈早晚讨教。"叶天士左一个"晚辈"右一个"晚辈"，让姜礼有些过意不去，他说："先生虚怀若谷，令小老感动，"姜礼沉吟一下，"只是到尊处芹献一事恕不从命，只因敝乡穷苦人多，病员正需要小老在此应接。"叶天士再三敦请，姜礼婉言谢绝。

这时，天色已晚，姜礼吩咐家里人添了几只小菜，留叶天士吃了晚饭，饭后又聊了一会。两人互叙年庚，这年姜礼五十又一，叶天士三十八岁。两个人同行相亲，十分投机，大有相见恨晚之意。随后，姜礼又腾出一张床铺，让叶天士住下。

从此，叶天士与姜礼成了莫逆之交，不时互访，一些罕见的或是复杂的疑难杂症也共同切磋，姜礼又介绍了后来成为"龙砂八家"的叶德培、贡一帆、孙御千、王钟岳等与叶天士相识、往来，成为医界一时佳话。

赵瓯北龙砂治病儿

清嘉庆二年（1797年）六月十五日上午，华墅西街西硕桥南堍的一个小码头上，一艘带篷帆的木船靠岸停稳。虽然经过一天一夜的操劳，船上的两个艄公却毫无倦意，船才停妥，便抽出两条窄窄的跳板，并排搁在岸边石级上，又从舱里扶出一位身材不高、面目清癯的老者。老者精神健旺，腿脚也矫健，大步走过跳板，跨上河岸，又转身招呼船上的男仆："阿寿，你把五相公驮上来，手脚轻点！"阿寿答应一声，就从船舱里驮出一个病恹恹的青年人来。三人上了岸，老者吩咐船家，先不要离去，就在近处等候。然后向路人打听调鹤山庄的地址，仍旧由阿寿驮着五相公，一路向调鹤山庄走去。

这老者名叫赵翼，是清代乾嘉年间著名史学家、诗人、学者。赵翼（1727—1814年），字耘松，一字云崧，号瓯北。常州府阳湖县人。乾隆十九年（1754

年）以举人中明通榜，用为内阁中书、入值军机处行走[1]。乾隆辛巳二十六年（1761年），殿试拟定为一甲第一名，乾隆帝以陕西多年来未有中状元者，将赵翼与一甲第三名陕西人王杰对调，而以探花授予赵翼编修衔，赵翼是不中状元的"状元"，成为当时一段佳话[2]。

赵翼历任广西镇安和广州知府，官至贵西兵备道。乾隆三十八年辞官家居，主讲扬州安定书院，潜心著述。嘉庆十五年（1810年），赵翼84岁，重赴鹿鸣筵宴，钦赐三品衔。嘉庆十九年（1814年）卒，享年88岁。

赵翼长于考据，又善诗文，他的诗格调清新，与袁枚、蒋士铨齐名，时称"江左三大家"，存诗4800多首，著有《瓯北诗集》和《瓯北诗话》等书。其中《论诗》五首观点新颖，见解独特，名句"江山代有人才出，各领风骚数百年"更是千古绝唱。他更长于史学，其旷世巨作《廿二史札记》与钱大昕的《廿二史考异》、王鸣盛的《十七史商榷》并列为史家三大名著。

赵瓯北此次专程来华墅，要为他的第三个儿子赵廷伟治病。赵廷伟（1768—1797年），家中排行第五，家里人称他为"五相公"。他19岁考上秀才，24岁为廪膳生，后因乡试落榜，郁郁不得志，抑郁成疾，一年多来，多方就医不见效，反而日渐枯萎，这才慕名到华墅求医。

三人行不多时，来到了位于镇北的调鹤山庄。这是一家诊所，诊所不大，占据了前面一间厢房，厢房旁边有个天井，天井后面是三间敞厅，坐北朝南，面对街市，屋后遥见青山。厅后有个院子，院子里花木扶疏，青松夭矫，翠竹潇潇，养着几羽白鹤，看得出主人的情调十分高雅别致。赵瓯北一行才到门首，便看见一位儒雅的中年男子出门送客，男子看到赵瓯北，便折转身来，把赵瓯北三人迎进了诊所。

进得门来，赵瓯北先自报家门，把来意说了。中年男子听说他就是阳湖赵瓯北，肃然起敬："久仰久仰，先生诗界巨擘，如雷贯耳！"瓯北问道："敢问足下是调鹤山庄主人姜先生吗？""在下姜大镛。""哦，"赵瓯北有些意外，"小老一向听闻龙砂调鹤山庄主人大镛先生医术高明，蜚声大江南北，一直以为该是白发老翁，想不到足下比我年轻！"两人互道年齿，这年，赵翼71岁，姜大镛58岁。姜大镛（1470—1814年）字治夫，清监生。得家传，精医理。龙砂姜氏自明末避乱从浙江绍兴迁来华墅，历代以医术济世。

---

[1] 行走：清代官制用语，即入值办事之意。

[2] 见常州赵翼故居门碑。

传到这姜大镛,已是五世。姜大镛在行医之外,还擅长诗文,乾隆五十四年,因治疗家人而结识姜大镛的江苏学政沈初(云椒),读到了他的诗,大加赞赏。说他"古近体俱耐人寻味,譬之野鹤在霄,幽兰在谷","清远超脱,不染俗尘"。著有《调鹤山庄医案》,并有诗文集《鸣秋集》《典山庄诗钞》刊行。

此时,赵翼仰头看见屋里正中墙上,挂着江苏按察使琅玕在乾隆五十二年赠送的"江上阳春"巨匾,料想这是姜先生为按察使本人或家人治病痊愈后送的谢匾,不由得肃然起敬。又瞥见姜大镛案头有本诗集《鸣秋集》,问道:"先生以业医余绪,兼及于诗吗?"姜大镛谦逊一笑:"班门弄斧,敬请指教!"就取过《鸣秋集》,双手递与赵瓯北。这时,坐在一旁的赵廷伟忽然剧烈地咳嗽起来,一咳而不止,阿寿连忙为他轻捶后背。姜大镛立即视诊病人,但见他面色苍白,两眼无光,十分虚弱。姜大镛问了病因、患病时日,又看了他的舌苔,舌苔厚厚的白腻一层;把了脉,脉象细微。姜大镛暗自心惊:患者症候着实沉重!赵瓯北也诉说了得病一年多来的就诊情况:去年四月患病,先在常州本地诊治,服了100多帖药,不见好转,反而日见沉重;本年3月,又到苏州诊治,历时3个月,依然如故。姜大镛诊治过许多疑难杂症,也使好多患者起死回生,眼前这个赵廷伟却非同一般,疾病拖延多时,肌体脏器损伤严重,已经气血两亏,命悬一线,必须慎重对待。于是,他斟酌再三,取紫毫,蘸浓墨,在方笺上自右至左写下处方,他的字行中带草,疏朗俊逸,脱胎于董文敏:

阳湖赵瓯北令郎

金水三藏俱虚,不能滋养肝木,木燥生火,自左胁至胸脘气逆升腾,上泛欲呕,交冬秋更甚。秋为燥令,不能制木,反助木之燥也。今拟早用保肺和肝,晚用养阴纳气之法。

麦冬 北沙参 旋覆花 川贝 橘红 沙苑子 蒺藜 苏子 牡蛎粉 青铅(煎服)晚用六味加沉香 白芍 磁石[1]

写毕,交给赵翼,慎重关照:"令郎这病,非同小可,宜先固后补,以图平稳,然后复诊添剂。"赵翼收了方笺,便付诊金,姜大镛推让一番,

---

[1] 见姜大镛《调鹤山庄医案》。

收了一点。赵翼奉还《鸣秋集》，说："适才匆匆读了几首，先生大作，天机清逸，有长庆[1]之层折而不流于浅。可喜可贺！"姜大镛拱手称谢："过奖过奖！"又关照赵翼："令郎病体沉重，不宜多颠簸，一路要小心。"随即叫来两名轿夫，抬出自家平时出诊用的青布小轿，扶廷伟坐了，吩咐小心送到西硕桥码头。赵瓯北再三称谢，姜大镛送出诊所，两人拱手告别。

按说姜大镛对症下药，可以稳定赵廷伟的病情，挽回颓势，再追猛药，可保生命。遗憾的是，由于赵廷伟得病一年半，拖延太过，已经气血全亏，病入膏肓，朝不保夕。此次到华墅就医，昼夜不眠，又经一路颠簸，回到阳湖，来不及按方赎药煎服，到家第二天就溘然亡故，年仅30。赵瓯北生有5个儿子，一子早夭，赵廷伟从小刻苦勤学，是最有远大前程希望的孩子，今时亡故，赵瓯北心痛如割！

赵翼这次华墅之行，走的是水路，一为体恤儿子病体不能陆路颠簸，二是考虑水路节省川资。一路船行，常州出发，经三河口至焦溪，进入锡澄运河，然后转入应天河、太清河，水路近百里，饱览了两岸景色。山清水秀的华墅给他留下了美好的印象，他写下了一首诗七律《华墅》：

近游百里览郊原，柔橹来过华墅村。
山势不高犹翠色，江流虽近少潮痕。
朽株叶借藤牵蔓，倾岸泥缘树络根。
东去相传多古迹，暨阳城控海为门。

后来，赵瓯北在华墅东边的杨厍，开设了一爿质库（当铺），并在杨厍建有别墅居住，闲暇时不忘华墅龙砂风光，曾由杨厍名士叶廷甲陪同重游华墅，游览了龙砂二山，特别凭吊了砂山阁典史隐居处，又赋七律一首《砂山吊阁典史故居》：

十三万命系君身，那得山村作隐沦。
报国岂论官最小，逆天弗顾运维新。
断头巴郡无降将，嚼齿睢阳至食人。
今日经过投袂处，百年犹觉胆轮囷。

---

[1]长庆：唐代白居易有《白氏长庆集》。

【第20章】
殷琏诰封明威将军
陶涵钦命泉州提督

殷琏诰封明威将军

清康熙六年（1667年）秋的一天，像往常一样，江南江淮卫的漕运船队又出发了。一溜20艘木船，装满米包，浩浩荡荡，向北驶去。这些船上，大船装了200包，小船装150包，每包1石，总共装大米3500石，40多万斤，目的地是河北通州。

押运这批漕粮的，是江淮卫派出的运丁，每只船驻5名，20只船共100名兵士，总领这100名兵士的，还有一名武官。漕运是利用水道（河道和海道）调运粮食（主要是国库粮食）的专业运输，是把国家征自田赋的部分粮食，解往京师或其他指定地的运输方式。这些粮食用来供给宫廷消费、官员俸禄、军队粮饷和民用调剂，这种粮食，称为漕粮。在这些运丁中，有一个人特别引人注目，他不像其他运丁一样稳坐舱里闲聊消遣，而是在船里看这看那，还与船夫问这问那，攀谈不休。有的时候还从这船跳到那船，只拣船家聊天。

漕粮船队晓行夜宿，一路上顺风张帆，逆风背纤，餐风饮露，一连过了10多天，终于到达通州，停泊漕粮码头。卸了漕粮，空船又装了些杂货，驶回淮安。

没几天，漕船停靠淮安码头，运丁们一一离船上岸，船户们也整理一下船舱，准备把船开回家去。忽然，一个运丁飞步赶来，大叫："各位船家，请系缆上岸，江淮卫守备老爷有话要说！"听说守备老爷有令，船户们便停止了开船,已经离岸开出的也开了回来,20艘木船在河边排成一溜。这时,从守备衙门里出来一群运丁,他们手上都拿着榔头凿子,为首一个大胡子,他跳上一艘船,对船家说:"奉守备殷老爷的命令,请你把船底暗仓打开!"船家听了,顿时面色发白,迟疑着不肯行动。大胡子又说:"你不动手,我来动手,不要凿坏了船!"船家无奈,只好下到船底,打开暗仓的机关,抽去一块木板,顿时,白花花的大米流了出来。其他船只的船夫,心中有鬼,知道不妙,个个面容失色。这时,江淮卫守备老爷殷琏来了,原来他就是那个在船上走来走去、东问西问的青年"运丁"。原来,殷琏一上任,就有上级告知江淮漕运中的弊病,特别棘手的是大米包在运输途中往往遭到盗窃,到终点仓储时已损耗不少,但又找不出被窃的痕迹。为了弄清真相,殷琏瞒起了守备身份,装成运丁,随船私访,从船家的言谈和诡异行动中,发现了端倪。

殷琏声色俱厉地说:"叫你们装运大米,你们胆敢盗窃!"船户们见赃证俱在,罪责难逃,一个个胆战心惊,跪在地上,连连磕头:"小民知罪了,望老爷饶恕!"殷琏严肃地说:"你们知不知道,这是皇粮?""知道。""你们这样盗窃,知道有什么后果?"殷琏缓了缓口气:"盗窃皇粮,要杀头的!"听说要杀头,船户们都哭了起来,一个船户边哭边说:"求老爷饶命,杀了小人,一家八口都活不成了……"殷琏喝道:"不要哭了,到衙里把你们的名字写下来!"

船夫们垂头丧气地到守备衙里,登记了各自的名字,殷琏又教育一番,随后又将心比心地和他们聊起了家常。船夫们因为在漕运途中就与这位长官攀谈过,觉得殷琏虽然严厉,但宅心仁厚,此时,便央求他宽恕一点。殷琏不为难他们,叫他们先把偷窃的大米用米袋装好,扛到衙门里,然后吩咐:明天到衙门来听候处理。

殷琏在漕运随船时,了解到船民大多上有老下有小,收入又低,生活困苦,值得同情;但他们大多有恶习,所谓"脚踏平基,三分贼气",船上装什么货,他们就偷什么,而且偷得巧妙,不留痕迹。如偷大米,用一根打通竹节的细竹筒,一头削尖,插进装米麻袋缝隙,麻袋里的米就顺着竹筒流出来;竹筒一拔出,米袋上不留一点痕迹。

第二天,船户们带着惴惴不安的心思,来到了江淮卫守备衙门,殷守备在大堂上接待了他们。他先严肃地斥责了小偷小摸的坏习惯坏风气;然后颁布一条新规:漕运期间,允许家庭困难的船户带一名男性家人来做船工,工资与船户同等发付；运丁家境不好的，也可照此办理。同时，殷琏又作出规定：所有船工必须洗心革面，改邪归正。装运任何货物，都不得再行偷窃，一旦发现，不仅送官追究，而且与前罪并罚；船上见人偷窃，检举有功，给予奖励。船工们见守备这样处理，不禁大喜过望，感激不尽。就这样，殷琏初战告捷，不仅整治了漕运中的失窃弊端，也刹住了其他歪风陋习。

殷琏（1639—1707年）字介荣，号玉相，别号洁庵，华墅镇东街人。康熙初应童子武试，康熙五年（1666年）中武举人，次年联捷武进士，诰封明威将军（正四品），初任江南江淮卫守备，统率运军，领运漕粮。在任时整治漕运中的弊端，优恤运丁及其家属，深为漕运军士拥戴。后调任兴武、镇海、仪真、镇江、泗州各卫守备，到任一卫，都能做到勤政廉政，兴利除弊，保障政通民和，取得清官声誉。先后得到江南巡抚玛祜、总督麻勒古的嘉奖。当泗州缺知州时，江南巡抚玛祜因为殷琏勤敏有为，政绩卓著，就任命他为泗州知州。殷琏到任后致力打击土豪，追剿匪徒保护良善百姓，赢得民众爱戴。他一生轻财尚义，亲朋有事求助，无不尽力周济；每逢春季乡试，家乡文武应试的士子缺乏资费时，他都慷慨资助。殷琏为人至孝，因父母年老，乞归侍奉，军民纷纷列队遮道相送。

殷琏更为可贵的是，他不仅自己荣膺武魁，他的儿子殷维宁、孙子殷起凤都荣登武榜，家风传承，成为显赫的武官世家。

殷维宁（1669—1726年）字树勋，号翼亭，殷琏之子，康熙二十八年（1689年）20岁中武秀才，二十九年（1690年）中武举人，任广东韶州府守御所千总（正六品），诰授武略将军（从五品）。雍正二年（1724年）升任陕西大通卫守备（正五品）。大通是本年度新设的卫，属西宁府，殷维宁是首任守备，而且没有副职，更缺少属员。事务庞杂但无法下达分工，只能独自筹划实施。殷维宁亲自督工开浚河道，建造营房卫署，事必躬亲。大通地属边鄙，民生凋敝，盗窃成风，诉讼不断，案发频繁。殷维宁白天审理案件，判决诉讼，处理公务，督办河工；夜间整理回复公文，身兼多职，十分辛苦。更为劳累的是，大通地广人稀，殷维宁常常单人匹马，往来于荒村野水之间，穿越在崇山峻岭之中，即使骑马也很劳累。遇到雨雪天气，天寒地冻，雪厚路滑，还要顶风冒雪，不能休息。繁重的工作量，恶劣的气候，损害了殷维宁的健康，他抱病工作，勉力支撑。不久，殷守备一病不起，医治无效，以身殉职。殷维宁守备逝世的消息传出后，当地百姓为他的清廉正直、勤政爱民而感恩戴德，纷纷烧香泣拜，设位祭奠。灵柩过兰州800

里，还有人来祭祀。

就在殷维宁在大通任守备时，雍正二年（1724年）他的长子殷起凤在广东韶南任上因公逝世。殷起凤（1690—1724年）字羽长，武举出身，任广东韶南左都督左标随征千总（正六品），例赠武信骑尉。

殷琏祖孙三代，尚武传家，勇武忠毅，保国安民，为家族争光，被世人敬仰！

陶涵钦命泉州提督

清嘉庆八年（1803年）秋天，八月初九。早晨，太阳刚刚升起，天地间弥漫着氤氲的水气，淡淡的，像轻纱，似薄雾。这时候，江阴君山南麓的大校场上已经热闹起来了，三年一度的阅兵仪式和武科乙科童试今天就要在这里举行。校场四周，昨天就树好的燕尾旗、建牙旗迎风招展，猎猎作响。几个试鼓的士兵已经摆好大鼓，捶响了牛皮大鼓。最兴奋的是孩子们，他们趁这时候校场上空旷无人，在场上互相打闹，开怀追逐。胆大一点的，还走到大鼓边，偷偷地拿起鼓槌，轻轻地捶一响，然后急忙悄悄溜走。

卯时刚到，几支驻军队伍就浩浩荡荡地进场了，早有指挥官过来，指挥他们各自占领自己的地盘，调整好队列。在军伍队列的南边，坐南朝北的是检阅台，检阅台左边空出一大块地方，搭了一个宽广的芦菲棚，那是给参加考试的武童生们准备的。

太阳升高了，雾气散尽了，天地间一片清朗。辰时，在热闹的鼓乐声中，几顶轿子先后来到了校场，从轿子里走下来几位官员，他们是今天阅兵和考试的主角。官员们陆续登上检阅台，互相礼让一番，按职级入座。他们中有江苏学政平恕，江阴知县马鏻，这两位是主考官；还有同考官毕开煜、徐学瀚、单沄等。官长们才落座，指挥官便到台前请示，阅兵式开始。随着三声礼炮，鼓乐大作，3000军士踏着铿锵的节奏，高举刀枪，威风凛凛地绕场一周。在行经检阅台时，军士们向长官行拱揖礼，长官们也回以一揖。步兵队伍过了，又来马队。马上的军士个个高大威猛，神采奕奕。台上一位长官不禁赞道："铁骑控纵绝尘走，将军意气当凌云！"

很快，阅兵式宣告结束。接下来，指挥官宣告：癸亥科武科考试开始。顿时，校场上止乐息鼓，人们屏息看考。先是比赛步射，鹄的（箭靶）放在100步之外。指挥官宣布：每生射9箭，中3箭为合格，不合格者淘汰。

第一轮，参加步射 56 名武童生，有 28 名不合格，被淘汰。接下来比赛骑射，要求考生骑马绕场一周，行至鹄的时射鹄，同样射箭 9 支，3 箭中鹄者为合格。这一轮，28 位考生，射鹄中 3 箭的只有 2 位，竟有 26 位被列为二等。

剩下两位，要决伯仲。指挥官向检阅台长官汇报成绩，主考官平恕召见两考生，见此两人一为壮年一为老汉，就命两人再考骑射，把鹄的摆在 150 步外。这一回考试，牵动满场人心，在人们企盼的目光中，壮汉谦恭有礼地请年老的武童生先射。老童生谦让一下，就拉过自己的坐骑，翻身上马。他尽管胡子一把，身手还是矫健，只是臂力已经不足，纵马过来，对准鹄的，奋力一箭，那箭随风而去，飘飘荡荡，离鹄的还有丈余，便跌落尘埃。顿时，满场惊呼，一齐惋惜。现在，只剩壮汉了。只见他不慌不忙，跨上马背，绕场一周，弯弓搭箭，那箭快如流星，不偏不倚，正中鹄的。全场顿时欢声雷动，鼓乐齐鸣。平恕传令，召壮汉近前，但见此人，身高八尺，相貌堂堂，目光炯炯，威风凛凛，心里就有了几分欢喜。询问他的情况，得知这位考生叫陶涵，35 岁；平恕又叫人拿来他的弓，仔细察看，那弓弦十分强劲，是五百石的弓。平恕是浙江山阴人，乾隆壬辰传胪，以内阁学士在嘉庆三年任江苏学政，后调兵部侍郎，嘉庆六年再任。作为兵部侍郎，平恕十分重视擢拔勇武人才，他见眼前的陶涵武艺超群，仪表出众，而且正值壮年，十分喜欢。看了陶涵的弓，他有心让陶涵再展示一下，便问陶壮士："能射穿牛皮吗？"陶涵恭敬地回答："学生在舍下曾试过。"平恕便叫人取来牛皮，蒙在鹄的上，鹄的还是放在 150 步处。陶涵取了弓箭，弯弓如满月，稍一瞄准，便向鹄的射去，"嗖"的一声，早把牛皮射穿！顿时，鼓声、乐声、欢呼声，响成一片。骑射过后，陶涵又过了武经考试关。就这样，癸亥武科乡试由陶涵折桂。不久，由江苏学政平恕举荐，陶涵荣任江苏抚标千总。

陶涵（1768—1844 年），又名陶飞熊，字苍培，号筠圃，是"苏墅活人桥"陶尚虞的后代，陶孚尹弟陶松龄的曾孙，苏墅桥（今属新桥）人。陶臂力出众，能开 500 石强弓，且箭无虚发。嘉庆九年（1804 年）由江苏抚标千总（正六品）荐举，升淮安漕标守备（正五品），擢升都司（正四品）。陶在淮安任职 13 年，主要职责是催发护送漕粮。漕标管辖山东、河南、安徽、江西、浙江、湖南、湖北八省漕政。具体负责漕运、统率漕军、漕船修造、督催漕欠等事务。陶 13 年如一日，走遍辖区各地，勤政履职，克己奉公，廉洁自律，出色的工作博得了漕帅许兆椿的赞赏，他奉请朝廷擢升陶飞熊。嘉庆十六年（1811 年）冬，陶飞熊升任湖北左营游击（从三品），调补汉阳游击。陶一如既往勤奋工作，又于道光五年（1825年）擢升广西宾州营参将（正三品），不久又提补湖北竹山副将。道光十一年，竹山邻县郧阳大水成灾，陶飞熊主动率兵抗洪，他身先士卒，抢险堵缺，冒险治水，深受百姓拥戴。大水过后，湖北总督卢坤保奏陶飞熊任郧阳镇总兵（正二品）。道光十三年春，陶飞熊随漕船北上，觐见皇帝。道光皇帝先后三次召见他，详细询问他的出身，辖地郧阳、竹山的风土人情和兵营、民情等，对他十分赏识，并下旨交军机处为陶记名，再次准其一等注册，并以总兵升用回任候升。道光十六年（1836年）五月，授他为福州汀州镇总兵。道光二十年（1840年）八月，钦命陶飞熊为泉州提督（从一品）诰授振威将军。并下敕命：

总兵陶飞熊，兹特命尔镇守福建汀州等处地方，驻扎汀州府，管辖本标中左右三营，统辖邵武城守营，各营大小将领及守御等官，俱照题定经制事例管辖。尔须操练兵马，振扬威武，申明纪律，抚恤士卒，严明斥堠，防遏奸宄，修浚城池，缮治器械，相度地势险易，控制要害处所，责成该所弁兵，力图保障各营额兵，务选补精强，毋容积猾老弱糜饷。一应本折粮饷，听该管衙门给发。所部官丁必须严加钤束，秋毫无犯，使兵民相安，不得借打草放马为名骚扰农业。如遇寇警，即统兵戮力剿捕，不得观望，致误军机。倘贼势重大，飞报总督、巡抚、提督，分兵合剿，务尽根株，毋使滋蔓。本省邻壤有警，星驰赴援，不得自分彼此，失误机宜。如有贼众投诚，察其实心向化，即与安插；如招抚事体重大，即申报总督、巡抚、提督，奏请定夺。……

陶飞熊是苏墅桥陶氏家族出类拔萃的佳子弟。自陶公尚虞始迁苏墅桥以后，历代人才连绵。崇文的有陶孚尹、子陶惟讷，后代有陶文谟、陶文烝、陶兆堂等；尚武的有陶孚尹的弟弟陶松龄，官至州同知，诰封振威将军，后辈多习骑射，文韬武略，名扬四方。主要有松龄子惟正，孙陶奎，曾孙飞熊，都是从一品官；松龄孙，陶奎弟，飞熊叔（名士鋐），也例赠振威将军。陶松龄曾孙辈陶沛（飞鹏）任江苏抚标城守把总，赐封武翼都尉（从三品）；陶沛子陶廷荣，赏戴蓝翎抚标营千总（正六品）。陶氏子弟从武的还有陶廷梅、陶兆麟等。

【第 21 章】
吴楷筹粮助征缅甸
包敏斥儒法治楚雄

吴楷筹粮助征缅甸

清乾隆三十四年（1769年）四月的一天上午，在云南腾越州州衙里，十几位清廷大员和云贵总督、巡抚以及腾越、永昌等州的知州聚集在一起，共商征缅大事。殿上主座中间坐的是忠勇富察公傅恒，他是本次征缅的经略，左右坐的是副将军阿里衮和阿桂，参赞大臣舒赫德，云贵总督鄂宁，再往下是本次征缅大军满、蒙兵的主将，坐在最后的是永昌、腾越、龙陵、隆阳等州的知州。

这次会议不同平常，主持会议的是富察·傅恒。傅恒在朝中位高望重，历任总管内务府大臣、户部尚书等职，授一等忠勇公、领班军机大臣加太子太保、保和殿大学士。这次征伐缅甸临行时，乾隆皇帝亲自在太和殿授予帅印，并把自己的铠甲赠给傅恒，以表示对他的信任和希望。"各位，本次天朝大兵征缅已是第四次，皇上寄予厚望，我等务必同心同德，共克顽敌，志在必胜。"傅恒说话声音不大，却很有威慑力。接着，副将阿里衮、阿桂，参赞大臣舒赫德等各自谈了自己的方略和建议，无非是陆地马队步兵行进战略，水军进兵路线以及火炮、弓箭等军备运输等。最后大家不约而同地说到了军粮，这是一个非常沉重的话题。大家都知道，自从乾隆二十七年开始征战缅甸，之所以没有获得全面胜利，主要是天时地利不合，其中最重要的是深入缅地，粮草供应跟不上，以致人马饥饿，失去战斗力。

最惨的是第三次征缅，朝廷大将、云贵总督明瑞率领一万多人，深入缅甸内地，由于粮草没跟上，被缅军围困，全军覆没。

看着大家沉默不语，傅恒说："军粮是件大事，大家说说怎么才能保证供应？"说着，含笑看了旁边的云贵总督鄂宁一眼。鄂宁是当朝已故重臣鄂尔泰的儿子，前总督明瑞战死后才接任总督的，他对筹集军粮这桩事一直视为畏途，看到傅恒点到了这件事，自己胸无主意，便向座下的知州们发问："各位有没有妙法？"其他知州无言以对，只有一人站起，朝大家拱拱手，说："大帅，总督，各位同僚，卑职是腾越州知州吴楷，对筹粮之事，有一点浅见。"鄂宁见有人理茬了，心中高兴，连忙说："吴知州请讲。"吴楷说："首先，这次大兵征缅，是一场正义之战，宜在云南与缅甸三百里边境线上广为宣传，大张晓义，唤起民众的力量。"接着，他讲了三个方案，第一，以大兵三万，马五千匹计，一月要有粮四千石，一年便是四万八千石，这么多的粮，云南一下子拿不出，必须请朝廷诏令增加从四川、贵州调运；二，广泛吸纳民粮；三，鼓励土司献粮捐钱，有功者应予奖励甚至封赏。吴楷的话，博得了在座各位官员特别是经略傅恒和总督鄂宁的赞赏，傅恒当场指定：由腾越州知州吴楷总任粮台，负责征缅时期的所有粮草供应。

吴楷（1720—1791年）字景儒，号式斋，晚号退圃，华墅镇北街南端人。清乾隆二十一年（1756年）丙子科顺天举人；二十五年庚辰（1760年）第八名进士。派往云南任职，先后任过四处县令，又做过永昌同知等五处副州牧，最后于乾隆三十三年（1768年）升为腾越州知州，由于为清廷大兵征缅甸筹粮有功，获得军功加二级的嘉奖。吴楷从40岁进云南以后，年富力强的19年都在"蛮烟瘴雨，羽檄奔驰"中度过。其中最为辛苦、责任最为重大的是为征缅筹粮。

清缅战争始于乾隆十六年（1751年）。这一年，刚成立的缅甸贡榜王朝四出扩张，派兵越过清缅边境，对清境内的部落强行收取贡赋花马礼，企图压服清方的部落土司。这种骚扰、侵略一直延续了13年，而且愈演愈烈，不断升级，发展到出兵二三千人，进入车里（今西双版纳）等地劫持土司、焚烧土司衙门等。其时清廷正集中兵力平定中国西部地区的准噶尔部，对这些骚扰只是采取绥靖政策。由于缅方更加肆无忌惮，乾隆三十年（1765年）乾隆发起了对缅战争。第一次征缅，乾隆轻敌，只是让云贵总督刘藻率领云南绿营兵应对缅甸军队，双方几次周旋，清方没有获胜，反而折兵600多人，刘藻被贬自杀。第二次改任杨应琚为总督，于乾隆三十一年（1766年），清缅战事又起，各有胜负。但杨应琚谎报军情，说是屡获大捷，斩获上万，乾隆了解实情后将杨逮捕赐死。乾隆三十二年（1767年）四月，乾隆派朝廷大将明瑞任云贵总督，派兵二万多进攻缅甸，总算获胜。但在十二月一战中，由于明瑞轻敌，孤军深入，粮草不继，导致他与他率领的一万人马全军覆没。

乾隆三十三年（1768年），乾隆发动了第四次伐缅战争。这次他派出了自己最得力的干将，任命傅恒为经略，阿里衮、阿里为副将，舒赫德为参赞大臣，鄂宁为云贵总督，点满、蒙兵一万五千人，贵州绿营一万人，福建水师二千人，加上云南地方军共三万人，第四次拉开了战幕。这次战争从二月开始到十二月休战，其间大军水陆进兵，与缅军多次交战，缅军几次受挫，但由于缅甸地理复杂，气候潮湿，大兵损失也不少，终于在十一月十六日双方达成休战协议。

在两国开战期间，吴楷带领幕僚蒋清怡（江阴华墅人，一直随吴楷谋划并协助工作）等，严格实施计划。按照三个筹粮方案，一方面催来滚滚粮源，一方面尽善尽美做好后勤调粮工作。战前，兵马未动，粮草先行；战中，紧急装运，随时到位。最犯难的是驻军地点常常变动，兵员增减无常。吴楷日夜驻衙，接到飞报，立即把粮草发出，送达前线。不仅做到送出的粮草质优量足，而且做到送到及时，没有贻误过一次军机，保证了第四次征缅战争正常进行。吴知州的出色业绩，得到了大帅和总督的称赞，称他为得力助手。战斗结束后，朝廷两次给他军功嘉奖，而且还要举荐他到京城里任职。吴楷以父亲逝世为由，准备辞职回乡。

吴楷在云南任上，十分关心民瘼，加强同少数民族土司的合作，与他们推心置腹，和睦相处，交为朋友，结成友谊。由于他的推举，一些对征缅有贡献的部落土司获得了朝廷的封赏，得到了世袭的封号。这样，吴楷在土司中有了较高的威望。清乾隆四十五年（1780年）冬，就在吴楷得到父亲逝世的消息，已经辞去职务，准备回家服丁外艰的时候，云南永昌的保山县令由于过多收取老百姓的粮食，惹怒了百姓，引起了争斗。总督知道吴楷与少数民族人民友好，就请他先不要回家，先去调停一下，吴楷得到总督的手示，立即连夜去了保山，传达了总督的意见，并对双方晓之以理，平息了一场争斗。

吴楷回到家乡以后，侍奉年高的母亲，让她安度晚年。自己辟出三楹屋作为藏书室，收藏了几千卷书，他把这小小的藏书室题名叫"舫室"，

第21章 吴楷筹粮助征缅甸 包敏斥儒法治楚雄

经常在"舫室"里读书写作，写下了《读易》2卷、《缅略》2卷、《退圃集》12卷、《退圃诗钞》8卷、《琐事录》3卷，连同他在云南腾越州撰写的《腾越州志》10卷、《蒲褐山房诗话》，记录了他勤劳的一生。

在家乡华墅，吴楷还为亲朋好友的著作题记写序，如为他过去的老师徐东维的孙子徐敬承所著的《清池集》作了序言，还为重修华墅北城隍庙写了碑记，落款是：赐进士第八名 诰授奉直大夫云南腾越州知州军功加二级里人吴楷记。时乾隆五十六年八月。

包敏斥儒法治楚雄

清嘉庆二十二年（1817年）十月十五日。云南楚雄。

清晨，寅时才过，楚雄府衙的后斋房里，两鬓皤白、年已70的楚雄知府包敏已经漱洗结束，翻阅起书桌上的案卷了。这是他近4年来煞费苦心的南安州王氏互诉案，今天就要断判。为了这宗案子，包知府多次饬令府中胥吏深入到南安州，详细勘查案情，力求寻根追柢。这宗民事案，虽然没有十分复杂的案情，但由于涉案人主要是生员秀才，他们倚仗功名，重私利，轻骨肉，十分猖獗；而另一方虽是平民，也不甘服输，再三申诉，双方各执一词，寸步不让。从嘉庆十八年七月初一告到府里，至今已有4个年头了。在这之前官司从乡里打到县里，又从县里告到州里，最后到了府里。而在楚雄，这类案件不止一件，生员兴讼屡有发生。经过4年调查，包敏弄清了这起诉讼的原委和背后的人物，是王姓中有功名的"腐儒"在兴风作浪，包敏决心今天当场裁决，贬斥腐儒，以正颓风。

不一会，卯时已到，前衙的堂鼓咚咚响起，包敏升堂，三班六房胥吏衙役也一齐到位。包敏下令传"南安州王氏互控案王体文等到案"，随着衙役一声传呼，堂上吆喝声起，十分威严，本案涉案三人鱼贯而入。秀才王体文、王体文的儿子廪生王裕泰率先登堂，他们头戴方巾，身穿青衿长衫，从容不迫，阔步昂首，居中站定。而平民王毓楒，跟在他们后面，一上大堂，就小腿打颤，一边跪下。一方站立，一方跪下，这就是有功名和没功名的区别。包敏开门见山，吩咐双方陈述诉讼理由。王体文首先诉说，他申述了自己分得的祖产田地，与王毓楒是一样多的，但王毓楒在麻旺山上又垦出田地，总面积就比他多了。王体文编造了一个冠冕堂皇的理由：有粮就有山，无粮即无山，就是说：生产粮食的山地可以承认归属，不生产粮食的山地不算土地，言外之意可以自由分占。他这理论曾经得到过南安州的认同，因此他有恃无恐，十分嚣张。接下来由平民王毓橺陈述。他一上来有些紧张，但知道关键时刻不能示弱，很快镇定下来。他听了王体文的申述，十分不满，马上反驳。论辈分，他是王体文的堂兄，但人家是生员，自己虽苦读二十年，没有考上，于是在县里州里都落了下风。他的陈述话不多，只是强调，他的田地除了祖产外，都是与家人起早摸黑，一锄一把开垦出来的，由于土地贫瘠，暂时不能种植粮食。两人申述完，包敏又问王裕泰还有什么要讲的。王裕泰引经据典、之乎者也地说了一大通，无非是说王毓橺在两家田地交界处侵占别人土地等等。

等三人全都说完，包敏开始评判。他对王体文、王裕泰和王毓橺三王互诉，不顾亲情，同室操戈的人格十分鄙视，更对王体文、王裕泰两个生员仗势欺人感到愤恨。但他不怒形于色，平心静气，把调查结果细细道来。他从王姓祖上分田情况说起，又读了王姓田地分关纸，让王体文他们心服口服，然后判决：一、王体文除了分得祖田，又买进别家田地，加上自垦田，已有田地不少，还要占贪王毓橺的田地，是错的；二、王毓橺家境不好，为补充自有田产，开垦荒田，事属合法，所垦田地，应属王毓橺，王体文不得侵占。

为了让互诉双方日后有凭证，包敏还写了《楚雄府审南安州民王姓互控一案判》，其中有：……今断得王毓橺所垦山田，听王毓橺管业，王体文不得觊觎丝毫；王毓橺与王体文田地交接处，尤要留还数弓以作闲田，勿致以接壤生衅；王毓橺在已垦之外，勿得再有侵占。并且严厉警告：王体文于此判以后，不得再行滋讼；如体文及伊子裕泰犹复贪心不息，仍执"有粮则有山，无粮则无山"之谈，续控不休，立即详情褫革衣领，以为刻薄贪婪者戒！王体文父子见包知府言之有据，证据确凿，斩钉截铁，不容狡辩，便俯首服判。就这样，一场纠缠了十几年的互诉悬案终于瓦解冰消。

在包敏任楚雄知府任上，类似这样生员仗势欺凌骨肉，争夺家产的案件不少，南安州除了王体文，还有杨嘉植；定远有李沾培；楚雄有王铭、徐思盛、董克潘等。都被包敏视为"腐儒"作怪，斥为歪风邪气、野蛮风气，加以训斥，依法惩治。教育他们身为生员，应该言芳行洁，为人表率，"毋重财而轻骨肉，务敦本以息讼端"。对于一些不肯悔改、依旧兴讼的"腐儒"，轻则赶出书院，重则革去衣领，当场杖责。从此，楚雄境内，倚仗生员，欺凌骨肉，兴讼争产的颓败之风大为收敛，民风也大有好转。

包敏（1747—1830年）幼字起元，号尹农。江阴夏甸桥（今属长泾，清《江阴县志·华墅镇图》时属华墅镇）人。6岁时父亲亡故，12岁因为贫困不能求学于名师，就刻苦自学。13岁时以童生参加县试，为县令汪志伊赞赏，名列第四。从此更加勤奋学习，由邑廪生中乾隆四十五年（1780年）副榜，五十一年（1786年）举人，乾隆五十四年（1789年）中进士，殿试二甲八名，先任湖北通城知县，后改任河南确山知县。确山地瘠民穷，财政亏空白银4万两，包敏奉公廉洁，开源节流，未满8年，扭亏为盈。嘉庆二年（1797年）秋，调汝州直隶州事，次年正月又调开封府盐捕水利用知，未到任又调陈州府事。当地盗贼横行，包敏上任后体恤百姓，为许多含冤负屈的平民平反昭雪，大得民心，人称"白面包爷"。一次，南阳有个盐贩头领，组织不明真相的老百姓起哄闹事，包敏独自一人骑马去南阳，弄清真相，平息骚乱，胁从不问，只处理了为首的鼓动闹事者。嘉庆四年（1799年）三月，包敏调归德府（今商丘）任职，九月，当地发洪水，黄河决堤，几个县被淹，包敏亲临洪涝地区，组织赈灾安民，日夜奔忙。正在这时，他的长孙包惠在朱仙镇突然病故，包敏强忍内心悲痛，依旧忙于救灾，无暇处理家事，他说："皇上拨赈灾款几十万给归德，归德灾民正等着解救，我怎么能让家事来干扰大事呢！"嘉庆十六年十月，包敏被提升为云南楚雄知府，次年七月上任。楚雄地辖三州四县，南北相距千里，各种民族杂处，风俗各不相同，治安混乱；而且常有缅甸兵士入侵，守边保土的责任重大。更重要的，境内铜矿、盐井需要管好，保证生产，发展地方经济，包敏精心管理，有条不紊。他叫人做了一块三寸长的木板，漆上油漆，上写"平心静气"4个大字，随身携带，用来勉励告诫自己，在处理事务中做到不骄不躁。特别是判案时，做到细心察访，明察秋毫，一生没有用过大刑。在审判中，他善于法治，依法治案，并做到宽严互用，量刑适当。经过他在楚雄5年多的法治，楚雄的社会风气大有好转。《江阴志政绩传》中对他给予高度评价。包敏还在百忙中抽出时间，每月到书院中为士子讲课，亲自评阅文章，培养了不少人才。

包敏在开封任职时，政余广泛阅读《春秋》，原《春秋》一书收录130篇，分列50门，是非曲直，记载不一，虽经孔子修改，王安石、朱熹等说法不一，历代编纂，差错甚多。包敏取其精华，辨其同异，一一为之考核，加以完善，历多年而成《春秋大事表》。此书荟萃折中，不拘一格，纠正错误，为数千年来著《春秋》的大家。

此外，包敏还著有《序经四书仁说》《秀干堂制义》等书刊行。他还写了大量诗词，《江上诗钞》收录了他的诗9首。

【第 22 章】

白头军败北鸡笼山
太平军喋血洋枪队

白头军败北鸡笼山

清咸丰十年（1860年）七月初五，正是炎热的一个晴日。这天清晨，太阳还没有出山，微微的东南风带来丝丝清凉，砂山最西的山麓处，一个叫做鸡笼山的山坡上，茂密的树林里聚集了一群头扎红巾的人，他们一个个精神振奋，摩拳擦掌，树丛里飘荡着杏黄色的旗帜，一看就知道这是太平天国的队伍。

鸡笼山是砂山山脉最西端的山峦，海拔20多米，整个山峦形状像个大鸡笼，所以叫做鸡笼山。这里山不险而坡陡，地不广而树茂，列石成峦，聚翠为荫，历来是兵家常驻之地。鸡笼山往东二三里，便是泰清寺所在地。

这一次太平军的主帅是人称"黄老虎"的猛将黄文金。

黄文金（1832-1864年），太平天国名将。咸丰十年（1860年）闰三月十六日，太平军攻破清廷江南大营，天王洪秀全命忠王李秀成乘胜挥师东征苏州常州。李秀成兵锋所向，锐不可当，清军望风披靡，太平军连克丹阳、常州、无锡，4月13日攻取苏州。不久，平定苏南，建立了以苏州为中心的苏福省。东征期间，太平军曾三进江阴。原英王陈玉成部下黄文金、李远继所率太平军攻克常州后进军江阴，就在太平军攻占苏州的同一天，黄文金率兵进驻江阴城。由于受到江阴东南乡、常熟西北乡团练的攻击，7天后撤向常州、宜兴。5月16日，黄文金率太平军再次攻占江阴城，在两个多月的战斗中，虽屡次打败团练武装，但还是不断遭到团练的截击，尤其是王元昌的"白头军"，给太平军带来了严重的威胁。黄文金、李远继视王元昌等人为"心腹大患"，出动重兵，大举反击，给团练以重创。

卯时，太阳升高了，放射出灼热的光焰，晒得大地格外炎热。

突然，从鸡笼山的南边冲过来一群壮汉，他们一个个头上裹着白布，手执大刀长矛，为首两人，正是"白头元帅"王元昌和他的弟弟王克忠。王元昌（1831–1874年）一名王沾，字克仁，号聚源，国学生，祝塘草荡王家基（后属陆桥）人。出身农家，世代耕作。王元昌膂力超人，从小学习武艺，精通武术，深得地方乡绅人士的器重。他在族人的支持和当地富户的资助下，成立了祝塘团练，对抗太平军。因太平军执红旗、用红黄绢裹头，象征火；王元昌的团练就以白色为旗，团丁头裹白布，象征水，以白对红，象征以水克火，号称"白头军"，王元昌就被称为"白头元帅"。

地方团练常常阻击太平军，使太平军东进之路一时阻断，从咸丰十年四月到六月3个月中相持不下。常熟团练大臣庞钟璐向朝廷申报，封赏王元昌蓝翎顶戴。此时，江阴地区抗击太平军的团练兵分5路：东、西、北、中都有团练坚守，南路则由王元昌兄弟率白头军把守祝塘、陆桥和长寿以西，为主力部队。太平军受此阻挡，无法东进。但是，由于团练只凭着一股热情一时勇气，各自为政，组织松散，没有纪律约束，王元昌常常遭遇惨败。咸丰十年五月末，东路徐舜功之弟徐益功（小名徐四）给华墅团练首领张玉堰送去一封信，请张玉堰确定日期，约齐东、南、中三路团练联合攻打江阴城里的太平军。张玉堰接到约请，反复谋划，选定六月初二为进攻日期，并约定由徐四率众攻打东门，中、南两路合攻南门，北门临江不攻，留出西门为太平军出退之路。南路王元昌厉兵秣马，提前一日到达江阴城外；中路也于初二上午辰时到达江阴。不料，主攻东路的徐四无故违约，没有赶来。六月初二上午天气大热，酷暑难忍，到位的团练们又渴又热，乱作一团。城内的太平军见东门没有进攻的团练，就派出骑兵冲出东门包抄南门团练的后路。南门团练不知徐四未到，以为东门团练已经战败，纷纷溃退。太平军趁机从东、南二门杀出，团练四散奔逃，一下子失去了抵抗能力，被太平军杀得尸积如山。中路团练主将贡秀峰、姜金保，南路主将孙定国等，且战且退，被太平军包围全部战死。王元昌在那场战斗中，更是损失惨重，他带着主力部属退到花山，太平军乘胜追击，把白头团练团团包围，几乎斩尽杀绝。29岁的王元昌避开追杀，飞奔到河边，跳进水里，游向对岸；

刚游上岸,追兵又到,于是再泅一条河,一连泅过5条河方才脱险。六月初二这一仗,王元昌的白头兵阵亡6000余人,大伤元气,大长了太平军的声威。六月初三日,太平军乘胜东进,冲长寿,战陆桥,扫祝塘,一连几天白头兵一败涂地,太平军火烧陆桥、祝塘,王元昌的家被夷为平地。

但王元昌不甘失败,又组织了包括祝塘、周庄、华墅、杨库的民夫3000多人充入"白头军",投入了鸡笼山这一仗,再次反扑太平军。他哪里知道,这一次,黄文金部是有备而来,太平军投入大量兵力,从周庄过来,埋伏在鸡笼山到泰清寺一带高坡上,又暗地派骑兵从砂山北面过石虎门包抄过来,与白头军在华墅镇西遭遇。太平军人多势众又有准备,一鼓作气,势不可挡。王元昌率领王克忠、张玉墀,以及人称"倪将军"的海门人倪凤山等仓促应战,虽然白头军等拼命抵挡,但败局已定,不可收拾,3000团丁一哄溃散。混战中,倪凤山战死,王元昌故伎重演,退到河边,跳进河里,凫水南遁,从血路逃了出来。王克忠和张玉墀也仓惶出逃,张玉墀逃到北漍九曲桥避难,王元昌、王克忠兄弟逃到常熟投奔太守周沐润。

鸡笼山这一仗,东路团练被彻底打败。太平军从华墅东进,数日间,各地武装团练土崩瓦解,江阴东南乡诸镇全被太平军占领。

太平军喋血洋枪队

清同治三年(1864年),岁在甲子。这年的二月二十四日,龙砂山下的长泾河畔发生了一桩惊天动地的大事:太平军与号称"常胜军"的洋枪队冤家路窄,展开了一场恶战,太平军以少胜多,以逸待劳,把800洋枪队杀得落花流水,几近覆灭。

同治二年(1863年)十二月初,太平军攻下常州,由护王陈坤书驻守。十二月二十五日,清淮军刘铭传、周胜波率领大军围攻常州,形势紧急。常州的得失,直接关系到天京(南京)的安危,忠王李秀成想用"围魏救赵"的战术,牵制清军兵力,解常州之围。就命英王叔陈承琦、忠二殿下李容发,率兵2万,于同治三年(1864年)二月初四,从常州出发,不惊动围常的刘、周清军,冒雨摸黑,偃旗息鼓,悄悄向东进发。经圩塘、夏港、青山,绕过南闸花山,冲过周庄,直插华墅。

太平军到华墅,除了要利用龙砂地理优势外,还要报复地方团练对他们的反抗。他们一到华士,立即直扑华墅潘家湾团练头领张玉墀的家中。

张玉墀（1797—1864年）字子佩，又字云阶，华墅潘家湾（今自由街）人。清道光十二年（1832年）乡试堂备，庚子（1840年）中式二十二名举人，不久加捐同知衔，诰授奉政大夫（正五品）。咸丰二年（1852年），主讲靖江马洲书院。著有《詅痴集诗钞》6卷。咸丰十年（1860年）太平军到江阴后，江阴各乡组织团练与之对抗，张联络率领江阴澄东团练联合攻打江阴南门，被太平军击败后退守华墅东北郁家桥，自七月至十一月，坚守阵地4个月，阻断太平军行军之路，其间行军的太平军，与他的团练兵团作战十几仗，郁家桥未能攻下。对此，太平军十分恼怒，就于同治三年农历二月初六突扑张玉墀的家中，将张逮去（张被逮关押到三月初六，淮军大兵到华墅，太平军忙于应战，张趁隙逃离囚禁回到家中，于四月二十日病逝）。因为太平军来得突然，被华墅人惊呼为"天落长毛"。

接着，太平军以华墅为据点，占据有利地形，屯兵龙砂两山高地，往东、南扩张，攻占杨厍、福山，直通常熟、无锡。消息传到李鸿章军中，李鸿章大为震惊，立即调集各路人马堵截太平军。又急令戈登率领洋枪队从金坛回援无锡、江阴。

洋枪队，又称"常胜军"，1862年由外国人组成的抗击太平军的雇佣军，他们武器精良，训练有素，与清军联手共同对付太平军，曾经为清廷围剿太平军立下赫赫战功。这时洋枪队（已改名为常胜军）的领队是戈登。戈登（1833—1885年），全称查理乔·治·戈登，英国人。当戈登接到李鸿章的命令，并知道太平军主力集结在华墅后，亲自带领炮兵和船队，从水上浩浩荡荡进发华墅；又命令另外几名洋酋霍华尔和罗德上校等，统率步兵从陆路出发，相约两军在华墅会合，准备一举歼灭驻扎在华墅的太平军。

太平军这边也已经得到清兵来袭的情报，陈承琦和李容发十分清楚"常胜军"的实力，便作了充分的准备。他们召集部下，分析了当下太平天国的形势和即将面对的强敌，鼓励大家万众一心，奋勇杀敌。同时精心安排兵力，设下伏兵，把马队隐蔽在山坡上的坟茔和树林里，步兵伏在山下的民居和树丛里。而在华墅镇南长泾河边空地上，扎下几个小小的营寨，插上太平军的军旗，安排一队兵士在营前操练，故意显露兵力弱小，引敌上钩。

2月24日清晨，太阳还没有出山，天气十分阴冷，龙砂山下弥漫着白茫茫的雾气，空气中充盈着肃杀之气。这时，砂山下的大路上由西向东耀武扬威地过来一群人，伴着"得得"的马蹄声，还夹杂有轻松放肆的笑声。他们是常胜军第六团和第四团800个士兵，前面几个骑在马上的是霍华尔上校、罗德上校、吉明上尉等几个头领。他们已经不止一次地和太平军较量过，凭着他们新型武器枪弹的杀伤力，可以说几乎是每战必胜，所以这次来华墅也是踌躇满志，漫不经心。队伍来到砂山南麓，一边是山坡，一边是平地。霍华尔取出望远镜四下一望，就看见了镇南那几座旌旗飘扬的太平军营寨，他得意地对罗德、吉明说："看看，太平军听说我们要来，早已吓得躲起来了，只剩下一小队兵了。"罗德的望远镜也看到了那几座营寨，轻率地说："走，把他们灭了。"洋枪队员们早已跃跃欲试，就蜂拥着往南跑去。忽然，霍华尔喝道："慢！"他好像预感到了什么，四周这么静，连一个农夫也没有，难道……"没事的！"吉明嘲笑地说，一边说，一边纵马冲下了大路，后面的洋枪队员们一拥而下……

忽然，山坡上传来一声炮响，随着炮声，太平军像从地底下钻出的一样，漫山遍野呐喊着冲杀过来。南北两支骑兵，居高临下，如高屋建瓴，直冲下来。一个洋枪队员慌忙举枪，已经来不及了，刚一举枪就被冲到跟前的太平军砍翻在地。洋枪队员们一下子乱了阵脚，刚才还骄横跋扈的霍华尔首先慌了手脚，没法开枪，只好在马上挥舞洋枪，很快被飞马赶到的陈承琦一刀砍翻，跌下马去。罗德慌忙拍马逃窜，可是他连东南西北也一时辨不明了，只得随着人群往南涌去，仓皇逃命。他们哪里知道，往南去正是太平军布下的"口袋"。华墅镇南不到2里处，是一条宽阔的河流，这河有1里长；河的西边还有一条东西流向的河，两河之间只有一条3尺宽的堤坝，这地形正好是阻止洋枪队向南逃窜的天然障碍。洋枪队慌不择路，纷纷逃进伏击圈里，逃到长泾河畔，只听得又一声炮响，伏在长泾河附近的小孟家基、徐家基的太平军一齐冲杀出来，附近的农民也纷纷拿着农具呐喊着杀过来。

洋枪队的士兵大多是"旱鸭子"，会游泳的人很少，他们被逼到长泾河边，无路可退，只得纷纷跳进河里，有的当场被淹死，没死的被河边的农民高举锄头钉耙狠狠砸死。顿时，长泾河水一片血红。在一片愤怒的喊杀声中，一贯神气十足、威风凛凛的洋枪队，怎么也没有想到今天会如此狼狈，他们一个个狼奔豕突，抱头鼠窜，800个洋枪队员全部死于非命。上尉吉明、契列科克、赫斯罗、中尉波尔克生、唐林等指挥官当场毙命。

就在此时，戈登领着另一队洋枪队也到了长泾河东的水域，船还没停稳，太平军战士便向他们冲杀过来，戈登看到河里的死尸和血水，顿时大吃一惊，

第22章 王元昌苦战太平军 太平军喋血洋枪队

想开炮又被河岸阻隔,要上岸马上会被杀掉,他又气又急,只得带着几个残兵败将掉转船头,在太平军的追击中,慌慌张张地逃走了。

战斗结束后,华墅长泾河边的老百姓把满河的尸体捞了起来。800多具尸体,以服饰辨别官与兵,分挖6个大坑,按官1坑,兵5坑,分开掩埋。时隔19年,到了光绪九年(1883年),华墅的乡绅给6个大冢立了6块石碑,碑上写道:

> 同治三年二月发逆复窜是军奉调截剿
> 二十四日全队八百人覆没
>
> **皇清旌恤阵亡常胜军弁勇之墓**
>
> 于此分瘗六冢　禁止牛羊践踏
>
> 　　　　　　　　　　光绪九年仲春　里人立

1985年,江阴县人民政府在砂山南麓建了一座碑亭,立了一块"太平军歼灭八百洋枪队"碑,以志纪念。

包着白头巾的"白头团练"

【第23章】
徐文泂倡设广仁堂
徐士佳弹劾袁世凯

徐文泂倡设广仁堂

　　清光绪三年（1877年）冬季的一天，北京城的天气特别寒冷，北风呼啸，滴水成冰。夜里刚下过一场大雪，地面白雪皑皑，路上行人稀少。可是街道上却还有一群无家可归的孩子在乞讨。他们一个个骨瘦如柴，鹑衣百结，有的还赤着双脚，看见偶尔走过的行人，便一哄而上拦住乞讨。忽然，一个老汉不小心落下一块面饼，他正想弯腰去捡，却被一个孩子把饼一脚踢出老远。顿时，十几个童丐一拥而上，争抢这稀罕的食物，你争我夺，很快面饼被扯成了几小块，其中最大的一块被一个机灵的孩子抢到了手。他顾不得被拳打脚踢，一下子就把脏兮兮的面饼塞进了嘴里，嚼也来不及嚼，一口吞了下去，噎得直翻白眼。周围的孩子因为没有抢到面饼而愤愤不平，就把他推倒在地拳打脚踢。

　　忽然，有人高喊一声："别打了！"童丐们循声一看，旁边停了一顶轿子，喊话的是一位路过的中年官员。中年官员刚走下轿子，停止殴打的童丐们就把他包围住了，纷纷伸出邋里邋遢的手，向他乞讨食物。中年官员先扶起了那个被打的孩子，问明了被打的原因仅仅是为了半块面饼，十分同情。他看着越来越多的饥寒交迫的孩子们向他涌来，动情地说："不要挤，跟我走，每人发一个饼！"听说每人可以有一块饼吃，孩子们一声欢呼，前呼后拥地跟着他来到一家烧饼店。中年官员对老板说："老板，你给他们每人一块饼，再让他们喝点热开水，这钱由我付！"老板恭敬地说："好的，老爷！"

这位中年官员名叫徐文泂。徐文泂（1834—1881年）字挹泉，又字笙农，号暨民，华墅北街人。他从小刻苦学习，奋发读书，同治甲子（1864年）考中举人，同治七年（1868年）中了进士，授翰林院编修。历任国史馆和武英殿协修、纂修、总纂，数任乡试考官及乡试、会试磨勘官[1]，后任都察院河南道监察御史。刚才他下朝路过，看到童丐为争饼斗殴，便下轿调停。

这时，闻风而来的又一批乞丐蜂拥而来，其中有童丐，也有成人乞丐，一齐伸手要饼。徐文泂吩咐："不要挤，排好队，每人一个。"关照老板按人头发饼，并叫老板端出热水供应，随后把饼钱付了。看着童丐们狼吞虎咽的样子，徐文泂感到十分可怜，便和颜悦色地询问他们来自哪里？父母在哪里？孩子们七嘴八舌地诉说，有的一边说一边哭，泣不成声。

原来这些乞丐都来自山西和河南。光绪二年（1876年）华北大旱，农业绝收，田园荒芜，饿殍载道，白骨遍野，因饥荒及疾病致死的人共1300万，这次灾害是有清一代最大的劫难，因以1877（丁丑年）和1878（戊寅年）最为严重，故称为"丁戊奇荒"。其中河南、山西灾情最为严重，又称"晋豫大饥"。大旱引起的饥荒，致使饥民把石子磨成粉充饥，灾民甚至人吃人。这些童丐的父母大多已经饿死，孩子们能逃到京师的也是极少数。

孩子们讲的这些情况，徐文泂也听说过，他在河南道监察御史任上也见过一些，但眼前童丐们的苦难更使他痛心。今天他救济孩子们有一个饼吃，明天怎么办？就是天天救济一个饼，也不能解决他们的生活，何况这么多孩子流浪街头，对他们个人安全、对社会治安等都存在隐患。于是他决心收养这些童丐，让他们有个安定的居所。他带头募集银两2000两，又聚募2万两，办起了广仁堂，把童丐收集进来，不仅解决他们的温饱，还明确对他们"既养且教，务俾一人习一人之业，渐使能自谋生"。在广仁堂里设8个"斋"，请教师授文化课，并请有工艺技能者为师，教他们手工技艺，这种后来为半工半读方式的教学制度，徐文泂首先在京师创立。堂中又设专款保育婴孩和敬节尊老，此举得到朝廷的赞许，慈禧太后特许每年拨给仓米300石给广仁堂。徐文泂还请直隶总督李鸿章奏拨宁河船款为广仁堂每年的经费。广仁堂后来发展成收容无业乞丐和贫民的孩子，年龄在8岁以上、15岁以下上者进堂，教以读书识字，让他们掌握普通知识，或者有各种手

---

[1] 磨勘：科举考试中对已阅试卷的复核。

工技能，以便日后能自谋衣食。徐文泂创设的广仁堂，后来天津等地纷纷仿效，越办越好。

徐文泂为国为民一片忠诚，为御史时多次上陈革新稗政和为民请命。同治光绪年间，俄罗斯屡犯我国，陈兵东三省、蒙古、新疆边境，胁迫我国签订不平等条约。当时国内民穷兵疲，粮缺财尽，有识之士忧心忡忡，朝廷大员彷徨无计。徐文泂上书朝廷，建议内修国政，外御强敌，对俄罗斯不可屈从，否则它必将得寸进尺，提出更苛刻的要求。他建议对外先派员与俄交涉，对内调兵遣将做好战备，务使和与战的主动权掌握在我国手中；天津是首都门户，敌人如来犯必侵津沽，应饬令直隶总督李鸿章加紧练兵备战；新疆是西大门，远隔沙漠千里，俄军不会远涉进犯；东三省毗连俄境，应驻重兵防范，吴大澂已在吉林部署兵力，但黑龙江缺勇谋之士，应由曾国荃去防守，再派鲍超立即带兵坐镇山海关，与黑龙江吉林遥相呼应。长江口、上海，是万国通商口岸，要防备俄军突攻江阴、福山，进攻南京，可以派彭玉麟率领水师严防。徐文泂奏章上提出的建议，朝廷很是赏识。

徐文泂耿直敢言，曾经在一个月里三次上奏章，吁请整饬吏治。他认为国家政局不稳，主要是由于国内吏治松弛，各级官员良莠不齐，任人唯亲。他提出，必须选用公正廉明者，断绝徇私利己者，整饬法纪，严肃吏治。他还建议，官员任职不可频繁调动，应当相对稳定。如乡邑江阴，自同治三年至同治十六年，13年间，县令更换14人，因为任期短暂，清贤者难展才能，而平庸者急于敛财肥己，忽视民瘼，为政不善。当时朝内，冗员甚多，徐文泂不怕得罪同僚，多次奏请撤销或归并空闲衙门，裁减人员。可惜当时朝中旧势顽强，把他的奏折都留中不发。

徐文泂对科举考试，选拔人才，十分重视，在历任考官时，必仔细阅卷，以免幸进或遗漏。他任顺天乡试同考官时，在落选考卷中，发现苏州人曹鸿勋的考卷文章出众，才能卓著，遂与同僚协商，让曹胜出。后来曹鸿勋中了举人，会试中又中了进士，殿试独占大魁，中了状元，官至兵部尚书，政绩卓著。

徐文泂生活俭朴，廉洁清正。通州有个富豪，因为敬慕他高义，把在江南买下的100亩沙田托人送给徐文泂，徐公坚决不要。富豪又亲自来送，徐文泂就把这100亩沙田转赠给华墅文社，作为周济贫寒文士求学之用。

徐文泂一生清廉，不谋私利。光绪七年（1881年）四月，他因操劳过度，旧病复发，在京师寓所逝世，年仅48岁。殁后仅遗书籍、奏牍和书稿10多箱，还有一块光绪皇帝为他书写的"太史第"巨匾。这块匾一直保存到20世纪60年代。

徐士佳弹劾袁世凯

清光绪三十年（1904年）一个秋日的上午，在紫禁城美轮美奂的佛照楼里，慈禧太后正在接见大臣，处理政事。这佛照楼原为仪鸾殿，首建于光绪十一年，光绪十四年竣工。庚子年（1900年）八国联军侵入北京，慈禧率众出逃，联军统帅瓦德西占据仪鸾殿，不慎失火，仪鸾殿全部被烧毁。光绪二十八年（1902年）慈禧下旨择地重建，于光绪三十年（1904年）重新建成，更命"佛照楼"，民国时期改称怀仁堂。

此时，慈禧太后端坐在佛照楼里，心情十分舒畅，这不仅是住进了新殿，更让她称意的是，两年前慈安太后故去，从此她一人听政，独裁乾坤。她自从咸丰死后，发动辛酉政变，夺取了政权，从同治元年（1862年）垂帘听政。光绪二十四年（1898年），又发动了戊戌政变，囚禁了光绪皇帝，杀了维新派谭嗣同等6人，从此独掌朝纲。很快，慈禧处理完了几宗政事，眼看就要散朝。忽然，一位年逾花甲的大臣走出朝班，叩头在地，朗声说："启禀老佛爷，臣徐士佳有奏。"慈禧一看，是兵科掌印给事中徐士佳，不由得皱起眉头：这人直言敢奏，不避时忌。前不久，他拟折上奏，奏稿说"要差不宜兼任，"要求改变旧制，将军机总署大臣改为缺额，并要求变通旧制，优给津贴。徐士佳的奏议遭到了慈禧太后的否定，优给津贴，就得增加开支。所以奏折一到，她便驳回，并训示："大臣受国厚恩，何至竟以身家为重，所奏语多失体，姑念该御史本有言事之责，是以不予惩究。"今天这老先生又要奏什么？为了表示尊重老臣，她和颜悦色地说："奏上来。"徐士佳便将奏折双手呈上，有太监接过，转呈给慈禧。慈禧先并不看奏折，微闭着眼睛问了一句："御史所奏何人何事？"徐士佳不慌不忙，大声说："臣所劾者，乃袁慰亭袁项城！"听徐士佳弹劾袁世凯，大臣们都吃了一惊，慈禧也感到意外，本来微闭的眼睛一下子睁开了："你是说袁世凯？他有什么事吗？"大家都知道，袁世凯这几年官运亨通，如日中天，尤其是戊戌突变以来，更是圣眷日隆，炙手可热。徐士佳身处众目睽睽之中，不慌不忙地说："启禀老佛爷，臣弹劾袁项城，不是说他目前有事，是顾虑他日后有事。""哦，你说下去。""袁项城目下外任北洋总督、山东巡抚，内兼政务大臣、练兵大臣、会办大臣、督办电政大臣、督办铁路大臣和会议商约大臣，拥兵自重，权高势大，大权独揽，甚于古之孟德、刘裕，老臣深为忧之，唯恐权移于下，外重内轻，坏祖宗之成法，启后日之祸端。"徐士佳说完，又补充一句："此事有关一代时政得失，请老佛爷明鉴。"慈禧太后是个刚愎自用的人，她拿定了的主意和宠信的人，任何臣下都不得有所非议，都难改变她的主张。除非事实证明她是错了，就像俗语说的"撞了南墙"才会调头。不过，她这一次对徐士佳弹劾袁世凯，倒也没有表示反对，只想了一想，说了一声："知道了。"便示意太监扶他站起。从佛照楼出来，几个平时与徐士佳相契的大臣与他对视一笑，对他翘了翘大拇指，赞许之意，尽在不言中。

徐士佳劾袁时，袁在山东任上。但他很快知道了这件事。袁世凯知道，这也不光是徐士佳一人的意思，也表达了清王族大臣们的心声。在戊戌事变中，袁本属新党，光绪帝不仅提携他，也对他寄予重望。但袁听到慈禧先发制人，率先训政，逮捕康广仁等人后，觉得形势不妙，怕受连累被惩罚，便将维新派的密谋和盘托出，这才使旧党占了上风，扼杀了新党。慈禧本来也视袁为新派，欲加惩处，多亏她的亲信荣禄一再保举，袁才躲过一劫。所以徐士佳弹劾以后，袁世凯有所畏惧，把锋芒收敛了一些。光绪三十二年（1906年），袁辞去了电政大臣、铁路大臣、会办大臣等职务，并将北洋军阀一、三、五、六各镇交陆军部直接管辖。光绪三十三年（1907年），他被调离北洋，到北平任军机大臣兼外务部尚书。不过，他对徐士佳从此怀恨在心。宣统三年（1911年）十一月，袁世凯凭借北洋势力和帝国主义支持，出任内阁总理大臣，怀恨弹劾之事，大权在握，趁机报复，就传令把徐士佳开缺了。

徐士佳（1840—1921年）字拙庵，华墅西大街人。出身于读书人世家，为江阴迁华墅第五世。曾祖父芝堂公、堂伯祖西岚、溥亭，伯祖竹卿等都是举人，做过安徽桐城等地的教谕等。徐士佳幼年有慧，读书颖悟，从小随父亲翠涛公外出教馆，深受父亲影响，又师从华墅名师张君培，年纪很小就能写一手好文章。同治五年（1866年），考中秀才；同治九年（1870年）中举人；同治十三年（1874年）考取景山官学教习，以后丁忧三年；光绪三年（1877年）37岁中进士，主事观政吏部；光绪十二年（1886年）考取军机处领班章京。以后他去北平补文选司主事，又升验封司员外郎，加三品衔；十年以后转浙江道监察御史；光绪二十六年（1900年）正逢庚子年，八国联军侵略中国，攻进北京，王室和大臣们纷纷逃避战乱，徐士佳镇定如常，冒着生命危险，与侵略者周旋，尽力做好京城的安全工作。慈禧等回京后，徐士佳因留守有功，被提升为兵科给事中；光绪三十年（1904年）又升任兵科掌印给事中。宣统元年（1909年）改放广东高雷阳道，还未去上任，又调补直隶热河道。

徐士佳从37岁主事观政吏部，到71岁被开缺回乡，前后共34年在仕途。他在居官任上，老成练达，学问渊博，以勤慎敏明著称，深得同事钦佩和礼部尚书毛昶熙等赞赏。面对八国联军入侵，他不畏不惧，沉着应对，冒死守职，努力减少损失。他居官清正，关心民瘼。光绪十二年（1886年）徐士佳在华墅为继母蔡氏守孝时，恰遇江阴大水成灾，他倡办救灾，协助地方官筹集资金，开仓放粮，赈济灾民，使广大灾民顺利度过灾年。任热河道时，因其地相当贫苦，他挑选优秀人才开辟财源，改善百姓生活；加强法制清除冤案，打击盗贼使治安稳定。在任三年，百废俱兴，得到百姓称赞和朝廷嘉奖，受到二品顶戴的奖励。特别可贵的是，在那个朝政腐败、吏治黑暗的晚清时代，他忧国忧民，敢于为民请命，风骨棱棱，慷慨言事。除弹劾袁世凯外，还有改章京为缺额、遣派士子出洋游学等奏章。另有《请免江苏土布落地捐》折称："自道光年间洋布流入中国，土布之利已阴为所夺……机布一捐以后，听其所之，无再征之事。土布则逢关纳税，遇卡抽厘，层累重叠，无有已时。……仰恳天恩，饬下江苏巡抚，通盘筹划，将土布厘金变通尽利，俾与机布均平，以保小民生计……"足见他关心国计民生的拳拳之心。他的奏疏，大多得到施行，为时人传颂。由于徐士佳在职时所得的俸禄，大多用来接济亲友，一旦免职，连回家的路费也没有，靠同事、朋友的赠送才得以回到华墅。

民国元年（1912年），徐士佳离京回到华墅，立即受聘为夏浦徐氏、龙砂贡氏、东沙筑塘王氏等修订族谱并撰写序言。民国六年（1917年）应江阴县知事陈思和主编缪荃孙邀聘，任《江阴县续志》协编。其间，与金武祥、张少泉等论文吟诗，纵情翰墨。民国三年（1914年），金武祥专程来华墅张少泉家住宿5天，徐士佳与金武祥、张少泉三人同游龙山砂山，一尽山林之乐。金武祥吟诗8首，其中第一首："相逢三老笑颜开，揽胜龙砂杖履陪。多少路人夸矍铄，经丘寻壑看山回。"

1921年12月11日，徐士佳逝世，年81岁，由两个儿子祝颐、祝椿奉葬砂山。

【第 24 章】

徐世昌荐医张少泉
金武祥作序爱吾庐

徐世昌荐医张少泉

　　清光绪三十三年（1907年）春。一天上午，在自江阴至华墅的官道上，奔驰着三骑人马。为首一个着官服，戴花翎，后面两个都是衙役打扮。他们此行，是奉朝廷敕命去华墅敦请儒医张少泉。春风骀荡，蹄声得得，三匹马一阵快跑，不一会便进了华墅地面，到了北街。一名衙役滚鞍下马，向路人问明了张少泉大令的住所，知道已经不远，三人便不敢再骑马，一齐牵着马，步行向潘家湾张少泉家中走去。这穿官服者，是山东郯城县人，进士出身的江阴知县孙友萼，他斜背着一轴象征王命的明黄绢轴，走在前面；后面两位衙役，各背一只宣威火腿，紧跟孙知县，亦步亦趋。三人走不多时，便到了位于北街南端的潘家湾。自衙役问讯，早有人奔走相告，报知了张家，迎在门口的张少泉便把三位贵宾迎进了家门。

　　一进张家大厅，孙友萼取下黄绫轴子，交给衙役捧了，便单膝着地，向张少泉行了个大礼，这是表明江阴县有重大事情要求教于张少泉大令。张少泉也心知肚明：前天他已经接到京师门生徐世昌的急电，要请他赴京城施医，他深感前途未卜，十分风险，便以年老为由，推托不去。今天县令如此隆重，肯定又是要他北上献医；其二，孙知县行大礼，还表示晚辈叩见长辈，因为张少泉当年也任过县令，在级别上是相同的。看到知县行大礼，张少泉连忙答谢，把孙友萼扶了起来。接着，孙知县便取过黄绫在手，张少泉连忙搬出一张小桌,地上铺了红毡毯,摆好香炉,焚香下跪,如接圣旨。孙友蓉打开黄绫轴子,取出电报,念道:"近日皇太后御体违和,着江阴县敦请张洵佳少泉北上诊医,特此宣召,不得延误,军机处袁。"念完,便将电报纸双手呈给张少泉,并恳切地说:"此袁慰帅隆命,请前辈务必即刻动身!"此时,张少泉感觉事关重大,无法推辞,只得答应在第二天早晨启程。考虑到张少泉年已62岁,出门不便,孙知县就留下一名衙役,让他随同张少泉北上,一路照应张少泉。

张少泉(1845—1922年),本名洵佳,字少泉,号瑞生。华墅北街潘家湾人,祖父便是同治二年组织联络东乡团练,抗击太平军的庚子举人、捐同知衔张玉墀。张少泉授奉政大夫、同知(正五品)衔直隶州。光绪元年(1875年)满荐,光绪二年(1876年)邑廪生。光绪四年(1878年)北上去河南任职。同年九月起,因候官缺,掌教于游梁书院,任监院7年。其间收受很多青年才俊,拜在门下,其中有徐世昌、徐世光兄弟等人。光绪十一年(1885年)任上蔡知县;光绪十二年(1886年)调宁陵知县。宁陵县两年任满卸职后,无差无缺,就以为人治病为生。其间,由于他医术高明,不少患者经他诊治,妙手回春,由是医名远播。游梁的官员满州裕泽生、嘉定廖谷似因患病为张少泉治愈,衷心佩服,心存感激,常有礼品馈赠于张。张少泉后来谋到河防善后局文字差事,做了4年。光绪十九年(1893年)三月调任陈留县知县,任期2年,到光绪二十一年(1895年)春任期满,交卸职务。九月雇船回乡,十月初五回到华墅。时年51岁。

第二天,张少泉雇船登程北上,华墅一班文人绅士黄熙、赵介怀等闻风而至,大家都到河南典当码头送行,预祝一帆风顺,着手成春。张少泉告别众乡亲,与衙役一同登船启程。那时从华墅到北平,要先坐船到无锡,无锡乘火车到上海,再从上海乘轮船到天津,然后从天津坐火车往北平。张少泉一路上都有徐世昌派人电报关照。到达上海时,上海知县与少泉先生相识,特送茶礼1000元,天津火车站也有人热情接待。当年张少泉解职从北方南下回家,船行千里,时开时泊,耗时40多天。而这次乘坐轮船和火车,日夜兼程,只五六天便到达了天津码头。天津码头上早有徐世昌派来的人接着,一辆人力车把张少泉领到军机大臣徐世昌府邸。

徐世昌(1855—1939年)字卜五,号菊人,又号弢斋、东海、涛斋、晚号水竹村人、石门山人、东海居士,直隶天津人,生于河南汲县(今河南卫辉),祖籍浙江鄞县(今浙江鄞州)。徐世昌光绪五年(1879年)24

岁中举人，光绪十二年（1886年）中进士，授翰林院庶吉士，自袁世凯小站练兵时就成为袁的谋士，并为盟友，互为同道。光绪三十一年（1905年）任军机大臣。徐世昌办事干练，很得袁世凯的器重，但在袁世凯称帝时，徐表示不满，沉默远离袁世凯。民国五年（1916年）袁被迫取消帝制，北洋政府起用徐世昌为国务总理。民国七年（1918年）十月，徐世昌被国会选为民国大总统。民国十一年（1922年）通电辞职退隐。徐世昌在光绪四年（1878年）至光绪十一年（1885年）之间，曾经慕江阴张少泉之名，到游梁书院深造学习，得到张少泉悉心指教制艺，张有诗"梁园词客多英妙，翩翩问字皆年少"，就是当年教学的情景。对于这一段师生情，徐世昌一直铭记在心，对张少泉毕生执弟子礼。

当下，徐世昌请张少泉上坐，向老师讲了请他北来的原委。原来，今年春节才过，72岁的慈禧太后忽然生病，胸脘胀满，不思饮食。太医们为她多方诊治，反复论证，斟酌开药，总不见痊愈。太后发怒，太医束手。徐世昌早年亲眼看到老师为人治病而且着手成春，知道张少泉是治病能手，就向袁世凯推荐了张少泉，请张少泉来京治病。袁世凯觉得可行，就奏请西太后同意，先由徐世昌发电报给张少泉。谁知张少泉觉得事关重大，心存忧虑，推说年老，谢绝北上。情急之下，袁世凯发急电到江阴县，由知县出面，才把张少泉敦请出山。哪知张少泉还在途中，慈禧太后忽然御体转和，饮食渐平，病症不治而愈。徐世昌向老师传达了这个好消息，表示不必再去北京。张少泉乍听佳音，喜出望外，一路上心里的种种设想、般般忧虑，一下子烟消云散，连忙喜不自禁地向北稽首，说："皇太后鸿福齐天，吉人天相，可居勿药，可喜可贺！"

张少泉与徐世昌阔别已经二十年，师生难得聚首，十分欢喜。徐世昌挽留老师多住几天，叙叙别后之情。张少泉便在天津住下，当年的门生徐世光、周焌圻、萧遇春等听说老师到来，都来拜见聚谈。他们有的当了知县、升了道员，有的刊印了诗集著作，张少泉十分高兴，他也向门生们透露了自己要刊印诗集《爱吾庐诗钞》的事，并邀请他们为诗集撰写序言。门生们欣然答允，有的在天津旅舍立即写好交给老师，有的约定回去写好后寄到华墅。师生聚首，满座春风，少不得小酌助兴，吟诗唱和，十分开心，尽兴而散。张少泉在天津盘桓了几天，便告别徐世昌，徐世昌亲自送到天津码头。张少泉坐轮船转火车，回到了华墅家中。

张少泉北上为慈禧太后治病，人未到而病已愈，皆大欢喜。不久，为了感谢老师，擅长书法的军机大臣徐世昌，亲自书写了一幅笔酣墨饱的擘窠大字"江藩师宗"横批，制成红木匾额，派专人送到华墅张少泉家里。匾额到时，全镇轰动，不仅乡绅士人羡慕，连工商平民都来瞻仰，江阴知县孙友萼也登门祝贺，一时传为美谈。由于张少泉奉旨进京看病，从此被称为"御医"，文友诗朋纷纷赋诗作文赞贺：

"七叶名儒古循吏，八骏大宪旧门生。……宸电立征医国手，孤篷万里达京津。"（顾山王季珠）

"更忆方书问臣意，曾将平格祝期颐。君精岐黄，光绪丁未曾征召入都"（璜土金武祥）

"折肱术妙堪医国，炼石功成合补天。名达九重圣心喜，深宫勿药已安然。君精岐黄，时两宫欠安为枢廷荐举，有司催促上道过津，而两宫俱安，遂小住津门。"（南海黄璟）

"先生精于岐黄，着手成春，袁慰帅因皇太后御体违和，敦聘先生北上。先生既优于学又精于医……"（常熟单学琴）等。

"江藩师宗"这块大匾，在张家大厅上挂了几十年，直到20世纪60年代才被处理掉。

金武祥作序爱吾庐

青山不老，绿水长流，这是江阴君山最好的写照。位于江阴城西北的君山，在江阴所有山中，它不算高，但它离长江不远，站在山巅眺望，长江尽收眼底，因此自古以来便是登临送目，一览江天的胜地。

光绪三十一年（1905年）重阳节后第二天上午，天朗气清，风和日煦，这座不老的青山迎来了两位"不老"的文人。这两位文人都已经年过60，"老夫聊发少年狂"，相约专程从乡下赶来游登君山。个子稍高的叫金武祥，64岁，前周镇（今璜土镇）人；略矮的叫张少泉，61岁，华墅镇人。两个人从君山西麓上山，张少泉在前，金武祥在后，沿着狭窄的山路一步一步向上攀登，他们走得不快，一边走一边聊天。

"这山为什么叫君山？"张少泉问，"不是听说它叫瞰江山吗？"

"是的，它原名瞰江山，后来因为这里属春申君黄歇的封地，所以改为君山。"

"这不合理，春申君封地很大，封地范围里有很多山，那些山就不叫君山。"张说。

"还有一个原因，后来春申君亡故后，就葬在这山下，听说就在西麓，我们刚才上来的地方。所以就叫君山。"

"唔，这下叫'君山'的理由就充分了。"

张少泉往上走了一阵，看看紧跟上来的金武祥，停下脚步说："湘生兄，这山说是'君山'，还不如我华墅的'臣山'高。"

"'臣山'？"金武祥诧异地说，"你华墅有'臣山'？怎么我没听过？"

张少泉微微笑了："有君必有臣嘛！这山称'君'，我那儿就只好称'臣'啰！"看着金武祥恍然大悟的样子，张少泉认真地说："我们华墅有砂山和白龙山两座山，论高和大，都要比这山胜多了。"

"哦，胜多少呢？"金武祥虽然游历过四方，却没去过东乡诸镇。"砂山高吗？"

"高！"张少泉抬头望了望君山山头。"比这要高多了。据说砂山是60多丈高，白龙山高40丈。"

"噢，那真的高多了。"金武祥由衷地赞叹说："我们西乡没有高山，前周只有一个姬墩山，很矮很小的。"

"姬墩山？" "对。别看它不高，名气还不小呢。据说葬的是吴王阖闾的儿子终累，未立先亡。"

"哦，吴王阖闾还有一个第八子墓在周庄，那里还有一个伞墩，种了许多梅树，冬天一到，漫山遍野都是梅花。我们什么时候去观赏一下。"张少泉邀请金武祥赏梅，后来还有几次，登君山时是第一次邀请。金武祥心向往之。

两位老人边聊边向上走，不一会就到了君山山顶。上得山来，放眼四望：天旷地远，红日高照；站在山巅，山风习习；俯瞰山下，人来人往；远眺长江，舟来楫往。张少泉顿觉心旷神怡，忍不住迎风长啸，金武祥笑他："你呀，极天下之大观，揽江山之胜，少泉公真'发少年狂矣'！"

看看红日当头，时间还早，两人拣块平坦的石头，稍稍拂去石上的灰尘，坐了下来。这时，张少泉解开肩上的包袱，取出一部书稿，双手呈与金武祥，说："这是我多年来吟成的拙作俚句，不揣冒昧，准备刊成一集，请老兄选定。"金武祥郑重接过，随手翻阅都是诗篇，累累不下千首。他与张少泉交往已久，诗咏互和，只是不知道他存诗这么多。正感慨时，张少泉又提一个要求："还请湘公为拙著《爱吾庐诗钞》作序。"金、张神交已久，

第24章 徐世昌荐医张少泉 金武祥作序爱吾庐

交情深厚，作序一事，金武祥不假思索，欣然答应。

金武祥（1841—1924年），名浤生，号粟香、菽乡，江阴西乡大岸村人，出身望族，少年即博览群书，尤喜爱唐诗宋词，并练得一手好字。15岁即外出游学。咸丰十年（1860年）四月，太平军占领常州、江阴后，他离家去湖南、广东等地，开始长达10余年的幕僚生涯。时值中法战争，入两广总督曾国荃幕府，曾奉檄赴广西查勘边防，在桂林写下了《漓江杂记》等文章，流传很广、脍炙人口的"桂林山水甲天下"名句即作于此时。光绪十一年起在广西梧州监理盐务4年。在此期间，他撰写了《陶庐杂忆》等一批著作。光绪十六年（1890年）十月，携眷去广东南部边陲，任赤溪直隶厅厅事，在子女的协助下，以6个月编纂成《赤溪杂志》等著作。光绪十七年（1891年），他结束南方客游，回到江阴故里，与缪荃孙、夏彦保合编《江阴先哲遗书》，自编《江阴金氏文剩》，校刻《粟香丛书》54种，大力收集古董书画，藏书三万多册。民国初年，他应总纂缪荃孙之邀，出任《江阴续志》分纂。

张少泉与金武祥神交已久。早在同治九年（1870年）他25岁那年在常熟进修时，读到一篇《白门新柳记》，大为折服，《白门新柳记》中的诗文即是金武祥撰写的。后来张少泉仕途18年，两人从未谋面，直到他归隐后，才联系上金武祥。由于两人经历相同，趣味相同，年龄性情相仿，两人便结为知交。平日里诗咏唱和，互寄往来。张少泉有《孤吟无侣寄怀金浤生先生》《金浤生同转寄示诗章并以冰泉唱和闰集及陶庐杂忆两卷见赠赋此报之》《薄游毘陵次冰泉唱集韵赠金浤生同转》等诗，金武祥则以诗集和文集赠给张少泉。

张少泉诗函金武祥四律选一：

故里重开著作楼，布帆江上识归舟。
汉唐两代丛书续，岭峤双旌宦迹留。
雅曲先为朋辈倡，遗珠广替故家收。
一枝笔走三千里，忙煞陶庐冷应酬。

金武祥诗咏张少泉：

雄才早擅笔如椽，壮岁飞凫吏是仙。
颂遍君游乐为政，喜闻平子赋归田。

衰龄愧我桑榆景，宏奖叨君翰墨缘。
廿载神交近同县，何时竟放剡溪船。

光绪二十七年（1901年）金武祥六十岁生日，张少泉作贺诗七律五首寄去；民国四年（1915年）张少泉七十寿辰，收到贺诗177首，金武祥七律2首第一个寄到。一次张少泉得到红豆4颗，立即寄赠金武祥，并随诗一首：

怀君十载晤君迟，劳我心旌夜夜驰。
好借良朋当儿女，一双红豆寄相思。
《以红豆四颗送金溎生同转》

金武祥收到后，十分珍爱，寄和诗一首：

昭明锦带顾山陲，访古偏同访友迟。
最喜神交有张子，采得红豆寄相思。

张少泉的诗集《爱吾庐诗钞》共收律诗、古风、绝句1000多首，分6卷：《籧余集》、《游梁集》、《归帆集》和《归田集》3卷。金武祥的序言说："张少泉大令独具才识，援古证今，以诗为史，怀人感旧，触绪成吟，与香山放翁神似。盖吾乡咸同间以诗鸣海内者，为悔余太守，君诗派虽与小异，而包罗富有，各体具备，足与悔余后先辉映，以张吾军……"

张少泉刊印诗集，门生、诗友寄来序言、贺诗6篇，3位门生为他校对。虽然他们大多位居高位，如徐世昌是民国大总统，徐世光是知府，周焌圻、萧遇春、柳堂都是进士出身，显赫当时，但张少泉把金武祥的序言排在他们的序言之前，足见他对金武祥的敬重。

对此，金武祥称赞张少泉说："呜呼，行谊高矣！又岂仅仅以诗鸣哉！"

民国二年（1913年），金武祥推荐张少泉参加编纂《江阴县续志》，朝夕相处，亲密共事，并留下了一张张少泉与陈思、缪荃孙、金武祥、章际治、祝丹卿等在一起的合影。

【第25章】
诗咏龙砂八大胜景
社祭舅甥两位城隍

诗吟龙砂八大胜景

　　清光绪二十一年（1895年），张少泉从河南游宦离任南下，十月初一回到华墅，从此与阔别多年的亲朋好友朝夕相处，吟诗谈心，心情十分愉快。第二年仲春的一天，他约了老朋友王润生同去砂山游玩。王润生住在聚龙街，论年纪，比张少泉小4岁；论学问，诗赋文章冠绝一时，两人从小就是至交，阔别20年后重新相会，分外亲热。张少泉一到家，王润生就作诗欢迎他，诗中说："分袂廿年更雪柳，入门一笑动灯花。归装且索新诗读，官囊惟将好句夸。"他今天应邀去游砂山，还特地带了独生儿子王恩汾，让他放松放松思想。三个人在潘家湾张家聚会后，便一直往北，行经北街去砂山。过了北街再进小北街，青翠葱茏的砂山便赫然在望了。

　　这砂山，东西蜿蜒，10里长，与龙山相接，两山中间隔一道山口。砂山占地面积近6000亩，主峰五峰顶最高，山顶上有5尺见方的大石一块，人称"金鹅石"，传说古时有金鹅曾在石上歇息，足迹还隐隐可见。砂山与白龙山一起，是华墅一道美丽的风景线。这两座山，佳木葱茏，四季常青，风光旖旎。民国王维屏《江阴志略》载："江阴四大镇（杨厍、青阳、华墅、周庄），惟华墅有山林之美景。"龙砂山派生出许多美丽的景点，引领了华墅的名胜古迹，众多的美景引得历代名人吟诗作赋，留下了许多脍炙人口的诗篇。华墅历代有"龙砂八景""桑溪八景"和"花园十景"等诗篇。

明代中期，周庄人卞邦本将华墅石虎门以北花园里一带"小桃园""苓岩""月河""盘桓台""四友峰""垂光书院""晚香亭""迎龙泉"等称作"花园十景"诗；李莆、陶祺、卞邦本又各咏"桑林春雨""沙阜晴云""潇塘渔唱""殷墅樵歌""兰若晨钟""芦泾秋色""倪湾先陇""后廓通衢"等诗，称为"桑溪八景"。清乾隆中期，周庄人曹复为表舅司马敬亭赋诗八首，最早描绘"龙砂八景"，从砂山、白龙山由北往南、由西往东的"八景"为："赵墓乔松""倪迂曲水""万井浮烟""翠香清泉""鹅岭挂月""虎门雨花""清明走马""古泾花圃"。乾隆晚期，陆石麟首先诗咏"龙砂八景"："十桥香雪""五岭寒涛""承恩泻月""凝秀回澜""鸥亭听雨""鸳阁吟风""护龙晚钟"和"牧牛朝梵"。同时代还有陶文炜、蒋清怡、姜大镛吟咏出"龙砂续八景"。

　　张少泉和王润生边走边讲，走得不快。少年王恩汾走得快，很快就到了砂山头峰顶的山脚下。看着漫山遍野踏青的人流，他按捺不住躁动的心情，远远地朝父亲高喊一声："爹爹，我先上山了！"便一溜小跑，往头峰顶上攀登。两个大人的动作却有些迟缓，张少泉年过五十，腿脚还算轻健，但王润生一直体弱多病，最近又患牙痛，如果硬要登山，身体累了牙痛会更剧。因此他们紧走慢走，到了头峰顶下便停下不走了。王润生找了块比较平整的石头坐了下来，招呼张少泉也坐了下来。他远远看见儿子随着游山的人群，已经登上半山腰，还在往上爬，叹息道："真是岁月不饶人啊，愚弟才靠五十，已有老态；只是这孩子还不懂事，看来家业只能等他长大才能继承了。"张少泉劝慰说："老弟你不用多担心的，贤侄聪明伶俐，有你这样的父亲，将来一定不会让你失望的。"张少泉说着，从怀里抽出一张诗笺，笑眯眯地说："今天早晨我胡乱写了这几首，算他竹枝词，供老弟一笑！"王润生接过来一看，是四首竹枝词：

　　　　十里横塘九曲湾，砂山才过又龟山。苏州路远常州近，吃着江潮语带蛮。

　　　　棉花织布胜绵绸，江北人来市上收。有女家家勤早起，机中忘却未梳头。

　　　　…………

　　王润生看完，笑道："老兄这一组诗，真实写了华墅，典型的竹枝词！"张少泉谦和地说："见笑见笑，愚兄游宦二十年，官场风险，疲于奔命，

第 25 章　诗咏龙砂八大胜景　社祭舅甥两位城隍

学业中断，长进不多；不如你老弟专精学问，潜心深造。老弟近来可有新诗，让我拜读？"

王润生（1849—1904年）字慰三，一字味三，号友红，优廪贡生，候选训导，光绪壬午科（1884年）本省乡堂备，著有《拙好轩诗文集》《五代史乐府》《懒宜巢文草茗试帖》等。其子王恩汾（1884—1954年）字起文、冠唐，号彦门。华墅忠义小学（后澄华小学）创办人之一。

这时，王润生莞尔一笑，说："老兄过奖了，不瞒老兄说，愚弟我平素靠坐馆作稻粱谋，作品不算多。前年一部《五代史乐府》花了不少精力，还请西乡金湉生先生作序。如要新诗，近日读乡先贤陆梅宾的'龙砂八景'，很有启发。""哪个陆梅宾？""就是国朝嘉庆年间的陆宝摩陆石麟先生。""哦，"张少泉想起了陆石麟："他怎么说？"他说"'龙砂旧有八景，前辈颇多佳篇，但地以时改，名存实亡。'所以我也写了一组'龙砂八景'。""快给我看看。"王润生刚从怀里取出诗稿，忽然背后有人说："爹爹，我来念。"原来王恩汾不知什么时候已经从山上下来了。"好吧，你念给张伯父听。"于是，11岁的王恩汾接过诗稿，抑扬顿挫地念了起来：

　　十桥香雪　一坞埋香雪，梅开七百年。相传诸老辈，于此访癯仙。流水横桥在，荒村蔓草连。春风空寂寞，谁过驻吟鞭？

　　五岭寒涛　天半种长松，飞涛下五峰。云沉山作海，风卷树成龙。虚谷流寒吹，清宵答梵钟。斧斤摧折尽，樵径亦苔封。

　　凝秀回澜　春日木兰舟，春风竹箭流。一湾之字水，来去耐夷犹。近岸疑无路，过桥别有丘。人文当日盛，于此溯源头。

　　承恩泻月　北斗挂阑干，楼高逼广寒。地连天咫尺，人共月团圆。玉宇凌无际，金波泻不干。一轮仍似昔，照到劫灰残。

　　鸥亭听雨　一水可中亭，闲鸥此结盟。花晨兼月夕，酒国与诗城。湖酒连床话，琴樽剪烛情。风流渺何许，野草绿纵横。

　　鸳阁吟风　鸳鸯飞不见，烟水白茫茫。夜月啼山鬼，春风落野棠。楼台今菜圃，瓦砾旧华堂。惟听斜阳外，村歌犊背长。

　　牧牛朝梵　一磬禅心定，双扉曙色关。唤将尘梦醒，流出梵音闲。花雨龛中佛，松风院外山。牛宫春草绿，陈迹有无间。

　　护龙晚钟　不放龙潜遁，庄严护梵宫。蒲牢鸣入夜，栋宇峙凌空。金碧天神壮，山川地脉雄。沧桑才一瞬，龙去久无踪。

小恩汾一念完，张少泉击掌叫好："大气磅礴！锦绣文章！老弟真是'才华开府丽，诗句杜陵工'啊"。

很快，王润生的这组"龙砂八景"诗在华墅镇上流传下来，人们纷纷抄录，成了不朽诗篇。

"龙砂八景"中，最方便行人直接观赏的是"凝秀回澜"和"五岭寒涛"。"凝秀回澜"在镇东太清河中，因河水直泻散气，明代在河中间筑一大土墩，用来缓冲水流，取名"凝秀墩"。清乾隆六十年（1745年）十月，王驯、张士楷等22人在墩上建5层宝塔1座，题名"文星塔"。塔桥互映，河水回绕，成为华墅标志性景观"凝秀回澜"。"五岭寒涛"，写的是砂山。砂山以它优美的风景，吸引着一代又一代的人们去游赏；不仅华墅人爱攀登它，附近四乡八镇、外来探亲办事的人都爱登山赏玩，一些文人墨客，在游过砂山后，还留下了优美的诗篇。其中明代有卞邦本、蔡旭；清代孙允升、赵耀、吴傅霖、曹复、胡文炳、姜大镛、贡良、缪盛兰、张少泉等。住在苏墅桥的陶孚尹，不仅自己爱上砂山游玩，并把自己的诗社命名为"五峰诗社"，还常常陪同来访的朋友去游砂山。乾隆初期的江阴知县蔡澍，虽然年过60，但他有一次到华墅办事，还兴致勃勃地登上砂山五峰顶眺望长江，并写下了《按事至华墅登砂山绝顶望长江》五古十韵。

由于战乱等原因，到了清末民初，"龙砂八景"渐渐消失。2010年，华士镇人民政府为造福人民群众，征用300亩土地，规划设计大型公园。主持设计的华士中意房产公司总经理许瑞龙以"龙砂八景"为主题，在公园里布局配景，建造了5层宝塔、拱形石桥，重现"凝秀回澜"景点。同时配备"牧牛朝梵""五岭寒涛"等景点，形成了微缩的"龙砂八景"，再现旧日风光，吸引了来公园的游人。

社祭舅甥两位城隍

老少追欢神会场，年年此日若癫狂。
也教名士来探胜，且诧村姬亦艳妆。
挨挤汗流污粉黛，喧哓声杂乱官商。
及时判断无过此，了却三春一段忙。

这首诗的作者赵惺斋，祖居华墅石桥，后迁长泾严渎，写的是社祭城隍。

旧时，华墅镇上每年有几次热闹的集会活动。论规模，首推四月初一华墅集场，集场时间从三月底到四月上旬，前后绵延15天，摆摊游玩区域北起砂山脚下，南到太清河河南村落，四乡八方来华墅游集场人数达20万之多。其次是泰清寺、龟山、瓠岱桥、陆家桥、痘司堂庙会等集场，这些活动都是自发形成的习俗。此外，有组织、有纪律的七月十五中元节的城隍老爷巡游出位，参与人数虽不如四月初一集场多，却也是万人空巷，热闹非凡。

城隍之名始见于《北齐书.慕容俨传》，起源于古代的水隍庸城的祭祀，为《周官》的八神之一。唐代开始，各地祀奉城隍神，宋代府州县城皆立城隍庙，并纳入国家祭祀。元代有天下都城隍庙，成为国家保护神。城隍的执掌，由守护城池扩大到保境安民，主管当地水旱吉凶及阴间事务，设公堂，审案子，兼掌科举仕禄，并定期于清明、上元出巡四方，俨然是一个地区的最高神灵，是州县长官的缩影。道教把城隍纳入自己的神系，赋予他主持公道、鉴察吏民、剪除凶顽、救病抚灾以及总管一方亡灵等使命。在民间传说中，城隍的上级是阎王，下级是土地。有的地方阎王殿就附设在城隍庙里。明太祖朱元璋说："朕立城隍神，使人知畏，人有所畏，则不敢妄为。"因此明初朝廷规定各级地方长官赴任时，要先向城隍宣誓，然后才就职。各地附会某个历史人物为城隍，如春申君为苏州城隍，后来明代清官海瑞死后，南京百姓要立他为城隍，苏州也要立他为城隍，朝廷就立他为天下都城隍。还有九江王英布为南通城隍，文天祥为北京城隍，等等。吴桢，明凤阳定远人，为明太祖打江山立下了大功，与兄吴良同守江阴，被封为靖海侯。洪武三年正月，朱元璋封京都及天下城隍，都、府、州、县城隍各赐王、公、侯、伯之号，县级城隍只能是伯，靖海侯因此变为靖海伯。旧传华墅北庙城隍神是靖海伯吴桢，东庙城隍神是他的外甥。清光绪后期起，每年农历七月半，东庙城隍神应先去北庙引领娘舅去砂山乡厉台，主祭全境无祀鬼神（即野鬼野神），然后一同巡行各大街，这是华墅城隍庙会的规矩。乡厉台有二，一在砂山南麓茶亭，一在黄古墩。到了清末，东庙城隍——有了替身。据说一次东庙开光，铳声突发，巨大的声响，把正在从章家桥开往华墅的一只船的船艄大便的名医周正方惊落水中淹死。按规矩，铳响时逝世的名人即为城隍神替身，因为周正方是医生出身，所以旧时去东庙祈求治病消灾者众多，故东庙香火旺于北庙。虽然东庙城隍已经不是北庙城隍的外甥，但论资排辈，东庙依旧执小辈礼，出巡时还是东庙城隍去领北庙城隍。

北城隍庙在镇北街北端，始建于明朝初期，建庙资金来源于福建、江西、安徽、山东、山陕及淮阴、京口、苏常等地来华墅贸易的布棉商人。清乾隆三十年（1765年），华墅人陶钿重建大殿，贡维煊等捐建戏楼。乾隆五十六年（1791年），里人程义兴、杨本初等40人重修北庙殿宇。腾越州知州、华墅人吴楷撰写了《重修北城隍庙碑记》。东庙在镇东街梢，建于清初，背靠砂山，门对太清河，场地宽广。庙里叠假石，种花木，环境优美，后被太平军烧毁，同治末年重建。社祭，又叫出会、神会，都是指祭祀城隍。本来一年中城隍要出会三次，出会的日子第一次在清明节前后，第二次是在七月十五中元节，第三次在十月初一或十五下元节。后来觉得三次太多，就改为每年七月十五中元节一次。社祭的活动是十分严肃和隆重的。首先要组建社祭班子，按照每年的惯例，一般分为财务、活动、后勤等一班人马。提前一个月，财务组先向镇上各店家收取份子钱。钱收到后，由后勤组协助庙祝、整修装饰城隍庙，里外油漆一新。同时安排轿夫，请好管乐队伍。活动组负责巡游程序，请戏班子等。一切安排就绪，很快到了七月十五日神会正日。

早上，神会班子先到城隍庙，焚香点烛，虔诚地祝告过后，恭敬地请城隍在神辇中坐好，然后开始出巡。出巡的仪式很多，北庙和东庙大同小异，无非是先行舞龙队，跟着调花灯、踩高跷、灯笼队；然后扎肉香、鼓乐队、吹管队；接着是仪仗队，"肃静""回避"双牌，城隍老爷的神辇也来了，八个壮汉抬着他，甚是威风。一路上，两边观者云集，小孩子们最是快乐，串来串去，挤挤挨挨，尽管汗流浃背，还是乐不可支。

在神会社祭活动中，出现了许多民间技艺即后来被称为"非物质文化遗产"的文化活动。如祭祀中少不了的纸马，行进队伍前列的"扎肉香"，巡行队伍中的渔篮虾鼓、调花灯、踩高跷、打连湘、武术，以及城隍庙戏台上表演的京戏、滩簧和各地赶来的杂耍。其中纸马源于唐宋，是华墅西郊巷路里何家、赵家传承几代的产品，以木板雕刻成印刷版子，刷上油墨，印出神像黑白图案，然后再加套印或简单涂色，完成工艺。华墅纸马特色鲜明，风格独特，是古老的民间版画。《渔篮虾鼓》是流行在华墅地区的一种民间舞蹈，主要在神会、新年灯会上演出。《渔篮虾鼓》有3种版本，一般普遍用两旦一丑"杀鞑子"版。舞蹈内容说的是元朝末年，兵荒马乱，人民纷纷起来反抗统治者的压迫。有一对姐妹手执渔篮和虾罟，在村头载歌载舞，引得一个元兵上去调戏，姐妹俩佯作媚态，趁元兵不备，伺机从渔篮里抽出"鱼肠剑",将元兵杀死。表演时,角色为两旦一丑,两姐妹由男子扮演,元兵表演为丑角挑逗调侃,人们笑骂他为"骚鞑子"。姐妹俩唱着小调,有《尖调》《四方调》《小板艄》等。其中《四方调》唱的是:"清清一早起,面呀面朝东,驾舢又驾东,来潮儿路不通。别人家捉鱼十网九网空,我家捉鱼忽呀忽隆通;……"歌唱时一般开始节奏缓慢抒情,中间即兴演唱,结尾则轻松活泼,节奏稍快。《渔篮虾鼓》舞中的动作有"欲动先出胯,迈步微微颤"的韵律,很有江南地方特色,令观众怡情悦目。"扎肉香"由男子演示,为的是许愿报娘亲。男子上身赤膊,左臂伸直,用一只铁钩扎穿臂肉,铁钩下用四根线吊一只香炉,炉内插三支点燃的香,左手还提着一面锣,右手持锣槌不断击锣,边击边走,吸引观众。

傍晚,两位城隍老爷终于归庙了,一天的喧嚣繁忙也暂告一个段落。但随着夜幕的降临,喧嚣又开始了,两边庙里戏台上的社戏开场了,锣鼓声、演唱声又把如痴如醉的观众迷住了。戏台外,月光下,点着灯笼卖荸荠、甘蔗、瓜子、花生的,敲锣卖梨膏糖的,大声吆喝卖老鼠药的,不仅吸引了小孩子,也让老头老太解了囊。直到社戏演完,人们这才尽兴而散。社戏一般要演三天三夜,这种热闹也就延续三天三夜。

出会活动一直流行到1949年以后,随着城隍老爷作为封建迷信被取缔,神会活动也从此销声匿迹。后来北庙改建成了华墅中学,东庙成了华墅棉织社的厂房。神会就成了人们茶余饭后的津津美谈,从而派生出了"出位忘记老爷"这句俗语,意思是办某事而忘了根本。

一镇同时有两座城隍庙,是因为清至民国,华墅分为18个保,东片9个保,西片9个保。明代建造的北庙位于西九保;东九保也要有城隍保佑,于是另造了东城隍庙。后来,东西两片都归在华墅镇内,一个镇就有了两座城隍庙。一镇两城隍,唯华墅独有。说东庙城隍是北庙城隍的外甥,只是因为北城隍庙要比东城隍庙早建300年,辈分比东庙高。民国十五年(1926年),华墅镇乡绅黄轮香倡捐、里人乐助,得银万两,聘能工巧匠郭子勤督造,在东庙大堂前空地上建起戏楼一座,占地8亩,设计恢宏,工艺精致。戏楼两侧抱柱上刻有里人柳颂余撰并书的对联"定向青山得佳句,且随香草舞骚经",句雅字美,引人遐思。

【第26章】
王家枚编纂龙砂志
黄哲卿改造织布机

王家枚编纂龙砂志

  清光绪三十二年（1906年）的一个夏夜，蛙鼓声声，虫声唧唧，华墅的街市上已经夜深人静，只有北街梢王家的书房里还亮着幽暗的烛光，41岁的王家枚正在伏案奋笔疾书。其时，他担任华墅乡董，由于白天工作忙、干扰多，每天晚上就成了他固定的写作时间。晚上的缺点就是天气炎热，还有讨厌的蚊虫飞来飞去，不时叮咬他的身体。为了避蚊，王家枚把双脚放在一只大罐头里，罐口扎一条薄纱布；左手执一把蒲扇，不停地拍打上身，既散热，又驱蚊——这种原始的避蚊方法，不是王家枚首创，而是华墅人常用的办法。

  王家枚左手执扇，右手执笔书写着小楷，他的字取法于《灵飞经》，又略带行草笔意。一页页书稿行云流水般地从他的笔下流出，堆在左边的书案上。这些稿纸，是《龙砂志》的初稿。这部书稿，他从光绪二十二年（1896年）开始酝酿，随后动笔。春走笔，夏挥汗，秋搁管，冬呵冻，断断续续地写了10年，即使身患痼疾咯血不止，还是奋笔不停，今天总算要杀青。不知不觉已经到了子夜，桌上的蜡烛即将燃尽，王家枚终于写完《龙砂志》的最后一章《人物篇》。写完了最后一个字，他趁着蜡烛的余烬之光，取下压在书稿上的镇纸，把所有的稿纸粗粗地盘算一下，大约有10万字之多。王家枚心头充满了喜悦之情。

王家枚（1866—1908年）字吉臣、洁臣，华墅北街人。清藏书家、出版家、文学家。他出身书香门第，从小受家庭熏陶，喜爱读书作文，文章华美，获乡贤称赞。光绪十年（1884年），他以文童身份参加县试，获第一名。后经府试和一省学政主考院试合格入府学读书，入泮成为秀才，每次岁、科考均名列前茅。光绪十一年（1885年），王家枚在府学开始从事考据之学，研读后汉许慎《说文解字》、两汉历史及诸子百家，知识日趋渊博。光绪十五年（1889年），他进南菁书院读书，光绪十六年（1890年）农历正月，通过书院甄别考试，开始从事学术研究，兼治经学、小学（文字、音韵、训诂）、文学、史学，从此逐渐闻名书院及乡里。光绪十八年（1892年），他首次把自己的诗文集《重思斋诗文》呈请书院黄以周、缪荃孙、林颐山等前辈请教，受到他们的赏识，被任命为书院斋长，诗文也被选入《南菁文钞二集》。光绪二十年（1894年）秋，他参加乡试中式，被任命为江苏试用教谕，因父病重未赴任，就在南菁书院当学舍主讲。光绪二十一年（1895年），他又因父病重，放弃春闱进士考试，翌年父病逝，回华墅服孝三年。其间，王家枚酝酿编印《重思斋丛书》和撰写《龙砂志略》，并任华墅乡董，一度主持东南乡试馆。

王家枚一生著作颇丰，著有史学、文学、方志、家谱、诗文集达10多部。《龙砂志略》（简称《龙砂志》）是他在获中甲午（1894年）举人后，根据江阴邑志，乾隆、嘉庆、咸丰、同治古本所得和各姓家谱，以及平时收集的乡邦文献资料，利用"治事之暇"写成的，前后花费的时间达11年（1895—1906年），可谓一生力作。《志略》共分地理、山川、田赋、公廨、祠宇、古迹、风俗、选举、艺文、人物10个门目。可惜的是《龙砂志略》的誊清稿当时被友人借去，后遍访无着。如今该书10个门目只剩其6：山川、公廨、祠宇、古迹、选举、艺文（约5万字），其余4个门目地理、田赋、风俗、人物，已经散失。

《志略·山川》先介绍砂山、白龙山、护山的位置，山名的由来，总体描述鸡笼山、泰清寺、翠香泉、五峰顶、文昌阁、阎公祠、三官殿、祖师殿、斗姥阁、赵孝子墓、石虎门、龙洞等名胜古迹和秀丽风景。文中摘录了很多江阴、华墅名人的游山诗，还简单介绍了太清河、应天河的位置、流向、经过地名及明清两朝疏浚情况。《志略·公廨》介绍清朝驻军营房、积谷仓、义塾、普济堂、龙砂文社、检心义社（惜谷会）等镇级官署、教育机构、慈善机构的旧址、变动情况、创建历史和掌管的产业。《志略·祠宇》

介绍华墅镇管辖范围里的寺、庙、祠、院、庵、堂、殿、阁共47处，重点有北城隍庙、砂山东岳庙、文昌阁、阎公祠、钱公祠、忠义分祠、泰清寺、护龙庵等。《志略·选举》介绍明清两朝华墅甲科（进士）8名、乡举（举人）27名、贡荐（贡生）18名、应例（应官方援例选拔当官者）12名、武甲科（武进士）3名、武举（武举人）13名的姓氏名号、科举中式授贡年代和官职等情况，比较著名的有明代吏部员外郎缪煜、浙江道御史山东按察司佥事贡安甫、广东按察司副使徐度、福建按察司副使江西参议贡修龄；清代翰林院检讨邓钟麟、云南腾越州知州吴楷、翰林院编修徐文泂、吏部验封司主事徐士佳等。《志略·古迹》分古迹、园墅、冢墓3部分介绍。华墅的古迹有胥歌村、倪高士寓庐、翠香泉、金鹅石、凝秀墩等；园墅有镇西瓠岱桥元诗人缪鉴的梅花别墅、龙山东麓的明贡铎的五松园、山南明贡鸿别业留园、镇西刘家桥清初赵鸣珂的壶天园等10处；冢墓主要有瓠岱桥北缪家基的元诗人缪鉴墓、白龙山的明户部员外郎贡斌墓、明御史贡安甫墓、明江西参议贡修龄墓、清寿州知州贡震墓、砂山的明广东副宪徐度墓、清腾越州知州吴楷墓等。《志略·艺文》介绍了华墅40名作者的80多部著作，主要有元缪鉴的《效颦集》，明顾文熊的《礼记集解》，清赵臣瑗的《山满楼诗集》《唐诗笺注》，吴楷的《腾越州志》《缅略》，沈凤的《谦斋印谱》，贡震的《周易集说》等5种，孔千秋的《说文疑疑》，姜大镛的《鸣秋集》等3种，王堃的《筹海备览》等3种，王泰阶的《青箱诗文钞》等。

  王家枚之所以能写出《龙砂志略》，为保存华墅地方文献资料作出卓越贡献，绝非偶然，这里面有多方面的原因。首先，他一生的仕途坎坷。他从1884年19岁考中秀才后，五次参加乡试都落榜，直到第六次1894年才考中举人。以后有四次机会去考进士，却都是因父母亲生病、亡故"丁忧"不能去考进士，封建孝道剥夺了王家枚考进士的机会。考进士无望，不得已而求其次，他把精力放在踏踏实实做经世致用的学问上。其次，他具有卓越的个人禀赋。王家枚天资聪颖，意志坚强，兴趣广泛。他读书勤于思考，称自己的书斋为"重思斋"。他嗜书成癖，平时省吃俭用，却热衷于买书，一生购书五六千卷，连同祖父遗书，藏书不下万卷，是江南著名的藏书家。他又热衷于出版，一生校刊、梓印"重思斋丛书"6种。他更热爱家乡，担任乡董5年，热心重建桥梁等公益事业。同时他还收集了大量乡邦文献资料，为撰写《龙砂志》做好了资料准备。其三，王家枚编纂《龙砂志》还凝聚了王堃、王泰阶和王家枚祖孙三代的文化积淀。祖父王堃（举人），一生热心收藏地方文献、毕生收藏、校阅了大量资料，藏书3万卷，分贮32橱。父亲王泰阶未能中举，不遗余力培养王家枚、王家枢兄弟，自己也勤于写作，著作不少。深邃的家学渊源，优良的文化熏陶，也是王家枚取得成功的一个重要因素。

2009年，王家枚的残缺不全的大半部《龙砂志略》，几经周折，从北京图书馆寻到手稿，两次派人赴北京拍摄手稿照片，交由华士镇志办委托华士高中徐一民老师整理、标点、注释，并用简化字打印，编印出版。

黄哲卿改造织布机

清光绪二十七年（1901年）深秋的一个下午，在华墅北街梢城隍庙东侧华丰布厂的车间里，3个男子正在一架织布机旁忙碌着。这3个人，年纪最大、被尊称为"明经公"的，名叫黄熙，其余两个，一个是木匠阿大，另一个是织工老张。他们是在改进织布机，已经忙活两天了。黄熙负责设计、修改，阿大负责根据黄先生的要求，把硬木锯、削、刨，加工成为适用、灵活的织机构件，然后装配好。而织工老张则负责启动改进后的新织机，调试织布功能。别看改进的只是小小的几个零件，但要把沿用了600年的传统织机改进为称手的新颖织机，倒不是一件容易的事。阿大拆了装，装了拆，又是削又是刨，折腾了两天，还是不能符合要求。

黄熙（1849—1911年）字哲卿，号蕴春，华墅聚龙街北梢（今和平街中段）人。他出身在一个书香世家，是家中的长子。和那个时代大多数家庭一样，家里人都希望孩子读书成材，取得功名，光耀门庭。黄哲卿幼年入学，刻苦读书，长进很快，22岁时就考取了秀才，名列县学生员榜首，而且被选升国子监读书，获贡生资格，也称"明经"，后执教20余年，并经理东南乡试馆，教导莘莘学子。很多人都对他刮目相看，认为他前程远大。黄哲卿也憧憬自己能仕途顺利，将来好谋个一官半职。谁知他在贡生以后，屡考屡挫。1858年秋，他去南京乡试又是名落孙山，这已经是他第9次落第了。

"唉！"黄哲卿长长地叹了一口气，把书往桌上一掷，坚定地说："不作良相，便作良工！"黄哲卿所说的"良工"，就是兴办实业，用棉花织布，办织布厂。

棉花大量传入中国，是在宋末元初，全面推广种植棉花是从明初朱元璋下令种植才开始的。从此以后，华墅山北沿江地区广为播种棉花，形成规模，于是手工棉纺织业与栽桑养蚕成为华墅家家户户的两大副业，形成男耕女织的生产格局。住在北街潘家湾的张少泉（洵佳）写诗称赞织布妇女，说："有女家家勤早起，机中忘却未梳头。"

在明清两代，华墅人使用的织布机，是元末松江黄道婆传授的手投梭机，俗称"腰子机"。这种手投梭机，有木制机架，上有搁板，织布人坐在搁板上，用脚完成移综，双脚配合动作。织布时必须手、眼、脚同时协调动作，不能有一点懈怠。梭子由双手左右投送，极费力气，而且受手腕力量限制，梭子投送不远，所以只能织出狭幅布，织出来的布只有八九寸阔；而且产量也不高，一个男织工一天只能织出二丈。

于是，黄哲卿征得华墅乡绅长辈的同意，借用华墅北庙东侧龙砂书院的几间屋子，凑了一些钱，开了一爿规模不大的华丰布厂。由于他经营有道，不久就有了8台手投梭织布机，织出来土布也源源不绝地销出去。可是，读书进取难，经营实业也不容易，不久，华丰布厂便遇到了挑战。

这一天，黄哲卿正拨打着算盘，盘点这几天的营业收入。他发现，这一阵，发出去的布数量少了。正在这时，一名工人也来报告，市面上出现了新式的洋布，据说是外国货，那洋布经纬细密，门幅都在两尺左右，相比之下，我们厂织出来的土布就相形见绌，所以土布销量就下跌了不少。

黄哲卿大为震惊：都说作文考试充满竞争，原来商场上竞争更厉害！他立即叫人去买来3尺洋布，细细研究。果然洋布不仅细洁，而且手感光滑，更重要的是门幅宽阔，方便裁剪。他又从市场上了解到，由于鸦片战争以后，清廷订立了许多不平等条约，外国商人趁机向中国倾销洋货，洋纱、洋布充斥中国市场，整个江阴的纺织业受到了冲击。要和洋布竞争，第一要在门幅上改进，不能再停留在九寸宽度上，第二，布的品种不能再单一，必须花色品种多样。而要达到改进的目的，首先要改革生产工具。年过半百的黄哲卿意识到，手投梭机必须改进。

纺织机械不改，就竞争不过洋布！黄哲卿这个习惯写字作文章的文人从此就一头钻进了织机改革中。他常常有事没事地到车间里去看工人织布，痴痴地观察织机的运作，一看就是大半天，终于，他看出门道来了！

这天，黄哲卿请来了镇上的木匠阿大，这是一个头脑灵活的青年木匠，把他带到织机前，把自己的主意和要求告诉了他，于是就有两天来的劳作。

这时，黄哲卿又去另外几台正在织布的布机旁研究了一番，忽然看出了一个关键问题，就对阿大说了，阿大想了好一会，终于弄明白了黄先生的意图。"对了，就这样！"黄哲卿兴奋地说："你就照我说的做！"

阿大按照黄哲卿的设计，把原来装在织机下面的两块踏板，改为三块踏板，又在织机木架上装一只木罗盘，在竹筘两端各加装梭箱，用绳子穿在木罗盘中，系住梭箱内滑动的挡梭装置，织工只要手拉绳就可以驱动梭子。阿大装配完成了，织工老张立即动手操作。他脚踩踏板两上一下，手拿穿在木罗盘上的绳，这样脚踏提综，手拉打纬，布就一段一段地织出来了。

"成功了！"黄哲卿兴奋地大喊。

三个人经过反复调试，终于把手投梭机改成了手拉织机。织布工只要脚踩踏板，手拉穿在木罗盘上的绳子，便完成了提综和打纬的动作，成品布就源源而出，既减轻了织工的劳动强度，又提高了产量。产量每天从不满2丈增加到10丈左右，把机架放宽，可以织2尺宽幅改良土布和斜纹布，加装提花龙头，还可以织提花布。

黄哲卿看着改装后的织机，笑眯眯地说："该给它起个名字了。就叫它木质脚踏手拉斜纹织布机吧！"老张说："就叫它'手拉梭机'，方便点。""好，就叫'手拉梭机'！"

手拉梭机改造成功，立即吸引了许多织布厂商，大家纷纷前来参观学习，黄哲卿乐呵呵地领着大家观看，自己在一旁解说优点。很快江阴华澄布厂首先采用了这种织机，接着很快在各乡推广开来。不久，南通、武进、无锡等邻县竞相仿制，在纺织业掀起了一场历史性的变革。手拉梭机从此替代了手投梭机，风行全国。即使到了20世纪后期，手拉梭机仍旧是广大农民的致富工具。

1906年，黄哲卿在华墅集资创办美利发布厂，对手拉织机加以完善、推广。由于他经营有方，技术更加精湛，生产出的布匹花色多样，质量精良，远销上海和北方各省及国外市场，更使黄哲卿引以为自豪的是，美利发布厂所产的"双龙牌"斜纹布曾在南洋劝业会和多家博览会上获奖。

黄哲卿，在中国纺织实业史上写下了辉煌的一笔！

黄哲卿不但改革有方，经营能干，还是一个慷慨行善，关心群众疾苦，热心地方公益事业的人。光绪二十四年（1898年）春，由于去年秋季雨季偏多，作物长势不好，华墅的农业歉收，今春米价飞涨，百姓生活困难。黄哲卿联合王家枚救助百姓。他们不仅自己捐款，还发动全镇乡绅资助，筹集了3000多银两，用来买米，然后分发到缺米饥饿人家，使镇上大人小孩几千人得以渡过难关。丁酉年（1897年），镇东郊建于明代的凝秀桥（俗称青龙桥），因年久失修，桥体倾斜，桥面石板断裂，行人行走不便，30多年视为危桥。黄哲卿与王家枚共同倡议，发起重建凝秀桥。在江阴知县刘有光带头捐银百两后，黄哲卿积极捐款，带动了华墅人踊跃捐助。次年6月，新的凝秀桥建成。王家枚喜赋五律一首，其中有"卅年深病涉，今日乐观成。……此是衿喉键，匪徒利庶萌"（王家枚《丁酉岁，黄哲卿学博与余集同人义，重建凝秀桥》）。黄哲卿还在光绪十三年（1887年），出资重修了明代贡斌在嘉靖三年（1524年）建造的喜鹊桥（俗称萝卜桥）。

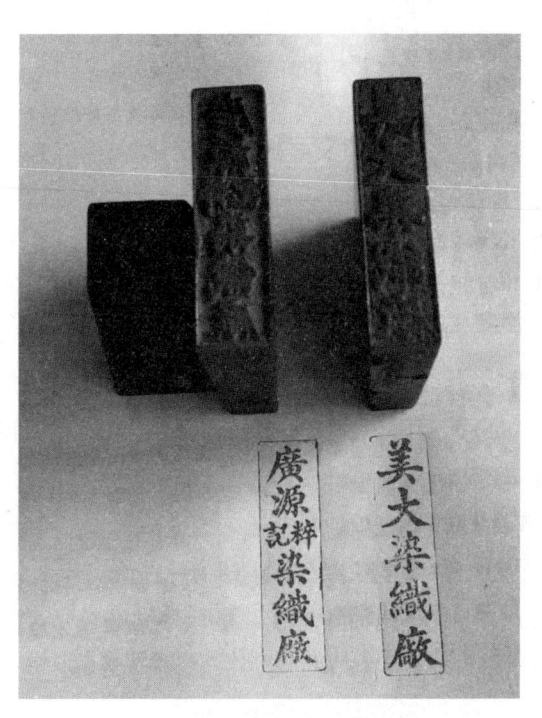

民国时期华墅私营企业印章

第26章 王家枚编纂龙砂志 黄哲卿改造织布机

【第27章】

孙幼文首办新学堂
李吉安倡疏太清河

孙幼文首办新学堂

清光绪三十三年（1907年）春，正月二十日。这天上午寅时未过，陆桥集镇应天河西的孙氏义庄门口已经热闹起来了。这里是孙氏宗族的慈善机构，是孙氏族人商议族内大事的地方，平日里总是庄严肃穆，悄无人声。除了重要节日、重大活动外，大门紧闭，绝无喧哗；更有规矩，妇女儿童不得入内。今天却是大门敞开，一群孩子兴高采烈，鱼贯而入，几位大人站在门口迎接他们到来。

原来，在这座旧日的义庄里，新办了一所新式学堂，今天是开学第一天。站在门口迎接学童的，除了两位族里的长辈外，3位青年人就是学堂的教师。其中一位年长一点的，是堂长孙幼文，另外两位是教师孙道生和孙赞英。学堂的大门旁，挂着一块白漆木牌，上书"养根学堂"4个颜体大字。木牌前，聚起了许多人，人们一边看，一边议论。不一会，学堂里的钟声响了，人们知道，学童们开始上课了，校门口只剩下孙幼文一人。于是，众人围着孙先生，提了许多问题。乡下人说话随便，七嘴八舌，问得也稀奇古怪。

一位老汉问："大侄子，这木牌上写的字什么意思？是学堂的名字吗？"

孙幼文彬彬有礼回答："是的，这是新学堂的名字，叫'养根学堂'。"

"为什么不叫'孙家学堂'，或者叫'陆家桥学堂'？"老汉刨根究底。

孙幼文仍旧和蔼地解释："这'养根'的意思么，就像您老叔种树，要往树的根上浇水、施肥，让它吸收；根吸收了营养，整棵树也就长得茂盛了。培养孩子也是这样，从小让他接受知识，知识丰富了，孩子就有能力了。"

"小孩子读了书有什么用呢，现在朝廷废除了科举，读书人又不好做官了。"一位中年汉子这样说。

"孩子读书，本意也不是要做官。您看读书人千千万，做到官的也不过那么几个。但一个人读书跟不读书，大不一样。举个例子：孩子读了书，识了字，即使做不上官，可以出去学生意，会算账，慢慢地从伙计做到大先生。不读书，不识字，只能放放牛，割草种田，做农民，您说是不是？"孙幼文一番话，听得那汉子连连点头。

"听说，孙家的孩子来上课，不要学费；那么不是孙家的孩子，能进这个学堂吗？"一位老大娘怯怯地问。

孙幼文带着歉意说："这位阿婆问得对。因为孙氏家族经济条件还不十分富有，目前只能先收50个孙家学童，学费是义庄代付的，等以后经济富裕了，再广泛招收别姓学童。"

"听说这是新式学堂，我看孩子们一样念念书，这'新'，新在哪里？"还是刚才那位老汉问。

孙幼文一击掌："老叔您问得好！我这新学堂，一是教材新，课本不再是《三字经》《百家姓》一类，而是根据学童的年龄，由浅入深，学习国语、算术、历史、地理、手工等；二是教学方法比较灵活，不再以死记硬背为主；还有，教室里的排列、座位也改成了纵有列，横成排，不再像私塾里那样团团围坐。这些都是朝廷派大员到外国学来的。"

"私塾里的先生，对不用功的学生要打手心的，你这学堂打不打？"一个大嫂没头没脑地问。

"我主张教育为主。但如果孩子太顽皮，不用功，也要打的，这是为他好。"

孙幼文像拉家常一样，与这些认得的、不认得的人谈了一会，看看时间不早，学堂里快下课了，就朝大家拱拱手，告别进学堂了。

孙幼文（1872—1920年）又名汝纬、祖彦，陆桥八字尖人，出身于清贫的秀才家庭，自幼爱好读书，聪明勤奋，刻苦上进。光绪十九年（1893年）考取秀才，一时文名大振。因家贫，在家中设私塾教授学生，用束脩养家糊口。曾应华墅章砚芳的邀请，到章家坐馆，教授他的儿子。光绪二十九年（1903年），清政府改革维新，废除科举，兴办学堂，孙幼文与族人商议后，利用孙家宗祠开设新学堂，创办"养根学堂"。这在陆桥、华墅乃至江阴东南乡属于首创。学堂名"养根"，取自唐代韩愈《答李翊书》中"养其根而俟其实，根之茂者其实遂"，是希望教育也像培植果树一样，只有让根基得到滋养，才能结出丰硕的果实。孙幼文办"养根学堂"心仪已久，他看到族里和社会上许多儿童念不起书，荒废年华，很是惋惜。又看到朱徐巷上黄家庵里办了祝华小学堂，十分赞成。当孙氏族人希望孙幼文来主持开办学堂时，孙幼文十分乐意，立即辞去章家坐馆，筹备学堂工作。他先选派族里道生和赞英两个年轻人去江阴师范讲习所进修，进修回来担任教师；又购置教具、课桌，订立课程，完善教务。学堂设立后第一批学生为50人，分2个班级，根据学童年龄安排复式班。学堂实施《癸卯学制》，开设读经讲经、国文、算术、历史、地理、格致[1]、体操等。这一年，孙氏家族族长逝世，孙幼文辈分最高，被推举为族长。因族中事多，他不再在学堂里亲自上课，但仍主持校务工作。1911年，社会动荡，养根学堂停办。1912年，孙幼文被地方人士推荐为华墅镇议员，1913年被任为华墅乡高等小学校长。但不管任什么职业，孙幼文心系养根学堂，民国六年（1917年），他在八字尖家中恢复"养根小学"，后改为位于八字尖的公立第五小学。从"养根学堂"到"第五小学"，他培养了许多学生，很多"养根"弟子成为中国专家级人才。

　　孙幼文还十分重视家庭教育，在家庭经济并不富裕的情况下，努力培养儿子们成才，以德为教，鼓励他们学成自立。他有7个儿子，除1个夭折外，其余6个，个个都有作为：其中长子孙宝墀，交通部上海工业专门学校硕士、美国哈佛大学土木工程硕士，历任国立东南大学、唐山大学、中央大学等大学的教授，胶济铁路工务处工程师；五子宝廉，国立暨南大学商学科学士，先后任铁道部财务司科员、陇海铁路会稽处综合科稽核股主任；七子宝融，上海交通大学土木工程学院毕业，任过陇海、湘黔、粤汉、黔桂、浙赣和上海等铁路局副处长和高级工程师等。在儿子们求学时，孙幼文每年要负担巨大的教育费用，他不惜租卖祖田来弥补学费开支。有人劝他要守好祖业，不要租卖祖田，他说："我这样租卖田产让孩子们读书，正是正确利用祖产，好让子孙能学成自立。"

　　孙幼文首创新式学堂，对华墅等江阴东南乡区各镇的影响很大。清宣统三年（1911年）春，华墅徐炳成辞官回华墅，会同王恩汾、姜叔屏、钱

---

[1] "格物致知"的简称，清末对物理、化学等学科的总称。

子清等，筹资创办忠义小学，选址华墅聚龙街北昭忠祠（又名忠义祠，原是祭祀阎应元等忠义之士所在），学生70多人，设高小1~3年级各1班，学制3年，首任校长徐炳成。徐炳成（1883—1934年）字龡如，祖父徐文洞，父徐家樾。清庠生，曾于光绪末年赴日本留学。忠义小学仿日本教育方式，废四书五经，授革新课本，开设国语、数学、英语等课程，提倡新文化新生活。民国二年（1913年），华墅镇议员、学董孙幼文兼任校长。王恩汾（1884—1954年）字起文、冠唐，号彦门。王润生之子。上海东游预备日语法政学校毕业。民国四年（1915年）钱子清接任校长。以后，澄华小学日益壮大，成为华墅的主要学校。

李吉安倡疏太清河

　　1935年1月30日上午，冬日的阳光姗姗来迟，快到10时，人们才感到有阳光的暖意。这时，华墅太清河西端七房桥边，挤挤挨挨地聚集了一群人，其中有华墅镇镇长李吉安、泰清乡乡长江子卿、启长乡乡长陈子升，以及华墅乡绅李瑞安、孟粹彝、王受甄等。他们是来参加太清河疏浚竣工开堵放水仪式的。此时，太清河东端章家桥河口已经挖通，只等这里开堵了。本来这事用不到这样大事张扬，只为昨天县里有人下来传言：县长要来参观疏浚工程，所以定在今天上午举行仪式。

　　人们站在冷风里，尽管有阳光，但身上还是觉得冷飕飕的。幸好，没过多久，县长乘着一副竹轿到了。人们诧异的是，竹轿里下来的不是鲍县长，而是一个陌生的年轻人。年轻人朝大家拱拱手，自我介绍：他叫严溥泉，是去年12月新上任的县长，前任鲍思信县长因为过劳成疾，已经故世。李吉安他们惊骇之余，不免唏嘘叹息一番。

　　严县长站在七房桥上，向东展望了疏浚过后的河道，甚是满意。接着，他对大家作了简短的讲话。他是贵州人，讲的是官话，华墅人称这种语音为"弯巴子"。严县长夸奖了镇长李吉安在全县率先提倡疏浚镇级市河，表扬了到场各位乡长、乡绅精诚团结，造福地方。他还谦虚地表示，在江阴任上他也要以此为榜样，致力于兴修全县水利。

　　县长讲完，李吉安一声令下："开堵！"很快，民工们挖去了堵在河口的泥土。顿时，上游的河水一泻而下，汹涌澎湃，沿着疏浚过的河床向东奔流而去。两岸的民众笑逐颜开，孩子们沿着岸堤，一路欢笑，一路追逐……

如同长江黄河是中华民族的母亲河一样，太清河是华墅人民的生命河。自古以来，太清河两岸的华墅人，生产、生活须臾离不开这条河。

太清河古称应良河，它西起应天河，从桑家浜河口进入华墅，流水汤汤，一路东来。河上造有七房桥、泰清桥（又名坍石桥）、马家桥，进入华墅镇后有六房桥、西硕桥、中渡桥、萝卜桥、青龙桥，然后从章家桥折南过湖塘桥，进入蔡港河。

太清河滋润养育了世世代代华墅人。清澈的河水不仅灌溉了两岸的庄稼，更是人们赖以滋养的甘泉。千百年来，镇上人家除了少数大户人家家里有水井外，一般人家都从这条河里挑起水来，倒进家中水缸，稍加沉淀，便可饮用。市河两岸石级码头上，随处可见有人淘米洗菜洗衣裳；春秋夏日，岸边柳荫有儿童垂钓；盛夏季节，太清河又是大人小孩游泳消暑的绝好去处。最美是月夜，皎洁的月光照耀在太清河上，河边妇女此起彼伏的捣衣声，河上小船轻盈驶过的欸乃声，河旁楼头传出优美的洞箫竹笛声，交织在一起，此时的太清河，真有"盈盈一水，柔情依依，清波碧浪，婉转萦回"之趣。

太清河也有桀骜不驯的时候：水多时浊浪翻滚，洪水成灾；水枯时市河见底，河床开裂。大水成灾时，多次在河北积水盈尺、倒灌进户。宣统三年（1911年）八月初，天降大雨，连日不止，砂山山水暴泻，太清河来不及泄洪，华墅河北半个镇夜半水涨3尺。其时正逢哲卿黄公逝世，只得将遗体抬高，置于八仙桌上，直到大水退后才入殓。于是，李吉安下决心疏浚太清河。

李吉安（1878—1949年）又名吉庵、熊祥，华墅河南街振华路（今新生中路）人。清末与其弟庆生（瑞安）开设天裕布庄，收购农民家庭织造的土布，销往苏北，并经销棉布呢绒绸缎；又创办开设华丰布厂，产品经设在上海海宁路的申庄，销往东南亚各地，获取利润。

李吉安有了一定的经济实力以后，乐于办公益事。民国五年（1916年），他与弟瑞安等，借陶家祠堂创办振华小学；7年后1923年，振华小学移址，重建校舍，并铺设道路路面，方便学生上学。民国二十七年（1938年）华墅初级中学初创，李吉安受聘为校董，1941年任校长。李吉安除向上海江阴同乡会、华墅同业公会等经商人士募集办学资金外，自掏腰包维持学校开支。1946年，李向私立龙砂初级中学捐赠价格昂贵的锦箱本《二十四史》全套和一些教具。

由于李吉安热心公益事业，又有一定的经济实力，地方上的士绅和民众就推举他出来担任镇长，他也乐意为华墅人民办事。自1934年到1945年，李吉安断断续续担任镇长六七次。其中时间长的两年多，短的几个月。在他的任上，他竭尽全力处理民事，解决困难，保障平安，为民造福。1934年夏，自芒种到立秋，一连两个月未见滴雨，河塘干涸，田地龟裂，禾苗枯死，连太清河也露了底。道士们在西硕桥下河底摆了八仙桌，焚香点烛求雨。李吉安动员农民从应天河引进水来，戽水抗旱，并承担费用。这一年由于旱灾严重，秋收大歉，市上米粮短缺，李从外地购进元麦，加工成麦片，发放给群众，他和家人也带头食用。李吉安从本年大旱，看到了太清河的弊病：早在乾隆四年（1739年）江阴知县蔡澍曾组织疏浚从桑家浜到青龙桥河道，总长1305丈4尺（约8.5里）。近200年来，这段河道已经出现严重淤塞，李吉安便打算趁河水干涸的冬季疏浚一次。10月，他先与邻乡泰清乡乡长和启长乡乡长协商，征得同意后，根据河水受益田亩面积，摊派河工劳力；然后上报江阴县长鲍思信。得到批准后，又接受华墅业主的捐助，筹集了一笔资金。11月初，发动民工启动疏浚工程。疏浚河段西自七房桥，东到章家桥，全程六七里长。当年蔡澍只疏浚到青龙桥，这次疏浚多了从青龙桥到章家桥河段，约2里多。出动民工近6000人，清除河泥40万立方米，历时68天。疏浚工程结束后，李吉安看到泰清桥和六房桥已经残破危险，就捐建了新桥，并在泰清桥上刻下了桥联：愿天风调雨顺；愿地五谷丰登。另一联是：愿天常生好人，愿人常行好事。

　　李吉安任镇长期间，正逢乱世。外敌入侵，内战不休，民生凋敝。李镇长竭力履职，造福华墅。1937年11月，日军占领华墅，应民众举荐，李吉安继续任镇长，又出任维持会长、区长。在这期间，共产党地下组织和新四军，日伪军、忠救军在华墅都有活动，李吉安在三者之间迎来送往，相机行事。他始终摆正三者位置：共产党、新四军是正义的，要尽力支持暗中保护；日本人汪伪军是凶残的，不能得罪，要虚与委蛇，尽力周旋；忠救军贪得无厌，要多方斡旋，以礼相待。有时候，共产党地下组织人员刚来，忠救军也来，李吉安分头接待，不露声色。1938年4月10日，黄旗会徒众与陆桥来的日军狭路相逢，展开了一场生死搏斗，20余名日寇被黄旗会杀死。事后，驻华墅的日本警备队队长滕本十分愤怒，扬言要大肆报复，踏平华墅，将华墅人斩尽杀绝。李吉安听到这个消息，十分担忧日军再制造惨案，便只身赶到日军驻地青龙桥西北的万成布厂，意在调和矛盾。不料他一进门，滕本立即命令士兵把他捆绑起来，要加害于他。面对暴怒的日寇，李吉安心中害怕，但他知道不能示弱，只是强调搏斗双方都有伤亡，都有责任，不能迁怒无辜百姓。后来，还是一旁的翻译打圆场，让李吉安拿出1500块银元作为补偿，放了李吉安，总算华墅地方幸免于难。

其时，中共地下党与华墅地方人士的联系，都由李吉安秘密联络。1941年7月，中共马华区副区长吕士良奉命在华墅发行"江南商业货币券"，李吉安热情接待，不仅代为发行，还留宿管饭。新四军北撤后，李吉安将"货币券"出资兑收，保证了中共信誉。

李吉安乐意做慈善活动，人称"大老板"。当时华墅若有人家里死了人，买不起棺材，找到"大老板"，磕个头，便可到"季氏木行"领一口棺材，棺材钱由"大老板"开销；每年年终，他还向穷苦人家发放"恤米"。琐琐善举，如甘霖花雨，历时弥久，犹有余香，至今还有人提起。

张少泉写给徐世昌的信

【第28章】

张继辉起义黄花岗
倪贻孙挥戈雨花台

张继辉起义黄花岗

清宣统三年（1911年）4月27日，农历三月二十九日。这时节，北国才届仲春，广州已是初夏。天气开始热了，道旁的棕榈树、大叶榕、椰子树等一片葱翠。下午5时方过，位于广州越秀区越华路上的两广总督衙门已经休衙。门口冷冷清清，两个卫兵因为再过半小时，到6点钟就可以换岗了，这时显得没精打采。不过，在总督府的二重门里，还把守着十几个彪悍的军士，他们是奉两广总督张鸣岐之命，临时在此警戒备战的，即使无事，也不能离开。因为近来革命党人活动频繁，前不久广州将军孚琦就被刺杀，所以张鸣岐派兵日夜驻守，加强警卫，以防不测。

忽然，街道上响起杂沓的脚步声，一支队伍急速赶来，队员们个个彪悍英武，左臂缠着白布，很快来到总督衙门门口。两个卫兵见突然来了这么多人，吃了一惊，色厉内荏地喝道："干什么的？"走在队伍前面的，是一位蓄着两撇小胡子的壮士，他叫黄兴，中国同盟会的主要骨干，是这支队伍的总指挥。后面跟着的，是他带来的"敢死队"。黄兴面对卫兵的喝问，不由分说，掏出手枪，砰砰砰，接连朝天开了三枪，命令身后的几个年轻人，"小张，你们先下了他们的武器！"小张名叫张继辉，马上与几个队友拥了过来，夺下了卫兵的戈矛。枪声惊动了总督府里的守兵，立刻有子弹从里面射出来，伤了前面的几个敢死队员。黄兴见敌方已有防备，便以门墙、石壁为掩体，展开了猛烈的进攻。一番激战，很快把守兵消灭了。起义军攻进总督府，冲到衙内后宅，见屋里只有张鸣岐的老父和张鸣岐的妻妾，却不见了张鸣岐。原来，前衙枪声一响，张鸣岐知道大祸临头，慌忙从后宅翻墙越过邻家屋面，逃到水师公所，指挥清军反扑。起义军见走了张鸣岐，就放火焚烧了总督署，然后退到东辕门外，正与水师提督李淮派来镇压起义军的清军狭路相逢，双方格斗起来。

  这一场战役，史称辛亥广州起义。中国同盟会于1905年成立后，孙中山领导中国西南边境6次起义。潮州黄冈、惠州七女湖、镇南关、防城、河口、钦廉上思等以及1910年春的广州新军起义，先后都失败了。1910年11月，孙中山到达马来西亚北部槟榔屿，召集黄兴、赵声、胡汉民等同盟会重要骨干，以及南洋和国内东南各省代表，举行秘密会议，谋划在广州再次举行起义。当时，革命党人因广州新军起义失败，情绪低落，对革命前途缺乏信心。在这次会上，孙中山鼓励大家，说："一败何足馁"，号召"内地同志舍命，海外同志出财"，紧锣密鼓地做好起义准备。不久，因有人告密，南洋英殖民当局勒令孙中山离境。孙中山只得离开马来西亚，再度远涉重洋，去美洲募款购置军火，把领导广州起义的重任委托给黄兴、赵声等人。1911年1月，起义领导机关统筹部在香港成立，黄兴、赵声分别担任正副部长。决定占领广州后，由黄兴率一军出湖南往湖北；由赵声率一军出江西往南京，进行北伐。统筹部一面发动广州新军、防营、巡警及当地会党参加起义，一面以同盟会会员为骨干，组成一支800人的敢死队，预定4月13日起义。不料在4月8日，同盟会员温生才单独行动，枪杀了清朝署理广州将军孚琦。因此广州全城戒严，形势紧张，起义部署被打乱，参加起义的人数大减。黄兴急赴广州，临时将原定10路进兵的计划改为4路。黄兴率1路集中力量攻打总督署，其他3路分别由姚雨平、陈炯明、胡毅生负责，并决定将起义日期推迟到4月27日。起义前，黄兴、林觉民、方声洞等敢死队员写了绝命书，表示了誓死一搏的革命决心。4月27日下午黄兴率领130名敢死队队员，攻入总督署。黄兴分兵攻袭督练公所等处，分别与大队敌人展开激烈的巷战，一夜之间杀死很多清兵。但由于姚雨平、陈炯明、胡毅生等未按部署率部行动，致使黄兴所率的队伍孤军作战，死伤甚多，其中林时爽、方声洞等壮烈牺牲；喻培伦、林觉民受伤被俘后，大义凛然，慷慨陈词，英勇就义。黄兴、朱执信等少数人受伤后化妆逃脱。事后，同盟会会员潘达微冒着生命危险，收敛到72具烈士遗骸，购买广州东郊红花岗一块土地埋葬，并把红花岗改名"黄花岗"，由此，广州起义又称为"黄花岗起义"。事后，孙中山在《建国方略》中说："是役也，集各省革命党之精英，与彼虏为最后之一搏。事虽不成，而黄花岗七十二烈士轰轰烈烈之概已震动全球，而国内革命之时势实以之造成矣！"

辛亥广州起义，华墅人张继辉自始至终参加了战斗，亲历亲见黄花岗七十二烈士牺牲。张继辉（1888—1949年）原名涟佳，以字行。华墅北街潘家湾人。少年时读私塾，后毕业于陆军第二军军官讲习所，为中国同盟会会员。他除了参加黄花岗起义外，还随革命军多次参加与清军和军阀作战。民国五年（1916年），革命党人钮永建派他到江阴，任革命党江阴负责人。这年4月，为讨伐袁世凯称帝，张继辉和江阴人邢少梅等，会同中华革命党人淞沪要员杨虎、蒋介石、杨闇公等策动、联络了要塞炮台守军军官王连德、董万青等10余人，举行反袁起义。

4月16日清晨，在王连德等人接应下，张继辉、邢少梅与董万青所率第三营官兵，袭击了旅部，占领了江阴炮台，在炮台上树起了白旗，宣布独立。陆军七十五混成旅参谋长萧光礼也参加了起义行动，要塞炮台官兵纷纷响应。随后，起义军组成"江靖护国军"，发布《江阴独立宣言》，张继辉任护国军司令，邢少梅为副司令，司令部设在城内东南乡试馆（司马街），警佐梁思义任江靖护国军军政执法处处长。时任要塞司令的陆军七十五混成旅旅长方更生是袁世凯的亲信，偷偷逃出炮台，只身逃往南京，向江苏督军冯国璋求援；江阴县知事郝增祁惊慌失措，逃离职守。

革命党人宣布江阴要塞独立后，发电报给上海革命党，敦请内定的要塞司令尤民速来江阴就任。4月18日晚，尤民率20余人，从上海抵达江阴赴任后，立即部署向无锡进兵。江靖护国军委派萧光礼为作战司令，胡克修为副司令，率部队1000多人出要塞，先在南门外十方庵设司令部，继而分兵出击，一路驻青旸，以挡无锡来兵；一路驻夏港葫桥，以挡常州来兵；还有一路驻南闸作为接应。4月21日，向无锡进兵，首战石幢防军，一举击溃，继续南进。4月23日，江靖护国军与北洋政府苏军第二师第五旅苏坤山部接火，双方在梨花庄展开激战，一度逼近无锡城下，苏、锡、常为之震惊。

江阴要塞起义的消息传到北京，袁世凯大为震惊，急令江苏督军冯国璋和驻徐州的安徽督军张勋调兵镇压。沪军第10师1个团急赴无锡增援江靖护国军，但终因少不敌众，江靖护国军只得退回江阴。这一场"锡澄之战"

由于势孤力弱，只维持了5天，便告失败。接着，冯国璋、方更生以两个团的兵力大举反攻炮台，起义军难以抵抗，杨虎、蒋介石、杨闇公和尤民等撤回上海。江靖护国军军政执法处长梁思义被处死于南京雨花台，护国军司令张继辉被逮捕，关押在南京监狱。副司令邢少梅远走云南。

不久，经革命党人保释，张继辉出狱，1924年以后逐渐退出军界，在家乡华墅隐居。后来，国民政府对辛亥革命功臣予以表彰，授予他"辛亥革命同志会"证章。

倪贻孙挥戈雨花台

1911年11月28日夜，8时才过，南京城南雨花台下突然涌来一彪人马，他们先是悄悄靠近雨花台下的山地，攀上一半高地后，为首的军官举起手枪，朝天开了一枪，暴喝一声："冲上去！"顿时，"冲啊，冲啊！"他身后的军士呐喊着冲向雨花台。这支队伍，是革命军进攻南京的江苏部队。

但是，对革命军的来袭，雨花台上的守兵是早有准备的。半个多月前，11月8日，新军第九镇曾经攻打过一次南京，被守卫的清兵击退。面对革命军的第二次进攻，雨花台上的火炮齐放，枪弹如雨，一齐撒向革命军。

雨花台，高不过百米，但山峦起伏，是扼守南京城南的咽喉之地，与钟山成掎角之势。雨花台在军事上是战略要冲，为历代兵家必争之地。如今，革命军进攻雨花台，是为了攻克南京城。在守军猛烈的炮火下，冲在前面的革命军纷纷倒下，但他们没有退缩，立即改变战术，避过中间的火力，改从两侧迂回进攻。这样，中间的炮火再猛，却伤不到革命军。革命军在雨花台两侧发起了猛烈的进攻，由于他们兵多弹足，势头盖过了雨花台上的守军。经过一夜苦战，拂晓时分消灭了守军，占领了雨花台。事后，国民党元老于右任题《雨花台》诗纪念："铁血旗翻扫虏尘，神州如晦一时新。雨花台下添新泪，白骨青燐旧党人。"

1911年10月10日武昌起义的成功，促进了全国革命高潮的到来。继湖南、陕西、江西、山西、云南等省纷纷响应武昌起义之后，11月初上海、浙江、江苏等省也先后宣布独立。但江苏的南京仍为清朝所控制，并驻扎重兵，这对东南地区已独立的各省是很大的威胁。苏、浙、沪革命党人为了巩固东南地区的革命成果，决定联合攻取南京。

南京雄踞长江天堑，扼鄂、皖、苏、沪交通，是东南重镇，历来为兵家必争之地。南京城里驻有新军第九镇7000人，江防会办、江防军、江宁巡防军、新防军等2万余人。因为武昌起义是由新军发起的，所以清政府对第九镇也有戒备心理。两江总督张人骏和江宁将军铁良认为新军靠不住，因此不给新军补充弹药，并派江防营进行监督。10月31日，张人骏又命第九镇统领徐绍桢，限期率第九镇从城内移驻到距南京城65里的秣陵关，城内改由江防营和巡防营负责防守，每人补充子弹500发。第九镇移驻秣陵关后，张勋等还派人监视，观察新军的一举一动，并派出刺客谋杀徐绍桢。第九镇官兵对此愤愤不平。徐绍桢下决心联络革命党人，发动起义。11月8日，第九镇奋起举兵，分三路进攻南京城，但因弹药太少，守军工事坚固，进攻没能取胜。11月9日，革命军弹药用尽，只得退往镇江。

徐绍桢（1861—1936年），广东人，光绪甲午举人，与江阴金武祥相契。他在进攻南京失败后，立即赴上海与革命党商议方略。上海都督陈其美与江、浙各省起义将领集会，决定组织江浙联军，攻取南京口。会议推举徐绍桢为总司令，设司令部在镇江，设总兵站在上海，下辖朱瑞部浙江军3000余人，刘之洁部江苏军3000余人，林述庆部镇江军2000余人，黎天才部淞军600人，洪承典部沪军1000人，第九镇新军7000人。此外还有江阴、淞江等地的巡防营，徐宝山部扬州军和起义海军舰艇14艘，总兵力约3.5万人。联军议定：先驱逐南京城外清军，夺取各要塞炮台，再攻取南京城。具体部署是以淞军为右翼，攻乌龙山及幕府山炮台；浙军为中路，由麒麟门进占紫金山，向朝阳门、太平门进攻；江苏军为左翼，经淳化镇向雨花台进军；镇江军为预备队，随中路前进，攻天堡城；沪军担任警戒；海军配合陆军进攻，掩护、运载陆军登岸；镇江军与扬州军进攻浦口，断敌退路。

11月24日夜，右路淞军和一营淞江军，乘兵舰直扑城北的乌龙山麓，在守台官兵的内应下，很快攻占炮台。25日晨，又攻占幕府山炮台。同一天，中路浙江军进攻咽喉之地马群，击毙清军统领王有宏，攻占孝陵卫，前锋直指紫金山。26日，清军反攻幕府山、孝陵卫，被联军击退。此时，左路江苏军也进展顺利，在占领上方镇、高桥门之后，进军雨花台。至此，南京城外制高点大多被联军占领。

11月27日，联军准备攻城。28日，中路浙江军进攻朝阳门，左路江苏军进攻雨花台。由于清军在天堡城发炮轰击，炮火猛烈，革命军虽然顽强抵抗，但没有攻进一步，第一次攻城宣告失败。为了迅速攻下南京城，联军司令部决定集中镇江军、浙军、沪军近两万人，合力进攻天堡城。另以江苏军进攻雨花台，作为牵制。天堡城位于紫金山半山腰，地势险要，上筑连锁炮台，有重炮10门，机关枪4挺，由江防兵一营和旗兵400人防守。11月30日，联军向天堡城发起攻击，清军据险顽抗。在猛烈的炮火和机关枪的喷射下，联军一个个倒下，难以前进。联军随即组织敢死队，一路从正面进攻，另一路从侧背进攻。第二轮攻击开始后，敢死队冒着枪林弹雨奋勇前进，各军相继前进。在清军枪炮猛烈的封锁下，联军死伤不少。革命军愤怒，冒死进攻。经过一夜激战，将天堡城守敌半数歼灭。很快，联军控制了这个制高点，随后，就在天明时用缴获的大炮轰击朝阳门、富贵山和太平门。此时，江苏军也占领了雨花台，南京城大部分被联军占领。在联军火力威胁之下，城内清军全线崩溃。张人骏、铁良连夜狼狈逃窜，张勋也率部由汉西门逃出，经浦口逃往徐州。12月2日，联军进入南京城，全面占领南京。

这时，汉口、汉阳相继被清军攻破，武汉三镇岌岌可危。联军光复南京，挽回了武汉危局，此一关键，关系革命成败。孙中山曾在著作中说："汉阳一失，吾得南京以抵之，革命大局，因此一振。"

在这场震惊中外的战斗中，华墅人倪燕谋亲历战火，出生入死，他身先士卒，奋不顾身，为攻克雨花台立下汗马功劳。倪燕谋（1886—1926年）字贻孙，华墅聚龙街北端香花桥南巷门里人。早年毕业于南京讲武堂，参加孙中山组织的中国同盟会，后在南京总统府中任过军职。雨花台之役后，孙中山于民国元年（1911年）一月一日在南京就任中华民国临时大总统，对参加雨花台战役的主要骨干给予奖赏，另外赏赐倪贻孙一柄高级指挥刀。倪贻孙把这把指挥刀，连同另一把带套手杖式长剑，带回华墅家中保存，以志纪念，他的外甥叶云峰幼年曾多次把玩并著文记载。倪贻孙在南京时，与吴稚晖、钮永建等友善，常在秦淮河畔茶楼把盏品茗，谈论国事。1915年，袁世凯复辟称帝，孙中山发布《讨袁檄文》，各地纷纷响应，倪贻孙联络张继辉、邢少梅，发动江阴"黄山炮台独立"，参加起义的倪贻孙豪迈赋诗，庆祝胜利。诗中说："革命之花开万方，红旗今日树山巅。"在反动派的反攻下，10天后，"黄山独立"运动失败，倪贻孙外出避难，辗转各地。曾应安徽督军倪嗣冲的邀请，到安徽督军府任过职，因看不惯倪督军的做派，辞职回乡。民国十三年（1924年）十一月，孙中山北上经过上海时，曾约见倪贻孙，并赠币1000元，鼓励倪贻孙东山再起。

1926年，倪贻孙因积劳成疾，医治无效，在北京逝世。

【第29章】

天华学艺不耻下问
振标演讲慷慨陈词

天华学艺不耻下问

民国三年（1914年）十一月一个星期天的上午，在华墅东街一座叫做观音阁的冷庙里，一间狭小的侧厢中，一个瘦骨嶙峋的中年男子正坐在床沿上有滋有味地在吃东西。吃什么呢？一杯冷酒，下酒的是两个冷馒头。他叫龚发健，原来出身大户人家，却因为沾上鸦片，又嗜赌如命，终于把家财挥霍殆尽，落得个妻离子散，孑然一身的境地。幸亏他少年时学过吹唢呐，现在落魄了，便以此为生，帮人家出丧时吹吹哀乐，混一两顿饭，赚几个小钱。这馒头这冷酒便是昨天从出丧人家带回来的。龚发健平时吃饭无定时，饥一顿饱一顿，现在吃的算是早饭，又算是中饭，"冷酒热肚皮，吃得笑嘻嘻"。他边吃边自嘲，十分惬意。

忽然，观音阁门上响起剥啄之声，有个声音高叫："龚先生在家吗？"他怀疑是听错了，不答应。笃，笃，门上又敲了两下，还是在问："龚先生在家吗？"龚发健估计是有人走错了门，便放下酒碗，把门打开。敲门的是一位十八九岁的青年男子，只见他穿一身青色长衫，一手提着两瓶酒，一手拿着两包用干荷叶包裹的熟菜。龚发健疑惑地问："你找谁？"青年很有礼貌地朝他鞠了一躬，柔声说："就找您龚先生。""不敢，龚发健。你是……"龚发健想说"你是来找我吹出丧的吗？"但说到一半就咽了下去，这"出丧"是晦气的事，一定要来人先说，万一不是呢，人家会生气的。果然，来人笑盈盈地说："龚先生，我是来向您学习的。""向我学习？"龚发健越发奇怪了："向我学什么？""学吹这个"，青年指了指龚发健桌上的"吃饭家生"唢呐："我叫刘天华，在华墅澄华小学教书。"龚发健更糊涂了。"哦，你是教书先生？蛮好的饭碗呀！来跟我学这讨饭的行当？""不，不能这么说，我是音乐老师，来向你学习它的吹奏方法。"说着，刘天华打开了荷叶包，一包是半只酱鸭，一包是猪头肉。接着又开了一瓶酒，拿过桌上的一只有缺口的碗，倒满一碗，恭恭敬敬地敬龚发健。龚发健受宠若惊，立起身来，连说"不敢"，刘天华情真意切，再三敬上，龚发健只得接过酒碗，一饮而尽。

原来，昨天上午刘天华正在学校里临街的教室里上课，忽然传过来一阵激越的器乐声，那声音清亮高亢，穿透力很强，音乐声过后却又是一片哭声。他觉得奇怪，有个学生告诉他，这是人家在出棺材，那声音是吹的唢呐。吹的人叫龚发健，人称"叫花子"。哦，从小在城里长大，没见过、也没听过乡下出殡的器乐独奏，刘天华一下子被那动听的唢呐声吸引住了。于是他问清了龚发健的住处，上门拜师来了。现在，龚发健一边呷酒，一边摆弄唢呐，向刘天华讲解唢呐的结构原理，讲到要紧处，吹上一曲……

刘天华（1895—1932年），初名寿椿，江阴城里西横街人。中国作曲家、民族乐器演奏家、音乐教育家。刘半农之弟。曾任教于北京大学音乐传习所、北京女子高等师范学校音乐科和北京艺术专门学校音乐系。1927年创立国乐改进社，编辑出版《音乐杂志》，在二胡、琵琶的教学、创作与演奏上均颇有成就。他创作的《良宵》《光明行》《空山鸟语》等10首二胡曲和《歌舞行》等3首琵琶曲以及其他一些作品，开拓了中国民族乐器创作的新境界。

民国二年（1913年）初，刘天华任职的上海开明乐社解散，刘天华只好从上海回到江阴，失业在家。经亲戚介绍，次年8月，到华墅澄华小学当音乐教员。

刘天华任职的这所学校，成立于1911年，初名忠义小学堂，刚改为澄华小学。他去的时候，第一任校长徐炳成、第二任校长钱晓朕另就他职，当政的是创办人之一王恩汾。王恩汾（1884—1954年）字起文，又字冠唐，号彦门，以字行。王彦门的父亲王润生是清优廪贡生候选训导，学识渊博，桃李满天下，对独子王彦门影响颇深。王彦门是上海东游预备日语法政学校毕业生，在他当澄华小学校长的任上，接过前两任校长的教育理念，废除四书五经等课程，仿日本教育模式，开设了算术、国语、音乐、手工等课程，提倡新文化，崇尚科学文明，努力为学生拓宽知识面。为此，他积极为学生延聘优秀的新型教师。年轻的刘天华懂得乐理，又会演奏多种乐器，正好契合了王彦门把高雅的音乐，带进乡村学校的想法，于是就让刘天华担任音乐教员。由于当时孩子的入学率不高，学生不多，教师也缺少，刘天华除了教音乐，还兼教手工、国语和算术。开始，学生们对"音乐"这门副课感到陌生，但经过城里来的刘先生讲究上课方法，不仅教学生音乐知识，还把历史上"高山流水""四面楚歌""滥竽充数"等音乐故事讲给大家听，把本来枯燥的音乐课上得有声有色，终于博得了学生们对音乐的喜爱，在原先校园里单调的读书声里，又融入了愉快悦耳的歌声。求知若渴的刘天华在教学之余，还融入华墅民间音乐队伍，收集整理民间小调，切磋二胡、笛子演奏技艺。

　　刘天华结识了龚发健，执着地向他学吹唢呐。他托龚发健也买了一把唢呐，学着龚的方法吹，一开始吹不出声音。这更使他着迷了：唢呐看起来很简单，那用麦秸管做的吹口，为什么别人吹不响，但到了龚发健嘴上，就能吹得惊天动地、摄人魂魄呢？于是他一有空就去观音阁学吹唢呐。工夫不负有心人，终于，刘天华吹响了唢呐，慢慢地，又向龚发健学到了《大出殡》《大悲调》《上路》等唢呐演奏曲调。

　　就在刘天华痴迷地学吹唢呐时，校长王彦门找到了他，王校长希望本校这位青年才俊去跟"乞丐"学"吹打"只是传言而不是真的，因为这关系到新型学堂澄华小学的名声，关系到校长的面子。刘天华坦然地说，是的，我是拜龚发健为师学吹唢呐的。王彦门劝告说："以前学就学吧，以后不要去了。"可是，王彦门的劝告，仍旧按捺不住刘天华学习唢呐的上进心，执着的刘天华依旧一有空就去找龚发健学吹唢呐。

　　"一个新式学堂的教师，居然向乞丐求教出殡哀乐，这成何体统？"华墅镇上的一些守旧的绅士们纷纷找上门来，王彦门终于顶不住社会舆论的压力，只好下了"逐客令"，当一个学期结束时，刘天华终于结束了在华墅澄华小学担任音乐教员的生涯。

　　刘天华在华墅担任音乐教员的时间虽然不长，但他在华墅播下了音乐的种子，他的音乐教育卓有成效，一批受他音乐启蒙的孩子后来对音乐产生了浓厚的兴趣，作为"副课"的音乐，逐渐成了孩子们喜爱的学科。有一位名叫吴元亮的学生还成立了课余乐队，在华墅镇上经常举行演出活动，受到群众欢迎。华墅镇上也渐渐团聚了一大批青年爱好者，形成了浓厚的民间音乐氛围。

振标演讲慷慨陈词

民国十三年（1924年）十一月二十三日，这是一个星期天。早晨，太阳才升起，华墅中渡桥河南的乡公所便热闹起来了。工友老王把朝北的两扇木栅大门早早地打开了，又忙着打扫门内广场地面。这里是华墅文社旧址，岁月流逝，风貌犹存，广场是一片平整的砖场。这砖场，如果站满人，也可以容纳200多人。老王扫完砖地，又把乡公所办公室里的几张长凳端了出来，排在砖场上首。路过的人们知道，老王这番忙碌，肯定是为了等待"大好佬"（华墅话，大人物）的光临。

过了一会，"大好佬"没来，倒先来了一群高小学生。那年月，工厂单位都不兴休假，只有学校，星期天不上课。孩子们七嘴八舌地告诉老王，是钱子清老师叫他们来听演讲的。又过了一会，钱家场上的钱子清先生来了，接着又陆陆续续来了不少成年人。钱先生告诉老王，客人讲好一早从江阴出发，至少要到9点钟才到，我们可以先把听众的秩序管一下，等客人一来，演讲马上开始。因为演讲活动在华墅难得开展，所以砖场上除了学生，还来了许多好奇的成年人，包括一些平时不大出门的老学究。

"来了，来了！"几个在门外的孩子忽然叫了起来，两个风尘仆仆的年轻人大踏步地走了进来，钱子清连忙迎了过去。这两位年轻人，就是今天活动的主角钱振标和他的同事戴盆天。他们天没亮就从江阴出发，一路步行到达华墅，虽然走了四个钟头路，但没有半点倦容，依旧精神抖擞，英气勃勃。钱振标接过老王递过来的水碗，一口气喝了，道了谢，然后对钱子清说："晓朕兄，我们开始吧！"说着，便站到了人群面前的一张长凳上。

钱振标一露脸，人群中马上有人说："钱老师，他是钱老师，那年他上过我的课！"钱振标微微一笑，亲切地说："各位父老乡亲，各位小朋友，大家好！刚才有人认出我是钱老师，是的，1921年秋季，我就在这个振华小学堂当老师。今天我受国民政府委托，来宣讲孙中山先生的'三民主义'和'五权宪法'，题目是《国民与民国会议》。"

场上那些本来以为来的是"大好佬"，却看见的是普通的"钱老师"的人，有些失望，想要退出。不想才听了钱振标的几句开场白，就被吸引住了："大家知道，延续了几千年的封建制度早已被推翻，中华民国已经成立了13年。可是，我们每一个人，对于自己的身份，自己的责任、权利却还不了解，甚至不懂得珍重自己的名分！"钱振标的口才很好，演讲一开场，就直奔主题:"我今天重点讲'三民主义'和'五权宪法',这是孙中山先生民主思想的精髓。'三民主义'就是民族、民权和民生。孙中山先生设想通过三民主义的实施,能够'人尽其才,地尽其利,物尽其用,货畅其流',进而实现国富民强、天下为公的大同社会……"他接过戴盆天递过来的水杯,喝了一大口,继续说:"民族主义,就是反对满清专治和列强的侵略,打倒与帝国主义相勾结的军阀,实现国内各民族的平等,承认民族自决权;民权主义,人民有选举、罢免、创制、复决四权,用来管理政府;政府则有立法、司法、行政、考试、监察五权以治理国家……"接着,他又讲了民生主义、新三民主义、"五权宪法"。他的声音宏亮,口齿清楚,有条有理,大家都静静地听着,没有人交头接耳。接着,钱振标又讲了孙中山先生的《建国方略》,其中的《实业计划》,尤为吸引听众。钱振标举例说:"孙中山在十多年前视察江阴时说,'让全国的文明从江阴发起',他的意思是要重视建造公路,改善交通。今天我与戴先生从江阴到华墅,靠两条腿步行,我们没有马车、汽车,又没有马,脚踏车也没有,只能跑。我们年轻力壮,尚且跑了小半天,要是将来公路铺好了,坐上汽车,只要一个钟头甚至半个钟头,就可以从江阴到华墅……""哦,这么快!"听众中不少人齐声惊叹。

这时,听众后面一个戴西瓜皮帽、留着山羊胡子的老学究传过来一张纸条,传到钱振标手上,钱振标看到上面写着"革命党逆天行事视孔墨犹灰"十几个字,笑了笑,说:"这位先生能披露心声,很好。但是,先生你错了。孙中山先生的主张,是一开始就与中国儒家老祖宗孔子融为一体的。孔子在《礼记·礼运》里说,大道之行也,天下为公。国民革命没有'视孔墨犹灰',而是遵照孔子的学说,孙先生在《三民主义》中说,'真正的三民主义,就是孔子所希望的大同世界。'国民党要以'博爱''天下为公''世界大同'为己任,把中国建设成和谐安康幸福的人类社会。还要说一点,三民主义是顺应世界潮流。世界潮流,浩浩荡荡,顺之则昌,逆之则亡!"

钱振标感情充沛的答辩,赢得了听众们的赞许,又有人提出一些问题,钱振标一一解释,道理深入浅出,举例通俗实在,听的人连连点头。这时,在一旁作记录的钱子清看看时间不早了,就走过来对钱振标说:"清泉弟,该结束了,时间不早了。"钱振标点点头,说:"诸位乡亲,今天的演讲就要结束了,希望大家对敌人的演讲多作思考。"场上的听众对他报以热烈的掌声,大家都记住了江阴来的能人钱振标。

钱振标(1895—1928年),又名正表,字球仰,号清泉,江阴西郊青山能家村人。他出身贫寒，从小丧父，七八岁便在城北提篮上街叫卖大饼油条，后靠亲友资助读完小学，考入省立无锡第三师范学校读书。1917年毕业后先后在丹阳、江阴顾山、华墅的小学任教。在新思潮的影响下，钱振标积极探求革命真理。1924年7月，他在上海由毛泽东、胡汉民介绍，加入了中国国民党；1925年4月，由恽代英介绍，参加中国共产党；5月，受共产党派遣，去西北冯玉祥的国民军做政治工作；12月参与创建中共甘肃省特别支部，他担任支委。1927年，蒋介石发动"四一二"政变，钱振标被冯玉祥"礼送出境"。他回到南方，任临时中共江苏省委委员，农运特派员。同年10月10日，中共江阴县委成立，钱担任县委书记，组建农民革命军，兼任总司令，于11月15日、12月21日领导江阴后塍两次农民暴动。1928年8月，任京沪特委军委书记兼江阴县委书记。10月18日，在常州参加京沪特委会议时被捕，在狱中坚贞不屈，拒绝诱降。11月15日，在江阴君山南麓陆家坟场英勇就义。

且说钱振标演讲结束后，被钱子清邀请到家里午餐。三人一进屋，立即受到一家大小的欢迎，钱子清夫人叶德清连忙端出饭菜，三人边吃边讲。钱振标与钱子清两人都姓钱，认为同宗，格外亲热，渐至推心置腹。钱振标对钱子清支持今天的演讲表示感谢，并建议他追随新的潮流，多多出去参加社会活动。钱子清欣然应允，但因家中老母在堂，6个孩子最大的才18岁，最小的才3岁，暂时无法外出，但他承诺，华墅地方上的三民主义宣传活动一定广泛开展、尽力参加。

钱振标和戴盆天回江阴后，钱子清就把这天宣讲的消息，刊登在自己主办的《华墅》旬报《记乘》栏目里，题目是《国民党员来乡宣传》，主要内容是"旨在警悟国民注意国事，合力促成国民会议，以期统一全国，实现共和。"

钱振标在华士的演讲，使华墅民众加深了对三民五权的理解，不少有识之士认为这是"救国治国之良法"。

【第 30 章】

兆丰典当白日遭劫
农暴英雄黉夜遇害

兆丰典当白日遭劫

  清末民初，华墅西硕桥南堍向东，当时称为河南街的中端，有一家座南朝北，规模宏大的店铺，门首一块招牌，黑底嵌金粉四个颜楷大字：兆丰典当。这招牌，不仅让河南街行人瞩目，站在中渡桥、西硕桥上隔河远望也十分醒目。进典当大门，迎面便是一堵短墙，蓝漆打底，写着一个极大的"当"字，绕过"当"字墙，里面是一个天井，穿过天井，才到堂屋。堂屋里有一座高过人头的曲尺形大柜台，柜台外沿，密树铁栅，高接屋梁，只留几个小窗口，便于营业人员交接当物和付钱。兆丰典当开张于光绪年间，经理赵伯岱和卢澄清。典当有屋 104 间，高墙深院，壁垒森严。它与江阴城里的济美、源大，杨厍兆兴，堪称生意兴隆的典当。

  民国十四年（1925 年），中华大地军阀割据，战乱频仍，社会治安混乱，盗贼屡出。这一年的 10 月 13 日，下午 3 点多钟，忽然有 3 条苏北小型运输木船，在太清河上从西边开来，停靠在兆丰典当码头上。船还没有停稳，就有一百多个壮汉乱纷纷地跳上岸来。他们一个个身穿灰布衣裤，头缠白布，手上都拿着凶器，或快枪或刀斧，开口讲话是苏北口音。这百多人一上岸，立即有一个为首的拿出一个警笛，"呜呜"吹响，把他们聚拢一起，分为三股。一股守住西硕桥和中渡桥，一股直入兆丰典当，还有一股直奔北街、西街和东街，分头实施行动。

进入兆丰典当的这一伙,个个凶神恶煞,穷凶极恶。为首的几个,踢开曲尺柜台旁边的小门,直闯典当中枢。一个暴徒二话不说,持枪朝天一枪,一声巨响,屋顶顿时击出一个大洞,灰尘瓦屑纷纷扬扬,簌簌落下;另一个暴徒朝着屋里地面随意放了两枪,铅弹散处,顿时有人鲜血迸溅,哀声不绝。劫匪们的突然到来,吓得店里朝奉、管账和其他营业人员惊慌失措,缩作一团,不敢动弹。经理赵伯岱见势不妙,连忙出来斡旋,力图息事。他胖乎乎的脸上挤出尴尬的笑容,连连作揖,口中说:"诸位诸位,有话好说,有话好说……"啪!一个匪徒扬手打了他一记耳光,嘴里叽里呱啦说了一句什么话,又恶狠狠地把他推了个趔趄,还举起快枪,对着他的脑袋扬了一扬,吓得赵伯岱屁滚尿流,呆若木鸡,心中哀叹:今日大难降临,只好失财保命了!此时,劫匪们开始行动,他们用斧头砸去库房上的铜锁铁锁,冲进专门存放贵重皮货、金银首饰和银元的包房、饰房、钱房,把里面的东西不分巨细,掳掠一空。掠过还不算,还把内室翻箱倒柜细细搜索,凡值钱的物品全部搜走。折腾了好一会,劫匪们看看差不多了,便呼啸一声开始撤退。临走,一个劫匪看到赵伯岱手上戴着的戒指,便举着刀,命令他把戒指摘下来,赵伯岱无奈,只得抖抖索索地摘下了戒指,劫匪一把抢过,扬长而去。

在抢劫兆丰典当的同时,另一股劫匪窜到东街、北街和西街,拣大店尽行劫掠。暴徒们手持凶器,闯进店堂,店伙稍有反抗,暴徒便来个"杀鸡儆猴",用枪击用刀砍,刀斧到处,血溅店堂,商人们便但求保命要紧,不敢反抗,眼睁睁地看着店堂里的钱财和贵重货物被劫匪掠去。

劫匪们在华墅街上肆虐了近3个小时。快6点时,陆续回到兆丰典当码头集中,把各自抢来的东西搬运下船,然后不慌不忙,在人们愤怒而又无奈的目光里,从容解缆开船,人们眼巴巴地看着这3条木船向东驶去。事后知道匪徒们由东转北,进入蔡港河,经马嘶乡转入常熟境内,从容逃脱。

这次劫匪白日行劫,事后统计,河南街上兆丰典当是劫匪的主要目标,损失最重。包房、饰房、钱房里的所有包裹、金银首饰和现洋尽行抢去,价值万元;其余东街、西街、北街遭到抢劫的有元隆酱园、鼎元酱园和永盛裕色布号,三家加起来抢去2000多元;仁昌合作商店、陈三源堂药店、黄恒裕南货店共抢去500余元;永茂染坊、贡琳记油车作共200余元;陈义庄住宅抢去衣服首饰现洋共值500多元,还有各店家货物损失不计在内。劫匪开枪伤及7人,分别为农民夏阿四、赵阿金,商店伙计张宝林、陈亚清等。因为伤口较大，华墅及附近诊所无法医治，店东连夜请人抬到江阴东门外福音医院治疗。所有劫后报损、伤员处理情况，均由华墅乡助理员徐逊先、张淡佳办理。

劫匪在行劫时，华墅有人打电话到江阴县署衙门。时任江阴县知事是江苏溧水人王家锦。王知事立即紧急命令侦缉队长黄金标、警察所代理警佐巡官祝虞臣率警员士兵去华墅；还打电话请驻军王府七十一团第一营，加派陆军二排，由史副官率领，荷枪实弹，下午五时集结出发，到华墅已经九点多钟，劫匪的船早已无影无踪了。十四日清晨，王家锦知事带同书记（记录员）陆宝光等，亲自到华墅了解巨劫实况，也只能一方面向上呈报案情，一方面派人侦查劫匪案底。但劫匪去向不明，一直未能破案。直到4个月后，1926年2月，上海新闸路、蓬莱路分别有两户被抢劫犯入室抢劫，被上海侦探白忠麒等将抢劫犯朱裕生抓获。经审讯，朱也是去年华墅劫案犯之一。接到上海公安局的通报，江阴侦缉队长黄秉忠立即派探员杨子明带了介绍信去上海，将朱犯于2月27日押解到江阴，暂押侦缉队里，由黄秉忠审讯。据朱裕生交代：他是江苏阜宁人，46岁，暂住江阴城里，去年曾经纠集同党20余人，参与白昼抢劫华墅几十家商家，事后分到皮袍两件，现洋15元，皮袍已在镇江销赃。后来再由王知事审讯，也只有如此口供。朱犯已由上海公厅判刑5年，就押回上海原地一并加刑。华墅劫案被抢去的钱物仅追回极少一部分，还不够破案费用。

最伤心的是华墅兆丰典当，不仅抢去了现洋，还抢去了当户当在铺里的贵重物品，这些皮货、首饰，当户持当票来赎，当铺拿不出，按照事先约定，是要高价赔偿的。另外，抢劫时受伤人员医疗费用也要承担。兆丰典当经此一劫，元气大伤，从此一蹶不振，于次年便告倒闭。

典当，又称当铺、质库，由于抵押者提供的抵押品，当值只有原物价值的二三成，而且限期回赎，赎回时当款还要付重息，因此，经营典当业，只有盈利，决无蚀本。典当行业也由此惹人眼红，一直为土匪、盗贼、兵痞所垂涎。华墅在开设兆丰典当之前，清道咸年间，在北街潘家湾也曾经开过一家典当，但在咸丰十年（1860年）遭遇兵灾，不仅被抢劫一空，整座典当房屋还被付之一炬，烧了个罄尽，烧剩的瓦砾堆成小山一座，房屋只剩下地基一片空地，留下一个地名唤作"典当场"，流传至今。

民国十四年的巨劫案，给华墅人敲起了警钟：手无寸铁，便任人宰割。华墅工商界人士孟粹彝、贡希仁、李吉安、黄轮香等倡议成立武装团体，他们采取向厂商募捐的方法，筹集资金，建立华墅商团。民国十五年（1926年）华墅商团成立，团长王天民，聘军人出身的吴剑荃任教练，雇旧军人4人为专职团丁，抽调工厂商号职员任兼职团丁，组成4个班，配备各种枪支92支，定期训练，紧急时集结出动。民国二十四年（1935年）解散。

农暴英雄黉夜遇害

民国十七年（1928年）2月26日，农历二月初六。午夜11点，月色朦胧，星光暗淡。在通往杨厍城的乡间小路上，一支队伍从华墅东马嘶乡、斜桥仲家场和杨厍城郊三个地点，同时向杨厍西门奔袭。这支队伍总共700多人，是由江阴县委组织的农民暴动队。出发前，县委领导作了战斗动员，编制队伍，下达口令，规定队员以红布围领作为标记，暴动队伍的总指挥是朱松寿和茅学勤，葛怀德、徐茂如等为分队队长。

在行进队伍中，有一个人特别惹人注目。他瘦长的个子，文质彬彬，清秀的脸上的总是带着微笑。他手上没有武器，左手提一只小木桶，右手拿一只电筒，身上还斜挎着一只包袱。每当土路上有缺口时，他总要停下来，打开手电筒照着，关照大家走好，他，就是分队队长徐茂如。徐茂如今天参加暴动，除了以武力打击敌人以外，还有一个宣传任务，张贴标语，从精神上打击敌人。他身上背的，就是写好的标语，手上提的小木桶里盛的是准备用来粘贴标语的糨糊。

午夜12点多，从仲家场出发的队伍由茅学勤率领，已经到了杨厍西门公安分局附近。农暴队伍抢占了有利的地形，以几间废屋为掩护，几个农暴队员向公安分局猛地扔出了土制炸弹，威慑敌人；同时，徐茂如打开手电筒放在地上，引诱敌方向电筒光开枪，消耗他们的子弹。但是敌人摸不清农暴队伍的力量，只是向外打枪，并不冲出来；农暴队伍虽然有土炸弹助威，但不能攻进公安分局。正相持不下时，徐茂如看见废屋旁边堆有柴垛，那是农家秋收时积下的，灵机一动：何不用来火攻！就让几个暴动队员悄悄地从柴垛上抽出稻草，搬到公安分局门外，点火烧着，顿时烈焰窜起，大火带着浓烟，随风灌进分局屋子，屋里的警察被熏得又咳又呛。这里大火烧起，埋伏在西门的农暴队员知道队友已经得手，在朱松寿的指挥下，大家一拥而上，从公安分局正面发动进攻。农暴队砸开分局大门，战士们一拥而入，挥舞刀棍，见警察就打。据守的警察们慌了手脚，连忙夺门而逃，逃得慢一点的，不仅被缴了枪支，还被打翻在地。很快，暴动队伍收缴到了毛瑟枪1枝、快机子弹1箱和一批盒子枪子弹。愤怒的农暴队员占领了公安分局，看到平时作威作福的警察已经溃逃一空，便一把大火，把公安分局——昔日的文昌庙12间房屋烧了个罄尽。在另一个战场——东门水关，农暴队员冲进缉私盐局，砍伤3个负隅顽抗的盐警，缴下了他们的枪支。这时，公安分局逃出来的警察还想凭借城堡墙根向暴动队伍反扑，暴动农民从富商的店铺里拿来整箱火油，一箱箱点燃后砸向警察，一时大火熊熊，很快蔓延开来，吓得警察抱头鼠窜。由于事前周密部署，农民暴动队员个个奋勇，杨厍暴动一举成功。不仅冲垮了公安分局，烧毁了分局驻地，冲击了缉私盐局，还搜查了豪绅、地主的店铺、宅第，搜出债券、租簿、账册、田契等，当场一并烧毁，典当的银元浮财全部没收，救济贫民。

凌晨3时，暴动队伍在街上集合，徐茂如抓紧时间，带领几个农暴队员张贴宣传标语。朱松寿、茅学勤当众演说苏维埃的组织法，总结了暴动情况。天亮之前，农暴队伍撤离杨厍。这时，大家看到，杨厍街头已经贴满了标语和布告。大幅标语写的是："没收地主土地，实行耕者有其田""不交租、不还债、不纳税"等；布告内容则有几种：枪毙土豪劣绅的布告，警告反革命国民党的布告，揭露反动政府的腐败、残暴、政治黑暗的告示，等等。引人注目的是，每张布告上都署名"红军江阴东北路司令部"。这是江阴首次出现"江阴红军"称号。

杨厍暴动，连同不久前的两次后塍暴动，极大地鼓舞了农民的斗志，江阴的共产党组织和农民武装得到迅速发展。国民党当局惊恐万状，忙不迭地"扑火"，可是这"火"不仅扑不灭，反而越扑越旺！

徐茂如（1900—1928年）华墅砂山北蔡河乡徐巷（自然村）人。共产党员。出生于书香门第，其父徐一笙，曾任江阴县视学[1]。徐茂如少年时在父亲的鼓励下，奋发读书。学生时代爱好文学，以优良成绩考入上海中国工学院。在上海读书期间，受"五四"运动影响，接受新思想，积极探求革命真理。回乡后，曾担任章卿乡行政委员。民国十六年（1927年）春，北伐军到江阴，江阴境内各乡成立农民协会和农民自卫军。徐茂如积极投身农民自卫军，努力开展农民协会工作，发布"禁止赌博，禁吸鸦片，禁演淫戏，禁宰耕牛，禁放高利贷"等布告，先后在泰清寺、赵庵、黄墩小学等地举办"农民运动

---

[1] 官名，北洋政府设置，属县劝学所，每县设一至三人，承县知事之命视察全县教育事务。

讲习班"，宣传打倒土豪劣绅，农民夺取政权，分土地，大家有饭吃等道理，吸引了许多农民听讲。1927年4月12日，以蒋介石为首的国民党新右派，在上海发动反对国民党左派和共产党的武装政变，大肆屠杀共产党员、国民党左派和革命群众。从此，徐茂如转入秘密活动，坚持革命斗争。同年8月7日，中共中央政治局在汉口俄租界召开紧急会议，纠正和结束右倾主义错误，确定土地革命和武装斗争的总方针，决定发动秋收起义。"八七"会议精神传到江阴，11月，中共江阴县委闻风而动，举行秋收起义。省委特派员钱振标任总司令，茅学勤为副总司令，华墅山北、周庄东乡农民纷纷参加。葛怀德、徐茂如带领农民投入中共江阴县委组织的占义桥、后塍和杨库的农民武装暴动。农民暴动波及章卿、华墅等地，引起了地主豪绅的恐慌，纷纷成立"自卫队"，对抗农民暴动。章卿乡地主徐尊三利用"自卫队"，捕捉并杀害了农民革命军战士蔡锡文，并扬言要把"造反的农民一个个消灭"，妄图扼杀革命力量。面对徐尊三的嚣张气焰，葛怀德、徐茂如带领农民军，趁徐尊三的"自卫队"一次聚集宴会时，把他们团团包围，一网打尽，缴获了所有武器。

徐尊三和他的"自卫队"受到沉重打击，使华墅商团大为震惊。团长王天民如临大敌，连夜安排人力加固电网，围镇一圈布好岗哨，重要水路、巷口安装栅栏，夜间禁止通行。除了岗哨外，还特地请了两个更夫，一到晚上就敲更巡逻。华墅商团扬言：有来犯者定让他有来无回。中共江阴县委在峭岐暴动后，计划在华墅举行暴动，以打击华墅商团的嚣张气焰。徐茂如为掌握华墅镇具体情况和进攻路线，多次从徐巷到镇上侦察。8月25日，他到西街黄楼茶馆，借吃茶为名，与线人接头，不料被茶馆隔壁一个姓陈的商团团丁认出，陈团丁马上密报商团团长王天民。王立即带人赶到茶馆，将徐茂如抓住。押到商团团部严加审讯。审讯中，徐茂如坦然承认自己是共产党，参加过农民暴动，但拒不泄露农运人员姓名。任凭严刑拷打，威逼利诱，他坚贞不屈，守口如瓶。残暴的敌人恼羞成怒，决定将他杀害。民国十七年（1928年）8月22日，农历七月初八，又是一个月色朦胧夜，由于华墅商团惧怕农民得到消息会来"劫法场"，捱到深夜，徐茂如被秘密押到华墅小北街三官堂北节斗坝荒野中，从容就义，时年28岁。

徐茂如被杀害后，华墅商团还不敢承担罪责，捏造事实，作了假情报报到县政府。当时的上海《申报》这样报道："邑东章卿泗港人徐茂如……前日下午到华墅，欲积极工作，拟于双十节暴动，被该乡团获住，经团长王天民盘讯，供认不讳。本欲解城讯办，不料至半夜，看守者疏忽，徐乘隙逃出，被门岗追至东街梢开枪击毙。……"

新中国成立后，徐茂如被追认为革命烈士，1978年4月，华士公社在砂山南麓头峰顶下为他建墓立碑；2010年6月，迁入位于砂山北麓的华士烈士陵园，供后人凭吊。

农民运动指挥者

第30章 兆丰典当白日遭劫 农暴英雄黉夜遇害

【第31章】
陈唯吾隐身做教员
龚玉泉北伐攻湘鄂

陈唯吾隐身做教员

　　1930年5月29日的夜晚,月暗星稀,四野寂静。江阴北门外任家埭一家普通的民屋里,聚集了十几个人。尽管这里地处偏僻,但主人吴小妹谨慎起见,还是在门外把守观察动静。今天到她家里来的人,庄重而又热烈地讨论着一件大事。这些人中间,有中共江阴县委书记陈唯吾、县委委员张志强、朱松寿,利用纱厂党员任瑞生、沈宝华、金二大以及纱厂工人积极分子五六人。会议由陈唯吾主持,这是一个精明干练、英气勃勃的年轻人,他沉着稳重,说话有条有理:"明天又是5月30日,这是一个应该永远纪念的日子。"他简略地讲了"五卅惨案":5年前的这一天,上海学生2000多人在租界内散发传单,发表演说,抗议日本纱厂资本家镇压工人大罢工,打死工人顾正红;学生们声援工人,被英国巡捕逮捕100多名学生;下午万余群众聚集在英租界南京路老闸巡捕房门首,要求释放被捕学生,他们高呼"打倒帝国主义"等口号,竟遭到英国巡捕开枪射击,当场打死工人、职员等13人,重伤几个人,还被逮捕150多人,造成震惊中外的"五卅惨案"。"为了配合红五月活动和响应各地工人运动,打击敌人的嚣张气焰,江阴县委决定于5月30日,借纪念'五卅惨案'之机举行罢工。"陈唯吾说完,张志强、朱松寿也谈了他们的打算。江阴利用纱厂是江阴最大的纱厂,通过任瑞生等地下党员的积极工作,工人们的觉悟大大提高,曾几次酝酿罢工,终因时机不成熟而未能举行。但反对国民党的黑暗统治，争取工人阶级自身权利，已经成了工人们的一致要求。所以，他们对县委发动的这次罢工，有充分的信心和把握。任瑞生的措施是：由他掌握控制引擎间，因为引擎是全厂的动力总枢纽，引擎间停工，全厂就瘫痪了；沈宝华、金二大负责联系全厂工人罢工，并建议争取厂外支持，以壮声势。会议一直开到下半夜才结束。

5月30日一大早，任瑞生走进利用纱厂的引擎间，取下了引擎上的气门板，引擎就停止了运转。引擎间一停，全厂1300多工人的大罢工开始。顿时，偌大一个机器日夜轰鸣、喧嚣热闹的利用纱厂，变得悄无声息，一片死寂。半小时后，工务长姚庆云把罢工的消息报告了资方经理王翼云和协理祝丹卿。这些厂部头面人物一面假惺惺地向工人了解停工原因，一面要求先把引擎间复工，派代表来谈判。工人们就推举任瑞生和李俊山等12人为代表，与资方谈判。工人们提出的要求有13项：1. 每个工人每天增加工资1角；2. 实行8小时工作制，每昼夜分3班工作，实行"三八制"；3. 礼拜天（星期天）上班要付双倍工资；4. 女工要有产假；5. 准予工人婚丧假5天，工资照发；6. 停厂期间，工资照发；7. 不无故开除工人；8. 不得随便开除老年工人；9. 资方不得任用私人进厂；10. 要办公共食堂，解决工人吃饭问题；11. 创办幼儿园；12. 厂内设置医务室；13. 创办工人子弟学校。

这些条件虽然不算苛刻，但在资本家看来，工人向老板讲条件，纯属天方夜谭，资方不肯接受。谈判谈到中午12点钟，毫无结果。县委书记陈唯吾了解了实情，就发布通令：出厂上街游行！全厂工人涌出厂门，集队走进城里，在大街上游行，一路散发传单，呼喊口号，引来市民围看。游行队伍到达体育场，任瑞生和沈宝华集结全体工人，准备开会。不料冲进来一队军警，约有六七百人，一个个全副武装，荷枪实弹，如临大敌。他们将手无寸铁的工人团团围住，工人稍有分辩，就逮捕起来，当场逮捕10多人，游行队伍全部驱散。

利用纱厂罢工事件中，资方勾结国民党县党部特派员仲健辉、要塞司令杨允华和商会会长兼商团团长尹仲仁等，逮捕了任瑞生和李俊生等10多人。经过中共江阴县委奔走呼号伸张正义，开展营救活动，过了两天，当局先放出了10名工人，却诬陷任瑞生和李俊生是"共产党煽动闹事"，并栽赃陷害他们私藏枪支弹药，把任、李两人移送苏州高等法院，经陈唯吾等开展法律援助，3个月后，因查无证据，任瑞生和李俊生释放回江阴。

以陈唯吾为首的中共江阴县委组织发动的利用纱厂大罢工，持续了3天，虽然未能全部达到目的，但经过这次实践，江阴的工人队伍经受了一次考验，取得了斗争的经验；同时也给了反动统治和剥削阶级一次沉重的打击。

陈唯吾（1904—1930年）又名恩和，化名曹平，江阴城内西横街人。幼年家境贫寒，17岁报考了江苏第一师范（校址苏州），民国十三年（1924年）毕业。1927年在上海由罗亦农介绍参加共产党，任共青团江阴县委宣传部长。这时，他的公开身份是小学教员，在华墅县立第六国民学校（后为华墅中心小学）任课。他知识渊博，上课风趣幽默，很受学生欢迎。当时在他班上上课的学生、后为上海华东师范大学教授的徐中玉回忆："陈唯吾老师年轻活泼，给我们上国文课、算术课，常给我们讲爱国故事，从岳飞、陆游，讲到江阴阎应元，生动活泼，风趣幽默。在我5年级的时候，有一天早上我去上课，陈老师忽然不来了，当时也不知什么原因。直到20世纪90年代，我应江阴市政府邀请，参加'三刘'（刘半农、刘天华和刘北茂）纪念活动时，在江阴革命烈士纪念馆中，看到了陈唯吾老师的遗像，这才明白，原来陈老师是共产党早期的干部，是隐身在小学教员里的共产党人。"1928年冬天，中共江阴县委组织农民武装暴动，陈唯吾受钱振标派遣，去上海购买武器，并机智地运回江阴。这期间，他仍旧隐身在教员队伍中，在城区小学里任课，后任教育局督学。1929年春，陈唯吾兼管江阴城区党的工作。在农民暴动中，他派出工人同志参加，并由报社内的共产党员以记者身份，下乡采访暴动详情，予以披露。10月，任共青团江阴县委书记。此时，农民暴动已被镇压下去，他以教育局督学身份，在城区掌握敌人动静。一次，他了解到，江阴县公安局局长张品泉派20多名警察到顾山去"清剿"，陈唯吾借巡视顾山的学校为名，跟着警察一起到了顾山。时值中午，他趁顾山镇宴请警察时，联系了自己人，让同志们迅速转移。结果等警察吃好午饭，再去"清剿"，"农暴"人员都已安全转移，警察空手而归。1929年4月，钱振标、茅学勤等先后牺牲，在危难之际，陈唯吾接任中共江阴县委临时书记，化名曹平。他重新进行党员登记，把工作重心放在发展城市的职工运动方面，到1930年3月，全县恢复了25个党支部。5月，组织领导了利用纱厂1300多名工人大罢工。8月16日晚，他在月城戴庄南面的日照（今属戴庄村）夜叉头坟场，召开农民积极分子会议，部署抢粮斗争。会议结束后夜宿峭岐竹林庵。不料被密探侦知，密报峭岐凤戈乡乡长钱才良，钱知道陈唯吾是中共江阴县委书记，就报告了江阴县国民政府，并引领月城保安团前往抓捕，包围了竹林庵。陈唯吾听到动静，一边组织人员突围，一边持枪出来迎敌，正要枪击敌人，不料手枪子弹卡壳，乡丁们一拥而上，逮住了陈唯吾。陈唯吾被捕的消息很快被江阴县委了解，县委部署了营救措施，不料走漏了风声，敌人改水路为陆路，把陈唯吾押回了江阴，营救计划失败。

陈唯吾被押到江阴后，面对敌人的封官许愿，不为所动；受尽酷刑，坚贞不屈。1930年8月27日下午，被敌人杀害在寿山公园北金刚腿，时年26岁。

龚玉泉北伐攻湘鄂

湖北咸宁境内南端有个小镇叫汀泗桥镇，这个镇依山傍水，镇东有一片绵延起伏的山地，其中有座较高的山峰叫塔脑山；汀泗河自西南向北斜斜穿过汀泗镇。汀泗镇有山有水，与华墅镇很是相像。

1926年5月，国民军北伐部队进入湖南，7月9日誓师北伐，北伐军向北挺进。为了阻止北伐军北上，军阀吴佩孚纠集主力2万人，扼守在汀泗桥镇，这些兵分别来自湖南汨罗、岳阳、平江、通城；还有从武汉增援的部队。国民革命军这一路部队是第十师、十二师和叶挺的独立团。25日，叶挺的独立团已在蒲圻中伙铺拦击了向汀泗桥退却的孙建业部第二团，俘获团长以下官兵400多人。26日清晨，革命军大部队从中伙铺出发，来到了汀泗桥镇，遭遇了扼守在此的吴佩孚直军。

革命军面对直军的阵地地势险要：敌军2万人安营扎寨在居高临下的塔脑山上；汀泗河这时正逢大水，全镇三面均被洪水淹没，为敌人的阵地增设了一道天然屏障。险要的地形，使敌阵易守难攻。但是，在敌阵东南两面，地势较高，并未淹水，尽管敌军有居高临下之利，北伐军需要冒仰攻之险，但毕竟离敌阵不远，北伐军就在塔脑山东南两边布下阵来。

26日清晨，北伐军第12师35团尖兵连，直冲直军前哨阵地高猪山，双方交火，汀泗桥战役正式打响。35团击退直军一部的阻击，进到铁路桥头，遭到直军火力封锁；第36团进攻汀泗桥东南高地前，遭到敌军居高临下的阻击，不能前进；第10师第29、30团分别在36团两翼进攻，也被敌方机关枪封锁，冲不过去。

激战一天，北伐军无法进展，敌我两军一时形成胶着状态。这时吴佩孚、孙传芳正在调集增援部队到来。国民军虽然士气旺盛，但装备不如敌方精良；

勇于进攻,但防御没有优势。如果敌方援军一到,北伐军势必陷入被动。因此,汀泗桥战役必须速战速决。26日晚上,革命军首长召开会议,北伐军36团团长黄琪翔建议,全军发动夜袭,突破敌军高地。独立团团长叶挺也建议派部队绕道古塘角,抄攻敌军背后,使直军腹背受击。当夜12时,月色朦胧,36团、28团、29团的战士们悄无声息,逼近直军阵地,不发一枪,用刺刀制服敌人,接连占领了几处直军阵地,夺取了几个有利据点。27日清晨,北伐军全线发起进攻。这时,直军组织反攻,妄图夺回失地,终因北伐军奋勇反击,不能得逞。经过两小时的激战,直军阵地全线崩溃,一部分直军被截击缴械。

27日晨4时,左翼的北伐军12师隔铁路桥与敌相持。叶挺带着独立团在当地群众的引导下,在上午7点多钟到达古塘角附近的铁路,直军看到独立团到来,慌忙溃退。汀泗桥这一战,自26日上午10时半,35团在高猪山与敌军接火,到27日上午9时,汀泗桥东南高地战斗胜利结束,前后经历22.5小时,为以后的贺胜桥战役、武昌战役的胜利打下了基础。

北伐战争,也称"第一次国内革命战争""大革命",1924年—1927年中国人民反帝反封建的革命战争。1923年,中国共产党确定与国民党建立革命统一战线。在中国共产党的帮助下,孙中山1924年1月20日召开有共产党人参加的、国民党第一次全国代表大会,确定联俄、联共、扶助农工的政策,改组国民党,实现第一次国共合作,并在广州黄埔创办中国国民党陆军军官学校,组织革命军队。1925年,国民革命军进行东征、南征,肃清广东境内的军阀势力,统一广东革命根据地。1926年2月,共产党提出出兵北伐推翻军阀统治。当时军阀吴佩孚的军队约20万人,集中于湘鄂豫冀一带;军阀孙传芳的军队约20万人,盘踞赣闽皖浙苏一带。7月1日,广东国民政府发表《北伐宣言》:"……孰知段贼于国民会议,阳诺而阴拒;而帝国主义者复煽动军阀,益肆凶焰……卖国军阀吴佩孚得英帝国主义者之助,死灰复燃,竟欲效袁贼世凯之故智,大举外债,用以摧残国民独立自由之运动……本党至此,忍无可忍,乃不能不出于出师之一途矣!……"国民革命军8个军约10万人分三路从广东出师北伐。第一路3个军进攻湘鄂,以共产党员为骨干的第四军叶挺独立团任先遣队,在汀泗桥、贺胜桥两役中,击溃吴佩孚主力,10月10日攻克武昌。第二路3个军进攻江西,11月占领南昌、九江,歼灭孙传芳的主力。第三路1个军向闽浙进军,12月初和1927年2月,先后占领两省。北伐中,共产党组织并发动广大工农群众积极配合，1927年，刘少奇等领导汉口、九江工人收回两地的英租界；周恩来、罗亦农、赵世炎等领导上海工人武装起义，占领上海；以湖南为中心的全国农民运动也迅猛发展。1927年4月12日和7月15日，蒋介石和汪精卫集团先后发动反革命政变，大革命失败。轰轰烈烈的北伐战争，在中国历史上写下了波澜壮阔、光辉灿烂的一页，其中汀泗桥之役，威震中外，闻名世界。华墅人龚玉泉参与了这场战役，见证了这段历史。

1926年10月，北伐军攻下武昌以后，龚玉泉调任国民革命军第4军第24师74团1营营长。其间，他动员胞弟龚浩泉、堂弟龚天民和共产党员费承爵到汉口参加国民革命军。费承爵、龚天民先后到龚玉泉所在营当副官和军需上士。1927年7月，龚玉泉、龚浩泉、龚天民和费承爵随军到南昌，参加了8月1日举行的南昌起义。费承爵参加南昌起义以后，在挺进广东途中担任第4军军部副官长，10月初，参加了彭湃领导的第二次海陆丰起义。起义失败后，费承爵回上海，被党组织派到锡澄地区开展地下工作，1929年，费任中共无锡县委书记，1939年11月被江苏省主席韩德勤部逮捕杀害。

龚玉泉（1907—1962年）字中白，陆家桥南房巷人。1920年就读于江阴农林科学校。1921年起先后在上海波斯教会办的三育中学和三育大学读书。大学期间受《新青年》杂志启蒙，参加革命活动，被开除出校，后到安徽任教。1924年冬，龚玉泉进广州黄埔军校第三期步兵科学习，同年由唐继尧、熊受暄介绍参加中国共产党。1925年10月，被派往国民革命军第三师任党干事会干事（连党代表），参加讨伐陈炯明的东征。1926年3月，龚调回广州，参加高级军政训练班。这一年的7月参加北伐战争，进攻湖南湖北，在国民革命军20军叶挺任团长的独立团任党干事会干事。1927年8月会昌战役以后，龚玉泉在4军政治部等任职。1928年5月成立红军后任团长。不久转入地方，奉命到上海，先后联络中共领导人王若飞、周恩来开展工作。1928年底留中共江苏省委工作，任军事科长。1929年被派往莫斯科留学，先后进红军大学、中山大学、国际列宁学校学习。1932年离校参加苏联社会主义建设。1937年，龚玉泉在回国途中经过新疆，被国民党驻边防督办逮捕入狱，关押8年，直到1945年被张治中保释回南京。1947年任国民政府国防部二厅保密局直属通讯员，授少将军衔。1949年后，龚一度在中苏友协工作。

【第32章】
章砚芳愤怒骂恶鬼
钱仲复舍命护亲人

章砚芳愤怒骂恶鬼

　　1937年农历十月十九日，日本侵略军从常熟过境西来，长驱直入，侵入江阴顾山。首先入侵的部队是日寇冲锋队，三四十个人。他们如狼似虎，一路烧杀抢掠，奸淫妇女，无恶不作，犯下了令人发指的滔天罪行。

　　日寇到达顾山的那一天，正逢雨天，队伍到了顾山街上，队长看看时间快到中午，道路又泥泞难走，就下令就地休息。他们纷纷拣房屋宽敞的人家，强行占据，分头闯进去，要吃要住。有一家姓吴的人家，因为有两间房子，也住进了五六个日兵。这户人家主人叫吴景星，妻子章淑华。生有一儿一女，儿子叫吴嗣颐，正是青春发育时期，身体生得高大壮实。吴家还有两个亲戚也正好住在他家里，一个是吴景星的岳父、章淑华的父亲章砚芳，另一个是章砚芳的次子章修身。章砚芳本来住在华墅镇上，因为听说日本鬼子要侵入江阴，就到顾山女婿吴景星家避难；章修身本住江阴，也陪同父亲来到顾山。这天，吴景星出外谋生，不在家里，上午章修身与外甥去镇上店铺买东西。家里前屋只有章淑华和她的女儿。面对凶神恶煞似的"客人"，章淑华忍气吞声，以礼相待。她一面淘米烧饭，杀鸡做菜，一面安排住宿。日本兵大大咧咧地占据了主人的卧室，当作他们的营房，肆无忌惮地躺在主人的床上。更为卑鄙的是，有个日本兵看中了吴家15岁的女儿，看她天真可爱，搂在怀里，恣意抚摸。吴家女儿比较警觉，看出这些野兽不怀好意，就趁他们乱哄哄吃饭的时候，悄悄地从后门溜走了。等到鬼子们大吃大喝、酒醉饭饱以后，寻找"花姑娘"时，已经没有了小姑娘的踪影，里外找了一番，知道她逃走了。不由得兽性大发，拉过年近50的女主人章淑华，按在地上要强奸她。就在章淑华拼命挣扎、大哭大骂时，门外走进了她的哥哥章修身和她的儿子吴嗣颐，他们买完东西刚好回家。日本兵看见两个男子进门，感到突然，便松开章淑华，举枪喝问章修身和吴嗣颐。章淑华连忙过来，介绍是我的哥哥和儿子。日本人看见吴嗣颐一表人才，高大英俊，认为他一定是军队中人。章修身也再三行礼，卫护外甥。怎奈日本鬼子疑心太重，心肠太恶，不由分说，就举起刺刀，把手无寸铁的吴嗣颐戳倒在地。章淑华和章修身情急之下，去拉扯持刀的鬼子，鬼子杀红了眼，索性把他们也戳倒了。就这样，转眼之间，吴家3条人命就被这些凶残的恶鬼断送了！

　　正当鬼子们望着地下还在挣扎的3个遇害人，还兀自得意的时候，后屋走出了一位老人，他就是章淑华的父亲章砚芳。前天，他听说日本军队攻下了上海，直逼江阴，感到在华墅这个地方交通便利，太过繁华，容易为敌寇瞩目，就从华墅雇了竹轿，与次子修身一起，来到顾山女儿家里，以为顾山不在交通线上，可以一避风险。刚才，他正在读书，淑华进来，把家里来了日本鬼的事说了，担忧鬼子野蛮，想让父亲去隔壁没住鬼子的人家避一避。章砚芳宅心良善，他说："他们再坏，我们只好忍耐一下。"他的想法是，我们以礼相待，恶人再恶也恶不起来。老人已经72岁，耳朵有点背，前屋的声响没有影响他读书，后来声音大了，他感到事态不妙，便拄着拐杖出来。走进前屋，他猛然看见3个亲人倒在血泊里，老人先大惊，继大恸，后大怒，面对着手执凶器的敌人，他没有选择退缩逃避，没有想到哀求活命，竟抑制不住内心的愤怒，破口大骂起来："畜生，你们这帮畜生！你们伤天害理，怎么下得了这样的毒手……"老人连气带怒，索索发抖，话不成句。他是一个高雅和蔼善良的文人，一生从来没有骂过人，此时骂出口的也只有"畜生"这个词语。他走近亲人，望着地上血泊中的女儿、儿子和外孙，心痛如绞，老泪纵横。他艰难地俯下身去，一个个抚摸着亲人，抚到女儿时，女儿还有一口气，她泪流满面，声音微弱地叫了一声"爹……"就没有了声息。章砚芳用颤抖的手，为她合上了两只流泪的眼睛，然后奋力站稳，怒对鬼子。这时，制造了眼前这人间惨剧的鬼子们，看着老人悲痛欲绝，他们竟然不但不惭愧，反而觉得有趣，还在说笑。章砚芳痛心疾首，怒不可遏，已经没有了畏惧之心，他抗声大骂："你们，猋狗不如……"越骂越气，举起拐杖要揍这些狗东西。鬼子们听不懂老人的话，但知道他是在怒骂，看到老人举起拐杖，一个丧

第32章 章砚芳愤怒骂恶鬼 钱仲复舍命护亲人

心病狂的鬼子，嘴里叽里呱啦地说了一句什么，举起枪托砸向章砚芳的头部。顿时，老人鲜血迸流，怒目圆睁，倒在地上，口中犹是怒骂不止……一门四人、祖孙三代，就这样被刚进顾山的日本侵略军杀害在自己的家里！

　　章砚芳（1865—1937年）名钟祚，字砚芳，华墅镇东街人。季清优贡生，任过江苏掘港知县等职。1920年被任命为江西省最高法院书记长，因秉性直率，看不惯官场习气，1924年以身体有病为由辞职回乡，时年59岁。辞职后曾居无锡，从事行医治病。先生精于诗文，擅长翰墨，年轻时与华墅耆宿王慰三、张少泉和诗友徐家树（声之，徐文泂次子）等过从甚密，常常结伴赋诗唱和。光绪三十二年（1906年）春日，他们同登砂山，吟诗寄情，张少泉有《同徐声之章砚芳登龙砂第一峰》诗四首，其中一首写道："胜友三人两壮年，笑侬腰脚健如前。怀中更有惊人句，取向青天读一篇。"这一年，张少泉56岁，徐声之42岁，而章砚芳41岁。不久，章砚芳又同王慰三、张少泉等月下泛舟，舟中联句成诗。1924年秋，江阴祝丹卿先生于城南怡园成立陶社，章砚芳正好解职归乡，应邀入社。当时社友有吴亦愚、谢鼎镕、章松庵、曹家达等10多人，祝丹卿为社长，谢鼎镕与章砚芳为协理。章砚芳热心诗社活动，常与诗友推敲佳句，竞相唱和，或拈字或选韵或命题，更以步韵叠韵为雅事。章砚芳的诗作很多，1931年选编有《涤轩集》，付梓刊行。他的诗格律工整，淳厚缠绵，而又越古创新。如《澄江耆旧重游泮宫赋诗记盛》二首其一：

　　　　遭逢曲阜黄巾乱，毁废中原孔庙堂。
　　　　大汉官仪存博士，科名掌故重江乡。
　　　　朝阳人瑞占鸣凤，告朔仪文数饩羊。
　　　　澄邑胜朝风节地，联翩厨顾鲁灵光。

　　章砚芳不仅自己博学多思，还乐于助人，甘于扶掖后生。每有青年学子求教于他，他总是和气接待，循循善诱。华墅学者、诗人叶云峰晚年撰文缅怀章先生《儒医章砚芳》一文中说："余在幼年时，曾以拙作诗稿乞教于老人，两度晤教，其慈祥恺悌之情，温文尔雅之态，犹历历在目也，"叶云峰还忆背了章先生的两首范诗。

　　章砚芳不仅擅诗文，还精于医道。1924年后曾经定居无锡，专事悬壶行医，卓有医名。其时，已经从民国大总统高位上下来的徐世昌，因他的开馆老师张少泉的推荐，在少泉公逝世后两年，专程到无锡拜访过章砚芳，据说是求医。当时，章砚芳的孙辈也在场。

除了诗集《涤轩集》，章砚芳还有《砚芳医案》和《吴禄贞延吉边务书牍》等著作问世。

钱仲复舍命护亲人

就在章砚芳一家四口在顾山罹难后的几天中，江阴大地遭遇日本侵略者残暴杀害屡有发生。11月26日，又一个华墅人一门四口，在逃难途中，遭遇日本兵，狭路相逢，英勇反抗，壮烈牺牲，这一门是钱仲复和他的亲人们。

1937年11月23日傍晚，在华墅镇钱家场钱子清家里，一门6个人正在吃晚饭。坐在桌子正中的，是钱子清，桌子周围依次坐着大媳妇刘席珍，次子钱言和次媳叶蕙清，女儿钱贞。尽管晚饭只是粥和萝卜干一类的下饭菜，主妇叶德清忙着给大家舀粥添菜，显示出一派温馨祥和的天伦之乐。不过，今天的气氛有些凝重，大家默默地喝着粥，不言不语，没有了往日欢欣率意的气氛，看得出，大家的心头都很沉重。

引起大家心头沉重的是国难当头。7月8日，日本强盗侵略河北宛平被击退。8月13日进犯上海被中国军民重创。谁知日寇于10月26日从上海大场攻进，占领了金山，又占领了江苏浒浦，继而攻下常熟、无锡，已经杀向江阴。时局这样危急，大家都很沉痛。这一家人，除了叶德清，他们都是知识分子，长子钱德、四子钱礼是医生，三子钱政学的是纺织技术，其余都是读师范做老师的，知识分子特别关心国事，听到日本人入侵的消息，长媳第一个离开南京回到华墅，她拖着7个月的身孕，8月22日就到了家里；10月18日，钱言和叶蕙清，也从南京赶回华墅，16岁的钱贞则在11月3日才从无锡回家。

6个人坐在一起，商量怎么来避过这场灾难。大家知道，日本兵打败了中国军队，气焰十分嚣张，兵到之处，奸淫烧杀，有如野兽。而华墅这个地方，南通河道，北有龙砂山，公路畅通，为军事必争之地，必定为日寇注目，一家人一定要出去避一下。大家讨论下来，决定由钱言带着刘席珍、叶蕙清和钱贞六安一同出去逃难。逃到哪里去呢？钱言从南京回家时，轮船已断航，火车也已不正常，而且乱世之中，火车更为凶险。更为难的是，孕妇刘席珍不能劳累，还要晕船。商量了好一会，没有结果。后来钱子清说起常熟已经失守，日寇可能近日就到江阴，一家人更为焦急，想了几个地方，都不理想。情急之中，想到了钱子清同父异母的姐姐，嫁在文林文村包家。文村离华墅西南20多里路，地处偏僻，水陆交通都不方便。应该是个理想的隐蔽避难地。决定去文村后，钱之清语重心长地说："仲复，你们要知道，这次外出避难，不是贪生怕死，一是为了保存实力，留下此身将来为国家效力；二是为了避免被敌人侮辱。人总是要死的，但要死得有价值；而怕死，畏敌，受辱于敌，比死更可怕。至于我，年纪已过50，报国的时日已经不多，应该留在家中尽责，华墅镇上维持救济等一大堆事，正等着我去做。"

第二天，钱子清租了一艘小船，把钱仲复他们4人送到了文林文村。包家突然来了外甥外甥女和外甥媳妇，钱氏姑妈十分欢喜，忙着安排他们住下。谁知才住了两天，华墅有人来文村，讯问钱氏，叶德清有没有来。钱氏十分奇怪，当然回说没有来。原来钱言他们走后，叶德清也跟着亲戚出门逃难去了。由于亲戚转移了几个地方，钱子清不知妻子确切地点，正巧有人去文林，就请他到文村来探问一下。钱言他们一听，心里就急了。六安首先悲伤，她流着眼泪说："娘也出去逃难了，疲于奔命；父亲一个人在家，谁给他烧饭呢？"刘席珍也说："与其我们一家颠沛流离，不如回家，聚在一起，祸福同享！"大家商量一下，趁着天气晴朗，决定回到华墅去。

26日中午，钱氏烧好中饭，让钱言他们吃了，稍事休息，4个人便出门赶路，往华墅走去。这4个人中，28岁的刘席珍是大嫂，江苏省立女子中学师范科毕业，在南京一所小学里当老师，贤淑谦让，最受敬重，她又怀着7个月的身孕，最需要护理，一路上由六安和叶蕙清前后照料；钱言的妻子叶蕙清也是师范毕业，在南京做小学教师。同在教师岗位工作，妯娌俩很讲得来，姑嫂3人一边走，一边讲讲说说，倒也不觉得寂寞。只有钱言一人在前面警觉地走着，他既是带路，又是护卫。钱言今年也是28岁，山西省立国民师范学校毕业，在南京一所小学里做老师，正直无私，孝顺父母，和睦家人。4个人就这样，不紧不慢地走着，很快离开了文林地界，进入了祝塘境内，钱言鼓励大嫂她们：离华墅还有一半多一点路了。

谁知，灾难骤然降临！走在前面的钱言忽然隐约听见一阵马嘶声，扭头一看，西北角上尘土飞扬。不好，日军大部队来了！他急忙告诉大家：敌人来了！这时，他们正走在大路上，田野上一片空荡荡，没有一个可供遮蔽的地方。再四面搜寻，大路分岔处有一条小路，小路旁边有一间茅草屋，钱言急忙招呼大家躲到茅屋里去。大家快步向小屋奔去，六安扶着刘席珍先钻进去，叶蕙清随后也钻了进去。这是一间十分简陋的小屋，屋顶用稻草盖着，屋子面积不大，没有后门，也没有窗户，黑洞洞的。里面堆了不少农民积存的柴草和豆秸，更多的是砻糠，乱糟糟的，散发出阵阵霉味。4个人顾不得肮脏，暂时藏身。六安和刘席珍躲进了稻草堆里，稻草外又用几捆豆秸遮蔽了；叶蕙清掩在小屋的门后面，从门缝里向外张望。屋子太小，钱言只能坐在砻糠堆上，为了壮胆，他找了一根被农民丢弃的竹柄，放在小屋的门边。4个人躲在茅屋里，紧张得大气也不敢出，心里只希望顺利躲过鬼子。

不一会，急促的马蹄声夹着马嘶声由远及近，走上了这条大路，前面的马队很快掠过去了，步兵也过去了一半，正当小屋里的人想松一口气的时候，不料一个日本兵在行进中偶一回头，看见了路边的小屋，而且看见了坐在地上的钱言，马上带了一个同伴，端着刺刀过来了。钱言心里一紧，知道躲不过去了，马上站起来。虽然他心里窝着火，但因为心里有牵挂，脸上笑嘻嘻的，还朝敌人弯一弯腰。日本兵见他戴着眼镜，穿着皮鞋，便以为他是国军，一上来就气势汹汹，钱言耐着性子，又是鞠一个躬。日兵内心疑惧，要到小屋里去，这下钱言不客气了，他顺手抓过那支竹柄，拦住日兵，不让进，日兵火了，端起刺刀要刺。正在这时，躲在门后的叶蕙清眼看躲不住了，就往脸上涂了点泥巴，披散着头发站了出来，她的嘴里"啊吧啊吧"，表示是个哑巴，想哄走鬼子兵。谁知鬼子兵见了女人，说了声"花姑娘"就要去搂抱。这边钱言心里一急，就去拉扯日本鬼子。叶蕙清被日本鬼子抱住，她张口咬住了鬼子的手，狠命咬下了一大块肉来，顿时鲜血直流，鬼子一痛，端起刺刀，就向叶蕙清扎去。钱言平时文质彬彬，书生一个，此时豁出去了，他大喊一声："你们不要动！"这是说给屋里两个人听的，然后抡起竹柄，狠狠地砸在鬼子的头上。鬼子立刻刺刀一闪，把他刺倒在地。鬼子兵刺倒了两个人，只探头看了一下屋里，以为没有人了，就丧心病狂地把钱言和叶蕙清拖进小屋，掏出军用打火机，点燃了稻柴……

钱言他们4个人在砻糠小屋遇害又遭焚尸，由于钱子清以为他们在文村，文村姑母又以为已经回到了华墅，焦尸在祝塘砻糠屋残墟里露陈了半年，幸亏是冬天，没有腐烂。到了次年3月，钱子清夫妇日夜悬望，到处寻找，才知中途出事，找到了4个人的尸体，六安与刘席珍抱作一团，死在屋里；钱言夫妻死在屋里靠外的地上。其状之惨，惨不忍睹。

面对儿女们的尸骸，钱子清夫妇痛不欲生，叶德清几次昏厥，卧床半年。钱子清把家仇国恨，倾注于笔，写下了悲壮凝重的《四德殉国记》这篇文章。

第32章 章砚芳愤怒骂恶鬼 钱仲复舍命护亲人

【第33章】
郁家桥苦战日本兵
黄旗会血刃侵略军

郁家桥苦战日本兵

　　1937年11月22日，上午7点才过，新桥街上一家木行刚刚开门，老板开好排门进去吃早饭，留下一个孩子看店。忽然，孩子奔进后屋，兴冲冲地说："爹，有人要买棺材，而且要买好几口！""啊，要买好几口？谁家办这么大的丧事？"老板吃了一惊，连忙放下饭碗，一边跟着孩子往外走，一边说："我说过几遍了，小孩子要讨口彩，不能直说棺材，要说'寿器'……"

　　走到店堂一看，买棺材的是两个军人，看得出，一个是军官，一个是士兵。军官见了老板，自我介绍，他姓李，是个连长，并拿出一大把银元，放在柜台上，和气地说："老板，情况紧急，我们要用一批棺材，刚才我们点了一下，你店里现在总共有21只，我都要了。""买这么多？"老板有些意外："这么点钱不够吧？""肯定不够，"李连长带着歉意说，"可是我们军费不多，只能付这么多。""怎么用军费买棺材，死的是军人？"老板问。李连长笑了："我知道你会误会的。是这样：这些棺材，不是用来装死人的，是准备筑碉堡打日本人的。你听说日本人在上海打仗吗？""听说的。""这几天日本人要到江阴，我们奉命在这里拦击他们，来不及筑砖石碉堡，就用棺材来代用。"听说棺材是用来抗击日本侵略者，老板慷慨地说："大家都是中国人，抵抗侵略者，人人有责，这棺材钱就不收了！"李连长说：

"钱还是要收一点的,就算点成本费吧!"老板推让一番,收了下来。很快,李连长叫来了一群士兵,把棺材拉走了。

李连长这支队伍,是驻扎在华墅的中国国民政府军广东军83军156师的一个连队。除了华墅,还有2个连驻祝塘、陆桥和长泾。这个连驻守章家桥、湖塘桥和郁家桥。这郁家桥,又名顺湖桥,长30米,宽8米,高8米,桥墩桥面都是花岗岩紧密砌成。东西走向,跨在南北流向的太清河上。往北不远就是龙砂二山,是由东往西的必经之路,因此,郁家桥自古是兵家必争之地。早在咸丰十年(1860年),太平军攻下江阴之后,6月初2,在江阴南门击败了前来攻城的江阴东南乡团练,准备东进攻入常熟。7月,华士团练以张玉墀为首,组织从江阴败退的团练,退守郁家桥,占领桥面,架炮轰击太平军。太平军竭力攻打郁家桥,屡攻屡败,相持4个月,交战10多次。直到11月,太平军组织部队从常州、常熟东西两边夹攻,张玉墀才率领团练从郁家桥撤退到江北。

因为地势重要,1935年,国民政府在郁家桥构筑拱卫南京的第二防线,在桥边太清河两侧各筑碉堡1座。此时,为了拦击日本兵,政府军又要利用河宽桥坚的有利地形,在桥上筑起碉堡。他们把征来的一只只棺材装满了泥土,夯实,垒在一起,棺材之间再用石头加塞填固,不到半天就很快在桥顶上筑起了一座坚实的碉堡。碉堡居高临下,碉堡里架起小钢炮和重机枪;又在碉堡前用大石筑起一道半墙,半墙后、碉堡前就是战壕。郁家桥上这座碉堡,与原先筑在河边的碉堡,形成掎角之势,更与北边的湖塘桥、章家桥互为呼应,组成了一道以太清河为依托的坚固防线。桥上碉堡筑好,李连长召集战士,下达命令:全体人员在这里拦截到日军以后,坚守两天,两天中大部分先撤走,两天以后全部撤走。虽然任务艰巨,形势严峻,但战士们士气高昂,摩拳擦掌,严阵以待。

11月23日下午,天气阴沉沉的。日本侵略军的前锋部队在一个名叫黑田的军官带领下,耀武扬威地走近了郁家桥,碉堡里李连长他们看得清楚,没等敌人明白,随着李连长一声令下:"打!"顿时,炮弹、子弹带着愤怒的火焰,呼啸而出,直射敌军,日军前队顿时倒下了一大片。他们从常熟白茆过来,一路长驱直入,没有遇到抵抗,没想到会在这里遇到劲敌。面对猛烈的狙击,敌人一时乱了阵脚,丢下几十具尸体狼狈后退。过了一会,黑田定了定心,重新拉起队伍发起进攻。日兵们头戴钢盔,手执先进的冲锋枪匍匐前进,但迎接他们的仍是碉堡里射出的子弹,尽管硝烟弥漫,但弹无虚发，日本兵一个个应弹而倒。而日军还击的子弹，低一点的打在战壕上，高一点的只能打击碉堡的棺材板上，打出一个个浅浅的窟窿。黑田急红了眼，看看正面攻不上，就下令从桥的侧旁冲过去。这时，太清河上两侧的碉堡发威了，敌人才靠近，碉堡里的子弹便喷射出来，又一批敌人倒下。

打退了日军，趁着短暂的间隙，李连长指挥战士们退出战壕，转移到河西，以碉堡为主体，在碉堡的掩护下打击敌人。黑田退得远远的，用望远镜反复瞭望，不敢进攻，看看宽阔的太清河，他想到了用船来抢渡，但没有船；有了船，也怕被轰击。夜幕降临了，黑田想到一条毒计，放火烧民房，借火光烟雾掩护，发起进攻。日本强盗放火点燃了郁家桥河东房子，顿时郁桥小镇大火冲天，浓烟滚滚，火光几十里外都能看见。敌人趁着火光，又蜂拥扑向大桥。守军依旧不慌不忙，凭借桥上的碉堡和河边的暗堡，向疯狂扑来的敌军射击。日军在火光下是明处；政府军在碉堡里，是暗处，日兵又死伤一批，狼狈溃退。23日这一天，从下午到晚上，日军多次进攻，只有死伤，没有占到便宜。

第二天早晨，太阳刚刚升起，天空中突然"嗡嗡"地飞来几架飞机，它们掠过郁家桥上空，扔下了几枚炸弹，炸弹在太清河里爆炸了，原来这些飞机是黑田调来轰炸郁家桥的。但飞机盘旋一周，还没有来得及再扔炸弹，政府军早已架好机枪，恭候光临了。战士们等飞机俯冲过来，立即一阵对空射击，吓得飞机不敢靠近大桥，远远地扔了几颗炸弹，便调头飞走了。黑田看看飞机也不行，就拉来了炮车，在炮车的掩护下，全副武装的日本兵朝着郁家桥狂轰滥炸，发起强攻。但郁家桥上碉堡在左右两座暗堡的掩护下，沉着应战，准确点射，胆敢冲过来的敌人不死即伤；而敌人枪炮强大的火力没能伤着一个政府军战士，倒炸去了郁家桥花岗岩石级的棱角，本来棱角分明的桥石炸成了圆角。一仗下来，又让日军白白地丢下一具具尸体。黑田无奈，只好在中房的郁家祠堂和郁家桥河北的荣仁堂里设下了临时战地医院，一面给受伤的日兵包扎抢救，一面焚烧尸体掩埋尸骨。两天打下来，日军仅在中房郁家大松坟和郁家桥河北新河滩里就埋下了近160具官兵的尸骸。24日，从早晨战到傍晚，又从傍晚战到天亮，敌军想尽办法，轮流进攻，仍旧没有攻下郁家桥，郁家桥在弥漫的硝烟中岿然不动。

25日上午，敌人改变了策略，集结兵力绕到郁家桥西边的章家桥，攻下了兵力薄弱、设施单薄的章家桥，再从农家抢来了几只木船，又拆了两根车水大轴，驾车船上，偷偷渡过太清河，然后沿南岸偷袭郁家桥碉堡。这时，碉堡里剩下7名守军，因为子弹打尽，原计划跳水泅脱，被日军提前到来偷袭，只得拉响最后一个手榴弹，7名壮士壮烈牺牲。

这一次坚守郁家桥的战斗，虽然只有两个昼夜，但中国勇士勇猛坚强，同仇敌忾，战斗到最后一滴血，掩护了主力部队安全撤退，谱写了一曲壮烈的抗战之歌！

黄旗会血刃侵略军

民国二十七年（1938年）4月9日下午，太阳已经西斜，在华墅镇北街城隍庙里，一群壮实的汉子却还在紧张地忙碌着。他们的穿着有些特别，大多数人上身穿着白布衫，挽起袖管，下身的裤子都扎紧裤腿，一副干净利落、精明能干的样子。更显眼的，每个人头上扎一块黄布，卷起的左臂衣袖上也套着一个黄布套，袖套上还绣着"民众国术自卫团"字样，黄底黑字，十分醒目。城隍庙的东边偏殿里，正中摆着一张香案，香案上放一只大香炉、两炷大蜡烛，香和烛都还没点燃。香案后面是一排靠背椅，靠背椅后面墙上，中间挂着正气凛然的关帝画像。偏殿的左右两边排列着一溜兵器架，架上插满了刀枪戟矛等兵器。城隍庙大殿前的空地中间，竖着一座旗杆墩子，墩子上一杆三四丈高、黄底黑字"黄旗会"大旗迎风飘扬，猎猎有声。东北角临时搭起的芦菲棚里，有一只大熔炉，一个少年正汗流满面地拉着风箱，大熔炉烈火熊熊，三五个赤膊的铁匠正在用火钳从火中夹出烧红的铁块，放在砧墩上使劲地锻打。锤击声声，火星四溅，一把把大刀在铁锤下现形，然后冷却，淬火，磨利出锋……

指挥这一群人的，是两个矮墩墩的中年男子，一个叫李清嘉，一个叫赵荣泉，是华墅黄旗会的会首。现在，他们一边做准备工作，一边等待黄旗会大头领孙寄樵到来，届时要在这里拜坛收徒。

黄旗会，又名大刀会，是江阴东乡的一个迷信组织。日寇侵入江阴后，江阴人民不甘心做亡国奴，希望有自己的武装抗击侵略者。可是当时挂着国军牌子的忠义救国军只知道欺压人民，敲诈勒索，听到日寇立即溃逃，大失人民的期望。于是有一些人就利用群众痛恨日寇的心理，组成队伍。他们没有钢枪，知道自己的长矛大刀，敌不过日寇的枪炮，就搬出迷信邪道，说念咒吞符可以刀枪不入，战胜敌人，朴实无知的乡民信以为真，纷纷参加。因此澄、锡、虞三县交界处，道会门组织纷纷崛起，华墅有"黄旗会"，周庄有"大刀会",其他地方还有"黑头会""黄枪会"等。他们的口号是"反对拿枪人,反对苛捐杂税,反对抽壮丁,反对敲诈勒索"。见到日寇和忠救军,就会奋不顾身,冲锋肉搏,用他们的血肉之躯去杀敌抗侮,伸张正义。

黄旗会的首领孙奇樵是江阴文林八丈里人,广有田地,常住镇江,参加同善社。1938年春,他带了两个镇江同善社社徒,回到八丈里,建立了黄旗会,一时,附近各乡农民入会200余人。黄旗会崇拜关帝,念《大悲咒》,在各乡设香堂,广收徒众。此刻,孙奇樵正在璜塘镇上举行开堂礼,收录徒众。下午4时多,璜塘收徒仪式结束,会徒总数200多人,一部分散去,大部分整队步行往华墅。

傍晚七时许,孙奇樵率领黄旗队近200人到达华墅镇,进了北城隍庙,李清嘉、赵荣泉等骨干会友,连忙送来热气腾腾的方糕,作为果腹点心,同时忙着烧晚饭。不一会,晚饭烧好,大家简单地吃过,便马上进入收徒仪式。正在这时,接连有道徒前来报告:忠救军包汉生部要来袭击黄旗会。因为以前曾与忠救军有过摩擦,孙奇樵他们一听,十分愤怒,会友们也摩拳擦掌,准备与他们大战一场,黄旗会马上作好应战准备,从城隍庙往南到西硕桥,往北到砂山下,都布下了岗哨。一夜没有动静。

第二天,天蒙蒙亮,又有会友探到消息:包汉生部队不来了,他已密报驻陆桥的日本警备队,让他们来"收拾"黄旗会。好一个借刀杀人恶毒诡计!很快,西硕桥的岗哨也来报告:驻陆家桥日本警备队约同驻北漍的日本警备队会合一起,已经到达华墅,并在桥上架起了机关枪;还有日本军队正在从西硕桥向北,朝北城隍庙冲过来!

情况紧急,刻不容缓!孙奇樵立即拿出一叠黄纸符咒分给大家,吩咐大家每人吞下两张,不准喝水,"这样可以壮胆气,不怕枪弹!"然后兵分两路,由李嘉清、赵荣泉各领一队,一队从北街直杀西硕桥,另一队从城隍庙西侧后墙门迂回过去,包抄到西硕桥迎战。大家手执大刀长矛,黄旗挥舞,蜂拥而出,大声呐喊"刀枪不入,刀枪不入!"150多人犹如排山倒海,正面迎敌,直扑西硕桥。走不多远,迎面遇到北来的日兵。呼,呼,日兵立即开枪,走在前面的黄旗会徒倒下了2个。但愤怒的黄旗会并不畏惧,迎着敌人,刀砍枪刺,蜂拥而上,锐不可当,当场砍死了几个日兵。其余的日兵见此阵势,魂飞魄散,来不及再开枪,回头便逃,逃到西硕桥下,把步枪丢在河里,空手逃窜。后面的黄旗会紧追不舍,日兵大多被杀死。据守在西硕桥上的日兵见黄旗会大批杀来,连忙用机枪扫射,但会徒徐进高等人，在敢死队长周祥生的带领下，毫不畏惧，高喊"刀枪不入"，迎着机枪冲过去，前面的倒下了，后面的冲上去。日本机枪手从来没有看见过这个阵势，吓得将机枪丢到桥下河里，慌忙奔逃，被涌上来的徒众乱刀砍死。众人追过西硕桥，有个负伤逃跑的日兵跌倒在麦田里，来不及爬起来，立即死于黄旗会徒众的乱刀之下。从后墙门冲出来，过六房桥沿河南包抄过来的几十个黄旗会徒众，见五六个日兵在拼命逃跑，立即冲过去奋力追杀。一个日兵边逃边回头扔出一颗手榴弹，炸伤了会徒张云岳。追上来的徐安全，立即用长矛刺中投弹日兵的大腿，这日兵随即被冲过来的徒众乱刀砍死。黄旗会徒众认准目标，继续追杀日兵，追到十房基河坝，徐安全用长矛同敌人拼刺刀，把日兵挑进河里，日兵爬上岸，被徒众杀死。这时，有不少大清早就在田里干活的农民，看到日本兵逃过来，平时对他们恨之入骨，纷纷高举钉耙锄头，迎头痛击，来一个砸一个，当场砸死了几个日本兵。驻陆家桥日本警备队长桑野见前有农民拦击，后有黄旗会追赶，狗急跳墙，就跳进农河里，朝岸上的黄旗会双手连连作揖，哀求饶命。黄旗会有个朴实天真的规矩，叫做"人不犯我，我不犯人；人不杀我，我不杀人"，见桑野在水中求饶，有几个会员就大发善心，命他爬起来，押着他去镇区。不料行到半路，桑野趁押送人不备，拔出匣枪就打，把一名押送人打死。同行的黄旗会会员没有想到他这么凶残，不容他再开第二枪，立即一拥而上，刀枪齐下把桑野戳死了。日军队长宝川等几个人逃到砂山上，才免于被杀。

黄旗会这一仗，全凭一股正气，以血肉之躯，操原始的大刀长矛，对战凶悍残暴、武器精良的日本侵略军，侥幸取胜。华墅这一仗，黄旗会两路徒众，共杀死日军官兵20多人。会徒徐进高、王永林、顾阿大等20多人英勇捐躯。日寇抛下机枪一架、步枪三十余支、枪弹千发。按照黄旗会"路不拾遗"的规矩，这批遗留下来的武器，黄旗会一概不取，后来都被忠救军包汉生取去。

华墅一役以后，黄旗会的徒众，有的离会回家，但另外又发展一批新道徒。同年6月，日本兵下乡扫荡，在璜塘镇再次与黄旗会相遇，璜塘镇的堂主高金鳌，率领黄旗会徒众也是200多人，但面对日寇的步枪机枪远距离射击，伤亡甚多，高金鳌也重伤身亡，日寇仅死伤十多人。从此，"吞符防身，刀枪不入"的迷信再也无人相信，黄旗会就一下子解散了。

【第34章】
日本兵暴行最肆虐
钱子清壮怀总激烈

日本兵暴行最肆虐

祸乱龙砂八度霜，狼烟滚滚起扶桑。
铁骑蹂躏人文地，黑手摧残鱼米乡。
恶弹偷投悲血泪，屠刀妄戮恨豺狼。
神人共怒烧奸抢，罄竹难书暴虐狂！

1939年11月14日，农历十月初四，这是一个黑色的日子，这一天，日本侵略者又兽性大发，在华墅制造了一起骇人听闻、惨绝人寰的暴行。

这天上午，人们像往常一样，生活有序进行。由于日军的进驻，大家小心翼翼，各行其是。可是，谁也没想到，一场灾难还是悄然降临。9点刚过，两架敌机突然飞了过来，它们先在镇区上空盘旋，飞得很低，人们不仅可以听到刺耳的轰鸣声，还可以看见那飞机的轮子，甚至可以看得见飞机上的飞贼在恶毒地狞笑。它们要干什么？一种不祥的预感袭向人们的心头：日本鬼子又要行凶了！果然，飞机稍作回旋过后，便以人口比较集中的镇中心为目标，丧心病狂地丢下了罪恶的炸弹，1颗、2颗、3颗……总共5颗！顿时，"轰——轰——"巨大的爆炸声震耳欲聋，炸弹爆炸时掀起的气浪、碎片、尘土、火焰、浓烟搅成一团，人们惊恐地哭着喊着，四散奔逃，却又不知往哪儿逃才安全。飞机抛过炸弹后，又绕了一圈飞到镇南西硕桥堍，对准下面的行人，用机枪疯狂地扫射一番，这才往北飞去。后来有消息称，敌机又在后塍（今属张家港）街上投下了两枚炸弹。

日本兵在华墅投下的5枚炸弹，对于华墅人民来说，真是祸从天降，这是一场无妄之灾。这5颗炸弹，其中1颗丢在中渡桥河南振华小学里爆炸，1颗在西硕桥河南王家场爆炸，1颗在典当场东北菜场爆炸，1颗在北街周福怡家爆炸，还有1枚落在镇东北的小河蓑衣浜水里，未爆炸。4颗爆炸的炸弹共炸死8人，伤15人，炸毁房屋数10间，西硕桥桥堍河南被飞机上的机枪枪杀数人。被炸的振华小学一年级教室里，正在听课的8岁女生司马静英中弹，头颅被弹片削去一半，当场死亡；她的同桌徐希贤，同样是一位可爱的小姑娘，也被当场炸死；同时有五六名小学生受伤，其中一名学生被弹片削去左耳，另一名左边头颅削去一块皮，同时还有弹片击中左腿，嵌进肉里，后来去无锡医院手术才把弹片取出，为此停学三年。年轻守寡、随外甥女方定娟老师生活的64岁吴仰氏，正在振华小学教室后面天井里拣菜，也被当场炸死。正在教室里讲课的41岁方定娟老师，头面部被炸伤，血流满面，当即送江阴东门福音医院医治。方老师的儿子王立明，当时才周岁，由年约50岁的保姆抱着，站在窗前看飞机，炸弹炸开，保姆和小立明当场死亡。王立明的小脑袋被弹片削去半边，血肉、脑浆溅满墙壁，惨不忍睹。落在振华小学的这枚炸弹总计炸死4人，伤7人。落在菜场上的炸弹，炸死了卖菜人徐杏根母子俩和菜农徐阿镇的妻子，还把几个买菜的人炸伤了手、脚和臀部，造成了严重伤残。伤残者由于医治不当或无力医治，伤痛延续了一生，受了几十年的痛苦。西硕桥下被飞机上机枪扫射打死的几个人，都是无辜的行人。

日本侵华时期，日军丧心病狂从飞机上投弹轰炸的罪行屡见不鲜。江阴城区曾被几十次狂轰滥炸过，1937年11月邻镇长泾镇区也被投过6弹。这次轰炸华墅，原因可能有二：一是黄旗会不久前在华墅曾歼灭日军20多人；二是日寇仇恨新四军领导的"江抗"在华墅活动，危及了它的安全。因此它就投弹轰炸，示威报复。

1937年7月7日，日寇悍然发动了卢沟桥事变。8月13日，日寇进攻上海。11月10日，上海沦陷。日本侵略军陆路以坦克开道，水里用兵舰进攻，空中飞机轰击，分水陆两路向西进犯。11月13日，水路在常熟登陆，第二天攻下常熟，继续西侵，一路飞机轰炸，坦克开路。11月20日，日军与驻守在江阴的国民党广东部队156师3个连相遇，在华墅章家桥、上湖塘、下湖塘、湖塘湾、郁家桥发生激战，广东军兵力不够弹药又少，杀伤日军150多名后，于23日后撤。23日，日军占领华墅，又于27日占领陆桥。12月2日，江阴全境沦陷。铁蹄到处，火光冲天，杀声四起。强盗们烧杀抢掠，见男人就杀，见妇女就蹂躏。烧房屋杀牲口，随心所欲。龙砂大地和全县一样，遭到一场空前的浩劫。

　　1938年10月，日军占据华墅10个月后，大部队撤走，派日本警备队藤本小队30人进驻华墅积谷仓，主要工作是下乡"清乡"、强迫全镇学校推广日语教材，推行奴化教育。同时开展所谓"宣抚安民"，实际上仍旧是虎视眈眈，戒备森严。组织"维持会"，强迫乡绅做会长。1939年春，日军调防，藤本小队撤出华墅，警备队长伊藤率一个中队进驻，维持会改称"自治会"。日兵在全镇路口、街道增设岗哨，来往行人都要接受检查，日兵盛气凌人，任意凌辱路人，行人路过岗哨必须脱帽鞠躬，动作稍慢便要遭到毒打。1941年5月调防，渡边队长率一个中队进驻华墅。成立华墅伪区政府，实行保甲制度，成年人要领"良民证"，由伪镇公所登记，经日本警备队盖章发出。良民证要随身携带，进城和在镇上通行都要出示检查良民证，无证就视作嫌疑分子，要扣留关押。1945年8月，日本宣告投降，日军全部退出华墅和陆桥。

　　日本侵略军攻进华墅时，烧杀淫掠，无恶不作。1937年11月，日寇与中国守军作战时，在湖塘、郭家基、路墩上，实行烧、杀、抢"三光"，百姓纷纷逃难，遭残杀16人，烧去房屋350多间，稻谷300多亩。1940年，日军在东庙广场，用军刀戳死手无寸铁的无辜百姓8人，江阴来华墅避难的汪四妹和苏市桥人陶剑青，被日军怀疑是新四军，被从东街小旅馆捉到警备队里，先放狼狗咬伤，再用刺刀戳死。1941年农历二月十九，泰清寺庙会，因日军的电话线被人剪断，日军不分青红皂白，放火烧掉了泰清寺旁边的林长生、王阿培两家房屋。山北农民周加宝被日军抓获，硬说他是新四军，押到华墅镇上，用刺刀把他戳死在青龙桥上。在陆桥，1937年11月，宜文村大桥西的百姓被枪杀5人，刀杀6人。西上头巷2名妇女被9名日寇轮奸。一个才11个月的小女孩，被日兵踢进河里活活淹死。被日寇下乡烧掉的房屋不计其数。

　　从1931年到1945年，日本侵略者在中国掠夺了大量的财富，更犯下了罄竹难书的罪行。14年中930多座城市被侵占，600多万平方公里国土沦陷，4200万人民无家可归，3500万中国同胞伤亡，掠夺中国钢铁3350万吨，煤炭5.86亿吨，掳掠20多万中国妇女充当慰安妇。

从 1937 年 12 月 2 日江阴沦陷，到 1945 年 8 月 15 日日本投降，江阴全县被日寇杀害 20274 人，其中男性 16451 人，女性 2976 人，儿童 847 人，全县被日寇烧毁房屋 16000 多间。其中华墅被日寇杀害 910 人，被奸淫妇女 337 人，烧毁房屋 2300 多间。同时被烧毁、抢劫的，还有为数不小的耕牛、猪、羊和家禽。

面对残暴的日寇，中国人民从来没有屈服，纷纷奋起反抗。日寇入侵江阴的 8 年中，华墅的共产党人团结广大人民，不怕白色恐怖，坚持开展殊死的斗争，直至抗战胜利。

钱子清壮怀总激烈

民国八年（1919 年）暮春。5 月 6 日上午 9 点，华墅街上的早市还没有散去，最热闹的中渡桥北塊依旧人来人往。忽然，远远地传来一阵此起彼伏的口号声，口号声伴随着坚定杂沓的脚步声，从聚龙街传过来。很快，一支游行队伍来到了中渡桥北塊。游行队伍多数是小学生，也有不少教师。孩子们手执小小的标语旗，上面写着"还我青岛""收回山东权利""外争主权，内除国贼"等标语，嘴里也喊着同样的口号。

游行队伍在桥下停下了，游行的人继续呼喊口号。领呼口号的是一位中年男子，只见他血脉贲张，情绪激昂，手上还挥舞着一张报纸。因为在这以前，华墅从来没有过这样的活动，游行吸引了越来越多的行人。不一会，口号声停了，中年男子站在中渡桥的桥墩上，慷慨激昂地做起演讲来，一边讲一边还把手中的报纸递给人们传看。人们看清了这是一张 5 月 5 日的《新申报号外》，上面刊登的是北京"五四"事件经过。

1919 年 5 月 4 日，北京爆发了中国人民反帝反封建的爱国运动。第一次世界大战结束后，英、法、美、日、意等国家于 1919 年 1 月在巴黎召开"和平会议"。中国北洋政府在人民的压力下，向和会提出希望帝国主义放弃在华特权，要求取消"二十一条"和收回被日本夺去的原德国在山东的权利。这一正义要求，遭到与会的帝国主义国家拒绝，北洋政府竟准备在和约上签字。消息传出，举国愤怒。5 月 4 日，北京学生 3000 多人在天安门前集合，高呼"外争主权，内除国贼""废除二十一条""还我青岛"等口号，会后举行示威游行。学生们痛打驻日公使章宗祥，火烧交通总长曹汝霖宅，北洋政府派军警镇压，逮捕学生 30 多人，北京学生立即举行罢课，并通电全国表示抗议。天津、上海、长沙、广州等地学生也纷纷游行示威，声援北京学生。6月3日4日，北洋政府又逮捕北京学生800余人，激起全国人民的更大愤怒，上海、南京、天津、杭州、武汉、九江、济南、芜湖等地工人纷纷举行罢工罢市和示威游行。6月10日，北洋政府被迫释放被捕学生，撤去曹汝霖、陆宗舆、章宗祥的职务。26日中国代表团拒绝在和约上签字。

这时，两个在一旁观望的、还拖着长辫子的王老头和李夫子在嗤笑："哼，小小老百姓，管什么国事大事！"中年男子听见了，大声驳斥："国家兴旺，匹夫有责！外国人都欺到中国人头上来了。你们难道还活得下去？"两个老头看他咄咄逼人的样子，不敢分辩，悄悄退走，李夫子一边走一边问："这人是谁？"王老头说："钱家场上的钱子清。"

钱子清（1885—1966年），又名理、志清，字晓朕，华墅镇钱家场人。从小接受严格的家庭教育，学习勤奋，积极上进，清光绪二十八年（1902年），17岁考中秀才。不久，辛亥革命爆发，钱子清率先剪除发辫。接着，他进入江苏师范学堂（又称苏州师范学堂，校址在苏州）学习。毕业后，回到了家乡。他根据对苏州新式学堂的体验，与徐炳成、王彦门、姜叔屏等筹办了新式学校"华墅忠义小学堂"（今华士实验小学），先后担任教师和校长。还在家庭经济并不富裕的情况下，捐出家中两亩多土地建造校舍，捐出一批书籍和一些物品支持办学。

1924年11月，钱子清创办了旬报《华墅》，这份报纸每期16开8版，铅印出版，内容广泛，在当时不仅开了江阴报业的先河，也是我国第一张乡镇创办的报纸。钱子清主编的《华墅》报，以观点新颖，敢于直言，积极宣传革新思想著称。1924年11月23日，共产党员钱振标在华墅乡公所积谷仓场上发表《国民和民国会议》演讲，钱子清很快就在《华墅》报上报道，并加了评论。有人仿唐代刘禹锡《陋室铭》，作《颂华墅报》："报不在大，文宏则名；言不在多，理胜则灵。是为华报，如兰斯馨。奋笔诛心黑，拨云见天青。学养裕一己，振发驱五丁。可以警贪顽，正常经，如龟鉴之借镜，如禹鼎之象形。偏正资鉴别，是非有平亭。有诗云：'煌煌者华'。"可是，由于钱子清鲜明的进步思想倾向，《华墅》报在当局眼里过于激进，不久就被查封了。

1924年起，他先后执教于江阴县立师范学校、山西私立西兴贤大学、浙江定海水产学校、南京中学、南通中学、华墅龙砂中学和江阴南菁中学等学校。1927年，钱子清担任华墅乡行政局局长（相当于乡镇长）。上任之初，他就发表了《告华墅同胞书》，提倡移风易俗，建设新华墅。他相继推出了建设新华墅的具体措施：对公款公产进行清理、整顿，做到"弊绝风清"；加强市政建设，提高民众生活质量，重新规划镇区。他在规划中提出把华墅集市和居民区移到砂山脚下，开筑一条环山公路，开凿一条环山河，并设运动场、游泳池等体育设施；号召民众取消生活中婚丧喜庆的一切陈规陋习，提倡节约开支，破除封建迷信等。但由于他的创新意识不能为当时华墅的保守势力所接受，再加上他的规划涉及项目太多，规模太大，资金没有来源，钱子清的"新政"只维持了半年多，便告结束。在钱子清任教期间，与先后来学校任教的钱振标、陈唯吾结为好友，很是相契。在他任华墅乡行政局长期间，曾经竭尽全力，营救共青团江阴县委委员承启明出狱。钱子清生性耿直，处世平和，他在自己家中的堂上撰写对联"与天争，弗与人争，人心平，争端息，公中闲静；美公利，即美私利，私意绝，利途清，天下安宁"表达了他的情怀。他还经常以"官为草木吾如土，舌有风雷笔有神"自勉，经常为乡邻写契约、拟状纸，替他们排忧解难，仗义执言，赢得了华墅民众的好评。

钱子清治学严谨，编辑和撰写了多部著作，付梓出版，其中《识金浅注》一书，由清末状元、南通实业家张謇作序。钱子清对汉字的音、声、意、形等都很有研究，颇有造诣，曾编著制作《国语字母注音表》，并应上海商务印书馆的聘请，为商务印书馆校订小学教科书。1937年11月26日，他的长媳、次子夫妇以及他年方16岁的女儿，一行4人在逃难途中，遭遇日本鬼子的暴行，奋力反抗，全部遇难。钱子清根据家仇国难，编写了《钱氏四德记》（后改为《四德殉国记》），从中国传统的忠孝节义来

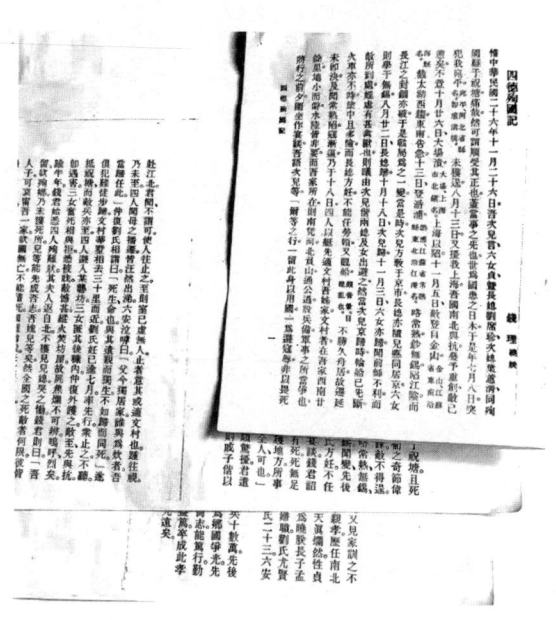

钱子清撰《四德殉国记》文本，曾作为小学教材

阐述国民在抗战中应有的品质，这篇文章以声泪俱下的记述，义愤填膺地控诉日本强盗的兽行，号召国民团结抗日，在社会上引起了极大的反响，著名教育家蒋维乔为此专门写了评论文章《钱氏四德传》，并将《四德殉国记》列为学校教材。

钱子清为办学捐田捐物，后来又卖掉田产，捐给国民政府买飞机大炮，但他的平时生活却十分俭朴，常常是一身粗布衣衫，粗茶淡饭，教育子女家人也是崇尚节俭。他生有四子二女：儿子钱德、钱言、钱政、钱礼，女儿五妹、六安。钱子清对子女的教育十分严格，这是在华墅镇上出了名的。他给自己，也给孩子们订下的《修身要则》是："不读无益书，不近无益友，不往无益地，不沾无益习，不说无益话，不作无益文，不费无益神，不起无益念，不为无益事，不用无益钱，不营无益业，不成无益人。无益且宜戒，有害更弗犯，随在自检勉，方可成人范。"在他的言传身教下，孩子们个个都有作为。

钱子清晚年居上海三儿钱政家，研究医学与佛经。1966年逝世，墓葬在砂山头峰顶下。

钱子清的3个儿子。左起：四子，原温州医学院院长钱礼；长子，原重庆医学院院长钱德；三子，原上海国棉21厂总机械部主任钱政

【第 35 章】

承启明组建团支部
谭震林开辟根据地

承启明组建团支部

民国十七年（1928年）春，正是春寒料峭，乍暖还寒的天气。农历二月半刚过，过年的气息已经远去，华墅镇北的小北街上显得十分宁静甚至有些冷清。

小北街有两个别名。一是"千金街"。自从清代乾隆八年（1743年）江阴知县蔡澍，立《永禁夜市碑》在庄头上，外庄的市场就转移到了小北街。时有领帖（执照）土布牙行20多家排列成市，外地来华墅及华墅本地交易额，日逾白银千两，故称小北街为"千金街"。又由于小北街北端有一座道教供奉天官、地官、水官三官神的五间庙宇，小北街又被称为三官堂街。

就在这安静的三官堂街上，有一天傍晚，南端一家民房里，陆陆续续地来了一群青年人。他们有的把罗宋帽套住整个头部，只露出两只眼睛；有的把围巾围得高高的，捂住半个脸庞；还有的干脆戴个狗皮帽，穿件破棉袄，装成老头子。这些人装束奇怪，目的只为一个：避人耳目。他们进入的这家人家，是小学教员承启明的家。人员到齐以后，便商量起一件大事来。原来，中共江阴县委钱振标、陈叔璇等，准备在近期发动华墅农民暴动，承启明参加了具体筹划。为了落实县委农暴计划，夺取暴动胜利，承启明决定发动他新建立的华墅共青团支部，筹集一批枪支弹药支持暴动。这是一项十分艰巨的任务，大家商量了一会，承启明提出，华墅商团有枪支90多支，我们可以寻机去抢。大家觉得这个主意可以考虑，便细细讨论起来。

不料，就在这个时候，紧挨承家屋子隔壁人家有一个人在偷听，这人绰号"阿大麻子"，是个商团团丁，刚才他看见这么多人悄悄进入承家，感到蹊跷，便伏壁偷听。当他听到这伙人要去抢商团枪支后，大吃一惊，马上意识到请功邀赏的机会来了，他就悄悄出了门，去商团团长王天民家去报信。王天民家就在小北街南端东边不远，阿大麻子三脚两步来到王家，找到了王天民。阿大麻子结结巴巴地说："报告王团长，有人要、要来抢商团的枪！"王天民不相信，说："你慢慢说，谁吃了老虎胆，敢到我商团来抢枪？"阿大麻子说："真的，我听得清清楚楚，他们抢了商团的枪，要去参加农民暴动！"王天民警惕起来了，去年后塍农民暴动，闹得很凶的，农暴背后有共产党指挥，来势凶猛，不可轻敌。于是他命令阿大麻子去通知商团其他团丁，紧急集合，去小北街包围承家。

很快，30多名商团团丁从河南总部集合后，赶了过来，王天民亲自指挥团丁，把承启明家团团包围。王天民叫一个团丁去叫开承启明的家门。团丁一边拍门一边大叫："开门！"却没有回应，团丁便一脚踢开了大门。进去一看，里面只有一个白发苍苍的老太婆，问她承启明哪里去了？老太婆说："你们找我儿子啊，他在额头庵小学教书，今天不是星期天，没有回来，住在学校里。"王天民再问什么，老太婆的回答，翻来覆去就是这么几句。

原来，今天的团支部活动，承启明本想在北庙华墅文社楼上开的，因为那里开过几次县委工作会议，已经引起敌人注意；而且夜间在文社开会，格外引人注目，所以就把会议安排在自己家里。由于时局严峻，承启明时刻保持着警惕性，刚才，隔壁阿大麻子出门告密，虽然声音很轻，但一直留心屋外动静的承启明看见他出门而去，从他诡秘的行动上，猜测他会去报告。承启明便当机立断，吩咐大家立即疏散回去，他自己也在商团到来之前，离开了家里。他以高度的警惕，避免了一场损失。

承启明（1911—1939年），华墅小北街人。针灸专家承淡安（启桐）的堂弟。他出身于一个有文化医学特长的家庭，自幼天资聪慧，爱好文学、篆刻和弈棋。在县立六校（后为华墅中心小学）毕业后，考入江阴县立师范学校，学习勤奋，成绩优良，深得老师器重。师范期间接受新思想，要求进步，由陈叔璇、陈宇中（蒋云）、姚传生介绍加入中国共产党。师范学校毕业后，承启明由县教育局分配，到华墅乡下额头庵小学（今向阳村境内）任教。1927年10月10日，共青团江阴县委正式成立，承启明当选为委员。共青团，全称是中国共产主义青年团，中国共产党领导的先进青年群众组织，中国共产党的助手和后备军。1922年5月成立，原名中国社会主义青年团，1925年改称为中国共产主义青年团。1937年11月，党中央为了团结广大青年抗日，改组共青团为广泛的群众性的青年抗日救国组织。曾先后出现中华民族解放先锋队、青年救国会、青年抗日先锋队等青年抗日救国的团体。抗日战争胜利后，1946年试建新民主主义青年团。1957年5月改称为中国共产主义青年团。承启明当选为江阴县团委委员后，根据青年团的任务和县团委的要求，他在华墅地区组建青年团支部，吸收进步青年参加，第一批青年团员有承启棠、章元朴等11人，承启明任团支部书记，承启棠为组织委员，章元朴为宣传干事。这是华墅地区最早的共青团组织。承启明还经常在"养正书院"楼上开展宣传活动，编印青年团报刊《轰轰报》，散发到群众中去。不久，他被调到祝华小学（陆桥境内）任教，他又在周庄、长泾一带开展秘密活动，吸收先进青年入团，发展共青团组织，相继成立了长寿、周庄、双牌等团支部。承启明还利用做小学教师、接触少年儿童的机会，成立儿童团，组织少年儿童参加农民武装暴动，儿童团在农暴中参加侦察敌情、传递消息等，发挥了重要作用。

民国十七年（1928年），共青团江阴县委进行改组。9月20日晚上到21日凌晨，在省团委领导的指导下，在申港一座庙宇里举行共青团江阴县第一次积极分子大会，出席者50多人。会议产生新的团县委，华墅承启明为9个委员之一。会议被敌人侦知，会后，两个委员和团委书记姚传生被害，承启明被捕，后经华墅乡行政局长（镇长）钱子清出面营救出狱。

承启明是个坚定的革命者，他对组建共青团、发动进步青年参加革命百折不挠，锲而不舍。他在华墅、江阴的积极活动，遭到国民党政府几次关押，但一放出来又继续秘密活动。1928年11月，他被营救出狱，面对敌人的监视、迫害，就转移到苏州开展活动。在苏州，承启明住在皮市街堂兄承淡安的针灸所里，职业是吴县乡下一所小学的教师。他很快就与苏州的共产党地下组织接上了头，并通过地下党员张浚源，聚拢了一大批进步青年，开展秘密活动。不久，他被苏州当局发现而逮捕，关在苏州监狱2年，期满释放。此后，承启明到无锡，在河埒口小学任教。他仍不忘开展青年活动，利用大洋桥堍的一家烟店楼上作为秘密联络点，聚集开会，筹划行动，开展宣传活动，揭露国民党的黑暗。很快又被敌人发现，承启明再次被捕。因为"事属屡犯"，承启明被押往镇江监狱。在狱中，敌人威逼利诱：只要招出同党，悔过反省，就可以既往不咎，释放回家，承启明不为所动。敌人用毒刑拷打他，他守口如瓶，决不屈服。民国二十八年（1939年）春，承启明在镇江从容就义。就义前，他寄给承淡安一张明信片。承淡安回忆说："我得其就义当日之明信片，见字迹、语句一丝不乱，想见其当时镇静而慷慨之状。"

承启明就义这一年才28岁。烈士安葬在镇江。2010年6月，华士镇在砂山北麓建造了烈士陵园，为承启明与徐茂如雕琢了花岗石塑像，让后人凭吊缅怀。

谭震林开辟根据地

1940年11月10日，这一天是星期日，私立华墅初级中学本来应该寂无一人的校园里，陆陆续续地来了一批又一批年轻人，他们虽然衣着各异，但一进校园，都在左臂别上了印有白底蓝字的"江抗"布条。人越来越多，不到9点钟，中学简易的大操场上已经聚起了两三千人。中学外面的北街上，向南往北有三三两两的便衣青年在游弋，看得出，他们是流动的武装哨兵。

这么大的动静，早已惊动了"忠救军"的小喽啰，急忙报告了驻在华墅的"忠救军"大头目包福衔。包福衔接到情报，大吃一惊，认为这事非同小可，他不敢轻举妄动，连忙亲自来到河南美裕布厂日军驻地，报告了日本驻军中队长渡边。渡边听说"江抗"来了两三千人，也很感意外。可是他一想，"江抗"来了这么多人，直接集中在操场上，目的不像是来袭击日军的。他与另一个日军头目广高一商量，觉得"江抗"势大，不可轻易去招惹他们，只好静待事态变化。他一方面命令瞭望楼上的日兵，密切注意中学操场方向的动静，一方面时刻戒备，准备应战。

9点过后，华墅初级中学"书院楼"北边的一大片空地上，集结了3000多人。这里北望砂山，南边是书院楼、北城隍庙；西边是一条河，东面是民房，既安静又安全，是集会的好地方。九点半，会议开始，用课桌临时拼成的主席台坐南朝北，台上坐着3位领导，中间一位魁梧壮实、浓眉大眼、神采奕奕的是"江抗"东路指挥部司令谭震林，左边的是副司令何克希，右边是抗日民主政府江阴县长李石坪。这次大会，时间不长，先由何克希就着喇叭式话筒讲了当前形势，然后由谭司令讲话。谭震林的嗓门很大，他不用话筒，用宏亮的声音，操着一口湖南官话，豪迈地宣布："同志们，今天，是我们'江抗'富有历史意义的大会合。我宣布，在'江抗'东路指挥部与支队之间，增设一级序列，成立3个纵队！"顿时，"江抗"战士们报以热烈的掌声。谭震林讲话不多，言简意赅："新的发展形势，决定新的任务已经到来，我们要向新的方面去扩展。今后，我们的方向是要向东、向南，向着太湖、淀山湖，向着大上海前进！"

在热烈的鼓掌声中，何克希副司令宣布散会，"江抗"战士们有序退出中学操场，各自归去。

河南日军的瞭望楼上，渡边中队长清楚地看到了"江抗"的行动，他哀叹："江抗"已经进入了日军的地盘，日军在华墅这个白区维持据点已经不安全了。

谭震林（1902—1983年），别名梅城，曾化名林俊。湖南攸县人。1925年参加革命，井冈山时期任湘赣边特委书记、红十二军政治委员。红一方面军军委委员和福建军区司令员、政委。新中国成立后，任国务院副总理、浙江省省长、省委书记、江苏省省长等。抗日战争时期，谭震林是江南抗日根据地的开拓者。1938年，先后任新四军第二、三支队副司令员；1940年，他在江苏组建江南抗日义勇军，（简称"江抗"）将义勇军一、二支队合并组成江南抗日义勇军司令部，创建东路抗日根据地。这期间"江抗"常在陆桥、祝塘、华墅一带活动。谭震林任"江抗"司令，化名林俊；何克希为副司令。东路指挥部下设3个支队，以苏州常熟太仓为基地，东到昆山嘉定太仓，西到江阴无锡常熟，开展抗日活动，1940年9月，"江抗"东路指挥部和3个支队转移到澄锡虞地区。

谭震林来澄锡虞地区不久，就提出各办事处要迅速建立武装力量，成立常备大队，他和"江抗"的同志，采取个别动员和公开招募的办法，欢迎一切愿意参加抗日的人来参加常备队。在短短的10天里，就组织起了一支七八十人的常备队，并且经多方面筹集，使每个队员都有了枪支。谭震林十分重视常备大队的建设，逢会必议，并指派区长于玲兼任常备大队长，还配备了一名副大队长。经过训练，常备大队后来编入了江南保安司令部所属部队。

1941年2月上旬，"江抗"东路指挥部奉命改番号为新四军第3支队。3月上旬，新四军所属江南部队改编为第六师，下辖16、18两旅，并成立江南保安司令部。这年春天，新四军6师师长谭震林和江南保安司令何克希，率领部队来到朱徐巷村，在朱徐巷村和附近遍布兵力，震慑了忠救军部队；7月，日伪准备对澄锡虞地区发动"清乡"，新四军18旅等几个团和教导队各主力营在河阳山与"忠救军"郭墨涛、包汉生部激战后，又进驻朱徐巷村。

朱徐巷村位于陆桥西部，是陆桥、祝塘、长寿三镇交界处，由于交通便利，谭震林曾几次率领部队来朱徐巷村屯驻。这一次，谭师长还带来了何克希、李石坪等军政领导。六师司令部设在水墩里徐雨仓的五间屋里，谭师长住在朱稚初的小花厅里，何克希住在朱祖寿的厅屋里，县长李石坪住在徐志光家里；部队的后勤机关设在徐敬安家里，修械所设在徐永岐的下场屋里，还有电台、医疗队都分驻办公。部队屯驻期间，为了不让日伪和忠救军掌握我军的行踪，实行放哨警戒，同时做好村上居民的出入平安和保密工作。新四军纪律严明，秋毫无犯，待老百姓如亲人。每次来到村上，就帮助老百姓家里扫地、担水和干各种农活。开拔前，总要检查纪律，挨户查访，把老百姓家里里外外打扫干净，把水缸挑满，借的东西全部还清，如有损坏东西，哪怕是毛糙钵头，也必定赔偿了事。

以谭震林为首的新四军六师和抗日民主政府，在江南开辟根据地，组织澄锡虞军民，进行了艰苦卓绝的反"清乡"斗争。1941年春，日本中国派遣军总部与汪伪南京政府勾结，采取对日伪占领区分别实施"清乡"，以军事"清剿"、政治伪化、经济掠夺相结合的手段，企图彻底消灭、肃清占领区的抗战势力。苏南东路抗日民主根据地澄锡虞地区被日伪列为苏南第一阶段"清乡"重点地区。1941年7月1日，日伪集中优势兵力1.8万人，从水陆两路，以狂风暴雨式的行动，全面出击抗日民主根据地。为了消灭新四军六师首脑机关和主力部队，日军森园部队和汪伪一方面军第六师第九团共3000人进入江阴，进驻杨厍、后塍，在沿江和公路要道筑起篱笆，封锁"江抗"通行；以郭墨涛为首的忠义救国军也为虎作伥，趁机与"江抗"作对。

面对日伪顽夹击的严重态势，谭震林不畏强敌，号召江南军民组织起来，顽强反击，英勇斗争，粉碎敌人的"清乡"斗争，取得了攻克苏州城西汪精卫所谓"和平模范区"西园寺桥、白马涧等伪军据点，激战杨厍河阳山，击败郭墨涛部，转战澄西西石桥对顽军自卫反击战等胜利。但由于敌我力量悬殊，1941年8月，根据新四军军部指示，谭震林部署澄锡虞地区党组织分批北撤，在苏中靖江建立江南办事处和江南干部大队，"清乡"区党组织转入地下长期斗争，直至解放。

【第36章】

曹观来勇救众乡亲
陈咏仁义保毛公鼎

曹观来勇救众乡亲

1937年的初冬，风淡淡，日融融，砂山南面陆桥朱徐巷（今属华士镇）村里，一派恬静祥和。

11月25日，快近中午，忽然有30多人的一支人马闯进了村里，一时间人喊马嘶，鸡飞狗叫。这支人马，是刚从常熟过来的日本侵略军，领队的叫井边，个子不高，却很精悍。部队进村时，正是家家户户吃中饭的时候，日本兵行军半天，已是饥肠辘辘。井边队长闯进一户人家，打着手势要吃饭。其他士兵也饿狼似的乱窜乱看，抢到东西就吃。面对突如其来的野蛮"客人"，姑娘大嫂躲得远远的，只剩老头老妪来招待他们。尽管心里不情愿，淳朴的朱徐巷村民还是以礼相待，为他们淘米做饭。日本兵随心所欲，自己动手捉鸡抓鸭，逼着村民杀了做菜，还嫌肉菜不够，村民们敢怒不敢言，杀了几只鸡鸭，又到池塘里捕了几条鱼，总算凑出几只荤菜，烧好端上了桌，日本兵坐了下来，大嚼一顿，吃得很开心。

乡民们只希望让这些凶神快点吃饱了，早点离开，不要惹事作恶。谁知这些鬼子兵吃饱喝足了，接下来做的事让乡民们大吃一惊。原来，日本鬼子侵入中国时，内部有一个约定：把烧毁民房当作行军"信号"，以烧房窜起的熊熊大火和腾起的冲天烟雾，作为联络方向、互报军情信息的暗号。只见刚才还吃得笑眯眯的队长井边，忽然翻脸无情，下令士兵搬来稻草，要点燃民房。村民们慌了，连忙拦阻，又是劝说，又是央求，井边哪里肯听，执意要烧。乡民们急得把他围住，不让他发命令。井边火了，拔出军刀，就要砍人，眼看一场惨祸就要发生，整个村庄要毁于一旦！正在这时，村子里闻讯赶来一位50多岁的老汉，只见他分开众人，走到井边面前，伸手拦住他将要下劈的军刀，操着纯熟的日语，要求立即制止即将发生的暴行。井边冷不防有人竟敢阻拦自己的行动，不觉大怒，挥刀准备朝来人劈下去。老人不慌不乱，正气凛然，又大喝一声，井边一愣，定睛一看，面前竟是自己的老师曹观来！这个鬼子总算还有一点天良没有泯灭，在这里看到曹观来，叫了一声"老师！"要知道，井边当年是曹观来无私援助、精心教导的重点学生。于是师生用日语对话：

"井边君，这儿是我的故乡，你不可胡来！"曹观来大义凛然地说。

"老师，我是奉命而来，服从命令是军人的天职。"井边面对老师，心里底气不足。

"我教导过你，做人一定要有品德，不可伤天害理！"

"这个，学生一定注意。我现在新到中国，进驻您的家乡，您能否出来帮助我？"

"这不行，老师年纪大了，也看不惯杀人放火的事。只希望你不要忘了老师的话。"

"哈咿。"井边把军刀插回刀鞘，朝曹观来鞠了个躬，回转身去，朝士兵们挥挥手，走了。乡亲们舒了一口气，纷纷围住曹观来，询问他怎么认识这个日本鬼子的。曹观来一声苦笑："说来惭愧，这小子是我在日本教书时的一个学生。"

曹观来（1886—1960年）原名之瀚，字观澜，后改为观来。源出周庄伞墩曹氏宗族，世居江阴澄江镇，他毕生从事文化教育事业，是江阴废科举、办学堂、开拓现代教育事业的重要人物之一。先生童年时，因父亲染上时疫早逝，家道因之中落。他经过自身苦学，14岁考入礼延书院。16岁参加江阴县办师范传习所学习，以优异成绩结业后，担任二等小学校长，时年17岁。1904年，18岁的曹观来任澄西郑渡桥小学校长，团结同事薛晓升、朱稚初等共同探索教学方法。曹观来勇于创新，在他的学校里，课程门类齐全，课堂教学生动活泼，得到江苏督学嘉奖。1905年，曹观来进入苏州师范学校学习，一同去学习的还有后任苏州中学校长的江阴人吴元涤。苏州师范开设日文课程，曹观来除重视研习日文外，还自学了英语和世界语等课程。

苏州师范毕业以后，曹观来回到江阴，先后在辅延、礼延学堂任教。1921年，应上海新亚书店的邀请，前往上海从事日本科技资料的翻译编辑出版工作。1922年，曹观来经人推荐，东渡日本，受聘于日本神户华侨子弟学校，先做教师，后任校长。他处理校务井井有条，教学工作也十分出色。不久，当地华侨总会研究决定，将原来3所华侨学校并为1所，名为"神户中华公学"，让曹观来担任该校校长。进入30年代，日本军国主义妄图侵略中华的野心不断膨胀，曹观来极为愤慨，"一·二八"事变后，1932年暑假，曹观来谢绝校方的再三挽留，毅然回国。回到江阴以后，他仍旧在教育工作岗位上尽力，曾与长子曹崟一起在南菁中学任教过。1935年，曹观来去浙江定海水产学校任教。

　　1937年，抗日战争全面爆发，中华大地烽烟遍地。曹观来的5个儿子，3个成年的都奔赴战场，抗击日军。他奉老母，携妻儿，避居陆桥乡朱徐巷妻弟朱稚初家。第二年，到周庄伞墩，借曹氏宗祠房屋，创办伞湖小学。沦陷时期，日伪知道他精通日语，又在地方上有很高的威望，再三威迫他出任伪职，曹观来都以年纪大了、身体不好为借口，坚决推辞。在日伪占领家乡时期，曹观来不畏强暴，常常挺身而出，仗义执言，救援遭受日伪侵犯迫害的同胞。除了解救朱徐巷那一次，他还多次解救被日伪关押的群众。1941年秋天的一个上午，盘驻周庄的日寇突然闯进伞湖小学，不由分说，将正在上课的两个女教师抓去。曹观来当时正在朱徐巷家里，接到消息立即赶往周庄，用日文写成保状，交到伪周庄镇公所，让他们出面交涉后，从日寇的魔掌中救回了两位女教师。他又以井边的老师这个特殊身份，营救过几名被日军抓去的群众和抗日积极分子。东乡各镇知道曹观来正直仗义，许多无辜受害的家属，纷纷前来求援，曹观来尽力奔走，努力斡旋，大多能化险为夷，安然归来。良善乡亲受豪强欺压，告诉曹观来，先生也挺身执言，伸张正义。曹观来勇做好事，还不受报答，因此得到人们的称道。

　　1940年和1941年间，新四军东进，在苏南太湖流域开辟根据地，何克希部常驻在朱徐巷一带，司令部设在朱稚初家里，谭震林司令员多次住在朱家，曹观来几次接触谭司令，或在小花厅对弈，或作彻夜长谈。先生受益不浅，谭司令员也对曹观来非常钦佩，经常与他讨论国事，并通过曹观来，做好当地民众的抗日宣传工作。新四军渡江进军苏北时，何克希有一些文件、辎重，埋藏在朱稚初家，曹观来及朱家大小，均守口如瓶，直到1943年让新四军来人取去。何克希在1941年夏与曹观来告别时，曾为他题词留念，称赞曹观来"读圣贤书作圣贤事,一洗我国文人言行不一之耻"。抗日战争胜利后,国民党江阴县长方骥龄曾派要员登门,聘请曹观来出任江阴县参议员,先生当即一口拒绝。他甘守清贫,乐做"孩子王",高风亮节,令人钦佩。

曹观来晚年苦患哮喘病,新中国建立前就已卧床不起,但还倾注精力,在床上研究文字改进方案,10年中写下了大量笔记。1960年先生逝世,享年75岁。

陈咏仁义保毛公鼎

西周重器道光出,虎夺狼争几攫吞。
保藏全赖陈公力,终归华夏万年珍。

1942年秋的一天下午,位于上海一条偏僻马路的一间石库门临街小屋里,静悄悄地坐着三个人,面前小桌上摆着一副中国象棋,两个人面对面,另一个打横坐。门外,不时有飞扬跋扈的日本宪兵驾驶着三轮摩托车呼啸而过,还有探头探脑的"包打听"在路边徘徊。石库门里,三个人神情肃穆,默默地吸着烟,偶尔喝口茶,眼睛盯着棋盘,静静地想着什么。他们是在下棋吗?不,他们要商量一件重大的事情。在那个时期,到处有日本人的鹰犬,有敌人的耳目,尤其是手上有几个钱的人,处处被人暗中监视,有事在明处商量反而安全。

这三个人是陈氏父子,坐在对弈位子上的是陈咏仁和他的四弟陈利仁,一旁"观棋"的是父亲陈君平。他们原籍江阴陆家桥陈家坝,近几年来一直在上海开厂做生意。兄长陈咏仁(1900—1974年),主持新华工程公司,经营生产钻床铣床,弟弟陈利仁则任公司襄理。"我们今天要商量的,不是生意上的事,"陈咏仁打量了一下门外,说,"而是要花巨资购买毛公鼎……""毛公鼎?"陈利仁有些意外。"对。"陈咏仁先从毛公鼎说起:

清道光二十三年(1843年),毛公鼎在陕西岐山县被农民董春生耕作出土,从此,辗转经历了苏亿年等多位古董商的反复转手和达官显贵陈介琪等人的争夺占有。宣统二年(1910年)陈介琪后人以白银2万两的价格,卖给了清两江总督端方。1911年11月,端方被派到四川镇压保路运动,被革命军杀死。端方死后,家道中落,毛公鼎典押进了天津俄国人开办的华俄道盛银行，后又转存于北平大陆银行。毛公鼎铸造于西周晚期，为毛公所铸。毛公名歆，是周宣王的叔父。鼎文记载，周宣王在位初期，力图改革朝政，命叔父毛歆处理国家大事，又命毛公担任禁卫军，保卫王土，并赐酒食、车马、兵器。毛公感念周王，于是铸鼎纪事，遗传子孙。毛公鼎用青铜铸就，高53.8厘米，口径47.9厘米，造型朴质稳重，腹内刻有499字的铭文，是毛公向周宣王进言的记录，被誉为"抵得一篇《尚书》"，具有极高的历史和艺术文物研究价值。

毛公鼎在天津北平一露面，立即吸引了中外权贵、古董巨商的注意，大家纷纷垂涎觊觎，争相攫夺。英国人辛浦森首先愿出5万美元买下毛公鼎……

这时，一个戴鸭舌帽的"包打听"大概觉察到了什么，从门外踅了进来，假装抽烟要点火，点了火却又不走。陈咏仁机警地和陈利仁下了几步棋，看那家伙觍着脸还没有想走的意思，索性认真地下起棋来。忽然，他大喝一声："将！"把"鸭舌帽"吓了一跳。然后，陈咏仁对陈利仁说："你输了。"又对"鸭舌帽"说："这位先生，看你看得认真，感兴趣吗？要不也坐下来下一局？""鸭舌帽"慌忙说，"不，不，我不会。"于是陈咏仁和陈利仁重新开局。"鸭舌帽"看看他们只顾下棋，没有什么破绽，只得没趣地走了。

"鸭舌帽"刚走，陈利仁高声叫道："吃车了！"随即又急急地低声问道："被那英国人买走了吗？""没有，"陈咏仁轻轻地说，"端家嫌钱太少，不肯卖，一番讨价还价，还是没有成交。""后来呢？""后来几经周折，被大收藏家叶恭绰与郑洪年、冯恕合股买下了毛公鼎，鼎仍存在大陆银行。1937年日本兵攻占上海，叶恭绰把鼎运到上海，藏在家里，自己到香港避难。但日本军队除了大肆掠夺中国的物资外，还把黑手伸向中国的文物古董，他们也嗅到了毛公鼎的存在，千方百计要把它搞到手。日本宪兵大肆追查，捕风捉影，到处打听藏鼎的线索，对被怀疑知情的人员严刑拷打，威胁利诱，无所不用其极。不久，敌人隐约听到了叶恭绰购藏毛公鼎的消息，就把叶的侄子叶公超抓了起来，酷刑摧残，逼问毛公鼎的下落。叶公超抵死不说，只是不承认藏鼎之事。叶恭绰为救侄子，请人仿造了一只假鼎交给日军，叶公超才被释放。1941年夏，叶公超秘密地把毛公鼎运往香港。但不久香港被日军占领，毛公鼎又岌岌可危，叶家只得托德国朋友把鼎运回上海。"

陈咏仁讲到这里，陈利仁和父亲已经明白了他的意图。一直没有开口的陈父小心翼翼地问："那我们能帮什么忙？""我想把毛公鼎买下来。""买下来？"陈君平和陈利仁异口同声地问。"对，我想了两个晚上了，我不能眼看着它落在外国人手里。"沉默。还是父亲先开口："那要好多钱哪！虽说我们手头有点钱，可……"陈利仁更是直言不讳："那鼎买下来对我们有什么用，又不能拿来赚钱，而且风险那么大！弄不好，会给日本人抢去！"陈父说："我们是生意人，还是少蹚政治水！"陈咏仁说："在这个时代，能免蹚政治水吗？前几年，我因为担任了汪精卫中央储备银行的副总裁，为他采购军工物资，差点被国民政府定为汉奸！"讲到汪精卫，大家又沉默了。

"所以我这回想把鼎买下来，然后献给政府，表表我们陈家的心意！"听他这样讲，陈父和陈利仁不再说什么。良久，陈利仁幽幽地问："要我帮忙吗？""要的，今天我请爸爸和你来，主要商量资金问题。"陈咏仁伸出手指拨了一下桌上的棋子，"那东西很贵。""要多少？"陈咏仁伸出三个指头，"大约不少于……""这么多？"陈咏仁点点头，然后对陈利仁伸出一个指头，说："我要向你借这个数。""100两黄金？""对，"陈咏仁又对父亲说："爸，你准备捐建陆桥君平小学的钱先缓一缓，先应付了眼前这件事，明年赚了钱再建，好吗？"陈咏仁见父亲不言语，知道他还有些想法，追了一句："要不我先写张欠条给你，欠你50万，明年3月还。"父亲笑了，说："用不着，父子之间要什么欠条？我是担心买下鼎后，风险不少啊！""风险是肯定有的，"陈咏仁沉思一下："所以我们要严格做好保密工作。"

两天以后，陈咏仁根据朋友的介绍，独自敲开了叶恭绰府邸的边门，悄悄地会晤了卧病在床的叶恭绰，秘密地商谈转让毛公鼎事宜。本来叶恭绰是不想把鼎出手的，只是因为今年春天他得了重病，要花很大一笔钱来治病，才动起毛公鼎的念头。叶恭绰开价350两黄金，陈咏仁还价280两，谈到后来，陈咏仁说："叶总长（叶曾任北洋政府交通总长），我知道您是为保护国宝耗费心血，照例我不该还价；但你不知道，眼下多事之秋，生意难做，加上几次折腾亏损不少，所以本人手头也不宽裕。再者，我购毛公鼎一不为收藏，二不为转卖，只因听说您忙于治病，急于出手，又怕流落到日本人手里，所以前来求购。我不是收藏家，有朝一日，我会把它献给国家的！""此话当真？"叶恭绰十分高兴，当下拍板，毛公鼎作价300两黄金，售归陈咏仁。

两天以后，陈咏仁亲自到钱庄打出300两黄金的银票，交到叶恭绰手上；又神不知鬼不觉地运回了毛公鼎，把它秘密收藏在陈大同钢铁厂的仓库里。从此，毛公鼎在人间销声匿迹，一直到日本投降后的1946年初，它才现身。

1946年新年伊始，陈咏仁特地请来著名的拓印专家山阳王秀仁，请他把毛公鼎拓印了10张，拓片共分3页，大鼎外貌1页，毛公鼎腹内的399字铭文2页，每张拓片署上陈咏仁、陈利仁和拓印者王秀仁的名字，分赠亲友。然后由陈利仁专程去了一趟南京，到中央政府递交了献鼎呈文，中央政府接受了捐赠。不久，南京博物院隆重接受了毛公鼎。

1948年冬天，毛公鼎与其他文物，被搬上了国民党海军军舰"中鼎号"，运去了台湾岛。1965年，台湾台北故宫博物院建成，毛公鼎被放置在商周秦汉青铜器馆最显著的位置，与"翠玉白菜""肉形石"并称为"镇馆三宝"，供游人欣赏。

毛公鼎

【第 37 章】
章在田镇长殉烈士
王韶华巾帼逞英豪

章在田镇长殉烈士

1940 年 9 月 21 日下午，太阳已经下山，天色越来越昏暗。在陆桥乡瓠岱桥村的一条南北走向的大路上，聚集了二三百个人，他们是职工会会员和一些自发赶来的群众。他们每个人都手执钉耙、铁锹，憋着一股仇恨，对着平展展的大路一阵猛挖。他们不是来修路，是来破坏道路的。这条路，北起砂山脚下的澄杨路，南往祝塘、长寿、长泾、顾山，再往无锡，是日本军队马、步、坦克、炮车和辎重车辆行驰来往的必经之路。破坏这条路，就是阻挠、干扰日军的行军行动。为了隐蔽行动，不让日军发现，他们选择了傍晚这个时段。指挥大家挖路的，是一个文质彬彬、相貌清秀的中年男子，有人称他"镇长"，有人叫他"章先生"，他就是抗日民主政府陆桥镇镇长章在田。

因为挖路的人有不少是自发、分散来的，所以，大家胡乱挖了几分钟，章在田叫停："不能这样挖，不能浅浅地挖起点浮土就算破坏！"章镇长指挥大家：大路上挖的坑要深，至少深 2 米；要宽，要把整条路截断，坑要长，要超过 3 米；而且坑要选在两边是河，或者是陡坡的地方。挖成这样又深又宽、距离又长的大坑，才能让日本鬼子走不过，又绕不过。很快，二三百人分成三组，大家钉耙挥舞，铁锹猛铲，挖成了又宽又长又深的 3 个大坑，直接把大路截成了几段，挖出的泥土堆成了土山，又阻在了路上。经过大家一阵猛挖，将到晚9点钟，这条平时日寇耀武扬威走惯的大路，就像一条被斩成几段的烂死蛇，瘫在那里了。章镇长检查一下，满意地一挥手："完成，回家！"挖路的人们便携了各自的工具，轻松散去，消失在朦胧的月光中。

章在田回到家里，吃了晚饭，又洗了一个澡。已经10点钟了，正要上楼休息。忽然有人重重地敲门，章在田一惊：这么晚了，还有谁来？他从门缝中向外一看，门口立着两个鬼魅一样的陌生身影。不好，"暗杀党"来了！他不想惊动家人，赶紧走到后门，想从后门躲避。谁知他把后门一开，那里也有两个人守在暗影里，等他刚把门打开，两个黑影马上窜了过来，把他紧紧扭住。章在田来不及喊叫，就被他们捂住嘴巴，拖到镇上的文正街新市弄口。这时，匪徒才松了手。章在田喘过气来，借着朦胧的月光，看清他们狰狞的面目。他是一个刚强的人，虽然知道今天落在他们手里，性命难保了，但他还是要出口气，他问："你们这样暗害我，我与你们有什么过节？""过节？"为首的家伙狞笑一声："不要问什么过节，阎王叫你三更死，不敢让你过四更。"章在田气愤地说："你们这样伤天害理，要遭报应的！""报应？嘿嘿！"一个匪徒不由分说，拔出手枪，朝章在田的头部开了一枪，章在田当场死亡，年41岁。

章在田，1899年生，陆桥镇人。出生在一个经商家庭，家里经济比较宽裕。他为人正直，痛恨日寇侵略中国，鄙视汪伪汉奸，钦佩共产党带领人民打鬼子救中国，平时经常济贫助困，是一位开明人士。1940年4月，抗日民主政府请他担任陆桥镇镇长，兼粮食运销合作社经理。7月，城东地区在江南抗日救国军（简称"新江抗"）驻澄办事处的领导下，各乡镇相继组织了农抗会、妇抗会和职工会等群众团体，积极进行抗日活动。当时的社会环境十分复杂危险，既有日本侵略者的横行暴虐，又有暗杀党的残酷杀害，还有汪伪的作威作福。章在田冒着随时会被杀害的危险，接受"江抗"驻澄办事处的委派，并积极开展工作。在章在田的带领下，陆桥人民群众迅速开展各种爱国活动，他们开展"三禁"活动：禁止粮食走私，禁吸大烟、禁止赌博。其中禁止粮食走私，成立粮食运销合作社，由章在田任经理，地下共产党员陆掌福具体负责运销业务。合作社的任务是按照澄锡虞总办事处规定，禁止粮食走私，帮助缺粮户度过饥荒。一次，上海资本家虞洽卿装载数万斤的粮船停泊在长泾浜，准备从应天河走私北运，船主托人到陆桥，与设在新丰米厂的合作社联系，要求发给准予通行的证明，并许以重酬。章在田与陆掌福毫不容情，报告了总办事处，以平价收购处理。

第37章 章在田镇长殉烈士 王韶华巾帼逞英豪

陆桥大富户龚某用稻草盖面，下装粮食，准备走私也被查获，以平价收购。合作社平抑粮食价格，禁止粮食外流，打击奸商盘剥，整肃社会风气，有力地推动了敌后抗日游击根据地的建设。章在田的合作社，冲击了包汉生部头目汪雁宾设在陆桥的粮食公行，切断了包部搜刮民财的一大来源，引起了包汉生暗杀党的忌恨。21日深夜，"暗杀党"大头目包福衔亲自带领第一行动组吴伯郎和暗杀党陆桥组谢士成、王阿积，来到陆桥，由谢士成带路，将章在田从家中扭出杀害。

"暗杀党"是由"忠义救国军"（简称"忠救军"）头子包汉生操纵的。1940年，长泾人包汉生担任忠救军澄锡虞政府特派员后，在澄锡虞三县交界气焰十分嚣张，专门与共产党抗日民主政府作对。当年6月，"江抗"二团突击包围包汉生司令部，给了包部一记重创。包汉生知道自己明处无法与"江抗"较量，便组织地痞、流氓、无赖、恶棍，成立"暗杀党"，名义为突击组，实际专门采取暗杀手段，杀害我地方党政干部。除了章在田被暗杀外，还有澄南武工队队长宋天雄、长陆区副区长王成之、文教股长朱玉鼎、马华区区长赵旭东、副区长商健以及一批"江抗"干部和共产党地下工作人员，都被暗杀党杀害。暗杀党在9月21日夜杀害了章在田的同时，还捕捉了陆德顺。陆德顺是陆桥新塘桥陆家基人，是陆桥职工会会员，"三禁"活动的积极分子，被他的堂兄陆掌福秘密发展为交通员，为镇长章在田传递信件。包福衔一伙杀害了章在田，押着陆德顺寻机杀害，押到一座没有栏杆的石桥上时，机灵的陆德顺突然一个急停，一脚猛地重踩，踩伤了后面敌人的脚趾，趁敌人剧痛时，纵身跳下大河。敌人慌忙开枪，虽然子弹打中了他的脚，但他还是潜水脱险了。

9月30日，这是章在田牺牲后的第9天，50多名新四军来到陆桥，为章在田烈士召开追悼会，控诉"暗杀党"的罪行，为烈士致哀。抗日民主政府为纪念章在田，1941年春，命名陆桥乡为"在田乡"。

章在田烈士牺牲后，他的22岁的独生女儿章秀芳悲痛欲绝。那天夜里，文正街新市弄口的暗杀党走了以后，有人认出了地上躺的是章在田，便去章家报了讯。章秀芳和母亲大惊，连忙赶到新市弄口。弄口没有路灯，但在微弱的月光下，母女俩认出那倒在血泊里的正是章在田，母亲一下子晕了过去，章秀芳也伏在父亲身上嚎啕大哭。后来，在乡亲们的帮助下，到章家扛了一张藤榻，把章在田的遗体扛回了家。处理完了丧事，章秀芳满怀着对父亲的无比悲伤和对敌人的切齿仇恨，擦干了眼泪，化悲痛为力量，决心继承父亲的遗志，接过父亲的事业。7天后，她瞒着母亲，毅然投奔"江抗"，到祝塘办事处找到了副主任于玲，向于玲哭诉了父亲死难经过，并表示参加"江抗"的决心。于玲深表同情，对她说："章镇长是为人民牺牲的，这笔血债迟早要偿还的！我们要拿出行动来打击敌人！"章秀芬后来由另一位江抗女干部印珍护送回家，安慰了她的母亲，随后参加了民运干部培训班。培训班结束后，章秀芬被任命为抗日民主陆桥镇镇长，继承了章在田的事业。1941年春，她加入了中国共产党。尽管包汉生游击队暗杀党费尽心机，多次来陆桥谋害她，但她在江抗的保护和群众的掩护下，每次都能巧妙机警避过。经过多年的努力，章秀芳终于成长为一名光荣的江抗优秀干部。

王韶华巾帼逞英豪

民国二十九年（1940年）11月30日。早晨，8点已过，天气阴沉沉的，陆桥街市上卖菜的已经卖完了菜，买菜的拎着满满的菜篮子，都准备回家，当地人称这为"落市"。这时，大街上走来一位青年女子，她剪了齐耳短发，戴一副浅色的玳瑁眼镜，穿一件黑底缀小红花的薄棉袄，显得青春勃发，干练利索。在那个时代，这种装束并不特殊，但在陆桥地面上已属突出，尤其是那一副眼镜，更引人瞩目。她叫林杰，原名周丽华，今年才17岁。上海市人，1938年参加上海市学生救亡协会，1939年初加入共产党。1940年春，因在上海组织学生罢课，遭特务盯梢。经组织安排，乘船到常熟浒浦，由东路特委派到澄锡虞地区，化名林杰。经培训后，8月，任命她为"江抗"祝塘民运工作队长，在祝塘、陆桥、长泾交界地段从事民运工作。

林杰走在大街上，引起了两个男子的注意。这是两个暗杀党徒，一个叫谢士成，一个是祝塘暗杀党组长孙伯林。因为上级指派，这两个人一直在留心"戴眼镜的女青年"于玲，伺机谋害她。现在林杰出现，谢孙两人以为她就是于玲。于是两个匪徒就在林杰后面远远地跟踪，寻找机会下手。很快，林杰也发现有两个人在跟踪自己，她来到这里才3个月，尽管心有防备，但没想到敌人会来得这么快，就专拣人多的大道转弯抹角地走，想甩掉盯梢人。可是，谢孙两人像猎人发现了猎物一样，盯得死死的，林杰快，他们也快；林杰慢，他们也慢，很快从大街上走到了新塘桥陈家埭。这儿比大街上人少，谢士成再也按捺不住耐心了，等走得离林杰稍近一点，就拔出手枪，朝林杰的头上开了一枪，孙伯林又补了一枪。林杰连中两枪，痛苦倒地，血流满地；路人听到枪声，驻足张望。两个凶手见事已成功，逃之夭夭。林杰身中2枪，当场就牺牲了。为了纪念她，上级抗日民主政府将她经常活动的祝南乡命名为"林杰乡"。过了几天，暗杀党发现于玲没有被杀害，他们那天暗杀的是另一个人，就又重新派人到于玲常去的祝塘等地追寻她，伺机暗杀。但于玲有了警惕，活动地点灵活多变，让敌人的阴谋一直难以得逞。

暗杀党为什么要处心积虑谋害于玲呢？因为于玲是"江抗"的一位重要干部，被谭震林誉为"江南第一女区长"。

于玲（1918—2010年）原名王韶华，江阴城区人，因工作需要，住华墅镇王家场（今华中村）。王韶华于1939年参加新四军江南抗日义勇军（简称"江抗"），化名于玲。曾任"江抗"四路政治部组织干事、常熟梅南区区委书记、"江抗"驻澄办事处副主任、江阴县委宣传部长、祝文区区委书记、区长，为江南第一个女区长。新中国成立以后，先后任华东人民革命大学南京分校秘书科科长、华东空军后勤部宣教科科长。1953年10月转业后任江苏省监察厅处长、江苏省手工业管理局主任和江苏省中医院顾问等职。

王韶华出生在江阴城区一个具有实业救国思想、从事袜子生产的小厂主家庭，父亲在兵荒马乱、工厂不景气的情况下，宁可失业、另谋生路，不肯阿谀奉迎权贵，是个刚正不阿的汉子。哥哥积极参加爱国学生运动，是个有为的热血青年。王韶华从小生活在有爱国思想的家庭里，很早就接触进步思想，读南菁高中时，阅读到一些进步书刊；高中毕业后，也想像当时的进步青年一样去延安，由于筹措不到一笔路费，未能去成，以后一直在抗战大后方工作。1937年11月，日军侵入江阴，王韶华和一些爱国青年曾到国民政府驻军广东军83军156师随军服务团报名，准备和他们一起保卫家乡。后来广东军与日军接火，因军力不够，失败后退出江阴。此时日军在江阴城内肆虐横行，王韶华随着全家老小离开江阴，往东逃难，在华墅落脚，住进王家场。王家场是华墅镇南郊的一个小村庄，往南是祝塘、陆桥，往西北是周庄，对后来王韶华开展祝文区区长的工作十分便利。王韶华在这儿住了两三年，后来才随部队离去。在住华墅这段时间里，王韶华一天也没有闲过，始终活跃在江阴的抗日群众队伍中，通过宣传鼓动等形式进行救亡活动。

1939年5月，王韶华与读书会的一位青年，结伴去参加新四军，为了方便工作，王韶华改名"于玲"。他们辗转来到无锡梅村，找到了江抗总部，参加了江抗。从此，于玲开始了战斗人生，她经历了腥风血雨和白色恐怖，在枪林弹雨中英勇战斗，参加了许多次与日伪和忠救军的战斗。1939年6月，于玲火线入党。于玲在战火中，担任过对敌宣传喊话、深入侦察敌情、秘密传送情报、编辑战地快报等工作，每一项任务都经难历险，出色完成。由于她在战斗中暴露了身份，参与活动多，影响大，日寇、伪顽和忠救军都对她恨之入骨，几次三番要抓捕杀害她。一次，日军接到汉奸密报，知道于玲在祝塘一户人家，就派出一支小队专程去抓她，于玲在群众的掩护下，机智地躲过了敌人的抓捕；还有一次，忠救军暗杀党追捕到陆桥，在一条河隔河对面看见了于玲，就瞄准她开枪，由于距离远，子弹从于玲头顶上飞过。面对着随时会降临的危险，于玲毫不退缩，坚定不移，继续战斗。

在于玲几十年的革命生涯中，她深谙舆论工具的重要，充分发挥自己的文化特长，组织文化活动，自己动手编辑战地报纸，用来宣传群众发动群众。早在1937年，20岁的她找到江阴《正气报》馆，毛遂自荐，在该报办起了宣传妇女解放的《长风》专栏；在"江抗"历次反顽战斗中，于玲集采访、撰稿、编辑和誊写于一身，油印出版《战斗通讯》；她担任江阴县宣传部长后，又主持不定期地出版《东进报》。舆论工作的开展，极大地鼓舞了士气，打击了敌人。1940年冬，于玲听说国民党县党部有个干事办了一家小型印刷厂，拥有圆盘机5台和切纸机1台，还有1套铅字，可以承印文字资料文件书信等。这在当时属于先进的印刷设备，于玲觉得可以用来印刷抗日宣传品，就向上级做了汇报，提出把印刷厂转为新四军所有，方便印刷各种文件和宣传品。得到领导同意后，于玲就与印刷厂的主人商量，告诉他，如果厂里印刷出抗日宣传资料，日伪和忠救军都会来找岔子，印刷厂就会被破产，只有新四军才能成为你的靠山，建议他把印刷机械连同印刷工人一齐转到江抗来；看他还心存犹豫，于玲又直接去印刷厂向工人作了动员，工人们听说为新四军印东西，都很乐意，于是厂主也同意了，就把印刷厂转到了江抗。有了这个印刷厂，江抗的《东进报》就正规、定时出版，党中央的许多指示都通过《东进报》及时下达，极大地鼓舞了广大群众的革命斗志。

1941年1月，于玲与新四军一师一旅一团团长乔明信相爱成婚，一对革命伴侣相敬相爱，在战斗中的风雨中，度过了8个艰难岁月，迎来了新中国的成立。

1955年，总政发出"中国人民解放军30年征文通知"，于玲帮助乔明信撰写了《回忆方志敏同志》的文献史稿。1958年，夫妻俩在有关部门的帮助下，合作了电影文学剧本《狱中斗争》，后来改写成一部长篇纪实小说《掩不住的阳光》，2011年由解放军出版社出版。2017年，于玲的自传《两代"江抗"老战士于玲的回忆》出版。

1963年9月，乔明信逝世。2010年1月，于玲在南京逝世。

新四军英勇女战士

【第38章】

虞湘柏忠贞守本职
仲国鋆化名做医生

虞湘柏忠贞守本职

民国三十年（1941年）1月16日。虽然是隆冬季节，但这年冬天还算暖和，被老人们称为"暖冬"。再有十来天就要过农历大年了，暖冬天气又临近春节，村里就平添了几分喜气。前几天，几个大户请了滩簧班子进村演出，吸引了本村和附近村子的村民前来观看。一年到头很少有娱乐的村民们难得有戏看，暂时忘掉了生活的愁苦，看得津津有味。

天黑了，在戏台左右两侧两盏大汽油灯的映照下，台上的草台班演员开始演出连台戏《三请樊梨花》，昨天演到薛丁山二请樊梨花，今天接着演三请樊梨花。由于薛丁山疑心病作怪，三次休了樊梨花，但军情和父命相逼，薛丁山也渐生愧悔，所以他三次向樊梨花承认错误。这出戏，念唱做打，无一不佳；生旦净丑，个个出色，尤其是樊梨花扮相俊美，薛丁山风流倜傥，让人瞩目；丑角演员插科打诨，让人忍俊不禁。台上演员演得声情并茂，台下观众看得如醉如痴。但他们不知道，这时戏场外正在上演一场惨烈的生死搏斗。

在戏台下，忠救军暗杀党头目许山南正看得入迷，忽然，匪徒刘阿狗鬼鬼祟祟地走过来，在他的耳边说了一句悄悄话。"真的？"许山南精神一振，刘阿狗点了点头。许山南立即站起身来，朝几个爪牙一挥手，爪牙们立即离座，跟在许山南身后，退出戏场，由刘阿狗带路，往刘阿狗家中走去。

243

刘阿狗是来告密抓捕虞湘柏的。此时，江抗大队澄东办事处副主任虞湘柏和他的同伴们正在刘阿狗家中，他们也已经发现了刘阿狗行动异常，准备撤离。今天，虞湘柏带着许去朋、赵和生等5个人，到塘市去办事，顺便到辖区卡子上了解税收情况。一天走下来，大家都有些累了。走到吴巷，虞湘柏觉得身上又痒又痛，他的癣病发作了，加上劳累，就想找个地方住下来，休息一夜明天再走。吴巷没有自己人，只有一个叫刘阿狗的，平时与办事处的人熟悉，许去朋就建议到刘阿狗家去住一夜。虞湘柏觉得时间也晚了，一时难以再找其他适当住宿地，就答应了。谁知刘阿狗表面殷勤招待，等客人们住下，他就悄悄出门去报密。赵和生看出苗头，刘阿狗肯定有鬼，立即和虞湘柏说了自己的疑点。虞湘柏也感到处境危险，但他临危不惧，沉着果断地对大家说："你们快走！我留下来对付他们！"但同志们不肯撒下虞湘柏，都说："我们就是死，也要死在一起！"虞湘柏预感到危险在步步逼近，必须在刘阿狗到家之前赶紧撤离，便厉声说："你们别管我，快走！这是命令！"但是，这时已经晚了。刘阿狗带着13个包汉生暗杀党匪徒，已经把刘家屋前屋后包围了，连屋面上也有人守着。虞湘柏他们6个人要想突围，已经来不及了。而且他们每个人身上都没有枪支，无法反击，就被许山南一伙逮住了。敌人先把他们浑身上下搜查一遍，一无所获。然后把他们押出刘阿狗的家，押到村里大王堂里。因为刘阿狗的告密，许山南知道虞湘柏是负责人，而且还知道他们是负责收税的。许山南就要他们把收到的税钱交出来，虞湘柏冷冷一笑："钱，早已上交了！""交给谁了？"许山南一连问了几遍，虞湘柏就是不说。他知道，如果说出了税金的下落，匪徒就会去抢劫，危险就会落在别人身上。许山南暴跳如雷，拍着桌子大喝："你说不说？不说就用刑！"他吆喝两个匪徒动手。两个匪徒如狼似虎，上前把虞湘柏拖翻在地，脱去棉袄和棉裤，用绳索捆绑了手脚，吊在梁上用皮鞭抽打。随着鞭打，虞湘柏的内衣片片如飞，鲜血一滴一滴地滴在地上。但任凭敌人百般抽打，他只是咬紧牙关，怒目圆睁，就是不开口。两个匪徒打累了，又换两个匪徒接着打。虞湘柏只是不作声，昏厥了几次，始终没吐一个字。折腾了半夜，匪徒们筋疲力尽，无计可施。凶残的许山南兽性大发，拔出手枪，朝着虞湘柏开了两枪，子弹射进他的胸膛，虞湘柏当场牺牲。同时被许匪枪击的，还有老交通员杨齐大和女战士倪培珍。

这时，天已大亮了，许山南一伙又累又饿，把被绑着的许去朋、王阿林和赵和生三个人关进一间小屋里，准备吃过早饭再来审讯。等匪徒们骂骂咧咧地走远，许去朋他们用牙齿咬开了绳结，逃出了大王堂。他们立即赶往后塍，向县长蔡悲鸿报告了遇难经过。蔡县长立即派一支队伍，赶到吴巷大王堂，抢回了虞湘柏和杨齐大的尸体。倪培珍虽然中枪，但不在要害地方，抢救回来后，因伤口发炎，无药医治而去世。

虞湘柏（1918—1941年）又名沈金福，上海吴淞人。中共党员。幼年丧母，家境困难，上学不多，靠自学成才。民国二十六年（1937年）年仅19岁的他进了一家商店做工。不久，他参加了抵制日货的罢工斗争，被老板开除。"八一三"事变后，他参加上海青年爱国团体"萍影联谊社"，不久组建"夜光座谈会"，讨论抗战形势，组织歌咏队、印发传单等进行抗日宣传。1939年，他离开上海吴淞，到苏州太平桥，参加共产党的活动并加入了共产党，被分配到东塘市负责税收工作。1940年夏，被任命为澄虞经委会四区（马华区）办事区副主任。

办事处的主要任务是收税。当时的税收情况比较复杂。江阴地区抗日民主政权设立财政经济机构办事处，发动群众纳税献粮，解决部队给养及党政军机关经费；在日伪统治区，伪政府先以摊派维持支出，后也征收税收，由于军费开支浩大，捐税庞杂，滥征收刮；忠救军也设卡收税。虞湘柏的收税范围以南新桥、白塘桥、谢桥、唐澫桥、周家码头为限，收到的税款，交到后塍蔡悲鸿县长处。办事处除了主任李忠良、副主任虞湘柏外，还有新四军江抗大队派来协助工作的倪培珍、杨齐大等。办事处在虞湘柏等的努力下，工作大有起色。在他负责的两年内，税收应收尽收，得到了抗日民主政府的表扬和人民的拥护，敌人也就更加忌恨他。

虞湘柏为人正直，工作极端负责，生活艰苦朴素，处处以身作则。对待同志既热情关怀，又严格要求。一次，有个下属单位的工作人员来办事处交税，他穿着一身时髦的衣裳，虞湘柏语重心长地对他说："你到我这儿交税，就像一家人一样，用不着穿得特别好。"当时，大家的收入都是不多的，穿得太讲究，一是怕影响不好，二是怕他们形成习惯后，追求享乐，没有钱，就会舞弊，所以虞湘柏当面提醒，显示了他防微杜渐之心。

虞湘柏为了防止舞弊，也常常下到各下属单位检查工作。一次，他借了一只小船，自己摇到一只收税船的对面，观察收税情况。他看见，有一条商船经过卡子，卡子上的收税员要船上人交税。商船上有个人拿出一包东西，笑嘻嘻地对收税员说："这点小意思请你收下，送给你的，税单就不要了。"收税员居然收下了包裹，放他过去了。第二天，虞湘柏派人把那个收税员叫了过来，问他昨天收税有什么情况。那人起先还强作镇静，支支吾吾地说，正常，来一税，收一税，我都给了税单。虞湘柏就把自己昨天看到的情况，什么时间，对方什么船，一一揭露给他听了，对他进行了严肃的批评。那人的劣迹被当场戳穿，满脸通红，连连认错。

虞湘柏牺牲时才23岁，他用年轻的生命，捍卫了抗日民主政府的利益，人们为了纪念他，把南新桥一带命名为"湘柏镇"。

仲国鏊化名做医生

1946年冬，还有几天就要过年了。这天早晨，华墅砂山北面周东乡龚巷一个叫金谷里的村子里，大路边的一户人家放了一个炮仗，立刻引来了村上人。人们好奇地问："马平阶，什么喜事，要放炮仗？"马平阶嘻嘻一笑："陈医生租了我的房子，开了个诊所。以后大家有个伤风咳嗽，求诊可以不出远门了！"大家看到，马平阶门前的房子腾出了半间，收拾得干干净净。一个穿白大褂的青年男子正在写字，他把一块写有"健康诊所"的白漆木板反过来，用红漆描上了"惠里诊所"4个大字。看见众人过来，白大褂男子笑盈盈地招呼大家："在下陈锦明，执业医生，从后塍过来，本来在后塍开了'健康诊所'，因为那里也有一家诊所，为避免竞争，所以迁到这儿来，还望大家多多关照！"那边，马平阶放完炮仗，走过来帮他把牌子挂了起来，"惠里诊所"就此开张。

众人正在说笑，忽然，大路上走过来一个瘦长个子的男子，看见诊所里热闹，也一摆一摆走了进来。人们看见他，立即噤声，一个个借口有事溜走了。马平阶连忙过来招呼："龚乡长，这是我招的房客，陈医生；陈医生，这是乡长，龚乡长！""哦，"龚乡长两只眼睛里闪过几分狐疑："陈医生，中医还是西医？"陈医生不慌不忙，从一只皮包里取出一张执照，双手递过去，客气地说："龚乡长，敝人以中医为主。喏，这是我的职业证书。"龚乡长接过执照，念道："陈锦明，24岁。嗯，年纪轻轻就出来坐堂，不错，不错！"看见两人交谈，马平阶知趣地进屋去了。龚乡长好像还有话要说，他接过陈锦明敬过来的香烟，在左手的大拇指上敦了一敦，就着陈锦明划着火的火柴上，点着了香烟，贪婪地吸了起来。一边吸，眼睛还一边打量着陈锦明。陈锦明看在眼里，把诊桌边的椅子用鸡毛掸子掸了一掸，请他坐了。然后说："龚乡长，今天敝诊所第一天开张，您来做我的第一个贵客,如何?"龚乡长笑笑,说:"你看我有什么病?"陈锦明不动声色,一面倒茶,一面说:"您身上可以说什么病也没有,"龚乡长不作声。"也可以说有一种大病,那就是——"陈锦明从龚的面容、抽烟的姿势上,已经看出这是个"瘾君子",就做了个抽鸦片的手势。龚乡长听了,正中下怀,连连点头。他急切地问:"这个病你能治吗?""能治。"陈锦明满有把握地说:"现在就可以给您开药。"龚乡长大喜,他染上"吃白粉"已经3年,又费钱财又伤身体,想去戒烟所戒掉,又怕丢脸又怕耗财,一直是块心病,现在遇上了陈锦明,就想求他帮忙戒去,听说"这个病"可以解决,心中很是高兴。当下,陈锦明给他开了药,处方上写了龚乡长的大名龚维余。经过1个月,龚维余花很少的钱,就在家门口戒掉了白粉,脸色也红润起来了。从此,两个人交上了朋友。陈锦明看龚维余对自己心存感激,就常常对他讲些抗日救国的道理。日子久了,两人有了感情,陈锦明就向龚维余摊了底牌,说我是新四军,你要掩护我;龚维余也不感到意外,愿意帮助陈锦明。他自己也愿意"口吃南边饭,心向北方人"[1]。就这样,陈锦明就完全控制了乡长龚维余,为开展秘密工作提供了方便。

　　陈锦明,原名仲国鋆、仲国均,陈锦明是他的化名。生于1922年,常熟吴市人。6岁时父亲送他到学校读书,他聪明好学,被当地人称为"小秀才"。15岁那年,他拜何市恒益国药号的江月华为师,研习中医,学成后就在吴市家中开设诊所。1937年11月,日寇在野猫口一带登陆,常熟沦陷。仲国鋆目睹日寇暴行,心灵受到极大的震撼,他决定投笔从戎。1939年1月,仲国鋆加入他熟悉的名医任天石建立的常熟人民抗日自卫队,担任小队长,不久又任分队副兼小队长,参与吴(市)徐(市)常备队并任军事指导员,代行政队长职权。他还担任了何市、归庄、吴市一带的秘密军事情报站的负责人,建立起军事情报交通联络网。1940年5月,常熟县医师抗日协会在徐市成立,仲国鋆当选为理事,后又当选为县抗日自卫会执行委员。由于工作需要,仲国鋆在吴市挂牌行医,暗中从事情报工作和党务工作。1940年12月,仲国鋆调任何市常备队队长,参加了东路特委培训班后,被任命为雪长区副区长兼警卫连指导员,不久被任命为区长。1941年上半年,苏常太抗日游击根据地形势异常严峻,日伪军投入大量兵力实行了21次大扫荡,新四军时常处于两面应敌的困境之中。仲国鋆带着由31人组成的游击

---

[1] 当时新四军的根据地在苏北,所以称"北方人";"南边饭",指在国民政府部门工作。

队与敌人进行顽强的抗争，他们采取各种办法，与敌人斗智斗勇，在荒村野庙、棉田苇滩中藏身，经过残酷的斗争，31位战友只剩下了4位同志。以后，仲国鋆又先后到苏中地区开展工作，在海门大安港以医生为职业，联络、物色和培养抗日积极分子，建立起苏中新的秘密交通线。1942年10月，仲国鋆又被任命苏州县特委派出员，化名刘寿华等，开设仁济诊所，暗中收集情报，联络同志，发展关系。1945年3月，仲国鋆在徐市被敌人逮捕，危急之际，他吞下了藏在火柴盒背面的昆山县党的领导和成员名单，经过严刑拷打，始终没有漏出一点机密。1946年6月，伤愈后的仲国鋆受组织派遣，再次以行医为掩护，任沙洲县委特派员，到后塍、周庄、华墅一带开展党的秘密工作。1947年5月，澄锡虞工委委员、巡视员朱帆在华墅东面龙山山头下，与仲国鋆会面接上关系，此后，仲国鋆由朱帆单线领导。同月，仲国鋆发展马平阶和徐芝兰入党，3人成立党小组，开展党的活动。

　　在金谷里，仲国鋆巧妙利用龚维余这一人脉，对国民党的地方计划和行动了如指掌。同时，控制了乡长，也就控制了自卫队。他在周东乡公所成立一个卫生股，自任股长，可以领疫苗，发防疫证，便于联系群众。仲国鋆还利用龚维余，干扰、削弱国民党基层组织。1947年5月，国民党县党部要派亲信何俊才来替代龚维余，仲国鋆利用乡与县的矛盾，联合地方人士写状纸，进行合法斗争，挤掉了何俊才，使龚维余继续担任乡长，利用他继续为地下党办事。同时还干扰、限制国民党的发展，削弱它的基层力量。1947年，国民党大量发展党员，实行三青团与国民党合并。仲国鋆怂恿龚维余滥印登记表，编造假名册，使登记表上有名字，而无实际人。仲国鋆在金谷里，培养发展了马人鲁、马允武、马品佳和马天根等积极分子，并吸收马人鲁等入党。这些骨干成了中共武工队的骨干，华墅山北、周庄东边一带成了武工队的活动区。

　　华墅金谷里地下党的频繁活动，引起了国民党江阴当局的注意，要塞司令部守备大队对仲国鋆这个"不问政治的医生"，产生了重大怀疑。1948年春节，经组织决定，仲国鋆离开了金谷里。

　　后来，仲国鋆根据自己出生入死的革命经历，撰写了自传体纪实文学《特派员》，发表在1962年的《上海文学》第2期上，作品翔实地叙述了自己以行医为掩护，在敌人的心脏里、眼皮下，开展秘密工作的传奇经历。作品一经发表，立刻受到广大读者的一致好评，不久由苏州沪剧团搬上舞台，并由文艺工作者相继改编为电影剧本、连环画和长篇评话《江南红》，其中《江南红》在江浙沪地区长演不衰。纪实文学《特派员》还为沪剧《芦荡火种》、京剧《沙家浜》的创作提供了重要素材。

新中国成立后，仲国鋆长期在常熟和苏州工作，曾担任常熟县副县长兼常熟市市长、中共常熟县委第一副书记兼常熟市委书记，中共常熟县委代理书记，苏州专署、苏州市园林管理处等有关领导职务。1992年1月，仲国鋆因病逝世，享年70岁。

民国乡村医生

【第 39 章】

徐晋佳灌音进百代
华彦钧演艺在天星

徐晋佳灌音[1]进百代

　　1934 年春的一天上午，在上海徐家汇路（今肇嘉浜路）的百代唱片公司录音棚外，聚集了一群等待演出的人。这些人手上都拿着乐器，有的是二胡，有的是琵琶，还有的又带二胡又带箫，他们是来应聘百代公司国乐队的人员。华墅人徐晋佳也在这支应聘队伍中，他是从《申报》上看到招聘启事后，昨天从华墅赶过来的。

　　8 点钟，从录音棚里走出一位青年男子，他自我介绍："我叫聂耳，主持音乐部工作。"说着，从手上的旧信封里，倒出一堆小纸团，"这些纸团是写好的号码，每人抽一个，演出时从小到大依次上场"。徐晋佳打开抽到的纸条，上面写的是"14"。接着，聂耳把众人引进录音棚，按顺序坐定。

　　上海百代公司是中国最早、最有权威的音乐机构。1908 年，法国人乐浜生在上海成立柏德洋行，1910 年 4 月，改为东方百代唱片公司，属于法国百代唱片公司旗下的一家分公司。1915 年在徐家汇路购地建厂，开创了中国唱片制造生产业。1921 年，公司建成中国第一座正规的录音棚，1931 年改名英商上海百代唱片公司。周璇、王人美、胡蝶等许多巨星都在此录制唱片，能够进入百代公司乐队是十分荣耀的，所以许多音乐人接踵而来，争相参与。

　　这时，应聘表演开始。1 号表演者是一位妙龄女子，她穿一袭墨绿色旗袍，怀抱琵琶，笑靥如花，先朝大家鞠一躬，随后嫣然一笑，说道："小女子

---

[1] 灌音：将歌唱、乐曲或演讲等录音，也叫灌片。

艺名秋琴，苏州人，表演的是新编弹词《孤鸿影》当中的一段《酒楼》。"说完，坐了下来，调好琵琶，叮叮咚咚，边弹边唱。只听她莺声唱道："……东道几人来做主，西江一口剩无多。金樽玉箸添红侣，竹叶梨花泛绿波。这壁厢，浩气长虹惊四座；那边是，泥人小鸟唤提壶。杏花天上人来去，孙楚楼头事有无……"不一会，琵琶声停，演唱结束，秋琴小姐又鞠一躬，拎了琵琶，坐到一边去了。紧接着上去表演的，是一位浓眉大眼、威猛高大的汉子。人们诧异这人手上没带乐器，正疑惑时，汉子开口了，声音中气十足："我叫洪亮，来自徐州。我表演的是埙。"说着，他从夹袄口袋里取出一只像小茶壶一样的陶器来，这就是埙。他把埙凑在嘴边，呜呜地吹起来。他吹的是《苏武牧羊》曲调，声音深沉、幽远，有一种苍凉、悲壮的韵味。曲调不长，很快吹完了。短归短，倒也很打动人心。接下来的几位表演者，有的吹笛，有的吹箫，也有的又拉二胡又吹箫，但大多演艺一般。很快轮到了第"14"号徐晋佳。徐晋佳向大家介绍，准备演奏3种乐器：琵琶、二胡与竹笛。他先取了琵琶，转轸调音，信手拨弦，先奏了一曲《曹操八十三万大军下江南》，他运用琵琶特有表现技巧，先是嘈嘈切切，进而铿锵激昂，如急雨，如跳珠，又如银瓶乍破，铁骑突出，又如万马急驰，高山飞瀑，千回万转，摄人心魄。接着又弹了一曲《梅花三弄》，一弄"寒山绿萼"，二弄"姗姗绿影"，三弄"三叠落梅"，最后以急板"春光好"收尾。弹毕，徐晋佳放好琵琶，拿起二胡来拉，先自我介绍二胡曲名《虞舜薰风曲》，又名《中花六板》，随后便凝神拉了起来。这首曲，第一段端庄沉静，二至四段渐趋热烈，第五段旋律加快，最后在音节不断变化中煞尾。整支曲调清丽明快，古朴典雅。奏过琵琶二胡，徐晋佳又表演吹笛，笛曲是广东音乐《步步高》，笛声清亮，余音绕梁。徐晋佳的3种演奏，让在场众人钦佩不已。聂耳拱手说："兄台演奏技艺高超，佩服！"对比之下，已演过的人自惭不如，眼看入聘无望，便要先走；未演奏的也不想演了。聂耳便招呼着："各位慢走，请凭刚才领的号码纸，来领旅差费，每人5元。"很快，众人领了旅差费，一一散去。录音棚里，只剩下了聂耳、徐晋佳和秋琴。秋琴仰慕徐晋佳的琵琶演奏手法，央求拜他为师。徐晋佳连称"不敢"，说："我这技艺是从江阴顾山周少梅老师那里学的，还不成熟。小姐如要学习，我来领您拜访周先生。"秋琴欣然同意，告辞而去。百代公司乐队这次招聘，徐晋佳入聘。聂耳把他演奏的琵琶曲《曹操八十三万大军下江南》《梅花三弄》和二胡曲《虞舜薰风曲》灌成了唱片，广为发行，风靡一时。

徐晋佳（1906—1942年），又名徐骏佳。华墅聚龙街人。自小喜爱音乐，尤爱演奏。为了学习演奏，他从吹竹笛练起，先练呼气吸气，反复练笛曲《步步高》《清江引》等。冬练三九，夏练三伏，直至熟练。练成了吹笛，又练二胡、琵琶，却总不得要领。当时，他听说顾山东街周家墙门有个周少梅，演奏各种乐器十分了得，便赶往顾山虚心求教。这周少梅果然十分出众，不仅善于民族音乐教育，更擅长民族乐器演奏，其中二胡、琵琶演奏更为出色。还创新二胡形制和演奏，采用上中下三个把位变换演奏，使二胡音色更加浑厚。周先生秉性耿直，不计名利，教给徐晋佳不少音乐知识和演奏技艺，使徐晋佳演奏技法大进，《虞舜薰风曲》《曹操八十三万大军下江南》和《梅花三弄》就是从周少梅处学来的。

徐晋佳进入百代公司音乐部，帮助聂耳打理灌音事务。聂耳把已经成立的百代国乐队改名为"森森国乐队"，专门为名影星、名歌星和著名演奏家、曲艺家灌音，发行唱片。这一年，徐晋佳28岁，聂耳才22岁，两人以兄弟相称，配合默契，合作愉快。聂耳钦佩徐有一套纯熟的演奏技艺，一艺多能；徐更佩服聂不仅能演奏竹笛、二胡、三弦、月琴等民族乐器，还能拉小提琴，弹钢琴。更使徐晋佳倾心折服的是，聂耳还是个作曲家，善于创作曲谱。在百代公司工作期间，他欣赏到了由聂耳创作的《大路歌》《码头工人歌》《开路先锋》《新女性》《毕业歌》《卖报歌》《铁蹄下的歌女》等37首歌曲。钦佩之余，徐晋佳把这些歌曲保存起来，方便日后传奏。

在百代公司工作期间，徐晋佳除做好灌音事务外，有时还为演唱者配乐。其中最为荣幸的一次，是为著名京剧大师梅兰芳拉二胡配乐录音。梅兰芳（1894—1961年），出身京剧世家，擅演青衣，兼演刀马旦，世称"梅派"，首创在伴奏乐器中加入二胡。与荀慧生、尚小云、程砚秋并称为"四大名旦"。那天，他到百代录音棚录音新编戏《凤还巢》，拉二胡的乐师临时有事未到，只有京胡伴奏，就请徐晋佳二胡加奏，录音后播放，梅大师听了甚是满意。

徐晋佳在百代公司干了一年多，还结识了百代公司歌曲部主任安娥、前任音乐部主任任光以及词作家田汉，他们的多才多艺，使徐晋佳十分钦佩。当然，与徐晋佳最接近的还是聂耳。聂耳（1912—1935年），原名聂守信，后改名聂耳，生于云南昆明，1927年考入云南省立第一师范学校，1928年加入中国共产主义青年团，1933年由田汉介绍加入中国共产党。他热衷音乐艺术，更热爱祖国，谱出一首首唤醒国民的歌曲。1935年初，他为田汉词《义勇军进行曲》作曲，受到了国民党政府的敌视和通缉。为了躲避追捕，聂逃到日本，两个月后在日本藤泽市海边不幸溺亡。

1934年4月，因聂耳调去联华影片公司工作，徐晋佳不久也离开了百代公司，回到华墅。他忘不了在百代公司的那一段经历，组织了一支民乐队，他的弟弟徐玉佳操二胡，王松浦操二胡兼高胡，章寿昌吹笙，徐咏峰吹笛，医师叶秉仁亦雅爱音乐，善弹琵琶。徐晋佳组织乐队常常合奏聂耳的革命歌曲。1942年8月，徐晋佳因为参与为新四军购买枪支，被伪警察局逮捕，在江阴监狱关押了半年后，同年农历十二月二日，他与难友共12人，被杀害在江阴花山。徐晋佳遇难时，年仅36岁。

华彦钧演艺在天星

1945年中秋节过后的一天中午，华墅河南街张家祠堂轮船码头上，从无锡到华墅的早班轮船，经过半天的航行，终于到达华墅码头了。随着一声汽笛，轮船靠岸，两个船工身手利索地系好缆绳，固定了船体。接着，他们搁好跳板，乘客纷纷上岸，很快，满船的客人走得寥寥无几。这时，一位船工招呼说："阿炳先生，该你上岸了！"阿炳说："好的。谢谢你！"船工却说："也谢谢你，这半天中，你一路上辛苦了！"船工谢阿炳，是因为阿炳从无锡大洋桥码头下船后，一路上为船里客人演奏节目，说唱新闻，说说笑话，引得大家开心；阿炳谢船户，是感谢他们的优惠，让他们夫妻俩来回乘船免付船钱。随即，阿炳夫妻俩收拾好随身携带的二胡琵琶，妻子搀扶着丈夫，小心地走出船舱，踏上跳板，一步一步地走上了码头驳岸。

踏上河岸，阿炳舒展一下身体，拉着妻子，迈开了矫健的步伐。他是个盲人，身材瘦长，头发蓬松，在头顶上挽了一个发髻，蓄着短短的胡须，戴一副墨镜，穿一身中式土布夹袄；妻子董催弟梳着短发，衣着朴素。两个人一前一后，催弟在前，肩上背一只装着琵琶的布袋，一手提一把二胡，一手牵着阿炳的衣角；有了她的引路，阿炳在后面拄一根小竹棍从容走路。走了几步，阿炳把竹棍递给妻子，接过二胡，自由自在地拉了起来。乐声一响，立即吸引了孩子们，他们跟在阿炳夫妻俩后面，奔走相告："阿炳瞎子又来了！"每当孩子这样说，就有大人出来呵斥："不许这样说，应该叫先生！"阿炳听大人这样说，就会站定了脚，朗声笑道："小朋友说的没错，我就是个瞎子，人们都叫我瞎子阿炳！"随即，孩子们簇拥着阿炳和催弟，阿炳边拉二胡边走，在孩子们的建议下，过了中渡桥，来到比较热闹的河北中渡街，走进马承裕布店隔壁的茶馆里。虽然已是中午，茶馆里还有不少茶客。阿炳先要了两杯热茶水，夫妻俩就着热水，吃下了带来的几个冷馒头，权当中饭。然后，开始演出了。

阿炳演出的节目很多，而且因地而异随编随演。其中最引人喜欢、尤其惹小朋友发笑的，是用二胡"说话"："阿婆，侬做啥？""呒啥，来了亲眷，杀只鸡请客！"接着拉出人捉鸡，鸡边逃边叫的场面；又学着鸡被人捉住挣扎、人杀鸡、鸡扑着翅膀垂死挣扎，声音渐渐低下去，直到没有声息，最后，人们听了二胡拉出的这段声音，发出"哈哈"的笑声。这段"二胡"说话，往往引得大人小孩哄堂大笑，笑得前仰后合。阿炳还常常用二胡模仿公鸡报晓、母鸡生蛋、鸭鹅吵闹、猫狗打架的声音，让人忍俊不禁，哈哈一笑。

阿炳更多的节目是"说新闻"，他能自编唱词，演唱内容有新闻有旧闻，极为丰富。他节目的题材来源于两个方面：一是当天报纸上刊登的新闻和电台播出的消息；二是采用社会上发生的真人真事，特别是报纸上没有的，却是人们"热议"的消息。这些都是他平时在茶馆酒店卖唱时听来的，往往他上午听到，下午就编好唱出来了。阿炳除了说唱乡谈巷议外，更多的说唱时事、政坛风云。如《蔡松坡云南起义》《袁世凯梦想做皇帝》《枪毙上海流氓阎瑞生》等。他处的时代，正是抗日战争时期，抗日题材尤为丰富。他编唱过《十九路军英勇抗敌》《汉奸没有好下场》等。其中《十九路军大刀杀东洋鬼子》唱道：黄浦江边，十九路军，大刀列队，杀敌逞英。日本鬼子，胆战心惊，刀光闪闪，逃窜无门。全国民众，协力同心，挥手刀落，头颅落地。顶顶要紧，全国上下，抵制日货，誓作后盾。爱国同胞，打倒汉奸，定把鬼子，赶出国门。

据华墅人回忆，阿炳来过华墅好几次，都是坐无锡轮船过来的，阿炳在华墅，去得较多的地方是西硕桥南块的茶馆、北街朝西的茶馆和中街马承裕西隔壁的茶店。但也有一次，他受天星茶馆的邀请，去那里去演出了一场。天星茶馆位于陆家河庭（今幼儿园址），原小菜场（20世纪60年代拆去）北边，茶馆主人是李国祯。李老板是个有文化的人，文章书法俱佳，他钦佩阿炳善拉能弹，说唱俱优，就请他到天星茶馆演一次，阿炳欣然答应，跟着李老板来到天星茶馆。

阿炳迫于生计，沿街卖艺，赚点钱赖以生活，为了吸引听众，他常常演出一些"荤曲说唱"即低级趣味的段子，当然更多的是嫉恶如仇、慷慨陈词的节目。其实他最希望遇到知音，希望有人赏识他的绝艺——功力深厚的二胡曲和琵琶曲。到了天星茶馆，那里早已聚集了几个音乐爱好者，其中有爱拉二胡的徐玉佳、善弹琵琶的叶秉仁等。他们不要阿炳拉滑稽好笑的鸡鸣狗叫，也不要他演出时事说唱，点明要阿炳一本正经演奏二胡曲，这正是阿炳最拿手的，于是他坐了下来，先拉了一曲《听松》，又拉了《三六》（《梅花三弄》）曲曲精彩，不同凡响。但人们还不满足，还要听他弹奏琵琶。于是，阿炳从催弟手上的布袋中取出琵琶，转轸定调，轻拢慢捻，叮叮咚咚，弹了一曲刘天华的《虚籁》，又奏了一曲《昭君出塞》，人们听得十分入迷，一致赞好。有了知音赏识，阿炳来了劲，他放下琵琶，重新拿起二胡，入神地拉了一曲二胡曲，这曲声，如诉如泣，荡气回肠，深深地打动了在座每个人的心灵。拉完，大家问他这是什么曲，阿炳笑笑：这是我瞎拉拉的。（这首二胡曲1956年以后在中央电台里播出时，曲名为《二泉映月》）因为阿炳夫妻俩要赶夜班轮船回无锡，阿炳的演奏也只好匆匆收场。他的演奏，赢得了大家热烈鼓掌，人们由衷的钦佩，纷纷解囊。

阿炳，大名华彦钧（1893—1950年），无锡东亭镇人。他出身于道士家庭，自幼跟他的父亲华清和学习道家的各种乐器。由于他天资颖悟，善于学习，加上勤奋苦练，到十七八岁时，胡琴、琵琶、三弦、笛子、锣鼓等道家乐器，件件都会，尤其擅长二胡和琵琶。在当时无锡道家群体中，他渐渐成为稍有名气的乐师。阿炳在三十五岁左右，由于患上眼病，治疗不及时而双目失明，又染上毒瘾，为生活所迫，不得不上街卖艺，以奏二胡、琵琶和说唱为生。他的二胡琵琶演奏功力深厚，音乐技艺高超，为世人留下的3首二胡曲《二泉映月》《听松》《寒春风曲》和3首琵琶曲《大浪淘沙》《昭君出塞》《龙船》，更为人们喜爱，其影响所致，早已飞出国界，为世人赞赏。特别是阿炳的传世精品力作《二泉映月》，以其精湛的表演技艺，抒发了从忧民、忧世到愤俗、愤世的情操，极大地给人以震撼和激励。日本著名指挥家小泽征尔，在中国中央音乐学院第一次听到用二胡演奏《二泉映月》时，感动得泪流满面，以无比虔诚的态度说："这种音乐只应该跪着听。"阿炳没有受过中国文人式的传统教育，作为一种谋生的手段，学习了道教音乐，在经历了沉重的人生坎坷后，通过对民间音乐的广泛涉猎和博大精深的刻苦实践，用二胡和琵琶，抒发了他最真诚的音乐情思。

阿炳几次来华墅卖艺，给华墅人留下了深刻的印象和美好的记忆，直到好多年后，每当人们从广播和收音机里听到熟悉的《二泉映月》旋律时，眼前总会浮现出董催弟牵着华彦钧的衣角，风雨同行、坚毅乐观的形象。

第39章 徐晋佳灌音进百代　华彦钧演艺在天星

【第 40 章】
汪瑞丰棋枰称国手
贡仲祥武坛获金奖

汪瑞丰棋枰称国手

清嘉庆十六年（1811年）清明节。这时节，阳和启蛰，春光明媚，对于华墅人来说，是一个重要的节日。一大早，人们便提着隔夜就准备好的祭品果菜和"飘山纸"，先到祖先坟上祭扫一番，然后开怀在山边游玩，名为"踏青"。踏青最热闹的地方，除了砂山，还有白龙山西南山麓，称为"清明山"。

汪瑞丰从清明山踏青下来，刚走到华墅青龙桥边，忽然看见一个青年男子抽抽搭搭，长吁短叹。猛地，他一只脚跨过桥栏，眼看就要跃向清波，赴水一死。汪瑞丰见状，大喊一声："别动！"一个箭步，冲过去把他拦腰抱住。迎面一看，这是个熟人。他叫孙林，外号"小诸葛"，曾经跟汪瑞丰学过围棋。孙林见了汪瑞丰，犹自悲伤不已，呜咽道："师父，徒弟我没出息，坍您台了，还是让我死了吧！"汪瑞丰问他寻死的原因，孙林抹去眼泪，讲了原因。

昨天，华墅太清河中渡桥码头上来了一只乌篷船，宽舱高篷，甚是气派。特别惹眼的是舱前挂一条布幅，上写"浙江樊西屏以棋会友，本人输一子，奉钱一吊"，孙林路过看见，不觉动心，就下船问讯。舱里出来一个老翁，老态龙钟，颤颤巍巍，自称他就是"樊西屏"。孙林心里暗笑：只听说有棋圣范西屏，而且已经去世40余年，哪里钻出一个"樊西屏"！樊西屏倒也爽快："我输一子，奉你一吊；你输一子，奉钱减半。"孙林见有这样的好事，也欺他老迈，就在船上与老翁下了起来。下了半天，老眼昏花的樊西屏连输两局，孙林心花怒放，赢了2吊钱，高兴得一夜未睡好。1吊钱为制钱1000文，是贫家一笔大收入，孙林欣喜之余，打算明天再去赢他一把。早晨，孙林又来到中渡桥下，见乌篷船仍旧在泊。老汉欢迎孙林又来，笑盈盈地重新开战。令孙林大出意外的是，今天樊西屏全然没有了昨天的昏耄颓态，下子又快又狠，棋风十分凌厉，开局不久，孙林就败北。孙林大为诧异，以为是偶然，重开一局，又是告输。孙林不服，再开一局，却又赢了。就这样，输多赢少，孙林欲罢不能，一连下了七八局，不仅输掉了昨天赢得的钱，还贴进了褡裢里所有的钱，其中包括准备为母亲赎药的钱。孙林家境并不好，赌棋赢得起，输不起，沮丧绝望之下，顿生轻生之心。

汪瑞丰听了孙林的哭诉，十分意外：想不到清平世界、人文华墅竟有这样的龌龊之徒；想不到高尚雅致的围棋，竟然也有人用来行骗牟利！他安慰了孙林一番，便想找到这个樊西屏。这时，孙林央求汪瑞丰："师父，您帮帮忙，帮我出出气！"汪瑞丰慎重地想了一想，说："好吧，我来会一会这个樊西屏。"于是，他随着孙林来到中渡桥下，看到了那只乌篷船，那个樊西屏正忙着跟人下棋。汪瑞丰站在船边，仔细地观察那些人下棋。他看到，下棋的人虽多，居然没有一个赢了樊西屏，全部输了钱，垂头丧气地上岸走了。汪瑞丰看着樊西屏，看出了门道：此人虽然须发都已皓白，但精神健旺，顶多不满50岁，不属于年迈之人。他的白发白胡子属于生理遗传，年少早白头。表面上龙钟老态，是故意装出来的，用来麻痹别人，糊弄年轻人。等几个下棋人灰溜溜地败下阵来，汪瑞丰走上乌篷船，朝樊西屏拱拱手，从怀里取出碎银一两，说："老先生，就照你的规矩，我来下一局。"樊西屏见又来了一位后生，下注这么多，心里高兴，依旧装出一副老态，两个人便下了起来。

围棋起自春秋战国时期，由于具有高深的战略战术思想，历来是军事教育的内容之一。南北朝时期被称为"手谈"[1]。北周时围棋传入朝鲜，隋唐时传入日本。唐宋元明中国围棋盛行，名家辈出。到了清代，有围棋名家范西屏、施襄夏，他们棋艺卓越，名满天下，两人的围棋专著《桃花泉棋谱》和《弈棋指归》为人们所推崇，流传不衰，江浙地区一直流传围棋活动。

这时，桥下船上的棋枰上鏖战正急。樊西屏开始以为汪瑞丰也是一个泛泛的平庸棋手，漫不经心地下了几子，两人从围空、破空，一路斩将夺地，

---

[1] 手谈：围棋对局的别称。

进入激战，樊西屏一错再错，第一局，大败亏输。樊西屏端正思路，振作精神，要求再来一局，汪瑞丰依言，棋局重开。这一局，樊西屏深虑远谋，使出浑身解数；汪瑞丰落子迅疾，敏捷多变，杀法凌厉。下到中局，樊西屏还是输了。再下，樊西屏又输，一连输了4局。汪瑞丰也不客气，按一两银子2000制钱的比值，赢回了8吊铜钱。他把这些钱交给了孙林，告诫他以后不能再赌棋，下棋只为陶冶情操，不可图利；棋艺再好，不可与人博弈。孙林又是惭愧，又是感激，千恩万谢去了。这边樊西屏走遍苏杭无敌手，居然在华墅汪瑞丰面前不堪一击，连输4局。他悄悄问了路人，知道让他输棋的对手叫汪瑞丰，不由长叹一声："山外青山楼外楼，强中更有强中手！"吩咐船家拔篙解缆，怏怏而去。

汪瑞丰，又名汪瑞峰，华墅集镇人。约乾隆五十年（1785年）生，咸丰十年（1860年）之后逝世。从小智慧过人，幼年受父亲的影响，对围棋产生了浓厚的兴趣，他一方面爱看长辈的棋局，总结成败经验；一方面把家中收藏的围棋专著《桃花泉棋谱》《弈棋指归》《玄玄棋经》等反复研读，一有空闲，便反复摆局，领悟其中奥秘，终于棋艺大进。15岁偶与大人对弈，便可制胜于人。

汪瑞丰连胜樊西屏4局的事不胫而走，苏州、无锡、常州、南通等地的围棋爱好者，纷纷到华墅来以棋会友，无不以与汪瑞丰一弈为快。汪瑞丰一一笑迎，怡然对弈。来者虽多，但真正能挫败汪瑞丰的，一个也没有。汪瑞丰胜棋樊西屏，也传到孔千秋耳中。一日，孔千秋与姜大镛闲聊，又把这事告诉了姜先生。姜大镛大为赞赏，赋诗纪念。诗中说："汪郎年少擅棋枰，下手能教国手惊"，并注明："里人汪瑞丰，善手谈，名著大江南北。"

一天，汪瑞丰家中来了一位英俊高大的青年男子，自报家门，他叫叶殿樾，从邻镇杨库慕名而来，要与汪瑞丰对弈。两个人借汪家小院摆开棋枰，竹里煎茶，纹枰手谈。第一天下了3局，用比目法计数。汪、叶各胜一局，和一局。因为天色已晚，汪瑞丰留叶殿樾住宿一夜，第二天继续对弈。这一天，两人从上午下起，吃过中饭再下，直下到日薄西山，总共下了10局。汪瑞丰与叶殿樾一个下子迅速，棋风凌厉；一个稳扎稳打，从容不迫。这10局，胜负各半，难分伯仲。从此，汪瑞丰与叶殿樾意气相投，惺惺相惜，亲密交往，常常纹枰对弈，切磋棋艺。时叶24岁，汪26岁，以兄弟相称。叶殿樾（1787—1860年）字仲伟，江阴杨库人。叶长龄在《杨库堡城志》中记载他"性严毅，貌魁伟，少嗜围棋，遍访名师，学之艺遂精。时华墅汪瑞丰，江南北国手，殿楹艺与相亚。"可惜的是，咸丰十年（1860年）七月五日，太平军攻占杨厍，满城烧杀，叶殿楹一门大小惨遭罹难。噩耗传来，汪瑞丰悲痛不已，星夜赶去吊唁。

自清代汪瑞丰之后，华墅的围棋活动渐渐衰退。过了80年，华墅崛起了中国象棋活动。象棋精英首推教书育人的中学数学教师吴惟哲。吴惟哲（1922—1990年）住华士北街吴厅，是清代云南腾越州知州吴楷的后裔。吴老师教学之余，精于象棋；不仅他自己善棋，还培养和影响了一批又一批象棋尖子，形成了以他的两个儿子吴湘、吴楚为首的华士象棋队伍。20世纪70年代，华士镇曾经连续3年，获得江阴县澄江、青阳、华士三大镇中国象棋团体赛冠军；吴湘、吴楚连续3次获得江阴县个人中国象棋赛冠军。1976年秋，吴楚对弈江苏象棋冠军、全国第5名象棋大师戴荣光，在中局时他的一着妙着，使戴荣光受挫遇险。戴苦苦考虑了40分钟，几度化招，才摆脱险境。虽然戴荣光险胜吴楚，但吴楚"下手能教国手惊"，在江阴棋坛至今难忘。

贡仲祥武坛获金奖

江阴过去每个镇都有集场，据说是从清朝末年由庙会沿袭而成。全县每年上半年，从农历二月初八城里十方庵集场开始，一直到四月十五日陆桥集场，前后不下30处集场。华墅集场以每年四月初一为正日，前后热闹半个月。

集场期间，常州、无锡、上海等外埠客商雇船载货，来华墅"赶集场"。货摊云集华墅街市，小商贩充塞小巷，甚至连镇郊路口也聚商成市。最为热闹的是典当场，不仅有琳琅满目的商贩货摊，还有惊险有趣的马戏团、难得看见的动物园、卖梨膏糖的"小热昏"；小滩簧、小电影、套泥人、拉洋片等一齐登场。最吸引人的是"卖拳头"：一个赤膊汉子，先取出小锣，当当当一敲，招来许多人看热闹，然后边敲边围，围成一个圈子。人越来越多，汉子放下小锣，先打一套拳，花拳绣腿，煞是好看；接着舞一会棍棒，然后刀砍石片，徒手劈青砖。表演中途，停下来卖"伤药"是他的主营。

有一年四月初一集场，就在典当场上，一个光膀子大汉也来"卖拳头"，自我介绍是无锡崇安寺的韦弘岐。他的一套武术才演完，忽然，一个少年分开人丛，扑通，朝韦弘岐跪了下去，说："师傅，我要跟您学武术！"

韦弘岐哈哈一笑："徒弟我是肯收的，就怕你吃不来苦头。你看我，光这套少林拳，就苦练了3年！"少年学武心切，跪着不起身。这时，少年的父亲朗宇公闻讯来了，他呵责儿子："你现在求学要紧，学武的事以后再说！"父命难违，少年只好站起身来，跟着父亲悻悻地去了。

这个少年名叫贡仲祥，家在华墅西硕桥南塊。生于1924年10月15日。自幼喜爱武术，童年时就爱舞枪弄棒，每年集场，他总要去欣赏"卖拳头"演艺。少年时学武未成，拜师学艺之心从未减退。1940年，贡仲祥16岁，到上海就业，了解到河北任丘人褚桂亭，是现代形意拳宗师李存义和太极拳泰斗杨澄甫的嫡传弟子，曾做过大军阀孙传芳的保镖、保定军官学校和国民政府总统府教官。褚桂亭精通多种拳术，造诣精深，名闻大江南北。贡仲祥就拜褚桂亭为师，学习了形意、太极、八卦掌和刀、剑武艺。此后，他又听说山东烟台人王壮飞，独擅神妙奇特的宫廷八卦拳，号称"八卦拳王"，他就专程上门求教。但王壮飞要求很高，不肯轻易传人，收费也很高，贡仲祥求师心切，不惜代价，再三恳求，王壮飞才收下了他做徒弟。

褚桂亭和王壮飞见贡仲祥忠诚直率，尊师重道，坚毅刚强，觉得他是可塑之才，就加以重点培养，把拳道毫无保留地传授给他。贡仲祥认真学习深入领会，孜孜不倦地反复苦练，每天练到半夜三更，寒暑无间。他学的内容很广泛：除形意拳、太极拳、八卦拳外，其他如三合刀、三合对刀、六合剑、太极剑、武当对剑、八卦龙形剑等无一不练，无一不精。总之，师父会什么，他就会什么、精什么。此外，他还深入研究了武当气功。

贡仲祥每天在家旁边的人民公园里练武，观赏者纷纷求他教武，渐渐地，他当起武术教师来了。1970年，上海市武术协会聘请他任教练，后任武术队长。由于贡仲祥的拳路正宗，内容丰富，武术全面，而且教学认真负责，诲人不倦，所以求学者日多，桃李盈门，深受学生爱戴。

1987年，有个姓李的学生从美国回来，建议老师去国外推广中华武术，参加国际武术比赛。贡仲祥接受了她的建议，办理了去美国的签证。1988年9月2日，他搭机飞越太平洋，来到美国洛杉矶。不料李女士已回国治病，担保人也迁徙到了别地，住宿发生困难，身边带的钱也所剩无几。正在贡仲祥进退两难、忧心如焚之际，幸亏有一个热心人张荷英先生伸出援手，慷慨资助他半年房租，并介绍他到圣华艺术学苑传授武术和气功。10月16日，贡仲祥第一次登上学苑舞台。有一位美国武士，自恃身高力大，又正年轻，看到贡仲祥已年过半百，个子也不高，就想跟他交交手。谁知他刚和贡仲祥交手，用尽全身力气去推贡仲祥，却如蜻蜓撼石柱，休想动得分毫；而贡仲祥稍一还手，这位碧眼高鼻的武士便感到一股大力汹汹涌到，使他立足不稳。贡仲祥初次登台，表演了拳术剑术，赢得观众的一致赞扬。有几位来自香港、台湾的侨胞，曾拜过名师，拳脚已有相当功夫，但看了贡仲祥的拳术，自愧不如。他们认为贡仲祥的武术根底相当深厚，他的形意拳发功刚脆有力，太极拳舒展连绵，八卦拳手法变化多端，步法轻灵稳健，确实是正宗嫡传，大家认为像这样的拳道，可以说在全美找不出第二人。因此，各报刊和电台为贡仲祥作了大量报道，一时声誉鹊起，为贡仲祥正式开班授徒，作了无形的广告。

接着，贡仲祥先后在贝尔弗劳市立剧院、拉斯维加斯赌城、迪士尼乐园、佛光山西来寺、纽约东方武术研究院等处表演，受到当地行政长官、行家、侨胞以及武术爱好者的热烈欢迎和高度评价。1995年1月8日，贡仲祥在洛杉矶华侨文教中心举办了盛大的正宗武当内家拳气功表演会，并有10多位门生配合演出。他表演了20多个节目，武艺精彩出众，表演内容丰富，让观众大开眼界。他还在著名的赌城表演了三天，《世界日报》和纽约电视台记者随同录像报道，从此声誉日隆。

姜正从书法

最让贡仲祥名声卓著的是，他的武术屡屡获得大奖。在历届世界杯国际武术锦标大赛上，他以精湛的拳术，深厚的功力，连续获得内家拳术、器械最佳冠军金杯奖和最高荣誉金杯奖、最高贡献奖、世界十大杰出功夫金牌奖，以及全球武术领袖楷模终身成就奖等荣誉，在第一、二届海华杯中华国术邀请赛中，夺得表演赛冠军金杯奖。1993年他赴旧金山参加世界名师表演赛，也获得冠军，被誉为最杰出的一位武术大师。1994年3月，第一届欧洲杯和第六届巴黎市长杯中国武术锦标大赛在法国巴黎举行，贡仲祥担任裁判长,还表演了形意拳、太极推手、八卦乌龙拳、活步六十四掌和刀剑等武艺,又荣获中国杰出功夫奖和最高荣誉金杯奖。并受到大会名誉主席、前总理、巴黎市长、总理希拉克的代表、法国体育部长、法国中华武术总会会长等人的热情招待并合影留念。1997年3月,贡仲祥应邀赴华盛顿参加世界和平武术联合会开幕大典,与会者有130个国家不同门派的武术代表300人,贡仲祥获颁世界级武术大师奖牌。贡仲祥在赴美国的10年中,获得各种高级奖杯、奖状、奖牌超过20项,并多次受聘为武术大赛的裁判长。

贡仲祥对自己对学生,都强调武德。他事亲至孝,视师如父,为人慷慨热诚,不忘故旧;要求自己的学生谦虚谨慎,学武保健强身,反对与人角力争胜。

贡仲祥不仅酷爱武术,同时也钟情书法。他曾求师上海马公愚、白蕉、任政、胡问遂等书法名家,从楷书入手,临摹过多种碑帖,后专攻汉隶,其书法端庄凝重,笔力浑厚,自成一格。2004年他获得美国蒙特利公园市长刘达强、阿罕布拉市长勃克颁发的"文武全才奖"。

2014年6月19日,贡仲祥亡故于美国旧金山,享年91岁。

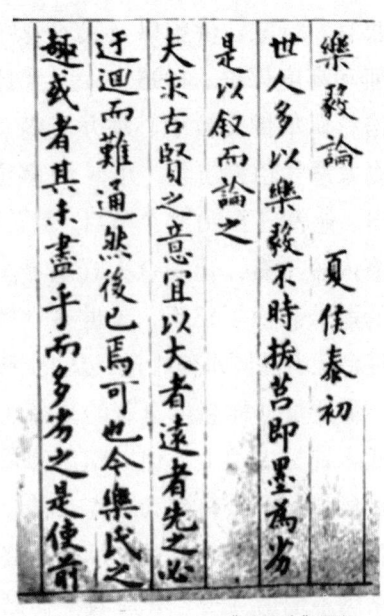

《乐毅论》局部

姜正从书法

【第 41 章】
华墅酱油质占鳌头
家庭袜厂业执牛耳

华墅酱油质占鳌头

清同治十一年（1872年）春的一个早晨，坐落在常熟城里闹市区的一家饭店，挂出了一块"今日菜单"的招牌，菜单上名列第一的菜肴赫然写着"东坡肉"三个大字。菜单一挂出，立即吸引了过往行人。有人问："老板，你这'东坡肉'有啥新花头呀？"饭店老板笑嘻嘻地说："'东坡肉'么，其实就是红烧肉。不过我这个红烧肉不同一般，不光猪肉火功到位，更重要的，采用了华墅酱油。货色好不好，你们来尝了就晓得了。""哦，我们倒要来尝尝看。"马上有赵钱孙李四个"吃客"跃跃欲试。"吃客"就是美食家，嘴刁，要他们满意是不容易的，其中姓赵的绰号叫"老鹰"，更为尖刻，随便什么东西，一吃便可以评出好坏。当下，老板与他们约好，请他们中午来吃。

吃中饭的时候，四位"吃客"进店。刚坐下，堂倌端出饭和菜，老板亲自端出一只盆子来。盆子放到桌上，盖子一开，四个"吃客"顿时眼睛一亮：只见这碗红烧肉，颜色黑里透红，红里泛黑，油光光，亮闪闪，外加一阵浓郁的香味飘散开来。四位"吃客"来不及多说，抓起筷子，一人一块，挟起来就往嘴里送。吃开了头，四双筷子像雨点一样直捣肉盆，很快把一盆肉吃了个罄尽。钱、李又盯上了肉汁水，争着把汁水倒进饭里，只剩下了空盆。谁知，"老鹰"对空盆也不放过，夹了一筷草头，到盆子里掠一圈，再掠一圈，直到把肉盆掠得一干二净。

这时，老板出来了，还是笑嘻嘻："味道怎么样？""好！"钱孙李一齐翘起大拇指。只有"老鹰"不作声。老板问"老鹰"："赵兄有何高见？""老鹰"说："味道是不差，只是……""只是什么？""只是我觉得，肉这样红得发黑，我怀疑你是放了墨汁！""什么？墨汁？亏你想得出！"老板哈哈大笑，马上叫堂倌："阿福，你到灶下把酱油罐头拎一只出来！"很快，阿福拎出一只瓦罐放在桌上。老板打开了封口，浓浓的酱香立即溢了出来。老板顺手取过桌上干净的小碟子，用小汤匙舀出一匙酱油，倒进小碟。大家看清了小碟里的酱油浓得发黑。"老鹰"拿过舀酱油的汤匙，用舌头舔了一舔，咂咂嘴，连说："鲜，鲜！"老板说："怎么样？阿是墨汁？""老鹰"说："服帖！""怎么个服帖法？""老鹰"总结了"酱油浓、鲜、香兼备；烧出来的肉，色、香、味俱佳！"大家都惊叹世间怎么会有这么好的酱油。接着老板向大家介绍了今天这盆东坡肉的做法：肉是像以前一样烧的，就是调料不同，以前是普通酱油，现在用的华墅酱油。

很快，"吃客"们把老板的经验传了出去，于是，每家饭店都学会用华墅酱油烧红烧肉了，慢慢地，又扩大到用华墅酱油烧红烧鱼、红烧鸡、红烧鳗鲡……

华墅酱油的产地就在华墅镇上。清同治五年（1866年）华墅鼎元酱园开张，与咸丰十年（1860年）创设的元隆酱园并称为华墅两大酱园。鼎元由程翰庭与他人合股开设，元隆的创始人是胡慕尧。鼎元初开时以酱园为主，兼营南北杂货和茶食糕点，但后两项由于经营不善，先后停业，便集中精力经营酱园。鼎元和元隆两家企业都秉承古人"言必诚信，行必忠正"的信条，诚信经营，树立品牌。坚持质量第一，严格工艺操作，做到一丝不苟。华士酱油选用薄皮糯性、颗粒饱满的黄豆，先把黄豆进行拣选，剔除霉变、虫蛀、瘪粒豆子，于清明前后把黄豆淘去泥灰，用清水浸泡一昼夜，入锅用大火煮透，文火焖烂，冷却至40℃左右后，加入面粉拌匀，经制曲自然发酵成"酱黄"；"酱黄"盛入大缸，加浓盐水放在露天发酵，日晒夜露，定时翻拌，晒露时间长达一年。露晒的大缸如遇雨天，要用专用的竹篾油纸或桐油漆过的竹编缸盖盖好，避免雨水渗进酱缸。酱黄日晒夜露"成熟"后，用炒焦的麦芽上"色"，就成了半成品的"双缸酱"；在"双缸酱"里加盐汤，上榨床压榨得"原油"，再和双缸酱灌装第二次压榨，得"双套"油。后来，鼎元酱园又先后增制出"三套油"即母油、"四套油"即露油。"六套油"浓度高达38度以上，经日晒后，面上结起一层薄薄的盐霜，宛如薄冰，故名"冰油"。冰油色泽红润，香味醇厚，且久放不变质，用它烧出来的菜肴红而发亮，味道鲜美。进入市场后，备受欢迎，享誉江南。民国期间，华墅酱园定期用木船装运酱油到常熟一带销售。常熟功德林和苏州一些著名菜馆，也派人到华墅酱园来采购酱油。常年贩卖华墅酱油的小贩多达100多户。小贩们肩担酱油担，酱油桶上写着醒目的"华墅酱油"4个大字，不辞辛劳，穿村走巷，叫售酱油，深受人们欢迎。

华墅元隆与鼎元两大酱园，元隆酱园老成持重，稳步发展。鼎元酱园不断探索，规模从小到大不断发展。程翰庭之后，先后聘请了3位经理人。光绪十九年（1893年），平观来任鼎元酱园经理。此时，职工才三五人，年耗用黄豆3万多斤。民国三年（1914年），葛亮玉任第二任经理，职工已有8人，年耗黄豆五六万斤。民国十九年（1930年），程翰庭的儿子程聚经接任经理，职工发展到20多人，年耗黄豆10余万斤。程聚经在抓好生产的同时，加大了经营力度，除了由门市部和小贩出售酱油之外，1946年首次推出了瓶装酱油，用长颈玻璃瓶灌装酱油，每瓶装酱油1.5市斤，贴上"华墅酱油"商标，便于携带和馈赠亲友。

华墅酱油制作工艺虽然简单易学，但必须掌握火候、时机，百余年来仿冒者无一达到正宗华墅酱油的质量。所以华墅两大酱园一直受到同行尊重。清光绪十五年（1889年），常熟大隆酱园慕名到华墅镇，聘请鼎元酱园程翰庭的合股人平观来为经理人，并带去几位华墅酿酱师傅，当把作师傅，师傅们用华墅鼎元酿酱法制出的酱油，受到当地顾客的赞扬。常熟后来开设的长发隆、大唐、永昌、长源等酱园，都聘请华墅酿酱师傅当把作师傅，传授酿酱和制酱的技术。民国三年（1914年），江阴北漍人王少秋到杨厍开设王永和酱园，用重金聘请华墅酱油制酱老师傅，生产出的普通酱油和露油受到用户欢迎，因而生意兴隆。1930年，鼎元的第二任经理葛亮玉去后塍开鼎源隆，也从华墅带去了酿酱师傅传授技术。

1949年起，鼎元酱园逐步走上了集体化道路。1955年，华墅鼎元酱园和元隆酱园合并联营，接受国家下达的加工任务。1959年1月，华墅鼎元、元隆、源祥、悦兴、长寿万裕、陆桥王隆泰合并，实行公私合营，定名为"公私合营华墅鼎元酱园"，隶属于江阴县供销社。1960年，周庄永源隆酱园并入。1966年10月更名为"国营江阴红星酿造厂"，1979年更名为"江阴华士酿造厂"。

100多年来，华墅酱园几经变迁，传统产品华墅酱油始终保持"色浓味鲜酱香"的特点，一直是调味品中的佳品，直到21世纪的今天，华士酱油还是风行在沪宁线一带，成为逢年过节的送礼佳品。

家庭袜厂业执牛耳

民国十二年（1923年），新年才过，时序2月。这天上午，市河南面兆丰典当西隔壁突然燃放了几个炮仗，声声脆响，蹿爆半空。人们知道，这一定是新店或者新厂择吉开张。于是一齐蜂拥过去看热闹。原来是一个叫王受甄的青年人，租下何才宝的两间半房屋，新开一家袜厂，今天开业。

这时，厂主王受甄站在门口，欢迎大家参观。同他一起迎客的，还有他的二弟步云（逸香），三弟步春（庆梅），以及他的岳母等亲戚。厂房里，一溜摆着3台德国造手摇袜机，3位女青年在操作袜机，其中一位是王受甄夫人。大家看到，随着手摇袜机的摇动，棉纱从上面输入，经过袜机编织，机下织出的袜筒子越来越长，不一会就达到袜子的标准长度，又匀称，又细密。这程序、这工艺，人们见未所见，个个啧啧称奇，于是，大家奔走相告："我们华墅也会做'洋袜'了！"

在那个时代，袜子属于人民生活中的奢侈品，一般农民即使是冬天，也都打赤脚，最多在耕翻土地时，穿一双用布缝就的耕田袜。一般人要买袜子，需要从上海、无锡买来，所以袜子被称为"洋袜"。今天第一次看见生产"洋袜"，怎么不令人惊喜、感到稀罕呢？接连好几天，参观摇袜的人一批接一批，问这问那，络绎不绝。

王受甄（1893—1958年）华墅镇西街人，出身于书香家庭，父亲王恩浩，光绪二十三年丁酉科举人前5名，任过热河都统署调查局委、热河兵备道署粮饷局委员等职。后家道中落，刚刚成年的王受甄便去杨厍"永安"京广百货店学生意，目睹"洋袜"生意很好，前景广阔，就萌生了办袜厂的心思。那时杨厍街上有家袜子店，用2台手摇袜机边织边卖，王受甄是个有心人，便和这家店主交了朋友，趁机潜心学习织袜技术。不久，王受甄回到华墅，在亲友们特别是岳母的帮助下，经过一番奔波，购进了3台德国产的手摇织袜机，在兆丰典当西侧开了袜子工场，这是江阴县内第二家袜厂（第一家是1920年开设于南门内城脚的瑞成）。

初创时，雇工5名，王受甄夫妻俩都参与劳作，修机、染整、销售均由王受甄承担，此时产品为10支粗纱袜。王受甄的三弟步春题厂名为"家庭职业社",产品商标为"工业牌"。为维护产权,王受甄在省府以"家庭职业社"注册登记。当时的产量,每台袜机产 36 双,3 台日产共 108 双,可换回棉纱 2.3 包,每月可赚棉纱 30 包。工资支出男工每月银元 7-8 元,女工每月 3-5 元。由于王受甄吃苦耐劳,善经营,重信誉,所织粗纱袜有分量足、柔软、坚实等优点,赢得客商赞誉,产品在市场上一路畅销,盈利日增。

1926 年,家庭职业社扩大规模,租下兆丰典当东隔壁陶氏宗祠 18 间房屋,手摇袜机增添到 100 台,并置办了土染灶、土熨斗、木袜板等,形成了新的生产流程:从棉纱开始,先煮,次染色,然后做纱、制造、缝头、定型,最后整理,贴上商标出厂。产品在秋冬两季以 10 支~21 支粗纱袜为主,春夏二季以 32 支~42 支线袜为主。高档纱线袜用"星球牌"商标,一般产品用"工业牌"商标。高档产品销往上海、无锡等地,中低档产品主要销往本县和苏北城乡。王受甄内抓经营管理,外收市场信息,用降低消耗来降低生产成本,产品种类力求花色新、多样化,低档产品讲究坚实,高档产品讲究美观,产品供不应求,资金日益雄厚。

王受甄抓住机遇,决心在更大范围内扩大生产。1934 年,他以 3000 块银元购进原"美利发布厂"的厂房 34 间(今华士老医院东、钱家场北)。同时添置了 32 匹马力的引擎发动机 1 台,5 千瓦直流发电机 1 台,织袜机增加到 200 台,粗针、细针,大小口径的机型、罗纹机、缝头机都配套齐全;辅助设备水汀袜板、立式锅炉等也配备齐全。此时,产品增添了丝光线袜、麻纱袜、跳舞袜等新的品种。虽是手摇袜机生产,但外观和质量不亚于上海无锡等地的电动袜机产品,而且售价较低,于是,华墅袜子的声誉大振,客商纷纷前来订货。

家庭职业社在 1934 年到 1943 年是全盛时期,有工人 250 人,产销两旺。1938 年,华墅镇上春裕、余来、广勤、鸿余、东升昌、华丰、文记等袜厂或工场相继开办,由于它们规模不大,家庭职业社仍居华墅袜业之首。1936 年,江阴针织同业工会统计全县有 17 家袜厂,其中华墅家庭职业社有袜机 200 台,其余最多 24 台,最少 3 台。民国三十三年(1944 年)后,因战乱,华墅小规模的袜厂相继倒闭,仅家庭、春裕、余来勉强维持。家庭职业社为求生存,减缩规模,袜机由 200 台减缩到 30 台,其余袜机连同棉纱发给家庭妇女,让她们在家中织成袜子,然后按件计酬支付加工费。1949 年前,江阴全县有袜厂 9 家,城区 3 家,华墅 3 家,长泾 2 家,后塍 1 家;

1956年，公私合营时，全县袜厂合并为澄江、华墅、长泾3家针织厂。其中华墅厂是由家庭、春裕、余来、友记、新康5家合并，厂址设在钱家场北家庭职业社旧址，定名为"公私合营华墅针织厂"，产品商标"华字牌"。职工128人，拥有袜机近2000台，产品由无锡百货公司经销。从此，华墅家庭职业社生产纳入国家计划。1961年4月，长泾针织厂并入华墅针织厂。10月，华墅针织厂迁入新生街原广源染织厂内。1966年"公私合营华墅针织厂"改名为江阴针织厂，1987年改为江阴织袜总厂。

王受甄热心公益事业和社会活动，1938—1942年曾担任龙砂中学校董；1949年任华墅工商联合会委员，1950和1951年曾3次当选为华墅镇人民代表，参加江阴县第二、三、四届各界人民代表会议。

王受甄创办家庭职业社，在华墅地区影响深远。从20世纪20年代开始，袜子生产成了华墅的品牌，华墅成了袜子之乡。从70年代开始，华士、华中、华明、新华和山北一些生产队相继办起袜子厂。1987年江阴市上规模袜厂4家，全民企业1家（华士），乡镇3家，村办袜厂遍地开花。产品不仅内销，还批量外贸出口。20世纪80年代，江阴针织厂生产外贸尼龙童袜，用刺绣的方法缀上花鸟图案，使本来单一的白色童袜增添了色彩。产品销往日本、欧美、亚非及中国香港等地，那时，绣花童袜成了江阴外贸出口的主要商品。因为童袜绣花都是手工刺绣，生产厂家来不及做，就发动社会上的妇女帮忙。于是，华士、长泾、峭岐、陆桥、新桥等地的广大妇女纷纷介入，她们按厂方设计的花样，利用工余时间，把花样绣上童袜，以产量定报酬，成为当时广大群众的一项重要家庭副业。

当年王受甄的创业精神，也影响、启发了当代青年。1985年出生的朱澄，父母是江阴织袜总厂的工人，他在上大学时就了解了华士的织袜史，憧憬着袜子生产新的辉煌。他意识到，现代袜子生产，不仅要有质量，还得有品牌。朱澄大学毕业，卖掉江阴城里的住房，筹集了一笔钱，回到华士，先租了200平方米旧屋，买来6台织袜机，招聘了6名工人，注册了"CHAN 传澄"牌商标，并为产品设计了精美的包装盒。根据市场需要，他先后开发出了别具一格的绅士袜、淑女袜、除臭袜、抗菌丝袜、竹纤维袜等上千个品牌，年产800多万双。"CHAN 传澄"牌精品袜不仅在江阴独树一帜，还走俏上海、北京、广州等地，源源销往日本和美英诸国，被中轻质量监督中心授予"中国著名品牌"称号。"传澄"，正在传承华士百年织袜史，光前裕后，开创更加辉煌的华士袜业。

【第42章】

吕斯百潜心研丹青
徐中玉妙手著文章

吕斯百潜心研丹青

　　1917年夏，正是学校放暑假的时候。一天黄昏，乡村教师吕渭清从外面回到家里，觉得有些疲惫，便准备吸筒水烟。他习惯性地把手伸向点烟用的媒纸，却惊奇地发现，三天前买回家的一刀媒纸已经只剩下薄薄的几张了！

　　吕渭清是个非常节俭的人。他祖籍丹阳，自从父亲把家迁来华墅后，家里一直靠收购麦子磨粉，赚点加工费谋生。有一次，地方上有个无赖欺他父亲不识字，在契约上做了手脚，让吕家吃了大亏。可怜他父亲面对白纸黑字无法申诉，从此痛下决心，要把儿子吕渭清培养成知书识字的人。吕渭清没有辜负父亲的期望，年纪轻轻的就考中了秀才。但是，不久朝廷下令废除了科举，吕渭清只能依靠教书为生，靠微薄的收入养活一家五口，日子一直过得紧巴巴的。现在他发现媒纸无端变少了，就大声喝问："谁拿了我的媒纸？"媒纸是一种低档的草色薄纸，比练字用的毛边纸还要薄，妻子唐氏绝不会用来描鞋样。他猜测，是被孩子糟蹋了。"则男、则民、小勤，都过来！"随着喊声，12岁的则男、10岁的则民以及8岁的女孩小勤都来到了父亲身边。

　　没等父亲开口，则男怯生生地说："爹，是我拿了你的媒纸。"吕渭清一眼看见则男手上捏着一大叠媒纸，上面已经被墨汁点染得斑斑驳驳了。

他恼怒地抢过媒纸,气冲冲地一边摊开一边责骂:"你呀,真是败家子……"忽然,他愣住了,他看见,手上的媒纸竟是一幅幅白描画稿!"则男,这是你画的?"则男点点头。

原来,则男8岁起就跟着教书的父亲外出求学,先后在江阴峭岐、浙江崇德和石门读过书,12岁时独自到浙江嘉兴第二师范附属小学读书。就在嘉兴,有个同学送给他一本破旧的《芥子园画谱》。则男对画谱里那潇洒的竹、雅致的梅,还有许多花鸟、人物、山水着了迷。一有空,他就忍不住要照着临摹。慢慢地,他越画越起劲,可是,家里没有可以用来画画的纸。

"于是你把我的媒纸用来画画了。"吕渭清望着眼前的儿子,点着头说:"也好,反正读书人连秀才也当不成了,有个薄艺随身也是好的。"得到父亲的允许,则男画得更起劲了。他在媒纸上先用淡墨画,干了再用深墨画;正面画了画反面,一本《芥子园画谱》被他反复临摹了好几遍。画到后来,书上每幅画他都能默画下来了。而吕渭清,就把儿子画过的媒纸裁开来继续利用,依旧用来点火。不过,每次搓媒纸,他总要先欣赏、评点一下,时不时表扬几句。父亲的支持、少年时浓厚的兴趣,成就了日后的油画宗师吕斯百。

吕斯百(1905—1973年)初名则男,后改斯百,取名于《诗经大雅·思齐》"大姒嗣徽音,则百斯男。"江阴华墅章卿乡太平桥(今华墅镇蔡河村)人。1920年,吕则男改名吕斯百,这一年他从无锡石塘湾第六高小毕业,因病休学一年,其间绘画不停。1921年,考入南京江苏省立第四师范学校,这是一所免交学杂费、伙食费的学校,他选读美术科。五年后毕业,到无锡堰桥胡氏公学校教书半年。1927年,经蔡元培批准,成为中央大学艺术专修科第一期学生,同学中有吴作人、王临乙等。这时,艺术系由徐悲鸿主持工作,勤奋好学的吕斯百在老师的指导下进步很快,成了班上的优秀生。1928年12月,吕斯百经徐悲鸿推荐,去法国留学。年底进入里昂中法大学,考进了里昂美术专科学校,师从达望贝。

里昂是法国东南部的大城市,这座美丽的古城,是政治、商贸的重镇,又是19世纪法国象征主义装饰壁画大师比微思·德·夏凡纳的故乡。吕斯百喜爱里昂美丽的风光,更喜爱夏凡纳那富有诗意的画风,他像婴儿吸取乳汁一样,夜以继日,孜孜不倦地学习,接受艺术的营养。

20世纪初,法国的油画,英国的水彩以及意大利的雕塑已经在世界艺术殿堂里占有一席之地。因此,美术学校里有些西方学生,自以为高人一等,傲气十足，对中国留学生很有偏见，吕斯百对此不屑一顾。他珍惜学习机会，全神贯注，埋头研究，苦练基本功。

一天早晨，吕斯百班上的几个法国同学早早地来到课堂。忽然，他们被课堂外的一幅油画吸引住了，大家一看，都大声嚷嚷起来："这幅画是哪个老师画的？""不，这是夏凡纳大师的杰作《乐园》！"有人惊呼起来："这幅画在美术馆入口挂得好好的，谁把它拿到这儿来的？"一位学生把老师达望贝请了过来。老师盯着《乐园》看了好一会，也感到疑惑。他问吕斯百："这幅画是你画的吗？"吕斯百谦虚地说："老师，各位同学，这是我临摹夏凡纳大师作品的习作，拿到这儿来是想请大家提提意见的。""啊，真是你画的？"达望贝老师和同学们吃惊地问："啊！真的？"同学们一齐惊叹起来，那色彩、那调子，居然和原作一模一样！可以说，在班级里，除了吕斯百，没有第二个人能临摹得这样逼真！从此，班上的西方同学对吕斯百和其他中国学生刮目相看。吕斯百不骄不躁，更加努力探索素描、色彩、结构、透视等奥秘。他在里昂高等美术专科学校的三年里，每次考试总是第一名。1931年，他获得里昂高等美术专科学校毕业生优等荣誉奖。他的毕业作品油画《汲水者》，深受老师和同学的赞赏，获得首奖。

1931年秋天，吕斯百又考入巴黎儒里昂油画研究院深造，师从著名画家劳朗士。在学习中，他对尚塞的构图、夏尔丹的色彩和静物题材特别感兴趣，孜孜以求，悉心研究，逐渐形成了他特有的雄健、朴素、浑厚的艺术风格。1934年在巴黎春季艺术沙龙展出中，他的油画《野味》和《水果》获奖。中国学生吕斯百，在法国油画领域崭露头角！

1934年秋，吕斯百学成归国，先在中央大学美术系担任教授、系主任，新中国成立后，任南京师范学院美术系、艺术系教授和系主任，还担任过兰州师范大学艺术系主任。在漫长的岁月里。他创作了一大批油画精品，更是培养出了一支画家和美术教育家队伍。

1950年秋天，46岁的吕斯百从华北革命大学政治研究所学习结业，带着党的嘱托，满怀革命热情，不计个人得失，远离发达富饶的江南和温馨的家庭，毅然奔赴兰州创建艺术系。他乘火车，转汽车，坐马车，一路颠簸，风尘仆仆来到兰州西北师范大学。大学建在郊区的沙滩上，条件很是艰苦，没有电灯、电话和马车，师生们住的是土房，饮用的是浑浊的黄河泥浆，走的是弯弯曲曲的泥路。吕斯百身先士卒，带领老师和学生从头做起。上素描课时光线不够，就在土房上开个天窗；石膏像、美术资料没有，他就跑北京、上南京、奔上海去采办，再一路小心地背着，抱着，乘着颠簸的汽车，长途跋涉赶回兰州。在兰州8年中，吕斯百身兼多职：艺术教育、艺术创作、社会活动、民主党派工作。他以饱满的政治热情，用自己的双手披荆斩棘，呕心沥血，苦心经营着艺术学校的发展和壮大。

吕斯百最关心的，还是对人才的培养，学生的成长。为了帮助贫困学生，他每月从工资里拿出一部分给学生，让他寄回家去，安心读完大学。他像一个"播种人"，在江南，在西北，默默耕耘，辛勤播种。吕斯百这个"播种人"，当年播下的种子如今已经桃李满天下，硕果累累，他当年的学生也已经培育出了一代又一代的学生；他当年的学生，后来的名画家遍布海内外，声名远扬，他们中有艾中信、李斛、哈琼文、游龙姑……

吕斯百生前是全国第四届政协委员，江苏省第二、第三届人大代表，九三学社中央委员。中国美术家协会常务理事，美协江苏分会副主席。1973年1月17日，吕斯百在南京逝世，享年69岁。2005年3月19日，吕斯百和他的夫人马光璇的灵柩安葬仪式，在北京西山万佛陵园吉祥区的名人园内举行。在这里安葬的都是一些我国的在科学技术、文学艺术、经济建设、军事学科等领域作出重大贡献的杰出人物，有陈景润、吴运铎、王朝闻、李苦禅、臧克家、新凤霞吴祖光等，著名画家罗工柳、艾中信、程永贤等。紧挨吕斯百夫妇墓地，安葬着吴作人、萧淑芳夫妇，王临乙、王合内夫妇以及李苦禅夫妇等生前的好友。

吕斯百，以他的作品的魅力，以他的人格的魅力，赢得了人们对他深深的崇敬和永久的怀念。

徐中玉妙手著文章

> 龙砂秀出妙花笔，一代宗师举世亲。
> 述著柳韩倾热血，文章泰斗润新人。
> 常怀百岁门墙志，何计毕生利禄身。
> 更著拳拳扶掖意，甘霖济涸李桃春。

这首诗，咏的是徐中玉。

徐中玉（1915—2019年），初名积成，后改中玉。曾用笔名宗越、王卓、令狐青等。华士河南街（今新生街）人。

1927年8月下旬的一天上午，虽然处暑已过，但天气还有些燠热。由华墅通往杨库的砂石大道上，风尘仆仆地走着一对父子。身材高大的父亲肩上挎一只藤篋，清瘦的儿子手提一只书包。一路上，父子俩话不多，几乎是默默地快步行走。忽然，父亲停下了脚步，取下脖子上的汗巾，擦了擦脸上的汗，又递给儿子擦了，然后说："前面已是陶家桥，快到杨库了。积成，累吗？"少年沉着地说："不累。"从华墅到杨库，总长20华里。这条路，他走过3次，那是学校放暑假或寒假到姑妈家去玩的，往常是由大姐或二姐陪他一起走，今天由父亲亲自陪，显得有些庄重，因此他有点拘束。

这父子俩，是少年徐中玉和他的父亲徐佩丹，儿子刚读完小学，华墅没有初中，父亲送儿子去杨库上梁丰中学初中。

父子俩继续走着。过了一会，徐佩丹轻咳一声，清了清嗓子。徐中玉知道爹要讲话了，就恭敬地听着。果然，徐佩丹说话了，他年轻的时候参加过清朝的一次考试，没考上什么，改学中医，做了郎中，腹有诗书，学问很深。徐佩丹放慢脚步，中规中矩地说："积成，你知道我为什么在你升入高小时改为'中玉'吗？""是为了写起来方便一点吗？"徐中玉说："积成两字共22笔，中玉两字才9笔。""也有点道理。不过，你只说对了一半，"徐佩丹略一思索，说："美石谓之玉，美玉出昆冈，君子怀玉，洁于外，直见本真；美于内，不事张扬。"大概他觉得在仅有小学程度的儿子面前不便太深奥，又说："你初名'积成'，是希望你积学有成；'中玉'，则希望你秀外慧中，言芳行洁，成为我们徐氏家族人中之玉。"

这次杨库之行，徐中玉印象最深的就是父亲那一番话。其实，家里的情况，徐中玉是清楚的。家中没有一分田，租住别人的屋。父亲做郎中收入不多，只好再兼职诉讼；母亲不识字，家务之外还在家织布；两个姐姐只念到初小便辍学做工，靠为小厂织袜赚钱。父母劬劳，家人尽力，全为供养自己读书。他到杨库，得到姑母等人帮助，读完了初中。父辈的刻苦耐劳身教言传，两位姑表哥郭斌和、郭斌佳从小学习优异，后来都考取了清华公费留美哈佛大学，为他做出了榜样，使徐中玉格外珍惜学习机会，自小养成了好学上进刻苦钻研的习惯。尤为影响他思想的，是家乡浓厚的爱国主义思潮，当时江阴工人农民革命暴动频繁，从华墅赴江阴抗清的阎应元，以及担任过他五年级班主任兼国语老师的陈唯吾，都给他留下了深刻的印象，产生了浓厚的影响。"为国家效力，振兴中华"，深深扎根在少年徐中玉的心中。从12岁离开华墅，徐中玉一直读书工作在外，没有再回到家乡生活，并且一直依靠个人写作的稿费读完大学。

第42章 吕斯百潜心研丹青　徐中玉妙手著文章

1929年7月，14岁的徐中玉初中毕业，离开了梁丰中学，考进了省立无锡中学的高中师范科。师范毕业，被介绍到江阴县立澄南小学教书，担任高小两个年级的语文教师兼训导主任、五年级级任老师。1934年8月，徐中玉依靠小学教师的工资积蓄，考进青岛国立山东大学中文系学习。不久，全国掀起了抗日高潮，他积极参加抗日救亡运动，同时，徐中玉作出了自己的选择：继续学习，从事文学研究工作，做一个正直的、坦率的、对国家对社会有贡献的人，在任何困难条件下，都不灰心丧气。他开始专注读书，爱好写作，可以靠稿费维持自己的学业。从1934年起，很多文章就在北平《世界日报》、天津《益世报》、上海《晨报》《论语》《人世间》《宇宙风》《逸经》《大风》等刊物上发表。并应天津《益世报》的约请，为该报遥编"益世小品"双周刊。其时，结识了老舍、洪深、王统照、台静农、吴伯箫等，得到他们的指导和切磋。在校内，徐中玉任"山东大学文学社"社长，为青岛《民报》编《新地》周刊《中学生》《光明》和北平胡适主编的《独立评论》、清华李长之等编的《文学导报》等刊物发表文章，以散文、杂感、论文为主，也创作发表了一些小说。1938年3月，抗战中的山东大学暂时并入重庆沙坪坝的国立中央大学。在中大，徐中玉继续为抗战大业写作，在《抗战文艺》《七月》《抗到底》《全民抗战》《国讯》《大公报·文艺》《时事新报》《国民公报》《新蜀报》等报刊上发表了很多文章。这时，任"中大文学会"主席的他，经老舍推荐参加了"中华全国文艺界抗敌协会。"1946年，他重返青岛，在山东大学中文系任副教授。这年5月，他因公开同情、支持"反内战反饥饿"运动，被青岛警备司令指为"奸匪（共产党）"，教育部长朱家骅密令山东大学，把徐中玉及其教外语的夫人中途解聘。夫妻俩只得回到上海，靠为私立中学临时上课解决生计。其时，徐中玉写出了不少文章，发表在《观察》《世纪评论》《文讯》《展望》《国文月刊》等10多种报刊上。1947年任沪江大学中文系教授，兼任同济大学和复旦大学中文系教授。1952年起，先后任华东师范大学中文系主任、文学研究所所长，教育部中文学科评议组成员，全国高教自学考试中文专业委员会主任。

此后，徐中玉倾心文艺理论研究，精心写作、编著教学书籍约1000万字，主编教材和期刊2000万字，撰著、主编书刊数十种。主要著作有：《论苏轼的创作经验》，1981年华东师大出版社出版；《关于鲁迅的小说杂文及其他》，1985年上海新文艺出版社出版；《古代文艺创作诗集》，1985年中国社会科学出版社出版；《美国印象》，1985年华东师大出版社出版；

《现代意识与文化传统》，1987年河南大学出版社出版；《激流中的探索》，1994年华东师大出版社出版；等等。读徐中玉的作品，观点新颖，见解独特，构思缜密，有很高的学术价值。他主编出版的《古文鉴赏大辞典》，荣获全国图书金钥匙奖一等奖；《近代文学大系文学理论卷》，荣获1999年国家图书出版最高荣誉奖。2014年12月，获第六届上海文学艺术奖"终身成就奖"。

2019年6月25日，徐中玉因病逝世，享年105岁。追悼会上的挽联写道："立身有本，国士无双，化雨春风万里，何止沪滨滋兰蕙；弘道以文，宗师一代，辞章义理千秋，只余清气驻乾坤。"党和国家领导人李克强、韩正、王岐山、孙春兰、吴官正、丁仲礼和上海市人大教科文卫委员会等送了花圈。

徐中玉先生一生勤奋笔耕，生活并不富裕，平时省吃俭用。但他从自己的经历，体会到一些贫困学生的窘迫，在他百岁生日时，把自己毕生积蓄的100万元捐给华东师大中文系，设立"中玉教育基金"，用以资助贫困学生。

更使人们熟悉的是，徐中玉主编的《大学语文》5类11版，总数3000多万册，影响了几代大学生。

徐中玉，"一代宗师举世亲"！

徐中玉教授的部分著作

【第43章】
承淡安办针灸学校
赵尔康创经络模型

承淡安办针灸学校

　　1938年深秋，这是一个兵荒马乱的岁月。由于日寇的暴虐，人民纷纷扶老携幼，背井离乡，四处逃难。这一天，在安徽一个偏僻的小镇上，聚拢了一群逃难的人。人们经过长途跋涉，已经疲惫不堪，就在这偏远的地方安顿歇息，大家看中了一处陈旧的大屋，挤挤挨挨地用稻草打了地铺，住了下来。

　　这时，一对中年夫妇带着一个小姑娘，出现在大家面前，中年男子取出两张画图，挂在了大屋的门上。人们很奇怪：出来逃命要紧，还顾得上卖画？凑近一看，不是普通的图画，而是两张精致的人体挂图，人体上密密麻麻地注着小字。中年人说："大家静一静，我叫承淡安，江阴华墅人，这位是我的内人，那位是我的女儿惠芬。趁赶路的空档，我给大家讲一下针灸知识。"针灸？大家觉得很新奇："针灸是干什么用的？"承淡安朗声介绍说："针灸就是用针刺激穴位达到治病的方法。喏，用这种针。"他取出一根细细的银针，走到大家面前，展示给大家看。"哦，这么一根银针也能治病？""针刺了还要吃药吗？""痛不痛？"人们七嘴八舌地问。承淡安面带微笑地等大家问完，这才款款地回答大家的疑问："针灸是中华民族医药的宝贵遗产，分为针和灸两种。针就是把毫针刺入穴位，用提、捻等手法来治疗疾病；灸，是把燃烧的艾绒按一定穴位靠近皮肤，或放在皮肤上，利用灼热的刺激来治疗疾病，都是通过刺激人体穴位达到缓解甚至消除病痛的方法。用针灸治病，不用吃药，所以不要药钱；也不痛苦，除了针插进皮肤时的一点点小痛外，还有一点酸、麻、重的感觉。针灸，它有速效、方便、经济的特点……"听说针灸有这样三个特点，马上有一位老汉按着腰部、支撑着靠在墙上说："那，这位先生，上午我急于赶路，在跨过一条小水沟时腰闪了一下，到现在还痛，能不能……"承淡安马上答应："帮你治一下？可以。"说着，他到门外找来半爿石磨，揩了揩，上面用稻草挽成的草把垫了，权作坐凳，请老汉坐了，让他撸起衣裳。又从藤筐里取出一盒银针，拣了根稍短的，用酒精棉球擦了一下，在老汉的腰背部扎了一下去，又捻动一下，问道："酸不酸？""酸。""重吗？""唷，又酸又重。"承淡安把针留在腰上，又取了一根，在另一侧扎了，又是捻又是提，然后起针，又把先前的那根针取下，说："好了，老伯。走几步试试。"老汉走了两步，觉得腰不痛了，挺直腰杆走了一走，说："咦，真的全好了。先生，该付多少钱给你？"承淡安微笑着说："不用付钱，非常时期，方便大家。""啊，真的？""真的。"承淡安恳切地说。这样一来，满屋子的人都信服了。顿时，有的说我的胳膊举不起，有的说这几天感冒，还有一个老大娘推过十来岁的孙子说："这孩子从小尿床，能不能给治一下？"承淡安乐呵呵地逐个施了针刺，又给小男孩作了艾灸。他一边针灸，一边还忘不了讲解针灸的原理、每个腧穴的位置和治疗作用以及针刺的手法，等等。他的夫人姜怀琳和女儿承惠芬也忙着招待大家，在一旁服务。

　　天黑了，因为是战时，夜间点灯会引来不测，一屋子人坐在暗地里，听承淡安讲刺灸方面的知识，大家提出各种问题，承淡安深入浅出一一解答。有人提出要拜他为师，承淡安十分高兴，表示欢迎，并鼓励大家不管年长年幼，要做有心人，一定要把针灸这门学问学到手。

　　第二天天蒙蒙亮，有人带来消息，日军正在急速前进，离这里只有几十里路了，大家急忙胡乱吃点东西，继续赶路。昨天闪腰的老汉今天一点也不痛了；爱尿床的小男孩昨天第一次没尿床，他们都依依不舍地跟承淡安告别，因为承先生要往另一条路去，去办另一个培训班。大家的心里牢牢记住了他的名字：江阴华墅人承淡安。

　　承淡安（1899—1957年），原名启桐，秋梧。华墅镇小北街人。他出身于中医世家，祖父凤岗公精儿科，父亲乃盈公儿科、外科兼擅，尤精针灸。承淡安从小跟着父亲学医，17岁又师从同邑名医、他的姑父瞿简庄。瞿通内、外、儿各科，尤以针灸见长。父辈的悉心授教、自身的好学不倦，使承淡安技艺大进。

1920年他参加上海中医学习，1923年由上海返回华墅，以中西医两法悬壶坐诊。1926年起，承淡安在苏州皮市街、吴县望亭等地行医，会同友人合办中医学校，自编讲义，教授针灸。1929年，他在望亭创办了"中国针灸学研究所"，招收全国各地学员，开展针灸学的函授教育工作，这是近代中医教育史上最早的针灸函授机构，两年后因经费窘缺而停办。1932年10月，他又在无锡西水关堰桥恢复研究所。1933年10月，承淡安将原先只用于社内交流的《承门针灸实践录》拓展为《针灸杂志》，公开出版发行。这是近代中国最早的针灸学专业刊物。同时，他还开辟了教学实践实习场所，使研究社初具专业学校的规模。

1934年初，承淡安东渡日本，考察和了解日本的针灸及针灸教育情况，在日本历时8个月。

从日本归来后，承淡安在原先针灸学研究社的基础上，创办了第一所中国近代针灸专业学校——"中国针灸学讲习所"。1937年2月，讲习所更名为"中国针灸医学专门学校"。

1937年日寇入侵，先生避难西迁，途径安徽、江西、湖南、湖北，每到一地，他都开办短期或临时的针灸培训学习班。后来又到了四川，在那里先后开办了"中国针灸讲习所""成都国医学校"和"德阳国医讲习所"，培养弟子数百人。

新中国成立后，承淡安积极筹备恢复针灸研究机构，振兴针灸学。1954年，邀集女儿承为奋（原名惠芬）、女婿梅焕慈以及弟子邱茂良、王野枫，在苏州司前街恢复"中国针灸学研究社"。1954年，他出任江苏省中医进修学校（今南京中医药大学前身）校长，该校师资班为全国各中医院输送了大批优秀师资，被誉为中医界的"黄埔军校"。单被选派去北京的就有董建华、程莘农、王玉川、王绵之、印会河、颜正华、程士德等，为北京中医学院的创办和发展，起到了重要作用，还有王韵白、徐守钰等人也均为中医事业作出了重大贡献。1955年，承淡安受聘为中国科学院学部委员（后改称院士），后又兼任中华医学会副会长，受到过毛泽东主席的亲切接见。

承淡安一生著作有20多种，代表作有《中国针灸学》《经络之研究》《伤寒论新注》等。主要弟子有邱茂良、赵尔康、陆善仲、孔昭遐等，均为一代针灸名师。更为可喜的是，经过承淡安反复多次地办针灸学习班，有一大批人直接或间接从他那里学到了针灸技术，形成了一支庞大的针灸队伍。其中有华墅李襄铎（1918—2007年）和他的子女李绍康、李绍慧，继承了"直接灸"手法，为广大群众服务，受到欢迎。

1957年7月10日，承淡安积劳成疾，心脏病发作，不幸逝世。时任国家副主席李济深题赠挽联：

> 康济斯民，良相同功垂永誉；
> 阐扬绝学，名医传世有针经。

世界针灸学联合会终身名誉主席王雪苔赋诗赞承淡安先生：

> 岐黄昔日几蒙尘，放肆西风虐杏林。
> 义激承公扬国粹，力擎针道起江阴。
> 菲菲桃李香中外，郁郁篇章融古今。
> 一代先驱开大业，今朝举世慕金针。

赵尔康创经络模型

1952年夏天的一个下午，在江阴陆桥瓠岱桥集镇上的一家医疗诊所里，一位中年男子正在内室里忙碌着。此时，因为天气炎热，他身上只穿着背心和西装短裤。他的工作也十分特别：先把半袋石膏粉倒在一只大木桶里，再倒进胶水和清水，反复搅拌成面团状，然后把面团状的石膏铲起来，倒进两个半圆形的模具里，倒满，抹平；接着把两个模具合并，用绳子扎紧。刚扎好，这时，诊所门口有人叫唤："赵医生在吗？"中年男子答应一声"来了！"便洗过手，走了出来。

这位赵医生，名叫赵尔康，是这家诊所的主人。他请来人坐下，为他诊治，先望闻问切，然后开方给药，忙过一番，送走就诊病人。病人一走，赵尔康又一头扎进了他的工作室，继续研究他的"作品"。

赵尔康（1913—1998年），江阴陆桥瓠岱桥小赵家（今华士镇陆桥陈塘村）人，著名中医针灸学家，原国家卫生部中医研究院编审。自幼家境贫寒，高小毕业后又在私人学堂读了6年。18岁赴吴县望亭，拜在著名针灸家华墅人承淡安门下学医，同时奋发攻读《内经》《难经》和历代针灸专著。

民国二十四年（1935年），参与创办中国针灸学研究社、中国针灸学讲习所（后改为中国针灸学专门学校），任总务教授，针灸疗养院医务主任等职。抗战爆发后，针灸社、校、院全部歇业，他回到家乡瓠岱桥开设诊所，其间编绘了针灸书等几种，其中有《中华针灸学》《人体十四经穴图像》等。1948年，他在无锡沈巷主办中华针灸学社，以"联合同志，研究针灸，阐扬古代医术"为宗旨，设函授部，广收学员，自任社长。在这期间，他还编写出版了《金针治验录》《针灸治疗歌赋汇编》和《针灸治疗歌赋类编》等书，1952年，他回到瓠岱桥开设诊所，建立针灸门诊部。赵尔康在长期开展针灸教学中，积累了丰富的经验，但他感到不足的是，在教学示范中往往只能讲理论，看挂图，而不能具体定位，这样的抽象教学，无疑是纸上谈兵，常常使学员不得要领。后来，他从宋代针灸学家王惟一所铸的"铜人"和老师承淡安从日本带回的《铜人经穴图考》得到了启示，决定设计制作立体人体经穴模型。

设计制造人体经穴模型，对于赵尔康来说，不是一件容易的事。首先要设计一个大致一尺半高的人体模型，要求各部位比例基本正确，这对在美术学院学过素描的人来说，是轻车熟路的，可是赵尔康不仅没学过素描，连医用解剖学课也没有上过；其次，人体模型用什么材料做，也是一个复杂的问题。20世纪50年代，可用的制作材料，不外乎木料、石料或者水泥。赵尔康一一对比下来，都不合乎理想。一次，陆家桥集场，赵尔康看到了套泥人摊上的无锡惠山彩色泥人，他拿起几个观察，发现泥人有轻有重，一问才知道，重的是泥，轻的是石膏。赵尔康一下子开窍了：我也可以用石膏来制作模型呀！于是，他到油漆材料店里买来石膏粉，请教了漆工调合方法，开始用石膏制作模型。可是，当他把石膏粉用水和胶水调和以后，却发现干燥后的石膏体容易破碎，稍一搬动、撞击就会破损残缺。他反复试验，先后在石膏粉中掺入水泥、纤维等，仍然还是失败。后来，他看见有人用废纸浸烂后形成纸浆，然后做成焐饭用的保暖"草窝"，灵机一动：如果石膏粉里掺入了纸浆，干燥后不仅可以增加硬度，同样有可塑性，还可以增加韧性。于是，他收集了一些废纸，拣其中没有墨迹的用清水浸泡，泡了几天，倒掉表层的水，把泡软的纸捣成糨糊状，然后放进石膏粉和胶水，搅拌成面团。这种纸浆石膏混合材料做出来模型，既有硬度，也有韧性，分量也不轻不重，十分理想。材料解决了，接下来要塑造合理的人体形象，赵尔康按照挂图的人体比例，反复地塑造、反复地对照修改，一点一点改进，终于塑成了一具大致标准的人体模型。模型干了以后，他又仔细地把人体上"手太阳肺经"等12条经络、穴位309穴，任脉24穴，督脉28穴，总共361穴位标明，并用红、蓝、绿、紫、橙红等颜色标明各道经络。穴位标明以后，他又接受漆工的建议，给经穴模具通体上了一道透明的清漆，确保穴位字样不脱落。至此，中国第一具纸浆石膏混合原料制成的经穴模型研制成功，耗时整整3年。在模型之外，赵尔康又把模型上每个经穴的取穴位置、主治疾病、扎针手法等编写成《人体经穴模型说明书》。他将模型复制了十几个，除呈请卫生部审查外，还分送有关省卫生厅征求意见。1955年3月，国家卫生部针灸疗法实验所审查后认为：该模型小巧轻便，造型符合实际，经穴位置也比较正确，推广后有利于针灸教学，方便直观，其效果甚至优于宋代"铜人"和日本《铜人经穴图考》。

1956年，赵尔康被推举为江苏省中医中药学术研究委员会委员，无锡市中医针灸进修班主持人，无锡市中医学会针灸分科学会委员兼任秘书，无锡市中医学会学员考试鉴定委员会委员，同时担任无锡市西医学习中医班、中医专科学校等单位的教学工作。1959年，赵尔康应聘到卫生部中医研究院负责针灸研究所理论研究室工作。其间，他参与了第一版《针灸学简编》的修改、定稿工作；并与同事们一起收集整理了历代80多种文献的有关穴位资料，制作成3万多张卡片，同时还收集大量针灸资料，分类装订成册，作为临床、教学的重要参考。此后，他还与浙江中医研究所等单位的专家，一同赴鞍山千山结核医院，对两名经络敏感患者进行现场针刺、测定与观察，证明经络传感和古代文献记载的原理基本一致。并按其线路拍成照片，撰写《经络观象之研究》一文，为研究经络实质积累了资料。1965年，他调到中医研究院文献资料研究室，1972年起任新医药杂志和中医杂志社编审，以后又先后被推选担任中华全国针灸学会常务委员兼秘书、针灸学会穴位研究委员会委员、中医研究院学会评定委员会历史文献分会成员，先后被聘为香港中国针灸协会顾问委员会顾问、《中华针灸学辞典》编审委员会委员、《中国医学百科全书·针灸学》分卷编委、中医研究院专家咨询委员会委员等。

赵尔康对针灸研究还注重实践。他在京工作期间，多次深入北京郊区农村巡回医疗，为广大农民服务。1958年，无锡市麻疹流行，并发支气管肺炎者甚多，中西药物难以控制，死亡率颇高。赵尔康认为麻疹之患多由太阳、阳明之蕴热所发，他制定了以针刺鱼际、经渠、二间、合谷、曲池、十宣（刺血）的治疗方案，于体温升高前一二小时，临床施针，患者大多能退热平喘。

以后，他把这套治疗方案应用到其他炎症患者，也有一定疗效。

赵尔康在临床辨证取穴上，重视配伍，特别是注意五腧穴和其他特定穴的应用。他认为针灸是祖国医学的重要组成部分，必须以中医的理论为指导，以"理法方穴术"[1]为治疗手段。可以说，他的学术观点师古而不泥古。

赵尔康除了研制出人体经络模型外，还在专业报刊上发表了一批论文，其中有《针灸界所负复兴的使命》《学习针灸疗法的步骤》《针灸临床工作中的几个问题》等。

吕斯百油画，1938年作

---

[1] "理法方穴术"：指针灸"缘理辨证、据证立法、依法定方、明性配穴和循章施术" 5个方面，也称针灸五大基石。

【第 44 章】

医学院长钱氏昆仲
路桥专家孙门兄弟

医学院长钱氏昆仲

1949年6月的一天中午,一支中国人民解放军部队在上海金山训练后,就地休息,炊事班抓紧时间安排中饭。就在大家吃饭的时候,十几个穿白大褂的医生来到了大家的面前,他们要检查战士们的脚部血吸虫病病灶。医生们一个个地仔细检查,不漏过一个。其中一个中年医生查得特别仔细,格外认真,他为了方便检查,就跪在了地上,让每一位战士站立在他的面前,仔细查清血吸虫病后留下的局部病变,然后分别给药。

1949年5月27日,中国人民解放军解放了上海,紧接着进行泅渡训练,准备进军浙江,解放全中国。这是一支从苏北过来的部队,战士们不怕苦不怕累,日夜浸泡在农村野河里,身背枪械,演习泅渡。不料,没过几天,发现有1万多名战士不约而同发热、腹痛,开始以为是感冒,却总是治不好,情况十分紧迫。上海市领导和部队领导十分着急,于是就从上海中山医院等单位,紧急抽调一批专家来诊治这万名病人,其中那位特别敬业的中年男医生,是这支专家队伍的医疗顾问,他叫钱德。钱德他们经过对病员检查化验,确诊战士们是感染上了急性日本血吸虫病。这种血吸虫病是被感染的人或动物的粪便,带有血吸虫卵,随着河湖边的粪坑、粪缸,在河里洗涮马桶,病畜随地排泄等进入水中,利用钉螺孵化为尾蚴,尾蚴进入人的皮肤,就感染了血吸虫病。这种病,发病早期表现为发热、腹痛等症状,如不及时根治,急性还会转化为慢性,不仅病情加重,还可以造成大批病

283

人死亡。因此，钱德带领医疗人员争分夺秒日夜奋战，明确诊断，合理用药。由于疲劳过度，钱德有时在巡诊的路上，走着走着就瞌睡了，一不小心滑倒在路边。在钱德的指导和带动下，医疗队经过3个多月的努力，终于治愈了1万多名血吸虫病人，使部队恢复了战斗力。

钱德（1906—2005年），又名钱惪、钱保民，号孟修，华墅钱子清长子。1925年毕业于南菁中学，1932年毕业于国立上海医学院（今复旦大学上海医学院前身），并攻读中央大学医学院博士，获博士学位。其后在南京中央医学院任内科医师。抗战期间中央医学院内迁重庆，钱德主持中央医学院内科工作。1943年内迁重庆的国立上海医学院，将重庆中央医院改为学校附属教学医院，他任上海医学院副教授。1944年，钱德赴美国波士顿大学医学院留学，进修2年回国后，1946年至1950年任上海中山医院内科主任，上海医学院教授。1951年参加首批抗美援朝医疗队，赴朝鲜工作，1952年回国后任上海第一医学院副院长。

钱德教授一生与医学结缘不是偶然的，他出生的那个年代，人们最景仰的是文章学问，最崇敬的是能治病救人的医生。当时社会的老百姓缺医少药，卫生条件差，瘟疫时有发生，许多病家四处奔走、求医无门，这些都使他感到痛心，在他幼小的心灵里，就想着要学好一门"仁术"为人民服务，救人于苦难之中，当然最理想的就是学医。

钱德教授刻意求进，还得益于他的父亲钱子清。父亲的秉赋有很大的一部分融入了钱德的秉性中。作为长子，他很小年纪就懂得刻苦研求学问，并且帮助父亲教导弟妹，兄弟相携成才。1925年，钱德从南菁中学毕业，他怀着"潜心医术，造福于民"的理想，以优异的成绩考进了上海医学院，从此他走上了殚精竭虑、孜孜不倦研究医学，造福人民的道路。

钱德教授在我国医学界享有盛名。1958年9月，他由上海第一医院副院长调任重庆医学院（今重庆医科大学）任副院长，组织创建重庆医学院。他到重庆后，先后任重庆医学院（1985年更名为重庆医科大学）副院长、院长、名誉院长，并担任卫生部医学科学委员会委员、全国血吸虫病研究委员会副主任、中国医学会第十一届理事、内科学会副主任委员、四川省科协副主席、重庆市科协主席、中华医学会四川分会名誉会长、《中国医学百科全书》编委、《中国医学》《中华内科》杂志编委等职。他以权威的学术水平、高超的医学理论主编过《实用内科学》《传染病学教材》《传染病》《临床症状鉴别诊断学》《实用血吸虫病学》等书，发表各种重要学术论文30多篇。

钱教授医德高尚，治学严谨，对工作极端负责，由于他具有精湛的医术和高尚的医德，领导上总是把艰巨的任务交给他。每当他接受医疗任务，总是亲临第一现场，不遗余力地完成任务。

1958年，钱德自觉服从组织安排，率领上海第一医学院（现上海医科大学）的一批医护人员赴祖国西部的重庆医学院支医。当时他已经52岁了，但他放弃了在上海优越的待遇和个人利益，义无反顾地来到重庆，重新创业，显示了他的人格魅力。

钱德教授桃李满天下，他淡泊名利，胸怀宽广，得到了同行和同志们的敬重和爱戴。早在1950年，他就荣获了全国劳动模范称号，是第四、五、六届全国人大代表。2005年9月，上海复旦大学百年校庆，推出一批著名专家学者，钱德也在其中。2005年10月，钱德教授在重庆逝世，享年100岁。

钱德的弟弟钱礼，是温州医学院院长。

钱礼（1915—2012年），钱子清第四子。钱礼受父兄督教甚严，自幼即受"积财千万，不如薄技在身"的处世教育，并在"不为良相，则为良医"的思想指导下，选择医师为职业。1935年考入上海医学院（现上海医科大学），1941年医大毕业至1947年，历任重庆、贵阳和南京中央医院外科住院医师、住院总医师和主持医师。1947年夏受聘为杭州市民医院（现杭州市第一人民医院）外科主任兼浙江医学院外科副教授。新中国成立后历任浙江大学医学院外科副教授兼附属医院外科主任；浙江医学院外科总论教研组主任兼浙江第二人民医院普外科主任；温州医学院外科教授、外科教研组主任兼附属医院外科主任、温州医学院院长。1984年回浙江医科大学任外科教授兼浙江省人民医院顾问、中华医学会浙江分会副会长兼外科主任委员、顾问组长、省高级卫技职称评审委员会主任和省医疗事故鉴定委员会主任等职。

钱礼知识渊博，学术上造诣颇深，他的专著《腹部外科学》160万字，相继于1982、1983和1984年分卷出版。三本代表作及历年发表的数十篇论文，还有《外科症状的诊断思路和处理程序》一书，共500多万字著作，加上《现代普通外科》《肿瘤学基础与临床》两本编著共250万字，形成了合计750万字的皇皇巨著。

钱礼是浙江省开展肿瘤防治的先导者。早在1956年他就在浙江省第二人民医院成立肿瘤科，添置设备，逐步发展为国内最早的肿瘤医院——浙江肿瘤医院。1958年秋天，组织上要他去创办温州医学院，他服从组织决定，从杭州迁到了到了温州。在当时教学、生活等十分艰难的条件下，一心扑在教学、医疗、科研上。1979年至1984年，钱礼任温州医学院院长，在院党委的领导与支持下，他加强教学管理，积极开展教学改革工作，努力调动各方面积极因素，使学生在思想品德、专业知识诸方面都有长足进步。在1983、1984年连续两年的全国医学院校应届本科毕业生统考中，温州医学院获得了全国第三和第二名的好成绩，钱礼为创办、发展温州医学院作出了贡献。

钱教授曾任温州市九三学社主委、市人民代表、市政协委员，浙江省人民代表和全国六届、七届人大代表（1984—1994年）。生前为九三学社中央参议员、九三学社浙江省委顾问、浙江省医学会名誉会长。

路桥专家孙门兄弟

1952年7月1日，盛夏的艳阳照耀大地，天气十分炎热，但这里人们的情绪更加热烈，处处洋溢着喜庆热闹的气氛。这一天，中国西南地区第一条铁路干线成渝铁路建成通车，选了中国共产党的生日举行典礼。在重庆菜园坝火车站的广场上，人头攒动，笑语沸腾。这里是通车典礼现场，中华人民共和国铁道部部长滕代远，代表中共中央作了热情洋溢的贺词以后，由西南军政委员会铁道部部长赵建民陪同，登上了列车，拉响了第一声汽笛。在万众一片欢呼声里，火车一往无前，穿山越岭，跨水过桥。几千年寂静荒凉的山谷里，第一次响起了火车的轰鸣声和汽笛的长啸声，火车过处，山鸣谷应，群山回响；百鸟惊飞，猿猴长啸。在从重庆到成都沿路各小站，站满了欢迎的学生和看稀罕的群众，一个个笑逐颜开，欢欣鼓舞。

成渝铁路自重庆到成都为上行，自成都到重庆为下行。成都到重庆的路线是：成都向东过陈家湾站后，折南进入简阳，经资阳、资中、内江、隆昌，然后折向正东，过重庆永川区向南，在江沙站返回东北，沿长江北岸前行，抵达重庆，全程505公里。成渝铁路的建造，经历了半个世纪。1903年，清政府提出了修建川汉（四川——汉口）铁路的意向，它的西段就是成渝铁路；1936年，国民政府成立成渝铁路工程局，组织技术人员规划、勘探、画出蓝图，1937年开始修筑。但开工不久，工程因抗战干扰、资金严重缺乏而停工，仅完成工程量的14%。新中国成立后，党和政府为了造福西南人民，在国家一穷二白、百废待举、国家财政极其困难的条件下，于1950年6月开始兴建，在13万工人和技术人员的努力下，历时2年，于1952年6月13日竣工。这条铁路的建成，圆了西南人民半个世纪的梦想，是中国西南地区的第一条干线,也是新中国成立后建成的第一条铁路。

这条铁路,也倾注了江阴人孙宝墀多年的心血和精力。1935年,国民政府铁道部任命孙宝墀为新路建设委员会设计课课长,负责创立并统一修筑铁路的规格标准、确定桥梁等级等。不久,让他参加筹建成渝铁路,任成渝铁路工程局正工程师设计科科长。这时,他由于多年的劳作,身体已有了疾病,家里人希望他不再担任建路工程工作。但孙宝墀认为只有从事建设,才能振兴国家,尤其是面对外国侵略中国,国难当头,更要奋发。他接下建设成渝铁路的任务后,告别家人,只身入川,在重庆与成都数百公里的荒山野水、崇山峻岭之间,经常与工程技术人员,长途跋涉,勘测地形,亲自制订工程规划,指导设计,绘成了成渝铁路全线建设蓝图,不久就开始动工。不料,由于辛劳过度,他的疾病加剧,形成半身不遂,经常头痛,经医生诊断为脑脊髓神经瘤,只得停止工作,于1945年5月与世长辞。

孙宝墀(1894—1945年)字颂丹,生于江阴陆家桥八字尖村一个清贫的书香人家,父为晚清秀才。他自幼聪颖过人,喜爱读书。1905年,由父亲孙幼文先生家居课读,1906年,入华墅章砚春门下研读。1910年,孙宝墀考入南菁文科高等学堂中学班。时值辛亥革命前夜,年方16的孙宝墀,接受了孙中山民主革命思想,在家率先剪去辫子,以示革命,反对清廷。在校攻读4年,学习成绩始终领先,深受校长胡雨人和老师们的器重。1914年,孙宝墀以第一名成绩毕业于南菁,他矢志实业救国,考入上海高等实业学堂(即今交通大学的前身),攻读土木工程专业。他勤奋刻苦,既优于理工和英语,又在国文考试中屡屡夺魁,获得校长唐文治及土木科主任、美籍教师万特别克的好评。1918年,他以第一名的优异成绩,毕业于该校。经交通部选派赴美深造,先在美国桥梁公司实习,并进修钢桥的设计制造,同时考察美国的铁路建设事业,继而进入哈佛大学研究院学习,从名教授史万先生专攻桥梁结构学,获土木工程硕士学位。为了取得实践经验,又入鲍氏建筑公司任技术员。他在美国4年,坚持发扬在南菁养成的艰苦朴实、勤奋好学的作风,身居繁华而甘于寂寞,不懈努力,一心求知深造。

1922年,孙宝墀学成回国,先后担任南京河海工程学校及南京东南大学(今南京大学)教授、青岛胶济铁路正工程师,1925年到1928年夏,任唐山大学(唐山铁道学院)教授。1928年秋到夏,任南京中央大学工学院教授。1929年秋到1934年,再次任青岛胶济铁路正工程师兼桥梁室主任。这时,胶济铁路上原德国人建造的桥梁,因载重能力较弱,危及行车安全。

孙宝墀经过实地查勘，决定另订标准，进行加固或更新，分期施工。胶济铁路全线10多座桥梁，在没有中断行车的情况下，进行了钢梁换新、桥体加固等工序，提高了铁路桥梁的承受能力，使铁路运输及行车安全得到了保障，受到了工程界一致赞许。20世纪30年代初，国民政府铁道部开始整顿全国铁路技术规范，编制新的钢桥设计标准，孙宝墀是参与其中的主要专家。

孙宝墀在结构力学、土壤力学等方面有较深的造诣。他的研究成果，先后发表于国内的《工程月刊》和美国的"土木工程师学会"的会刊上。他是我国"工程师学会"及中国"土木工程师学会"会员，"中国科学社"社员，并被美国"土木工程师学会"吸收为永久会员。在学术上，他在美国土木工程杂志上发表论文，修正了西方权威学者立论错误。他对挡土墙压力理论有所发现和创新。关于挡土墙压力的理论，国际上历来以金氏和库伦氏两种不同学理为权威，并认为两者是不同的。孙宝墀通过土壤力学的数理推导，阐明了两种学理的一致性，使长期含混不清的概念得以澄清，著有《土压力两种理论的一致》《土压力两种理论一致的讨论》两篇文章。与此同时，他发现库伦氏公式中存有力学上的不完整处：运用公式计算的结果，不符合实验所得的参数。他这种敢于探求真理、修正西方权威学者错误的科学创新精神，在当时，即使是现在，也是难能可贵的。

孙宝墀有5位胞弟，其小弟宝融（1910—1987年），也是一位铁路工程专家。他1926年毕业于南菁中学，1932年毕业于上海交通大学土木工程学院。先后在陇海、湘黔、粤汉、黔桂、浙赣等路局从事铁路建设和管理工作。1949年5月后，历任浙赣铁路局工务处副处长、上海铁路局工程处副处长。铁道部新建铁路工程局第十一工程局副局长、第五工程局副总工程师、铁道部设计预算鉴定委员会高级工程师等职。

新中国成立，孙宝融满怀喜悦之情，为建设新中国而努力工作。他在抢修华东地区的铁路、恢复和提高铁路的运输能力方面，化了大量的精力，并主持修建成了萧甬线（杭甬铁路）。在铁道部设计预算鉴定委员会工作期间，主持成昆、贵昆、川黔等铁路干线及京广线武昌衡阳段复线工程的设计鉴定。发表铁路科技情报70多篇，50余万字。进入古稀之年，仍参与侯月线（山西侯马——河南月山）新建工程和京广线郑州武昌段电气化工程等重大铁路建设项目的设计方案论证。

孙宝融，继承胞兄的遗志，献身于新中国的铁路事业，为铁路建设作出了很大贡献！

【第45章】
黄如祖电讯作先驱
姜心曼眼科称巨擘

黄如祖电讯作先驱

民国二十七年（1938年）春的一天，军事委员长蒋介石的侍从室副官蒋孝镇派人来到武汉电话局，传达蒋委员长的命令，要电话局领导立即去委员长办公室走一趟。接到命令，湖北电政管理局局长朱一成和武汉电话局局长黄如祖大为错愕：不知出了什么事，惊动了委员长？他们连忙召开紧急会议，召集电政管理局有关人员，检查电话上出了什么差错。查了半天，并没有发现什么问题。朱一成便叫话务员，把近几天内蒋委员长及其他高级将领的通话记录以及电路情况，整理出来，列了一张表格，交给黄如祖带在身上，去见蒋介石。黄如祖骑上自行车，匆匆来到武昌珞珈山听松庐蒋委员长官邸。先面见了蒋孝镇，问起事情原因。

原来，蒋介石要向电话局询问的，是打不通自动电话的事。自1875年美国人贝尔发明电话机后，1881年电话传入中国，在20世纪30年代自动电话设备已经进入中国各大城市。国民党在南京建都后，1929年向美国自动电话公司购置了5000门自动电话机，全部换装了原有的共电式电话。照例，拨打自动电话并不费事，可是到了蒋委员长这儿，却常常出故障。黄如祖从蒋孝镇这儿了解到，蒋介石打电话，过去一直依赖话务员。换了自动电话机后，到了1937年，还是不习惯自己拨号码打出去，需要别人代打。1938年搬到武汉后，还是自己打不出去。他一拿起话筒就拨号码，可总是打不通。听了蒋孝镇介绍经过后，黄如祖了解了蒋委员长打不通的原因。他就去蒋介石的办公室，当面向蒋公陈述拨号方法：拨号前，先要听一下有无"蝉鸣声"，如果有，说明线路不空，就得等一会再拨。还有，蒋住在武昌，凡打到汉口的电话，必须通过过江的"中继线"。如果只拨一个数字就有"拉"音，就表明过江的中继线不空。黄如祖陈说缘由后，还为蒋介石的自动电话加以改善，作了周详完备的改进，拨过江专线让他随时使用，不受电路拥塞限制。但过了没多久，蒋委员长还是派人来说打不通。黄如祖找出蒋公拨电话的弊病：武汉电话是5位制，蒋介石往往只拨了4位，就不拨了；比较大的数字，如"8""9"，他还没有拨到位就放手了，这样拨，当然不是打不通就是打错了；还有遇到对方正在通话，他只要连续几次拨不通，就心烦意躁地把话筒一挂，不打了。据蒋孝镇说，蒋公没有一次顺顺当当把自动电话打通的。对此，电话专家黄如祖也无可奈何。后来，蒋委员长索性下令把办公桌上的自动电话拆掉了。

  黄如祖（1909—1983年），华墅镇聚龙街（今和平街）北巷门外人。纺织机革新家黄哲卿的裔孙，电信专家。民国十八年（1929年）毕业于上海交通大学电机系电信专业，民国二十三年（1934年）赴英国标准电话电缆公司等处实习。次年回国，先后主持上海、武汉、南京、重庆等城市的电信工程设计、安装、改进等工作，并开始专攻长途电话理论。历任国民政府交通部南京、武汉、重庆等电话、电讯局局长、总工程师，兼任金陵大学、北洋大学教授。曾多次赴美国、英国、苏联、瑞士考察，参加国际电话咨询会议。民国三十六年（1947年），以我国电信全权代表身份，出席在美国召开的国际无线电线会议及国际短波无线广播会议。新中国成立后，历任天津市军管会电讯局局长、国家电讯总局技术处副处长、邮电部计划司副司长及干部司、教育司主任工程师等职。在从事邮电教育工作期间，主持制订邮电院校的教育计划、教学大纲和教材编写。

  黄如祖从事电讯事业，最为艰难的时期是在日寇入侵的1937—1945年间。1937年8月15日，敌机突袭南京，南京军民以及中央各机关都处于紧张状态；接下来淞沪之战展开，南京日趋吃紧。首都电话局为配合首都保卫战，保证通讯畅通，根据上级要求，挑选了年轻力壮、精于业务的话务、业务和线路人员60多人，成立"留守工程团"，维持南京的最后通讯。该团划归南京卫戍司令长官部节制指挥，指定电讯局工程师黄如祖为留守工程团团长，并准备好应用物资、应急机线和足够6个月之需的粮食和副食品。

留守人员均由卫成总部发给袖章，以便在军事戒严时凭标志通行。12月10日下午，形势又有突变，电话留守团接到卫成司令长官部急令："全团人员迅速压缩到最低最精干数量，只留少数精干力量维持通讯，其余人员立即撤离！"团长黄如祖立即召开紧急会议，作出决定：再撤离30多人，只留下最精干的20人，其中有工程师侯楷，测量长陈尔福，机务员陈义刚、沈志诚等，黄如祖身先士卒，留下带队。

12月13日下午，黄如祖到国际委员会去了解情况，一路上看到日本兵耀武扬威，押着许多无辜的中国百姓，驱赶集中到广场上，目击日寇在山西路广场上用机枪射杀了几百名中国人。日本兵在电话留守团藏身的难民区内也挨户搜索，只要他们认为可疑的，就抓起来杀害。黄如祖和电话局人员在难民区里战战兢兢、提心吊胆地挨过了55天，终于在一个难民带来的高档收音机里，偷听到江西和湖北的广播，知道那里还没有沦陷，还知道安徽的和县虽被日兵占领，但有时也被我军收复。得到这一消息后，黄如祖就和侯楷、陈尔福等商量过后，决定设法逃往和县。1938年2月5日凌晨，天色微明，一班人往和县出发，一路上，大家前后分开，每人相隔30米左右。到水西门时，日本兵拦住盘问，黄如祖他们镇定回答，总算逃出了第一关。然后过了江东门大桥，在沙洲圩巧遇熟人，住了一夜。次日凌晨，黄如祖带着大家渡过长江，先步行到和县，再步行到合肥，共步行了6天。然后从合肥乘车到了武汉，到武汉已是1938年2月16日。

这时，国民政府除一部分迁到重庆外，大都云集武汉，电信业务十分忙碌。黄如祖被任命为武汉电话局局长，他上上下下，里里外外，着实忙碌了一阵。谁知干了不久，交通部又把黄如祖调往重庆。原因是当时重庆电话有2000门共电式人工电话，长途台设在城内大梁子一间小屋里，相当简陋，而重庆人口骤增，机关林立，商业鼎盛，工矿企业陆续迁来纷纷开工，现有电话设备难以负荷。重庆电话局长王介祺深感无能为力，申请辞去职务，交通部就命前首都电话局总工程师、武汉电话局局长、第一区电政特派员办事处总工程师黄如祖接任重庆电话局局长。

黄如祖一到任，立即马不停蹄地到各处视察规划，因蒋委员长及夫人急待恢复长途电话专线，方便与前线通话。黄如祖立即在观音岩纯阳洞扩建新市区分局、扩建长途台及军话专线台，昼夜施工，尽管敌机频繁偷袭狂轰滥炸，但黄如祖带领施工人员冒着生命危险紧张工作，在迁建区如期形成了一个庞大的通讯网。黄如祖在抗日战争时期的电讯电话工程中，立下了不可磨灭的汗马功劳。

姜心曼眼科称巨擘

在杭州市庆春路79号，有一家著名的眼科医院，吸引了许多眼疾患者前来诊治。

1957年5月21日上午，快下班的时候，一对农村夫妻风尘仆仆地寻到眼科医院，找到楼上眼科医疗室，几经打听，来到了专家办公处。大嫂怯生生地问："请问这里有个眼科专家姜先生吗？"接待她的正是眼科主任姜心曼。姜主任和蔼地说："我就是姜医生。"大嫂一听，欣喜地说："终于找到您了！"她的话还没说完，就被旁边的大叔阻住了。大叔"扑通"一声跪了下去，激动地说："姜先生，我求您了！救救我这个乡下人！"姜心曼没想到他会跪下，连忙说："别这样别这样，有话好好说！"说着，把大叔扶了起来，请他们坐了，又给每人倒了一杯水。大叔谢了，他一边喝水，一边讲述起来。虽然他眼睛不好，讲话还是很有条理的。

他姓朱，48岁，来自萧山农村。23年前，他被伪保长报复诬陷，逮捕下狱4年，狱中生活困苦，饮食极坏，引起视力下降，近七八年视力更差。曾经四处求医，并在当地一家医院肌注鱼肝油组织液60针，但仍未见疗效。视力不好，极大地影响了他的劳动生存，还妨碍了他的生活，如果看书半小时，眼睛就会感到疲劳看不下去。不少眼医认为他的眼病已是绝症，也有人说是视神经萎缩，有人向他推荐了当代眼科专家姜心曼。老朱心里有了一星希望，可是又担心人家大教授大专家，不肯为一个乡下人认真医治。但老朱眼病日重，视力一天不如一天，万般无奈之下，他抱着试试看的想法，四处打听，一路询问，找到了这里。

姜心曼听了，很是感慨，立即为他的两眼作了检查。先查视力，右眼0.6，左眼0.7，视远不能矫正。眼外部有轻度沙眼和沙眼性血管翳；再查眼底，双眼屈光间质清晰，乳头边缘清楚，周围子血管变细，数目减少，右眼6支，左眼7支，视网膜与其血管、黄斑均无异常。姜心曼诊断：本病例是因营养缺乏而引起的单性视神经萎缩，病程已过20年。这种病例确实是很难治的，但他没有推脱，收治了老朱，安排老朱夫妻俩午后二时再来会诊。

姜心曼中午匆匆吃了点东西，顾不上休息，就回到了医务处。他把本科的夏贤闽医师找来，细细研究了老朱的眼疾，确定了治疗方案。视神经萎缩的治疗是比较困难的，自古以来，眼医们把这种病归进"青盲"（一种慢性致盲疾病）。为了保证治疗效果，也为了减少治疗费用，姜心曼决定采用新的治疗方法——夏贤闽的针刺方法，针刺"球后"穴并配其他穴。

下午二时，老朱准时来到眼科治疗处，在姜心曼的主持下，夏贤闽给老朱针刺了两眼眼眶下侧的"球后"穴，这一针果然有效：半小时后，视力即增至右1.0，左0.6。老朱顿时觉得眼前一亮！见针刺见效，姜心曼要求老朱，以后三天，每天来针刺"球后"穴一次。老朱夫妻就在亲戚家借住了三天，接受了三天针刺。除了针刺"球后"穴，还配以足三里、光明和合谷等穴。1957年5月30日老朱自觉视力较前清晰，能持续看书1小时以上。1958年1月13日，老朱再来复诊，视力仍保持右1.0左0.7，已能持续看书2小时以上。老朱和他的家人十分欣喜，逢人便夸姜医师名不虚传。

在医治老朱的视神经萎缩症前后，姜心曼还收治了76例这样的眼疾患者，或多或少取得了一定的疗效，这在20世纪60年代国内外眼病治疗史上，是难能可贵的。这得益姜心曼和他的团队博采众长、传承国粹和对病例诊治的一丝不苟。

姜心曼（1901—1973年）曾用名渭滨、奉宗、辛曼，华墅镇北街人。清"龙砂八家"姜氏的裔孙，属姜大镛次子起渭一支。民国八年（1919年）毕业于南菁中学，1920年至1924年，就学于江苏公立医院专门学校（上海医学院前身）。毕业后历任上海公立医院、苏州省立医院、杭州广济医院、南京鼓楼医院住院医师、主治医师。1929—1934年为北平协和医院助教、眼科住院医师、主治医师。1934—1946年任南京国立中央医院、贵阳国立中央医院眼科主治医师、副主任、主任。1944—1945年赴美国眼科研究所进修考察。1946—1949任江苏医学院眼科学教授、主任，并受竺可桢校长之请，兼任浙江大学医学院眼科学教授、主任。1925年起任浙江医科大学眼科系教授、主任。1929—1949年期间，他还兼任国立中央高级护士学校、长沙湘雅医学院、贵阳医学院、无锡公立医院、杭州市民医院等院、校的教师、教授、主任、顾问等。1932年，姜心曼加入中华医学会，1950年起兼任中华眼科杂志编辑，1956年受聘为浙江中医杂志编审顾问，1958年起为浙江医学、浙江学报编审顾问，1956年任浙江省西医学习中医学习委员会委员，从事中医眼科的学习研究。1960年任浙江医科大学眼科研究所所长、院务委员等。

姜心曼自1924年，江苏公立医院专门学校毕业后，专攻眼科医学，在医学教学和科研方面作出了贡献，在国内眼科学界享有较高的声誉。在教育科研上，他作风严谨，认真刻苦，以"光阴粒粒赛珍珠，贵在无买处，莫虚度"自警。他谙熟英语，惯于阅读、翻译英语刊物，还发奋攻读俄、日、德文，扩大求知领域。尤其潜心研究祖国医学遗产，使眼科学中西医合璧，创造出具有中国特色的医疗方法。姜心曼一生致力于眼科医疗，以为病人医治眼疾、解除病人的痛苦为宗旨；他鄙视重名利、轻医德的行为，并以"德艺双馨"来教育学生。在医疗实践中，他对每个病人一视同仁，仔细检查，一丝不苟，负责到底，尤其是对从农村长途来杭州求治的病人，更是悉心照顾，精心治疗，对病人体贴入微。姜心曼自己生活简朴，节衣缩食，为贫困病人常慷慨解囊。1972年，姜心曼还把自己在美国进修时购置的眼科器械，全部捐赠给了医院。

姜心曼著有《眼科学讲义》（1951年）等著作，还发表了不少眼科专业论文，主要有：《眼科用药水与软膏之研究》（《中华医学杂志》，第16卷5期，1931年），《维生素甲缺乏症之视野》（《中华医学杂志》，第18卷第5期，1932年），《婴儿青光眼一例》（《中华医学杂志》，第22卷10期，1936年），《流行性脑膜炎与转移性眼炎一例》（《中华医学杂志》，第22卷10期，1936年），《结核性结合膜角膜溃疡一例》（《中华医学杂志》），《初生儿角膜虹膜异常变化一例》（《中华医学杂志》），《上睑结合膜梅素性下疳二例》（《中华医学杂志》，第31卷3期，1945年），《颜面血管肿合并青光眼一例》（在1951年中华医学会眼科学会学术讨论会上所作报告），《氯奎宁单用与氯奎宁吐根素合用的眼部反应之临床观察》《眼的比较解剖学》（与唐国藩合著，《眼科全书》第一卷，人民卫生出版社，1965年），《针刺球后穴治疗视神经萎缩》（《浙医学报》，1959年第6期），《眼科部分名称中西医对照》（《中医资料汇编》）等。

姜心曼生前是中华医学会眼科学会委员，中华眼科学会杭州分会主任、浙江省医学会理事兼五官科副主任。1956年加入九三学社，浙江省历届政协委员。

【第46章】
姜君辰攻经济理论
吴新谋登数学巅峰

姜君辰攻经济理论

  1946年4月,北平。天气已经转暖,路旁的树木一片葱绿。3日早晨,宣武门外方壶斋9号一片静谧,屋子里的人们有的在睡觉,有的还在案头忙碌。这里是中共新华社北平分社和《解放》报的编辑部。为了赶时间,编辑部的领导和编辑们都熬过了一个不眠之夜。大多数人到天亮的时候才睡下,此刻刚刚进入梦乡,还有几个人正准备休息。

  忽然,远远的过来200多个武装军人和警察,其中还有宪兵、特务人员。为首一个高个子军官,看了看门上的号牌,命令说:"是这儿,立即包围,不准放走一个人!"听到命令,这200多人立即里三层外三层地围住了这个四合院。接着,高个子命人去砸门:"开门,开门!"蛮横无理的砸门、叫门声惊动了屋里的人们。"谁这么喊门?""我们,查户口!""查户口?有这么早查户口的吗?"见里边迟迟不开门,高个子指挥几个兵士搭起人梯,直接爬上围墙,又从围墙上跳下去,打开了大门,士兵们一拥而入。这时,社长钱俊瑞、副总编辑姜君辰从房间里出来了,姜君辰见来人这么无理,十分生气:"你们是干什么的?这么蛮横无理!"高个子说:"干什么的?来'请'你们的!我是北平警备司令部张靖。"又指着旁边一个穿警服的,"他是北平警察总局赵耀南局长!""哦,两位局长这么一大早光临,不会没有事吧?""无事不登三宝殿,走吧,跟我们走一趟!"说完,来人把屋子里搜查一番，不由钱俊瑞他们分说，又把所有的人集中一起，押着社长钱俊瑞、副总编辑姜君辰等27人出了门，前往警察局外二分局。

日本投降以后，蒋介石声称要谋求国内和平，一方面邀请毛泽东到重庆谈判，订下了"双十协定"；一方面又在和平烟幕的掩护下，加紧军事部署，制造军事冲突。由叶剑英领导、徐特立任社长，钱俊瑞代理分社长兼报社社长的新华社北平分社和《解放》报三日刊，由于大力宣传共产党的方针政策，揭露国民党统治区的黑暗与腐朽，使国民党北平当局恼羞成怒，因此便对报社采取了暴力行动。

身陷囹圄的钱俊瑞、姜君辰等人，思想坚定，意志顽强，同心协力，与敌人作机智的斗争。后来，经过中共方面领导滕代远、叶剑英等通过举行中外记者招待会，揭露事实真相，并向国民党当局强烈抗议，国民党当局只好释放了钱俊瑞、姜君辰等人。

姜君辰（1904—1985年），曾用名戴华，字甲申、甲生，华墅北街人，经济学家。他出身于书香门第，青少年时代深受新文化熏陶，曾参加过多次爱国民主运动。1922年，他以优异成绩考入上海同济大学攻读医学，但由他积极参加"五卅"游行抗议和驱逐腐败校长的学潮，他被学校当局除名。这使他树立起一个信念："医人先要医国"。1926年，他考进了上海法科大学，逐步加深了对社会政治、经济种种问题的认识。他毅然放弃了当律师的机会，开始向经济科学迈进，从事新的翻译、研究、教育和出版工作。1931年，姜君辰考进了陈翰笙主持的中央研究院社会科学研究所工作。当时国际上资本主义国家正爆发严重的经济危机，他通过翻译掌握了大量的资料，结合中国农村的经济状况，写下了《一九三二年中国农业恐慌底新姿态——丰收成灾》《九一八后的东北经济》《东北农村经济鸟瞰》《最近资本主义国家的经济状况》《现阶段的世界经济讲话》等文章。

不久，姜君辰和陈翰笙、钱俊瑞、薛暮桥等人发起成立"中国农村经济研究会"，以实际调查资料论证中国半殖民地半封建的社会性质。在薛暮桥、吴觉农等筹备编辑出版《中国农村》后，他接着又和钱俊瑞一起创办了"中国经济情报社"。他们用自己的稿费为情报社订阅全国各地有关报刊，收集整理中外经济资料，为进步知识分子著书立作提供便利。他参与研究编写的《中国经济年报》《中国经济半年报》和专题经济论文集，先后在国民党左派主持的《中山文化教育馆季刊》上发表。为了开辟通俗化、中国化的宣传园地，姜君辰在他担任《中华日报》国际版主编时期，组织研究会和情报社人员编写出版《中国经济情报周刊》和《世界经济情报周刊》，作为《中华日报》的定期副刊。接着，他们又聚集了一些志同道合的进步青年，与薛暮桥、徐雪寒、华应中等创办了新知书店。1935年，姜君辰离开《中华日报》，主持新知书店的编辑工作。在共产党的领导下，中国农村经济研究会、中国经济情报社和新知书店密切联系，分工协作，针对蒋介石的"文化围剿"，进行了英勇不屈的斗争。姜君辰也在此时加入了中国共产党。

1937年以后，姜君辰先后担任过上海编辑人协会党的负责人、《文化战线》旬刊主编、广州《新战线》月刊的主编、桂林《中国农村》战时特刊主编。1943年到延安大学，任该校财经系副主任。1945年，他以候补代表的身份参加了中国共产党第七次全国代表大会。"双十协定"签订后，根据党的指示，姜君辰任中共北平《解放》三日刊副总编辑，一度与钱俊瑞等被国民党政府逮捕。该刊被封闭后，姜君辰到苏北新四军驻地，任中共华中局研究室专职研究员。1946年，姜君辰奔赴东北解放区的佳木斯，协助筹办东北大学。根据形势需要，党组织在哈尔滨筹办东北财经干部学校，姜君辰任副校长，主持该校工作。为东北解放区培养了第一批财经干部。

东北和全国解放之后，姜君辰先后担任东北供销合作总社副主任、全国供销合作总社副主任等领导职务。在长期的经济工作实践中，他总结推广各地供销社的先进经验，以典型经验为基础，主持编写了适合农民和供销社基层干部阅读的通俗读本《结合合同讲话》。毛泽东主席在《〈中国农村的社会主义高潮〉的按语》中对结合合同的提法和作用表示赞同，指出："供销合作社和农业生产合作社订立结合合同一事，应当普遍推行。现在看来，结合合同或类似这种性质的合同，仍然是通过供销社把其他集体经济引进国家计划轨道的好形式。"1957年，姜君辰担任国务院科学规划委员会副秘书长、中国科学院哲学社会科学部副主任等领导职务。1958年4月，国务院在上海召开经济理论研讨会，他是主要领导人之一。1963年印度尼西亚筹建全国科学协会，他率领代表团赴印尼交流领导科学研究的经验。1964年，他参加了在北京举行的世界科学讨论会北京中心会，组织我方论文，和外国经济学家交流经验。

"文革"一结束，他就到四川、广东等地，深入调查蚕丝、丝绸生产和流通问题；到了80高龄，姜君辰仍然一心扑在党和国家的事业上，兢兢业业，一丝不苟地攻读、调研和写作，依旧充满活力。

1985年10月，姜君辰因病逝世，享年81岁。首都社会科学界300多人在八宝山向中国共产党的优秀党员、著名经济学家姜君辰遗体告别。党和国家领导人陈云、胡乔木、姚依林、邓力群、程子华等送了花圈，姚依林、邓力群和程子华等参加了遗体告别仪式。

吴新谋登数学巅峰

民国八年（1919年）农历七月的一天晚上，这是一个温馨的夏夜。天已经黑了，人们吃过晚饭，洗了澡，纷纷走出门外，在自家门前场上搁一块铺板，一家大小在板上或坐或躺，在微风的吹拂中，仰望着星空，一边挥动蒲扇驱赶蚊虫，一边聊天。这当儿，一般的孩子会缠着大人讲故事猜谜语，独有吴老师一家有些特别，他们家喜欢以做数学题为娱乐。父亲吴达时，是江阴礼延高小的历史教师，他虽然教的课是历史课，却对数学也有浓厚的兴趣。每当他上完历史课，总会抽出时间钻研数学知识。最使他爱不释手的是一本日本出版的《日本算术》书，他常常在书里选出习题分析解答。他的这个爱好，也影响了儿子吴新谋，父子俩常常以解答趣味数学题为乐。小小的吴新谋从中获得无穷的乐趣，渐渐养成了勤于思考的习惯。这一天，吴老师出的题是中国古老的"鸡兔同笼"：今有鸡兔各若干只，放在一只笼子里，从上面数，有头35个，从下面数，有脚94只，问鸡和兔各有几只？吴达时以为这道题对于才9岁的儿子是有一定的难度的，谁知才过了不到半小时，小新谋就说出了答案："爸，我算出来了，兔是12只，鸡是23只。""哦，这么快你就算出来了？你是怎么算的？"小新谋说："我把头数35不动，把脚94折半，就是假设鸡只有1只脚，兔也只有2只脚，那么鸡就是1个头对1只脚；兔是1个头对2只脚，脚的总数从94缩成47，47减去35，就是兔子的只数12，头的总数35减去兔子的只数12，得23，答案就是笼中鸡有23只，兔有12只。"吴老师听了连连点头，妈妈刘文秀在一旁为吴新谋高兴。谁知，才过了一会，他又说："我还有一个办法算这道题，我把35个头全部假设为鸡的头，那么总共应该有70只脚，比已知总数94少24只脚，少的原因是每只兔子应该4只脚，每只少算了2只，24÷2=12，12是兔子的只数；再用头35减去兔子只数12，得鸡23只。""对，对！你这方法也对！"吴老师夫妇对儿子肯动脑筋十分赞赏。吴老师因势利导，提前教会了儿子方程算法：设鸡有X只，则兔子有35-X只，根据题意，可得：$2X+(35-X)\times 4=94$，解得：$X=23$，所以鸡有23只，兔有35-

23=12 只。少年吴新谋对这种科学的算法更为折服，从此对数学增添了浓厚的兴趣。在他读书时，特别喜欢数学，凡老师布置的有趣且具难度的课外习题，他都逐一完成。

吴新谋（1910—1989年），数学家，江阴县陆家桥（今属华士镇）人，祖父吴应箕为清末贡生。吴新谋童年就读于礼延高小，13岁时父母相继病故，遂由舅母抚养。兴趣是最好的老师，而吴新谋人生中遇到的老师也是最好的。他14岁考取江苏省立第三师范学校，其班主任便是后来名声斐然的学者钱穆。1932年，吴新谋毕业于中央大学数学系，受业于著名数学教育家何鲁。1934—1937年任清华大学数学系助教，并在熊庆来指导下研习微分方程论。1937年公费留学法国，先师从H.维拉研究粘性流体力学，后转随J.阿达玛从事偏微分方程论研究。1945年，在法国期间，吴新谋加入了中国共产党，先后在邓发、刘宁一领导下开展工作。

1949年，吴新谋回国以后，在中国科学院数学研究所任研究员。1953年，他领导组建了数学所微分方程组。1956年，该组扩大为包括常微分方程和偏微分方程两大领域的微分方程研究室。在此后25年间，吴新谋一直是这个研究室的主任，并曾任数学所党的领导小组成员。

吴新谋早年从事流体力学的研究，集中精力探索粘性流体运动的稳定性问题。1938年，他在法国科学院发表论文《论Rayligh定理》，在仅有速度的初始分布函数二阶导数的连续性条件下，推广了与完全流体（Fluide parfait）周期运动方程组有关的著名Rayligh定理。该结果对于克服经典流体运动稳定性理论中普遍使用的小运动方法所面临的困难具有重要意义。

从四十年代起，偏微分方程论成为吴新谋长期探索的主要领域。他首先研究的是波动方程时向平面上Cauchy问题（多个实变数函数的解析延拓）的不适定性。

五十年代，吴新谋的兴趣集中在混合型偏微分方程理论研究上。在当时，混合型方程是国际偏微分方程界的热门课题，除了个人的研究成果外，多年来吴新谋还以其广博的学识和富有经验的眼光，倡导、开拓了一系列研究方向，以此推动国内偏微分方程研究的进程，主要有：（1）混合型、奇型方程；（2）椭圆组的定义；（3）拟线性双曲型方程组间断解的研究。除了基本理论的研究，吴新谋还强调微分方程理论与实际的结合。间断解的研究，就是他为了解决长江三峡不稳定流的涌波问题和原子弹爆炸中的冲击波计算而倡导组织的。

在新中国偏微分方程事业发展的历程上，吴新谋不仅自己孜孜不倦地研究，更多的是尽力做好学术组织工作，积极发展壮大我国的偏微分方程研究队伍。吴新谋首倡并组建了微分方程组，自编讲义，开设偏微分方程论讲座。1954年夏，受高教部委托，吴新谋在北京大学主持了偏微分方程论暑期学习班，他亲自讲授偏微分方程论的主题理论。全国各高等院校派来参加听讲的教师共有100多人，其中有谷超豪、齐民友、肖铁树、伍卓群和董光昌等。通过这次讲习班，全国范围的偏微分方程工作骨干队伍开始形成，各高等院校数学系纷纷开出了偏微分方程论课程。吴新谋编写并在讲习班上使用的讲义正式出版，成为新中国第一本偏微分方程论的专门教材。该书在1958年扩充为3卷本《数学物理方程》，新中国培养的偏微分方程论工作者，无一不从这部著作中受到教益。

1958—1962年间，数学研究所接受了全国高校培训进修教师的任务。吴新谋具体领导了偏微分方程进修教师的培训工作，通过这次培训，又扩大和壮大了我国的偏微分方程研究队伍和师资队伍，促使偏微分方程研究呈现了欣欣向荣的景象。1961年和1962年，吴新谋主持召开了两次全国微分方程会议，据会议统计，全国有讲师以上职称的偏微分方程学者已达数百人。吴新谋全心全意呕心沥血培养青年人，使一些国际同行也深受感动。苏联科学院通讯院士比察捷教授称赞说，吴新谋教授对青年数学家满腔热忱，无限关怀，像他这样对待后辈的学者，我个人还难以说出第二个。

吴新谋不仅著有《数学物理方程》等书，还是《中国大百科全书数学卷》编委和微分方程分支学科主编，历任中国数学学会理事、常务理事和名誉理事。

吴新谋为发展我国的偏微分方程事业呕心沥血不遗余力，尽管因患有严重的心脏疾病并几度病危，但他始终坚持科学研究，并赋诗表达心迹。"心底无私天地宽，胸中有志日月长"，并要"万里长征从头起，半生得失细思量。"他还把自己一生仅有的积蓄捐赠给方程研究室作为科研基金。1988年11月，吴新谋离休回老家，定居在张家港。1989年4月26日，正当吴新谋准备启程去北京会晤他的苏联老朋友比察捷教授时，因突发脑溢血抢救无效，不幸逝世，终年79岁。

【第47章】
吴云山捐建景云楼
黄宝瑜设计台故宫

吴云山捐建景云楼

1946年10月20日，星期天。秋高气爽，艳阳高照。

上午九点刚过，位于华墅镇北街北端的私立龙砂初级中学的校门口便热闹起来了。两旁分别站着一行学生，他们有的吹着小号，有的打着小鼓，还有的挥舞着小红旗，带着天真烂漫的笑容，迎接贵宾莅临本校。校长王步春和教务主任等都恭立在校门口，欢迎客人到来。王步春，又名庆梅，字冠南，华墅西街人。民国十九年（1930年）中山大学文学院教育系毕业，先后任职于中山大学附属中学和江阴周庄成化初级中学，民国三十二年（1943年）任私立华墅初级中学校长。今天王校长十分高兴，要与即将光临本校的本校董事，一起庆祝教育大楼"景云楼"竣工落成。

不一会，学校董事李吉安、李瑞安、孟粹彝、王受甄等络绎来到了。王步春校长一一拱手欢迎，陪着大家来到了"景云楼"前。大家惊喜地看到，在原先"养正书院"楼北边的空地上，一幢大楼拔地而起。大楼2层9间，10米进深，砖木结构，装饰考究，气势恢宏。中间朝南门楣上嵌着一块砖雕，浮刻着"景云楼"3个楷书大字。王校长向大家介绍，"景云楼"是取"景仰吴云山"之意，由本校教师蔡伯群提名，大家赞同。因为吴先生热心教育事业，对本校捐赠了大量财物，尤其是为建造这座大楼捐赠了大量木材。"哦，"董事们一齐赞叹，"这楼名取得既高雅又得体！"王校长又说："这景云楼3个字，是请光绪三十年（1904年）进士吴江人钱崇威写的。""字也写得好！"大家点头称赞。接着，校董们先围着大楼四周欣赏了一圈，又举步来到大楼中间，从北大门进入楼里。大楼底层中间一间为南北穿通过道，两边各4间共8间都是大教室，东西两端都是楼梯。楼高4米有余，高屋宏敞，朝南朝北都配有宽大的玻璃窗。大家选择从东边楼梯上二楼，众人俯视脚下的楼梯阶级，长可4尺，宽1尺有余，甚是舒适；又看扶手，粗大稳固。上得二楼，举目一望，从东到西，一色厚重地板；抬头看，楼顶也全是平铺木板。二楼是9间大房，朝南朝北都有玻璃大窗，光线明亮，这里既可做学生教室，也可作教师办公用。校董们称赞设计得很好，都说这座"景云楼"，目前在华墅无论用料、造工都是首屈一指的。王校长告诉大家，这是前任校长承启棠设计的；所用的木材都是吴云山捐赠的。大家俯身抚摸着地板，赞叹它纹理细密，色泽黄中带赭，很是美观。王步春介绍说，这种木头叫花旗松，产于美国太平洋沿岸。也叫北美黄杉，属于常绿大乔木，树株高达百米，因为人们称美国为"花旗国"，所以这木材就叫美国"花旗松"。花旗松属于进口木材，价格很贵的，一般人家打家具，能买它零点几立方米也已经很奢侈了，可吴云山一下子就赠送了50立方米；而且他把10几米长的原木，用船运到华墅。

　　说起吴云山捐赠花旗松这件事，校董们的心里摊开一本账：1937年12月，日寇侵入江阴，处于乡间的华墅镇一时成了避难者的暂居之地。逃难到华墅的，有不少是被迫停课的教师和学生，还有一些是从外地回乡的知识分子。为了解决失学青少年读书的困难，1938年秋，由承启棠主持，联合沙玉同、王致铭、冯慰仁、姜孟衡等，商借华墅小学一间教室，开办"华墅初级中学补习班"，开设国文、算术、英文、历史、地理、音乐、美术等课程。同时，聘请地方热心公益事业的士绅工商界人士担任校董。孟粹彝为名誉校长，承启棠为教务主任。1939年，补习班大受欢迎，学生数量增加。校董会商定，借镇北城隍庙的披屋及旁边的"养正书院"为校舍，更名为"华墅初级中学"。由于是白手起家，学校经费、设施奇缺，校董李吉安、孟粹彝亲赴上海，向江阴同乡会、华墅同业公会等经商人员募捐；承启棠则往无锡求助其兄承淡安，淡安先生无偿捐助学校课桌椅一批。1940年，承启棠任校长；1941年，由李吉安兼任校长。1943年春，校董会聘请王步春为教务主任。秋，王步春任校长。学校更名为"龙砂中学"，学校招收第一届高中生32人。此时，学校经费仍旧十分缺乏。校长王步春通过亲戚，结识了上海新生布厂业主吴云山；王步春请李吉安等再次赴上海，邀请新结识的吴云山任学校董事；李吉安又邀请在沪江阴籍工商界人士吴汉清、李振羽、陈伯涛、孙维佳等出任第一届校董，募取了一笔可观的办学资金。其中，吴云山还慷慨捐助了50两码子（合50立方米）花旗松木材。1946年秋，龙砂中学以时值32件棉纱的价值，以花旗松为主要建材，兴建了华士中学校史上第一座教学楼——景云楼。

吴云山（1883—1976年），江阴南门外石子街人，早年投师蒋紫仙，因家庭经济拮据，就放弃学儒，到苏州立信布店当学徒。由于他能刻苦耐劳，办事忠诚老实，半年后，老板就让他改做账房，后来又担任推销员、收账员等，成为立信布店骨干职员。1911年后，吴云山的父亲吴仲康在泰州开设仲记布号，营业越来越兴旺，店里急需管理人员，吴云山就辞去苏州立信布店的工作，到泰州去继承父亲的布店生意。吴云山在经商中，以信义为重，货真价实，不图厚利。几年后，仲记布号生意越做越好，经营范围逐步扩大，由纱布业发展到绸缎业、银楼等，声誉满播苏北，资金也越来越雄厚。吴云山性格豪爽，乐于助人，生意做得好，收入多了，对地方公益事业支持也越来越多。

七七事变后，上海形势紧张。苏北籍在上海工作的工人，纷纷扶老携幼返回家乡。每天有几千人涌到泰州这个中转城市，车船一时紧缺。吴云山就与工商界联络起来，支持红十字会，不但出资雇用轮船运送上海工人，还发给每个人旅途口粮和路费，使他们平安回到兴化、盐城、阜宁等地。3个月中，发送近20万人。接着，上海大场陷落，日寇一路进攻，苏南吃紧，江阴、无锡、常州各地人民，纷纷渡江，逃往苏北。吴云山慨然伸出援手，扶助难民，他说："国难当头，匹夫有责；救济同胞，义不容辞！"他就与在泰州避难的江阴人张鸣岐、李作霖两位老人商定，自己承担所有支出的十分之八，两老承担十分之二，共同招待难民。他们借泰州觉正寺、光孝寺、红十字会为收容所，对难胞每天供应两餐，历时5个月，收留总数达1.3万人，最多时1个月内达7000多人，共耗粮1万石以上。在父亲的影响下，他的长子吴绶之，也以行善为己任，每天帮助吴云山操劳，忙碌不息。

吴云山严于律己，不取意外之财。江阴去泰州避难的人，带去的货物由于急用，愿意以廉价卖给吴云山，吴一定要让对方有利润，才收购；有的人要抵押贵重物品，吴云山退回珍品，借给他现金。避难时期，江阴有许多难胞子弟因战乱失学，吴云山就开办临时中小学，聘请祝铨寿为校长，陈荣卿为教员。

吴云山关心家乡，热心教育事业，1945年和1946年，因为木材紧张，曾捐赠大批进口花旗松给学校，除了捐赠华墅中学外，还捐赠给江阴君永小学、青阳中学，让学校建起了新的教学楼舍。在上海，他还办了省吾中学，掩护革命志士。1943年，吴云山将他的实业之一上海新生布厂3000纱锭搬迁到华墅，在太清河边建办了新华布厂，取出盈利的一部分补充地方办学经费。

1976年，吴云山在泰州逝世，享年93岁。

黄宝瑜设计台故宫

台湾，是祖国第一宝岛，与海南岛、崇明岛并称我国三大岛。

华士人到台湾去旅游，必定要去台北故宫博物院。这里会给你带来两个惊喜，让你感到骄傲，感到亲切。一是在故宫展出的7万件文物中，作为三大镇馆之宝之一的毛公鼎（另外2件是肉形石和翡翠白菜）是华士陆桥人陈咏仁捐赠的；二是这座富丽堂皇、名扬世界的博物院，是华士人黄宝瑜设计并监造的。

台北故宫博物院坐落在台北士林区至善路二段221号。在蓝天白云下，这座气势恢宏，雄伟壮丽的中华民族风格的宫殿式建筑，后面有群峰簇拥，前面场地开阔。淡蓝色的琉璃瓦屋顶，配着米黄色的大墙，显得雍容华贵，高贵典雅；正院5幢建筑呈梅花形排列，院前广场耸立5间6柱冲天式牌坊，牌坊雕栏玉砌，白玉柱配天蓝琉璃瓦，清丽明快，与正殿的天蓝屋顶浑然一体。1948年底，人民解放军节节胜利，国民政府准备迁往台湾，从故宫博物院挑选贵重文物用军舰运往台湾。文物分3批运走2972箱，一起运台的，还有中央博物院筹备处文物852箱及其他单位文物。文物运到台湾后，先存台中市，租借糖厂仓库存放；1950年4月，迁入台中郊区雾峰乡吉峰村仓库存贮；1961年，这些文物赴美国展览，促成美国国际开发署88.8万美元巨额赠款，台湾当局又拨款相同巨款，筹建台湾博物院。是年，台湾当局组织国内外专家设计博物院图样，黄宝瑜以国立建筑研究所所长、台湾大学土木建筑系及都市设计教授的身份，参与了故宫博物馆的设计竞选。

黄宝瑜的设计有两个原则：一是建筑必须保持民族风格。因为博物馆将要收藏的是中华几千年的文明结晶，外观应该与内涵相匹配。如果采用西式建筑，在风格上不协调。二是博物院必须有安稳、庄重的感觉。因为文物精致金贵，不能有半点损坏。台湾地区防地震防台风的因素也要考虑。因此，黄宝瑜的设计图中，在中央主要大厅的周围，配上4座对称形建筑，形成"梅花形"，显得稳重端庄。他的这一"中国元素"设计，赢得了评委们的赞成，淘汰了西洋式的现代化的几种构建设计。1962年，由黄宝瑜设计的台北故宫博物院破土动工，黄宝瑜监工督造，1965年夏竣工，11月12日正式开放。

黄宝瑜（1918—2000年）字完白，号宿园、白尊，斋名雪浪居。华墅聚龙街人。建筑学家，金石书画家。民国二十六年（1937年），考上交通部机务员，被派往战区搞通讯工作，目睹并经历了抗战中的许多艰难险阻。民国二十九年（1940年）考入中央大学建筑系，学习刻苦认真，品学兼优，他的毕业设计，获得建筑师学会竞赛大奖。学会会长梁思成、关颂声向他颁发奖学金3000元，学校接收他为建筑系助教，并受刘敦桢指导。此时，他是"闲社"成员，其金石书画已颇有造诣。1949年，他随国民政府教育部迁往台湾，受聘于台南工学院建筑系任讲师，把大陆传统建筑学带到台湾，成为台湾民宅兴建的创造者和实践者。1951年，黄宝瑜转往台湾电力公司任建筑课长，并兼任成功大学副教授。1954年，经济部借调黄宝瑜任行政院国民住宅兴建技术小组工程组长。其间，他创办台湾首次国民住宅展览，以推动国民住宅的兴建。1956年，黄宝瑜赴美国宾夕法尼亚大学，师从环境设计专家惠登，学习都市环境的设计，并经过实习，完成了国民住宅和都市计划的培训。回台湾后，任国立建筑研究所所长、台湾大学土木建筑系及都市计划的教授，并在各大专院校开设国民住宅课程。1959年，中原大学创办成立5年制建筑系，黄宝瑜受聘为系主任，编著出版《中国建设史》，该书经"教育部"审定，定为大专教科书。1961年，黄宝瑜奉召设计、监造故宫博物院。中华学术院院长、前教育部部长张其昀博士称赞说："黄宝瑜教授为当今我国建筑界第一流学者，博学多才，研究功深，宏开讲坛，述著斐然。黄氏对科学与艺术，均有精深之造诣，对理论与实用，均有丰硕的贡献。台北市郊驰誉世界故宫博物院大建筑之完成，楼阁崇宏，细部邃密，入室参观，胸怀洒然。此为黄氏之代表作，为开其一彰明昭著之成功。"著名建筑师喻肇川也说："黄宝瑜强调'平面是建筑的灵魂'，所以从故宫的形态可以了解地的建筑思想，故宫后来跻身世界四大博物馆之一，是黄宝瑜的功劳。"

1966年，黄宝瑜去欧洲考察都市建设，并在西德参加世界造景建筑师双年会。回台后，设计重建了台北景福、丽正、重熙三座古典式城楼，督造建筑阳明山中山楼工程。黄宝瑜不但在台湾设计了诸多高楼名筑，还培养了一大批建筑高级人才。1974年，他在中国文化大学建筑及都市计划研究所，办了一期中国建筑硕士博士班，任指导教授，有不少学生获得学位。

除了建筑以外，黄宝瑜还在书画印领域执着追求，并取得非凡的成绩。早在1938年，他在桂林举办过篆刻展览，他的水彩画和书法也很出色。在中央大学读书时，曾举办过个人水彩画展览。他对书画印章的追求与热爱，几十年如一日。由于他具有较好的传统文化造诣，曾在台湾国立师范大学美术系教授篆刻。1979年，他在剑桥大学、都仑大学堪尔本京博物院、多伦多大学艺廊等展出金石书画。他的书法兼猎篆、隶、真、行、草，均有成就。所治印章，入选《西泠艺丛》，先后被英国伊丽莎白女王、美国前总统老布什收藏。20世纪90年代他出版了《雪浪居印》《礼运大同篇》篆书法帖和《建筑·造景·计划》《学艺迩言》《玉潮山房印存》（2卷）等。

黄宝瑜晚年身体多病，由于中年患过肺病，后又患中风，再后来心脏不好，病弱的身体，使他不能长途旅行回到家乡来寻亲祭祖，但魂牵梦萦，不能忘怀。无奈之下，他把自己用心血作成的书画作品寄到家乡，向亲人和家乡人民问候。1995年5月23日，在江阴市文化馆展览大厅举办了《黄氏三兄弟书画展》，展出黄宝瑜的书画印作品60件、黄宝珪（亚蒙）的书画作品50件和黄宝珉书画印作品50件，受到家乡人民的热烈欢迎和赞誉。

2000年2月22日，黄宝瑜因病在加拿大多伦多市逝世，骨灰安葬在松山墓园。有一同事撰挽联哀悼他：

宝刀有锋专都市建筑名馆留孤岛为学者典范；
瑜田无瑕兼书画刻印杰作散各洲属藏家珍品。

黄宝瑜的艺术爱好和造诣，影响和带动了黄氏家族对艺术的追求。自他这一辈算起，到下一代，总计有20多人从事美术、书法、篆刻、摄影、音乐等事业，而且卓有成就。其中，中国摄影家协会会员黄丰的摄影作品构思奇巧，视角新颖，屡获国家级大奖。《江南小景》入选法国巴黎摄影沙龙，《水做的江南》获1992年全国摄影大赛金奖，等等。中国音协会员黄磊从

1983年起，在省级以上音乐刊物、电台、电视台，发表和播放歌曲150多首，20多首获全国和省级奖。其中《山路弯弯》《牧童哪里去了》入选由我国宣传部、教育部等7部门联合推荐的"百首爱国主义歌曲"，与《歌唱祖国》《没有共产党就没有新中国》等经典歌曲一起传唱。

今日景云楼（2021年11月摄）

第47章 吴云山捐建景云楼 黄宝瑜设计台故宫

【第48章】
姜正从书法尊书坛
马景贤画艺灿画苑

姜正从书法尊书坛

　　1964年，农历癸卯兔年。1月9日，虽然才交小寒，但北京的天气已进入严寒季节。往日风景秀丽的颐和园里，全然没有了绿树红花、荡漾碧波的景致，代之以寒林疏枝，湖面冰封。尽管是室外寒风凛冽，园中养心斋中央文史馆里却是春意融融，温馨祥和。今天上午到馆的3位老先生章士钊、陈云诰和陈半丁正在展玩、欣赏一帧诗翰。

　　文史馆是中华人民共和国成立后，为团结和安排老年高级知识分子，由毛泽东主席亲自倡导设立、具有统战性和荣誉性的文史研究机构。它的宗旨是"敬老崇文"，馆长、副馆长和馆员由国务院总理聘任，受聘者都是耆年硕学之士、社会名流和专家学者。今天到馆的3位老人，一位是副馆长章士钊。章士钊（1881—1973年）字行严，号秋桐，湖南善化（今长沙）人。清末任上海《苏报》主编，协同黄兴筹建华兴会。辛亥革命后，先后任《民立报》主编，段祺瑞政府司法总长、教育总长、上海政法学院院长、冀察政务委员会法制委员会主席等。著名爱国民主人士。著有《柳文指要》等。一位是馆员陈云诰。陈云诰（1877—1965年）字紫纶、子纶，号蜇庐，直隶易州（今河北易县）人。清光绪二十九年（1903年）进士，癸卯科翰林，授翰林院编修，宣统三年任弼德院参议。对书法、文学、史学、诗词等均有研究，尤擅书法。1956年，他同张伯驹、溥雪斋、郑诵先、郭风惠、章士钊等国学大师创建中国书法研究社，陈云诰任社长。书社培育了启功、刘炳森、王雪涛、王昆仑、欧阳中石等书画家。其书法代表作有成都杜甫草堂楹联、北海公园三希堂匾额、景山公园明思宗殉国纪念碑等。还有一个馆员是陈半丁。陈半丁（1876—1970年），又名陈年，浙江山阴（今绍兴）人。擅长花卉、山水，兼及书法篆刻，中国美术家协会理事、北京画院副院长、中国画研究会会长，有《陈半丁画集》《陈半丁花卉画谱》等行世。

　　他们正在观赏的诗翰，来自江苏江阴华士镇，是陈云诰的诗友叶云峰寄来的。云峰诗人写了一首诗，祝贺陈云诰"重宴琼林"。重宴琼林是旧时朝廷对考中进士60周年者的一种荣誉。陈云诰于光绪癸卯年（1903年）中了进士，为癸卯科翰林。1963年正逢陈云诰考中进士60周年，虽然清朝已不存在，不再举行这个荣典，但叶云峰仍按惯例，赋诗祝贺。为表示隆重，本身书法不差的叶云峰，特地邀请华士书家姜正从挥毫，把贺诗写在一张洒金笺宣纸上，挂号寄来北京。3位馆员都是学问高深的人，都是书法大家，读此诗，赏此书法，赏心悦目倾心佩服，赞赏不已。3个人异口同声："高手在民间！"

　　陈云诰再三欣赏过后，吟诗4首，提笔给叶云峰回信：

　　　　咏风先生诗家吟席：开春九日拜读云笺，就审休养天和，兴居康胜，至慰。岁逢癸卯，重宴琼林，叨承宠锡佳章，生辉蓬荜。诗则声出金石，投过琼瑶；书法尤精工，度越流辈。朗诵数四，展对移时，额手拜嘉，铭心篆惠。敬肃鸣谢，祗颂春禧。云诰顿首二月三日

同时，他又附上4首七绝：

　　　　岁在癸卯重宴琼林，咏风先生赐诗垂贺，赋此答谢：

　　　　　　乾清门外听胪传，回首兰成射策年。
　　　　　　一瞬流光周甲子，玉堂今在九重天。

　　　　　　春明齿录鲜生存，太史头衔久讳言。
　　　　　　重宴琼林谈旧典，俨如稽古溯羲轩。

> 冷署从公等抱关，姓名自愧落人间。
> 词林典故无赓辑，耄毛余生总厚颜。
>
> 天开景运万方春，老作清时一幸民。
> 宠锡瑶章惟拜赐，故应什袭箧中珍。
>
> 八十七叟陈云诰初稿

陈云诰在信上盛赞叶诗的同时，又夸奖"书法尤精工"，超过了一般人。以致他把诗书看了又看，从心底里赞美。信件寄到了华士，叶云峰拆看后，又请书写贺诗的姜正从看阅。姜正从看到陈云诰表扬他的书法，高兴之余，又感到惭愧，他说："兹值癸卯周甲，咏风按旧典赋贺，嘱予书之。从诚恐秽亵翰墨，辞不敢承。寻拜读老人函牍，猥蒙垂青称赞，实则寓奖掖之婆心。"说陈云诰称赞我的字，是鼓励我提携我。

姜正从（1900—1970年）名祖绳，字正从，又字文浚。华墅北街人，"龙砂八家"姜氏后裔。16岁去天裕布店当学徒，1931年2月，自办美大染织厂，历尽磨难振兴民族工业。1941年，美大染织厂生产的布匹被日寇打劫殆尽，资金尽失，工厂倒闭。1945年日寇投降后，美大复业，1956年公私合营并入广源布厂。热心公益事业，1944年6月至11月担任华墅镇镇长。参加筹建华墅中学，任学校董事，董事不仅没有工资，还要资助学校。他把自己居住的姜姓名下数十间祖屋捐献给了华墅中学。

姜正从自小热爱书法，一生研究、苦练书法60年。无论是办厂还是任镇长，他每天晨昏灯下写字几个钟头，风雨无阻，雷打不动。姜正从购买了不少历代名帖，潜心研究，反复临写。由于他转益多师，取法乎上，锲而不舍，悟性又好，练就了秀润典雅的书风。他的大字以行书见长，以柳（公权）为基，欧（阳询）为骨，参以二王、北海，熔铸而成自身风貌。他写的字，笔法丰满，笔画外柔内刚，笔画果断干脆，洁净利索；行笔劲健，万毫齐力，每个字端庄俊朗，笔挺意足。姜正从的每幅作品，章法清朗平稳，肥瘦有度，大小相间，轻重互见。无论是擘窠大字还是核桃大小的字，都能体现出疏朗清逸、形美神足、安详平和的风格。姜先生于楷行以外，小楷尤为精致，用笔圆润刚劲，作品秀美典雅。他对赵孟頫小楷《汲黯传》《乐毅论》曾各临写10数通，字字珠玑，得松雪遗韵，几可乱真；参唐人笔意，清秀凝重。

姜正从安于清贫，甘于寂寞，从不为自己的书法夸耀。他书写一生，作品堆积如山，但不求名利，从没想到要加入什么协会，也绝少参加展览。他挥毫一世，不论远近，生人熟人，有求必应，不谋利益。他的字广泛应用于中堂条幅、油漆招牌、石碑书丹、水泥字模、锦旗字样……无论用到哪里，都被人们称道。1956年，华墅东方、长乐、雅聚3个书场合并，选址闹市中街（今人民路），取名"晓春书场"，由姜正从书写每字1尺见方的擘窠大字招牌，悬挂30年，目睹者包括县里省里京城来客，无人不夸。姜正从一生没有得到过金奖银奖、金杯银杯，有的只有人民群众包括陈云诰等行家的夸奖和口碑。华墅人文荟萃，写得一手好字的人有不少，大家一致推崇姜正从。

平时，与姜正从密切来往、谈诗论艺、结伴出游的有叶云峰、姜赓白和马景贤。姜赓白（1900—1987年）字金科，北街人，早年任教师，后考入铁道部，在汉口任职，曾为铁道部设计部徽图案并录用。书画、篆刻，均见功力。叶云峰（1908—1987年）字咏风，北街人。上海正风文学院毕业，初任无锡河埒口小学和上海求是女子中学等学校教员。1937年转入国民党政界工作，任过军政部门的秘书、科员和稽征所所长、股长等职，上校军衔。1949年后又担任教师。著有诗集《退思斋集》《退思斋外集》。马景贤（1909—1999年）画家，同住北街。姜正从、叶云峰、姜赓白和马景贤4个人兴趣相同，年龄相仿，每逢春秋佳日，便相邀结伴游龙山，逛砂山。他们发幽思，启诗情，觅画意，其乐融融，人们称他们为"龙砂四友"。龙砂四友还互相鼓励，相互切磋，为华墅、为后人留下了宝贵的诗书画印作品。

马景贤画艺灿画苑

民国二十三年（1934年）四月的一天。清晨，一场小雨来得快，收得也快，给无锡崇安寺公园带来了清新的气息。透过公园里的庙殿飞檐翘角，远望初升的朝阳，比往常更加红艳耀眼。路旁碧绿的垂柳在晓风中袅袅起舞，抖落了一串串晶莹的水珠，水珠落在草地上，悄无声息，却振动了草丛中小小的野花，散发出幽幽的清香。

崇安寺公园由古老的寺庙改为公园，始于1905年，是中国最早对公众免费开放的公园，园内有方塘书院、池上草堂等24景，与上海城隍庙、南京夫子庙、苏州玄妙观并称江南四大特色景点。池上草堂是无锡文人雅士的聚会场所，今天比平日格外热闹。3间宽敞的屋子里，3面板壁装上了画金钩，钩上都挂上了一帧帧画轴。有中堂，有条幅，也有斗方。题材有山水，有人物，更多的是花鸟。草堂入口处门边贴着一幅标题，上写"马景贤个人画会"7个大字，旁边注明"欢迎参观，欢迎订购"。展览会不办仪式，不请名人捧场，却引来很多观众。因为那时画家不多，画展更少，马景贤画展让人耳目一新，吸引了许多美术爱好者、收藏者和鉴赏者。大家一边欣赏，一边议论："这位画家了不起，居然山水花鸟人物件件皆能，尤其这人物，倪墨耕风格！""我猜这人是老画家了，前清任伯年笔路！"大家正在争议，一位文雅俊秀、憨厚朴实的青年出现在人们面前，他彬彬有礼地自我介绍："鄙人马景贤，江阴华墅人。我的这些作品还不够成熟，还请大家指点！"众人很惊讶：看画上笔墨老练，色彩纷呈，以为出自老画家之手，竟然出乎意料，是眼前这位年轻人画的！小伙子不仅画画得好，为人也谦逊，大家不禁对他增添了几分敬意。一问画轴的价格，中堂四尺宣的才3元，五尺宣的4元；屏幅每幅四尺1.5元，五尺2元。大家感到物有所值，纷纷订购，很快，展出的40幅作品都有了主顾。其中一轴四尺山水中堂《秋林读书图》有3位主顾订购。还有一幅《紫藤双燕图》，也很受人欢迎。画面上，紫藤摇曳多姿，随风飘摆，花串和藤叶都有动势，藤花烂漫。马景贤师法倪墨耕、颜元的善于用粉，画面光色浮动，花与叶的淡雅隽秀，从笔端油然而生。两只燕子取静势踞于枝上，与花叶之动势形成动静相结合的效果，笔法简练，画面春意盎然。这幅画，有2个人定购。

　　这次展览，是马景贤从苏州美专毕业后第一次举办的展览。展览会开张，不仅有苏州美专的同学吴砚士、于中和等前来助力，美专的老师朱竹云也专程光临；更让马景贤感动的是，苏州美专的创始人之一、校长胡粹中也特地坐火车从苏州赶到无锡，再雇乘人力车到池上草堂来为本校学生鼓劲。

　　马景贤（1909—1999年），号仰之，晚年又号龙砂怪佛，出生于华墅山北龚巷金谷里村，青年时代定居华墅镇北街花家弄。马景贤1916年7岁时进入家塾读书。家塾是清末民初在乡村设立的私人学校，是由经济条件较好的几户人家联合起来，请一个塾师来家坐馆教学。金谷里是一个较大的村子，有几个家塾，马景贤就在其中之一读书。1922年，小学读完，他又到离家较近的后塍读初中。在此期间，马景贤对绘画产生了浓厚的兴趣，他托人买来清代李渔编印的《芥子园画谱》，反复临画，画技大有长进。1925年初中毕业后，休学在家习画。1927年，他听一个亲戚讲，苏州有个美术专科学校招收美术学生，就去苏州应考，由于他平时画得多，基础较好，就被苏州美专录取了，经过4年学习，1931年夏毕业。

苏州美专全称苏州美术专科学校，与上海美术专科学校、国立北京艺术学校和杭州国立艺术院合称为中国现代美术教育史上"四大美术名校"。校址在苏州著名古典园林沧浪亭东，至今犹在。苏州美专创办于1922年，由著名画家颜文梁、胡粹中和朱士杰创立。马景贤就学于国画系，师从著名画家吴子深、朱竹云。吴子深（1893—1972年），苏州人，原名华源，初字渔邨，后字子深，号桃坞居士，曾赴日本考察美术，归国后，出巨资独资建造苏州美专新校舍。朱竹云（1878—1952年），名鼎，苏州人，善山水，作品有烟霞幽丽之致，精工焕影，别有意趣。马景贤除了接受吴、朱两位老师的教育外，还接受老画家颜元的教诲。颜元（1860—1934年），颜文梁的父亲，早年师事任伯年，得任伯年画技的精髓，善画人物佛像，民国初年颜元是吴中画苑的耆宿。有了好的老师，加上勤奋学习和刻苦练习，马景贤的进步很快，不仅花鸟画突飞猛进，人物画也打下了扎实的基础。他的作品，常常出现在美专举办的各种展览会上。在学校时，马景贤曾与同学吴砚士、刘崇义、徐说岩等发起组织"茉莉书画会"，研究绘画艺术，举办作品展览。曾在苏州北局（今人民商场位置）救火会举办画展，还多次参加过苏州美术画赛会。

除了颜元、吴子深和朱竹云三位中国画老师外，马景贤转益多师，还接受美专教授、代校长胡粹中的西画教育。胡

马景贤绘《秋林书屋》

粹中（1900—1975年），曾赴日本考察艺术教育，并在日本大学、艺术学院研究西洋画绘画技法，擅长水彩画法，多为风景写生，手法严谨工致，画风朴素淡雅，对马景贤影响很大。除此之外，马景贤还深入研究了前代画家倪田的画法。倪田（1855—1919年），字墨耕，作品追随任伯年，有"小任伯年"之誉。马景贤浸淫其中，获益不浅。苏州美专还开有工艺美术科，马景贤也读过一年，给他日后兼稿工艺美术提供了纯熟的技巧。马景贤精于画艺，勤于创作，一生留下了许多精品力作，主要有绢本《花鸟长卷》《山水中堂》等。

　　马景贤从苏州美专毕业后，先在离华墅20里路的杨厍梁丰中学初中部教美术。但那时的学校，看重的是语文算术，美术只是副课，并不重视。教了几年，马景贤就辞去了教员工作，回到了华墅，担任华墅农业中学美术教员。教了2年，学校缩编，他就成了一名以美术创作为生的自由职业人。在华墅这个大镇上，除了马景贤这位科班出身的画家以外，还没有一个正规的美术人才。于是华墅镇上的中国画中堂条幅非他莫属，甚至企业宣传画、广告画都要请到马先生。马先生为人随和，有求必应，不计报酬。20世纪70年代末，厂址在华士的江阴织袜总厂要出口一批绣花童袜，要求在小小的童袜上绣上各种花型。既要醒目精致，又要简洁美观，有人推荐了马景贤。马先生就在厂里拿来的童袜上，设计并用各色丝线绣出了花样，获得厂方同意后，送到江阴外贸公司审核批准。于是由马先生教会第一批绣袜女工，大批量外包给社会上妇女绣花。不仅完成了外贸任务，增加了外贸收入，还连续8年为华士地区广大妇女增添了家庭副业收入。马景贤设计的绣花童袜，白袜缀彩线，色彩和谐；黑袜绣鹅黄淡青线，对比强烈，格调高雅，受到人们尤其是外商的一致好评。

　　马景贤一生从事绘画艺术事业，还培育了一位从事航天事业的杰出人才。他的儿子马菊鹤1961年毕业于西北工业大学飞机系，先后担任成都飞机工业公司技术员、主任、处长、副总工程师、总质量师、副总经理等职，是教授级高级工程师。1989年被评为航空航天工业部有突出贡献的中青年专家，1991年起享受政府特殊津贴，并兼职国防科工委质量管理军标委委员、中国航空质协常务理事、四川省质协副会长、西北工业大学兼职教授等。

【第49章】
王鹤亭新疆治水利
叶秉仁领衔驱时疫

王鹤亭新疆治水利

1950年1月，新疆。

正是隆冬时节，新疆最冷的时候。室外天寒地冻，呵气成霜，滴水成冰。这天晚上，在迪化市（今乌鲁木齐市）中共中央新疆分局办公大楼的一间办公室里，却是春意融融。在明亮的电灯光下，两位中年男子在亲切交谈。这两人，一个叫王震，一个叫王鹤亭。王震，1935年参加过长征，担任过八路军、野战军的高级领导，1949年底进驻新疆，任中共新疆省（1955年10月1日改为新疆维吾尔自治区）分局书记、新疆军区代理司令员、政委。王鹤亭，原国民政府新疆省水利局局长、水利工程师。刚才，王震特地派人驾驶小吉普，把王鹤亭接到办公室，要谈一桩重要的大事。一个是新疆最高领导，一个是业务干部，他们在谈什么呢？水利。原来，去年年底，王震率领20万大军进驻新疆，他要开发新疆，建设新疆，实现党中央"把新疆建设成美丽富饶的乐园"的目标。但他面临的一个严峻问题，就是吃饭问题。根据保守的估计，进疆大军加上原有的部队，共有30万人，一年至少需要吃掉粮食10万吨。他看到新疆地区生产落后，农业生产条件非常差，一时供应不上这么多粮食；出钱去向近邻苏联去买，又没有这么多的钱。想来想去，王震将军决定：只能靠老办法了，"自己动手，丰衣足食"，当年他在任359旅旅长时，就曾带头建设过南泥湾。如今王震将军决定在新疆重走南泥湾之路，他要搞一场轰轰烈烈的大生产运动。

谈起"水利"这个话题，王震操着浓重的湖南浏阳乡音，亲切地说："老弟，我们都姓王，五百年前是一家，你比我小2岁，我们兄弟俩一起来大干一场！"看到王震将军这样平易近人，王鹤亭一颗忐忑的心放下了。他这个水利局长，是国民政府任命的，如今共产党来了，能不能做下去，还前途未卜。王震接着说："这个共产党的水利局长，还是由你来担任。今年，我要在新疆播种60万亩地庄稼，争取收获5000万公斤粮食，希望你把新疆的水利工作抓好！"说到水利，王鹤亭如数家珍，滔滔不绝地介绍了新疆的水利资源情况，他们像兄弟，像朋友，推心置腹，娓娓而谈，夜已经深了，两个人还是讲个没完。王震还问了王鹤亭的生活情况，问了水利建设中需要解决的问题；王鹤亭也向王震将军提出了水利工作上的一些建议。不知不觉，天亮了，王震叫来警卫员，把王鹤亭送回家去。

领导的信任、殷切的期望和光荣的任务，使王鹤亭激动得难以入睡，头脑里许多工程设想、工作部署一一涌现，王鹤亭索性不睡了，他披衣而起，在纸上画起了新疆水利规划图。这一年，王鹤亭带领局里几十名水利干部，与解放军并肩作战，改造了几项小型水利工程，使驻疆部队在第一个春天到来时，就能引水浇地，把开垦出的90万亩荒地全部种上了小麦，收获了粮食4450万公斤。经过王鹤亭和水利干部的规划设计、解放军和广大群众的努力，到1950年底，天山南北各地共修建水渠32条，总长1235公里，可灌溉耕地127万亩；到1952年，新疆全军播种面积扩大到160万亩，收获粮食9960万余公斤。还成功种植了棉花和甜菜，并获高产。

王鹤亭（1910—1996年），陆家桥（今属华士镇）人，出生于农民家庭。他天资聪明，1923年入江苏南菁中学就读，1929年以第一名的全优成绩保送到南京国立中央大学土木科水利系学习。1933年以优异成绩毕业，被分配到当时全国最大的水利机关导淮委员会设计室工作。初出校门的王鹤亭承担了整治江苏段运河通航的淮阴邵伯河、刘老涧的三座船闸设计重任。1936年，王鹤亭参加全国经济委员会水利人员留美考试，以第一名的成绩被录取。在整装待发时，他听说印度的水利建设适合中国特点，便毅然放弃赴美留学的机会，经国际联盟介绍和英国政府同意，前往当时的英国属地印度，考察农田灌溉水利和水电事业，1940年回国。1942年，王鹤亭调任行政院水利委员会技正（相当于总工程师），应新疆政府之邀，他带领勘察总队第一次进入新疆。为改造天山南北广阔的沙漠，他和勘察总队分别开始修建沙湾新盛渠和进引勘察设计哈密五道沟、石城子河的引水工程以及石城子水库，后因故中止。1946年，王鹤亭再次率领勘察总队进驻新疆。他被任命为省水利局长兼总工程师，开展了新疆水利事业的各项基本工作，培养水利技术人员，并开始兴修群众迫切要求兴办的小型水利工程。为解决迪化市缺粮问题，他提出兴修乌鲁木齐河上的和平渠和红雁渠水利工程，规划、设计后，于1946年和1947年先后开工。由于当时新疆生产落后，交通不便，缺乏水泥钢材，王鹤亭充分利用当地石材丰富的特点，因地制宜，采用干砌片石防冲，使坡面很大的和平渠能够安全通过戈壁滩。这两项工程开工并完成部分工程后，由于资金短缺，工程时断时续，王鹤亭曾打算向外国求援，没能成功。直到新中国成立后，依靠国家拨款，修渠工程才得以全部完成。

1949年10月1日中华人民共和国成立，王鹤亭迎来了大展身手的大好时机。特别是新疆和平解放后，年底，王震率领大军入疆，给新疆大规模兴修水利，带来了良好的机会。王鹤亭极大地焕发了积极性，他马不停蹄地在工地勘察、测量，掌握第一手资料。由于野外工作条件相当艰苦，王鹤亭患上了肝炎，得不到休息，肝炎又加剧，肝肿达四指，收治他的北京协和医院要他立即休养，王鹤亭工作心切，偷偷地撕掉了病休证明，又上了水利工地。经过几个月的苦战，王鹤亭和他的同事们取得了第一手资料，经过王震将军的批准，启动了八大军垦水利工程。经过3年时间，红雁渠水库的续建与和平渠工程的延伸工程得到完成，而且建成了八一、猛进、大泉沟和蘑菇湖等水库工程以及阿克苏的胜利渠，焉耆的解放一渠、二渠，哈密的红星一渠、二渠，库尔勒的十八团大渠，玛纳斯河的西岸大渠、东岸大渠等较大的水利工程。渠成水到，瀚海戈壁增添了片片绿洲。

王鹤亭还因地制宜，根据新疆的特点和实际情况办事，不唯书，不唯上。1977年，他看到昌吉、沙湾、乌苏等县学习大寨经验，搞大寨田，便撰写了《对于我区如何进行农田水利基本建设的意见》，在《新疆日报》发表，引起领导重视，新疆推广大寨田的运动就停了下来。像这样的例子，举不胜举。

20世纪60年代以来，王鹤亭相继担任新疆维吾尔自治区水利厅副厅长兼总工程师、自治区政协副主席和第六届人大常务委员会副主任。1990年，王鹤亭被国务院授予首批"有突出贡献的优秀专家"称号。

1996年11月18日，王鹤亭因病在乌鲁木齐逝世，享年86岁。

王鹤亭生前主要论著有《新疆旧灌区改建规划要点》《论新疆博斯腾

湖扬水站的关键作用》《王震与新疆军垦水利事业》等19篇。

叶秉仁领衔驱时疫

江阴多名医,华墅更是医家辈出。继清代"龙砂八家"之后,到了民国时期,"龙砂八家"又有了后起之秀。他们或是"八家"后代,或是杏林新人,活跃在华墅的医坛上,其中有柳颂余、瞿简庄、承淡安、叶秉仁、江永清、黄炎昭、姜毓坤、张慕侯、龚洪源、承名轩、姜孟衡、郭寄凡、张云鹤等。他们各以自己精湛的医术,为华墅人祛病除疫,增进健康。

1946年6月27日,这天上午,叶秉仁、姜毓坤、黄炎昭3家诊所里,不约而同地收进了一种特殊的病人,病人上吐下泻,狂呕不止,泻泄如喷。叶秉仁把几个医生请到一起,把病人的病情一分析,认为这是"瘪螺痧"症状。虽然现在才出现了几例,但这种病是由霍乱弧菌引起的烈性传染病,通过被病菌污染的水或食物传播,现在还是病症易发季节,如不加以控制,很快会大面积传播开来。这种病,学名霍乱,由于病人吐泻剧烈,体内水份和电解质大量损失而虚脱,很快会形成十指螺纹瘪陷,眼眶凹眍,所以俗称"瘪螺痧"。现在已经出现,情况紧急,必须立即报告镇公所长官。叶秉仁他们立即赶到河南镇公所,找到了华墅镇镇长周丙煜。周镇长听了情况汇报,也十分震惊,忙把副镇长周永仁找来,紧急商量防疫大事。看到两位镇长郑重其事,叶秉仁提出了建议:迅速落实一个场所,集中免费收治霍乱病人,严密隔离,严格消毒,不让病原扩散。他建议可以把镇东郊的在理堂(又称华善堂)8间房子全部占用,那里本是李吉安当镇长时建造,用来戒毒的场所,在理堂远离镇区,环境安静,方便治疗;立即成立一个医疗班子,马上开展救治;另外,因为救治工作需要消毒器具材料,还要解决病人住宿等后勤必需品,需要提供一笔经费。两个镇长马上拍板:借用在理堂作为临时时疫防治所,由镇公所派人负责卫生工作,管好后勤。至于经费,周丙煜镇长准备请企业老板资助。"只是这医疗班子,要仰仗各位了!"周镇长说。叶秉仁立刻报名:"算我一个,义务坐诊!"姜毓坤、黄炎昭也踊跃报名,义务坐诊,大家还推荐了一个张慕侯医生。因为叶秉仁出身于中医世家,又到大城市大学堂深造过,大家便推荐他为临时时疫防治所负责人。

果然不出叶秉仁他们所料,临时时疫防治所刚安排好,"瘪螺痧"病人便接踵而来，有的一家染上一个，有的一家全部染上。面对汹汹而来的病人，叶秉仁、黄炎昭、姜毓坤和张慕侯沉着对付，分别医治。由于这个病十分凶险，病人往往连泄带呕，迅速脱水，死亡率很高，病重者挨不过半日就亡故，所以叶秉仁他们采取中西医结合治疗的办法，病人一进防治所，立即安排一边服行军散、红灵丹、苏合丸、玉枢丹之类的中药，止呕止泻，一边采用西医静脉补液的办法抢救病人，使大多数病人很快止住了呕和泻，病症逐渐由重变轻，由轻转好。因为病人来得多，4位医生白天全部坐诊，晚上轮流值班，日夜接待，来一个抢救一个，顾不得吃饭，顾不上休息。在治疗病人的同时，用生石灰处理病人的排泄物，用来苏尔、酒精室内消毒。由于及时抢救病人，消灭传染源，霍乱终于得到有效抑制，病人从开始时汹汹而来，最多的一天二三十个，到一天八九个，到后来越来越少，最后只有病愈出去的，再没有新增进来的。从6月28日到8月21日，叶秉仁他们共收霍乱病人144名，治愈133名，还有11名是年老体弱或患有其他疾病并发而亡。这一次时疫，由于镇公所的重视，新华、新农纱厂等企业的资助，叶秉仁和他的同仁们，以他们高尚的品德、精湛的医术，创造了华墅史上战胜时疫的新纪录。

叶秉仁（1908—1994年），华墅河南街人。"龙砂八家"之一叶氏十二世（叶德培四世，叶秉仁十二世）原名炳成，后因从医，立志要具医者仁厚之心，更名秉仁。民国二十年（1931年）毕业于上海中国医学院，民国三十六年（1947年）又赴无锡医事人员讲习班进修西医1年。1949年，他在华墅捐资500银元，与黄炎昭、姜毓坤、张慕侯合资1700元创办华墅镇人民诊疗所。此后在华墅区医院、澄江卫生院、江阴中医院从事临床诊治、临床教学及医院管理工作，从医近60年。他医术高明，医德高尚，晋级为主任医师。叶秉仁善于学习，学贯中西，他认为"学术无国界，治病在疗效"，临床善于以西医辨病与中医辨证相结合，医术上学贯中西，博采众长，因而技术精湛，确诊率高，药到病除，常常使危重病人起死回生；他又常怀仁厚之心，处处为病人着想，得到患者及其家属好评。

叶秉仁临床经验丰富，对流行性急性热等时疫颇有研究。在1946年救治霍乱的前后，曾于民国二十一年（1932年）和1966年、1967年三次医治时疫。1932年，华墅流行热性疫病，他正确判断这种疫病是"流行性脑膜炎"，确证后立即采用"清瘟排毒饮"，以石膏为君药，以玳瑁代替犀牛角，并配以银花、连翘、葛根等，药到病除，使许多危重病人脱离了险境。1966

年和1967年，华士两次发生流行性乙型脑炎，叶秉仁采用自己拟定配制的"银翘青板汤"，结合西医的急救手段，收治乙型脑炎病人13例，治愈12例。

过去，由于医药水平较差，时疫是十分凶险的，一旦发生，无法救治，只能听天由命，束手待毙。因此人们畏之如虎，称之为"虎疫"。更为悲惨的是，有的地方遭遇"虎疫"，一时无法控制，只得"弃卒保车"，实行集中封闭隔离，把"虎疫"区放火烧毁，玉石俱焚，毁于一旦。清代光绪二十八年（1902年），华墅地区发生严重时疫，乡贤张少泉有《壬寅龙砂大疫谣》记载疫情："……一家疫死二三人，竟有全家剩一人。""三伏暑，六月天，残骸腐骸蒸毒烟，淫霖恶血逆流泉，饮之者立毙，触之者立颠，因之疫气广大而无边。""疫气愈甚，乡里竟有灭门者。据说，连扛死人棺材的人，到家就被传染，一门遭殃。"宣统三年至民国三十七年（1911—1948年），陆家桥一带霍乱流行，传染170人，死亡88人，当时景况，惨不忍睹。到了叶秉仁这一代终于有了救治方法，第一次让濒临死亡的病人大多化险为夷。

叶秉仁还对肾病、冠心病、肝硬化、尿潴留等病症深入研究，筛选验方，临床验证，形成特效疗方。他在诊疗之余，还遍读古今医案，广泛收集专业资料和民间药方，撰写笔记近百万字，形成《医粹》12卷。他善于总结经验，撰写理论文章，著有《原发性肾小球肾炎治疗近况》《中西医结合治疗乙型脑炎并发胃潴留三例体会》《略论流行性乙型脑炎的中医治疗》《呕吐经验谈》和《自制银蝉玉豆汤加减治疗急性肾炎疗效观察》等20余篇，部分发表在《老中医医案选编》上。1978年，他被审定为江苏省名中医，被评为江苏省卫生先进工作者。系江阴县第八届人大代表，第六、七届政协委员。

叶秉仁全身心投入医学事业，不仅努力提高叶氏中医水平，还致力于奖掖后进，努力培养接班人。经他培养教导的百余名弟子，通过他的口授心传，活跃在医疗、教学、科研第一线，不少已经成为栋梁之才。其中杰出的有：南京中医药大学国际经方学院院长、教授、博士生导师，2022年荣获全国名中医称号的黄煌，江阴市中医药主任中医师张馥南和儿科主治中医师叶鉴芬等。叶鉴芬是叶秉仁的女儿，她与丈夫陈祥生秉承了父亲的事业，医术精湛，尽心尽责。成为"悬壶济世，德技双馨"的龙砂叶氏中医世家第十三世传承人。

【第50章】

倪伟思受命视察去
周作舟起义驾机来

倪伟思受命视察去

1948年夏天的一个上午,在上海杨树浦通北路中华海员总工会上海分会大楼上,渔轮支部办公室里,一位年轻人正伏案办公。忽然,大楼门卫李大伯来到办公室,十分礼貌地说:"倪先生,楼下有人找您!"这位倪先生叫倪伟思,立即跟着李大伯来到楼下门房,来人原来是中国农工民主党华东局和上海市委负责人虞健。领导特地来找他,肯定有重要事情。倪伟思便把虞健带到通北路上一家小茶馆里,拣个僻静的座位坐了下来。

中国农工民主党简称"农工党",1930年在上海正式成立。1947年定名"农工民主党",成员主要是医药卫生界高中级知识分子,1948年响应中国共产党召开新政治协商会议的号召,1949年参加中国人民政治协商会议,是新中国成立后参政党之一。虞健来找倪伟思,是因为农工民主党南京组织混进了一个军统特务,南京农工党主要成员受到严重威胁,准备离开南京,农工党组织陷入瘫痪状态,要求倪伟思以华东局特派员的身份去南京视察党务,了解详细情况,处理那个军统特务混入组织的问题,并帮助解决其他问题。

倪伟思接受了任务,立即坐火车到了南京,找到南京组织的相关人员,着手处理党务和策反工作。倪伟思(1915—1985年),华墅镇萝卜桥南塊人,少年时就读于澄华小学,13岁到无锡学生意。1937年到汉口申新公司织布厂当技工，次年转往重庆，经陆秋田介绍加入中华民族解放委员会（后改为农工民主党）。民国三十四年（1945年），经章伯钧介绍，加入中国民主同盟。1948年，奉农工民主党组委指示到中国海员总工会上海分会渔轮支部建立农工民主党联络点，组织发动渔民为自身权利和工资福利进行斗争，深受渔民敬重。同年10月，他奉命视察南京农工民主党党务，做了一些重要的工作。

倪伟思一到南京，立即秘密召集农工民主党成员了解情况。原来，有个叫关坤垕的农工民主党党员，"骑两头马"，同时又加入了国民党军统组织。他专门收集民主党派情报，曾得过军统"甲级报"奖金（甲级报是重要情报，送蒋介石亲自拆阅），蒋介石还亲自召见过他。了解了关坤垕的情况后，倪伟思与南京农工党负责同志商量后，决定先不打草惊蛇。一面采取组织隔离措施，农工组织人员，一律单线联系，不让他左右联系，以切断横向关系；一面在严守机密的同时，通过同他有接触的人密切注意他的动态，暂时稳住他，等待南京解放以后再由组织处理。

倪伟思立即回到上海，向虞健作了汇报。不久，虞健和倪伟思一同来到南京，对农工组织进行了改组，重建南京支部。由覃汉川、章师明和倪伟思3人组成领导核心，覃为主任，委员有朱景芳、燕非平、梁君超、阳春暄、杨坚等。按照中国共产党的要求，确定农工组织的主要任务为收集国民党党、政、军、特等方面的情报，开展策反工作，迎接解放。这样，倪伟思就不再去上海，和覃汉川、章师明等一起，在特务横行、群魔乱舞的南京，投入了紧张的工作。

接着，倪伟思他们重点解决"骑两头马"的关坤垕问题。覃汉川主张以组织的名义，命令关坤垕立即离开南京，他的家属，组织上可以给予照顾，按月送去生活费。倪伟思觉得这个主意不好，一则军统特务组织纪律森严，关坤垕无论走到哪里，都逃不出军统的手掌。他不跑，问题还不至于爆发，一跑，祸事就会来临；再则农工组织也没有钱负担他的家属生活，即使有钱，派谁送去都会自投罗网。因此，我们绝不能让关坤垕离开南京，即使他要离开，我们也要阻止。对关坤垕，我们只能策反。倪伟思分析了关的情况：目前形势大好，解放战争节节胜利，国民党面临败亡。关坤垕拖着一家大小，要生活下去，必定要考虑个人前途；他是一个没落的满族镶黄旗贵族，在汪伪南方大学教过书，拖着一家人生活重担，是一个为稻粱谋奔波的落魄文人，有他当特务凶恶的一面，也有知识分子软弱的一面；再说他充当军统特务，混入农工组织已有多年，到现在为止，还没有发现他有明显的破坏活动，说明他还不是一个危险的敌人。倪伟思根据这些分析，决定约时与关坤垦谈话。

第二天下午2时，倪伟思与覃汉川一起，来到洪武路18号朱静芳家里，会见了已经先到的关坤垦。覃汉川主任先发制人，对关坤垦说："你充当军统特务，组织上早已掌握情况，我们之所以没有处理你，只是等待你的自觉，看你是否向组织老实交代。现在革命形势越来越好，国民党的黑暗统治即将崩溃，我们今天与你见面，是给你一个自新的机会，何去何从由你选择！"说完之后，责令他向组织交代参加特务的经过，并命令他将特务证件交出来。关坤垦面对两位农工组织的领导，心存畏怯，抖抖索索地把军统局给他的委任状，从衣袋里掏了出来，交给了覃汉川和倪伟思。两人看到，委任状上有蒋中正的橡皮签名章，有毛人凤的亲笔签名。委任状写得清清楚楚，关坤垦是一名中校特务。倪伟思怕弦拉得太紧弄僵，便和颜悦色地对关坤垦讲了一下形势和共产党的统一战线政策，对他愿意弃暗投明，表示欢迎，并问他有什么困难，对组织有什么要求，都可以提出来。关坤垦畏畏缩缩地说："我不敢有什么要求，只要求在解放后给我宽大处理，不要枪毙我。"倪伟思严肃地说："解放后不枪毙你，组织上可以完全负责，问题主要还在你自己，要坚决同国民党特务割断关系，并主动赎罪。"关坤垦连连点头答应。

紧接着，覃汉川同倪伟思作出规定：关坤垦必须从现在起，凡是军统和关本人的一切活动情况和所见所闻，都必须向组织随时如实汇报请示，不得有半点隐瞒。规定由朱静芳接受情报，朱静芳向覃汉川递交，最后由倪伟思将所收集的情报，转送给中共有关领导。这样，一场紧张严峻的斗争，经过策反，达到了分化敌人，消除隐患，挽救同志的目的。

事实证明，倪伟思他们的决策是正确的。经过策反，关坤垦向农工组织提供了不少有用的情报，并献出了一笔军统发给的经费。这年11月，军统头子毛人凤召集关坤垦等一批爪牙，准备或者撤往台湾，或者潜伏下来进行破坏。关坤垦向农工组织请示他的去向，覃汉川等主张让他去台湾，可以省点麻烦。倪伟思力排众议，坚持让关坤垦留在大陆，理由是可以让他不中断情报来源。不久，毛人凤又布置任务，给关坤垦一座电台。倪伟思又坚持让关坤垦把电台接下来，可以加紧收集情报，配合解放大军胜利渡江作战。事后，关坤垦和他的电台，为南京解放作出了贡献，农工党组织也发挥了作用。

第50章 倪伟思受命视察去 周作舟起义驾机来

中华人民共和国成立以后，倪伟思担任中国农工民主党上海市委常委、副秘书长兼组织部长，并任过上海市政协对台办公室副主任等职，曾当选为上海市第一届人大代表和市政协第一、二、三、四、五、六届委员。1985年12月24日在上海病逝。

周作舟起义驾机来

1948年12月16日夜，淡淡的月光和明亮的灯光，交相辉映在石家庄机场上，显得宁静安谧。这里是1947年12月，中国人民解放军在朱德、杨得志和罗瑞卿等著名将领的指挥下，英勇作战攻克占领的解放区。这时，快近午夜12点，地面上升腾起白茫茫的雾气，天地间一片朦胧。

忽然，值勤的战士们耳边传来低沉的飞机轰鸣声，声音越来越近。他们感到奇怪：没听说今天有飞机要降落，这飞机从哪儿来？值班连长马上向塔台报告："正南方有一架飞机正朝我场飞来，请示如何应对？"不一会，塔台指示："我方没有飞机联系降落，来机可疑，注意警戒，准备战斗！""是！"飞机越飞越近，倏忽间已经到了石家庄机场，机场四周的高射炮开火了，炮弹带着火焰窜上天空。飞机立即升空，但它没有离开，只是在机场上空盘旋。机场守兵觉得蹊跷，随即停止了炮轰。飞机还在盘旋，很快，塔台收到了机上要求降落的呼叫，明白这是要投诚的飞机！于是，战士们在机场四角燃起了熊熊大火，作为引导飞机降落的标志。不一会，一架飞机从天而降，稳稳地从跑道上滑行停了下来，机舱一开，陆续走下5位飞行员，解放军战士蜂拥而来，欢呼雀跃，与他们拥抱，把他们高高举起，高呼："欢迎，欢迎，热烈欢迎你们到来！"

这架飞机，是B-24型轰炸机，自南京飞机场起飞而来的。它属于国民党空军总司令部直属第8大队，号码为514号。驾驶起义的是中尉飞行员俞渤、中尉爆炸员周作舟、中尉飞行员郝桂桥、中尉飞行员陈九英、中尉领航员张祖礼。

这5位飞行员驾机归来，筹划已久。俞渤、周作舟和郝桂桥在1948年，先后被中共地下党组织发展为共产党员，并接受党交给的任务：保存自己，发展力量，待机发动起义。1948年11月，中国人民解放军发动淮海战役，国民党仓促应战。为此，国民党空军司令部紧急调集飞机，将空军差不多五分之四的兵力，从四面八方拼凑起来，用于淮海战场。南京大校机场的停机坪上，5条滑行道两侧，黑压压地停满了大大小小各式各样的飞机。地下党组织指示：寻机起义，轰炸大校机场和总统府！

根据上级的指示，俞渤、周作舟和郝桂桥组成了一个党支部，秘密研究了行动计划，根据当前形势，他们决定：放弃原来组织大规模起义的计划；夺机起义。不成功便打飞机、扔炸弹，与敌人同归于尽；单独轰炸大校机场。同时，俞渤还把党支部的决定告诉了志同道合的陈九英和张祖礼。

1948年12月16日，吃晚饭的时候，值班的军官通知大家，饭后到新生社（即俱乐部）去看电影《忠魂》，并宣布："蒋总统很关心我们，今晚要亲自接见并讲话。"

听到这个消息，俞渤他们觉得机会来了。天一黑，俞渤等互相打个招呼，看着别人去新生社，他们装模作样地在去新生社的大卡车边乱挤一番，便迅速跑回宿舍，带上手枪，拿了耳机和航行图囊。郝桂桥、张祖礼和俞渤在前，周作舟和陈九英在后，分成两个组在夜色中奔向机场。大家心里很紧张，但既已行动，就不允许犹豫了。5个人昂着头，挺着胸，就像是出任务的样子，大踏步走进八大队的停机坪。他们混过了哨兵的"口令"，在停着的飞机行列里选了一架装有5颗炸弹、汽油较多的飞机，避过了哨兵和驶过来汽车，砸破飞机前轮舱挡着的木板，钻进了飞机。很快，4台发动机相继转动起来，俞渤加上油门，连试车都没顾上，驾着飞机从滑行道半路插进主跑道就起飞了。

飞机离地后，周作舟立即爬进轰炸舱里，陈九英、张祖礼进入枪塔，扣着板机，注视着四周，以防敌机追击。飞机爬升到2000米，转了一个圈，他们开始修正轰炸航路，只见一片耀眼的灯光渐渐近了，那就是南京城。按照预定方案，飞机上5颗各重1000磅的炸弹，4颗准备炸机场，剩下一颗留给蒋介石的总统府。俞渤紧张地盯住方向仪，按周作舟发出的口令修正航向，可是飞过目标，却没听见下弹的声音。俞渤猛回头一看，炸弹还挂在那里，急忙问："怎么啦？""有故障！""再来！"俞渤一压坡度向左弯，嚓嚓嚓，嚓，连续响起了炸弹脱离弹沟的声音。糟了，郝桂桥离开座位，爬到炸弹舱边一看，炸弹下去了4颗，没有命中！回过头来大喊："还有一颗，还有一颗！"

"再来一次！"俞渤向周作舟重复了一遍。大家把全部希望都寄托在这最后一颗炸弹上了。

飞机又从大校机场上空慢慢滑过，可是仍旧没有声音，俞渤正在等待，郝桂桥回过头来大声喊道："下去了，下去了！"但是已经晚了，炸弹没有落在大校机场上，落到了长江边的燕子矶附近。俞渤等大为失望，因为这该死的飞机机械事故，使他们没有命中轰炸目标大校机场和总统府。

几声巨响，惊动了南京城。在敌人的驱逐机和高射炮还没有来得行动以前，俞渤的这架飞机必须尽快飞离险地。于是，他们加大油门向北飞去。

"油箱没有加满，到安东油量不够！"不一会，陈九英急忙告诉俞渤。事前，党组织安排他们起义后飞往辽宁安东机场。

怎么办？北平、天津、太原、青岛当时都还没有解放，都属于国民党的地盘。只有石家庄已是解放区，那么，就降落在石家庄吧。陈九英算了一下，对，就降落在石家庄！飞机当即转向300度飞行。

夜深沉，天空一片沉寂，只有飞机在欢唱。飞了一会，天空中涌起了雾气，天地一片迷茫。12点10分，俞渤他们根据地面上火车机头喷出的白烟，找到了平汉铁路，随即向右转，不一会石家庄的明亮灯光出现了，飞机开始下降高度。

正当飞机上5个人如释重负时，地面机场灯光忽然全部熄灭，黑暗中，高射炮开始射击。糟了！这是因为俞渤等驾机起义，临时决定飞到这儿来，事先没有联系！幸好，飞机在石家庄机场上空盘旋了一圈又一圈，当油料快要燃尽时，终于在凌晨2点着落。

在这架飞机上，5位起义飞行中的周作舟（1921—2000年），是华墅南周家基（今华中村）人，小名阿纪，出身于普通农家。民国二十五年（1936年），周16岁，随一位铜匠外出谋生，不久参加了国民政府军。抗战期间，他听到政府招收飞行员，便毅然前往重庆，考上了飞行员。先在空军当机械兵，又当机械员，后来改行学了轰炸，任中尉领航轰炸员。但他反对国民党打内战，厌恶痛恨奸诈、倾轧的环境，几次随机出去轰炸解放区，他都故意投弹空荒地，避开村庄民居。架机起义成功以后，周作舟和他的战友们受到了毛泽东主席和周恩来副主席的深切关怀，委派负责统战工作的罗青长赶到石家庄，表示慰问和欢迎。3天后，他与俞渤等一起，驾驶着这架飞机赴沈阳，加入了中国人民解放军人民空军的建设队伍。

新中国成立以后，周作舟先后担任解放军牡丹江航校教育干事，北京飞行队领航员兼参谋，华东航空处作战参谋、领航参谋、领航副科长，福州空军司令部科长、副处长、司令部参谋长助理和军区司令部副处长（副师、正师级）。

1977年10月周作舟离休，2000年5月在福州病故。

【第51章】
子弟兵进驻华墅镇
共产党建设新龙砂

子弟兵进驻华墅镇

1948年9月，毛泽东主席亲自指挥，中国人民解放军与国民党军队展开了辽沈、平津和淮海三大战役。解放军英勇奋战，横扫半个中国，不断取得胜利；国民党节节败退，连连失利。1949年1月，蒋介石宣布下野，由李宗仁接任代总统。眼看国民党回天无力，败局已定。蒋介石权衡再三，选择台湾为落脚点。他已经提前派心腹陈诚取代台湾行政长官魏道明，出任台湾省长，让他为国民党退台做好准备工作；又陆续把国库黄金、故宫国宝和大批军人运去台湾。国民党的要员眼看大势已去，乱作一团，纷纷逃往台湾。江阴地方上的一些官员，自县长到镇长，也都因为心里有鬼，自知共产党来了，他们的末日来临，纷纷寻找生路。江阴县长方骥龄，本是忠救军包汉生秘书，1946年上任后，利用职权，内外串通，官商勾结，囤积稻谷，高价出售，从中牟利，获得非法巨款，中饱私囊。经人举报后，被判刑10年。方又重贿法官，改判无罪。民众不服向上举报，正要重新核查，传来解放军节节胜利的消息。方自知罪孽深重，人民难容，为逃避制裁，便逃往台湾。此例一开，许多乡镇长也跟着逃台。华墅镇的镇长周某也抛下妻儿，逃往台湾。这时候，长期把控华墅、作恶多端的忠救军头子包汉生，已于1945年8月16日被日寇流弹击毙，并于1947年11月葬在华墅砂山少阳墓；多年来一直盘踞在华墅镇，横行霸道的忠救军另一大头目包福衔，眼看形势对自己越来越不利，误以为，不管什么朝代，只要有枪就有实力，就把他控制下的全县自卫队的枪支弹药收集起来，秘密存放在长泾"炎民社"，妄图在紧急时"应变"。他自己赶到上海去打听消息，窥测方向。他起先想拉出队伍去山里打游击，想想敌不过解放军的强大势力；就想以自己持有的枪支弹药为筹码，与人民解放军谈判。不料，他的打算才露出口风，就被国民党上海警察局局长毛森获知，毛森把包福衔的计谋报告了军统头子毛人凤，毛人凤下令逮捕了包福衔，执行枪决。

与这些人相反，一些正直善良的华墅人，心地坦荡，向往新中国，不肯离开故乡华墅。1949年农历春节前的一天，在南京大学法语系工作的马光璇一回到家里，就告诉丈夫吕斯百："姨父捎信来，要请你到他那里去一趟。"吕斯百不知姨父有什么事，匆匆吃了晚饭，就往姨父家里去了。这姨父，是马光璇母亲袁氏的姐夫、时任国民党中央监察委员吴稚晖。吴稚晖（1865—1953年）又名吴敬恒，江苏武进人。早年毕业于江阴南菁书院，清光绪举人。1905年加入同盟会。1924年起任国民党监察委员、中央研究院院士、教育部国语统一筹备委员会主席、国防最高会议常委。他善诗词，雅爱文艺，擅长书法，是民国期间四大书家之一（另外三位是于右任，谭延闿和胡汉民）。吴稚晖十分看重外甥女婿吕斯百，1937年吕斯百与马光璇结婚时，由吴稚晖主持婚礼仪式。平时，吴稚晖与吕斯百也很讲得来，他们一个是书家，一个是画家，十分契合。

今天，吴稚晖让吕斯百来家，是与他商量一件大事。他告诉吕斯百，蒋介石准备将国民政府迁去台湾。蒋除了带去一批国民党要员外，还推出了"抢救文人"计划，要带走一批大陆专家学者、文化名人。已经确定赴台的有胡适、钱穆、林语堂、张大千等。吴稚晖想到了油画家吕斯百，也想把吕带到台湾去。凭他的油画水平，完全可以在台湾独树一帜，自成体系。更何况有吴稚晖这个国民党元老做靠山，足可以大显身手。吴稚晖把这番话对吕斯百讲了，又补上一句："斯百，我希望你当机立断，确定下来，过了年，跟我去台湾。到时有专机来接我，我们一起走！"

吴稚晖的这个打算，让吕斯百很感意外。平时，他也听到一些国民党失败准备去台湾的事，但他从来没有把它与自己联系起来。随着时局的动荡，他的画家朋友、教授朋友都谈过今后打算。老朋友、油画教授吕霞光不久前借口去英国办画展，离开了南京，定居英国。但谁也没想到要去台湾这个岛上。看着吴稚晖关切期待的目光，吕斯百恭敬地说："姨父，这件事太突然了,让我跟光璇、弟妹他们商量一下。"

回到家里,吕斯百把吴稚晖让他去台湾的事,跟马光璇说了。马光璇也感到突然。她从小跟着父母在法国长大,与吕斯百结婚后,就在国立南京大学任法语教授,最近她正着手把毛泽东的《在延安文艺座谈会上的讲话》译成法语。她是一个很有主见的人,听了吕斯百的话,就埋怨:"这个姨父,自己要去台湾,还要带你去;你一去,我也得去。我不想去!"听她这样讲,吕斯百笑笑,其实他从来没有想到要去台湾,只是不好马上回绝吴稚晖的面子,才答应回家商量一下的。他知道,马光璇住惯了南京,是绝不会去台湾开辟一个新环境的。

快过年了,吕斯百挑了一个晴天,从南京乘火车到无锡,又从无锡乘轮船到华墅,然后步行到家乡太平桥。一路上,他遇到父老乡亲,笑脸相迎,对家乡的一草一木,备感亲切。到家了,正好弟弟则民和妹妹吕勤也聚在母亲家,兄弟兄妹欢欣相聚。儿女都回来了,母亲唐氏格外开心,张罗了一顿团圆饭。饭后,吕斯百同弟妹讲了吴稚晖邀请他去台湾的事,遭到大家一致反对。则民更是说得明白:"像你这样的人才、高级知识分子,共产党来了,也不会亏待你。"家人们不说,吕斯百也明白。其实,他最牵挂的是母亲,自从1933年父亲去世,60多岁的唐氏孤身一人,住在3间平屋里,很是冷清,所以他一有空就要回太平桥来看望。如果去了台湾,只能在梦中相见了。

春节一过,吕斯百和马光璇两人一起去了吴稚晖家,对他说了不去台湾的事。吴稚晖是个乐观幽默的人,此时十分伤感,喟然长叹说:"那我只好孤家寡人去台湾了!"1949年2月24日,吴稚晖过完了在南京的最后一个元宵节,蒋介石派专机把他接去了台湾,从此与吕斯百失去了联系。

与吕斯百一样,华墅籍专家不肯离开故土,向往新中国的,还有著名的传染病学专家、重庆医学院院长钱德,腹部外科专家、温州医学院院长钱礼,著名的眼科专家姜心曼等,他们面对国民政府要员的去台邀请、高薪的诱惑,不为所动,选择坚守祖国大陆,为建设新中国贡献才能。

不久,"钟山风雨起苍黄,百万雄师过大江"。1949年4月21日黄昏,解放军第三野战军七兵团第23军、28军、29军分别在江阴利港、申港和夏港之间、长山两侧强行登陆。后备第31军紧随第29军渡江。由于国民党要塞官兵举行阵前起义,江阴东线的解放军顺利登陆。西线一支部队在夏港与国民党残部相遇,展开激烈战斗,牺牲不少解放军战士,至今在夏港建有烈士纪念碑。22日,三野特种兵纵队控制江阴县城。4月23日华墅镇、应天乡解放。这一天，中国人民解放军第三野战军29军87师260团进驻华墅镇。常州地委派张志强、军代表何洛，带领江阴工作组到华墅接收，宣布江阴县澄东区人民政府成立，区长贡清华。华墅镇、应天乡人民政府随之成立。人民群众举行盛大的游行活动，载歌载舞，欢庆解放。

4月28日，华墅镇人民政府正式挂牌办公，副镇长袁君超主持工作。

共产党建设新龙砂

　　1953年12月11日。清晨，冬日的阳光照耀得典当场上一片明亮。典当场四面插满了红旗，在风中猎猎起舞。特别引人注目的是，在场的南边，昨天用大油桶做基础，大木板搁在桶上，搭成了一个高台。高台两边各竖起一根粗毛竹，两根毛竹之间，横拉一条红布横幅，横幅上写着"华墅镇公审反革命分子大会"12个大字。台前地上，用石灰粉洒出一道道直线，用来规范排列各单位出席会议的人员。八点钟，参加会议的人们陆续进场，每个人在自己带来的小凳上依次坐好。今天参加会议的人特别多，连典当场西南角上的大土墩上都站满了人。典当场的周围，布满了民兵的岗哨，会场庄严肃穆，井然有序。

　　不一会，华墅区人民政府副区长何松龄宣布会议开始，他庄严宣布："今天公审反革命分子孙阿汉等6人，"接着宣布，"把反革命分子押上来！"立即由民兵押着反革命分子登台。开头每2名民兵押1名反革命分子上台，最后1名由4名民兵连拖带拽押上台。大家看到，这名反革命分子身形魁梧，伤了一条右腿，五花大绑，还倔强挣扎。认识他的人纷纷议论，"孙阿汉，这是孙阿汉！""横行霸道、罪大恶极的孙阿汉，也有今日！"

　　这个孙阿汉，臭名昭著，身负累累血债。1941年1月25日，农历小年夜。中共澄锡虞工委常备大队队长徐福元和副队长陈嘉华，带领11名队员和新四军6师52团的3名侦察员共16人，早上从北塘墅出发，经周江、马嘶桥，直奔赵家基，捉拿多次杀害中共地下党人员的暗杀党头目孙阿汉。不料有密探报告了孙阿汉，孙阿汉利用熟悉当地环境的优势，拼命逃窜。徐福元等刚刚赶到，他已从家里逃出，徐福元等一路追赶，从下巷上、朱家基，一连追过8个村子。孙阿汉一路逃窜，冒着严寒，游过冰冷的河水，渡河到圩里陈家堂。徐福元带队伍随后追到，只拿到孙阿汉的一身湿衣服，人却逃走了。徐福元就退到新桥街上休整吃饭。不料，孙阿汉在陈家堂换过干衣裳，一路狂奔，赶到华墅。华墅是暗杀党的老窝，暗杀党素与日军勾结，孙阿汉找到了日本警备队伊藤中尉，告诉了新四军在新桥的动向。伊藤立即带领一支马队，赶到新桥，截住徐福元，双方展开激战。日军有备而来，武装精良，依托民房作掩护；而徐福元的部队面对突如其来的敌人，仓促应战，仅有短枪、手榴弹，又处于开阔地面，仅靠河岸、田埂作掩护。经过几小时的顽强抵抗，徐部撤退了9人，其余谈和生、许国木等8人连同徐福元壮烈牺牲，还牺牲了裁缝孙福林等4名无辜群众。双手沾满鲜血的孙阿汉，又欠下了一笔血债。新中国成立以后，孙阿汉自知罪孽深重，难逃惩罚，去台湾没有资本，只好选择偷渡去国外。可是当他潜逃到常熟白茆渡口，寻机偷渡时，却被关口人员认出，原来江阴已发出缉捕孙阿汉的通缉令。渡口人员稳住孙阿汉，立即电话通知江阴县公安局，公安局立即派车组织6名华墅民兵赶到白茆，抓住孙阿汉。行至半途，孙阿汉见势不妙，又要故技重演，跳河逃窜，被民兵开枪击中右腿，于是束手就擒。孙阿汉不仅有一身蛮力，还会气功，为防止他再次脱逃，民兵们用水浸湿了细麻绳，将他绑缚结实。可笑他死到临头还逞强，就在公审他时，马嘶桥的一位老大娘，因为儿子命丧孙阿汉之手，她上台控诉，气愤之下，用拐杖敲击孙阿汉的头颅，孙阿汉头一顶，拐杖断为三截，惹得台下群众一阵嗤笑。公审完毕，中共华扬区委员会书记赵金芝作了简短的报告，区委委员、派出所所长刘家胜宣布执行枪决，孙阿汉等6人，一齐押到华墅忠义街昭忠祠北面小河边薛家墩上，实施枪决。

　　公审、枪决孙阿汉等6人，是华墅镇压反革命、恶霸地主等犯罪分子的行动之一。这样的镇压，共有6批，这是最后一批，总计枪毙36人。从1949年8月中旬开始，江阴县大力进行剿匪肃特活动，根据中央《关于镇压反革命活动的指示》《中华人民共和国惩治反革命条例》和华东军政委员会《惩治不法地主条例》等，大张旗鼓地开展镇压反革命运动，严厉惩办反革命分子和特务分子，惩办抗拒土改的不法地主和残害人民的恶霸以及利用迷信，妄图颠覆新生政权的反动道会门首领。非常时期，简化刑罚程序，罪犯一经确定死刑，经呈报江阴后，便可在华墅执行。从快、从重的镇压，狠狠打击了敌人的气焰，保卫了土地改革运动，巩固了人民民主新生政权。

　　从1950年3月开始，华墅土地改革工作组在周东乡进行试点，接着在河南乡开展土改，10月在华墅全面开展。1951年3月，土改工作结束。土地改革是中国农村一场伟大的革命。土地改革第一次在抗日战争时期（1941

年)实行地主减租减息,农民交租交息;第二次是在解放战争时期(1947年)中国共产党制定了《中国土地法大纲》,规定:没收地主土地,实行耕者有其田,按农村人口平均分配土地。1950年的这一次,是第三次。这一次中央人民政府颁布了《中华人民共和国土地改革法》,到1952年底,全国3亿多无地或地少的农民分到了土地,广大农民成了土地的主人。在华墅镇的土改中,家有土地40亩的,定为地主,有20亩的为富农,有15亩的为富裕中农,没有地的佃农、贫农可以分得土地。按照政策,泰清寺的70多岁的老和尚登清也分到了土地。1951年春,华墅镇召开了群众大会,当场烧去了收缴到的地契。土改中分到土地的农民,由乡政府发给盖有"江阴县人民政府"鲜红大印的新土地证,并挨家挨户送上门。给分到土地的农民分发土地证,这是一个激动人心的喜庆时刻,场面热烈,喜气洋洋。河南乡乡政府特地借了一顶新嫁娘乘坐的花轿,把土地证放在花轿里,请两个少年抬着花轿,由妇女主任陆三宝领头,家家发送。两个少年,一个是12岁的朱才宝,一个是朱才宝的堂哥,14岁的朱惠良。花轿到处,一片欢声。祖祖辈辈没有土地的人们,一下子拥有了自己的土地,喜不自禁,高兴得流下了眼泪,有的还把准备过新年用的炮仗拿出来放了。

新中国成立初期,共产党和人民政府还大力整顿社会风气,惩治歪风邪气,倡导移风易俗。其中着重禁毒、禁娼和禁赌。政府开展肃毒运动,规劝烟民戒毒,依法惩处罪行严重的毒贩,收缴毒品、烟具,全镇吸毒贩毒一举刹住,从此绝迹。同时严禁卖淫嫖娼,严查暗娼嫖客,杜绝了娼妓行迹。旧时社会上赌博成风,华墅的茶馆、酒店公开设赌,赌棍聚赌抽头,赌徒输得倾家荡产,屡见不鲜。1950年,政府明令禁赌,严惩赌棍,挽救赌徒,刹住了赌风。从此,一个暗杀党横行、人民饱受恶霸流氓欺凌的旧华墅一去不复返,代之以文明、友爱、平安、和谐的新龙砂。华墅人民崇尚和平、民主、自由和新生,把"和平、民主、自由和新生"命名为4条大街的名字。华墅人勤劳智慧、好学上进的美德更加发扬,形成了拾金不昧、夜不闭户的社会风气。新中国成立初期,人们积极参加公益活动,大兴义务劳动之风。全镇人民踊跃捐款,支援抗美援朝战争;学校教师参加征粮工作,帮助国家聚拢资金用于建设;义务参加修筑澄杨公路,整治市镇卫生环境。前清失火形成、堆积了六七十年、10米多高的典当场大土墩,由镇上干部、工人、职工和解放军近千人一齐动手,一周之间,夷为平地,泥土填平了陆家河庭河湾。广大青年、少先队员还响应政府号召,绿化祖国,植树造林,在砂山龙山种上了许多松树、果树和竹子。一时间，山上山下，红旗飘飘，歌声此起彼伏。

行文到此，燕瑞堂心中舒畅，有诗赞道：

> 红旗插上两山巅，自此龙砂胜昔前。
> 错节薜萝芟已尽，破霜秾艳绽方妍。
> 玲珑塔映朗朗月，清冽水滋漠漠田。
> 瑞气春风迎旭日，莺歌一曲乐尧天。

吕斯百油画

第51章 子弟兵进驻华墅镇 共产党建设新龙砂

后 记

　　历时三年,《龙砂演义》终于撰写完毕,付印出版。

　　《龙砂演义》的时间跨度很大。它起自远古洪荒,穿越春秋战国唐宋元明清,写到1949年新中国成立为止。1949年以后,在共产党毛主席领导下,华士和全国一样,广大人民群众意气风发,振奋精神,建设新龙砂。华士这片土地焕发了青春,迎来了前所未有的繁荣兴旺,工业、农业、商业、科教文卫涌现了史无前例的新人新事新气象,其中,农业战线的典型、社会主义新农村华西村尤为世人瞩目。由于本书只写到新中国成立,华西村等新人新事只能留待以后编写续集时大书特书了。

　　本书收入发生在华士包括砂山、龙山周围,泰清河畔和应天河上的102篇故事,写了华士人在华士、华士人在外地、外地人在华士的故事,还写了在华士发生的重大事件和传说。为增加可读性,采用了演义笔法,虽名为《龙砂演义》,但内容并没有胡编妄说。"演义",《辞海》上说,是"敷成义理而加以引申""根据史传敷衍成文,有作者的艺术加工"。本书收入的故事,虽然都有情节记述、环境天气、场景氛围、人物对话、心理描写等,有的还虚构了事件细节,演绎了事情经过,有开头有结尾,却都是有史料可依据的。这些史料,除个别篇目来自稗官野史外,大都来自正史。本书援引的资料有:历代《江阴县志》,《龙砂志略》《华士镇志》《泾里志》《杨舍堡城志》;《翁同龢日记》《欣然堂集》;名人年谱《徐霞客年谱》《赵翼年谱》《徐士佳传略》等;研读了古碑《重修泰清寺碑》《重修北城隍庙碑记》《白龙寺碑记》《文星塔碑记》等碑文以及有关姓氏族谱。党史资料参考采用了《江阴人民革命斗争群英谱》《江阴文史资料》《苏州人民革命斗争史》《承淡安回忆录》等。《龙砂演义》所选篇目，有的只有一言半语，但意义重大，也尽量补充资料演绎成文。如《徐弘祖读书文昌阁》《顾文熊精纂礼集解》《汪瑞丰棋枰称国手》等。还有的资料来源于实地采访。如为整理吕斯百资料，到南京和华士太平桥专访了他的故居，到北京西山华侨公墓访谒了他的安葬地；为了解钱子清、钱德、钱礼父子两代的材料，去杭州面访了钱礼，两次去上海采访了钱子清的第三代钱元孝先生。为弄清《赵瓯北龙砂治病儿》中的有关问题，专程3次去常州寻访赵翼故居，并出资购买了《赵翼年谱》，等等。

本书的撰写人邵振良先生，从二十世纪七十年代年起，就在华士镇文化系统工作，还兼任过华士镇志的有关筹备工作。长期以来，他一直关心乡土文化，有志于收集龙砂文史资料，从1990年起着手整理条文。真正动手撰写时，已经年近古稀，特别是在2018年遭遇脑病，几乎陷入困境。痊愈后抓紧时间动手撰写，历经2年拿出初稿，几经修改，终于完稿。

《龙砂演义》在收集资料的过程中，也凝结了当时在华士文化站工作的两位年轻人程春红和方芳的辛勤付出，在夏天闷热如蒸笼、冬天四面透风的办公室里，查找资料，摘抄文献，有时还下乡实地拍照，为《龙砂演义》的撰写做了大量的前期工作。

本书在筹备、采访和编写中，得到了华士籍乡亲们的大力支持和热情帮助。他们有的当面提供资料，有的来电话说明情况，十分关心《龙砂演义》的编写，希望早日出版。已故华士高级中学资深高级教师徐一民先生为本书提供方案，建议目录编排；华士旅外乡贤赵仁泉、李毓琪、花蔚文等老同志热心提供保存多年的资料和老照片；江阴市图书馆科长曹磊先生提供了大量重要资料；江阴林场退休农艺师、清翰林徐文泂后裔徐福均多次提供华士文史资料。在《共产党建设新龙砂》一文中提到的"少年朱才宝"，如今80多岁了，他不仅讲述了许多亲身经历，还画出了70多年前的华士镇地图。正是广大热心人的关心和支持，形成了撰写本书的动力。在此，谨向他们表示深切的感谢！

本书是勘误润色后的第二版。第一版由华士镇党委陈峰书记协调解决了经费，第二版为作者自筹资金。其中，得到了江阴市祺尚毛纺织有限公司董事长贡建平先生和江阴市根荣木箱厂有限公司总经理赵根荣先生的热情支持，提供了部份经费。在此，谨向他们表示衷心的感谢！

2023 年 3 月